本书获中国作协网络文学理论评论支持计划项目资助

中国网络文学年鉴

·2021·

欧阳友权◎主编

NET LITERATURE

YEARBOOK

新华出版社

图书在版编目（CIP）数据

中国网络文学年鉴. 2021 / 欧阳友权主编. —北京：
新华出版社，2022. 6
ISBN 978-7-5166-6304-2
Ⅰ. ①中…　Ⅱ. ①欧…　Ⅲ. ①网络文学—中国—
2021—年鉴　Ⅳ. ①I207. 999-54

中国版本图书馆 CIP 数据核字（2022）第 105552 号

中国网络文学年鉴. 2021
作　　者：欧阳友权

责任编辑：徐文贤　　**封面设计**：人文在线

出版发行：新华出版社
地　　址：北京石景山区京原路 8 号　　**邮　　编**：100040
网　　址：http：//www. xinhuapub. com
经　　销：新华书店、新华出版社天猫旗舰店、京东旗舰店及各大网店
购书热线：010-63077122　　**中国新闻书店购书热线**：010-63072012

照　　排：北京人文在线文化艺术有限公司
印　　刷：三河市龙大印装有限公司

成品尺寸：185mm×260mm　1/16
印　　张：28. 5　　**字　　数**：575 千字
版　　次：2022 年 7 月第一版　　**印　　次**：2022 年 7 月第一次印刷

书　　号：ISBN 978-7-5166-6304-2
定　　价：398. 00 元

目 录

第一章　年度综述

自1991年全球第一家网络中文电子期刊《华夏文摘》创刊算起，2021年的中国网络文学正好走过30年。这一年，国家文娱综合治理“组合拳”出击，引导网络文学形成“政府—平台—个人”联动的多元治理格局。在中国共产党建党百年之际，网络作家书写伟大建党精神，坚持以人民为中心的创作导向，网络文学彰显主流化、精品化风范。网络文学题材品类结构持续优化，其中现实题材创作纪录基层工作点滴，展示全景式行业百态，引导网络文学与时代“同频共振”。网络作家迭代加速，90后、95后作家成为创作主力军，网络科幻文、反套路、类型融合创作等，彰显新生代作家的创作活力。IP开发市场回归理性，着眼精品内容孵化。网络文学研究热点纷呈，历史溯源与理论拓新加快网络文学学科体系的成熟化。丰富多彩的网络文学活动提升行业热度，助力网络作家成长与网络文学评价体系建设。“AI翻译+人工校审”网翻模式的普及应用使网络文学海外传播的转型升级提速，推动“网文出海”实现从“内容出海”到“模式出海”再到“生态出海”的跃迁。这一系列现象表明，网络文学正以其日渐提高的文化影响力和国际传播力，成为中国特色社会主义文艺的有生力量和新时代文艺的潮流坐标。

一、总貌描述

1. 文娱治理多举措出台，促进网文生态的净化与优化

在全球百年未有之大变局的时代语境下，技术、资本、文化多场域的跨界融合发展让我国文艺的转型升级面临着新境遇与新问题。文娱治理是国家文艺治理体系的重要一环，它关涉文化潮流与思想引领、趣缘社群与产业运营、大众心理与情感结构等层面。2021年，中央多部门出台了《关于加强新时代文艺评论工作的指导意见》（8月2日）、《关于进一步加强“饭圈”乱象治理的通知》（8月27日）、《关于开展文娱领域综合治理工作的通知》（9月2日）、《关于进一步加强文学工作者职业道德建设的意见》（9月2日）、《关于加强网络文明建设的意见》（9月14日）、《关于进一步压实网站平台信息内容管理主体责任的意见》（9月15日）等文件。从这些政策的颁布与执行可以看出，政府对于文娱治理工作的多领域、跨部门的联动力度远高于以往的专项治理行动，说明当前我国文艺所面临的新形势已上升到国

家综合治理与主流价值观塑形的高度。网络文学既是我国新时代文艺的基础样式，又是互联网文化生态系统的核心圈层，发挥着“牵一发而动全身”的作用。文娱治理工作中的榜单管理、粉丝消费与粉丝互动、违法违规等内容板块均涉及网络文学生态系统的健康运行问题。这迫使研究者和从业者不得不反思网络文学如何在流量与质量中取得平衡、如何实现既叫好又叫座、如何达成“从高原到高峰”的转型升级等问题，其背后的深层逻辑直击当前网络文学高质量发展的靶向目标与解决路径，具体来说包含以下三方面内容：

一是理性审视数据、算法等新技术给网络文学带来的变革。当今世界正经历新一轮科技浪潮，数字信息技术已全面渗透到网络文学的生产域、传播域、消费域与评价域，它在打造时代新景观的同时，也改变了人们的生活方式与感知系统。据统计，截至 2021 年 6 月，我国网民规模达 10.11 亿，其中文学网民 4.61 亿。① 面对如此庞大的用户群体，各大文学网站与 App 运营商基本选择以计算主义作为产业运行的底层逻辑。这种技术理性建立在对人的感性机能最大限度地挖掘之上，并试图建构新的价值链、传播链、反馈链。在网络文学的技术变局下，我们逐渐意识到，大数据、人工智能与算法技术是网络文学产业升级转型的时代要求。它不仅在节约产业成本与优化资源配置方面发挥着“硬核驱动”效用，促进了新业态、新运营模式的产生，为网络文学的粗放式经营提供了变革力量，而且以潜移默化的方式影响了网络文学的类型题材、情感结构与叙事语法，打破了传统文学创作的秩序与法则。从文娱治理工作的内容看，政府为网络文学如何避免陷入技术霸权与数据洪流指明了航向。这既需网络文学的从业者、研究者、管理者甄别和警惕数据造假、流量泡沫、算法滥用、劳动异化等问题，也需要文学网民自觉调试网络文学数据推送带来的“孤岛效应”“信息茧房”等阅读困境。譬如，在内容源头治理方面，文学网站以建立“屏蔽词库”与 AI 审核的方式大大提高了“净网”效率，但“脖子以下内容不能描写”的条款与敏感词雷区也成为备受网络作家与读者诟病的话题。网络文学如何因地制宜地运用数据与算法等新技术手段提高效率，而不遮蔽和损伤文学艺术应有的品质与意蕴，是当前网文界亟须解决的问题。作为我国新时代网络文艺的“先锋队”，网络文学要积极拥抱数字文明，让技术的“双刃剑”扬长避短，更好地发挥净化与优化网络文学生态的效能，同时让经营导向实现从“流量至上”到“内容为王”的跃迁。

二是促进网络文学更科学、全面、客观地锚定坐标，建构一套适宜自身良性发展的评价体系。本年度文娱治理的一项重要内容是强化榜单产品管理与粉丝消费管理。实际上，文学网站的榜单、流量争锋背后涉及的是网络作家等级评定与作品评

① 中国互联网络信息中心：《第 48 次互联网络发展状况统计报告》，http：//www.cnnic.net.cn/hlwfzyj/hlwxzbg/hlwtjbg/202109/t20210915_ 71543.htm，2021 年 9 月 15 日。

价问题。自国家文娱综合治理工作开展以后，网文业界以流量和收入论“英雄”的现象明显得到改观，文学网站对作品创作题材的引导功能加强。一方面，从作家等级评定来说，以阅文系网站为例，网络作家的等级体系主要分为五星作家和品牌作家两类，均以作家积分为等级晋升的标准，作家报酬、作家福利、读者互动均是获得积分的来源。其中，作者获奖、推优以及加入省级作协、中国作协可获赠积分，而作者停更60天、抄袭、虚假更新、拼凑字数、数据作弊、盗号洗钱、违约、违反职业道德等则会被扣除积分。以读者月票为主的互动积分板块还设置了500积分的封顶值。这一系列规则的出台贴合网络文学的创作实践，有助于引导网络作家提高创作质量，能够有效控制粉丝过度消费和打榜的现象。另一方面，从作品评价方式来看，文学网站在类型题材方面制定了分级与优化方案。比如，在文娱综合治理政策出台后，晋江文学城新实行的作品分级制是根据女性在网文的现实境遇从阅读规则上进行的有益探索。晋江的经营者抓住了读者年龄与题材取向的关联，针对作品的类型、标签与特点为不同年龄层读者设置了不一样的内容推送体系。这不仅为未成年人营造了健康的阅读环境，让阅读圈层与读者群落的建构更为精细化、成熟化，而且能够帮助作者明晰创作定位与类型边界。还有一些网站也尝试从作品积分方面来优化题材结构。例如，为了拓宽网站的题材领域，以玄幻为主打特色的创世中文网制定了部分题材积分加权规则。凡作品题材为历史、军事、灵异、科幻、体育、职场、奇幻的作品将享受120%的积分换算。① 这一做法避免了同类题材创作内卷化的现象，既给读者提供了更多的阅读品类，也有利于文学网站的可持续发展。如果从更深一层来考察，网络文学的榜单管理与粉丝管理实际上暗含主流审美、资本逐利、读者心理需求三者的权力关系。在文娱产业化“造星赛道”中，网络文学的商业资本与社会主义主流价值观、粉丝文化之间需形成良性互动，可以有效警惕泛娱乐化带来主体社会责任卸落的危机，从而实现主流认可、资本认可、读者认可。

三是提高网文创作者、经营者、管理者的社会责任担当，构筑网络文学的精神高地。国家文娱治理的目标针对的是当前文艺生态与主流价值观建构的问题，需要有一系列措施加强行业管理、压实平台责任、规范内容生态。本年度，全国扫黄打非办公室统筹安排的“扫黄打非·新风2021”行动将“护苗”“净网”“秋风”等专项治理行动叠加，与此同时国家版权局、工业和信息化部、公安部、国家互联网信息办公室还联合开展了“剑网2021”专项行动，这一套治理“组合拳”有力打击了网络文学的违法违规活动。在前几年“净网”“剑网”工作成效的积累上，网络文学出现的价值导向问题、内容低俗现象已得到较大改善。随着近年来娱乐产业、明星经济的勃兴，网络文学产业在面对饭圈文化、偶像养成中扰乱文艺健康生态的风气之时，也能自觉予以警惕和抵制。尤其是作为耽改剧内容源头的网络耽美小说

---

① 阅文集团：作家专区，https：//write. qq. com/portal/help，2021年12月1日查询。

已从“圈地自萌”的青年亚文化演变为规模化的粉丝文化集群，产生了较大的粉丝经济效益，在这一过程中，积极避免了片面追求经济效益、畸形审美、道德滑坡等问题。盗版、洗稿、融梗侵权等灰色地带一直是困扰网络作家和企业的症结所在，许多网站建立了巡查员制度、读者举报制度，并重新调整发布了新的写作规范。网络作家要崇德尚艺，避免低俗噱头与素材引流现象。网络文学行业要自觉提高政治站位与价值引领，做到行业责任、平台责任、作家责任三位一体，为营造天朗气清的网络文学生态创造条件。

2. 献礼建党百年，主流化、精品化勘定网络文学走向

中国共产党在波澜壮阔的百年征程中带领全国各族人民艰苦奋斗，取得了举世瞩目的成绩。在庆祝中国共产党成立100周年的时间节点上，中国作协网络文学中心联合各省作协及国内重点网络文学网站举办了网络文学“百年百部”创作工程、重点网站“建党百年”主题作品联展、“红旗颂——献礼建党百年·百家网站·百部精品”系列活动，从398部网络作品报送选题中立项100部作品建立网络文学创作工程作品库，深化网络文学主题创作培育工作，从30余家重点文学网站征集到564部建党主题的优秀网络小说，遴选出100部网络文学精品力作，对近年来涌现的优秀网文作品进行了集束式的回顾与展示。11月8日至11日，党的十九届六中全会审议通过了《中共中央关于党的百年奋斗重大成就和历史经验的决议》。中国作协及各省市作协积极组织网络作家学习贯彻党的十九届六中全会精神，提出网络作家群体要树立“为国家立心、为民族立魂”的创作目标，践行党的初心与使命，在文学创作中增强社会主义核心价值观价的功能导向，以主流化、精品化勘定网络文学走向。网络作家们献礼建党百年，书写党和国家在各个历史时期中所经历的重大事件与发展成就，讴歌人民、礼赞英雄，成为中国特色社会主义文学与新时代文艺建设的鲜活力量。从“建党百年”各类活动的申报立项与推优作品的综合情况来看，网络文学主要呈现两大鲜明的创作指向：

一是以中国共产党的伟大建党精神为网络文学塑魂。习近平总书记在庆祝中国共产党成立100周年大会上的讲话中指出：“一百年前，中国共产党的先驱们创建了中国共产党，形成了坚持真理、坚守理想，践行初心、担当使命，不怕牺牲、英勇斗争，对党忠诚、不负人民的伟大建党精神，这是中国共产党的精神之源。”从红船精神、井冈山精神、抗战精神到“两弹一星”精神、特区精神、载人航天精神，再到抗震救灾精神、抗疫精神、脱贫攻坚精神……一代代中国共产党人在不懈奋斗中形成了百年精神谱系。网络作家在伟大建党精神的感召下，书写革命抗战、社会主义建设、改革开放等不同历史阶段的英雄形象与先进人物，淬炼网络文学之魂。《沉默之觉醒》《遍地狼烟》《烽烟尽处》《无缝地带》《太行血》《血火流觞》《后手》《百年家书》《冲吧，丹娘!》等作品书写民主革命、抗日战争与爱国题材，塑造了传奇军人、游击队员、谍报工作者等一大批中国优秀共产党员形象，在历史的激荡风云中讴歌民族英雄与傲骨军魂，在挖掘红色文化、讲好红色故事、彰显红色精神方面具有典范意义。《大江东去》《浩荡》《大国重工》《大国制造》《春雷1979》《复兴之路》等作品聚焦国有经济、集体经济与个体经济改革、特区发展、工业制造崛起、乡村经济振兴、国企改制等话题，在中国梦和中华民族伟大复兴战略的宏伟蓝图下展现了改革开放与社会主义现代化建设的发展成就。《共和国医者》《共待花开时》《雪尽春来》《被困的春天》《最美逆行者》等作品以抗击新冠肺炎为主题，书写了医学专家、医护人员、政府救援工作者、基层工作人员、民间志愿者等群体大爱无私、全民战疫的精神。从这些作品中可以看出，中国共产党的精神谱系与中国百年历史、社会、经济、文化、生活变迁具有紧密的关联。网络文学不仅将中国共产党的革命斗争精神、爱国主义精神、牺牲奉献精神、艰苦创业精神、改革创新精神、抗疫精神等凝聚成精神根脉，以生动鲜活的故事印证了中国共产党领导的重要性与必然性，同时也以伟大建党精神为新时代文艺树立价值航标，给亿万读者以直抵人心的力量与鼓舞。

二是以人民为中心的创作导向为网络文学立心。习近平总书记《在中国文联十一大、中国作协十大开幕式上的讲话》中提出："源于人民、为了人民、属于人民，是社会主义文艺的根本立场，也是社会主义文艺繁荣发展的动力所在。"① 近年来，网络作家重视文艺创作与人民的紧密关系，坚持以人民为中心的创作导向，许多网文作品的创作定位已逐渐从草根文学、大众文学向人民文学转型。《朝阳警事》《写给鼹鼠先生的情书》《你好消防员》《心照日月》《公诉先锋》《人民利益》《天下网安：缚苍龙》《防线》《特别的归乡者》《村支部来了个小姐姐》等小说塑造了基层民警、缉毒警察、消防员、法官、检察官、律师、工会干部、网络安全技术员、安巡员、村干部等保卫人民生命安全与利益、带领人民脱贫致富的奉献者形象。《大国航空》《中国铁路人》《铁骨铮铮》《网络英雄传Ⅱ：引力场》《大山里的青春》《明月度关山》等作品讲述了空军试飞员、铁路工人、高铁工程师、大学生创业者、乡村教师等积极投身于航空战机研发、电气化铁路基建、西部大开发高铁工程、网络电商经济、乡村教育事业的建设者形象。《传国工匠》《印染年华》《刺猬小姐向前冲》《酒匠》《锦绣鱼图》《一脉承腔》《俗艺大师》《昨夜海棠依旧》等作品刻画了致力于传承瓯匠技艺、印染技术、刺绣工艺、酿酒工艺、鱼皮画、华阴老腔、东北二人转、戏剧戏曲等中华民族传统文化的手工匠人与演艺者形象。此外，还有《冠军之光》《2.24米的天际》《全职高手》《第二次初婚》《美食供应商》等聚焦足球运动员、女排运动员、电竞选手、厨师、试睡师等职业的小说都从不同侧面书

① 习近平：《在中国文联十一大、中国作协十大开幕式上的讲话》，http：//jhsjk.people.cn/article/32308213，2021年12月14日。

写了有血有肉的奋斗者形象。从这些作品中可以看到，网络作家的创作思想已经实现了“要我写”到“我要写”的转变，在自觉“为人民书写、为人民抒情、为人民抒怀”的创作实践中树立了许多具有典型意义的人民形象，在价值引领、国家建设、文化传承中传递人民力量与中国精神，以凝聚人民情感、塑造民族心灵的方式践行社会主义文艺的人民性品格。

3. 现实题材创作成效显著，引导网络文学与时代“同频共振”

习近平总书记曾说：“古今中外，文艺无不遵循这样一条规律：因时而兴，乘势而变，随时代而行，与时代同频共振。”① 现实题材作品是最能直击当下、反映社会发展现状的创作样态，同时也是当前网络文学增长最快的品类之一。2021 年度，网络现实题材作品与传统现实题材作品的边界在消融和模糊，网络文学的现实题材作品承担了书写重大时代命题的历史使命，建党百年、抗击疫情、圆梦航天、乡村振兴、脱贫攻坚等都在网络现实题材作品中得以精彩呈现，“穿越”“重生”“系统”等金手指的运用逐步减少，日常向、主体性和小清新的作品较为火热，基层写实题材与行业文成为网络现实题材的创作主流。《山海情》《故巷暖阳》《不负韶光》《洋港社区》《玉堂留故》《胶东往事》《扎西德勒》《我的草原星光璀璨》《最后的一师一校》《八千里路》等大批小说聚焦基层工作，反映了脱贫攻坚、旧城改造、社区治理、居民养老、乡村教育、农村基础设施建设等过程中的现实问题，体现出基层工作者面对困难迎难而上、无私奉献、勇于担当的精神。《致富北纬 23 度半》《年轻的魅力》《南海一家人》《大茶商》《奔腾年代——向南向北》《白手当家》《火车浜 7 号——疯狂处女座》《房不胜防那些年》等作品通过描写人物的奋斗经历与成长故事，展现了在新经济环境与技术变革下坚果种植业、支付行业、刀具行业、制茶业、演艺业、服装业、房地产等行业的转型升级之路。这些青年奋斗者在择业、再就业与创业的过程中经历着工作、学习、情感中的焦虑和迷茫，怀揣着热忱与理想书写自己的人生，许多细节具有生活痛感，读来真切感人。

近年来，网络作家投入现实题材创作的人数上升，作品数量骤增，许多作品呈现出鲜明的时代风貌。据统计，在网络文学 2020 年新增签约的 200 万作品中，现实题材作品数量超过 60%。② 以业内具有广泛影响力的阅文集团现实题材征文大赛为例，此活动连读 5 年已征集作品 60000 余部。其中，2021 年第五届现实题材征文大赛参赛作者与作品均为历届之最，参赛作者达 19256 人，同比增长 40.6%，征集作

① 习近平：《在中国文联十大、中国作协九大开幕式上的讲话》，http：//jhsjk. people. cn/article/28915769，2016 年 11 月 30 日。

② 吴燕霞：《〈2020 中国网络文学蓝皮书〉发布　现实题材作品占比过半》，http：//www. xinhuanet. com/culturepro/20210624/C96C370356F0000118CB18EEEB601446/c. html，2021 年 5 月 21 日。

品 21075 部，同比增长 42.4%。① 为何网络现实题材创作能在短时间内实现飞跃式攀升？其原因主要有三：一是主流意识形态、政府机构、网文平台多方合力助推网络现实题材的复兴。从少君的《奋斗与平等》、痞子蔡的《第一次的亲密接触》、慕容雪村的《成都，今夜请将我遗忘》等作品的风格可以看出，纪录生活、反映现实是网络文学早期的创作传统。在中国作协中国网络小说年度排行榜、年度重点作品扶持名单以及国家广电总局的年度推优作品中，现实题材作品上榜比率较高。同时，各大网络平台也加大了现实题材创作的支持力度，有关现实题材的创作活动越来越多。二是网络作家的兼职写作身份及创作诉求引发网络现实题材作品的整体性崛起。大多数网络作家处于兼职写作状态，这使他们更易获取生活素材、把握行业动态。据阅文集团统计数据显示，网络作家创作的人物职业超过 188 种。② 网络作家的职业身份五花八门，有医生、警察、退伍军人、扶贫干部、法医、律师、会计、工程师、设计师、技术员、销售员、大学教师、学生等，他们将自己的生活经历融入创作中，塑造了一大批有血有肉的职业角色，也拓宽了现实题材的书写范畴。三是现实题材在影视改编上产生的影响力提高了网络作家的创作热情。近年来出现大量网络现实题材 IP 影视剧。在中国电影家协会发布的《2019—2020 年度网络文学 IP 影视剧改编潜力评估报告》中上榜的网络现实题材作品超过 1/3，改编潜力值高。③ 现实题材创作不仅可以增加作品的转化率，拓宽作品的传播渠道和受众范围，而且还能提高作品的人气与影响力。因此，越来越多的网络作家选择从事现实题材创作。

4. 网络作家迭代加速，新生代彰显行业活力

近年来，网络作家数量庞大且呈不断增长趋势，创作代际覆盖各年龄层，头部作家的升级迭代速度加快。据中国音像与数字出版协会统计，近 5 年来网络作家的规模分别为 1324 万、1400 万、1755 万、1936 万、2130 万人。④ 阅文集团旗下的作者目前超 940 万人，作家代际跨度大，年龄最大的网络作家竺兴富已 78 岁，而最年轻的“大神”作家末烟是 00 后作家。从头部作家的发展情况来看，作家的晋升与成长速度快，学历结构不断优化，由“白金”“大神”“天王”级作家构成的头部作家矩阵为网络文学输送了源源不断的精品力作。“白金作家”和“大神作家”是

① 虞婧：《第五届现实题材网络文学征文大赛落幕，“95 后”作家获特等奖》，http：//www.chinawriter.com.cn/n1/2021/0527/c404023-32114837.html，2021 年 05 月 27 日。

② 阅文集团：《阅文发布〈网络文学作家画像〉：90 后作家最关注现实题材》，http：//www.chinawriter.com.cn/n1/2021/1122/c404023-32288683.html，2021 年 11 月 22 日。

③ 孟中：《2019—2020 年度网络文学 IP 影视剧改编潜力评估报告》，http：//unn.people.com.cn/gb/n1/2021/0129/c420625-32016929.html，2021 年 1 月 29 日。

④ 数据来源：根据中国音像与数字出版协会近 5 年发布的《中国网络文学发展报告》综合整理而来，文献详见张畅：《去年全国网络文学市场规模近 250 亿元　网文作者超 2130 万人》，《新京报》，2021 年 10 月 9 日；路艳霞：《国内网络文学作者数量近 2000 万》，《北京日报》，2020 年 9 月 5 日；张毅君：《2017 年中国网络文学发展报告》，《出版人》，2018 年第 10 期。

起点中文网分别于2006年、2009年推出的作家品牌，被誉为网络文学界的“封神榜”。目前，“白金”“大神”级作家共有444人，其中75%的作家学历在本科以上。本年度新晋“白金”“大神”级作家24人。其中，老鹰吃小鸡、陈词懒调、飞天鱼、锦凰、云芨、顾南西升级为“白金”作家；柳岸花又明、天瑞说符、卖报小郎君、牧童听竹等18人成为“大神”作家。“十二天王”是阅文集团继“白金”“大神”之后于2016年开办的作家评选活动，前五届入选的新锐作家有60%都已升级为“大神”作家，被业内人士称为“大神”作家的“预备役”。轻泉流响、百分之七、幼儿园一把手、朕有话要说、阎ZK、裴不了等12位作者摘得本年度“天王”称号。这说明，网络作家的“大神之路”并非一蹴而就，而是早在“十二天王”评选中已崭露头角。网络作家意识到了深耕精品力作的重要性，靠开新书打数量战取胜的策略已不再适用，有1/3的作家以精耕一部作品而“封神”。

新生代作家崛起成为创作主力军，中腰部作家迅速扩容。据阅文集团2021年数据显示，90后作家总体占比超过60%，在新晋“白金”“大神”中占比超过54%，在新书销售前100名单中占比57%，在网络文学作家指数榜排名前5的作家中占3席。95后作家基数庞大、来势迅猛，目前阅文集团95后作家超338万人，在新增作家中占比80%，在2021“十二天王”评选活动中人数近半。① 此外，阅文集团着力培养中腰部作家，通过升级作家福利政策、创办阅文起点创作学堂、推出青年作家扶持计划、建立金牌编辑工作室等举措打造“作家生态2.0”，中腰部作家规模扩大30%以上。②

会说话的肘子、老鹰吃小鸡、疯丢子、言归正传、我会修空调、七月新番、齐佩甲、云中殿、柠檬羽嫣、懿小茹、耳东兔子、海胆王、梨花颜、浮屠妖等一批90后、95后网络作家以独有的创新意识开拓了科幻、玄幻、现实、悬疑、青春等创作门类，反套路、类型融合成为新生代网络作家创作的新范式。在反套路创作设定中，新生代作家致力于通过反转和反差来增强小说爽感。去年，言归正传因《我师兄实在太稳健了》一书爆红，成为“稳健流”创作的开拓者。本年度，会说话的肘子《夜的命名术》中的庆尘、老鹰吃小鸡《星门》中的李皓、黑夜弥天《平平无奇大师兄》中的陆长生、沧海成尘《诸天苟仙》中的洛风、神秘的大西瓜《峡谷之巅》

① 数据来源：本数据由阅文集团发布的2021年中期财报、《网络文学作家画像》、“十二天王”名单、作家指数榜综合整理而来，文献详见阅文集团：《阅文发布〈网络文学作家画像〉：90后作家最关注现实题材》，http://www.chinawriter.com.cn/n1/2021/1122/c404023-32288683.html，2021年11月22日；阅文集团：《阅文集团公布2021中期业绩》，https://ir-1253177085.cos.ap-hongkong.myqcloud.com/investment/20210816/611a32977dce9.pdf，2021年8月16日；荀超：《2021网络文学“十二天王”榜单出炉 看95后网文作家如何发出时代强音》，http://www.chinawriter.com.cn/n1/2022/0107/c404023-32326049.html，2022年1月7日；阅文集团：网络文学作家指数，https://write.qq.com/portal/toprank，2021年12月25日。

② 阅文集团：《阅文发布〈网络文学作家画像〉：90后作家最关注现实题材》，http://www.chinawriter.com.cn/n1/2021/1122/c404023-32288683.html，2021年11月22日。

中的陈稳等小说的主角均以行事谨慎周密的稳健做派赢得广大读者的追捧。“稳健流”小说的出现说明网络作家意识到了爽感体验中的层级化心理图式，主角“李苟圣”们“低调内敛”的行事风格以中庸文化为指导逻辑，看似是对“龙傲天”式主角设定的反拨，实际上是糅合“扮猪吃虎文”“打脸文”“凡人流”“废柴流”的基础上主角塑造方式的又一次进阶。与“求仙”“成圣”惯常升级路线相比，“稳健流”主角“谋定而后动”的求稳心态和实力反转打破了“一爽到底”的套路设定，为男频玄幻文赢得了更大的张力。在类型融合创作中，卖报小郎君的《大奉打更人》将仙侠小说与探案题材结合，穿越架空、悬疑解密、修炼升级为小说带来了三重爽感。云中殿的《我真的不是气运之子》将穿越、修仙、“团宠”“迪化流”等元素融合，其独创的气运体系与近年来网络流行的“锦鲤”文化契合，满足了读者的心理诉求。顾南西的《他从地狱来》将“掉马文”与“甜宠文”相结合，男女主角分别患有共情障碍与多重人格，他们从普通村民到隐藏大佬的人设反转以及相互救赎之路为小说赢得了张力。我会修空调的《我的治愈系游戏》将游戏文与悬疑探案、娱乐演艺元素融合，以温馨治愈功效彰显时代正能量。阎 ZK 的《镇妖博物馆》融合都市、悬疑、历史等多种元素，并且将神话传说、志怪传奇中的古典叙事传统进行创造性转化，创作风格奇谲瑰丽。轻泉流响的《不科学御兽》将以往玄幻小说的练功升级套路转换为“御兽”升级体系，融合召唤流、二次元小说设定，构思颇具创意。一战功成的《我不可能是剑神》将剑道修仙与“沙雕文”结合，以“轻喜剧”形式创新了仙侠小说品类。

5. 网文活动提升行业热度，多方助力作家成长与理论建设

相较往年，网络文学创作活动的投入力度加大，表现形式更为多样化。作家作品推优评奖、征文大赛举办、官方及行业创作管理平台成立、网络文学专业职称评选等不仅有益激活了网络作家的创作活力，而且促进了网络文学创作向全方位、全渠道、多品类发展。中国作协第十届全国委员会委员共有 17 位网络作家入选，这一方面体现了国家对网络作家创作的关注力度，另一方面也说明一批网络作家的创作成果获得了主流文坛的认可。本年度，网络文学的推优评奖成果较多。蝴蝶蓝、会说话的肘子、紫金陈、耳根、蔡骏等 10 位作家摘得第四届茅盾新人奖 · 网络文学奖桂冠。在中国网络文学影响力榜（2020 年）、阅文 2021 年度原创 IP 榜单、中国小说学会 2021 年度好小说奖 · 网络小说 TOP10、“马栏山杯 · 网络文学排行榜”、扬子江网络文学 · 青春榜等作品榜单中，涌现出许多优秀网络文学作品。网络文学征文活动的专业化、地域化特色也越来越鲜明。阅文集团主办的第五届现实题材网络文学征文大赛、首届“火星杯”故事创作大赛、番茄小说第一届网络文学大赛、七猫中文网第一届网络文学现实题材大赛等业界主办的征文活动多姿多彩。除了业内平台举办的创作大赛，2021 扬子江网络文学作品大赛、第三届大湾区杯（深圳）网络文学大赛、第七届滇云网络文学大赛、第三届两岸青年网络文学大赛、第七届广西网络文学大赛、辽宁网络文学“金桅杆”奖等地方性征文评选活动也遍地开花。综合榜单作品与获奖作品来看，今年的网络文学创作评选加大了对作品的价值导向、作家的社会责任担当以及国际影响力的关注力度，作品主要呈现三大特点：一是现实题材小说已成为创作主流，二是传统文化元素渗入到各门类创作中的比例提高，三是作品的纯文学品相与类型创新度提升。这说明近年来网络文学的主流化、精品化工程已产生明显成效。在网络文学行业盛会中，第五届“网络文学+”大会聚集了100余家网络文学业界单位，征集到183部作品和286部具有网络文学IP改编价值的作品参展。“2021中国国际网络文学周”活动所发布的“网络文学国际推广片”和《中国网络文学国际传播报告》对近年来的“网文出海”创作成果进行了集中性展示。① 在创作管理平台建设方面，阅文集团在苏州创办了首个网络文学创作基地。云南省作家协会网络作家分会、江西省网络作家协会、贵州省网络作家协会等相继成立，至此全国有20个省、自治区、直辖市成立了网络作家协会，成立的各级网络文学组织达140余家。② 湖南首次设立了网络文学专业职称评选通道，50人获评文学创作职称。网络作家职称专场评选是网络作家通过创作实力获得专业认可与社会认同的方式，不仅可以激发网络作家的创作活力，而且能引导网络作家提高社会责任感，促进作家成长体系建设走向更成熟的发展方向。

在中央宣传部等五部门联合印发的《关于加强新时代文艺评论工作的指导意见》精神指导下，社会各界加大了对网络文学评论的重视力度，着力推进网络文学理论评价体系建设，创办多样化的网络文学评论阵地，打造一支高质量的评论人才队伍。从研讨会的举办情况来看，“中国网络文学评价体系与批评标准”学术研讨会及“中国网络文学30年”国际高峰论坛等学术会议就网络文学评价体系与批评标准建构、中国网络文学发展历史及理论建构、世界网络文学视野中的中国网络文学、人工智能与网络文学的未来、网络作家作品研究等议题进行了深入探讨，这既是对过去网络文学发展30年的一次回顾与总结，又是在新时代背景下针对网络文学新形势、新任务、新要求进行的理论建构与实践。在网络文学评论阵地建设方面，扬子江网络文学评论中心在南京创办，全国首家网络文学文科实验室落户浙江传媒学院，《网络文学研究》《中国网络文学研究》等学术辑刊相继成为网络文学评论发表的新阵地。在网络文学评论人才队伍建设方面，中国作协举办的网络文学评论高研班、第二届白马湖全国网络文学评论大赛、“钱潮杯”第二届青年创意家·网络文艺评论奖等成为培养网络文学评论人才、挖掘网络文学评论新人的重要平台。

---

① 张恩杰：《截至2020年中国网络文学共向海外输出作品1万余部》，《北京青年报》，2021年10月18日。

② 郑海鸥：《弘扬正能量　作品有流量》，《人民日报》，2021年12月5日。

二、年度聚焦

1. 多项举措打造网络文学"绿水青山"

（1）根治行业乱象，矫正网络文学走向

2021 年，中央多部门发布了《关于加强新时代文艺评论工作的指导意见》《关于开展文娱领域综合治理工作的通知》，从行业顶层设计上引导网络文学正向发展。这些文件将社会主义核心价值观引领时代风尚作为对文艺领域的基本要求，赋予了网络文学更为具体的社会责任。据统计，截至 2021 年 6 月，我国网民规模达 10.11 亿，较 2020 年 12 月增长 2175 万，互联网普及率达 71.6%，较 2020 年 12 月提升 1.2 个百分点。① 网络文学市场规模的扩容标识着网络文学行业需要在文化强国建设中担当更为重要的历史责任。我国已经成为全球最具生机、最为庞大的数字社会体，与此同时，部分互联网行业企业及从业人员无序生长，造成个人信息泄露、大数据杀熟、不当言论扩散、虚假夸大宣传、不公平竞争等种种乱象，对人民群众切身利益及社会和谐稳定造成严重危害。网络文学是增量巨大的新兴网络文化产业，网络监管难以及时全覆盖，出现了文学阅读市场泥沙俱下、网文质量参差不齐等问题，一定程度上还存在着"三俗"和历史虚无主义现象，以及亚文化渗透、畸形审美、洗稿侵权等问题。② 2021 年，政府多部门联动根治网文行业乱象，17K 小说网、纵横中文网、疯读小说、狸猫阅读、菠萝阅读、凝香阅读网等文学平台被依法处罚，180 多部网络文学违禁作品被查处。③

（2）加强网文从业者职业道德建设

在网络强国战略、推进互联网行业持续发展的基础之上，国家相关主管部门陆续出台了一系列政策法规，对互联网行业持续健康发展明确要求、提供引导。"民有所呼，我有所应；民有所求，我有所为"，加强互联网行业从业人员职业道德建设，已是民心所向。④ 2021 年中国文联发布《修身守正　立心铸魂——致广大文艺工作者倡议书》。2021 年 9 月 2 日，中国作家协会发出《关于进一步加强文学工作者职业道德建设的意见》，特别强调对网络作家、自由撰稿人等新文学群体的团结引领，要求完善重点网络文学网站联席会议工作机制。2021 年 9 月 7 日，中国作家协会在京召开全国重点网络文学网站联席会议暨加强职业道德建设座谈会，研讨加强网络文学行业职业道德建设的具体措施。在会上，来自 43 家重点网络文学网站负

---

① 中国互联网络信息中心：《第 48 次互联网络发展状况统计报告》，2021 年 9 月 15 日发布。

② 资料来源：《张宏森：网络文学存畸形审美等问题，要抵制流量至上错误倾向》，"中国作家网"微信公号 2021 年 9 月 8 日发布。

③ 郄建荣：《多部门联合挂牌督办 125 起典型案件》，《法制日报》，2021 年 12 月 29 日。

④ 孔繁鑫：《从互联网从业人员自身做起，提升职业道德修养构建清朗网络空间》，光明网 2022 年 1 月 11 日。

责人表示网络文学到了转型升级发展的关键阶段，要建设好专业审核团队，避免单纯以流量和收入对作家进行分级的做法，杜绝使用低俗标题、素材误导读者。2021年12月30日，中国网络社会组织联合会第一届会员代表大会第三次会议审议通过《互联网行业从业人员职业道德准则》，倡导互联网行业从业人员规范职业行为，把职业道德和行风建设力行到文娱各界，努力建设风清气正的文艺新生态，奋力推动新时代文艺事业及文娱行业高质量健康发展。① 作为互联网文艺界的“资深参与者”，网络文学已经逐步从“文学的边缘走向文学的中心”，从政府组织到企业、个人层面的网络文学从业者和研究者，加强职业道德建设是时代担当使然，也是历史发展必然，网文界在享受互联网发展带来的社会红利的同时，也要有“以文化人、以文育人”和弘扬真善美、传播社会主义核心价值观的社会担当。

（3）提升网络文学编审质量

网络文学编审工作是网络文学内容的直接“把关人”和传播者，编审的权限能将符合群体规范和价值标准的信息准入传播渠道，所以网站编辑需具有网络文学内容生产的市场嗅觉和文学敏锐力，但若没有树立正确的价值观和对党、对人民高度负责的政治责任感，是很难成为一名合格编辑的。2020年年底，中国作协组织136位知名网络作家签发《提升创作质量倡议书》后，2021年网络文学行业的价值导向、作品选题创作以及作品质量均有明显提升。2021年4月23日，为推进网络文学质量提升工程，中国作协网络文学中心主办全国重点网络文学网站联席会议，组织全国网络文学头部网站的负责人进行深度交流，对小说编辑、审核等环节提出新的要求，从创作和编审源头明确思想导向和价值引领。会议强调全国文学网站要理性自觉，强化行业自律，提升编审水平，尊重作家权益，推动网络文学的精品化。此次联席会议聚焦创作导向、质量把关、编辑水准、作品推介、职业操守、作者权益和网文出海等问题，达成七点共识，现场共同拟定了《提升网络文学编审质量倡议书》。倡议书向全国500余家网络文学网站发出七条倡议：一、坚持以人民为中心的创作导向，弘扬社会主义核心价值观，坚决抵制低俗、庸俗、媚俗；二、尊重原创，抵制粗制滥造，避免同质化、套路化；三、建立编辑资格准入制度，加强编辑管理和培训，防止过度依赖机器审核，杜绝问题作品上线；四、规范作品推介，不以点击量论英雄，抵制畸形审美，拒绝黑榜营销；五、保护作者权益，反对霸王合同，与作者建立公平、公正、共赢的合作关系；六、强化职业操守，反对洗稿、注水，坚决抵制剽窃，打击盗版行为；七、推动网文出海，扩大中华文化的海外影响力等。② 在2021中国网络文学论坛上，中国作协还举办了全国重点网络文学网站主

① 刘江伟：《中国作协加强网络文学行业职业道德建设》，《光明日报》，2021年9月11日。

② 虞婧：《中国作协组织全国重点网络文学网站发布〈提升网络文学编审质量倡议书〉》，中国作家网2021年4月25日发布。

编党史学习教育暨提升网络文学编审质量培训班，进一步加大力度提高编辑审核水平。这届论坛上，中国作家协会积极组织协调网络文学各方力量建立编审主题的分论坛，组织企业端、政府端和学者端共同研究解决提高网络文学编审能力、效率所面临的现实困难。头部文学网站的主编赴各爱国主义教育基地，通过学习革命事迹，祭拜革命英烈，传承红色革命基因，厚植爱国主义情怀，领悟自身承担的文化责任和历史使命。①

2. 网络文学类型创作临“变”而“动”

（1）类型小说创作浮现“破圈”现象

对于现阶段网络文学的发展而言，“破圈”分为两个部分：第一部分发生于网络文学本身，指一部作品突破单一题材的限制，出现两种或多种题材交叉融合的情况，如都市玄幻、现实穿越等等，或者是指读者群体从具有一定限制的范围扩散到更广泛的阅读群体，摆脱“圈地自萌”；第二部分发生在网络文学作品外部，指网络文学作为 IP 版权开发的文创产品源实现动漫、游戏、影视等不同兴趣主体的圈层互渗与融合。在互联网语境下，读者群体由以“社交共读”来表达追更之后的即时联动，逐渐演变成虚拟书友圈、角色圈、兴趣圈等圈层丰富、用户黏性强的垂直用户社区。庞大的市场体量为网络文学破圈提供了流量基础，网络类型小说百花齐放，玄幻、武侠、言情、科幻等类型是本年度最受欢迎的题材。而影视、游戏改编是网络文学实现内容“破圈”的重要形式。近 5 年来由网络小说改编的影视剧目超 600 部，《少年的你》《鬼吹灯》等电影，《琅琊榜》《大江大河》《都挺好》等热播剧，《隐秘的角落》《沉默的真相》等悬疑短剧都在改编播出后赢得诸多赞赏。由顾漫执笔的知名网络小说《你是我的荣耀》IP 改编的网剧在 2021 年 7 月于腾讯视频播出后反响热烈，领跑 2021 年暑期档电视剧排行榜。这部小说主打都市爱情轻喜剧，结合了时下热门的电竞、航天、爱国等热点话题，故事现实感强有力落地。纵观本年度实现“破圈”的小说主要有三大原因：一是故事题材新颖，立意深刻，具有较强的可读性；二是作者对部分专业领域的知识与细节把控严格，展示了真实、立体、时代新人形象，让读者产生深度共鸣；三是 IP 改编剧成年度爆款，从网剧人气引流复热小说流量，引发新的阅读热潮。

（2）科幻网文强势崛起

本年度，网络科幻小说是崛起最迅速的创作门类之一。随着末世流、废土流、机甲流小说以及赛博修仙文、科幻种田文的兴起，网络科幻小说已经逐渐形成了具有鲜明标识的创作风格。据《2021 科幻网文新趋势报告》统计，目前阅文旗下科幻

---

① 裘晋奕：《亿万人气网络文学大咖齐聚山城“论道”！2021 中国网络文学论坛今在重庆揭幕》，《人民资讯》，2021 年 5 月 26 日。

小说作者达 51.5 万人，其中 90 后作者占比超过 70%，95 后、00 后作家占比超过 58%。①《2021 阅文年度好书榜》的男频榜单中，科幻题材小说成为新晋热门，占据各榜单近三分之一榜位。从网文社区的评论反馈来看，读者对网络科幻题材比对其他题材的作品体现出更强的互动性与评论热情，在某些热门小说的书评区，有粉丝自发组成科普组和气氛组，解答专业知识原理，补充故事创作背景，与网友在线答疑解惑。在热门作品方面，爱潜水的乌贼《长夜余火》、天瑞说符《我们生活在南京》、黑山老鬼《从红月开始》、核动力战列舰《出笼记》、会说话的肘子《夜的命名术》、陈词懒调《每天都离现形更近一步》、吾道长不孤《赛博英雄传》等作品将科幻类型与末世、废土、机甲、赛博朋克、生物进化、基因融合、武道修仙等元素结合，不少创意令人脑洞大开。譬如，《长夜余火》中的身份等级制度、强制婚配等具有科幻现实主义色彩；天瑞说符的《我们生活在南京》通过氚管的半衰期为时间定标以及独创的“时光慢递”法则显示了科幻网文的“硬核”技术流风范；《夜的命名术》以表里世界的时空穿梭强化了由人物身份阶层转换带来的情节张力。科幻网文具有恢弘的世界观和极具创新精神的故事主题，利用 IP 进行科幻网文跨媒介叙事将是未来科幻内容生态的增长点。2021 年 6 月 25 日国务院印发的《全民科学素质行动规划纲要（2021—2035 年）》中提到，要在“十四五”时期，实施科幻产业发展扶持计划，包括搭建高水平科幻创作交流平台和产品开发共享平台、推进科技传播与影视融合等。这表明，国家已经将科幻提升到了国家规划与顶层设计的高度，科幻内容与产业深度联动时代已然来临。

（3）现实题材力担时代使命

2021 年，现实题材网络文学作品依旧表现出强劲的发展之势，网络作家积极投身现实题材创作，深耕行业领域，热忱描绘新时代新征程的恢宏气象。相较以往，现实题材的业态分工更加精细化，涉及制造业、半导体行业、互联网经济、房地产、电信、医疗、体育、制茶、文物修护等众多门类，组成了一幅全景式的行业百态图。其中，创业流、职场流小说塑造了触摸经济脉搏的时代新人群像。网络作家一方面强化硬核知识输出的优势，许多专业术语具有知识普及性；另一方面注重传递欣欣向荣的行业面貌与时代朝气，为现实题材网文增加了代入感、真实感与认同感。例如，《北斗星辰》《万里山河一日还》《与沙共舞》《重卡雄风》《大国机修》等作品聚焦北斗卫星导航系统、电力机车、海外电信、重型卡车装备、机修行业的技术研发与市场开拓，展现了“中国制造”到“中国智造”的发展速度。《我为国家修文物》《他以时间为名》等作品生动诉说了文物修护专家在修护古画、古籍、雕塑、青铜器具、壁画等方面的精湛技艺与崇高理想。《共和国医者》《共和国战役》《生

---

① 夏奕宁：《〈2021 科幻网文新趋势报告〉发布：Z 世代也有科技大情怀》，https：//www. thepaper. cn/newsDetail_ forward_ 14477821，2021 年 9 月 13 日。

音》《援外仁医》等小说通过描述医护人员在抗击新冠病毒、院前急救、海外救援中所经历的危急事件，赞颂了白衣卫士默默奉献、救死扶伤的精神。《王者时刻》《传奇浪潮十八年》《禁区之狐》《短跑之王：从高中开始的奥运冠军》《狮舞者》等作品从游戏与体育竞技中书写青春的热血与朝气，展现职业选手努力拼搏、为国争光的精神。《我的黄河我的城》《幸福巷37号》《情暖三坊七巷》《梁陈美景》等作品，以接地气、有温度、有情怀的方式纪录地域视角下几代人的生活变迁，把小人物的追梦、追爱之路熔铸于村庄、胡同、街巷、弄堂等家园书写中，立体生动地展现了地域风土人情与社会发展变革。《老兵新警》《警探长》《冬雪暖阳》《草根律师也有春天》等作品讲述基层民警、法官、律师等人与恶势力做斗争、维护社会治安并挽救迷途之人的经历。小说作者或有多年法务、警务工作经历，或取材已公布的真实案件，其中涉及吸毒贩毒、野生保护动物买卖、入室盗窃、电信诈骗、青少年犯罪、劳务纠纷、学历造假等案件，具有很强的真实感。《亏成首富从游戏开始》《咸鱼的自救攻略》《1991从芯开始》《从1983开始》《大医凌然》《当医生开了外挂》《美食供应商》《鹰掠九天》《重生似水青春》等作品讲述一个普通人如何成为行业精英的故事，虽然这些故事在现实背景上添加了系统、重生、穿越、异能等金手指元素，但所涉及的创业、半导体业、医疗、美食、航空、探案等领域的知识与细节非常专业化，能使读者迅速代入故事，富有爽感与张力。在国家意识形态与主流文化价值观的引领下，网络现实题材作品正主动担当，在建设文化强国的道路上彰显历史责任，创造出一批具有深远社会意义的精品力作。

3. 网文IP开发创新“解题思路”

（1）IP轻衍生同步开发成网文发展新潮流

IP轻衍生指的是在IP衍生开发中，通过低成本、短周期的IP改编开发模式，形成符合互联网时代消费模式的IP运营和变现方式，其具体形态包括有声书、微短剧、漫画和视频漫剧等。在衍生产业链中，中游网络文学网站/App的参与是网络文学行业的核心环节，也是网络文学内容版权提供方和用户之间的重要纽带。2021年网文IP新衍生产业异军突起，头部网文企业借热度IP开发抢滩IP轻衍生产业链，实现了IP改编项目的快速变现。在改编动漫方面，国内第一部年番动漫《斗罗大陆》以周更频率牢牢占据着国漫人气第一的宝座，《凡人修仙传》动漫特别篇推动“凡人流”小说再热，《斗破苍穹》动漫第四季一经首播即冲击榜单前列。此外，我吃西红柿的《吞噬星空》、云天空的《灵剑尊》、暗魔师的《武神主宰》、耳根的《一念永恒》、纯情犀利哥的《独步逍遥》、洛城东的《绝世武魂》等人气小说改编动漫的市场反响均有不俗表现。

随着抖音、快手等短视频平台的兴起，作为一种新的IP改编模式，网络改编短剧迅速成长。这类短剧投资小、风险低、节奏快、周期短，准入门槛低，吸引了越来越多IP产品提供方的加入。书旗推出的首部改编短剧《今夜星辰似你》在上线36小时即登顶优酷短剧热度榜，随即以超高人气入选优酷V榜电视剧榜单第八名，与一众精制长剧共同入选。米读早在2020年就与快手进行了战略合作，达成IP短剧孵化计划，相继推出了《权宠刁妃》《我的契约男友》《国民男神是女生》等改编短剧作品。中文在线先后与快手达成IP授权、短剧孵化的深度合作模式，① 推出了《霸婿崛起》《我不想陪仙二代渡劫了》《他熠熠生辉》《律政佳人》等多部微短剧。掌阅科技入股短视频制作公司等闲，达成部分优质IP深度开发合作意向。2021年7月，双方成立西安阅闲文化传媒有限公司，发布数百部微短剧拍摄计划，试图通过打造微短剧内容矩阵MCN，为掌阅自持IP的增益培育流量阵地。随着内容版权方、影视制作方、视频平台多方平台加入微短剧改编角逐战，未来IP改编短剧发展图景十分可观。

（2）免费平台开启IP孵化之路

免费平台的经验模式主要是通过作品内容吸引读者，从广告投放中获取利润，然后将广告收入给予内容创作者一定的收益分成，平台自身则借用阅读流量的引流效果建立IP孵化基础。米读小说、疯读小说、连尚读书均在近两年积累了不少网文IP的短剧内容，其中米读小说是实现剧集化和变现能力最强的免费小说平台。2021年米读在IP孵化和内容生态建设领域取得突破，免费阅读平台在激活数字阅读市场后，开始以内容生态持续输出IP改编短剧。目前米读已摸索出一套自有微短剧的开发机制，贯穿IP筛选、剧本改编、影视制作、粉丝运营等IP开发全过程。2021年，米读IP改编的短剧在快手平台播出后，借用快手后台精准的数据流量推送和庞大的用户群体加持，进一步放大了米读网文IP的价值。以《秦爷的小哑巴》第一季为例，这部根据米读原创小说改编的微短剧，上线之初就斩获了3.3亿播放量，单集短剧播放量突破1亿。除与快手短视频的深度合作，米读还与微视、芒果等视频平台充分联动，达成多项内容要项，从而为自己的IP流量充容。截至2021年底，米读开发的IP短剧数量已达38部，包括《权宠刁妃》《河神的新娘》《国民男神是女神》等，短剧全网播放量超34亿，环比增长70%，全网粉丝总量超1600万，环比增长18.75%。IP内容源头在微短剧大爆之后也得到复热，《秦爷的小哑巴》上线第二天，原著作品新增阅读人数涨幅达515.3%，作品日收入涨幅达194.4%。2021年5月，米读推出爆款书籍打造计划，根据原创小说的阅读数据、用户画像和流量热度等指标，每月评选两本潜力网文进行针对性的千万级流量强曝光。② 由于坚持在垂直领域培育自有IP内容，与大部分依靠广告存活的免费平台相比，米读已经通过

① 安若水：《〈2021年网络文学IP概览〉：网络文学IP已成影视改编的“主角”》，《传媒内参》，2021年8月。

② 资料来源于《米读月活超千万背后：打通IP孵化闭环，建设原创内容生态》，《蓝鲸财经》公众号2021年6月4日。

打造人气短剧为自己拓展出差异化、创新化的 IP 孵化新路。

(3) IP 开发市场回归理性轨道

根据艾媒咨询的数据显示，2020 年中国网络文学的市场规模为 210 亿元，而其潜在的市场则高达千亿，网文 IP 产业的下游总产值累计超过 1 万亿元。据统计，近两年来，热度最高的 100 部影视作品中，有 42 部来源于网文 IP 改编，撑起了内容源头的半壁江山。然而，网文 IP 跨界运营存在门槛、资源磨合难、利用率不高等问题，2020 年阅文集团爆出超 40 亿的巨额亏损，引发业界对网文 IP 红利期已过的诸多猜测。2021 年阅文集团上半年财报显示，阅文在线阅读业务实现收入 25.4 亿元，同比增长 3.4%；版权运营及其他收入同比增加 124.5% 至 18.0 亿元，其中，来自 IP 运营的营收有 17.4 亿元。上半年阅文的电视和网络剧、电影、IP 授权和自营网络游戏业务的营收同比增长 129.8%，这表明阅文已成功走出 2020 年的巨损泥淖。① 随着内容、平台和产业生态的格局演变，以阅文集团为代表的网文巨头已经意识到 IP 网文改编的产品红利期已过，影视、动漫、游戏等多领域布局的 IP 生态链构建才是开启未来 IP 市场战局的那把钥匙，未来的发展思路应该回归到孵化优质内容、提升社区互动体验和免费阅读上，以此提高网文读者用户黏性，为布局 IP 生态链打造更坚实的基底。

4. 网文出海模式升级迭代

(1) 网文模式输出创造新业绩

中国网络文学出海历经出版授权、翻译网站崛起、海外原创和模式输出等阶段后，网文出海进入“4.0”时代。《2021 年中国网络文学出海研究报告》数据显示，2020 年我国网络文学出海市场规模增速为 145%，海外市场规模达 11.3 亿；用户规模增速为 160.4%，达 8316.1 万人。2021 年的出海数据暂未发布，但预计将翻倍增长。文化资本和主流平台抢滩网文出海市场，网文出海早以脱离单一的内容输出，大型平台将成熟的中国网络文学商业模式带入海外市场，开始建立海外文学阵地，吸纳本土作家加入平台进行原创，创造出具有本土人文风情和文化形态的网络文学作品。根据 FACEBOOK 网文漫画白皮书的数据预测，2021 年中国网络文学海外读者数量会以 24.7%的增长率增长至 4935 万。截止到 2021 年 12 月，中国网络文学海外下载量达到 10.7 亿次，增长了 20%。同时，中国出海图书与工具书类应用的总消费者支出达到 9450 万美元，相比 2020 年上半年同比增长 87%；下载量达到 5852 万次，同比增长 23%。② 中国网文模式输出为网文全球化发展提供了输出范式和资本支持，从海外本土 UGC 内容不断攀升的利好情况来看，我国网络文学模式输出情况

① 李佳佳、徐海东：《阅文集团：版权运营助力成功扭亏〈青簪行〉能否播出备受关注》，《财联社》，2021 年 8 月 16 日。

② 数据来源：老九，微信公众号“烹小鲜”（ID：pengxx01）。

利好，网络文学产业业态在落地国茁壮发展。

（2）AI 技术助力翻译升级

原创出海和翻译出海是我国网络文学内容出海的两种最主要的形式，翻译出海的投放回报率和付费率尚存在较大上升空间，将中国小说翻译成外文的过程会有个人主观色彩和文化差异带来的词语理解偏差，提高翻译出海的本土化程度将大幅提高翻译出海的经济增益。

中国网络文学作品体量巨大，翻译难度高且耗费成本昂贵，翻译的时间周期和译文出品速度都难以保证。中国文化博大精深，网络文艺特有名词尚缺乏统一规范，作为译者既要考虑小说的可读性又要保持上下文的内容连贯性，无形之中增加了翻译的时间成本，减缓了网络文学作品的更新速度，并且因无法及时满足读者的追更要求而影响海外读者的粉丝黏性。① 现在，推文科技公司利用 AI 翻译技术成立海外文学小说社区，AI 翻译能够实现自动监测、抓取和翻译获得版权的中文小说，使行业效率提高了 3600 倍，成本降至原来人工翻译的 1%，AI 翻译正逐步成为未来网文翻译的发展趋势。就目前而言，提高 AI 翻译的准确度是当务之急，各平台应通力协同构建 AI 翻译系统对网络小说的内容理解图谱，以提高网文翻译行业的整体术语准确性。② 现在，AI 翻译正逐步成为翻译的主流趋势，“AI 翻译+人工校审”的网翻模式将成为中国网文出海的主要翻译趋向。

（3）中国元素从“走出去”到“走进去”

习近平总书记在中国文联十一大、中国作协十大开幕式上的重要讲话中，向广大文艺工作者提出五点希望，其中第四点是：用情用力讲好中国故事，向世界展现可信、可爱、可敬的中国形象。网络文学生逢其时，成为讲好中国故事、传播中国形象的重要端口，是推动中华文化的对外输出进程里不可或缺的关键环节。网文出海正在逐步实现从内容生产到模式输出的结构性转换，从文艺产品出口到融合落地国文化联动的整体性升级，文化辐射面正从东亚文化影响圈辐射到全球。网络文学头部企业和科技公司响应国家号召，推动网文出海，开发利用数字技术和互联网平台，翻译出版了大量受众认可度高兼具中国文化特色的网络文学作品，在全球范围内传播中国声音，展现中国网络文化创新的魅力，以提高中国文化的传播力和影响力。而在网络文学的海外传播进程中，由文化差异造成的传播效果不明显是网文出海的一大难题。故《盘龙》《诡秘之主》这类兼具东西方文化特色的文学作品，巧借西方玄幻文学外衣讲述中国故事，已然成为高关注度、高点击率的出海经典之作，这给我们以深刻的启示。中国元素走出国门不难，华文语境的庞大人口基数能够提供中国元素小说出海孵化的养料，但是中国元素能够在落地国深耕，植入文化认同

① 乔钰茗：《文化强国背景下的中国网络文学海外传播研究》，《沈阳建筑大学学报》，2021 年第 3 期。

② 邵璐、吴怡萱：《中国网络文学的多模态海外传播研究》，《中国出版》，2021 年第 17 期。

后开发文学 IP 业态却不是易事，任重而道远。① 中国网络文学是浓缩中华文化的话语方式和表征艺术，它可以作为通俗文化的代表参与到全球文化的实践中，成为代表我国与他国文化沟通交流的桥梁，也是对各国青年展现中国文化和树立中国形象的重要窗口。网文出海以文字的力量借助现代媒介充当中华文化输出的扩音器，正承担着让世界真正了解中国文化的历史使命。

5. 网络文学研究在溯源与开新中稳步发展

（1）网络文学起源的论争

学界关于网络文学起源的论争与历史研究是 2021 年度网络文学研究的热门话题。专家学者对网络文学的历史发展、定性和定义问题各持己见。欧阳友权认为，对中国网络文学起源的论争不仅是要找到某种“真相”，更在于给中国网络文学找到一个可供认同的时空坐标，以确立起文学实践与观念逻辑相一致的历史合法性，让这一文学的“来路”与“去向”在观念建构时找到正确的打开方式。他认为中国网络文学诞生于北美，1991 年在美国创办的电子周刊《华夏文摘》是汉语网络文学的起点，其成长线是“生于北美→成于本土→走向世界”。这种被称作“网生起源说”的观点能够廓清中国网络文学的正根和主线，明晰中国网络文学是从何处开始的，又能廓清中国网络文学将走向何处。② 马季从网络文学的自身特点出发，主张网络文学“现象说”，他认为草根写作、大众参与、社会关注三者共同构成了网络文学这一新时代文化现象，网络文学溯源应为：北美留学生邮件和论坛+少君——黄易+《风姿物语》——《第一次的亲密接触》+榕树下文学网，1998 年是网络文学建立之年。③ 吉云飞认为《第一次的亲密接触》和《风姿物语》这两部文学作品与黄金书屋、榕树下和金庸客栈这三处文学空间共同开启了中国网络文学的原点，《风姿物语》是从文学本体而言的起点，金庸客栈是生产机制的真正源头。④ 邵燕君、吉云飞认为，“生于论坛”的网络文学具有与世界网络文艺的联通性，将起始点锚定在 1996 年诞生的金庸客栈，认为这样锚定网络文学起点可以更加明确中国网络文学的独特性质及其在世界网络文艺中的定位。⑤ 2021 年《新华文摘》第 14 期转载了欧阳友权、马季、邵燕君三位研究者的文章，由此引发了网络文学溯源问题的热烈探讨。

（2）网络文学的评价体系与批评标准建构

网络文学的评价体系与批评标准建构是近年来网络文学研究的热点话题。自

① 舒晋瑜：《网文出海，网络文学成为中国故事的扬声器》，《中华读书报》，2021 年第 17 版。

② 欧阳友权：《哪里才是中国网络文学的起点》，《文艺报》，2021 年 2 月 26 日。

③ 马季：《一个时代的文学坐标——中国网络文学缘起之我见》，《文艺报》，2021 年 5 月 13 日。

④ 吉云飞：《制作起源：中国网络文学的五种起源叙事》，《文艺理论与批评》，2021 年第 2 期。

⑤ 邵燕君、吉云飞：《不辨主脉，何论源头？——再论中国网络文学的起始问题》，《南方文坛》，2021 年第 5 期。

2016年以来，欧阳友权、单小曦、周志雄、黎杨全等学者先后获取国家社科基金重大项目、国家社会科学基金艺术学重大项目，表明这一问题的热度和重要性。2021年度，许多学者深耕这一领域，产生了不少研究成果。欧阳友权认为，网络语境的思想性、不脱离爽感的艺术性、源于技术传媒的网生性、依托市场绩效的产业性和聚焦传播效果的影响力等五个持论维度，构成了网络文学的评价指标，而网络文学评价体系的功能形态则呈现为“树状”结构。① 禹建湘基于25家文学网站的数据分析，通过网络文学社会效益评价体系的指标权重设定，将网络文学社会效益的评价体系分为政治导向、队伍建设、文学生产、内部制度、受众反应、文化服务和社会影响七大要素层，根据模糊综合评判的原理，对指标进行分值计算，认为“政治导向”“文学生产”“受众反应”属于要素层中最重要的指标，应利用这套评价体系来鼓励文学网站坚持以人民为中心的创作导向，不断加强文学内容的建设。② 周志雄认为，评价网络小说要在艺术考量的基础上，充分考虑网络小说的网络性、大众性、市场性、文化产业转化的影响力等。网络文学是时代文学机制的产物，不能简单套用现代文学的评价标准。网络文学是否能经得起时间的考量成为长久的经典，现在谈论还为时尚早。③ 黎杨全认为，网络文学实现了人群、文本和媒体的链接，他主张建构文学性与连接性相结合的动态评价体系，以探索新媒介文艺批评的中国话语。他指出，动态的评价体系要求网络文学的研究范式实现现实与网络的双重田野考察，从传统单一的作品阅读、纸质文献的调查深入网络文学现场，采用网络民族志的方法搜集整理电子文献。④ 杨玲从网络文学的社会性维度出发，将文学公共空间的议题探讨引入网络文学研究，除了关注文学性这一传统文学评价尺度之外，还认为网络文学的叙事伦理以及围绕网文建构的文学公共空间亦是不可或缺的底色。⑤ 欧阳婷认为，探讨网络文学批评需要明确批评的标准问题，标准之内应该包含广泛的应用性，这也是批评理论建构的焦点。⑥

2021年6月12日在合肥举行的“中国文艺理论学会网络文学研究分会第六届学术年会暨‘中国网络文学评价体系与批评标准’学术研讨会”上，近百位学者根据“评价体系与标准”“类型与文化”“叙事与媒介”“作家与作品”“评价与传播”五个不同议题，从多个层面探讨了网络文学评价体系和批评标准建构的理论范式和实践路径。会上，欧阳友权提出了网络文学的“评价树”构想，这个评价体系由思想性、艺术性、产业性、网生性和影响力五个一级指标构成，下面分设二级指标，

---

① 欧阳友权：《网络文学评价体系的“树状”结构》，《当代文坛》，2021年第6期。

② 禹建湘：《构建网络文学网站社会效益评价体系——基于25家网站数据分析》，《中国文学批评》，2021年第3期。

③ 周志雄：《网络文学经典化与评价体系建构》，《中国文学批评》，2021年第3期。

④ 黎杨全：《新媒介的“连接主义”与网络文学评价范式变革》，《中国文学批评》，2021年第3期。

⑤ 杨玲：《社会性：网络文学评价体系的另一维度》，《天津社会科学》，2021年第3期。

⑥ 欧阳婷：《弥补网络文学批评的理论“短板”》，《中国图书评论》，2021年第3期。

其越贴近一级指标，在评价体系中所占的权重就越高。黄鸣奋认为网络文学亟待解决内部的“空耗”，网络文学评价与建设须有全局观。汤哲声指出，网络文学批评标准要找准清晰定位，从民族性、传统性、媒介修养和作家修养多维度进行联动。周志雄认为，构建网络文学评价体系是中国文学发展、网络文学观念和传统文学理念的碰撞，在认可网络文学是中国当代文学重要组成部分的同时进行网络文学分层。王宏波提出网络文学评价体系需要借鉴出版物全评价理论来构建。张志忠提出网络文学与新媒介的第三次浪潮以及网络文学新界面与评价关系等问题。①

（3）数字媒介与算法时代的网络文学研究

网络文学是数字媒介时代的必然产物，从文学的角度单一谈网络文学的研究已经不足以对这一文化现象进行更加深刻的挖掘和解答，应该用数字的方式以及计算机技术来解读人文思维、拓展新的研究格局。网络文学的算法时代随着资本化运营和 IP 生态系统的日臻成熟应运而生，2021 年数字算法研究有了新的成果和新的推进。王秋实用标签算法来解读网络文学的免费阅读，他认为，免费阅读的下沉式产品策略带来了产业增量，但也导致了算法推介模式、不透明的稿费分成、任务式评论场设计、对读者转化的错估形成发展困局。② 项蕾认为，网络文学下一发展阶段的基础条件是：媒介环境、数字技术和版权制度促成读者注意力与创造力的货币化。免费阅读平台借助推荐算法，从受众流量中抽取经济资本，是一场数字资本主义对网络文学场域的重塑。③ 从数字媒介的发展愿景来看，喻国明、耿晓梦认为，元宇宙是全部数字技术集大成者的终极数字媒介，在互联网技术完成对传统社会“去组织化”时，新的社会媒介也在架构社会形态的“再组织化”，元宇宙是对于各项互联网相关技术的全面融合、连接与重组，并将是未来互联网终极发展的目标愿景。④

（4）网络文学产业研究

截至 2021 年底，由中国社科院可供查询的数据显示，我国网络文学产业规模已经超过 288 亿，网络文学成为国民经济的一种产业，网络文学所带动的文娱业态的快速发展，在 2021 年得到众多学者的持续关注，对于网络文学衍生产业链、新商业模式以及 IP 商业路径突破提出了许多新的研究思路。蒋珂撰文指出，网络文学衍生产业链存在改编影视剧质量低、实体书性价比不高、改编游戏制作不精和市场两极分化严重四类问题，由此导致市场出现强烈的两极分化现象。⑤ 李萌萌、田书格、

---

① 江秀廷：《如何建构中国网络文学评价体系与批评标准》，中国文艺理论学会网络文学研究分会第六届学术年会。

② 王秋实：《娱乐下沉：免费阅读的产品策略与自生困局》，《新媒体研究》，2021 年第 7 期。

③ 项蕾：《推介去中心与消闲货币化：数字资本主义对网络文学场域的重塑》，《文艺理论与批评》，2021 年第 4 期。

④ 喻国明、耿晓梦：《何以“元宇宙”：媒介化社会的未来生态图景》，《新疆师范大学学报（哲学社会科学版）》，2021 年第 5 期。

⑤ 蒋珂：《网络文学衍生产业链存在问题研究》，《长江丛刊》，2021 年第 1 期。

黄倩基于场域理论，利用社会关系的分析方法，通过分析网络文学场域内部构成和资本运作规律，以解读网络文学衍生产业链来挖掘网络文学跨场域延展的发展策略。① 吴丹提出，应该从受众视阈探讨网络文学衍生产业链，该产业链上中下游三级企业并非独立个体而是相互依存的，网络文学企业融合需将三级企业的模式问题各个击破，而作为网络文学产业理想模式的第三极企业，应随着受众地位的改变进行模式调整。② 新媒介环境下，“IP+文化产业”已成为文化领域最具关注度的商业模式，就此，陈樾豪、黄钟军指出，挖掘多类型 IP 打造可系列化或可跨媒介化的 IP 互动娱乐新生态，将有助于网络文学产业的衍生价值与变现价值的统一。③ 孟隋认为网络文学市场出现“见顶”信号，可通过 IP 衍生产业链发展、改善免费阅读模式、创新网络小说题材和形式、网文出海持续抢滩市场来突破网络文学市场的“天花板”。④

（5）网络文学的叙事研究

网络文学的迅速发展带来了文学叙事模式的多元化，2021 年研究网络文学叙事学的成果开始增多。张学谦认为，中国网络文学存在文化“逆旅”，网文作品以小说文本为媒介，通过叙事言语、文本内系统等几个方面，在文化哲学层面实现东西方大众文化观念直接对话，既传递了海外奇幻文学与大众文化的特质，又向海外传播了具有中国文化特质且易于接受的叙事文本。这种碰撞促进了当代网络小说的发展，也推动了中国文化的海外传播。⑤ 马季从创作资源的角度将网络文学分为幻想题材、现实题材和历史题材三大类别，从文学叙事的角度来说，网络文学归类于类型文学亦脱胎于类型文学，网络文学的叙事资源主要来源于传统神话志怪演义和大众文艺，虽然依托于类型文学的叙事方略，但在表现形式上更富有时代意义和市场规律。女性网络文学的叙事特征包含女性意识的觉醒，是自成体系的网络文化现象。⑥ 马季通过对网络小说《神工》的解读，阐述了网络小说的文本共建模式，将工业文的艺术特点、叙事模式与时代发展结合，揭示强国工业文的叙事密钥。⑦ 网络文学的乡村题材小说属于小众题材，相关文学研究涉足不深，桫椤指出乡村小说通过人物的成功塑造、模式化的故事套路，以及社会主流价值的凸显与其他现实题材小说有着不同的叙事调性，此外乡村小说采用了共情的人物形象，常运用对比手

① 李萌萌、田书格、黄倩：《基于场域理论的网络文学 IP 产业链分析》，《新媒体研究》，2021 年第 7 期。

② 吴丹：《受众视阈下我国网络文学产业链分析》，《新媒体研究》，2021 第 7 期。

③ 陈樾豪、黄钟军：《路径与突围：IP 影视剧跨媒介叙事策略研究》，《中国广播电视学刊》，2021 年第 9 期。

④ 孟隋：《打破市场天花板：网络文学新商业模式探析》，《中国图书评论》，2021 年第 3 期。

⑤ 张学谦：《叙事言语、文本内系统与文化接触——网络小说的“逆旅”现象》，《中国当代文学研究》，2021 年第 2 期。

⑥ 马季：《中国网络文学叙事探究》，《中国文学批评》，2021 年第 2 期。

⑦ 马季：《科技时代的精神建构——论网络小说〈神工〉的叙事方式及其艺术特色》，《当代作家评论》，2021 年第 5 期。

法形成反差，增强了这类小说叙事的张力。①

（6）网络文学海外传播研究

网络文学的海外传播是这几年学界研究的热门话题，中国网络文学在抢滩国际网络文学市场中表现抢眼，俨然已成为中国文化海外输出的主力军。2021 年，网络文学海外传播研究着眼于文化本质、多模式文化融合，注重讲好中国故事研究，以便让西方读者通过认同和接纳中国故事来认识中国文化。欧阳友权从中国网络文学海外传播的形态、动力与屏障三个方面来解读网文出海的现状和挑战，认为中国网络文学海外传播主要经历了海外版权输出、网文线上外译推介、网文 IP 衍生多媒体传播和网络文学模式输出四个阶段；中国网文出海的动力机制是文化强国的“文学表情”、中国文化的故事魅力和拓展海外市场的行业需要；而中国网络文学海外传播需解决的三大屏障为：落地国法律公约、跨文化传播的社会鸿沟和东西方文化融解。② 杨会认为，中国网络文学在营造中国形象上存在着片面化的问题，网络文学的翻译团队良莠不齐，这些问题将阻碍网络文学海外传播的生命力。拓宽海外受众面的必要策略是保障网络文学作品精品化、经典化，拓展写作题材，全面塑造文化强国形象，组建高质量的翻译团队。③ 邵璐、吴怡萱认为，中国网络文学凸显了多模态叙事的模式及特征，提高多模态叙事的传播力需通过协同构建网络文学海外传播生态、AI 翻译助力网络文学规模化来实现。④ 徐兆寿、巩周明从现状、症候与发展三个角度研究中国网络文学的海外传播，认为网络文学对外传播策略优化需要通过重塑网络文学的核心价值、建立中国“本土”与“海外”联动的官方翻译平台来实现。⑤ 网络文学的海外传播研究在文化强国的大背景下具有非凡的政治意义，乔钰茗提出，在中国网络文学海外传播的进程中，政府及各组织机构应该积极完善保护机制，借鉴先进国家的海外传播经验，保护中国网络文化出海版权；企业应加大技术革新力度，合理设置版权壁垒防治盗版；学界需着力健全网络文学质量评价系统等，合力推动中国网络文学常立世界文化之林。⑥

三、反思与趋势

1. 网络文学发展的反思

（1）短视频引流的“增量焦虑”

目前，网络文学用户规模趋于稳定却又增长乏力，短视频引流成为各大文学平

① 桫椤：《网络文学中的乡村想象与叙事策略》，《中国文学批评》，2021 年第 2 期。
② 欧阳友权：《中国网络文学海外传播的形态、动力与屏障》，《贵州师范大学学报》，2021 年第 6 期。
③ 杨会：《中国网络文学海外传播现象分析》，《南京师范大学文学院学报》，2021 年第 3 期。
④ 邵璐、吴怡萱：《中国网络文学的多模态海外传播研究》，《中国出版》，2021 年第 17 期。
⑤ 徐兆寿、巩周明：《现状 · 症候 · 发展——中国网络文学对外传播研究》，《当代作家评论》，2021 年第 2 期。
⑥ 乔钰茗：《文化强国背景下的中国网络文学海外传播研究》，《沈阳建筑大学学报》，2021 年第 3 期。

台吸引用户增量的普遍做法。中国互联网信息中心 2021 年 9 月发布的第 48 次《中国互联网络发展状况统计报告》（以下简称报告）并没有如往常一样将网络文学单列在网络娱乐大类之中，这与网络文学在娱乐类应用领域用户增长乏力，市场表现逊色于网络视频、网络直播与网络游戏等原因不无关联。根据报告数据，2021 年 6 月，我国网络文学用户规模为 4.61 亿，占网民总数的 45.6%。2020 年 12 月，网络文学用户规模为 4.60 亿，占比 46.5%。2020 年 3 月，网络文学用户规模为 4.55 亿，占比 50.4%。2019 年 6 月，网络文学用户规模为 4.54 亿，占比 53.2%。2018 年 12 月，网络文学用户规模为 4.32 亿，占比 52.1%。以上数据表明，我国网络文学用户规模近三年有小幅度增长，但增长幅度远低于预期；同时，我国网络文学用户占比近年呈下降趋势，这说明网络文学的原有市场份额正被其他娱乐应用“蚕食侵占”。除了激烈的外部竞争，网络文学遭遇的“瓶颈”也有自身因素。阅文集团的财报显示，2018 年至 2020 年，公司月付费用户占比分别为 5.1%、4.5%、4.5%。免费阅读的兴起一度给网络文学带来新的增长点，但潮水退去之后，不但免费阅读苦苦挣扎、勉力支持，付费阅读也不可避免地进入下滑模式。如此“内忧外患”迫使网文行业将目光投向了短视频这一“风口”，希望能借短视频东风实现网络文学的再一次增长。

网络文学借短视频引流的原因十分明显。第一，以短视频为代表的网络视频是“注意力经济”时代的佼佼者。截至 2021 年 6 月，我国网络视频（含短视频）用户规模达 9.44 亿，较 2020 年 12 月增长 1707 万，占网民整体的 93.4%；其中，短视频用户规模达 8.88 亿，较 2020 年 12 月增长 1440 万，占网民整体的 87.8%。另外，据《2020 中国网络视听发展研究报告》的数据，全国短视频用户观看短视频的日均时长为 110 分钟。可以说，短视频远远超出了娱乐应用的范畴，它借助技术红利已成为许多人的生活方式，形成了互联网时代一个个新的虚拟“部落”，使用户获得了电子身份与群体认同，具有强大的影响力。第二，网络文学与短视频具有天然的亲缘性。这里的短视频或微短剧特指网文平台在抖音、快手、优酷、微视等视频平台发布的 1—5 分钟的信息流广告，其大多根据网络文学作品最经典的反转桥段改编，情节紧凑、极易“上头”，目的是引导用户下载网文 App，实现流量到用户的转化。一方面，网络文学情节跌宕、矛盾丛生、人物鲜明、爽点密集，十分适合改编成短视频。另一方面，短视频制作周期短，资本投入低，时效性强，是网络文学落地影视的高效之选。据《2020 快手短剧生态报告》，截至 2020 年 12 月 31 日，快手上的微短剧已超 2 万部，点击破亿的超 12.5%，粉丝量超 100 万的短剧作者已近 1200 位。2021 年，快手短剧更是进一步携手创作者、IP 平台以及影视机构，志在打造 1000 部快手独家精品短剧。抖音 2021 年 4 月开启了短剧新番计划，鼓励 MCN 机构或个人作者在抖音首发带有连续剧情的 1—5 分钟作品。抖音还将联合番茄小说共同推出“番茄 IP 改编合作”，鼓励用户将 IP 改编成精品短剧。在 2020 年年底，微视推出主打制作精良的1—3分钟竖屏连续微剧品牌“火星小剧”，以及针对精品微剧的扶持计划“火星计划”。七猫小说、番茄小说、米读小说等免费平台的成功探索促使传统付费巨头躬身入局，计划将旗下浩如烟海的小说IP短视频化。阅文集团特推出了IP短剧《生活挺甜》，发布在B站的官方账号。中文在线也表示旗下原创网络文学平台17K小说网编辑团队正在推进相关短视频业务。网络文学与短视频的“牵手”使赘婿、霸总、穿越、复仇等主题大放异彩，后者不仅引流效果出色，网友还纷纷以此为“原材料”进行二次加工，进一步促进了网络文化的狂欢。微短剧《龙王赘婿》凭借浮夸的演技、反复反转的“套娃”情节，以及简单粗暴的台词梗，在2020年火到出圈，歪嘴龙王成了B站和微博等平台的流行符号，“时日无多”“有眼无珠”“三年之期已到”“逐出苏家”等话语在网友中口口相传，成为网络流行话语的一部分。

不过，从市场角度看，短视频引流虽风头正盛，我们却不可对之过于乐观。首先，短视频虽能吸引大批流量，而网文App最终能否留住这些流量仍是一个问号。网文App近三年用户人数与付费人数的同时下滑证明，网络文学的阅读业务已触及增长天花板，许多下载软件的用户只是“蜻蜓点水”式的凑热闹，并非网络文学的核心人群。网文发展重在核心人群的深耕以及市场价值的挖掘，这一文学的“护城河”建设比表面的数据变化更为关键。其次，短视频为了在1—5分钟内吸引用户，必须提取网文作品中最“狗血”的部分，这样的目标设定会潜在影响网络文学的创作模式与创作理念，进一步挤压网络文学的文学性。而“孩子没了”“霸道总裁”“重生逆袭”“豪门夺产”这些关键字眼和3秒一小反转、30秒一大反转的情节设定，也会使网络文学在高质量发展的道路上无法沉下心干实事，不知不觉“开了倒车”。最后，内容生产与作者培育始终是网络文学发展的“压舱石”，短视频引流只是市场手段，却不是终极目的。短视频与网络文学的结合给行业带来新的希望，同时也带来新的问题。风往什么方向吹，归根结底是多方角力的结果，我们希望它能够在以短视频为代表的图像文化的强势进攻下由静生动，转危为机，以文字为盾，执想象力之重剑，与惊涛巨浪勇敢搏斗。

网络文学与短视频的结合可以理解为“图像时代”深入发展的外在表现。20世纪照相机、电影、电视和其他媒介的相继出现，将图像带到了聚光灯下，成为社会生活的主角。21世纪以来，随着互联网的普及，图像经历“二次发展”迅速增殖，不断占领人类的表达系统。类像、图像、影像、景象在图片、动图、直播、表情包、有声书、短视频等各种文化形式中大放异彩，逐步建立起图像对文字的绝对统治。詹姆逊认为，种种“类象”或“影像”的文化逻辑是一种空间意义的联系，它们将众多历时性的片段摊到一个平面之上，彼此之间没有历史的纵深感。① 历史的线性

① ［美］詹姆逊：《后现代主义或晚期资本主义的文化逻辑》，陈清侨译，三联书店1997年版，第455页。

时间意义正逐渐消失，图像所承载的空间意义是任意、偶然和随机的，它不断侵占书写文化的疆土，将文字赶至不见阳光的阁楼。文字在后现代社会被发散、被稀释、被压缩、被去中心，它似乎无所不在又无从寻觅。不管是借短视频之手为网络文学引流，还是用短视频对网络文学进行图像转化，都是文字对新消费习惯的调适与妥协。文字古典意义的消逝，使得戏谑、戏仿、滑稽、狂欢占据舞台中心，审美能力不再是奥林匹斯诸神的祝福，而是用感官刺激和及时反馈塑造的越来越高的娱乐“阈值”。图像—文字—图像的历史循环正在发生，在“上帝死了”之后，人类自然表达系统难免出现崩坏之势。问题在于，人类能否找到新的表达方式？也许人们害怕的不是表达系统的流变，而是自然表达系统所代表的认知能力与逻辑能力的萎靡。当文字将神坛让渡给了图片，当古典思考成为喧哗众生的稀有物，当人类不再下笔如有神而是将缩写、表情包、图片和影片视为表达范式，消失的不仅是本雅明珍视的“韵味”，而是与之匹配的思维方式与生活模式。因此，网络文学与短视频的结合是技术裹挟的必然趋势，网络文学的“文字”与短视频的“影音”互为支持，“影音时代”也许是“图像时代”3.0的高阶版本。

（2）免费阅读的“红与黑”

免费阅读是近几年网络文学最热门的话题，它撬动了新崛起的付费阅读市场，在网络文学增量见顶之时横空出世，扩大了行业受众的基本盘，挑战了网络文学的常规盈利模式，被称为网文江湖中的“鲶鱼”。免费阅读在2021年继续维持高速增长的态势，但喜人的流量红利背后潜藏着对优质内容与盈利前景的忧虑。QuestMobile发布的《2020中国移动互联网年度大报告》显示，2020年12月，免费阅读App用户规模达1.44亿，较上年同期的1.18亿，同比增长22%。付费阅读App的状况正好相反，行业月活跃用户从2019年12月的2.54亿，下滑到2.19亿，同比下跌13.7%。一升一降的鲜明对比，显示出市场对免费阅读的巨大兴趣，用户纷纷“用脚投票”，在用户数量、月活人数、使用时长等多项指标中“暴打”付费阅读，以此带来了对免费阅读的更多关注。

免费阅读的高速发展离不开资本的助力。七猫背靠百度、疯读借力触宝、番茄仰仗今日头条、米读拜在趣头条门下，资本助力下的免费阅读在广告营销、现金拉新、资源投入上慷慨解囊。通过借短视频引流、植入知名综艺、铺设城市广告等方式，免费阅读在市场资源的助力之下迎来了潮水般的下载量。除了开发多元引流手段将用户吸引过来，免费阅读也“搜肠刮肚”地留住用户。其中屡试不爽的方法是用日常活动和现金奖励方式提高用户黏性。比如，番茄小说的用户可在App页面通过玩专属的番茄游戏赚取“番茄”。不同的阅读时长能够转化为不同层级的番茄奖励。老用户邀请好友下载App也可获得现金奖励。因此，以“免费阅读+现金奖励”为噱头，免费阅读在移动阅读市场奠定了生存壮大的基础。免费阅读与付费阅读拥有不同的用户画像，而这正是免费与付费融合发展的市场基础。国盛证券的行业研报认为，免费模式与付费模式在用户群体上存在较为明显的年龄、城市、性别差异。具体而言，免费模式撬动了底线城市和“银发族”（60 岁及以上用户）的增量需求，获得大量下沉用户和中高年龄层用户。相关人士表示，免费阅读是付费阅读模式的有益补充，瞄准对价格敏感但能接受阅读页面广告的客户，有利于提高内容库的整体投资回报率，帮助作品产生更高的价值。免费与付费并行发展已呈现出相关迹象，以《斗罗大陆》为例，《斗罗大陆》在起点连载期间通过付费模式获取收益，完结后则将主要精力放在版权运营之上。2020 年，《斗罗大陆》向用户开放免费阅读权限，仅仅半年时间，通过 QQ 浏览器阅读《斗罗大陆》的人数就超过了 1000 万。免费与付费的携手合作能够覆盖更广泛的用户群体，适应多元化的阅读需求，延长网文作品的生命线，激活作品的“二次收益期”。

免费阅读这条“鲶鱼”入局三年，带来了网文市场的正向变化，同时也产生了不少问题。其一，内容同质化严重。内容同质化虽是免费与付费的通病，但付费阅读在多年发展中逐渐形成了对精品内容的共识，在类型、语言、想象力与互动方面不断推陈出新。相比而言，免费阅读 App 中受欢迎的作品大多充斥着几年甚至十几年前付费阅读 App 已经“玩”过的老梗，女频仍以“霸爱”“毒妃”“宠妻”“大佬”为旨趣，男频也仍将“盗墓”“龙婿”“帝尊”“惊魂”等视为作品亮点。虽然目前免费阅读依然拥有巨大流量，但如何孵化优质作品，增加用户黏性，挖掘新市场与新题材都是免费平台可持续发展的重要议题。其二，IP 价值转化受阻。免费阅读的主要收益是广告收入，但长期发展必须着眼于网文作品的 IP 转化，而这无疑是免费阅读的薄弱环节。免费阅读的发展历史短，签约作者相对较少，传得开、叫得响、立得住的作品屈指可数，其 IP 孵化的潜力严重不足。而 IP 存量增长绝非一朝一夕之功，资本能否“宽容”免费阅读足够的时间仍是一个问号。其三，市场推广打“擦边球”。免费阅读在微博微信等社交平台以及抖音快手等视频平台进行了大量推广，但这种推广像是网络空间里的“牛皮癣”，观之厌恶却又无处不在。从“王妃挂在城头七天了”“和禁欲系的男医生恋爱”到“将军发现女儿住狗窝”，文字、图片和视频无不极力挑动用户的感官体验，打着软色情的名号博人眼球。长此以往，网络文学的公众印象或将与“小黄文”“垃圾文学”画等号，不利于网络文学的高质量发展。

(3)“三俗”等问题仍困扰网络文学

网络文学承技术之红利，借市场之东风，仗资本之利器，在数十载时间里演绎了大众文化的狂欢神话。无数网文经典应运而生，从文字到影视，从二维到三维，从线上到线下，产业规模逐年扩大，上中下游渐成体系，网络文学也随之成为我国创意产业的重要源头与精神文化的显著标志。在超过 4 亿读者的手机、电脑终端，网络文学如同以文字为载体的精灵，发挥着独特的魅力。但在赢得广大受众和市场价值的同时，网络文学也遭到多方诟病，其中一条主要“指控”便是以“三俗”与历史虚无主义为代表的错误倾向。近些年来，在政府部门、行业组织、网文企业和网文作者多方的努力下，以上倾向得到了部分纠正，但囿于日积月累的“顽疾”与难以平衡的尺度天平，“三俗”、历史虚无主义、不良亚文化、畸形审美等问题仍然不同程度地存在，成为网络文学高质量发展的一大挑战。为何“三俗”问题会成为网络文学的“原罪”？究其原因，网络文学的民间DNA使其直接面向大众，走上了一条与传统文学迥异的道路。网络文学以大众喜好为圭臬，尤其是2003年VIP付费制度站稳脚跟之后，市场成了它最重要的风向标。事实上，市场本为中立客体，并无对错之分，但市场这名“指挥家”在不同的背景下指挥出了不同的乐曲。言语低俗、价值庸俗、站位媚俗，网络文学在大众文化的发展之路上一旦越过了界，就会将自己置身于精致审美的对立面。另外，“三俗”不仅只困扰网络文学，它广泛存在于网络娱乐应用里，是整个文化产业的沉疴旧疾。

如何解决“三俗”问题不仅关涉网络文学转型升级的重要关卡，也关系到文娱产业的可持续发展。大禹治水，疏而不堵，我们不妨用辩证的思维看待“三俗”问题。首先，只要不是过分“三俗”，某种程度上满足了普罗大众的情感需求并使之得到回应与抒发，就具有积极的社会“减压”价值。我们不得不承认，传统文学曲调高雅、寓意深刻，它仍是属于小众人群的爱好，传统文学的创作、分发、传播、赏鉴等过程过滤掉了众多的普通人。作为金字塔基的人民群众有着同样迫切的情感需求，这时喜闻乐见的文化形式便应运而生，丰富了民众8小时工作之外的休闲时光。网络文学的流行正是因为它尊重读者，将读者的乐趣视为服务目标，通过文字的形式打造出了作者与读者平等共享的虚拟乐园。其次，“三俗”虽于民众娱乐有功，但其尺度拿捏需要智慧技巧。“俗”字意为人吃五谷杂粮，这是最自然的需求，但一旦越过某个界限，五谷杂粮也会产出陈芝麻烂谷子，影响身体消化。网络文学被诟病的“三俗”问题主要表现在题材的庸俗化、同质化以及宣传的低俗化、误导化。因为民众的猎奇心理与市场的发展偏向，网文作者在大千世界丰富多彩的题材中“只取一瓢”，独爱修仙、豪门、宫斗、虐恋等“装神弄鬼”、刺激浅薄的主题。可以说，如果不调整思路，纠正庸俗题材的泛滥倾向，网络文学的优势很快会消失殆尽，失去创造力和想象力。同时，有些网络文学的宣传有意突出低俗和误导的特点，用夸张字眼与暗示性图片博取读者关注，引导读者下载相关软件，成为网络乱象的一部分。流量红利的见顶与利润增长的压力迫使各大网文“诸侯”搏命拼杀，争夺下沉市场和增量用户。市场使网文焕发了勃勃生机，但低俗的宣传却不是网文发展的长久之道。如何沉下心深挖网络文学的文学价值和社会价值，如何适度地市场化而不是被市场所吞噬，如何在教育、娱乐等文学应有之功能上有效平衡，是网络文学发展的思考重点。最后，“三俗”还影响了网络文学的行业生态，形成了以流量为主、以收入为重的评价标准。正是因为“三俗”对市场和人气的强调，网络文学各个平台也顺势而为，将作品流量、作家收入视为最重要的参考标准，对高流量、高收入的作品和作家予以大量资源支持。市场的选择固有其逻辑，但唯流量的导向和以收入论英雄的趋势无疑会使行业变得急功近利，万事朝“钱”看，失去了自我优化的弹性力量。因而，我们需正视网络文学中的“三俗”等问题，肯定大众的精神需求，找准“三俗”问题的原因，对症下药，用辩证的眼光引导其优质发展。通俗与“三俗”之间存在明确的界限，大众的情感需求并不等于对“三俗”的认同与追捧，我们相信，在政府、平台、作家的多方合力下，网络文学在满足大众的情感需求上能够找到更合适的“落地”形式，从而促进网络文学的高质量发展。

2. 网络文学的发展趋势

（1）5G商用催生网络文学新业态

2021年11月，工信部公布的最新数据显示，我国已建成超115万个5G基站，占全球总数70%以上，是全球规模最大、技术最先进的5G独立组网网络。目前中国所有地级市城区、超过97%的县城城区和40%的乡镇镇区实现了5G网络覆盖，5G终端用户达到4.5亿户，占全球80%以上。随着5G大规模商用的普及，数字世界和物理世界的边界将被进一步打破，5G在To C（企业用户）方面得到广泛应用的同时，也开始在To B（一般用户）方面赋能各行各业。网络文学因互联网而生，近年来与5G、云计算、物联网、大数据等新一代技术频繁发生联动共创，此次5G商用浪潮有望催生行业新业态，在网络文学的创作、传播、消费与决策等领域实现智能发展。

第一，5G入局网文创作，人机协作加速网文转型。2017年，微软（亚洲）互联网工程院宣布人工智能产品小冰的新技能——看图创作现代诗正式面向公众开放。小冰可在用户的指令下创作初步作品，用户可在其基础上自由再创。小冰开发者认为，该产品能够激发更多人进行创作，实现人与人工智能（AI）共同作诗的愿景。AI之风已吹过文学之田，播下一粒粒种子，从诗歌到小说，从线下到线上，AI描绘着人机协作的未来图景。有专家预计，5—10年之后，AI可独立完成大体量的网络文学写作，但成效如何，仍有待读者检验。在人机协作模式下，作者前期负责搭建小说框架，设定成熟后由AI自动生成相关内容。人类想象力被放置在了中心位置，而相关情节、内容、文字则由大数据进行完善。这种模式能够提升网文创作效率，刺激更多作品的产生。然而，创造性与技术性如何协调将成为新的挑战，人机协作的作品能否打动读者、获得认可也是一个大大的问号。无论如何，AI与5G的出现正改变网文创作业态，使网络文学开始进入“智慧时代”。在新的时代，只有直面挑战、勇敢弄潮的人，才能在日新月异的变化中获得主动权。

第二，5G打通网文线上线下传播空间。网络文学在5G技术的帮助下将深化融合传播的内涵，扩大网络文学的应用场景，并且与图像、视频深度结合，成为公共虚拟文化空间的重要一环。一方面，5G技术使网络文学的应用场景更加丰富多元，从电脑到手机，从客厅到地铁，从线上到线下，文学的传播途径更加多样，存在方式也更加多元。5G 意味着通信从人与人走向了人与物乃至物与物，万物互联、互为节点，5G 与网文的“联姻”能够激发行业更多的可能性。另一方面，融媒体将在 5G 技术下加速发展，有望打造包括网络文学在内的全新的公共虚拟文化空间。公共虚拟文化空间契合了当下大众日益增长的精神文化需求，是文化领域对以 5G 技术为代表的通信技术做出的积极回应，其重点既在于“公共”，也在于“虚拟”。这个崭新空间摒弃了传统社会和阶级划分，是网民共享共治的平等空间。此外，此空间从实体存在转移到虚拟存在，跨越了时空又创造了新的时空。在公共虚拟文化空间里，或者用更为熟悉的概念，在文化产业的漫威宇宙或迪士尼乐园，网络文学正成为创意的源泉与想象力的聚集地。

第三，5G 促进网络文学“阅读升级”。5G 技术正与网文内容相结合，打造出多种场景中的“新看法”与“新玩法”，沉浸式体验成为网络文学阅读升级的第一个关键词。全面屏视频、AR 虚拟形象、云游戏平台以及 5G 融媒体手机娱乐等，都在描绘网络文学与图像视频结合的多种可能。文学作品的线性思维让位于多点联动的生态思维，多感官与多媒体的结合将升级网络文学的阅读体验，激发网络文学的数字潜能。网络文学阅读升级的第二个关键词是场景多元与需求细化。网络文学的读者在技术的助力下有望享受自由度更高的阅读体验，而不同需求的群体也能够获得针对性更强的服务体验。现代社会的一大特征是大众，尤其是年轻人，被划分成了一个个城市“部落”群体。这里的“部落”并非以血缘和氏族为特征的传统单位，而是按照主流文化之下的亚文化划分的人数更少、黏合性更高的群体。因此，网络文学的分类在未来势必会更加细化，而细化人群也能够凭借 5G 技术的普及享受更精确的服务。也就是说，网络文学在前 30 年从时间与空间维度改变了文学的创作和传播，在 5G 时代，网络文学还将进一步改变文学的消费和体验，因此可以预测，未来的文学仍然是“文学”，却又不仅仅是“文学”。

(2) 网络文学产业链的“下游倚重”趋势

网络文学呈现出的“下游倚重”趋势与盈利模式的转型升级密不可分。在发展初期，网络文学的盈利主要是倚重网上订阅与实体出版，随着读者群体的日益饱和，网站平台将目光放在了 IP 经营的“大文娱”战略上，相关资源向产业链下游倾斜，逐渐形成了以阅读服务为基础、版权运营为重心的发展模式。以阅文为例，2021 年上半年，阅文总收入同比增长 33.2%，达 43.4 亿元。其中，版权运营及其他收入同比增长 124.5%至 18.0 亿元，而来自版权运营的收入同比增长 129.8%，达 17.4 亿元。2021 年上半年在线阅读业务实现收入 25.4 亿元（此处只包括在线文字阅读收入），同比增长 3.4%。版权运营在所有收入中的占比从 23.2%上升到了 40.1%，逼近了在线业务占比。版权运营出色的市场表现生动地展示了网络文学产业链下游倚重的趋势，这将一方面促使更多的网文 IP 走向多媒介改编与多形态呈现的模式，无论是漫画、动画，还是影视、游戏，以网文作品为起点，优质 IP 将坐拥更多市场资源，形成“强者更强”的局面。微短剧、影视厂牌、季播化、分账剧、网络电影等影视行业近几年流行的新玩法正吸引着网文企业的注意力，细化了 IP 改编的方式途径。另一方面，网文 IP 将在更广泛的领域实现授权经营，比如消费品、潮玩、剧本杀等线下实景娱乐场景，它们适应了消费娱乐市场的更新迭代，把握住了 Z 时代表达自我、追求个性的精神需求。

网络文学的下游倚重与大文娱各产业的耦合是大势所趋，但新的现象需要我们采取审慎辩证的态度。

第一，网络文学作品并非全部适合进行 IP 改编，如果不顾实际情况，不做扎实的市场分析，奉行唯流量论进行 IP 改编，就容易陷入资源浪费、自欺欺人的境地。如今，大众对改编作品的要求越来越高，政府也对相应作品的题材内容有所规范。跟风改编或凌空虚蹈，缺乏对生活和艺术的深入观察，试图以表面功夫博取关注的行为如同在沙滩上搭建房屋，经不起任何考验。引发上述现象的一个重要原因是资本过热、人心浮躁，相比于沉下心来踏实做事，更多的人关心的是如何在较短时间内取得更多收益。资本的介入是行业发展的利好消息，但另一方面，如何平衡商业性与艺术性，把发展愿景与短期目标有机结合，对于生产精神食粮的网络文学而言，是一项高度复杂的挑战。

第二，IP 改编需要专业人才精细分工、合力完成，而这正是当前 IP 经营领域的最大短板。一只木桶盛水多少并不取决于桶壁上最高的那块木块，而恰恰取决于桶壁上最短的那块木块。网络文学的 IP 改编虽然已经取得了一些成功，如粉丝热捧的动画连载《斗罗大陆》《斗破苍穹》，火到出圈的精品剧集《甄嬛传》《庆余年》《赘婿》等，但这些作品只是恒河沙数的改编作品中的少数亮点，大多数作品在市场遇冷，甚至无法回本。这当然有市场基本规律的影响，但 IP 改编领域专业人才的缺失也是主因之一。如果把网络文学的改编分为虎头、猪肚与豹尾，那么优秀的原创作品便是威猛精彩的开头，策划、执行、制作就是内容丰富的过程，市场、商务与营销便是高调有力的结尾。虎头、猪肚与豹尾缺一不可，在当下，网文上下游环节众多，发展时间较短，仍处于摸着石头过河的初始阶段，从作者、编剧、脚本、选角、演员、服化到录音、配乐、市场、后勤、财务、翻译，IP 改编不再只是文学行为，更是分工缜密的市场行为。它不仅实现了文字与图像的转化，更是专注创意、讲究协调的集体行为。理论上虽如此说，现实情况却是，网络文学上中下游各环节因为专业人才的缺乏造成了一系列问题。比如，不专业的创作人员大行其道，胡乱改编、不尊重历史、融梗抄袭等现象屡见不鲜。市场人才储备不足导致酒香也怕巷子深，传统思维制约着作品价值的深入挖掘。同时，游戏改编创意不足、同质化严重，影视改编触发不良亚文化的传播，这些都是需要解决的问题。因此，网络文学下游产业的发展壮大需要培育专业化的 IP 人才，尊重市场规律，以专业精神打造优质 IP。

第三，网文创作是下游发展的动力之源，就如同植被一般，创作是深植于地下的看不见的根系，而下游产业高耸于地上开花结果。虽然我们看不到植被的根系，但它对植被的生长乃至周围环境都有重要影响。因此，虽然下游产业目前得到倚重，网文创作却不可因 IP 热潮而遭遇冷落，否则下游产业就如同无根之木，无法发展壮大。好的作品离不开慢工细活，而艺术性的用心与进益能够衍生更多的改编空间，激活更多的可能性。所以，我们需要在资本当道的背景下呼吁更专注的创作，倡导创作更加贴近大地、贴近生活、贴近受众，摆脱套路，拓宽题材，紧跟时代，推陈出新，从各个维度提升作品的文学性，用高质量的作品站住脚而行更远。当然，在大文娱的强势战略下，网文创作不可避免会受到 IP 市场的影响，短期内也会出现急功近利、眉毛胡子一把抓的乱象，网上甚至出现了出售网文写作公式的交易行为，这是将网文创作当成了流水线上的工业制成品，只要往公式里套用不同信息，作品便可被毫不费力且源源不断地生产出来。网文市场越来越大，跟风投机的现象会越来越多，这个过程与其说是一池春水中混进了淤泥，倒不如说是网文市场的自我调节。网络文学不可能在真空中成长，各种不利因素如果处理得当，这棵大树必定更加枝繁叶茂。只要我们把握好网文创作这一基本点，重视上中下游各环节的人才孵化，严肃认真地进行改编制作，实事求是、科学严谨地进行市场分析，网络文学的下游产业会得到健康的发展，并可为我国文化产业的提质转型提供示范作用。

（3）网络文艺批评出现“数据化”“粉丝化”倾向

2021 年 8 月，中宣部等五部门联合印发了《关于加强新时代文艺评论工作的指导意见》，让网络时代的文艺批评有法可依、有规可循。《意见》强调：“加强文艺评论阵地管理，健全完善基于大数据的评价方式，加强网络算法研究和引导，开展网络算法推荐综合治理，不给错误内容提供传播渠道。”《意见》指出，文艺评论管理需要与时俱进，学会用大数据等算法思维替代传统管理思维，是文艺评论管理的创新和升级。与文艺评论管理大数据化相对应的是网络文艺批评的“数据化”趋势。这一趋势指的是，在网络文艺研究活动中，传统的文人思辨型研究方法不再是唯一主角，以计算机技术为基础的数据化研究方法作为传统方法的补充已闪亮登场。有学者大胆预测，大数据、云计算、人工智能等技术将使人类逐渐赛博格化，当人类自身都有可能演变为义体人类或生化电子人时，研究方法也会随之数据化。人类智能与人工智能的深度结合在网络文艺批评活动中将表现为定性与定量、主观与客观的统一。网络文艺产生于互联网平台，其创作、传播、消费过程都是以数据的方式进行的。因此，数据是网络文艺的天然母体，缺乏数据视角便难以进行完整的网络文学研究，从这个角度看，数据可被视为网络文艺批评的起点。网络文艺的数据化批评现已应用于网络文艺的市场反馈及受众画像，学者可通过智能软件或数据模型大规模地获取相关指标，以数据为基础对网络文艺进行深入分析。除了网络文艺批评活动的外部诸因素，作品本身也有与数据结合的潜力。网络文艺如同人类的身体，数据便好似对身体进行定量分析的精密仪器。网络文艺这具“躯体”因为数据变得更加直观。可以预测的是，数据研究将使网络文艺批评突破单个作品的局限，如同桥梁一般在数据库中联通不同作品，使多个作品的多样研究成为可能。数据化意味着代表人类智能的人脑与代表人工智能的电脑实施的深度合作。“控制论之父”维纳曾提出一个构想，那就是把人和机器想象成单一的高流动性的社会化技术系统里的动态协作元素。在那样一个系统里，控制不是来自某位长官，而是来自人、机器及其周边事件的复杂随机互动。①

网络文艺批评的数据化是人机协作的具体体现，但是，数据化并不意味着网络文艺批评“韵味”的消弭。在技术定义生活方式的时代，知识的传播形态也会发生变化，个人的学识、经历、趣味愈加凸显，批评活动会更加重视研究者的个人特质，这使我们有理由对数据化报以乐观态度。未来的网络文艺批评是以人脑为主、人机协作的研究活动，大写的“人”在技术的加持下将会对时代有更深刻的理解。

网络文艺批评的另一趋势是粉丝的加入与粉丝话语的提升。网络文艺的粉丝来自各行各业，他们进行的批评通常并非专业化的学院批评，但在当下的批评场中，粉丝的活跃参与已经成为网络文艺批评的一大亮点。粉丝参与批评的形式与传统的案头批评大相径庭，他们通过电脑或手机，用外人困惑的“梗”或“黑话”进入网络文艺，其目的并非立德立言，而是置身现场、强调自我、引发共鸣。评论、留言、弹幕、本章说，无处不在的粉丝使网络文艺批评焕发出生机活力。后现代的拼接、荒诞、叛离、去中心化在批评中体现得淋漓尽致。一部正襟危坐的作品可能在粉丝话语的作用下成了令人忍俊不禁的欢乐源泉。描述古代生活的小说可能因为粉丝的“梗”而打通与当下的关联。一部作品也会因为粉丝的二次创作成为一部崭新的区别于作者初始意图的作品。粉丝的存在与粉丝的强势使得网络文艺批评出现了合作式批评模式的雏形，批评不再是研究者小团体小范围的阳春白雪，而是全民参与大众共享的虚拟空间的文化活动。罗兰·巴特提出的“作者已死”应用于此颇为合适，因为作品不再是创作者的专属之物，而是可供所有参与者多次创作、多层传播的“原始材料”。在网络文艺中，“作者”不只有一个，而是千千万万个，而文本也不再是固定的大部头，而是敞开而流动的变化之物。当然，粉丝批评并不是全然扁平的没有区分的混乱状态，反而更突出个人审美与辩证思维。尽管粉丝批评偏向“抖机灵”“编段子”，但只有“抖”得最到位、最一针见血的评论才能获得最多的点赞和最广泛的传播。因此，粉丝批评并不是全无组织的大混战，相反，它在看不见的审美之手的引领下，具备自我净化与自我优化的能力。网络文艺批评的粉丝化象征着互联网的平权赋能。粉丝的出现粉碎了网络文艺创作者的“主角光环”，网

① ［美］弗雷德·特纳：《数字乌托邦》，张行舟等译，电子工业出版社 2013 年版，第 13 页。

络真正的价值正越来越和信息无关，而和社区相关。“作者”是否已死已不再重要，网络文艺已成为技术时代的集体创作，粉丝也成为网络文艺的策划者和推动者，创作和批评权柄的下移为新时代文艺批评开启了新的话语范式。

（游兴莹、罗亦陶、贺予飞　执笔）

第二章　文学网站

文学网站是专门收揽、存储和发布文学信息的网络节点，是文学在网络虚拟空间的聚散地，也是网络文学作品的具体承载体，一般由文学机构、文学社团、文化公司或者文学网民个人建立。2021 年，面对消费市场和大众传媒出现的新变，网络文学站点平台抓住机遇、积极迎接挑战，取得了不错的成绩，为网络文学的繁荣发展做出了重要贡献。

一、文学网站发展总览

2021 年 9 月 15 日，中国互联网信息中心（CNNIC）发布的第 48 次《中国互联网络发展状况统计报告》显示，截至 2021 年 6 月，我国网民规模达 10.11 亿，较 2020 年 12 月增长 2175 万；互联网普及率达 71.6%，较 2020 年 12 月提升 1.2 个百分点；网络文学用户规模达 4.61 亿，较 2020 年底增长 114 万，占网民整体的 45.6%。① 随着后疫情时代的到来，新冠疫情步入常态化防控阶段，网民规模呈平稳上升趋势，移动端阅读依然是网络用户文学阅读的首要选择。面对新冠疫情持续带来的挑战与机遇，承载了大规模网络作品和读者群体的文学网站，为了更好地迎接网文市场的新变，在不断调适平台措施，吸引潜在的网络文学用户，为大众提供更加优质的网文作品，推动网络文学行业进一步健康发展。

1. 市场竞争激烈，经营模式多样共存

（1）文学网站数量与市场格局

2021 年，随着后疫情时代的到来，网络文学迎来了第三个 10 年发展。各文学网站积极承担社会责任，助力疫情防控。同时，为了更好地满足大众宅家娱乐的新需求，网络文学市场出现了与游戏、动漫、短视频等其他线上娱乐方式相结合的新兴内容形态，这也给文学网站的发展带来了机遇与挑战。据站长之家（Chinaz.com）统计，截至 2021 年 12 月 19 日，中文网站共有 57672 家，其中小说阅读网站共有 1140 家。② 相较于 2020 年，网络文学网站数量呈现出平稳增加的趋势，保持

---

① CNNIC 中国互联网信息中心：第 48 次《中国互联网络发展状况统计报告》，http：//www.cnnic.net.cn/hlwfzyj/hlwxzbg/hlwtjbg/202109/t20210915_ 71543.htm，2021 年 12 月 20 日查询。

② 站长之家：https：//top.chinaz.com/all/index.html，2021 年 12 月 22 日查询。

着昂扬的发展态势。

在数字阅读行业生态越趋完善、行业发展逐步深化的大背景下，文学网站已具备较为成熟的运作模式，市场竞争虽然激烈严峻，但发展格局稳中向好。为适应网络文学行业发展需要，寻求更大的生存空间，各文学网站不断进行自我调整，规范创新发展。艾媒咨询发布的相关数据显示，2020 年中国数字阅读行业市场规模达 372.1 亿元，预计 2021 年中国数字阅读市场将达 416.0 亿元。① 其中，阅文集团、中文在线以及掌阅科技在网文平台数字阅读内容储备量方面依旧名列前茅。17K 小说网（包含四月天小说网）、晋江文学城以及起点中文网在原创网站作品储备量方面表现出色。纵观艾瑞数据提供的电子阅读平台月度覆盖人数的相关数据不难发现，不少文学网站在 2021 年均交出了亮眼的答卷，在网络文学市场上争得了一席之地。

2021 年前 10 文学网站平均月度覆盖人数②

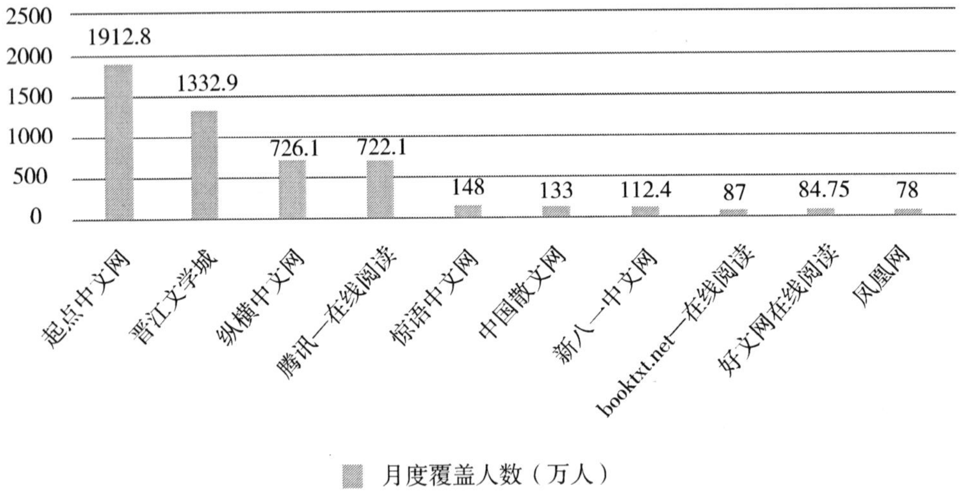

如上表所示，各类文学网站流量数据呈现明显的分层趋势。首先是以起点中文网、晋江文学城、纵横中文网为代表的大型阅读网站发展势头依然强劲，在平均月度覆盖人数排行榜上始终占据前三。其中，阅文集团旗下的起点中文网在 PC 端阅读市场占据主导地位，平均月度覆盖人数高达 1912.8 万人，与其他平台拉开了巨大差距，稳稳占据首席；晋江文学城紧随其后，平均月度覆盖人数为 1332.9 万人，在一众文学网站中拥有绝对优势，持续保持领先水平。分别排名第三、第四的纵横中文网、腾讯—在线阅读平均月度覆盖人数相差不大，均突破了 700 万人大关。可见，在文学网站市场竞争形势严峻的大背景下，大型文学网站依靠其雄厚资本力量的支持，吸引了规模庞大的优秀作家，持续产出类型多样、内容优质的网文作品，并以

① 艾媒咨询：https：//www.iimedia.cn/c400/76427.html，2021 年 12 月 22 日查询。

② 艾瑞咨询：https：//index.iresearch.com.cn/new/#/pc/list? cId = 20&csId = 20199&Tid = 104，2021 年 12 月 22 日查询整理的 1-10 月的数据。

其早期积累的知名度为基础，在增强已拥有用户黏性的同时，不断吸引更多的网络文学用户流量，以此实现良性循环。据此预设，大型网站在未来几年的市场竞争中依旧会保持卓越的竞争力，主导网络文学市场。截至2021年12月，以原创优质男频小说为特色的起点中文网平台上已拥有2，933，994部作品储备，规模完善、类型多样，可以满足不同读者的多样化阅读需求。其中，网络“大神”作家老鹰吃小鸡于2021年7月19日上架的新书《星门》，截至2021年12月已连载355.37万字，短短五个月时间就以306.57万的总推荐、2.99万周推荐数名列起点畅销榜第一、月票榜第二、阅读指数榜第三的席位。①

不同于大型文学网站的稳固市场席位，中小型文学网站却面临严峻的生存挑战，月度覆盖人数排行变动较大。仅排名第四的腾讯—在线阅读就以其722.1万人的平均月度覆盖人数，超过了惊语中文网、中国散文网、新八一中文网、booktxt. net—在线阅读、好文网在线阅读、凤凰网这后六位的全流量数据之和。因此，中小型网站如何契合市场需求“艰难求生”，就成为它们所面临的最大挑战。在众多文学网站中找准平台特色定位，积极探索新的发展路径，寻求新突破，成为中小型网站的必然选择。

伴随新媒介、新技术、新接受群体的出现，网络小说也逐步朝着多元化的方向发展，开始打破传统阅读方式和习惯。互动型阅读模式即为其中之一。除去传统文字阅读式的网站平台，交互性更强的互动型阅读平台日渐成为广大读者的选择，其中以橙光、易次元、闪艺等小说阅读器为典型代表。以优质作品持续建设为基础，以热门IP开发为核心，提高自我管理、自我净化、自我约束能力，完善内容审核机制，扶持优质作品，是它们的重点运营方向。在文学网站市场竞争日趋激烈的背景下，网络文学互动型阅读平台充分发挥自身的独特优势，突破传统阅读模式，挑战用户传统阅读习惯，努力把握女性用户心理，针对女性受众的需求推出大量优质作品，在网文市场格局中寻得了一席之地。同时，传统文字阅读开始出现音频化转型趋势，有声阅读业务逐渐被开拓，相关网站平台阅读业务日渐成为网文市场中的有力竞争者，增长势头强劲。根据QuestMobile数据显示，2021年10月，我国声音人群规模达到7.28亿，其中有声听书月活用户达到了0.38亿。② 新时代有声阅读网站平台的出现，无疑是网络文学市场新的发力点。

（2）付费免费双线并进

由于信息化时代浪潮的冲击，移动通信技术获得了跨越式发展，加之经济繁荣催生的精神需求，大量网络用户涌入文学网站，电子阅读成为人们日常娱乐的新选

① 起点中文网：https：//www. qidian. com/rank/，2021年12月22日查询。

② QuestMobile：《QuestMobile2021声音经济洞察报告》，https：//www. questmobile. com. cn/research/report-new/182，2021年12月23日查询。

择。在这样的背景下，网文作者如何盈利以再生产出更多的优质作品，文学网站如何创造经济收益以维持自身的长久运营，便成为不得不考虑的问题。于是，网文作品付费阅读应运而生。

第一个探索付费阅读经营模式的是读写网。2002 年 9 月进入正式运行阶段后，读写网发布声明："为推动原创文学的发展，本网计划向作者支付网络刊载的稿酬，欢迎原创作品加入"。但因其经验不足导致发展策略失误，平台在建立付费阅读模式后却缺乏足量的作品储备，加之收费乱象丛生，使得读者的有偿阅读热情被打消，作者的经济收益也没有得到合理保障，最终以失败告终。2003 年 10 月，起点中文网成功创立了 VIP 付费模式，其他平台也纷纷跟进效仿，付费阅读模式最终得以持续发展。

历经十多年的发展，网文消费市场出现了新的变化。2018 年，连尚文学尝试的免费阅读模式取得成功。随后，七猫、番茄、连尚免费读书、91 熊猫看书等免费 App 不断涌现，免费阅读势头强劲，付费阅读面临挑战。在"人口红利"逐渐消失的时代，网络文学用户规模相较繁荣期增速有所放缓，文学网站仅靠付费阅读已经难以满足网文市场的多样化需求，于是在线阅读行业开始探索新的盈利模式：免费+付费双格局并行。"在维持和做大原有核心付费用户的基础上，加强布局版权衍生业务、切入免费阅读市场将是未来增长的关键。在线阅读平台作品数量庞大，核心受众群体众多，热门 IP 形成资源聚集，变现率高，但认可度较低。平台用户已形成付费习惯，但接受额度普遍较低，竞争下沉市场，仍需加强免费阅读推广。"①

面对免费阅读对付费读者群的挤占，各网站平台纷纷调整现有机制和经营方式，实施免费、付费双线并进的经营措施。例如，掌阅科技于 2019 年推出了得间免费 App，阅文集团则于近两年尝试推出了飞读免费 App、昆仑中文网两大免费阅读平台。中文在线也积极进军免费阅读市场，全方位铺开免费阅读业务，旗下的 17K 小说网免费渠道日均活跃用户数量增长迅速，免费渠道收入于 2019 年 8 月就已经超过其付费渠道收入。同时，文学网站平台本身也开始实施付费免费双重阅读模式。以阅文集团旗下的起点中文网为例，平台不仅有传统的付费作品，更是推出了限时免费优惠，每期推出 8 部左右限免作品，使读者可以在一定时限内免费阅读其 VIP 收费章节。网站还专门开辟了免费作品收录专区，截至 2021 年 12 月，起点已储备 109.7 万余本免费作品，其中书客笑藏刀的《混沌记》已更 279.88 万字，以 360.77 万的总推荐数位列免费专区推荐榜第一。阅文集团"白金"作家我吃西红柿于 2021 年 11 月 25 日上架的新书《宇宙职业选手》，目前以 20.43 万总推荐数位列免费专区

① 艾媒咨询：《2020 中国数字阅读行业创新趋势专题研究报告》，https://www.iimedia.cn/c400/75606.html，2021 年 12 月 23 日查询。

人气榜第一，短短一个月就收获了 42.4 万书友的喜爱。①

文学网站付费阅读和免费阅读并行交错发展的新态势，进一步拓宽了平台的发展空间，也创造了更多的收益。据 2021 年 8 月 16 日阅文集团发布的年度中期业绩报告显示，截至 2021 年 6 月底，阅文平台平均每月付费用户 930 万，每名付费用户平均每月同比增加 6.7%至 36.4 元。免费阅读也有不俗表现，在创作和分发环节均取得突破。阅文与腾讯成立了免费小说联合项目组，截至 2021 年 6 月，整体免费阅读业务 DAU 突破 1300 万，环比增长 30%。② 由此可见，文学网站平台付费免费双线并进的经营模式弥补了单一付费模式的局限性，开拓了网文受众市场，能帮助平台吸引更多潜在的网络文学用户，使平台充满了发展活力。

（3）主要免费网站年度业绩

在大型网站付费免费双线并进模式探索的同时，不少中小型网站索性抛弃了付费阅读，开始了全平台免费阅读的经营模式，也取得了不错的成绩。根据 QuestMobile 发布的《2020 中国移动互联网年度大报告 · 下》显示，截至 2020 年 12 月，免费网文 App 行业月活跃用户规模 1.44 亿，较上年同期增长率为 22%，而付费网文 App 行业月活跃用户则较去年同期增长率为—13.7%，免费阅读迎来了高速增长期。③ 这些免费文学网站提供正版阅读平台，绝大部分盈利来自阅读过程中植入广告收取的投资方的费用，广告费由作者与平台按比例分成，从而获得经济收益；另有一部分盈利来自用户为畅享无广告阅读开通的 VIP 会员。

七猫小说、番茄小说和连尚文学等文学网站，是免费网站中的佼佼者。根据 QuestMobile 显示，2018 年底开始，免费+广告模式快速崛起，引起在线阅读 App 用户量快速增长。2019 年 4 月，七猫免费小说、番茄小说、连尚免费读书用户量就均已突破 1000 万。④ 2021 年 5 月，在 QuestMobile 发布的数字阅读行业 TOP10 应用全景流量规模占比分布中，番茄免费小说以 8778 万总用户量排名第二，七猫免费小说以 5885 万总用户量紧随其后。⑤

连尚文学率先成功推行免费阅读后，许多网站纷纷效仿，文化资本也强势介入。如七猫免费小说成立于 2018 年，甫一上线就获得了互联网巨头公司百度的入股，成为网络文学行业免费阅读模式的领头羊。背靠强大资本力量的支持，七猫小说凭借

---

① 起点中文网：https：//www. qidian. com/free/，2021 年 12 月 25 日查询。

② 阅文集团：《上半年净利增 30 倍，阅文打开从数字阅读到 IP 产业链新战略空间》，https：//www. yuewen. com/#&news，2021 年 12 月 25 日查询。

③ QuestMobile：《2020 中国移动互联网年度大报告 · 下》，https：//www. questmobile. com. cn/research/report-new/143，2021 年 12 月 25 日查询。

④ QuestMobile：《移动互联网在线阅读洞察报告》，https：//www. questmobile. com. cn/research/report-new/45，2021 年 12 月 23 日查询。

⑤ QuestMobile：《2021 全景生态流量半年洞察报告》，https：//www. questmobile. com. cn/research/report-new/161，2021 年 12 月 23 日查询。

其免费阅读模式的优势迅速抢占网文市场，在网文行业掀起了一场地震。2020 年 12 月 23 日，七猫免费小说荣膺 2020 年度上海在线新文旅 20 强。2021 年 10 月，七猫文化成功并购纵横文学，并于合体之后频频进行破圈宣传，如点亮六城地标建筑的精彩灯光秀、赞助综艺节目《青春环游记 3》等，大大提升了平台知名度。同样成立于 2018 年的番茄小说隶属今日头条旗下，背靠互联网巨头公司字节跳动，一直在努力构建起自己的平台生态。经历了前期在多个平台大量投放广告引流，并有字节跳动斥巨资为其初期发展储备足量内容版权，番茄小说在短短一年的时间里就实现了用户激增，也吸引了大量作者入驻，为持续提供优质原创作品打下坚实基础。根据番茄小说网 2021 年 7 月发布的稿费月度报告显示，平台有 699 位原创作家 7 月收入破万，超过 3 万元的就有 175 人①，侧面反映出免费网站平台不俗的业绩。

"免费阅读作为一种新的运作模式，凭借不直接向用户收费的变现模式，发展新用户，将市场扩张到四五线城市甚至是乡镇农村，成功做到市场下沉，开展移动阅读盈利新探索。而优质内容的持续供给需成本支撑，免费阅读模式是否能够提供优质内容供给是当下业界的主要关注点。"② 在免费阅读 App 行业月活跃用户规模不断上升的同时，付费阅读行业则呈现下降趋势，面临着生存挑战。网站平台的策略是：坚持"内容为王"，不断提升平台作品质量以巩固流量基础、增强用户黏性。这样就不可避免地带来了上下游的细分市场：付费作品越来越主流化、精品化，免费作品则越来越通俗化、大众化；付费网站作者在粉丝群体的支持下稳定更新，以优质内容稳稳抢占读者市场，免费网站更多考虑的是如何吸引大众眼球，争夺流量，作品质量难免有所欠缺。也有不少"大神"作者将作品同时投放到多个免费平台，扩大读者基数，推广 IP 作品。作者群体的分化也带来读者群体的分化，在一部分读者愿意为知识付费的同时，也有读者愿意牺牲阅读体验换取免费阅读的快乐。从有利因素看，免费阅读模式的出现有利于遏制盗版侵权活动，使网络文学减少利润流失，因而不失为一种促进读者向正版文学网站回流的方法。总体来说，免费阅读作为文学网站新兴运营模式，是依据消费市场新变做出的策略调整。虽存在作品质量参差不齐、孵化 IP 能力不高等问题，但它满足了不同群体的消费需要，又能倒逼付费阅读作品品质的提升，为网络文学的发展开拓了新的可能。

2. 提升管理水平，承担社会责任

（1）质量管理的主流化与精品化

网络文学促进了文艺形式的创新，拓宽了文艺空间，使文学真正走向大众，弥补了纯文学在大众阅读市场的空间。而随着网络文学的发展，其过分迎合市场的弊

---

① 番茄小说网：https：//notice. fanqienovel. com/docs/9476/2107yuebao/，2021 年 12 月 23 日查询。

② 艾媒咨询：《2020 中国数字阅读行业创新趋势专题研究报告》，https：//www. iimedia. cn/c400/75606. html，2021 年 12 月 23 日查询。

端逐渐显现，出现了许多亟待解决的问题。因此，网络文学主流化、精品化的呼声日益高涨。2021 年 10 月 9 日，以“网颂百年文谱新篇”为主题的第五届中国“网络文学+”大会在北京开幕。12 月 14 日，习近平总书记在中国文联十一大、中国作协十大开幕式上的讲话中强调：“我们必须明白一个道理，一切创作技巧和手段都是为内容服务的……要正确运用新的技术、新的手段，激发创意灵感、丰富文化内涵、表达思想情感，使文艺创作呈现更有内涵、更有潜力的新境界。”在这样的大背景下，网站平台应积极承担社会责任，扶持优质作品、加强自身建设，为网络文学的健康发展创造良好的条件。

一是大力扶持优质作品。文学创作的唯一源泉是以人为中心的社会生活，网络文学也不例外。近几年来，政府积极倡导网络文学应关照现实。各文学网站积极配合，引导现实题材创作，推动网络文学主流化。近五年来，中国作协实施的当代网络文学创作工程，已经扶持了 129 部优质作品。如今的网络文学，现实题材和革命历史题材已经蔚为大观。如阅文集团于 2021 年 6 月 19 日主办的民族题材网络文学创作论坛暨首届石榴杯征文大赛，以“讲好民族故事，传承中华文明”为主题，涌现出众多弘扬民族精神、表达文化自信的优秀作品。为迎接建党百年，免费小说头部网站番茄小说网于 2021 年 1 月 21 日推出了“重温光辉岁月 · 书写时代精神”献礼建党百年征文活动，征集能反映时代精神、充满正能量的优秀网文作品。

二是加强平台自身建设。在 2021 年 9 月 27 日中国作协召开的全国重点网络文学网站联席会议上，中国作协党组书记、副主席张宏森指出，目前网络文学作品规模庞大、类型多样，难免泥沙俱下、良莠不齐，一定程度上还存在着“三俗”和历史虚无主义现象，以及不良亚文化渗透、畸形审美等问题。为确保高质量网文作品的持续输出，各大文学网站平台应拒绝以单一利益为导向，选择坚守正确价值观念，建立健全内容审核机制，加强自我管理、自我净化、自我约束能力，构建更为清朗的网络文学空间。因此，深入开展自查自纠，抓好平台内容的整改落实，是各大文学网站近期工作开展的重点所在。阅文集团组建了 300 人的专业审核团队，努力改变以流量和收入对作家进行分级的做法。阅文首席执行官、腾讯集团副总裁程武表示：“阅文一直在持续自我建设中，希望能探索出产业价值与社会价值良性互动的发展模式，助力产业高质量发展。”① 文学网站在平台自身建设方面的积极作为，无疑有利于净化网络空间，从而助力整个网络文学行业良好生态的构建。

（2）严管内容导向，加强队伍建设

文学网站在经营时的首要责任与义务，是提高政治站位，筑牢思想防线，严守政治红线，传递正能量，弘扬主旋律，严格管理平台网文作品的内容导向。近年来，

① 阅文集团：《全国政协委员读书活动指导组调研阅文集团网络文学发展工作》，https：//mp. weixin. qq. com/s/rjq9D9YTkMITSKU9iPvFdw，2021 年 12 月 24 日查询。

各大文学网站开始重视党建活动，采取多种途径加强自身思想建设，坚持正确的政治方向和创作导向，激发创作热情，为网络文学作品的生产提供源源不断的精神源泉。2021 年，阅文集团率先建立网络文学行业的作家党建基地，选址分别在陕西延安宝塔区和浙江嘉兴南湖，旨在让网络文学创作从优秀历史文化中汲取力量，守正创新，志存高远。

作家队伍的建设，也是不容忽视的问题。2021 年 6 月 2 日中国作协发布的《2020 中国网络文学蓝皮书》显示，网络作家人才队伍规模扩大，迭代加快，“95 后”作者成为创作主力，“00 后”作者日趋成熟。2018 年以来实名认证的新作者中，“95 后”占 74%；新签约作者中，“00 后”占比 50%以上。据阅文集团 CEO 程武介绍，2021 年上半年“95 后”作家已经占据阅文新增作家的 80%。网络文学创作队伍日益年轻化，这些新生力量也为“讲好中国故事”带来了年轻人的声音。作为互联网时代文艺工作者，网络作家始终有着强烈的使命感和责任感。中国作协持续关注青年作家创作生态，鼓励现实题材作品创作，为此举办了网络文学青年创作骨干培训班。同时，中国网络文学影响力榜也增设了“新人新作榜”，鼓励青年作家关注现实生活，弘扬时代精神。为积极响应政府号召，各大文学网站纷纷启动对青年作家的扶持培养计划，如阅文集团于 2021 年 6 月 3 日在年度发布会上宣布“三个一倍”目标（即三年内实现 30 岁以下青年新增签约作家数量翻一倍、稿酬翻一倍、新晋“大神”翻一倍），加大对青年创作者的扶持力度。阿里文学 10 月启动了“新锐作者扶持计划”，七猫文化与纵横文学合并之后开始多维度扶持作者作品多元生长等等，助力网络文学作家队伍建设，鼓励年轻创作者植根现实生活，书写真实体验，创造出网络文学的无限可能。

3. IP 开发与市场绩效

网络文创产业兴起后，网络文学逐渐融入主流文化形态，开始被传统的文学、影视、媒体所接受并热捧，近几年 IP 改编热度日益高涨。中华优秀传统文化源远流长，是网络文学取之不尽用之不竭的宝库，在新的时代条件下，有更多中国故事正在发生，其中既有宏伟壮阔的历史实践，也不乏震撼人心的精神谱系，网络文学无疑是时代故事的理想承载体。随着社会的进步，网络文学的发展日趋成熟，IP 衍生多元化趋势明显，全内容聚合及全产业链深化价值凸显。以产业化力量助推网络文学的创造性转化和创新性发展，将网络文学 IP 用影视剧、动漫、游戏等各种方式讲述出来，是让中国故事深入人心、走向世界的好方法，是网络文学行业的时代新机遇。2021 年 10 月，第五届中国“网络文学+”大会发布的《2020 中国网络文学发展报告》显示，2020 年网络 IP 改编量已达 8509 部，其中改编为影视剧、动漫、游戏、纸质出版物和其他类共有 724 部。[①] 在这个过程中，文学网站发挥了举足轻重

---

① 上游新闻：https：//www. sohu. com/a/494157158_ 120388781，2021 年 12 月 25 日查询。

的作用。提升作品质量管理的主流化与精品化，大力挖掘高质量作品，打造、推广优质 IP，为网络文学发展开拓了新的道路，是众多文学网站的共识。

大型网站在 IP 衍生领域表现出色。2021 年 1 月 29 日，中国电影家协会编剧教育工作委员会与北京电影学院中国电影编剧研究院联合发布的《2019—2020 年度网络文学 IP 影视剧改编潜力评估报告》数据显示，该年度网络文学 IP 影视剧改编潜力作品排行中，上榜 IP 大部分来自起点中文网、纵横中文网、晋江文学城等大型文学网站平台。① 晋江文学城积极推荐 IP 转化，仅 2021 年就推出了《司藤》《你是我的城池营垒》等 20 余部影视改编作品，市场反响热烈，也有多部作品成功签约动漫、游戏、广播剧、有声书等形式的改编。掌阅科技在第五届“网络文学+”大会上首发推出现实题材重磅系列 IP，包括《铁骨铮铮》《三十年河西》《沉默之觉醒》等作品，体现出网络文学 IP 对现实主义精神的关照。过去一年多，阅文集团围绕 IP 生态链的顶层设计，脚踏实地推进有声、出版、动漫、影视、游戏等开发。其旗下由腾讯影业—新丽传媒—阅文影视这“三驾马车”出品的《赘婿》，成为播出平台史上热度值最快破万剧集、2021 年播出平台首部热度值破万的剧集。《你好，李焕英》更是收获了 54 亿票房，位列中国电影历史票房榜第二。这体现出的是阅文 IP 运营能力的持续升级。2021 年，阅文升级了全新的企业战略，以网络文学为基石，以 IP 开发为驱动力，开放性地与全行业合作伙伴共建 IP 生态业务矩阵。2021 年 8 月 16 日，阅文发布的 2021 年中期业绩报告显示，2021 年上半年阅文集团总收入同比增长 33.2%至 43.4 亿元，其中版权运营及其他收入同比增长 124.5%至 18.0 亿元。② 由此可见，构建 IP 生态链已经成为文学网站重要的发力点，优质 IP 在产业链上的打造、衍生和拓展为平台带来持续强劲的增长动能。

2021 年，中小型网站也在 IP 改编领域持续发力。部分免费文学网站平台以对网文内容深度要求不高的微短剧作为 IP 改编的切入口。番茄免费小说与抖音短视频联合推出“番茄 IP 改编合作”，鼓励用户将 IP 改编成精品短剧；米读、七猫则与快手短视频联手，将改编自原创热门小说 IP 的微短剧在快手小剧场抢先独播。爱奇艺小说作为中小型网站在影视改编领域的后起之秀，找准市场定位、发挥平台优势，持续发展影视 IP，在产出更多优质内容的同时，完善文学作为 IP 生态源头的职能。在第五届“网络文学+”爱奇艺分论坛上，爱奇艺小说联合爱奇艺动漫启动了“风雷计划”，为动画、漫画改编提供原创小说，同时支持原创动漫作品向小说快捷转化，实现 IP 的价值拓展。③

① 人民网：http：//unn. people. com. cn/n1/2021/0129/c420625-32016929. html，2021 年 12 月 25 日查询。

② 阅文集团：《上半年净利增 30 倍，阅文打开从数字阅读到 IP 产业链新战略空间》，https：//www. yuewen. com/#&news，2021 年 12 月 25 日查询。

③ 腾讯网：https：//new. qq. com/omn/20211014/20211014A0AC7C00. html，2021 年 12 月 25 日查询。

4. 疫情期间的网站举措

2020年春节后，出于疫情防控需求，减少公共聚集活动的号召深入人心，大众逐渐将娱乐消费渠道转移至线上。面对大众消费市场出现的新变，各类云娱乐行业快速反应，积极调整政策，以多样化方式满足用户精神需求。据艾媒咨询相关数据显示，仅2020年第一季度中国在线文娱市场规模就已经超1400亿元，增长率达27%。① 网络文学作为在线文娱重要方式之一，为丰富居民宅家精神生活发挥了重要作用。各文学网站发挥媒介优势，引导作家投入抗疫创作，持续提供高质量网文作品，主动承担社会责任，助力防疫抗疫。

在疫情常态化防控的大背景下，我国经济社会运行逐步趋于正常，而“宅”经济下网络作家文学创作欲望的高涨在“后疫情”期间进一步彰显。在中国作协网络文学中心的号召与引领下，各文学网站积极招纳网文作家，创作队伍规模持续扩大，网站平台扶持关照现实社会的优秀网文作品，积极引导“抗疫”题材创作，为大众宅家抗疫提供精神力量。根据阅文集团年度中期业绩报告显示，截至2021年6月30日，阅文平台上累计有940万作家，相较上一年同期增长了50万；作品总数达到1450万部，上半年新增字数超过180亿。② 网络文学以其文本形式上的独特优势第一时间迅速反应，贴近时代脉搏，记录时代风貌，涌现出不少抗疫与医疗题材优秀网文作品。2021年1月9日，“新时代的中国”第二届网络文学现实题材主题征文大赛在南京颁奖，其中正面反映抗疫期间一线医务工作者救死扶伤奉献精神的《共和国医者》、聚焦疫情下年轻人精神成长的《酥扎小姐姐的非常朋友圈》荣获优秀奖。由此可见，文学网站正通过平台上的优质网文作品传递文学正能量，为广大读者输送更多更好的“精神食粮”，也为“后疫情”时代居民宅家抗疫提振了信心。

除了提供优秀文学作品，各文学网站还积极承担社会责任，热心公益活动，做好防疫宣传，充分展现出网站工作者的爱国精神。2021年春节期间，阅文集团旗下各个网站平台推出了一系列读书福利活动，联动国家图书馆带领大众阅览历史名人手书福字，以丰富多元的网文作品和轻松有趣的文化活动满足读者“就地过年”“宅家过年”期间的精神需求。

疫情期间的文学网站平台时刻保持高度的责任心，响应国家号召，积极应对时刻变化的疫情，增强了文学网站的影响力，更凸显了全社会“同舟共济、共同战疫”的向心力和凝聚力，体现出丰沛的人文情怀。

① 艾媒咨询：https：//www. iimedia. cn/c400/72425. html，2021年12月25日查询。

② 阅文集团：《上半年净利增30倍，阅文打开从数字阅读到IP产业链新战略空间》，https：//www. yuewen. com/#&news，2021年12月25日查询。

二、不同类型网站平台

1. 大型网站，行业领跑

(1) 三家上市公司的年度业绩

在经历了疫情冲击、行业盘整、影视制作遇阻等影响后，网络文学产业正加速整合，并在基于变化的环境下开启新一轮竞争。网络文学的三家上市公司分别是中文在线、掌阅科技和阅文集团。与上一年不同的是，这三大网文公司均呈现出业绩向好的趋势。

首先是阅文集团。2021 年 8 月 16 日，阅文集团发布了 2021 年中期业绩报告。报告显示，阅文上半年实现总收入 43.4 亿元，同比增长 33.2%。业务方面，在线业务收入 25.4 亿元，同比增长 3.4%，版权运营及其他收入同比增长 124.5%至人民币 18.0 亿元。与上年相比，阅文在版权运营方面的收入同比大幅上升。从 2020 年的运营亏损到 2021 年的扭亏为盈，在经过 2020 年的业绩亏损之后，阅文集团积极调整经营战略，经历了新冠疫情下影视剧开发停摆、管理层交接、历史合同风波、三驾马车机制形成、组织升级等一系列事件。在这样的情况下，阅文能取得不错的业绩，管理层的改革措施是关键。

在线业务方面，阅文集团的增长主要得益于优质内容的孵化、社区运营与推荐效率的不断提升，以及免费阅读业务的进展。阅文的付费阅读和免费阅读呈现协同发展态势，进一步拓展了阅读用户，增加了作家收入。2021 上半年，阅文平台平均每月付费用户数为 930 万，每名付费用户平均每月同比增加 6.7%至 36.4 元。免费阅读在创作和分发环节也取得突破。阅文与腾讯成立了免费小说联合项目组，截至 2021 年 6 月，整体免费阅读业务 DAU 突破 1300 万，环比增长 30%。

版权运营方面，平台孵化头部优质作品的能力也在持续提升，在 IP 开发上持续发力，更注重系统化、规模化、产业化，取得了不错的成绩。事实上，早在 2020 下半年，阅文的策略调整便已初具成效：上半年受到新冠疫情影响严重的版权运营业务，下半年环比增长 280%至 27.3 亿元。阅文收获《庆余年》《赘婿》《斗罗大陆》等多个 IP 改编爆款，为 IP 长期价值开发机制的形成埋下伏笔。以上爆款剧主出品方之一的新丽传媒，已完成 2020 年对赌部分。在提升用户参与度、优化 IP 培育土壤方面，截至 2021 年 6 月 30 日，阅文在线平台的“本章说”评论内容达 2.2 亿条，用户配音内容达到 110 万条，作家发布的音视频“彩蛋章”数量达到 4.3 万，全平台累计评论数超过 100 万的作品超过 120 部。

内容生态方面，由于对年轻作家的大力扶持和互动阅读社区的重点构建，阅文的内容生态得以进一步激活。2021 年上半年，阅文新增作家中，“95 后”作家占比 80%；新书销售排名前 100 的作家中，“90 后”作家占比 57%；新晋“白金”“大神”作家中，“90后”作家占比54%。越来越多的年轻作家加入阅文平台，创作了众多创新题材的内容，有着优异表现，表明阅文的创作队伍后劲十足。

腾讯集团副总裁、阅文集团首席执行官程武在2021阅文年度发布会上宣布“大阅文”战略升级，让好故事生生不息，明确阅文将基于腾讯新文创生态，以网络文学为基点，以IP开发为助推力，以开放、包容的合作态度，与全行业共建IP生态产业链。从阅文2021年的业绩表现来看，这一举措卓有成效，其对于IP生态产业矩阵的打造、衍生和拓展已成为不可小觑的增长动能。

再看掌阅科技。2021年8月16日，“掌阅”App的开发商，同为数字阅读领域的领军企业掌阅科技发布了年中财报。报告显示，掌阅科技上半年实现营收10.94亿元，同比增长11.64%，其中包含净利润1.34亿元，同比增长21.1%。此外，报告还显示，掌阅科技进一步加强了和华为、OPPO、vivo等手机终端厂家在阅读产品方面的预装合作，“掌阅”App始终保持着稳定的下载量。同时，掌阅科技的阅读出海业务也继续保持高增长趋势。迄今为止，阅读小说App“掌阅”的海外版“iReader”已覆盖全球150多个国家和地区，包括美国、英国、加拿大、澳大利亚等发达国家。

掌阅科技拥有数字阅读内容约50万册，包括图书、有声读物、杂志、漫画、自出版等多种类型。该公司版权衍生业务以数字阅读内容为核心，向下游延伸进行版权衍生开发，着力打造以动漫为先驱的IP开发模式，通过动漫先行策略驱动优质IP增值。《灵剑尊》《武神主宰》《独步逍遥》《绝世武魂》等动漫作品在腾讯动漫均达到10亿+人气，并位居平台热度前十。由公司原创改编的动画片《元龙》第二季继续霸占B站热搜榜，并且，后续每年都会有超过10部公司IP改编的动画作品上线。

最后看中文在线。作为三家上市文学网站中最早的上市公司，中文在线数字出版集团股份有限公司（简称“中文在线”）发布了2021年的季度业绩和半年业绩报告。2021年4月27日发布的2021年第一季度报告显示，公司实现营收2.19亿元，同比增长30.68%。利润方面，报告期内归属于上市公司股东的净利润为亏损2663.1万元，同比亏损扩大759.21%；扣非净利润为亏损4086.11万元，同比亏损缩窄13.33%；经营活动产生的现金流量净额为亏损1364.27万元，同比亏损扩大12.57%。

对于营收增长，中文在线指出，主要系文学业务收入规模增加所致。一季报显示，中文在线2021年一季度营业总成本增加，主要源于营销推广和研发投入增加。值得注意的是，虽然在一季度有亏损，但中文在线在上半年快速扭转一季度亏损状况，营业收入达5.29亿元，较上年同期增长27.51%，实现归属上市公司股东净利润2768.46万元，这也意味着，二季度中文在线净利润达到5431.56万元，同比大增153%，环比增加304%，实现同比净利翻番。

面对不断扩容的市场，中文在线加大成本投入，为全年业绩的高增长奠定基础。公司借助自身数字内容优势，在版权运营方面增加更多变现模式，引领业绩增长。可见，中文在线正继续稳步拓展市场，以更多的营销推广活动来扩大客户基础，提升品牌影响力。中文在线文化产品领域的版权优势和快速成长能力，将吸引投资者不断加码公司业务。2021 年初，中文在线引入战略投资者腾讯、阅文与七猫，在进行股权绑定的同时签署了业务合作协议，在数字内容授权等方面开展业务合作。根据已披露公告，中文在线与腾讯、阅文、七猫交易规模为 2.45 亿元。

数字版权内容的发展之路在于二次开发与深度开发，中文在线作为内容提供者，与腾讯、阅文与七猫等战略投资方合作可以获得在技术、流量、内容等方面的巨大积累优势，也标志着中文在线在数字阅读、IP 开发或演绎以及新媒体推广等领域取得了长足进展。未来的中文在线有望实现更多元化的 IP 变现，在业务深度整合后，各项业务的爆发力将大大增强。

（2）“一超多强”，各展风采

这里的“一超”是指阅文集团。作为网络文学的“超级航母”，阅文集团成立于 2015 年 3 月，由腾讯文学与原盛大文学整合而来，是一个超级数字阅读及文学 IP 培育平台。阅文旗下囊括的业界品牌有 QQ 阅读、起点中文网、新丽传媒等，拥有 1450 万部作品储备，940 万名创作者，覆盖 200 多种内容品类，触达数亿用户，已成功输出包括《庆余年》《赘婿》《鬼吹灯》《琅琊榜》《全职高手》在内的动画、影视、游戏等领域的 IP 改编代表作。

除阅文外，也有“多强”网站与之分割网络文学市场，如全国网络文学重点网站联席会议与会全国 48 家重点网络文学网站，其中，大型商业文学网站包括阅文集团旗下的起点中文网、创世中文网、小说阅读网、潇湘书院、红袖添香、云起书院、起点女生网、言情小说吧，以及掌阅文化、纵横中文网、晋江文学城、中文在线、凤凰互娱、连尚文学逐浪网、书旗小说、爱奇艺文学；中小型商业文学网站包括网易文学、红薯网、塔读文学、趣阅科技、铁血网、火星小说、不可能的世界小说网、看书网、飞库网、点众科技、磨铁中文网、创别书城、爱读文学网、作客文学网、长江中文网、天涯文学、盛世阅读网、云阅文学、半壁江中文网、书海小说网、蔷薇书院、汉王书城、博易创为、吾里文化、天下书盟小说网、酷匠网、喜马拉雅奇迹文学；国企性质的文学网站包括中国作家网、中国诗歌网、作家在线、咪咕阅读、中版大佳网。它们组成的“集团军”成为网络文学市场不可小觑的新锐力量。

2021 年 9 月 7 日，中国作家协会召开全国网络文学重点网站联席会议，学习贯彻中央精神，部署建党百年推出百部网络文学作品等年度重点工作。全国 48 家重点网络文学网站的总裁、总编参会。中国作协党组书记、副主席张宏森表示，20 年来，网络文学蓬勃发展，在国内外都有广泛影响，但由于发育时间不长、增量巨大，难免泥沙俱下、良莠不齐，一定程度上还存在着“三俗”和历史虚无主义现象，以及不良亚文化渗透、畸形审美、洗稿侵权等问题，对流量明星、饭圈文化、偶像养成、偷税漏税等乱象向上游的网络文学行业渗透要加以警觉。会议提出，全国网络文学网站要增加理性自觉，强化行业自律，提升编审水平，尊重作家权益，推动网络文学的精品化。

2020 年 12 月 30 日，中国作协组织 136 位知名网络作家从创作角度发出《提升创作质量倡议书》。2021 年的网络文学在价值导向、作品选题、题材结构、创作质量等各方面均有明显提升，可见倡议书效果初显。在这次联席会议上，中国作协为进一步推进网络文学质量提升，组织网站平台方总裁、总编进行交流，对编辑审核等环节提出了具体要求。张宏森表示，网络文学已经成为中国当代文学的重要组成部分，希望网络文学加快主流化、精品化、经典化进程，实现高质量发展。他强调，要发挥联席会议协调职能，增强行业自律，按照文娱领域综合整治的总体要求，坚持以社会主义核心价值观为引领，坚持问题导向，认真开展自查自纠，综合施策，标本兼治，有效遏制不良倾向，让各项要求在网络文学领域得以全面贯彻落实，营造风清气正的良好生态。

阅文集团总编辑杨晨表示，公司拟建设 300 人的专业审核团队，避免单纯以流量和收入对作家进行分级的做法。纵横文学高级副总裁许斌表示今后要坚定走主流化、精品化道路，主抓内容上乘的精品小说创作。晋江文学城总裁刘旭东表示，要举办专题培训班，优化题材结构，提高创作质量。七猫文化总裁韩红昌表示，今后在推广中将杜绝使用低俗标题、素材误导读者。

中国作协党组成员、书记处书记胡邦胜表示，提升网络文学质量，需要各方共同努力，这一次组织重点网络文学网站发出提升编审质量倡议书，就是要加强行业团结，强化行业自律，让创作方和平台方共同发力，促进网络文学的高质量发展，承担起文化强国的时代重任。

(3) 跨界合作，推进新业态建设

2020 年疫情之下对文学网站平台的考验是行业发展的拐点，一批规模小、不规范、竞争力不强的公司逐步退出网文行业，而以几大巨头为主导，带动行业规范、有序发展的产业格局已经初步形成。并且，在宏观环境向好、IP 开发多元化、行业上下游加速合作共赢等趋势下，网文行业有望再次跨越新的台阶，实现从量变到质变的飞跃。

文娱产业日趋多元化，在线阅读市场发展空间相对有限，通过 IP 工业化开发进行长期的价值挖掘将成为必然，如此才能提高长线的竞争力。通过不断优化 IP 串联与转化链条，能够更加紧密地将网站平台内部的网文、动漫、影视等版块联结在一起，形成更加坚固的合力。

不管是基于对作者的激励、平台自身的发展，还是基于对文化出海国家战略的践履，建立以 IP 为核心，将网文 IP 高质高效地转化为影视作品，都是极为重要的，也是极具价值的。

2. 中小网站积极作为，持续输出

（1）中小文学网站概况

与 2020 年相较，2021 年的网文市场仍由大型文学网站主导。在调整 IP 改造策略后，大型网站凭借优质资源内容库和资金雄厚的投资伙伴，正进一步完善优化 IP 改编生态链。2021 年是网文逆势崛起的一年，也是风波不断的一年，作者的福利问题再次成为业内关注焦点。在这种形势下，中小网站尽管竞争优势较弱，但仍在激发活力，不断革新，在提高作者收入福利水平、加大其他扶持性福利的同时，亦在为自身谋求更好的发展道路。

迄今为止，晋江文学城、飞卢小说网、潇湘书院、红袖添香、言情小说吧、塔读文学网、米读小说网、小说阅读网、酷匠网、逐浪小说网、17K 小说网、书海小说网、天下书盟网、红薯中文网等知名度相对较高的文学网站仍充满活力，成为网络文学不容小觑的重要一翼，他们作为除上市公司以外的中小网站，在 2021 年也为谋求更大发展做出了新探索，例如：

米读小说网是国内较早的免费阅读平台，于 2018 年 5 月正式上线，在业内首创电子小说免费阅读的商业模式。2021 年 7 月，米读推出作者福利计划，所有独家原创作品可享受签约奖、全勤奖、半年奖、完本奖等福利。同时，还推出独家分成、保底分成、买断制度、道具分成、渠道分成、特色福利等多种激励形式。

塔读文学网上线于 2010 年，主要专注于精品原创的免费小说阅读，其提供的原创小说完全无广告在线阅读服务。塔读在 2021 年推出个性化签约方式，分为精品分成签约和优质保底签约。其中，精品分成签约模式提供网站净收益分成和渠道收入分成，适用于所有进行网文创作的新老作者；优质保底签约方式则提供千字 15 元起的保底酬劳，区分出有一定创作能力的作者群体。除此之外，优质保底签约的作者收入超过保底后，同样享有网站净收益分成和渠道净收益分成。

红薯中文网在 2021 年推出了星级作者积分福利计划，根据签约、新题材、出版、获奖、IP 版权等多元角度给予积分评定奖励，设置作者成长积分升级体系，给予高星级作家渠道推荐和额外订阅收入等，确保作家利益最大化，实现作家与网站的互利共赢。

在 China Webmaster 网站排行所提供的“小说网站排行榜”中，截至 2021 年 12 月 31 日，位列前 50 名的网站数据如下：

2020 年起点小说粉丝排行榜

排名	站名	Alexa 周排名	百度权重	PR	反链数	综合得分
1	晋江文学城	2174	9	6	2772	4554
2	起点中文网	8931	9	7	33928	4553
3	简书	546	9	0	109	4516
4	飞卢中文网	42127	9	5	1914	4475
5	纵横中文网	52707	8	7	25387	4118
6	豆瓣读书	626	8	7	520	4107
7	飞卢小说网	42127	8	6	1596	4107
8	潇湘书院	85439	8	7	5543	4020
9	红袖添香	96170	8	7	27078	3990
10	言情小说吧	10929	7	7	24040	3888
11	塔读文学网	10932	7	5	163	3853
12	红薯中文网	5210699	7	5	2252	3849
13	小说阅读网	428560	7	6	5744	3729
14	酷匠网	900013	7	1	241	3709
15	17K 小说网	204707	7	7	4067	3653
16	逐浪网	487128	6	6	1997	3642
17	书海小说网	484791	6	6	1046	3638
18	文章阅读网	207468	6	5	696	3609
19	56 听书网	3136232	6	4	109	3573
20	笔下文学	2086533	8	0	7	3527
21	燃文小说	138313	7	0	29	3525
22	天下书盟网	124110	6	6	168	3478
23	起点女生网	2554637	4	5	2242	3472
24	顶点小说网	3212921	5	0	0	3464
25	听书阁	261686	7	4	137	3436
26	新浪读书	15	5	8	2010	3432
27	短文学网	24886	5	3	861	3414
28	多看阅读	329412	4	5	388	3369
29	鬼故事	426265	7	3	296	3366
30	八一中文网	600972	4	2	8	3355
31	QQ 读书	4	6	6	14	3351

续表

排名	站名	Alexa 周排名	百度权重	PR	反链数	综合得分
32	龙的天空	3234052	4	3	234	3349
33	轻之国度	75679	4	4	182	3327
34	江山文学网	776892	4	4	58	3312
35	磨铁中文网	825376	5	6	1041	3296
36	书包网	182660	5	0	2	3283
37	汤圆创作	5886577	7	0	0	3282
38	蔷薇言情小说网	3169250	7	5	234	3282
39	连城读书	122224	4	5	119	3230
40	言情库	7822996	5	0	11	3229
41	八零电子书	104775	4	1	122	3207
42	四月天言情小说网	183063	6	5	141	3204
43	黑岩网	76338	6	1	169	3179
44	二层楼书院	467846	5	0	311	3172
45	万卷书屋	6392333	4	4	151	3169
46	听中国	649540	2	5	2219	3147
47	懒人听书官网	255820	6	0	32	3145
48	上书网	583848	5	1	27	3130
49	落吧书屋	968419	3	3	184	3125
50	云起书院	4	5	7	106	3112

这些网站在输出优质内容的同时，不断推进内部管理方式的改革，积极完善作者福利，加大扶持力度，努力实现对资源最大限度地充分利用，力图在与大型网络平台竞争时能够形成自身的优势，吸引和培养更多有竞争力的优质作者，输出高质量内容，以建构起文学网站的良性生态圈。

（2）中小网站面临的挑战

2021 年开年不久，网络文学行业的格局就出现诸多变化。先是今日头条“截胡”百度入股掌阅科技，成功买下 A 股数字阅读第一股；接着百度和腾讯、阅文同时入股中文在线，积极抢夺优质版权；而 B 站又斥资 5000 万参与掌阅科技的新一轮定增，这意味着 B 站也正式入局网络文学领域。

阅文、阿里、字节、百度等均入局竞争，还有 B 站的加盟，可以看出巨头们对网文的竞争不仅仅停留在流量思维上。网络文学具有流量价值这是毫无疑问的，可以帮助平台实现快速、低成本获客。多方入局之下，加上“疫情红利”，网络文学产业出现了明显的增长。根据 CNNIC 第 48 次调查报告发布，截至 2021 年 6 月，网络文学用户规模达 4.61 亿，较 2020 年底增长 114 万；而根据艾媒咨询的数据显示，2021 年中国数字阅读市场将达 416 亿元（仅为 1 月估算数据，本年度正式市场数据还未出），市场规模稳步增长，而其潜在的市场高达千亿。

虽然是千亿级的产业，但是重视流量价值的广告模式天花板极低，加上大多数新入局的平台没有版权积累，很容易遭遇到后劲乏力、缺乏内容支撑的问题，承担不起泛娱乐生态联动的重任，也难以像阅文一样有网络文学平台、新丽传媒内容制作这样的良性循环。因而，字节跳动和百度都不约而同地将目光投入到产业更上游的掌阅科技、中文在线等上市公司身上，一方面希望获得版权方面的深度合作，另一方面他们对 IP 的影视化非常迫切，希望可以联手开发网文 IP。与掌阅科技、中文在线合作，意味着字节跳动、百度等巨头加码网文赛道，与阅文、阿里、书旗站在同一个起点上竞争。在这种局势下，中小网站将面临一系列新的机遇与挑战，生存压力进一步加大。

（3）契合市场需求，寻求新突破

2021 年，在网络文学竞争白热化的形势下，中小网站拓展路径或是从网络文学的流量价值入手，或是持续探索 IP 价值空间。网络文学行业的免费与付费之争出现于 2018 年，从连尚文学和趣头条孵化米读开始，新入局者们扛起免费阅读的大旗，迅速聚拢原来付费阅读之外的读者。但经过两年发展，免费小说从兴起到战局焦灼，在 2021 年，更多破局者不仅聚焦于网络文学的流量价值，更看到长远的付费价值和影视 IP 的想象力，希图进一步打开网络文学的产业空间。

这其中，就有知乎 2021 年的重点布局付费阅读。随着平台上《宫墙柳》《行止晚》《洗铅华》等代表作品出圈，知乎围绕知乎盐选会员服务的网文体系已经慢慢搭建，包括读书会（知乎出品成重点推荐模块）、小说等，网文类型包括玄幻、武侠、青春和悬疑推理等。知乎基于以知识分享、付费为主的平台基调和用户认知，在付费阅读上把握优势，打造优质精品阅读，虽然目前的体量上远不及晋江和起点，但是未来不失为知乎的一个商业化突破口。

与此同时，短剧的日益发展带来了网文 IP 改编新机遇。2021 年开年大爆的影视剧《赘婿》走红并带动了 IP 改编的热度，但是与以往集中在长视频领域改编不同的是，如今短视频平台开始登场，发力短剧业务，网络文学搭上了短视频的快车，带来了 IP 影视化改编的新机会。短剧可谓是发展的黄金时代，这其中对于优质 IP 的渴望也就比以往更加迫切。在这种形势下，更多的平台正集中入局，主打免费的米读小说与快手展开战略合作，以快节奏的深度内容满足用户娱乐需求，在网络文学 IP 化开发中找到新方向——凸显网络文学 IP 价值。

三、重要文学网站举隅

1. 重要文学网站代表（30 家）

起点中文网（www. qidian. com）：创立于 2002 年 5 月，是国内最大的原创文学门户网站，隶属于国内最大的数字内容综合平台——阅文集团旗下，2003 年首创“在线收费阅读”服务，真正意义上开创了网络文学盈利模式。起点长期致力于原创文学作者的挖掘和培养工作，旨在推动中国原创文学事业的发展。近几年来，起点积极寻求商业模式新突破，涉足实体出版、影视改编、动漫改编等多个领域；积极拓展海外市场，致力于进一步扩大读者群和作者群，拓展海外商业模式的发展空间，打造全球最大的华文文学创作与阅读平台。

创世中文网（chuangshi. qq. com）：成立于 2013 年，由阅文集团精心打造的新一代全开放网络文学平台，以网络小说为主要经营内容，集阅读、创作、互动社区、版权运营于一体。创世中文网拥有业界完善的作家体系、标准可靠的签约计划和奖励计划，拥有最为资深的编辑和运营团队；同时也是目前中国网络文学从核心商业模式、行业标准到具体通用功能的主要创造者，逐渐建立并完善了网络文学运营机制、作家作品编辑制度、版权运作制度等网络文学产业主要运作机制。

小说阅读网（www. readnovel. com）：成立于 2004 年 5 月，现隶属于阅文集团。成立之初，就以其独特的风格和丰富的内容受到广大文学小说爱好者的推崇。小说阅读网是国内优质文学版权运营商，网站拥有海量原创作品、签约作家、签约编剧及用户群。为更好服务于读者，已与多家出版机构建立合作关系，出版质量高、反响好的作品，进一步扩大作者和读者之间的联系。

潇湘书院（www. xxsy. net）：始建于 2001 年，是最早发展女生网络原创文学的网站之一，也是最早实行女生原创文学付费的网站之一，隶属于阅文集团。经过多年的辛勤耕耘，潇湘书院已发展成国内领先的女生原创网站，用户数量与日俱增，访问流量在国内文学类网站中名列前茅。潇湘书院的出现，为女性原创网络文学作品提供了一个更好的平台。

红袖添香（www. hongxiu. com）：创办于 1999 年，是全球领先的女性文学数字版权运营商之一，现隶属于阅文集团。红袖拥有完善的投稿系统和个人文集系统，为用户提供涵盖小说、散文、杂文、诗歌、歌词、剧本、日记等体裁的高品质创作和阅读服务，在言情、职场小说等女性文学写作及出版领域具有巨大影响力。红袖添香在数字内容版权运营及行业技术方面，一直保持业界领先地位，拥有技术领先的在线阅读、创作、投稿、签约、互动、稿酬结算系统，通过付费阅读、移动阅读、实体图书出版、影视版权输出等多形态文化产品打造立体化版权运营。

云起书院（yunqi. qq. com）：组建于 2013 年，现为阅文集团旗下知名原创文学品牌。云起书院是集阅读、创作、版权运营为一体的全新网络开放平台，有完善的运营机制、作家制度、编辑制度、版权运作制度。目前云起书院精耕于女性文学这一细分市场，是引领行业的女性文学创作基地，成就了无数平民作者的文学梦想。

起点女生网（www. qdmm. com）：成立于 2009 年 11 月，其前身是“起点女生频道”。起点女生网依托起点中文的成熟运作机制，成功实现了女性网络原创文学的商业化发展模式。起点女生网首创阶梯型写作全制度，在针对知名作者进行全方位宣传和包装的同时，兼顾对新进作者的培养。起点女生网依托领先的电子原创阅读平台，引入移动阅读、实体出版、影视改编等多元拓展渠道，建立海量版权交易库，形成一个集版权运作、原创阅读为一体的综合性女性原创文化品牌。

言情小说吧（www. xs8. cn）：成立于 2005 年，属于阅文集团旗下品牌。言情小说吧一直秉承着为用户提供优质的言情小说阅读体验平台、打造全球华语言情小说阅读基地的理念，在网络文学界走出了一条专业化的独特发展道路。言情小说吧拥有人气超高的论坛、方便快捷的网游及站内家园等，能给用户提供读书、休闲、娱乐的多方位体验。

掌阅小说网（yc. ireader. com. cn）：成立于 2015 年 4 月，是北京掌阅科技有限公司旗下全资大型原创小说网，拥有专业的核心内容团队，以引领原创文学潮流为目标，以推动网络文学健康发展为己任，致力于打造集多媒体阅读、实体出版、影视、漫画、游戏等一体的文学平台，为作者提供广阔的文学舞台，为读者提供多元化、多类型、多内容的阅读空间。

纵横中文网（www. zongheng. com）：成立于 2008 年 9 月，是纵横文学旗下的大型中文原创阅读网站，坚持原创精品的建站理念，致力于本土优秀文化的传承革鼎、激扬与全球化扩展，力求打造最具主流影响力与商业价值的综合文化平台，扶助并引导大师级作者与史诗级作品的产生，推动中华文化软力量的崛兴。纵横中文网拥有“纵横中文”“纵横动漫”等诸多优秀品牌与资源，深入贯穿线上阅读、线下出版、动漫改编、游戏改编、影视改编等整条文化产业链。

晋江文学城（www. jwx. net）：创立于 2003 年 8 月，原名晋江原创网，是福建省晋江市的一家文学网站，2010 年 2 月晋江原创网正式更名为晋江文学城。晋江文学城以建设全球最大女性文学基地为宗旨，经过多年发展，已经成为内地最大的女性文学基地之一，吸引了众多女性文学写手与读者。晋江以言情题材等原创网络小说而著名，主要提供由网友独立创作的小说，发展稳定，在业界有良好口碑。2021 年，晋江文学城在原创 IP 改编领域持续发力，是我国网站平台中作品改编成影视剧、漫画等视频作品最多的网站之一。

17K 小说网（www. 17k. com）：创建于 2006 年，原名一起看小说网，是中文在线旗下集创作、阅读于一体的在线阅读网站。作为中文在线核心的原创内容生产平台，17K 小说网以“阅读分享世界，创作改变人生”为使命，拥有海量网络作者，签约了多位知名作家，爆款作品畅销各大渠道。17K 小说网专注于提高作者服务，成立了第一家专业的网文编辑训练营和第一家专业的作者培训机构“商业写作青训营”。2020 年以来，17K 小说网推出“新星打造+职业保障+最豪全勤”经营策略，以三驾马车护驾新人作者福利，积极充实平台创作队伍。

四月天小说网（www. 4yt. net）：于 2020 年 9 月 10 日上线新站，是中文在线旗下古风女频原创小说网。四月天小说网从其创建伊始就一直致力于搭建传统出版与网络文学创作之间的平台，同许多出版社均有良好稳定的合作关系；率先推出行业领先的“网文连载+IP 轻衍生同步开发”内容创作新模式，全力打造古风特色站。网站还自主开发了一套完整的集即时阅读、在线创作、投稿签约、手机下载、稿酬实时结算以及编辑后台管理等功能于一体的管理系统，致力于为用户提供最完善的阅读写作与交流体验，在其服务所涵盖的网络平台，运营作者经纪代理，跨区、跨国、版权贸易等方面。此外，四月天扩大版权运营范围，已与多家移动服务商达成手机阅读协议，营造多方共赢局面。

逐浪网（www. zhulang. com）：逐浪网成立于 2003 年 10 月，是南京大众书网图书文化有限公司旗下集阅读与创作为一体的原创文学平台。拥有逐浪小说网、新小说吧和逐浪小说 App 等原创网站和移动渠道，一直秉承着“坚持做最好的原创小说”的发展理念，以丰富的优质内容，充分结合移动终端的阅读特性，为广大用户提供精彩的数字阅读服务。

书旗小说网（www. shuqi. com）：是阿里巴巴旗下阅读平台。书旗小说网平台提供种类丰富、质量上乘的网络作品，可以满足不同用户的多样化阅读需求。近几年来，书旗小说网致力于原创 IP 开发，网站专设“版权推荐”栏目，助力平台优质 IP 孵化。

爱奇艺小说（wenxue. iqiyi. com）：成立于 2016 年，是爱奇艺进军文学界的产物，拥有爱奇艺庞大的资金链与资源支持。平台积极举办征文大赛，以丰厚的奖金吸引了大量作者，创造了无数优秀作品。今年更是推出了“2022 作家培养黄金升级计划”，以优渥的保障条件吸引了优秀网文创作者的加入。爱奇艺文学作为爱奇艺 IP 生态系统的起点，发挥着培育开发优质 IP 内容的重要作用。

网易云阅读（yuedu. 16. com）：网易云阅读是网易旗下主要内容频道之一，也是集资讯、书籍的一站式电子阅读平台。秉承精品化的电子书运营策略，网易云阅读提供了大量的经典作品，坚持“打造全平台、发展全内容”的路线，从内容、性能、体验等多个维度还原阅读本质，为读者和用户提供良好的互动生态系统，是国内移动应用中最大书库在线 App。

红薯网（www. hongshu. com）：于 2009 年 12 月创立，是一家集创作、付费阅读、作品加工、版权贸易于一身的中文小说阅读网站，拥有完善的作品管理系统和高创作水准的原创书库，力图打造集创作、阅读、作品加工和版权贸易为一体的综合性中文小说门户网站。

塔读文学网（www. tadu. com）：于2010年7月12日正式上线，是北京易天新动化平台网络科技有限公司在无线阅读领域发力的基础平台和手机无线互联网原创文学先锋。塔读文学现已展开全平台运营，包括电脑读书、手机读书、客户端应用等，致力于为读者创造完美的阅读体验。

神起中文网（shenqiwang. cn）：成立于2016年1月，是杭州趣阅信息科技有限公司旗下网站。神起中文网以开发精品内容为目标，致力于打造集网络文学、出版、漫画、影视、游戏为一体的泛娱乐内容生产基地，立志成为行业领先的网络文学内容生产商与版权运营商。

趣阅小说网（www. quyuewang. cn）：于2015年6月成立，属杭州趣阅信息科技有限公司，是掌阅文学重要组成部分。网站围绕着"趣阅最精品"的品牌理念，旨在培养最优秀的网络原创作者，以"精耕细作、敢破敢立"为口号，同时深入发掘和提炼适合移动阅读需求的精品原创内容，打造明星作家和明星作品。

铁血网（book. tiexue. net）：隶属于北京铁血科技股份公司，创立于2001年，是一个能够提供社区、电子商务、在线阅读、游戏等产品的综合平台，业务主要分为四大板块：广告业务、内容产品业务、军品销售和军事IP，包括铁血社区、铁血军事、铁血读书、铁血君品行等旗下产品，企业理念为"在共赢的基础上把全心全意为军民服务作为首要任务"。

火星小说网（www. hotread. com）：是创立于2014年的免费小说阅读网站，隶属于北京金影科技有限公司。火星小说网拥有近万部全版权作品，涵盖网络文学的各个类型，专注于移动互联网和创新文化产业，致力于发掘和培育阅读、影视、游戏、动漫、出版和有声等全领域的优质IP。至今已获得SIG（海纳亚洲）、云峰基金、头头是道、小米、复星联合投资。

不可能的世界小说网（www. 8kana. com）：是成立于2014年的北京晨星盛世网络文化有限公司旗下的二次元小说平台。网站平台主要面向年轻群体，立志于为年轻人提供更为丰富、新鲜的阅读体验。

看书网（www. kanshu. com）：成立于2004年，是人民网旗下的大型原创文学门户，也是集创作、阅读、实体出版为一体的知名文学品牌。以在线阅读、无限月读和优质图书出版为主要经营模式，坚持精品路线，为华语网络文学在文化传承、文学创作和创新上发挥核心价值，力求打造最具影响力和商业价值的文化平台。

飞库网（www. feiku6. com）：于2005年8月成立，是第一家集网上在线阅读和下载阅读的手机网。飞库网拥有稳定的用户群，专注于阅读内容的开发，拥有大量的免费手机读物和优质的服务；与各作者和媒体广泛合作，口号是"倡导手机阅读，引领阅读新时尚"。

点众书城（ssread. cn）：隶属于北京点众科技股份有限公司。站内书籍主要分为文学、社科、经管、生活四大门类，拥有海量的文学内容和较为稳定的活跃用户。成立以来，点众书城积累和传播有益于经济发展、社会进步的科学技术和文化知识，弘扬民族文化，推动文化传播，丰富和提高人民群众的精神文化生活。

磨铁中文网（www. motie. com）：成立于2010年12月，隶属于北京磨铁数盟信息技术有限公司。磨铁中文网秉承“卓俗并纳，和而不同”的原则，构筑自由的文字家园，汇聚各个领域、不同创作题材的华语优秀作家和原创作者，允许作者创作各种形式的作品，极大地激发了作者的创作热情。其集合了国内顶级知名作家，如麦家、萧鼎、当年明月、李承鹏、罗永浩、流潋紫、陆琪、一心寸君等。

作家在线（www. haozuojia. com）：是由中国作家出版集团主办、作家出版社承办，以作家为主体的，严肃、高端、专业、权威的文学网站，旨在为所有写作者提供数字化出版平台。曾以一系列囊括中外最优秀当代文学作品的品牌享誉文坛，发现和培养了一大批活跃在当代文坛的主力作家，坚持“为作家出书”“出作家好书”“向读者奉献最好的书”的宗旨，为所有严肃作品及创作赢得互联网上应有的地位和影响力，依托中国作家协会和中国作家出版集团的庞大的作家队伍、丰富的作品内容及优质的信息资源优势，为广大文学爱好者提供一个了解文学动态、欣赏文学佳作和参与文学讨论的优质网络互动平台。

大佳阅读（dajianet. com. cn）：于2011年5月创办，由中版集团数字传媒有限公司负责建设，联合全国出版发行集团和大型出版机构，聚合全国出版资源，共同建设的一个公益性和商业性相结合的中国数字出版第一门户网站。强调读者至上，为读者提供优质的资讯和图书内容，开创互动分享的全新阅读体验，采用读者喜闻乐见的形式，满足市场需求；开放出版社自助宣传与自主经营的平台，实现正版图书网络同步发布，以开放的心态打造一个全产业链的数字出版第一平台高作。

2. 移动阅读 App

掌阅：掌阅科技旗下的一款专注于手机阅读领域的经典阅读软件。支持 EBK3/TXT/UMD/EPUB/CHM/PDF 全主流阅读格式。功能强大，个性时尚，界面简约，与各大出版社有深度战略合作，拥有广阔图书资源，一直稳坐中国阅读 App 榜首，专注于引领品质阅读。

QQ 阅读：阅文集团旗下手机阅读 App，拥有旗下各平台海量资源，有1000万部作品储备，作者多达400万，是目前市面上最受用户欢迎的移动读书软件之一。其愿景是“让年轻享受阅读带来的乐趣”，致力于打造一款拥有海量原著、想读就读的移动阅读 App。

书旗小说：阿里文学旗下的一款内容以免费小说书旗网为基础的在线阅读器。除了拥有传统阅读器的书籍同步阅读、全自动书签、自动保存阅读历史、点击翻页、全屏文字搜索定位、自动预读、同步更新等功能外，更有离线书包、增强书签及资讯论坛等扩展内容，还可以阅读 SD 卡中 TXT/UMD/EPUB 内容，使阅读更丰富、更自由。

咪咕阅读：由咪咕数字传媒有限公司开发的一款集阅读、互动等多种功能于一体的阅读器手机软件，有智能推荐图书、精致阅读体验、语音听书功能、互动社交阅读、悦读咖直播等个性化功能。截至 2017 年 7 月底，咪咕阅读平台已累计汇聚超 50 万册精品正版图书内容，涵盖出版图书、原创小说、杂志、听书等多种内容形态。

搜狗阅读：搜狗阅读拥有丰富的小说资源、优质的小说内容和全面的小说类型，依托搜狗搜索，海量小说资源即搜即得，多种阅读主题、夜间模式、翻页效果等功能一应俱全，力求打造最舒适的阅读体验。

追书神器：上海元聚网络科技有限公司推出的一款资源丰富、更新迅速的小说阅读软件，专注于用最快的速度为用户提供各大网站最受欢迎的连载小说更新。软件在小说更新后的 10 分钟内会及时发送更新提示，支持国内各网站热门小说阅读，还有个性细分的小说榜单，并独家提供“追书人数”和“留存率”数据来帮助读者挑选读物。

百度阅读：百度搜索旗下的阅读器，是百度为了满足用户阅读类需求而推出的产品，于 2014 年上线。图书资源覆盖小说、人文、科技、经管、娱乐等多个类别，与数百家主流出版机构合作，直接授权正版资源，打造的是个人作者写作平台、纸书电子书出版物、原生电子书等多种资源的数字阅读生态圈。

宜搜小说：由深圳市宜搜科技发展有限公司开发的一款手机软件，可以免费阅读千万本的海量图书，是最新最热网络小说的追更神器，也是最专业的电子书阅读软件，可以将全网小说图书一网打尽。全本缓存只需一键，没有网络也可随时随地阅读，本地阅读功能，全网图书轻松阅读，连载小说迅速更新。

微信读书：2015 年 8 月 27 日微信读书 App 正式上线，这是微信团队推出的第一款基于微信关系链的官方阅读应用，拥有为用户推荐合适书籍，并且可查看微信好友的读书动态，以及和好友讨论正在阅读的书籍、查看好友读书时间排行榜等功能，微信读书最大的特色就在于其呈现的社交关系。

多看阅读：隶属于多看科技，现属于小米公司旗下。包含丰富精品阅读资源，提供多达上万种图书，在阅读的同时，用户可以对图书进行云备份，随时随地享受多看阅读体验。依托其 10 年专业排版积累及其强大的图书编辑团队，使读者拥有超越纸书的良好阅读体验。

熊猫看书：熊猫看书是纵横文学旗下的手机看书客户端，支持听书、全本离线下载、本地阅读等功能。作为一款老牌移动阅读 App，从塞班时代就与读者风雨共度，一直致力于为读者提供最好的阅读体验。

起点读书：又名起点看书，是起点中文网推出的一款阅读软件，集聚了大量网络文学“大神”，有丰富的正版原著资源，玄幻、仙侠、武侠、奇幻、言情、历史、游戏、科幻……全类别热门图书随心挑选，还有活动中心、用户书单、智能推荐、云端同步等功能丰富用户体验。

网易云阅读：2011 年 11 月上线，是网易旗下全方位数字出版平台，致力于为用户提供优秀且富有乐趣的阅读作品。涵盖图书、小说、资讯等丰富内容，60 万册海量图书汇聚成国内最大移动书城，强力打造新书独家首发基地，是业界首先提出“开放平台”概念的移动阅读产品。

网易蜗牛读书：一款于 2017 年 3 月 9 日正式上线的全新阅读软件，推出了“每天免费阅读 1 小时”的营销新策略，付费模式也有别于其他阅读软件的按章、按字收费，而是让阅读开始按时收费。

塔读文学：成立于 2010 年，覆盖所有的移动互联网平台，是一款注重用户体验、功能丰富的小说阅读软件。塔读文学拥有海量的热门书籍和原创作品、精美独特的界面、强大的操作管理功能，其目标是要做到“随身随心、乐享阅读”，是深受移动阅读用户喜爱的 App 之一。

当当云阅读：当当云阅读的前身是当当读书，于 2017 年 10 月更名为当当云阅读，得益于当当本身的优势。当当云阅读的图书资源十分丰富，为用户提供了 50 万本热门好书，并推出“租阅”的新型阅读收费方式，让利读者又激励了阅读。更名同时还上线了当当听书频道，50 万本好书任性“阅听”，满足读者的不同需要，和当当纸书一起形成“纸、电、听”一站式的“全品类”“全媒介”云阅读生态，成为万千读者“随身携带、随心阅听”的“掌上云书房”。

红袖读书：北京红袖添香科技发展有限公司开发的一款专为女性打造的移动阅读 App，内容涵盖豪门、校园、宫斗、江湖、快穿、纯爱、悬疑、推理等各个分类，拥有千万本正版图书资源。

豆瓣阅读：2012 年上线，是豆瓣旗下优秀数字作品的阅读、出版平台，提供个人作者原创作品和出版社精品电子书。豆瓣阅读拥有 8000 多部独家授权作品，数万种经过精细排版的正版授权图书电子书，近 3000 个原创专栏和连载，涉及情感、文化、理财、心理、科幻、历史、悬疑等多种主题，还包含大量免费文章，另支持国内主流期刊电子版，以及知乎周刊、虹膜、简书周刊等互联网精选优质内容。

懒人听书：深圳市懒人在线科技有限公司研发并运营的移动音频 App，懒人听书支持多种客户端平台，产品目前由有声书城、听吧社区、开放平台三部分组成，文学名著、有声小说、曲艺戏曲、儿童文学、外语学习、时事新闻、搞笑段子等海量资源应有尽有，上传节目、下载收听、交流社区、云端同步、文本同步等功能一应俱全。懒人听书仅用 3 年时间用户突破 2 亿规模，渗透率、启动频次、在线时长等核心考核数据领跑行业，是国内最受欢迎的有声阅读应用。

快看小说：北京点众科技股份有限公司出品的一款阅读软件。该 App 号称“全方位听书看书专用神器"，专注网络小说，拥有 300 万册精品图书，每周 2000+新书上架，男频女频应有尽有，全网图书免费畅读，海量小说完全免费，无限量下载，绿色清新无广告。

快点阅读：北京天桐互动科技有限公司于 2017 年发行的一款移动端阅读 App，向用户提供原创对话小说阅读。在快点阅读 App 上读小说就像看微信/QQ 一样，点击手机屏幕就能弹出对话，还融入时下最流行的表情包，点击阅读就能弹出对话，颠覆了传统的阅读方式。

米读小说：安徽掌端网络科技有限公司于 2018 年 5 月推出的一款免费网络文学阅读 App，米读小说覆盖安卓和 IOS 端，采用免费+广告模式打响了网络文学免费模式第一枪。

追书神器免费版：上海元聚网络科技有限公司上线的免费阅读软件，在保留了"追书神器"各项功能的基础上拥有海量丰富的正版图书资源，可以提供给用户免费阅读，书库内各类题材小说、热门书籍都无限制开放阅读。

七猫免费小说：上海七猫文化传媒有限公司于 2018 年 6 月推出的提供免费阅读服务的软件，小说内容覆盖了总裁豪门小说、言情小说、穿越架空小说、玄幻小说、青春校园小说、修仙小说、悬疑小说、同人小说、名著等各种类型。现已接入 50 多家版权合作方的数万册网络小说供读者阅览。

连尚免费读书：南京大众书网图书文化有限公司推出的全品类正版免费网络文学阅读 App，于 2018 年 8 月正式上线。连尚免费读书在为读者提供正版免费小说的同时保留付费渠道及其他增值服务，免费阅读所产生的收益也会和作者共享。

飞读免费小说：阅文集团旗下的免费阅读 App，于 2018 年 12 月上线。引进集团旗下知名小说平台的百万正版热门小说，收录唐家三少、猫腻、打眼、鱼人二代、辰东、天衣有风、柳暗花溟、安姿莜、吱吱等诸多人气"大神"作家经典小说，更有大量影视原著免费畅读。

爱奇艺阅读：北京爱奇艺科技有限公司推出的移动阅读 App，目前采取在安卓端广告免费模式，IOS 端付费模式。其内容覆盖了出版文学、影视原著、网络小说、轻小说等丰富品类海量图书资源，致力为用户提供爱奇艺旗下海量电子书阅读服务，旨在打造有趣、轻松、互动的娱乐化阅读体验。

3. 代表性门户网站的文学频道

凤凰网书城（book. ifeng. com）：2008 年正式上线，是凤凰新媒体公司下三大主要平台之一、综合门户凤凰网的子频道。凤凰网书城定位于"以高尚的人文阅读品位，引领全球精品阅读"，不仅积极向广大用户提供海量读书内容及个性化书评文摘，同时还坚持深入探讨和研究文史、政治等学科领域等相关精深话题。

人民网读书（http：//book. people. com. cn/）：人民网读书频道是人民网下设的

一个子频道，跟人民网的风格相符。人民网读书频道涵盖了很多阐述民族历史、讴歌人民英雄的文学著作。

搜狐读书（book. souhu. com）：搜狐网站的一个子频道，旨在为读者阅读服务，丰富网友文化生活，立足于“更好的阅读”。搜狐读书频道于2004年8月上线，是门户网站中较早开设读书频道的网站。搜狐读书下设连载、资讯、书评、书见风云、访谈、读书会、图集、好书榜、原创、专题汇总等子栏目，为网民提供优质、深度的阅读平台。

360小说网（www. 360xs. com）：360导航旗下的文学网站，它集合多家小说网站作品，首发小说新章节免费阅读。下设热门小说、有声小说、原创小说、我要写书等数个子频道，并分别有男频女频的推荐榜单，为读者提供便利的阅读体验。

腾讯读书（http：//book. qq. com）：是腾讯公司的网络平台之一——腾讯网（QQ. com）的一个子频道，是腾讯公司2012年公布实施的“泛娱乐”战略中的重要一环。腾讯读书的内容丰富多样，不仅拥有原创的网络文学作品，也拥有很多传统作家的作品，以及一些已经出版的网络文学书籍，目前腾讯读书已经以“QQ阅读”为名独立存在。

铁血读书（book. tiexue. net）：创建于2001年，是铁血网下辖的读书频道，是国内最大的军事小说互动平台。铁血读书频道建站之初即以军事类原创网络小说轰动互联网，是中国原创军文的摇篮。铁血读书现有原创、图书、书库、排行榜、VIP专区、作者专区等子栏目，其中原创栏目下有军事小说、历史小说、玄幻、仙侠、都市、情感、推理、悬疑、中短篇小说、新书、完本等子栏目。另有编辑推荐排行榜和名家访谈等子频道。

新华悦读（www. xinhuanet. com/book）：2013年1月11日正式上线。新华悦读是新华网联合中文在线共同开发的数字阅读平台，也是新华网首次推出的面向数字阅读和移动阅读市场的专业平台，是新华网旗下的子频道。新华悦读以“思想点亮中国，阅读温暖人生”为理念，定位于严肃阅读、品质阅读与经典阅读，下设新书首发式、读家对话、悦读汇、书影、号外、影响力书榜等子栏目，期冀为读者展示更多的网络阅读资源。

新浪读书（book. sina. com. cn）：创立于2002年，是我国最早的门户网站的文学频道，其隶属于新浪网站。新浪读书下设原创、书评、书摘、资讯、好书榜、专题、动漫、今日热点等频道，而其中原创频道包含男生分类、女生分类、出版分类三个板块，涵盖都市校园、奇幻玄幻、科幻末世、穿越重生、浪漫青春、流行小说、时尚生活等数个网络文学类型创作门类，是多元化与多样化的门户网站文学平台。

4. 网络诗歌网站

大别山诗刊（dbssk. shige2022. com）：是一个以诗歌论坛为主的网站，于2006

年由安徽六安诗人碧宇创立。2006 年 10 月，碧宇在互联网“乐趣园”网站建立了以中国首家主张绿色写作的诗歌刊物《大别山诗刊》为依托的关注时代、自然、人性、民生和草根的绿色诗歌主题论坛——大别山诗刊论坛。大别山诗刊论坛以其“民间性、开放性、包容性”为中国当代诗歌的创作提供了一个完整而全面的聚集地，同时也为诗歌评论界提供了诗歌文本。2010 年“乐趣园”网站关闭，由广州心情文学网免费提供服务器再次开通大别山诗刊论坛。

东方诗风论坛（df. shige2022. com）：网站分为诗歌创作、诗歌理论、诗友沙龙和论坛事务几个主要板块。诗歌创作板块集合了格律体新诗、自由体新诗、国诗、诗歌翻译几个主要的诗歌分区，同时也有东方文苑板块来供各位网友进行其他文学形式的交流。诗歌理论板块既包括诗歌鉴赏，也涵盖理论探讨，共同促进发现好诗，写作好诗。

诗词在线（www. chinapoesy. com 或 www. 52shic. cn）：创建于 2007 年 8 月 16 日，当时的目的是方便查找诗词。2008 年 9 月 5 日，分享诗集上线，成为原创诗歌中心。诗词在线将开放、原创、共享、交流视为其追求，提供免费的个性化二级域名。诗词在线提供丰富的中国古代诗词、近代诗词、现代诗词、国外诗词；同时建立起诗词爱好者沟通的桥梁，努力打造中国最好的诗词社区。

诗歌报（www. shigebao. com）：是一家专注于诗歌交流、评论的网站，并办有面向网站会员的内部刊物——《诗歌报月刊》，网站版主、编辑会从网站上发表的网络诗歌中精选、推荐部分优秀内容刊登到《诗歌报月刊》印刷出版。诗歌报主要是为诗歌报论坛会员服务的网站。

诗生活网（www. poemlife. com）：由莱耳、小西、白玉苦瓜、桑克于 2000 年 2 月 28 日创建。诗生活网是中国互联网诗歌网站的先行者，第一个拥有自己独立的域名和空间，第一家拥有专业服务器，设计了第一个基于 WEB 页面专业的新诗论坛、翻译论坛和儿童诗论坛，第一家向诗人开放的专业自助式专栏，建立了第一家网络诗歌通讯社、第一家网络诗歌书店等。

中国诗歌网（www. zgshige. com）：2015 年 6 月 18 日，由中国作家协会、中国作家出版集团主办的中国诗歌网上线，是目前中国第一款整合写诗、读诗、听诗等多项功能于一体的诗歌类客户端，设有“每日好诗”“读典”“听诗”“诗影中国”等多个频道，推送文字、音频、视频、摄影、绘画等多种类型产品。

中国诗歌学会网（www. zgsgxh. com）：是中国诗歌学会的官方网站，旨在贯彻党的文艺方针，广泛团结全国诗人和各界人士进行国内外学术交流，传播创作信息，培养文学新人，为繁荣社会主义诗歌而开展多样的学术活动。

中国网络诗歌网（www. zgwlsg. com）：是由中国网络诗歌学会主办的大型文学网站，秉承“高远、纯粹、关注、发展”的理念，全力打造一流的文学创作、活动交流、理论研究平台，助力中国网络文学，特别是网络诗歌的创新和发展。网站内容主要以网络诗歌为主，包括现代诗、旧体诗、新歌词、散文诗、诗赛、诗译、诗论等，同时设有小说、故事、杂文、散文、剧本、童话、文评等多种文学体裁，另还设有《中国诗》《中国网络文学精品年选》、名家诗谈、文坛动态、文集出版、获奖诗星、优秀编辑、文集人气、最新作者、本站编辑、征文约稿等综合讯息栏目。

中国微型诗歌网（www. zgwxsg. com）：是一家专注于中国微型诗发展的网站，网站宗旨是“高雅、精微、华风”。整个网站分为微型诗天地、投稿区、中微活动区、中国微型诗社管理区四个分区，其中微型诗天地是网站的主要分区，该区将网站作品分类为微型诗、微型组诗、中微优秀作品展、微型散文诗、理论与点评五个类别，网站分类鲜明、内容丰富。

中华诗词网（www. zhscnet）：创立于2003年，是一个提供中国古诗词资料的网站，有古代诗歌大全、词曲名篇、经典名句和文言文等，还附有古诗文翻译、注释和赏析，以供诗词爱好者阅读和学习；也是收录最全的诗词网，有近十万首诗词，包括中华诗词精简版、大全版、国外名诗、成语大全、汉字大全等板块。

诗教网（www. zhsewx. com）：创办于2011年3月，是国内首家旧体诗词研习主题网站。诗教网致力于中国古典诗词传承与普及推广工作，并长期坚持为广大诗词爱好者免费提供公益教学服务。网校现开设了诗词、散曲、横联三大类的辅导课程，数千计的学员在网校辅导下顺利实现独立创作格律诗词的目标。

中诗网（www. yzs. com）：是中国诗歌网络最大的官方网站，是所有诗人的家园，是诗歌的前沿高地。截止到2020年11月29日，中诗网论坛共有会员4405219人，帖子6613062篇，包括现代诗歌、风雅诗词、散文诗苑、诗歌评论、中诗翻译等不同的模块。

5. 代表性散文网站

6633散文网（www. 663395. net）：6633散文网致力于打造包含品类最全的散文网站，是一个以散文为主题的短文学文章阅读网站。目前网站设有爱情散文、抒情散文、散文诗集、精美散文、优美散文、伤感散文、情感散文、哲理散文、写景散文、英语散文、古代散文、名家散文、经典散文、亲情散文、友情散文、写物散文、写人散文、记事散文、节日散文共19个分类模块，对散文类型做出了精细划分。

99文章网（www. 99wenzhangwang. com）：网站于2012年正式上线运行，是一个纯公益的文学网站，倾力为广大的文学爱好者提供一个表现自己、交流文学、互帮进步的温馨家园。网站主打抒情散文、爱情散文、伤感散文、诗歌散文等风格的散文，还有诗歌、故事、小说、杂文等文学类别来满足不同读者的阅读需求。

当代散文网（www. sdswxh. com）：由山东省散文学会主办，在学会带领下，以发展山东散文事业为宗旨，以培养人才推出作品为己任，推动散文创作。当代散文网综合了学会动态信息发布、《当代散文》杂志在线阅读、佳作欣赏和散文评论等方面的内容。

九九文章网（www. jj59. com）：是为各类好文章、美文、爱情小说故事、散文、诗歌等提供在线免费欣赏阅读的网站，成立于2008年3月22日。九九文章网下设文章、故事、散文、诗歌、日记、小说等子频道，是一个专业的绿色文学在线阅读网站，致力于打造绿色、健康的文学阅读环境。

散文吧（www. sanwenba. com）：隶属青岛广易通网络科技有限公司，于2009年上线，是一个以原创散文为特色的散文阅读网站。有各种经典散文诗歌文章、爱情散文、哲理散文、伤感散文在线等，下设散文、诗歌、杂文、随笔、小小说等子频道。

散文在线（www. sanwenzx. com）：成立于2008年9月，是杭州众书文化创意有限公司属下的文学网站，是以原创散文为主的散文精选阅读平台，内容包括抒情散文、爱情散文、伤感散文、经典散文、哲理散文、散文诗等优美散文。

中国散文网（www. sanwen. net）：始建于2006年，是北方联合传媒有限公司推出的公益性散文文学交流平台，是一个以散文为主题的短文学文章阅读网站。内含各种经典好文章，有爱情散文、诗歌散文、优美哲理抒情散文、经典短文学等。

西部散文网（www. cnxbsww. com）：由中国西部散文学会主办。2007年，中国西部散文学会在内蒙古鄂尔多斯正式成立，会员现已超过500人，其中有中国作协会员28名，各省作协会员400余名，中国散文学会会员145名。会员中有著名作家史小溪、许淇、刘志成、淡墨等人。中国西部散文网内容丰富、名家荟萃，网站中提供《西部散文选刊》的在线阅读，还有美文欣赏、学会主编书籍、散文排行榜等文学欣赏板块，以及名家书画收藏、书籍购买、收藏馆等盈利板块。

6. 政府机构的文学网站（各省市区作协的文学网站）

河北作家网（www. hbzuojia. com）：由河北省作家协会主办。河北作家网是中共河北省委领导下的全省各民族作家组成的专业性人民文学网站平台，是联系广大作家、文学工作者的桥梁和纽带。网站开设了百年红色文脉、作家作品、作协工作、文学讲堂、名家新作、送文学下基层等子栏目；组织开展作家在线交流活动、引导网络作家的创作；开展网上作品研讨活动；是繁荣文学事业、加强社会主义精神文明建设的重要线上平台之一。

山西作家网（www. sxwriter. com）：由山西省作家协会主办。山西作家网是山西省委、省政府联系广大作家与文学工作者的重要文学网站平台。网站下设组织机构、信息动态、会员新书、文学期刊、文学奖项等子栏目，发布山西作协最新新闻动态，推广作协会员优质文学作品，收录《黄河》《山西文学》等重要期刊，连续多年举办赵树理文学奖，致力于为广大人民群众提供优质精神食粮。

辽宁作家网（www. liaoningwriter. org. cn）：由辽宁省作家协会主办，以“脚踏

坚实大地，眼望浩瀚星空；头顶复兴使命，书写时代华章”为口号，是“文学辽军”开展在线交流活动的重要平台。网站开设机构介绍、文学奖项、会员服务、公告公示等子栏目，积极组织党史学习教育，连续的年开展专题活动，扶持重点作品，引导作家创作。网站还收录有辽宁文学奖、曹雪芹华语文学大奖等多个文学奖项历年获奖作品，是繁荣文学事业、加强社会主义精神文明建设的重要力量。

吉林文艺网（www. jlpflac. org. cn）：由吉林省文学艺术界联合会主办，开设有文联概况、文艺资讯、文艺评奖、文艺论坛、艺苑风采、云展馆、文艺视野等子栏目。网站坚持“二为方向”和“双百方针”，依法行使联络、协调、服务职能。通过团体会员加强同全省文艺家的团结，扩大文艺统一战线；沟通党、政府、社会各界同文艺家之间的民主协商及对话渠道；维护文艺家的合法权益；发展文艺生产力，促进其同全国文学艺术界及国家间的文化交流，繁荣社会主义文艺。

黑龙江作家网（www. hljzjw. gov. cn）：由黑龙江省作家协会主办，是在中国共产党黑龙江省委员会领导下，由全省各民族作家、作者及文学工作者自愿结合的专业性文学网站。网站以“造就北方文艺劲旅，创造文学艺术精品”为口号，采取多种形式提高作家的思想艺术素质，解放思想，不断提高全省作家文学创作的思想艺术水平。现有作协概况、新闻动态、作家书情、作家动态、评论争鸣、文学评奖、签约作家、北方文学、作家博客、作家辞典、团体会员等子栏目，致力于为广大人民群众提供文艺前沿动态与优质文艺作品。

江苏作家网（www. jszjw. com）：由江苏省作家协会主办。网站以“政治引领、团结引导、联络协调、服务管理、自律维权、推动创作”为工作宗旨，下设机构概括、作协动态、作家沙龙、新书速递、文学期刊、文学奖项、会员辞典等子栏目，提供包括小说、诗歌、散文、报告文学等在内的种类丰富、质量上乘的文学作品，收录《钟山》《扬子江诗刊》等文学期刊以及获紫金山文学奖等重要文学奖项作品，团结了一大批全国著名的作家，形成了一支由老中青构成的、在全国有重要影响的文学创作队伍。

浙江作家网（www. zjzj. org）：由浙江省作家协会主办。网站下设作协信息、文学动态、文学批评、文学奖项、地市动态、少年作协、内刊联盟、期刊前沿、作家访谈、作家瞭望、作家博客等多个子栏目，坚持“民主、团结、服务、倡导”的原则，紧跟省内各地市及海外文学动态，尤其关注青少年作家的创作成长。网站设有中国作协第十次代表大会、郁达夫小说奖及茅盾文学奖、《浙江通志・文学卷》等专栏，收录《小说月刊》《萌芽》等期刊的前沿动态与过往旧刊，是全国重要的线上文学园地之一。

安徽作家网（www. ahwriter. com）：由安徽省作家协会主办。网站以“牢记嘱托、积极作为，加快推进安徽文艺事业高质量发展”为口号，“八皖传承，润字入心”，开设安徽作协、文学皖军、网络作协、在线阅读、期刊联盟、安徽作家辞典等子栏目，重点助力儿童文学、网络文学的发展繁荣，以小说、诗歌、散文的在线阅读为特色，为安徽省加快实现文化大省向文化强省的跨越发挥了重要作用。

江西文艺网（www. jxflac. com）：由江西省文学艺术界联合会主办。网站下设有文联概括、协会概括、重要新闻、市县简报、通知公告、文艺现场、万名文艺家下基层、评论与研讨、艺术培训、会员工作、版权登记等多个子栏目。网站成立以来，在中共江西省委和江西省文联党组的领导下，积极组织开展谷雨诗会、文学采风、重点作品研讨与扶持等各种文学活动，服务江西文学作者，壮大江西文学队伍，促进江西文学事业的繁荣与发展。

山东作家网（www. sdzj. org）：由山东省作家协会主办。网站下设作协机构、新闻动态、热点专题、文学奖项、签约作家、作品扶持、作家维权、精品展台、新作看台、作家在线、文学期刊、文学评论等多个子栏目。网站积极团结、服务作家，扶持培养文学新人，推出优秀作品，增进文学交流；加强对会员的服务联络工作，更好地组织作家深入生活，投身实践，开阔视野，积累素材；注重导向性、权威性，充分发挥优秀作品的示范作用，促进文学创作的进一步繁荣和发展。

河南作家网（www. igoker. com/hnwriter/）：是经河南省文联、河南作家协会批准，于2010年开始筹建的河南省最大的文学网站。现有新闻中心、作协机构、协会工作、中原作家、文学作品、博客、论坛等栏目。截至目前已整理文学作品百万字，上传文学活动图片上千张。网站将以促进文学发展为主要目标，建成一个不同风格、不同流派“百家争鸣”的信息交流平台。

湖北作家网（www. hbzjw. org. cn/）：由湖北省作家协会主办。网站下设湖北作协、文坛进行时、文学鄂军、文学批评、作家茶馆、在线期刊、网上笔会、通知公告、作家零距离、网络文学、作品研讨、新书看台、书评序跋、新作快读等多个子栏目。网站首页有文艺头条、动态信息、市州文讯、理论政策等专题专栏，旨在繁荣湖北文学，推出经典力作。

湖南作家网（www. frguo. com）：由湖南省委宣传部主管、湖南省作家协会主办的湖南省唯一官方专业文学网站，创办于2005年5月。作为网络新媒体，湖南作家网立足于湖南，服务于作家，以“展示名家力作、扶持新人新作”为己任。网站栏目包括文坛新闻、小说、诗歌、散文、评论、作家推荐、嘉宾访谈、推荐长篇等。

广东作家网（www. gdzuoxie. com）：由广东省作家协会主办。网站下设新闻、评奖、粤评粤好、粤读粤精彩、网络文学、会员系统、机构、服务、专题、公告下载、报刊中心等多个子栏目，以及粤行粤辽阔、粤派沙龙等等。网站坚持求真务实、团结创新，出实招、办实事、求实效，全省文学事业蓬勃发展，文学队伍不断壮大，文学创作异常活跃，呈现出整体推进、亮点频现、人才辈出的喜人态势。

海南作家网（www. hainanzuojia. com）：由海南省作家协会主办，下设文讯、机构、原创、批评、采风、新海岸、南海潮等子栏目，更是依据作品文体形式的不同分为小说、诗歌、散文、书画等专栏。网站鼓励蕴含海南地域文化特色的文学创作，采取多种形式对优秀的创作成果和优秀作家给予资助和奖励，以繁荣海南文学事业；积极组织和推动文学评论和研究活动，促进文学事业的健康发展；加强各民族及中外文化交流，致力于营造良好的文学创作与交流氛围。

四川作家网（www. sczjw. net. cn）：是四川省作家协会主办的唯一官方网站，也被誉为“四川第一文学类的门户网站”。本网站旨在服务作家，发掘新人，传承文化，凝聚文明。四川作家网开设有作家辞典、作家博客、精品力作、最新写作等栏目以及四川作家书屋、全稿基地等特色板块，是四川作家获取文学信息、发表文学作品、扩大对外文学交流、发现文学新人的网络平台，也是四川省最大的文学类门户网站。除总站外，还设有成都、德阳、绵阳等 20 多个分站。

贵州作家网（www. gzzjw. cn）：是在贵州省委、省政府和省相关部门领导讲话精神的指导下，由数位贵州作家和诗人筹资建设，于 2013 年 8 月正式上线运行，是贵州的原创网络文学门户网站。网站坚持原创精品的建站理念，设有“资讯、原创、策划、风采、阅读、文艺、书刊、签约、社团”等板块，栏目众多、内容丰富，适合各类文化、文学、艺术用户群体，旨在为写作者提供创作、出版、交流等平台，是挖掘文学新星、培育潜力作者、推出知名作家和艺术家的强大阵地。

福建文艺网（www. fjwyw. com）：由福建省文学艺术界联合会主办。网站开设有组织机构、政务公开、名家讲坛、报刊、各文艺家协会、地市文联等子栏目，旨在为全省性文艺家协会及其会员、各省市区文联以及全省性行业文联做好团结引导、联络协调、服务管理、自律维权工作，组织开展文艺创作、文艺评论、学术交流、文艺人才培训、对台对外文艺交流等工作，促进福建省文艺事业的繁荣和发展。

云南文艺网（www. ynwy. org. cn）：由云南省文学艺术界联合会主办。网站开设有文联概况、文联工作、文艺要闻、文艺专题、志愿服务、文艺热评、团体会员、网上展厅、文艺评论等子项目，努力完成中国作家协会、中共云南省委宣传部、云南省文联交给的各项文学工作，组织开展各项文学活动、组织文学评奖、开展文学研究和评论、发现和培养各民族文学人才、推进国内外的文学交流等。网站坚持以人民为中心的创作导向，深入推进云南文学事业的繁荣发展。

陕西作家网（www. sxzjw. org）：由陕西省作家协会主办。网站开设有作协介绍、文学资讯、政务公开、作家作品、作协刊物、互动交流等子栏目。网站致力于推动全省文学队伍建设，发现和培养陕西文学创作、评论、编辑、翻译的新生力量，培养社会主义文学新人，促进陕西文学的全面发展；组织开展各种文学活动，组织作家深入基层采风锻炼；组织各类学术研讨和文学理论研究，开展文学评论活动，推动陕西省文学事业的繁荣发展。

甘肃文联网（www. gsarts. org. cn）：由甘肃省文学艺术界联合会主办。网站开设有文联概况、文艺资讯、文艺志愿、地域文化、文化交流、党的建设等子栏目，其下还设有文学版块。网站立足甘肃实际，挖掘地方特色，紧跟时代步伐，创造性地开展各项工作，坚持“出作品、促精品”，通过各种渠道鼓励作家避免浮躁、潜心创作。

青海文艺网（www. qhwyw. org. cn）：由青海省文学艺术界联合会主办。网站开设有文联资讯、网上展馆、名家·人物、基层文联等子栏目，自觉树立“举旗帜、聚民心、育新人、兴文化、展形象”的使命任务，努力培养有信仰、有情怀、有担当的文艺工作者队伍，推动青海文艺事业迈出新步伐、展现新作为。

内蒙古文艺网（www. imflac. org. cn）：由内蒙古自治区文学艺术界联合会主办。网站开设有文艺动态、文艺评论、文艺评奖、文艺志愿、文艺讲堂、文艺视频、文艺维权、文艺名家、文艺精品、网上展厅、机关党建、通知公告等子栏目，其下还设有内蒙古文联、文学、评论等板块。网站为党和政府联系自治区文艺工作者提供桥梁和纽带，是繁荣社会主义文艺、发展先进文化、建设民族文化强区、打造祖国北疆文化繁荣亮丽风景线的重要力量。

广西文联网（www. gxwenlian. com）：由广西壮族自治区文学艺术界联合会主办。网站开设有文艺资讯、人才名录、志愿服务、文艺资源数据库、文联工作、文联概况、机关党建等子栏目，其下还开设有文学、文艺评论板块。网站重点鼓励实力作家向长篇小说、儿童文学、影视文学三大块长篇精品创作发展，关注文学工作重心“由山到海”的转变，即由封闭到开放的发展思路，实现文艺的可持续发展和人才培养的可持续发展。

宁夏文艺网（http：//www. nxwl. org. cn）：由宁夏回族自治区文学艺术界联合会主办。网站开设有文联概况、新闻动态、文代会、文艺评奖、文联工作、宁夏文艺资源库等子栏目，其下还开设有文学和文艺评论板块。

新疆文艺网（www. xinjiangwenyi. cn）：由新疆维吾尔自治区文学艺术界联合会主办。网站开设有文艺宣传、文联概况、文联工作、文艺家协会、文艺活动、文艺展厅、文艺刊物等子栏目。

北京作家网（www. bjwl. org. cn）：由北京市作家协会主办。网站开设有通知通告、新闻、协会工作、理论评论、作家辞库、新书推荐、北京作家、小作家分会、征文等子栏目。

天津文学艺术网（www. tjculture. com）：由天津市文学艺术界联合会主办。网站开设有文化新闻、社会报道、名家书画、百家争鸣、名家访谈、民间艺术等子栏目。该网站没有文学版块。

上海作家网（www. shzuojia. cn）：由上海市作家协会主办，开设有组织机构、会员辞典、作协动态、文学信息、会员服务、会员新作、文学期刊等子栏目。网站本着出精品、出人才、促繁荣为己任的理念，团结带领上海作家积极创作，遵循文学规律，尊重作家创作。

重庆作家网（www. cqwriter. com）：由重庆市作家协会主办，其下设有作协介绍、新闻动态、时代新篇、文学天地、文学奖项、新书推荐、专题专栏等子栏目，搭建了重庆文学的信息交流平台，成为文学创作的窗口和重庆作家的文学家园。

香港特别行政区文学艺术界联合会官方网站（www. xgwl. hk/hk/）：由香港特别行政区文学艺术界联合会主办，其下开设有作家协会栏目，包括新闻、小说、武侠、散文、杂文、诗歌、网络、言情、魔幻等子版块。

（米若兰、黎姣欣　执笔）

第三章　活跃作家

文学活动有四个主要元素：作家、作品、读者和媒介，作家是文学活动的发起者、主动者、施动者。文学活动的对象是作品，而作品的好坏直接由作家所决定，所以，文学活动品质优劣的根本性因素是作家。作家素质高，作品品质好，文学活动得劲；作家数量多，创作繁荣，阅读可选对象多，文学活动更加有趣。因此关注文学活动，首先要关注的是作家，关注作家们的表现。本章就 2021 年的网络文学作家的总体状况做一大致描绘。

一、网络作家年度总貌

2021 年全球新冠疫情继续肆虐，新的、传播更为恐怖的变种病毒不断爆发，对世界造成很大的冲击。我国因为篱笆扎得紧，疫情反应迅捷，管控严格，疫情对我国的影响始终表现为局部的、可控的，对国民经济的影响也是有限的。我国网络文学在这一疫情相对缓和的年度中平稳地发展着，网络作家们的生活紧张而又有序。

1. 网络作家基本构成

在互联网出现不久、网络文学刚冒头时，有句话很流行：在网上，人人都可以成为作家。现在将近 30 年过去了，人人成为作家的宏愿当然不可能实现，但中国网络文学的发展已是蔚为大观，成为世界四大文化奇观之一，网络也确实让很多人真的成了作家。据第五届“网络文学+”大会发布的数据，2020 年我国累计创作 2905.9 万部网络文学作品，网络文学作者累计超 2130 万人。据阅文集团的半年报显示，截至 2021 年 6 月 30 日，阅文平台上积累了 940 万作家，作品总数达到 1450 万部，上半年新增字数超过 180 亿。①

作家是一个没有年龄限制的职业，古今中外都不乏白发老翁与垂髫少年成为作家。但网络写作因为技术的原因，年龄太大的难以适应网络写作；而青少年呢，则因网络管控对其有诸多限制，成为网络作家也并不容易。所以，网络实际限制了高龄与低龄人群成为网络作家的可能。据阅文集团《2021 网络作家画像》显示，网络作家中年龄最大的是退伍老兵竺兴富 78 岁，年龄最小的是大学生末烟 21 岁。

在传统作家中，文科人占大多数，但在阅文发布的网络作家画像里，阅文的

① 见阅文集团 2021 年半年报。

“白金”、“大神”作家中，大学以上学历的占75%，而理工科占60%。其中尤以计算机专业、电子信息工程专业、自动化专业为最，如爱潜水的乌贼、囧囧有妖、叶非夜、血红等都是计算机专业出身；公子衍与言归正传则出身于电子信息工程专业。这些学霸结合自己的专业背景与职业经历，创作了许多“硬核”故事，兼具专业性与趣味性。

例如，北师大统计学副教授、作家齐橙撰写的作品《大国重工》，讲述的是几代中国工业人努力奋斗，推动中国重大装备研发崛起的硬核工业故事。刚刚二次斩获“银河奖”的“大神”作家天瑞说符，其最新获奖作品《我们生活在南京》被称为“完成硬核科幻成就唯美故事的‘新科幻’实验”。“大神”作家晨星LL的“硬核学霸文”——《学霸的黑科技系统》，不少读者在其书评区召开“数理化研讨会”，围绕“周式猜测”“孪生素数猜想”“角谷猜想”等展开讨论，主角的科研热情也鼓舞了无数人，有读者留言：“很感谢这本书让我重新燃起了学习的兴趣，从未想过看科研类的小说能看得如此心潮澎湃。”“这本书改变了我对数学的态度，它让我能够静下心来研究透每一个命题，每一列算式，努力地寻找背后所隐藏的逻辑关系……”

从作家所属地域看，重庆的网络作家最多，而上海、成都、温州和徐州分列2—5位。而在“网文作家最多的省份TOP5”中，四川、河南、山东、江苏和广东进入了榜单，所以，川渝是网络作家的重镇。另外，湖南、浙江等省也是网络作家较多的地方。

从职业看，网文作家创作角色覆盖的职业超188种，其中，医生、运动员和互联网从业者是职业文主角最常见的职业。志鸟村的《大医凌然》，手握寸关尺的《当医生开了外挂》，专注于医生的心路历程与职业故事；林海听涛的《禁区之狐》，跑步小林的《短跑之王：从高中开始的奥运》，书写足球和田径运动员的竞技故事；青衫取醉的《亏成首富从游戏开始》，貌似高手的《咸鱼的自救攻略》，聚焦于互联网从业者的创业之路。这些取材于不同职业人群现实经历的网文作品，生动记录了众多专业细节和行业背景。

值得注意的是，《画像》还显示了众多网文作家“身兼多职”，在“白天打工人”和“夜晚码字人”的模式中自由切换。在作家之外还有着各种不同的身份：学生、工人、医生、警察、计算机工程师、科研人员、法医、律师、退役军人、公职人员……他们将生活经历融入创作中，把不同行业的现状在作品中剖析得淋漓尽致。①

2. 网络作者生存状况

网络作者是一个庞大的群体，至于哪些可以称为作家，哪些只能称为作者或写手，目前没有明确的界定。从传统意义上说，加入了作协（包括省市等地方作协）

---

① 见阅文集团2021年11月22日发布的《2021网络作家画像》。

的写作人员可以正式称为作家。但一个人是不是作家也不完全受制于这个称号，也有一些例外。此外，有些加入了作协的人员也不一定是作家，如理论家、评论家，很多人加入了作协，但这些人并不认为自己是作家，别人也并不认为他们是作家。如果以是否加入作协为标准，则目前能够被称为网络作家的人员并不多，大约只有几百人，这与网络作者庞大的数量相比，占比很小。而网络写作中有成就的人还是很多的，有的人已经写了几百万甚至几千万字的作品，可能还没有加入作协，那么他算不算作家呢？所以，一个写作者是不是作家，关键还是看看他创作的作品质量和数量。

已经成功加入作协的写作人员，也就是网络作家，他们是网络作者中的头部人员，大多已经写了几千万字，基本上算功成名就。如阅文集团中“白金”“大神”作家目前累计有444位，这些人的收入比较高，年入百万应该轻松平常，可以说是生活无忧。至于真正的头部作家，像唐家三少、天蚕土豆、我吃西红柿、猫腻、辰东等等，都是年入几千万以上，则是网络作家中的富豪级别，生活比较优裕。

在网络作者中，除头部作家外，还有更多写作者成为“白金”或“大神”作家，他们可能也没有加入作协，但却有了写作身份，这就是签约作者。目前，签约作者的数量不足4%，亦即签约作者数量不到80万人。所谓签约作者，就是某作者（ID）写作能力还行，得到了网络文学网站编辑的认可，于是网站正式与该作者签订写作协议，该作者成为该网站的正式作者。签约作者有自己的义务和权利。一般情况下，网站会给签约作者保底的收入，这个收入不是很多，每个网站也不一样，一般在每月1800元左右，签约作者至少要完成每天3000字左右的作品更新。有的网站除了这部分收入外，还有所谓的全勤奖，即一个月能够稳定更新26天以上，即可获得全勤奖，这个奖一般在1000—1500元之间。这样签约作者如果完成了自己的任务，每月有保底收入3000元左右，可以解决一个人的温饱问题，但养家糊口就困难了。当然如果自己的作品能够被人订阅、收藏甚至打赏，那收入就完全不同了。虽然订阅的价格不高，网络小说的订阅费约为每千字3—5分钱，每章的费用在0.1—0.2元左右，但如果能够稳定有3000个读者订阅，那日子也还是过得下去的。所以，签约作者在网络写作者中虽不是大富大贵，大部分勉强混个温饱还是可以的。

网络作者中最为辛苦的是“金字塔”底层作者。这些人数量庞大，但收入很低，是他们造就了网络写作的整体繁荣，没有这些人就没有网络文学今天的繁盛局面，也不会有网络文学今天的关注度。因为他们既是网络写作者，更是网络文学的追逐者与坚定支持者。这些人在网站上注册了一个ID，开始默默无闻地写作，根本没人理会，在网络上自生自灭，基本没有收入。直到有一天，写作水平提上来了，或者恰好命中了读者感兴趣的题材，受到读者喜爱，冒出头来，网站当然也会注意到你，会邀请你成为签约作者，这样日子才会慢慢好起来。但这样的机遇对绝大多数网络作者而言只能是一个梦，一个许多人心中的写作梦。从签约作者的数量以及

“大神”作者的人数我们能推测出梦想成真的可能性有多大。但是，“塔基”写手是文学写作的爱好者，为了心中的梦，他们不惜挑灯夜战，没有名、没有利，也守望初心，不言放弃。这是一群为了文学而从不言败的“追梦人”，他们的执着和奉献值得我们尊敬，是他们在搭建着中国网络文学的摩天大厦，因为有他们垫底，这座摩天大厦才能保持活力并稳如泰山。

3. 新生代作家强势崛起

作家一般被视为经验性工作，人生阅历越丰富，生活经历越曲折，思想沉淀越深沉，创作就越有优势。因此，我们会发现，传统作家的巅峰期一般在50岁前后。因为这时候，思想的沉淀基本达到顶峰，而体力处于衰退的前期，还有着旺盛的精力来进行深思熟虑的写作。网络作者是不是也这样不敢断言，但网络作者中出现一些新的特点，却值得注意。这个特点就是年轻作家的快速崛起。

在阅文集团发布的《2021网络作家画像》中表明，在阅文旗下所有平台的作家中，95后增长最快，占比超36%，90后和85后紧随其后，分别以26.4%和19.3%位列前三。在2021年阅文新增作家中，95后占比高达80%，天瑞说符、齐佩甲、云中殿等越来越多的95后作家崭露头角。这意味着什么呢？意味着71.7%的网络作家都是85后，亦即他们的年龄小于36岁。我们知道，职场有一个不成文的潜规则，即35岁门槛，很多单位不招35岁以上的人，但即使如此，也没几个单位人的年龄有71.7%的在36岁以下。所以，它意味着网络文学作家这一职场已经是一个年轻化的职场。但更为惊人的是后一数据：新增作家中95后占80%，亦即新增作家中绝大多数都是25岁左右的年轻人，这意味着网络写作即将成为年轻人的天下，再过几年，网络写作的平均年龄会降到30岁以下。

那么，这些年轻作家的写作状况怎么样呢？阅文集团认为：由于对年轻作家的大力扶持和互动阅读社区的重点构建，阅文的内容生态得以进一步激活。越来越多的年轻作家加入阅文平台，创作了众多创新题材的内容，并取得优异表现。2021年上半年，在阅文新增作家中，95后作家占比80%；在新书销售排名前100的作家中，90后作家占比57%；在新晋“白金”“大神”作家中，90后作家占比54%。这些新生代创作者展现出的新创作志趣，丰富并改变了网络文学创作的内容生态。如短篇、轻小说和科幻题材作品已跻身95后作家最爱创作题材TOP5，过往“小众”题材在95后创作中成为“主流”。纵观阅文集团科幻网文创作者，95后占比近六成，轻小说类型在近三年增长370%。①

如何理解这一特点呢？我们认为，传统写作更多关注审美的雅致与思想的凝练，所以需要沉淀；而网络写作更注重题材的创新与潮流的追逐，所以需要敏锐的感知。年轻人思想活跃、感觉敏锐，能更快感觉到社会的新思想、新特点、新动向、新潮

① 见阅文集团2021年11月22日发布的《2021网络作家画像》。

流，他们也最渴望表达，这些优势在网络写作中均得以充分表现，此其一。其二是年轻人更容易被引导，一些网站出于某些情况考虑，有意识地引导作者们向某一方向发展，开掘某些方面的题材；但成熟的作家已有自己的方向、自己的想法、自己的风格，很难引导，也很难改变。

4. 免费制给作家带来的影响

2021 年是网络文学免费制大规模实施的一年，许多网站都打出免费大旗，就连收费先锋起点中文网为应对免费制的冲击也弄出了两个频道，一个收费频道，一个免费频道，可见免费制冲击之大。

免费制是新建文学网站打开市场的一种策略，同时也是大型网文企业为方便版权运营弄出来的一个釜底抽薪的计谋。收费制的网络文学版图已经基本定型，新建文学网站想要开辟市场，怎么办？用所有行业都百试不爽的策略——免费。番茄小说、七猫小说、塔读文学等就是用的这一招。因为网络文学的读者已被前辈们占尽，开疆拓土异常艰难，不得已用免费的方法开拓市场，占据流量，慢慢渗透，不失为一种有效之举。阅文这些老牌文学网站，则觉得原来的版权制度在改编或进行版权运营时会受到原作者的掣肘，不利于版权开发中的大规模运营。于是他们想出这样一个运营策略，网站买断作者版权，再免费提供给读者，然后对作者说：看，我是亏本出版你的作品，扩大你的影响力。

免费制刚提出时，反对最厉害的是那些“大神”。他们认为，一部作品动辄收入几千万甚至上亿，现在你买断，能够给我几个钱呢？即使上百万（高稿酬）那也是大亏呀！于是他们邀约作者们签名反对。而一般的签约作者以及数量庞大的基础作者，则是无所谓，因为他们认为，反正我们不赚钱，你如果能买断多少还给点，比一分钱没有强。后来，网站见事情闹大，影响自己的声誉，于是宣布作者可以自己选择。你可以卖断版权，收钱后由网站随便去处理；也可以按原来的方式继续由读者付费阅读，这场风波才逐渐平息。那么，免费制给网站及作者带来一些什么影响及变化呢？

首先，网站无疑是直接受益者。我们从阅文集团的半年财报可以看出，2021 年上半年，集团营收大幅增长，直接得益于版权运营。上半年阅文集团总收入同比增长 33.2%至 43.4 亿元。其中，版权运营及其他收入同比增长 124.5%至 18.0 亿元，在线阅读业务实现收入 25.4 亿元，同比增长 3.4%。① 数据显示，付费的在线阅读增长寥寥无几，仅 3.4%，而版权运营收入增长 124.5%，两者不可同一而语，版权运营的优势一目了然。

其次的受益者是“大神”作家们。他们的选择当然是新作品继续沿用原有方式，由读者付费打赏阅读，继续享受他们作为头部作家赢者通吃的超额收益，而对

① 见阅文集团 2021 年上半年财报。

于老作品，他们发现了一个获取额外收益的途径——把老作品投放到那些免费平台上，也不需要版权转移，只参与广告与流量分成。因为这些作品在市场上有比较高的声誉，有的已经被改编为影视剧等，有很高的知名度，现在网站免费提供阅读，可以吸引更多的读者，带来相当多的广告与流量，分成收入也就相当可观。这些人前期作品往往较多，这就让他们赚得盆满钵满。

至于一般的签约作者以及那些数量庞大的基础作者，免费制与收费阅读对他们的收入影响较小，有喜有忧。影响小，是因为两种制度下他们的收入都甚微，都不能改变他们低收入的局面。有利的方面是实施免费制后，因为阅读群体的扩大，有的作品突然受到新读者的喜爱，作者能够得到较多的广告与流量分成；不利的因素是更多的作品沉寂了，湮灭于屏幕后面的网络虚无中，那么它们的作者收入也就越来越少，甚至没有了。

二、作家年度重要活动

随着网络文学的繁荣，网络文学的影响力越来越大，社会对网络文学也越来越重视，网络作家参与的社会活动也越来越多。首先是政府的各种文化艺术活动、各种重要的文艺会议一视同仁地邀请网络文学作家参加，以提升网络作家的社会地位；其次是网络文学的各种奖项越来越多，作家的社会影响力不断扩大；最后是网络作家与社会的互动越来越频繁，让他们的社会认知度得到提升。

1. 管理与培训

2021年12月14—17日，中国作家协会第十次全国代表大会在北京召开，其中有于鹏程（风御九秋）、马伯庸、云宏（孑与2）、艾晶晶（匪我思存）、刘炜（血红）等16名网络作家作为作协委员参加了大会。这表明越来越多的网络作家加入我国最高的文艺管理协会和文艺决策工作中，成为文艺管理决策中的顶层人士，这是对网络文学及其创作者的认可与关爱，充分体现了党中央对网络文学工作的高度重视。

早在4月9日，中国作协就在武汉召开了2021年全国网络文学工作会议。会上，担任地方网络作协领导职务的血红、匪我思存、管平潮、阿菩、静夜寄思、夜神翼、萧鼎等网络作家，与各省市区作协的负责人一同就“地方网络作协如何更好开展工作、引领青年网文作者的成长”“如何加强网络文学队伍建设、更好地发挥作用”“如何深化东西部协作、更好地开展定点帮扶工作”等话题进行了讨论，并对2021年的全国网络文学工作做出了部署和安排。中国作协党组成员、书记处书记胡邦胜希望通过这次会议加强网络作家的人才队伍建设，提高网络作协工作的组织化水平，提升网络作协政治引领和业务引导的能力，把高度的专业性和强有力的工作性统一起来，实施网络文学质量提升工程，引导网文作者深入生活，关注现实，讲好中国故事，助推网络文学作品向精品化迈进。2021 年是实施“十四五”规划、开启全面建设社会主义现代化国家新征程的第一年，更是中国共产党成立 100 周年，要抓好网络文学“百年百部”创作工程，遴选优秀网文作品实现线上联展，向读者免费开放；要组织网络作家到红色革命老区采风学党史，开展“党在我心中”短文征集活动等，这是中国作协网络文学中心 2021 年的重点工作。浙江省作协副主席、省网络作协副主席管平潮表示：“网络作家要有意识、有担当，要用我们创作的网络文学作品，让我们中国人民更自信、让我们的中国文化更自信。作为省网络组织的负责人，在组织会员认真学党史的基础上，要积极发挥地方网络作协组织的作用，努力把党史学习的成果，体现到每一位作家的网络文学创作中去。”

5 月 27 日，2021 中国网络文学论坛在重庆继续举行，两份分别针对网络文学创作质量和网络文学编审质量提升的倡议书正式出炉。重庆市网络作家协会主席袁锐和晋江文学城总裁刘旭东作为代表，分别在论坛现场宣读了《提升网络文学创作质量倡议书》和《提升网络文学编审质量倡议书》。为提升网络文学作品质量，作为网络文学的创作主体与编审主体开始了行动。这些举措必将对网络文学作者尤其是头部作者产生积极影响。这也意味着全面提升网络文学作者的职业素养成为行业自觉。

为贯彻作协的网络文学会议精神，提升网络作家们的创作和思想水平，各省网络作协相应开展了许多的活动。7 月 2 日下午，广东省作家协会举办网络作家线上活动，学习贯彻习近平总书记在庆祝中国共产党成立 100 周年大会上的重要讲话。网络作家们一致认为，习近平总书记在庆祝中国共产党成立 100 周年大会上的重要讲话思想深邃、振奋人心。“未来属于青年，希望寄予青年。”总书记的期待和号召激励着网络作家，网络作家正青春，要努力发奋创作，听党话，跟党走，以实现中华民族伟大复兴为己任，以优秀作品报答时代，不负韶华，不负党和人民的殷切期望！

活动还邀请了林俊敏（阿菩）、林涛（荆泽晓）、姚笛（红娘子）等“大神”作家开展“网络文学名家讲座线上公开课”。中国作协会员、中国科普作家协会会员、广东省作协网络文学创作委员会委员林涛（荆泽晓）主讲“网络文学写作遇到瓶颈时的对策”，中国作协会员、广东省作协网络文学创作委员会委员姚笛（红娘子）向大家分享了主题为“如何选择适合自己的题材”的写作经验，广东省作家协会副主席、广东网络作协副主席、网络文学创作委员会主任林俊敏（阿菩）主讲“什么样的作品题材适合 IP 转换”，给网络作家提供了切实可行的建议。

作为广东网络文学与内蒙古网络文学“结对子”的一项有意义的实践和探索，此次活动还邀请了十几位内蒙古作协推荐的网络作家参加。另外，还有超过 120 名网络作家以腾讯会议方式参加了此次学习。

7 月 19 日上午举办的第五届中国“网络文学+”大会新闻发布会上，共青团北京市委员会副书记李健发布了青年网络文学作家人才培养计划，该计划立足“网络文学+”大会平台资源，联合北京市作协，通过组织文学教育、文学交流、文学活动，建立文学组织、推介文学人才等五大举措，帮助一大批网络文学青年激发创造活力，实现素质提升。

9月26日，2021年江西网络作家党史学习教育主题培训研讨班在井冈山举办。会上，江西省作协主席李小军指出，网络文学作为一种新生力量，近年来发展迅猛，产生了广泛的社会影响，但一定程度上还存在良莠不齐等问题。为团结引导江西网络作家坚持守正创新、践行初心使命，省作协带领大家到革命圣地井冈山开展培训，这也是省作协第三次举办网络作家培训班。希望与会网络作家在今后的创作中不断提高政治站位，增强社会责任意识、规则意识、奉献意识，自觉成长为建设文化强省的生力军；强化价值引领，积极弘扬社会主义核心价值观，抵制“三观不正”“流量至上”等错误倾向；坚持底线思维，严于自律，心存敬畏，自觉遵守法律法规、社会公德和职业道德；树立精品意识，主动从中华优秀传统文化、红色革命文化和社会主义先进文化中汲取养分，不断推出更多网络文学精品，切实推动江西网络文学高质量发展。

12月9日，四川省网络作家协会2021年度新会员培训班在成都开班。50余名四川省网络作家协会新会员及相关代表首先于上午参加了由四川省作家协会、四川省乡村振兴局联合主办的四川省文学扶贫“万千百十”活动总结大会暨乡村振兴主题文学创作活动启动仪式。

此外，一些网络文学企业也开展了一些更具操作性的活动。如5月15日，起点中文在19周年之际，发起了“引领网络文学发展，起点读书将发起全新创作人计划”。此次业务创新将集中在创作者、内容、产品和平台运营等层面，目的是进一步提升平台内容活力，为创作者和书友带来更优质的阅读和创作体验，让优秀创意在起点平台上衍生更大价值。

橙瓜网开展了“网络文学薪火计划”：为帮助广大网络作家学习创作，提升写作技巧与能力，创作出更多精品佳作，推动网络文学健康发展，橙瓜码字联合行业各大网站与知名“大神”作家，打造“网络文学薪火计划”。

2. 获奖与表彰

为了让有理想的网络作家更好地成长，鼓励他们创作出符合时代特征的佳作，各类机构设置了许多的网络文学奖项，以表彰他们在本年度所取得的成绩。

其中，国家级的大奖主要有：

2021年12月20日，中华文学基金会第四届茅盾新人奖评奖办公室发布《关于获奖名单公示的公告》。网络作家王冬（蝴蝶蓝）、任禾（会说话的肘子）、陈徐（紫金陈）、刘勇（耳根）、段武明（卓牧闲）、蔡骏（蔡骏）、叶萍萍（藤萍）、朱乾（善水）、杨汉亮（横扫天涯）、程云峰（意千重）等人获得了第四届茅盾新人奖·网络文学奖。

2021年12月25日，中国小说学会2021年度好小说揭晓，其中网络小说入榜的有：骁骑校《长乐里：盛世如我愿》、何常在《三万里河东入海》、蒋胜男《天圣令》、伪戒《第九特区》、志鸟村《大医凌然》、言归正传《我师兄实在太稳健了》、意千重《澹春山》、风御九秋《归一》、蒋牧童《不许暗恋我》、疯丢子《再少年》。2021年3月16日，中国作家协会网络文学中心公布了“2021年网络文学重点作品扶持选题名单”，他们是：

何瑛（应景小蝶）《风骨》、常宇（推敲夜僧）《刚毅坚卓的他们》、刘金鹏（肥胖的可乐）《胶东往事》、梁希昊（梁宇寒）《老战士》、吴志超（吴半仙）《守鹤人》、陈彦池（百世经纶）《天降神医》、刘晔（骁骑校）《长乐里：盛世如我愿》、江春燕（李慕江）《南海一家人》、周斌（姞文）《熙南里》、梁敏（千里握兵符）《群星为谁闪耀》、苏东宁（柠檬羽嫣）《研究者也》、任佳英（灵犀无翼）《春雨》、钟惠（梨花颜）《嗨　古建修复师先生》、李国瑞（乱世狂刀）《人间暖阳四月天》、林俊敏（阿菩）《山海经三山神传》、周剑敏（玉帛）《狮舞者》、钟诗悦（焚柏、沐清公子）《予你良辰美景》、裘如君（凌烨）《百年沧桑华兴村》、陈涓生（画骨师）《繁星织我意》、林晗（鱼人二代）《故巷暖阳》、徐孟夏（陈词懒调）《每天都离现形更近一步》、顾七兮（顾唤华）《你与时光皆璀璨》、赵晨媚（丁十三）《请和优秀的我谈恋爱》、申大鹏（风圣大鹏）《山人行》、陈亮（燕赵散人）《说说心里话》、张宁（张鼎鼎）《向前进》、刘家希（知更）《幸福在家理》、吴玉敏（月斜影清）《枳生》、张芮涵《回不去的远方》、滕国宁（易阳）《铁路繁星》等30部作品。

2021年8月23日，新闻出版署公布了2021年扶持的现实历史题材作品，他们是：姞文《王谢堂前燕》、蒙虎《关河未冷》、七月新翻《秦吏》、三生三笑《我不是村官》、舞清影《他从暖风来》、童童《大茶商》、姚璎《情暖三坊七巷》、陆月樱《樱花依旧开》、晨飒《重卡雄风》等9部作品。

其他比较重要的政府奖还有：

第三届辽宁网络文学“金桅杆”奖评奖工作于2021年10月启动，经过作品征集、资格审查、初评、终评、投票、表决产生了10部获奖作品及10部入围作品。获奖作品为：创里有作的《工程代号521》、风咕咕的《奋斗者》、银月光华的《大国重器》、陌上人如玉的《旦装行》、鱼人二代的《故巷暖阳》、千羽之城的《云霄之眼》、宁城荒的《秘野奇域》、步枪的《大国战隼》、红九的《扫描你的心》、覆手的《医等狂兵》。

11月30日广东省作家协会公布了“广东现实题材网络文学精品项目”入选作品名单，他们是：江春燕《南海一家人》、唐国政《伪装死亡》、聂怡颖《我不是村官》、王敏《女机长》、谢雅娜《彩虹在转角》。

阅文集团一直是我国网络文学的重镇，每年都有许多重大活动来推进网络文学的发展，表彰和鼓励旗下网络作家们的创作。

2021 年阅文推出的年度好书为：

男作家的是：卖报小郎君《大奉打更人》、爱潜水的乌贼《长夜余火》、会说话的肘子《夜的命名术》、黑山老鬼《从红月开始》、老鹰吃小鸡《星门》、言归正传《这个人仙太过正经》、我会修空调《我的治愈系游戏》、天瑞说符《我生活在南京》、孑与 2《我不是野人》、阎 ZK《镇妖博物馆》。

女作家的是：千桦尽落《嫡长女她又美又飒》、吱吱《登堂入室》、叶非夜《你的来电》、希行《楚后》、闲听落花《墨桑》、意千重《澹春山》、天下归元《辞天骄》、锦凰《我花开后百花杀》、姒锦《锦衣玉令》、冬天的柳叶《玉无香》。

此外，阅文集团每年还会有新晋“白金”作家与“大神”作家的仪式。2021 年，老鹰吃小鸡、陈词懒调、飞天鱼、锦凰、云芨、顾南西 6 位作家晋升“白金”。漫西、月下无美人、柳岸花又明、天瑞说符、卖报小郎君、大颗粒、德音不忘、公子安爷、渐进淡出、姐姐的新娘、漠兮、牧童听竹、偏方方、神秘的大西瓜、我最白、咬火、月初姣姣、真费事等 19 位作家成为新晋“大神”。

3. 活动与交流

网络文学的影响力越来越大，网络作家的地位有所提升，他们参与的各种活动也越来越多，这对网络作家的成长颇为有益。

2021 年 3 月 28 日，浙江省举办了“网络作家聚会浙江：瞻仰红船明航向”活动。从 28 日至 31 日，近百名网络作家聚会浙江，参加中国作家协会主办的“网络作家党史学习教育暨主题创作改稿培训班”。培训班除了在嘉兴开展现场教学外，还在杭州邀请党史研究领域和人工智能领域的专家为网络作家授课，并组织作家就“提升创作质量，讲好时代故事”开展交流。在嘉兴南湖之畔，浙江省政协委员、浙江省网络作协副主席管平潮深有感触地说：“看上去小小的红船，却决定了我们这个大国的前进方向。网络作家不能与社会脱节，需要认真学习历史，才能更好地把握正确创作导向。”和他同行的还有全国各地的近百名网络作家。30 日，大家来到南湖，瞻仰红船，参观红船精神展示厅，听党史课。在培训班的课堂上，知名网络作家萧鼎和“烽火戏诸侯”不约而同地告诉记者，网络作家同样需要走出书斋，更多地接触社会的方方面面。“作为当代中国的文化人，网络作家要认真思考‘为谁写作’和‘写什么’的问题。要建设文化强国，网络文学需要担负时代重任”，中国作协党组成员、书记处书记胡邦胜表示，站在“两个一百年”奋斗目标的历史交汇点上，网络作家要增强使命感，强化时代精神、民族精神和专业精神，多出精品，以回应时代要求。

同样，为加强江苏网络文学队伍党史学习教育，5 月 9—12 日江苏作协组织网络作家开展庆祝建党 100 周年、弘扬四种革命精神主题教育实践活动，传承并弘扬周恩来精神、雨花英烈精神、新四军铁军精神和淮海战役精神。作家们先后来到南京雨花台烈士陵园、安徽泾县的云岭新四军军部旧址纪念馆和王稼祥故居纪念馆、徐州淮海战役烈士纪念塔和纪念馆以及淮安周恩来纪念馆等地，向英雄先烈敬献花圈，了解历史伟人的奋斗历程，深刻感受着一次次战斗背后党的精神图谱和胜利密码，深深地被感动和感染。作家们纷纷表示，通过学习，对党史、新中国史有了更深的了解，今后将创作出更多弘扬革命精神的优秀作品。

5 月 23 日，“喜迎建党 100 周年 · 全国知名网络作家阿坝行暨四川网络作家党史学习教育实地培训活动”走进若尔盖。活动中，作家们把红军长征途中经过若尔盖的地方重新走了一遍，在学习革命历史的同时，也欣赏到了若尔盖绝美的自然风光和浓厚的民族风情，两天的行程和党史学习令作家们收获满满。5 月 24 日一早，作家们就从若尔盖县城出发，前往班佑烈士纪念碑及胜利曙光群雕。在纪念碑前，作家们认真聆听了红军长征途中“爬雪山”“过草地”的感人故事，深情瞻仰“胜利曙光”群雕，深切缅怀英勇牺牲的革命先烈，重温那段苦难辉煌的长征岁月。5 月 29 日至 31 日，30 余名四川省网络作家行走四川省广元市朝天区大地，用脚步丈量历史、用心感悟变迁，实地开展主题创作采风活动，并把它转化为“为人民书写”的不竭动力。

2021 年 7 月湖南湘西州作家协会、湘西州作协网络文学专委会举办了“2021 湘西网络作家主题采风活动”，邀请网络作家到湘西采风。类似的还有：8 月由海南省作家协会和海南省网络作家协会联合举办的 2021 年海南网络作家“文学新高地，扬帆自贸港”采访培训活动。

7 月 30 日，由广西网络文学大赛组委会主办，麦林文学网、广西新联会网络作家分会、城市书房承办的广西网络文学大赛主题沙龙第二期“扎根现实　创新表达——如何打造网络文学‘爆款’活动”在南宁市会展中心城市书房举办。本次活动邀请了包括“夜火火”“水纤纤”“不吃鱼的猫儿”“莫默墨”“山海”在内的五位知名网络作家，并围绕“对于专业性较强的职场小说如何取材并获得专业知识”“网络文学在同类作品中如何做到差异化”“如何洞察什么样的作品能成为爆款”“网络文学作品成功的因素有哪些”以及“作为网络文学创作者写作的时候最核心应该注意什么”等问题进行了现场互动交流。活动现场，“不吃鱼的猫儿”认为，文学创作应选择自己擅长、熟悉的领域，并且题材要接地气，以提升读者的代入感；“夜火火”表示，写作首先要打动自己，不要跟风，要有自己的风格，不要盲目迎合受众，要让读者奔赴自己；其他作家也分别回答了文学爱好者提出的多项提问。

11 月 21 日，昆明市官渡区作家协会举办 2021 年学习交流活动，来自省内的特邀嘉宾和官渡区 30 余名作家齐聚一堂，进行学习和交流。“网络文学的出现具有划时代的重要意义。近年来，随着社会生活发生变化，网络文学与传统文学相比，思维模式、写作方式也相应发生了较大变化，产生了一些有别于传统文学的新的表现形式和手段。”云南省作家协会网络分会副主席、昆明市网络文学协会副主席赵伦受邀作《网络文学的现状与写作技巧》专题讲座，作为网文科幻分类的领军人物，赵伦从网络文学的概念与纸质文学的区别、网络文学的发展、网络文学的基本特征及创作的角色关系、创新与思维、生活体验、保持知识弹性与想象力等方面进行了深入浅出的讲解和传授，为在座的各位作家们，分享了一场网络文学，特别是网络小说创作的文学盛宴。本次活动讲座内容丰富翔实，交流发言踊跃积极，为官渡文学创作打开了一扇窗户。大家纷纷表示，一定要珍惜这次难得的学习交流机会，立足官渡，创作出更多体现时代精神、关切大众情感、群众喜闻乐见的现实题材作品。

随着网络文学研究的深入，网络文学与高等学府的交流也越来越多。2021 年 9 月 25 日，由中南大学文学与新闻传播学院、中国作协网络文学委员会中南大学研究基地（CTTI 智库）、中国文艺理论学会网络文学研究分会、湖南省网络文学研究基地联合主办的“中国网络文学三十年”国际高峰论坛在湖南长沙举行。会上既有专家学者关于理论的交流，也有学子们与作家们面对面的评论。类似的活动还有：2021 年 10 月 20 日下午，由西北大学文学院指导，贾平凹文学馆、西北大学创意写作中心、陕西省网络作家协会联合主办的西北大学文学院创意写作“网络作家进校园”系列活动暨第三期“作家摇篮 · 对话”活动在长安校区文学院顺利举行。

三、年度活跃作家

年度活跃作家的遴选总是一个比较困难的工作，因为网络作家实在是太多了，年度有成就的作家也是一个惊人的数字，要从这么多人中选出 100 个左右的实至名归的活跃者实在不易，很多人都难以割舍，但限于篇幅与视野，只能挂一漏万。2021 年还是与往年一样，我们尽量选取有成就的年轻作家，对已经多年进入《中国网络文学年鉴》的老牌“大神”，年度内如果没有特殊贡献，我们暂且割舍一年。下列活跃作家均为在 2021 年度入选各级各类网络文学作家作品榜单的网络作家，排名按名字（多为笔名）首字母为序。

爱潜水的乌贼　男，本名袁野，别名乌贼娘，起点签约作家，阅文集团“白金”作家。代表作有《灭运图录》（原名是《成仙途》）《奥术神座》《一世之尊》《武道宗师》《诡秘之主》。新作《长夜余火》正在起点中文网连载，目前已获 50 万收藏。其中《诡秘之主》于 2019 年 8 月至 11 月，连续四月获男频月票榜第一名，并于 2019 年获第四届橙瓜网络文学奖十大作品及第四届橙瓜网络文学奖最具潜力十大游戏 IP。2020 年，他还荣获橙瓜见证 · 网络文学 20 年十佳奇幻“大神”。《长夜余火》入选阅文集团 2021 年度好小说。

百分之七　男，阅文旗下起点中文网作家，2020 年开始进行网络创作，唯一的著作是正在连载的《我就是不按套路出牌》。这是一本另辟蹊径的反套路玄幻小说，作者脑洞清奇，很受读者欢迎。该小说在起点轻小说类作品中均列第一，两度登临品类月票榜首，长期位列品类畅销前列，获 50 万推荐。作者凭此书获起点 2021 年“十二天王”之“轻小说反套路王”称号。

背着家的蜗牛 男，起点中文网签约作家。2014 年开始创作，小说《我家后院是唐朝》《巫妖倒爷的两界生活》《钢铁皇朝》《回到古代当奶爸》《帝国枭色》均已完本，现在连载的小说是《从今天开始做藩王》。作者在起点属于不温不火，但作者正在连载的新书以及已经完本了的《钢铁皇朝》却在手机新媒体中大卖，两者均有超过 500 万的订阅量，让读者收获颇丰，因此荣获起点 2021 年“十二天王”之“历史新媒体卖座王”称号。

冰可人 1 原名王敏，河南人。中国作协会员、广东省网络作家协会理事兼副秘书长、广东省作家协会网络文学委员会副主任、鲁迅文学院学员、广东长篇报告文学创作签约作家。先后创作《你若一直在》《爱你若如初相见》《我们复婚吧》《下堂将军》《乞丐皇妃》等作品。2020 年，其作品《华强北——深圳奇迹的创造者》入选并获得广东重大现实题材和红色文学创作题材扶持，2021 年，其作品《女机长》入选中国作协及广东省网络文学重点扶持现实题材作品。另在起点中文网有作品《嫁给帝君之后》《总有妖妃想篡位》《我携秋水揽入星河》《朝朝是你》《穿成了山里汉的恶毒小娘子》等。

步枪 男，起点中文网作家，很早就开始了网络文学创作，但累积作品不多。完本的作品《大国战隼》获 2021 年辽宁网络文学“金桅杆”奖。另有连载小说《左舷》《帅教官》两书。

蔡骏 男，1978 年 12 月 23 日出生于上海市，中国悬疑作家，中国作家协会会员。22 岁开始发表小说，此后连续 9 年保持中国悬疑小说最高畅销纪录。已出版中长篇小说 20 多部，蔡骏系列悬疑小说销量已突破 1000 万册。蔡骏写作流派属于传统悬疑，擅长制作恐怖气氛。他的代表作品有《病毒》《诅咒》《猫眼》《神在看着你》《夜半笛声》《幽灵客栈》《荒村公寓》《地狱的第 19 层》《荒村归来》《玛格丽特的秘密》《旋转门》《蝴蝶公墓》《天机》《人间》《谋杀似水年华》《地狱变》《生死河》《偷窥一百二十天》《最漫长的那一夜》《最漫长的那一夜 · 第 2 季》《宛如昨日》等。2018 年 6 月 14 日，其荣获首届梁羽生文学奖杰出贡献奖。2020 年 12 月，其半自传体新作《春夜》由作家出版社出版，2021 年 12 月该书入选作家出版社“2021 年度好书”。2021，蔡骏当选中国作家协会第十届全国委员会委员；并入选第四届茅盾新人奖 · 网络文学奖。

陈词懒调 原名徐孟夏，男，湖北武汉人，阅文集团起点中文网“大神”作家。笔力雄厚，人物塑造强大，主要作品有《星级猎人》《回到过去变成猫》《原始战记》《未来天王》。已出版《回到过去变成猫》实体书全套。《原始战记》于 2018

年1月23日入选国家新闻出版广电总局和中国作家协会联合发布的“2017年度优秀网络文学原创作品推介名单”。新书《未来天王》在起点平台累积获得二十万个收藏、一百多万总点击和三百多万总推荐。其本人获得2017年首届“茅盾文学新人奖·网络文学新人奖”网络作家提名。2021年晋升为阅文集团“白金”作家。

创里有作　真实信息不详，著有三本网络小说，分别是《扬帆1980》《小人物的非凡之路》《工程代号521》。作者凭最后一书获辽宁省网络文学2021年“金桅杆”奖。

大颗粒　起点签约作家，著有三本小说，分布是《穿成山里汉的小医妻》《贵妃每天只想当咸鱼》《娘娘她不想再努力了》，后一作品还在连载中。2021年晋升起点“大神”作家。

德音不忘　起点签约作家，已完成三部作品：《国民女神之重生王牌千金》《全民女神之重生腹黑千金》《全能千金燃翻天》，正连载《豪门替嫁：重生王牌大佬》。2021年晋升起点“大神”作家。

冬天的柳叶　女，起点“白金”作家，中国作家协会会员。主要完结作品有《凡女仙葫》《妙偶天成》《娇鸾》《韶光慢》《末世之希望树》《似锦》《掌欢》《逢春》，正连载作品有《玉无香》。《玉无香》被阅文集团推荐为“阅文2021年度好作品”。

耳根　男，原名刘勇，阅文集团白金作家，网络文学代表性人物之一，中国作协第九届全委会委员。代表作有《仙逆》《天逆》《求魔》《我欲封天》《一念永恒》《三寸人间》。2018年5月，耳根在第三届“橙瓜网络文学奖”评选中位列五大至尊，在第三届“橙瓜网络文学奖”评选中荣获“年度最受欢迎作家”之“年度仙侠作家”。获第二届中华文学基金会“茅盾文学新人奖·网络文学新人奖”提名奖。2020年，入选橙瓜见证·网络文学20年十佳仙侠“大神”、百强“大神”。2021年12月，获得第四届茅盾新人奖·网络文学奖。

贰更　男，起点作家，一书成名的代表性人物。作者的唯一作品是《我在斩妖司除魔三十年》，这是一本签到流的仙侠小说，上架当月即登月票榜前10，可见颇受欢迎。年底被阅文封为年度天王：2021年古典仙侠新生代领军者。

飞天鱼　本名张伟，阅文集团“大神”作家，中国作家协会会员。代表作品有《万古神帝》《天帝传》。2018年5月，荣获第三届“橙瓜网络文学奖”百强“大神”，2019年7月，任四川省网络作家协会常务理事。2019年，其作品《万古神帝》入选第四届橙瓜网络文学奖百强作品。2020年，《万古神帝》入百度十大热搜。2021年晋升阅文集团“白金”作家。

风咕咕　女，本名赵杨，辽宁省作家协会会员，职业作家、编剧。小说作品有：《春风故事》《奋斗者》《凌烟阁》《闻香探心》《康雍秘史之良妃》等。其东北国企改革题材《春风故事》获得2020年北京市优秀长篇小说和第四届“中国网络文学+”大会优秀网络文学作品，2021 年获辽宁省网络文学“金桅杆”奖。

风御九秋 原名于鹏程，男，1979 年 12 月 3 日生，山东文登人，退伍军人，中文在线旗下 17K 小说网“大神”作家，中国作协会员，山东省作协会员，第七届鲁迅文学院网络文学作家培训班学员，天涯鬼话十大牛人，人称“玄幻修真界的金庸”，灵异、仙侠类双料写手，中国道术探险小说领跑者。语言文字幽默，故事逻辑严谨。主要作品有：《气御千年》《残袍》《紫阳》《太玄战记》《参天》《归一》等。《紫阳》获得“第二届网络文学双年奖”优秀奖，《参天》入选中国作协 2017 年度全国网络文学重点园地工作联席会议“重点作品扶持选题”名单。2018 年 1 月 23 日，《太玄战记》入选国家新闻出版广电总局和中国作家协会联合发布的“2017 年度优秀网络文学原创作品”推介名单。其获得 2017 年首届“茅盾文学新人奖·网络文学新人奖”网络作家提名。作品《归一》入选中国小说学会 2021 年度好小说。

疯丢子 原名祝敏绮，女，1990 年生，现居浙江，毕业于四川外国语大学德语系，目前从事游戏策划工作，晋江文学城签约写手。16 岁发表网络小说处女作，以写科幻和战争题材闻名，有“冷门奇才”的称号。写作具有拟生活态和军旅热血特色，行文奇特且自然，融入了不同的生活化描写，具有很强的阅读性。代表作有《战起 1938》《生化！星际外援》《同学两亿岁》《美食江湖不思议》《跪求一腔热血》《百年家书》《刺客之怒》《再少年》等。历史穿越小说《百年家书》获得“第二届网络文学双年奖”银奖。2017 年，凭借《战起 1938》获得第十五届华语文学传媒大奖“年度网络作家”（军事类），并获得首届“茅盾文学新人奖·网络文学新人奖”提名。《再少年》入选中国小说学会 2021 年度好小说。

覆手 男，原名苏胜唐，中国作家协会会员、辽宁省作家协会会员、鞍山市网络作家协会副主席。主要作品有《医等狂兵》《绝世好人》《激流勇进》《透视高手》《天才透视神医》等。2018 年 5 月，在第三届“橙瓜网络文学奖”评选中位列百强“大神”，《医等狂兵》荣获年度百强作品奖。2021 年《医等狂兵》再获辽宁省网络文学“金桅杆”奖。

更从心 男，本名崔晋禹，重庆人，起点签约作家。主要作品有《假装是个boss》《魔王很强且过于勤奋》《我真舍不得被夺舍》。正在更新的作品《末日拼图游戏》，属游戏脑洞文，上架不久即获 50 万收藏，非常受欢迎。作者凭此作获推阅文 2021 年“十二天王”之“游戏创意王”称号。

公子安爷 女，辽宁人，阅文旗下潇湘书院作家，主要作品有《虐宠之绝色毒医》《妖帝至尊之邪妃太嚣张》《席爷每天都想官宣》。2021 年晋升阅文“大神”作家。

顾南西 起点签约作家，已完结作品有《帝王爱之一品佞妃》《猫爷驾到束手就擒》《暗黑系暖婚》《爷是病娇得宠着》《他从地狱里来》。正连载作品有《扮乖》。2014 年开始写作，作品以暖宠、治愈风格为主，文风温馨细腻，题材丰富多变。2021 年晋升阅文“白金”作家。

何常在　男，原名崔浩，出生于 1976 年，河北石家庄人，现居北京朝阳区，是阿里文学签约作家、中国作协会员。作为横跨网络与实体的两栖实力派作家，他被誉为“国内政商类小说的第一人”。同时他也是知名畅销书作家，已经出版图书 40 余部，包括《命师》《胜算》《官神》（后改为《问鼎》）《运途》《武动苍穹》《交手》《浩荡》《三万里河东入海》等，其中大部分作品受到读者喜爱，成为年度畅销书。2018 年，他以 2500 万元的年度版税收入高居“第 12 届作家富豪榜之网络作家榜”第 10 位，还在第三届“橙瓜网络文学奖”评选中荣获“百强大神”称号。其作品《浩荡》于 2019 年 10 月入选“庆祝新中国成立 70 周年”主题网络文学作品暨 2019 年优秀网络文学原创作品；于 2020 年 4 月入选中国图书评论学会组织评选出的 2019 年度“中国好书”；于 2020 年 9 月入选“2019 年度中国网络文学排行榜”之“中国网络小说排行榜”；于 2020 年 8 月 4 日，获得首届“天马文学奖”；于 2020 年 9 月，获得第 1 届“贾大山文学奖”。《三万里河东入海》入选中国小说学会 2021 年度好小说。

黑山老鬼　男，阅文集团“大神”作家，中国作家协会会员。主要作品有《瘟仙》《掠天记》《大劫主》《九天》《白首妖师》《从红月开始》。最后一书还在连载之中，该书更新仅七十万字时，已经稳居月票榜、畅销榜前十，2021 年 2 月，还成为科幻频道月票榜第一名，连续三个月蝉联。这一小说包含科幻、悬疑、末世、精神分析等元素，在数以万计的网络文学中让人耳目一新，获推阅文集团 2021 年度好书。

横扫天涯　男，原名杨汉亮，阅文集团“白金”作家，中国作协会员，中国作家协会第十次全国代表大会参会代表。其创作的作品在海外站点双榜推第一，起点月票榜前五。著有《无尽丹田》《天道图书馆》《造化图》《有请小师叔》等。2018 年 5 月，他在第三届“橙瓜网络文学奖”评选中位列百强“大神”。2019 年，在第四届“橙瓜网络文学奖”评选中，其作品《天道图书馆》荣获第四届橙瓜网络文学奖年度百强作品；2020 年又入选“2019 年度中国网络文学排行榜”之“中国网络小说排行榜”。他本人于 2021 年获中华文学基金会第四届茅盾新人奖·网络文学奖。

红九　原名宋艳红，昵称红九大大、九哥，女，现居北京，晋江文学城专栏作家，北京作家协会会员，鲁迅文学院第九届网络文学高级研讨班学员。擅长现代都市题材，善于用诙谐幽默的文字讲述励志正能量的故事。主要作品有《我们住在一起》《旧欢如梦》《我的青春你的城》《爱我就要说出来》《扫描你的心》等。已出版长篇小说十余部，其中多部已签约影视版权，实现简繁体、越南、泰国出版。2017 年完结作品《请叫我总监》（又名《投资男女》）、《别怕我真心》（又名《余生有你，只争朝夕》）。《别怕我真心》《我不是随便的人》两本实体书已出版上市

《请叫我总监》《别怕我真心》《我不是随便的人》三本书均已签售影视版权。2018年1月23日，《别怕我真心》入选国家新闻出版广电总局和中国作家协会联合发布的“2017年度优秀网络文学原创作品推介名单”。她于2017年12月，获得首届“茅盾文学新人奖·网络文学新人奖”网络作家提名。《扫描你的心》获辽宁省2021年网络文学“金桅杆”奖。

蝴蝶蓝 男，原名王冬，阅文集团“白金”作家，中国作家协会会员，网络原创游戏类小说代表写手。作品以网游题材为主，被誉为“网游文神级大师”。代表作有《全职高手》《独闯天涯》《星照不宣》《网游之近战法师》《网游之江湖任务行》《天醒之路》《全职高手番外之巅峰荣耀》等。2019年8月，改编自其小说《全职高手》的动画大电影《全职高手之巅峰荣耀》在全国上映。2019年，他荣获第四届橙瓜网络文学奖暨见证·网络文学20年十佳游戏“大神”提名奖，还获得第四届橙瓜网络文学奖暨见证·网络文学20年百强“大神”提名、第二届中华文学基金会“茅盾文学新人奖·网络文学新人奖”提名奖。对于2021年获第四届茅盾新人奖·网络文学奖。

会说话的肘子 男，阅文集团“白金”作家。代表作有《英雄联盟之灾变时代》《我是大玩家》《大王饶命》《第一序列》《夜的命名术》等。2019年6月至11月，其连载作品《第一序列》于起点中文网稳居男频月票榜前七名，累计已获得五十万个收藏。本人荣获第四届橙瓜网络文学奖暨见证·网络文学20年百强“大神”提名；2020年凭《大王饶命》晋身起点“白金”作家。2020年《第一序列》入选中国小说学会2020年度网络小说排行榜；本人入选橙瓜见证·网络文学20年十佳二次元“大神”、百强“大神”。《夜的命名术》入选阅文集团2021年度好小说。

徃男 男，起点签约作家。2018年开始进行网络创作，现有作品5部，完结的4部作品为：《神级卡徒》《开局上帝视角》《打造诸天神话》《全球星卡师》，正在连载的作品是《金刚不坏大寨主》。徃男前面以玄幻为主，成绩尚可，《金刚不坏大寨主》改为武侠，作品上线后，立即受到热捧，连续13个月稳居起点品类作品月票榜第一，是当前收藏书为武侠类作品的最高纪录，作者因此被阅文集团推为2021年“十二天王”之“武侠题材王”。

渐进淡出 女，阅文集团签约作家。2016年开始进行网络创作，写作速度相对较慢，现有作品3部：《农女倾城》《且以情深共路瑶》《农女福妃名动天下》，均已完本。2021年以《农女福妃名动天下》晋升阅文“大神”作家。

蒋牧童 女，晋江文学城签约作家。2014年开始进行网络创作，长居于江南，爱好美食，文风甜宠暖萌。代表作品有《我就喜欢他那样》《时光与他，恰是正好》《应许你欢喜》《黑白世界，彩色的他》《那片蔚蓝色》《不许暗恋我》等。其中，《我就喜欢他那样》于2017年先后签约了影视、动漫、游戏、舞台剧等版权；《时光与他，恰是正好》于2019年签约了网络剧版权。《不许暗恋我》入选中国小说协会2021年推荐的年度中国好小说榜。

蒋胜男 女，70后，温州人。温州市艺术研究所戏剧编剧、作家，晋江原创网开山驻站作者，2014年起担任浙江省网络作家协会副主席。代表作有《芈月传》《凤霸九天》《铁血胭脂》等。蒋胜男是最早的网络作家之一。1999年—2000年，即于清韵书院连载《魔刀风云》及其续集《玉手乾坤》等长篇小说，发表《秦可卿之死》《东方不败回忆录》等中短篇文章。2001年，于新浪网连载《血衣蝴蝶》等长篇小说。2002年，于榕树下发表《妲己之死》《狐仙》等中短篇小说，于后花园文学论坛开始连载《鹰王》《紫星传奇》《凤霸九天》(原名《大宋女主刘娥》)等长篇小说。2003年，晋江文学网成立，受邀成为驻站专栏作家，并开始渐渐将创作主力移至晋江文学网，于当年发表及连载作品有：《洛阳三姝》《紫星传奇之京城除奸》《上官婉儿》《花蕊夫人》《西施入吴》等。其后陆续创作了《历史是怎么炼成的》《太太时代》《芈月传》等众多作品。2016年9月，由天启文化等举办的“第十届作家榜全民阅读节暨文化盛典颁奖礼”在北京中国电影导演中心举行，《芈月传》荣登作家榜金榜，获年度最具商业价值作品奖。早在2016年3月，《芈月传》就入选广电总局推荐的“2015年优秀网络文学原创作品”。2018年，蒋胜男当选为第十三届全国人民代表大会代表；2019年，登3月橙瓜《网文圈》第35期封面人物；2020年，入选橙瓜见证·网络文学20年十大历史作家、百强“大神”作家、百位行业代表人物；2021当年，选中国作家协会第十届全国委员会委员。作品《天圣令》入选中国小说学会2021年度好小说。

孑与2 男，本名云宏，起点中文网“白金”级作家，网络文学知名历史作家。代表作有《唐砖》《大宋的智慧》《银狐》《汉乡》《明天下》《我不是野人》等。2018年5月，孑与2第三届“橙瓜网络文学奖”评选中位列十二主神。2019年，其又位列首届甘肃网络文学八骏，2020年，荣获橙瓜见证·网络文学20年十佳历史“大神”。2021年作品《我不是野人》入选阅文年度好小说。

姐姐的新娘 男，原名童浩，1998年出生，浙江温州人，成长于武汉。起点中文签约作家，2012年开始进行网络创作。现有作品9部：《不可思议的圣剑》《不可思议的末日》《深海提督》《文化入侵异世界》《次元远征》《创造游戏世界》《我真的不想谈恋爱》《我的副本全球流行》《我要名垂千古》，最后一部还在连载中。典型95后作家，想象力丰富，颇受读者欢迎。2021年晋升阅文“大神”作家。

锦凰 别名锦绣朝凰，女，1991年1月11日生，云南昆明人，阅文集团起点女生网签约作家。代表作品有《残王独宠：医妃一手遮天》《倾城毒妃：压倒妖魅陛下》《卦妃天下》(原名《神棍夫人：夫君，要听话》)《你好，King先生》《我花开后百花杀》等。2017年7月出版《神棍夫人：夫君，要听话》周年礼画册。其成名作《卦妃天下》作为与风水相术结合的古代言情，是一本情节与文笔俱佳的穿越小说，创意独特，情节跌宕起伏、扣人心弦，连续四月位列女频月票榜前五，排名阅文集团“2017 中国原创文学风云榜 TOP10”女生榜第三，位列手机百度“2017 小说年度热榜”之“最酷炫异能作品”TOP3。2021 年晋升阅文集团“白金”作家，作品《我花开后百花杀》获推阅文年度好书。

李慕江 女，原名江春燕，广东阳江人。阅文集团作家，现有作品两部：中篇小说《茶滘往事》，获第三届大湾区杯（深圳）网络文学大赛银奖；长篇小说《南海一家人》，2021 年获第五届现实题材网络文学征文大赛优胜奖，同时入选广东作协与中国作协 2021 重点扶持作品。

老鹰吃小鸡 男，起点中文网都市类新锐作家，阅文集团“大神”作家，2018 年度金键盘奖作家，著有《都市大高手》《都市灵仙》《重生之财源滚滚》《全球高武》《万族之劫》《星门》等。2019 年，其作品《全球高武》获第四届橙瓜网络文学奖十大作品，还获得第四届橙瓜网络文学奖最具潜力十大有声 IP。2019 年，老鹰吃小鸡被评为第四届橙瓜网络文学奖最具成长力“大神”。2021 年 9 月，入选“中国网络文学影响力榜：新人新作榜”；作品《星门》入选阅文集团年度好书。

柳岸花又明 男，现居广东省广州市，是位年轻的网络小说作家。2018 年 10 月开始进行网络写作。第一本作品为《我的芳华年代：重生 1994》（亦即《大时代 1994》），但这部作品现在难以找到，大概是被下架了。2019 年 7 月开始在起点上线《我真没想重生啊》。没想到该书一炮而红，连续 10 个月占据起点品类月票榜 TOP4，2020 年还有 5 个月占据起点月票排行 TOP10，成为起点都市类重生小说的扛鼎之作、当代年轻人必读的“恋爱宝典”，他也因此获阅文 2020“都市重生天王”，2021 年晋身“大神”。

楼星吟 女，原名谢雅娜，1987 年出生于广东连平县。广东省作协会员，广东省网络作协会员理事，阅文集团云起书院作家。因车祸截肢被单位辞退而进入网文界。主要作品有《彩虹在转角》《公子有疾我有药》《嫡女国师》《再见亦是爱你》《贵女子汐传》等。作品《彩虹在转角》入选广东省 2021 年现实题材网络文学精品项目。

卖报小郎君 男，居上海。2017 年开始在网上发表作品。主要作品有《九州经》《我的姐姐是大明星》《原来我是妖二代》《古妖血裔》《大奉打更人》等。其作品语言风趣幽默，荤段子较多，网友谓之“开车文”，深受部分读友喜爱，但在净网行动中受到一定影响。《大奉打更人》集穿越、修真、推理、爽文于一身，大受追捧，取得起点新书订阅第一、一周评论破 10 万的好成绩，成为 2020 年最受欢迎小说之一。本人也凭此文晋身阅文 2020 年“十二天王”之“仙侠探案爆梗王”，晋身“大神”。《大奉打更人》被阅文集团推为 2021 年度好书。

漫西 女，阅文旗下红袖添香网签约作家。2015 年开始进行网络创作，作品题材以爱情婚姻为主。其小说情节跌宕起伏，扣人心弦，情节与文笔俱佳。主要作品有《陆爷心尖上的人儿》《婚路情深》《暖婚甜入骨》《致命偏宠》等。2021 年晋升阅文“大神”作家。

茗夜　男，起点中文签约作家。2010年开始进行网络创作，作品颇多，主要有《灵动猎人》《两界真武》《神话造物主》《穿越八年才出道》。连载中的《穿越八年才出道》在起点成绩中等，但在新媒体却是大卖，故而奠定其今年的地位，荣获阅文2021年“十二天王”之“都市畅销王”。

陌上人如玉　女，辽宁大连人。七猫中文网作家。主要作品有《神医夫君下酒菜》《眉间血》《王爷，心有鱼力不足》《大理寺少卿的宠物生涯》《闻香识玉人》《十娘画骨香》《断更追杀令》《旦装行》等。《旦装行》荣获辽宁省2021年网络文学“金桅杆”奖。

漠兮　女，原名谢漠兮，江苏南京人。2007年开始创作网文，江苏省作协会员，中国作协会员，原为阿里文学签约作家，现为阅文集团作家。主要作品有《云过天青》《狼骑竹马来》《船到桥头自然直》《不念，不忘》《交换吧，运气！》《儒期而至》《夜留余白》《BL女的BG爱情》《金鸡独狸》《枕水而眠》等。其中，《云过天青》入选了2019年“网络文学重点作品扶持选题”名单；《交换吧，运气！》被改变成影视剧。

牧童听竹　男，网络小说作家。作品有《神界播放器》《万道龙皇》。《万道龙皇》从2017年5月开始在起点连载，现在已更新4000多章，1000多万字，还没有完结。该书开始时并不引人注目，但牧童听竹永不放弃的执着终于获得收获，慢慢成为新媒体畅销黑马，单月新媒体稿费近200万，长期占据QQ阅读畅销榜TOP3，成为起点2020年玄幻类出圈爆款作品，也因此获阅文2020年“新媒体畅销之王”。

聂怡颖　女，广东肇庆人，笔名三生三笑、小十九镜等，网络文学作家，著有网络小说多部：《运河天地之河需清浅》《甘霖》《村助理》《我不是村官》《小可爱又记仇》《我们都是天使》《秘恋A级车队》《大学生村官》等。其中，《甘霖》获“2018年度原创PLUS网络影视与创投项目原创网络剧入围奖”、“鹤鸣杯”入围奖、大湾杯网络文学大赛入围奖等奖项。2020年现实题材网络小说《我们都是天使》获第五届海峡两岸文学创作大赛优秀奖。2021年现实题材小说《我不是村官》入选2020年度新闻出版署“优秀现实题材和历史题材网络文学出版工程”，11月又入选广东省作家协会的“广东现实题材网络文学精品项目”。

宁城荒　男，辽宁沈阳人。网络文学作家、悬疑作者、编剧。著有作品《她从梦中醒来》《推理计划》《海晏河清》《虚拟警戒线》《特殊挟持》《惊奇旅馆》《一缎锦》《秘野奇域》《君子坐垂堂》等。其中《秘野奇域》获辽宁省2021年网络文学“金桅杆”奖。

裴不了　男，阅文签约作家，一书封王的又一人。2020年7月开始进行网络写作，书名为《我不可能是剑神》，这是一本无厘头的仙侠情景喜剧作品，上架不久即受追捧，连续5个月位列起点品类月票前10，获50万收藏。凭此书，作者获阅文 2021 年度“十二天王”之“95 后爆笑仙侠新人王”。

偏方方 女，阅文旗下潇湘书院签约作家。主要作品有《仵作医妃》《侯门弃女之妖孽丞相赖上门》《神医娘亲之腹黑小萌宝》《首辅娇娘》。其文风简洁大气，情节环环相扣、引人入胜；擅长悬念和伏笔描写，作品极具创新气息。多部作品已经出版。

千桦尽落 女，阅文旗下红袖添香签约作家。2015 年开始进行网络写作，著有《跟大佬恋爱你怂了吗》《傅先生，偏偏喜欢你》《嫡长女她又美又飒》《绯闻总统》《傅先生，偏偏喜欢你》《抢爱成婚》等。千桦尽落小说题材独具匠心；行文如行云流水，徜徉恣肆，字字珠玑；处处真知灼见。其中《嫡长女她又美又飒》获推阅文集团 2021 年度好书。

轻泉流响 男，1999 年出生。2017 年开始进行网络写作。代表作品有《宠物小精灵之庭树》《精灵掌门人》《不科学御兽》。还在连载中的作品《不科学御兽》上架之后，就一直稳定在起点月票榜、畅销榜前十，目前均订成绩四万七，创造了起点御兽文的最高纪录。他也因此获阅文集团 2021 年“十二天王”之“95 后玄幻新锐爆款王”称号，是一个非常有潜力的作家。

千羽之城 女，原名商宝丹，辽宁沈阳人。著有作品《命悬一线》《破冰行动》《平生冬至待阳生》《平生欢喜见平生》《执行利剑》《以你为名的青春》《悍城》《追凶者》等，其中多部作品已获出版实体书。《云霄之眼》（即《命悬一线》）荣获辽宁省 2021 年网络文学“金桅杆”奖。

善水 男，温州市作协会员，中国作家协会会员，鲁迅文学院第九期网络作家进修班学员，温州市网络作协主要筹备人之一。于 2008 年开始从事网络文学创作，前期为阅文集团起点中文网签约作家，目前为北京盛世晨星网络文化有限公司不可能的世界网站主力买断作家，同时在台湾鲜鲜文化事业有限公司、台湾信昌出版社、台湾新月文化出版社出版了多部作品，作品经翻译并在东南亚各国出版。数年来累计完成作品十几部，总字数近千万字，主要代表作品有《宅妖记》《逼良为妖》《召唤大领主》《史上第一妖》等。2020 年 9 月，善水的《书灵记》入选“2019 年度中国网络文学排行榜”之“中国网络小说排行榜”。他本人于 2021 年获第四届茅盾新人奖·网络文学奖。

神秘的大西瓜 男，网络电竞小说作者。2017 年开始进行网络文学创作，第一部都市类作品《都市之与恶魔交易》，获 5000 收藏，作为新人，这是不错的成绩。后续创作了《联盟之魔王系统》《峡谷之巅》《登峰造极境》《全职教父》等。作品长期占据起点游戏类畅销榜 TOP3，成为万人吹捧的电竞热血爽文，是 2020 年电竞类当之无愧的黑马。其文脑洞清奇，成就不一样的稳健流作品。

姒锦 女，阅文集团“白金”作家，治愈系爱情代表。其行文从不拘泥于传统言情套路，善于以独特笔锋讲述不一样的故事，“阴谋与爱情并重，欢笑与泪水齐飞”，能在看似不经意的简略叙述下，让人觉得心生诡异和恐惧。她曾开拓“禁忌宠婚+惊悚悬疑”的先河，有“女海岩”之美誉。作品主要有《溺爱成瘾》《婚情袭人》《名门盛婚》《步步惊婚》《且把年华赠天下》《于休休的作妖日常》《锦衣玉令》等。2019 年，姒锦获得第四届橙瓜网络文学奖暨见证 · 网络文学 20 年百强作家提名。2021 年《锦衣玉令》被阅文集团推为年度好书。

唐国政 男，湖南长沙人，现居广东。曾用笔名水边的梳子、左岸等。现为中国作协会员，广东省作协会员，广东省网络作协理事，深圳市作家协会会员，湖南省永州市网络作协顾问。2003 年开始进行文学创作。2008 年，其作品《中国教父》获搜狐原创小说一等奖。2019 年，他签约咪咕阅读，创作长篇小说《伪装死亡》，并获 2019 年咪咕杯文学大赛二等奖。后签约起点中文网，创作长篇军事题材小说《全勤安保》。另有作品《中国保镖》《先行者》《集火攻击》《海外安全官》《最终反击》等。作品《伪装死亡》入选 2021 年“广东现实题材网络文学精品项目”。

藤萍 女，原名叶萍萍，出生于 1981 年，福建厦门人，毕业于广州中山大学，原是一名户籍警察。2000 年以《锁檀经》出道，荣获第一届花雨“花与梦”全国浪漫小说征文大赛第一名，此后相继出版《吉祥纹莲楼》《九功舞》《紫极舞》等系列作品，作品极多。《未亡日》荣获中国作协“2017 年中国网络小说排行榜半年榜（未完结作品）”和“北京大学 2017 网络文学年榜”女频榜首。2018 年她又以 2500 万元的年度版税收入高居“第 12 届作家富豪榜之网络作家榜”第 9 位。2021 年获第四届茅盾新人奖 · 网络文学奖。

天瑞说符 男，网络小说作家，科幻小说作家。代表作品有《死在火星上》《泰坦无人声》《佛说不可曰》《我生活在南京》等。2019 年 11 月，《死在火星上》荣获第 28 届中国科幻银河奖“最佳网络文学奖”。2020 年 9 月，《死在火星上》又荣登“2019 年度中国网络文学排行榜”之“中国网络小说排行榜”。2021 年《我生活在南京》被阅文推为年度好书。

天下归元 女，原名卢菁，中国作家协会会员，中国作家协会网络文学委员会委员，江苏省网络作家协会副主席，上海视觉艺术学院兼职教授，第七届全国青年作家创作会议代表，潇湘书院金牌作者，当当网青春文学热门作者，深受读者喜爱。写作至今出版有《扶摇皇后》《凰权》《燕倾天下》《帝凰》《千金笑》《凤倾天阑》《女帝本色》，共 1000 余万字，另外还有“天定风华”系列（原名“天定风流”），全系列包括《千金笑》《凤倾天阑》《女帝本色》三套书（此外还有一套尚未撰写），共 12 部、24 册。多部作品上市后荣登当当网青春文学热门新书榜首，其 IP 改编影视剧《扶摇》获得腾讯视频星光盛典年度网台剧奖。2018 年，天下归元获得第三届橙瓜网络文学奖暨见证 · 网络文学 20 年百强作家。2021 年，其作品《辞天骄》被阅文推为年度好书。

听日 男，阅文集团起点签约作家。2018 年开始进行网络小说创作，主要作品有《小世界其乐无穷》《新手村村长》《你很强但现在是我的了》《术师手册》等。还在连载中的《术师手册》是一本爆梗奇幻轻喜剧，上架即受热捧，登起点月票榜前10，连续6个月居起点品类榜前10，稳居品类畅销榜前列，获50万收藏。作者也凭此书获阅文2021年“十二天王”之“奇幻轻小说最强新秀”。

伪戒 原名孙家良，1988年出生于黑龙江哈尔滨。17K小说网签约作者，中国作家协会会员，都市类小说新生代作家，橙瓜见证·网络文学20年百强作家。作品以诙谐幽默、文风严谨著称；小说内容联系实际，构思巧妙，风格独特，逻辑极强，被读者们誉为“最考验智商的都市小说”。主要作品有《那些年混过的兄弟》，《我就是传奇》《传奇再现》《正道潜龙》《第九特区》《风起龙城》等。其中《第九特区》入选中国小说学会2021年度好小说。

我会修空调 男，原名高鼎文，1993年生，代表作《我有一座冒险屋》，讲述了主人公陈歌在翻旧物时寻得一部黑色手机，在手机的指引下探寻世界的另一面。该作品荣获第四届橙瓜网络文学奖年度百强作品。《我有一座冒险屋》是眼下起点悬疑推理类作品的人气第一。该小说上线半年后，仅在起点中文网就收获超过9000万的点击、数十万条评论、100多万名粉丝，一举打破起点中文网13年来新人月票记录。2019年，该作品荣获第四届橙瓜网络文学奖暨见证·网络文学20年十佳灵异提名。2021年作品《我的治愈系游戏》被阅文推为年度好书。

我最白 男，阅文集团签约作家。2016年开始进行网络文学创作，以文娱文为主，风格轻松愉快。主要作品有《文娱教父》《文娱万岁》《文娱帝国》《全职艺术家》等。其中《全职艺术家》连续7个月位居起点月票榜前10，获读者200万推荐。凭此作，作者2021年晋升阅文集团“大神”作家。

希行 女，原名裴云，阅文集团“白金”作家，女性网络文学超人气作者。生于燕赵之地，以笔编织五彩灿烂的故事为平淡生活增添几分趣味，爱有一技之长的女主，希望看过故事的女子们能悦之一笑。主要作品有《名门医女》《药结同心》《重生之药香》《回到古代当兽医》《古代地主婆》《娇娘医经》《诛砂》《君九龄》《大帝姬》《第一侯》《问丹朱》《楚后》等。作品大多简繁出版，其中，《娇娘医经》《君九龄》已出售影视权。作品《第一侯》入选第四届橙瓜网络文学奖百强作品。2020年，希行入选橙瓜见证·网络文学20年百强作家。《楚后》被阅文推为2021年度好书。

闲听落花 女，现居于上海，阅文集团作家。2010年出道，进行网文创作，入驻起点女生频道，后有短暂时间入驻纵横女生网，不久回归起点中文。主要作品有《九全十美》《花开春暖》《秾李夭桃》《玉堂金闺》《锦桐》《神医嫁到》《盛华》《名门贵妻》《墨桑》《暴君小心点》等。作者文学功底较深厚，作品文字优美飞扬、精致细腻，内容清新有趣、不流俗，得到众多女频读者的喜爱。其中《墨桑》入选阅文集团2021年度好书。

骁骑校　男，原名刘晔，中文在线 17K 小说网签约作家，中国作家协会会员。曾在鲁迅文学院参加培训学习，是第一届网络文学联赛导师。主要作品有《铁器时代》《武林帝国》《橙红年代》《国士无双》《春秋故宅》《匹夫的逆袭》《罪恶调查局》《长乐里：盛世如我愿》等。2019 年 12 月，作者荣获第二届茅盾文学新人奖·网络文学新人奖。2020 年，骁骑校又入选橙瓜见证·网络文学 20 年十佳历史作家、百强作家。2021 年，作品《长乐里：盛世如我愿》被中国小说学会推为年度好小说，同时入选中国作家协会 2021 重点扶持作品。

言归正传　男，阅文集团作家。2017 年开始进行网络小说创作，目前共有四部作品。它们是《洪荒二郎传》《地球第一剑》《我师兄实在太稳健了》《这个人仙太过正经》。言归正传作品思维谨密，语言平实，出道即受欢迎。第一部作品获 10 万收藏，第二部作品获 20 万收藏，这在新作家中是很少见的。《我师兄实在太稳健了》被中国小说学会推为 2021 年度好小说；而作品《这个人仙太过正经》被阅文推为 2021 年度好书。

阎 ZK　男，起点签约作家。2017 年开始进行网文创作。主要作品有《我的师父很多》《我在幕后调教大佬》《巡狩万界》《镇妖博物馆》等科幻、修仙类作品，这些作品的收藏量、推荐量、订阅量都不错。2021 年是其收获的一年。作品《镇妖博物馆》连续 5 个月居起点品类月票榜第一、悬疑类收藏第一，稳居品类畅销榜前列，也因此入选阅文集团 2021 年度好书，作者同时荣获阅文 2021 年“十二天王”之“悬疑幻想精品王”。

咬火　男，起点签约作家。2018 年凭一本《这里有妖气》而声名大噪，获阅文“新人玄幻王”，但这书后面被封。2021 年作者再次回归，《白骨大圣》延续了前作的风格，作者计划在此作中完成前作没有完成的部分内容。新书上架即获读者追捧，推荐量、收藏量与订阅量都很好，评分高达 9. 8 分。作者脑洞新奇，文笔绝佳，对中国传统文化较为熟悉。

叶非夜　女，本名孔子叶，阅文集团云起书院“白金”作家。是创下单日销售 15. 6W 元记录的言情天后，也是 2015 年福布斯中国原创风云榜年度人气作家第一名。代表作有《国民老公带回家》《隔墙有男神》《时光和你都很美》《好想住你隔壁》《我的房分你一半》《你的来电》等。2019 年 1 月 1 日，《时光和你都很美》于起点女生网获得女频月票榜（2018 年 12 月）第一名。2019 年 4 月至 9 月，《好想住你隔壁》于起点女生网稳居女频月票榜第一名，并入选第四届橙瓜网络文学奖百强作品。《我的房分你一半》位列艺恩咨询 2019 阅文女频“年度好书”榜单第 5 位。2019 年 4 月，叶非夜凭作品《余生有你才安好》入选第五届当当影响力作家，2020 年又入选橙瓜见证·网络文学 20 年百强作家。2021 年《你的来电》被阅文推为年度好书。

意千重　女，原名程云峰，阅文集团起点中文网作家。作品风格朴实细腻，智慧励志，题材涉及古代言情、穿越、重生、宅斗、现代言情等多种品类，其代表作有《花影重重》《男颜之瘾》《淑女不慎》《国色芳华》《喜盈门》《世婚》《良婿》《卿卿》《凤门嫡女》《澹春山》等。意千重从2009年开始从事网络小说创作，已出版众多作品。其中，《医手遮香》获得2014年中国网络文学年度好作品佳作奖，《司茶皇后》获得2017年全国网络文学重点园地工作联席会议重点作品扶持。2021年是意千重大丰收的一年，作品《澹春山》入选阅文集团2021年度好书，同时入选中国小说学会年度好小说；意千重本人也获得了第四届茅盾新人奖·网络文学奖。

志鸟村 男，称号万人迷，阅文集团作家，文风多变，精通多种类型的小说。著有《时空走私从2000年开始》《未来图书馆》《唯我独法》《超级能源强国》《重生之神级学霸》《大医凌然》等作品，累计字数超过1600万字，涉猎医学、科技、玄幻、重生、商战、科幻等多个题材。其中《重生之神级学霸》荣获第一届网络原创文学现实主义题材征文大赛优胜奖，更是一度掀起学霸流的热潮。2018年，他凭借《大医凌然》一举跻身于速途研究院“2018中国网络文学男作家影响力TOP50”榜，并位列“最具影响力TOP5网文男作家”。该书2021年被中国小说学会推为年度好小说。

紫金陈 原名陈徐，男，1986年生，浙江宁波人，毕业于浙江大学水利工程专业，推理小说作家，被称为“中国版东野圭吾”。原天涯文学网络作家，曾获天涯文学“十大作者”和“十佳作品”双榜榜首。非常擅长为笔下的故事设局，逻辑缜密，环环相扣，情节悬念迭起，想象力超群。主要作品有《少年股神》《资本对决》《浙大夜惊魂》（出版名《禁忌之地》）《谋杀官员》《低智商犯罪》等，“推理之王”系列之《无证之罪》《坏小孩》，“高智商犯罪”系列之《逻辑王子的演绎》《化工女王的逆袭》《物理教师的时空诡计》《死神代言人》等，作品皆出版，多部推理作品均已投入影视化改编。2017年《长夜难明》出版上市，并获得“第二届网络文学双年奖”铜奖；完结新作《追踪师1》，版权费已是七位数起步。2017年9月6日，《无证之罪》改编同名网剧于爱奇艺热播，号称“国内首部社会推理派的侦探剧”。2017年12月31日，紫金陈在“新时代的文化力量·中国文化产业学院奖跨年直播盛典”中荣获“2017中国年度网络文学作家学院奖”，被网络文艺日报筹建的“中国网络文学网生评论家委员会”评选为“年度社会推理作家”。2021年，其又获第四届茅盾新人奖·网络文学奖。

（聂庆璞　执笔）

第四章　热门作品

在“后疫情”时代所催生的“宅经济”刺激下，网络文学作品无论是在数量还是质量上都迎来了新的高峰。2020年下半年以来，网络文学行业经历了又一次的迭代升级，正式开启了中国网络文学的3.0的序幕。在政府主管部门、网站平台、读者选择、社会吁求等多方力量的引导和规制下，网络文学从边缘进入中心、从民间进入主流，业已成为反映时代、服务社会的重要窗口。2021年，我国网络文学生态系统实现了健康有序的发展，创作者的精品化意识不断增强，在迈向网络文学经典化道路的过程中，优质“爆款”作品不断涌现。随着创作群体的年轻化趋势以及“Z世代”消费群体的崛起，网络文学创作呈现出诸多新的变化、新的特点、新的景象，但同时网络文学生态系统在转型升级中也不可避免地存在着某些内部失衡与艺术阵痛。

一、年度作品概观

1. 网络小说年度概况

（1）类型小说千帆竞发，“爆款”作品频频出圈

根据《2020年度中国网络文学发展报告》显示，2020年累计创作网文作品2905.9万部。2021年上半年，全国各网站发布作品呈爆炸式增长，仅阅文集团各平台累计发表作品总数即高达1450万部，上半年新增作品字数超180亿。据不完全统计，2021年阅文集团各平台全年新增发表数字超400亿。

这一串惊人的数字展现出网络文学强劲的生命力，助推网络小说题材类型以及创作风格更加多元化，形成了都市、历史、游戏等20余个大类型，200余种小分类，轻小说、二次元等题材类型在“Z世代”创作者和消费者的主导下崛起①。在繁芜多样的类型小说中，玄幻题材依旧占据着头部位置，并衍生出迪化流玄幻、反派流玄幻、祖宗流玄幻等众多玄幻子类型小说，洪荒流、国术流、凡人流、系统流等各新型流派也相继涌现。在“后疫情”背景下，医疗或医生题材的作品获得了更高的关注度。《大医凌然》（志鸟村）、《当医生开了外挂》（手握寸关尺）、《核医荣誉》（王鹏骄）、《手术直播间》（真熊初墨）、《向癌挣命》（凯霞君天）等众多医

① 《2020年度中国网络文学发展报告》，中国社会科学院。

疗题材的作品广受好评。短篇、轻小说和科幻跻身95后作家最爱创作题材TOP5，轻小说类型在近三年增长370%。除此之外，武侠、都市、历史爽文、异兽文、明星娱乐文、游戏竞技文等传统类型小说依旧在2021年大放异彩，西游洪荒文在年内也迎来了二次流行，专业题材的职业文逐渐崛起，“战神文”突然蹿红……现如今的网络小说类型结构已愈发多样化、多元化。

随着时代的发展，无论是在创作群体、内容呈现还是在消费群体层面，网络文学都呈现出年轻化趋势，网文创作迎来了“Z世代”①。“Z世代”的审美趣味已渗透到网络文学创作上。在内容方面，轻松日常的二次元文学风格成为一大趋势，治愈系、日常风、吐槽弹幕风等风格广受欢迎。在题材上，年轻一代更偏爱轻小说类型，轻小说体量翻倍增长，2021年较上一年度暴长70%。在网络类型小说千帆竞发之际，爆款作品也频频出圈，不断扩大网络小说的疆土边界与文学影响力。2021年爆款作品之所以能够实现频频出圈，其原因主要来源于内外两方面的因素：内部因素在于其作品内容上的引人入胜，外部因素则来自强大的粉丝基数与粉丝黏性。这种特点在男频小说和女频小说中均有突出表现。

在男频小说榜单中，作家稳健的笔力、成熟的文风依然是作品上榜的关键因素。2021年第二季度，唐家三少、爱潜水的乌贼、卖报小郎君、天蚕土豆、辰东、会说话的肘子等多位网络作家相继推出新书，引发全网关注。从作家分布来看，中生代作家依旧是网络文学的中坚力量，其新作收获众多关注度，取得了“新作即出圈”的爆款效应。爱潜水的乌贼携新作《长夜余火》强势来袭，频频斩获多个男频榜单的榜眼之位；卖报小郎君的《大奉打更人》自上线以来便彰显出巨大的影响力，不仅在起点中文网长期霸榜，还荣获有“新神风向标”之称的阅文集团2020网络文学“十二天王”称号，后续影响力依旧强劲。2021年1月30日，天蚕土豆的《元尊》正式宣告完结，之后便霸占贴吧、知乎、微博等多个榜单的前列，引发热烈讨论。天蚕土豆另一部作品《万相之王》采用了开创式的全网发布模式，于数十家平台同时连载，付费与免费平台双管齐下，连天蚕土豆的个人公众号也成为连载平台之一。依靠着“全网开花”式的连载模式，《万相之王》热度不减，仅用不到两个月时间便进入百度风云榜TOP10榜单。辰东的《圣墟》在连载五年之后于2021年2月11日宣告完结，但因读者呼声太高，辰东又不得不于3月19日重写大结局，这两次事件也两度成为今年网络文学圈的热门话题。之后，辰东又携新作《深空彼岸》强势来袭，上架时首订纪录再度被打破，高达7.2万。会说话的肘子的新作

① “Z世代”，又称网生代、互联网世代，统指受到互联网、即时通信、短讯、mp3、智能手机和平板电脑等科技产物影响很大的一代人。《2020年度中国网络文学发展报告》将“Z世代”定义为“95年以后出生的群体，包含‘95后’及‘00后’”。根据相关数据，2020年阅文集团新增网文作家中，“Z世代”占比近八成，已成作家队伍新增主体。阅文集团数据显示，95后读者占比近6成。可见，无论是创作群体还是消费群体，“95后”“00后”在群体构成中的占比都呈逐渐扩大趋势。

《夜的命名术》更是以多项纪录成为2021年现象级之作，该作上架5分钟突破3000订阅，1小时突破13500订阅，12小时突破35000订阅，21小时突破53000订阅，打破了起点中文网的首订付费记录。阅读人数、收藏人数、均订数、付费人数、付费金额打破多项历史纪录，单月吸引65万人阅读，单月吸引15万人付费打call，成为传统文学创作可望而不可即的“现象级”文学现象。

以老鹰吃小鸡、言归正传、我会修空调等为代表的中国90后年轻作家在2021年持续发力，自上一部爆款《万族之劫》之后，老鹰吃小鸡携新作《星门》再次开启了他霸榜起点的时代。《星门》在2021年7月19日上线后的24小时内，接连斩获打赏榜、月票榜、签约榜、出圈榜、男主角色星耀榜五大榜单榜首。凭借《我的师兄实在太稳健了》一文成名，并开“稳健流”先河的言归正传，其新作《这个人仙太过正经》，沿袭了以往慢热风趣的文风，将轻喜剧风格与中国古典神话元素相融合，上线不到4小时，作品收藏成功破10万，上线24小时后作品收藏近20万，获超1万的推荐票，以绝对实力成为起点中文网签约作者新作本周阅读指数排行冠军。作为悬疑灵异题材新锐作家的我会修空调凭借上一部悬疑小说《我有一座冒险屋》荣获2018年度“新人王”称号，此次的悬疑新作《我的治愈系游戏》更是获得“上线即追捧”式的高热度，各项数据高居不下，均位列新书前列。与此同时，云中殿、黑夜弥天等多位95后新锐作家也锐意进取，其作品亦是表现不俗。云中殿凭《我真的不是气运之子》获2020年网络文学榜样作家“十二天王”称号；黑夜弥天的《平平无奇大师兄》则凭借诙谐幽默的文风与无厘头的搞笑剧情，自连载以来一直热度不减，长期霸占分区榜单榜首，继《我的师兄实在太稳健了》之后再度掀起网络文学“师兄流”的创作热潮，并让“思想迪化”成为年度热词。更为年轻的00后作家笔书千秋也凭《召唤至绝世帝王》打破00后作家当前连载作品均订纪录。

在女频小说创作方面，女性意识的凸显成为女频小说叙事内容呈现的新面向，也成为女频小说“爆款”出圈的主要动因。例如，以刻画独立自强的顾舜华来表现女性自立自强精神的《七零之走出大杂院》（女王不在家）；讲述冷静强大女主成长文的《前方高能》（莞尔wr）；构想异族怪人与草根女的相爱故事，展现当代女性柔与刚的《窗外的蜥蜴先生》（龚心文）；以极具代入感的第一人称讲述位卑命轻的嫡女如何一路披荆斩棘，如何从零落成尘到浴火凤凰，展现女性身份觉醒的《小夜微冷》（俗人）；讲述富贵但不骄纵，展现当代女青年奋发有为、自省自强的《富贵逼人太甚》（五溪）……这些网络小说以不同的视角凸显了女性意识的觉醒，描绘了不同时代的女性群体画像，展现了网络文学“她时代”力量的不同侧面。天下归元的《山河盛宴》、Priest的《有匪》等出圈缘由皆是如此。

2021年，女频小说显露出诸多新变化：一是从总裁文中脱胎出了多宝文这一新小说类型，其叙事侧重于家庭关系中多对一的“团宠”；二是出现亲情向“三岁半”

写作潮流。自江月年年的《影帝他妹三岁半》在晋江文学城爆红之后，晋江文学城首页便出现了大量标题中含有“三岁半”“四岁半”等标签的小说。随着“三岁半”题材的流行，萌宝文也逐渐成为女频小说的爆款，庞大的受众群体显示出以“宝”为面向的萌宝类 IP 将拥有不俗的市场前景；三是女主向武侠网络文学的崛起。诸如悬疑归来型女主向网络文学《飞鸿雪爪》(唯刀百辟)、游历感悟型女主向武侠网络文学《静明花作》(Twentine)，这些女主向网络文学以角色反差来展现女性多个面向，颠覆了对于传统女性的文学想象。

疫情给网络文学带来了更大的发展空间，也让读者认识到文学的重要性①。关切现实、呼唤主流的社会吁求，成为影响网络文学数量激增与“爆款”频出的社会因素。网络文学作品不是网络作家的一人之作，很大程度上是网络作家与网友互动共建的产物，现在越来越多的读者选择付费阅读不单单是为内容付费，还是一种为自我情感付费，“Z 世代”的网络文学用户倾向于“悦己”消费与“兴趣”消费，因而更乐意为优质的作品买单，于是诸多头部平台也加大了对粉丝经济与粉丝社区生态领域的深耕力度。如此可观，粉丝基数与粉丝黏性成为网络文学爆款与出圈的重要推动力。从审美角度看，这些“爆款”作品除了具有“网络性”与“爽感”之外，也不同程度的兼具现实人生的深刻、传统文化审美的积淀以及人性化与社会化的思考。

(2) 重构创作生态，优质内容不断涌现

为保证网络文学生态系统的健康有序发展，重构创作生态，让优质内容蓬勃发展成为网络文学发展的“新常态”。自 2020 年下半年，网文行业经历了又一次的迭代升级，正式开启了中国网文的 3.0 的序幕。重构创作生态不是单靠网站或者作家一人之力所能实现的，而是借助政策扶持、评奖机制、平台整顿、行业规范、技术赋能、读者选择、作家创作自觉等多级力量实现。

第一，加大政策扶持力度，强化行业管理规范。如中宣部《关于开展文娱领域综合治理工作的通知》《关于加强新时代文艺评论工作的指导意见》、中国文联《修身守正　立心铸魂——致广大文艺工作者倡议书》、中国作协《关于进一步加强文学工作者职业道德建设的意见》及全国重点网络文学网站联席会议暨加强职业道德建设座谈会精神。中国作协以及相关文化部门加大了对于现实题材网络文学的扶持力度，鼓励有风骨、有温度、有现实经验、有文学内涵的网络文学创作，进一步推进网络文学精品化发展进程。2021 年，有《风骨》(应景小蝶) 等 30 部网络小说入选“2021 年中国作家协会网络文学重点作品扶持项目”，另外《北斗星辰》(匪迦) 等 6 部网络小说成功入选“2021 年中国作家协会重点作品扶持项目”。2020 年，中

① 桫椤：《Z 世代崛起，2020 网络文学有何变化?》，中国新闻网：https://www.chinanews.com.cn/cul/2021/03-18/9435336.shtml，2021 年 9 月 18 日查询。

国作协创立线上、线下相结合，分级分类的网络文学作家培训方式，2021 年，网络作家分级分类培训体系逐步完善。在国家政策的驱动下，一些网络文学平台也积极推进对于网络文学生态系统的建设与优化。阅文集团于 2020 年创立的阅文起点创作学堂，线上课程近 300 节，覆盖数十万作者，超百位作家参与线下培训，一年内近 40%参与培训的作者成绩提升。2021 年 11 月 28 日，阅文集团开设“网络文学作家卓越班”，意味着阅文起点创作学堂的全面升级。

第二，构建大赛评审标准，加大精神价值引领。各大重量级的网络文学大赛、有影响力的榜单也调整了评审标准，强调要注重作品的价值导向与精神内核，引导网络文学的高质量、正能量发展。例如在 2021 年 9 月 16 日揭晓的中国网络文学影响力榜（2020 年度），相较于往年此次评审显露出的三个明显特点就是，更注重作品的社会正能量、更强调网络作家的社会担当、更重视网络文学出海的文化价值。于是《北斗星辰》（匪迦）、《大国战隼》（步枪）、《汉阙》（七月新番）、《第一序列》（会说话的肘子）等众多反映时代精神以及中国传统文化价值的作品得以荣登各大网络文学获奖名单。各大网络文学平台也开始调整对于网络作家影响力的评价体系，其考量标准除作品内容与点击量外，还涵盖作品的 IP 价值、IP 改编情况、粉丝以及网络影响力等诸多因素。阅文集团总裁侯晓楠明确表示，把握网络文学的精神内核，即成长、梦想和爱将是阅文对于内容把关的重点。咪咕文学在今年推出“奇想空间”“天玄宇宙”“浮生世界”“她力量”四大内容厂牌，围绕科技科幻、传统文化、社会百态、女性成长内容话题来大力鼓励现实题材精品创作，在 5G 技术赋能下合力讲好“中国故事”，创优秀网络文学生态。

第三，新科技与新技术赋能网络文学新生态。在技术赋能方面，人工智能以及 AI 写作赋予了网络文学以新的力量；在内容生产上，AI 技术通过语义识别分析打通了作者与读者之间的信息链路，开创了开放共享的合作新机制；在作品评价机制上，引入新的算法模型对平台的内容进行深度分析，以汇聚更多精品作品。网络文学的迭代发展与新技术的迭代升级是亦步亦趋的。越来越多的网络文学创作借助于 AI、5G、4K、VR/AR 等新技术，实现了技术与内容的融合，焕发出了新的艺术活力。在今年第五届“网络文学+”大会上，咪咕数媒总经理李军将网络文学表达划分为三个阶段：“第一阶段为文本表达，第二阶段为视觉呈现，第三阶段为沉浸体验”。近年来，百度阅读也推出“AI+阅读”新模式来丰富阅读体验；借助 VR/AR 等虚拟现实技术营造交互的幻想空间，从传统的视觉阅读走向全感官式的“通感”沉浸体验。

第四，立足时代潮流前沿，努力追求文本精品。在文化自信和文化强国新的历史条件下，网络文学作家创作理念、创作追求、创作风格发生重大转变，许多创作者将精品化写作作为创作的内在诉求。例如，创作出多部网络科幻作品的天瑞说符在谈到科幻小说创作时说道：“长篇科幻故事要抛弃点子文学的创作理念。”天瑞说符在创作《死在火星上》时，为了保证叙事的严谨与严密的技术逻辑，在文末甚至附上百条的参考文献①；三水小草也曾提道：“20 年前，人们写升级打怪换地图，是杀光了所有的敌人；20 年后，人们写升级打怪换地图，会去写主角的成长和感悟，会去写地图上其他人与命运的抗争。这就是进步，这种进步会积累出境界的提升，不管是从思想上还是作品的可看性上。”② 三水小草的新作《卫家女》虽是架空小说，但是其情感内核还是围绕正义、勇敢、爱等人类情感的永恒主题展开；连续四年获得中国原创文学风云榜女生总榜冠军的叶非夜，认为言情小说对于读者来说最大的吸引力不是“甜宠”“撒糖”，而是好故事；爱潜水的乌贼的作品总能在带给读者以“爽”感之余还具有思想上的深刻，其爆款作品《诡秘之主》就是将末日之境与环境问题联系起来，继而展开人类发展之问。当谈到自己的创作“秘诀”时，爱潜水的乌贼坦言只有根源于现实，才有好的幻想作品，只有从历史、现实中汲取，才会有天然的厚重和深刻感，才可以精准地刺穿读者的防御屏障而抵达他们的心灵。③

应该看到，网络文学作家的创作转型亦是影响网络文学题材类型与叙事风格的主要因素。从“网络作者”到“网络作家”，虽一字之差，但是于“网络作家”而言则更多了几分精神性追求。不做被利益绑架的码字奴，不为“流量”、不为“媚俗”而写作。更多网络作家已经意识到，网络文学应该有更高的美学追求——聚焦时代发展的现实书写，向叙事的“经典化”深入迈进。麦苏的网络文学创作从最初的古代言情小说转向现实主义题材创作，将其笔触对准了平凡的奋斗者与中国文化，最终取得不俗成绩并成功转型。自《荣耀之上》入选 2020 年度河南省精神文明建设“五个一工程”重点创作项目后，其新作《我的黄河我的城》又入选“2021 中国作家协会重点作品扶持项目”。

舞清影的创作亦是如此，舞清影过去以写言情小说见长之后又转向现实题材创作。新作基建题材作品《他从暖风来》将一带一路、援非建设融入爱情故事，在以现实向的故事背景下演绎一段荡气回肠、至情至性的爱情神话。该小说于 2021 年 8 月入选 2020 年“优秀现实题材和历史题材网络文学出版工程”。一直以写古言文见长的闲听落花，于今年也选择向现实题材进军，无论是题材、文风还是写作形式，较之以往闲听落花都发生了很大的改变，她选择从身边人的故事讲起，以其深切的现实感触与情感体察创作了具有历史厚重感的《遇见爱了》。梦风在创作《心静即

① 中国作家网，《新一年网络文学“封神榜”出炉，看网络作家“成神之路”》，http：//www. chinawriter. com. cn/n1/2021/0511/c404023-32100158. html，2021 年 9 月 12 日查询。

② 中国作家网，《对话三水小草：我必须要去赞美蓬勃不停息的生命》，http：//www. chinawriter. com. cn/n1/2020/1125/c404024-31943835. html，2020 年 11 月 28 日查询。

③ 中国作家网，《爱潜水的乌贼：驰于幻想，不骛虚声》，http：//www. chinawriter. com. cn/n1/2021/0201/c40402432018759. html? from=timeline&isappinstalled=0，2021 年 9 月 3 日查询。

安》这部小说时，因梦风不是上海人，于是他便请教地道的上海朋友来对于书中的上海话以及上海风情的细节描写进行把关，还由于书中主要人物的职业都是心理咨询师，为了保证故事情节真实与逻辑合理，梦风便多次亲自请教该行业的专家人士。

不仅如此，网络文学在满足人民群众日益增长的精神需求、重塑国家形象方面发挥的作用日益彰显，有关网络文学积极向上、昂扬奋进的媒体报道、官方宣传、学术研究、理论批评也呈大幅上升趋势。这种正面向的立场，在合力塑造了网络文学新面貌、新形态的同时还可起到对网络文学进行自我规训、生态整顿的溢价作用。此外，IP 改编还可作为一种“精神原动力”促使网络文学创作从“大体量”向“高优质”转变，因为，网络文学 IP 的改编潜力取决于内容的优劣。重构创作生态旨在为了让网络文学创作者将创作重心聚焦于内容本身，推动网络文学的精品化进程，促进网络文学内容生产的良性成长和健康发展。

(3) 建党百年节点，现实题材升温

根据《2020 中国网络文学蓝皮书》数据显示，2020 年，中国网络文学全年新增签约作品约 200 万部，其中，现实题材作品占 60%以上。其中，中文在线爱国题材作品阅读时长明显上升，咪咕文学的作者对民生题材更加关注，掌阅文学、逐浪网、红薯网的现实题材培育成果显著。网络文学题材结构实现进一步优化，其中最明显的特征之一就是现实题材作品占比增多。网络文学发展历经 30 年，单一、同质的类型化写作已成为制约网络文学作家创作以及网络文学发展的一大桎梏。为打破这一僵局，越来越多的网络文学作家选择从活生生的现实生活中找寻创作灵感，通过对现实题材的深挖以找到创作破局的关键，以提升作品的深度与广度。2021 年恰逢建党百年，现实题材创作的数量与质量又迎来了历史新高度。第五届现实题材网络文学征文大赛共有两万余人以及两万余部作品参赛，数量创历届新高度。这些现实题材网络文学以积极乐观的笔触，通过展现时代发展、记录社会变迁、反映群众喜怒哀乐等勾勒出一幅广阔而生动、真实而鲜活的时代图景。

2021 年喷涌而出的现实题材显示出网络文学作家将笔触延伸到了更深远、更广阔的社会深处。数据显示，中年逆袭、打工、婚姻、改革开放、教育、育儿位居网络文学现实题材作品的前十关键词之列，其中，抗疫、医疗、脱贫等迎合主流价值观的时代话题也成为现实题材创作的热门主题。网络文学作家将自身置身于时代的浪潮之中，用文学记录脱贫攻坚这一伟大历史实践，《桃源山村》（海胆王）、《故园的呼唤》（仇若涵）、《铁骨铮铮》（我本疯狂）等作品将脱贫攻坚伟大事业与脱贫致富的个人理想相结合，聚焦时代变革下的时代新人与人物命运；2020 年突如其来的疫情，也让“全民抗疫”成为一时代话题，在“后疫情”背景下，《逆行者》（沐轶）、《共和国天使》（王鹏骄）、《酥扎小姐姐的非常朋友圈》（陈酿）等抗疫与医疗题材也受到更多读者的关注。这些具有强烈时代印记的网络文学作品，不仅为历史留声、留痕，还让网络文学创作视野更加的开阔与多元化，与人民共悲欢、与时代同进步成为网络文学创作者的自觉追求。诸如，“脱贫攻坚”类作品有《致富北纬23度半》（花潘）、《华年时代》（衣山尽）、《扎西德勒》（胡说）、《狮舞者》（玉帛）等；“科技兴国”类作品有《北斗星辰》（匪迦）、《大国机修》（半部西风半部沙）《大国重坦》（华东之雄）等；“成功励志”类作品有《大国军垦》（大强67）、《厨子老谭的北方往事》（猎狼啸风）、《草根律师也有春天》（霖沛）、《从商二十年》（井神）等；“社会乡土”类作品有《故巷暖阳》（鱼人二代）、《奔腾年代——向南向北》（眉师娘）、《传奇浪潮十八年》（樊迦）等；“现实百态”类作品有《奋斗在小城》（八十分妈妈）、《医警仁心》（徐婠）、《洋港社区》（卓牧闲）、《南海一家人》（李慕江）、《执行者说》（南玲望月）……这些创作对象既有建党百年中的伟大历史事件、伟大历史时刻的集中展示，又有社区管理、山村支教、创新创业这些平凡生活的真实再现；既有著名历史人物、伟大的时代英雄的壮举，又有军人、干警、教师、医生等“最可爱的人”的温情，以及众多各行各业的小人物的“大故事”；既有大学生创业者、扶贫先锋、电商达人等“时代新人”的悲欢离合，又有非遗传承、坚守传统的老艺术家之跌宕起伏的人生况味……这些特写历史时期芸芸众生、社会百态在众多网络文学作家的笔下熠熠生辉，充分反映了新时期以来中国在各领域取得的日新月异的伟大成就以及进入新的历史时期中国人民的心路历程。特别是围绕北斗卫星导航系统这一“国之重器”讲述大时代潮流涌动以及潮流下的奋斗者的《北斗星辰》（匪迦）与讲述“舞狮”传统文化与脱贫致富故事的《狮舞者》（玉帛）令人感动，这两部作品分别入选2021年“中国作家协会重点作品扶持项目”与2021年“中国作家协会网络文学重点作品扶持项目”。这些现实题材网络文学作品通过深入生活、扎根人民来讲好中国故事、讲中国好故事，文本从不同角度、不同侧面热情叙写并讴歌了伟大时代、讴歌了时代奋斗者。网络文学作为一种精神性的文艺作品，作为中国经验、民族情感和时代情绪的形象化表达，真正能够打动读者的终究是真挚切实的情感以及与时代同频的思想潮流。当代读者更偏向于当代之表达，故而那些贴近现实人生、契合时代话题、对接大众心理的接地气、有思想、有温度、正能量的网络文学作品更易引发读者共鸣，也更易受市场的欢迎。

与建党百年现实题材的创作相类似，红色文化资源一直是我国民族精神内涵、民族精神气质、民族精神导向的集中体现。当网络文学拥抱红色题材时，将以鲜活生动且具有时代性文学表达来赓续红色革命命脉，传承优秀精神文化。恰逢建党百年，为鼓励网络文学作家积极主动地从红色革命文化中汲取创作源泉，以优化网络文学类型化创作生态，进一步推动网络文学精品化进程，2021年3月28日，中国作家协会网络文学中心主办网络作家党史学习暨主题创作改稿培训班，吸引了来自全国各地的近百位网络作家骨干。同年9月7日至10日，江西省作协在井冈山举办了网络作家党史学习教育主题培训研讨班暨第三期江西网络文学培训研讨班。网络作家们纷纷转入对于红色故事、英雄文化资源的挖掘、改编与创作，以见证并献礼这一伟大历史时刻。因此，红色题材占比大幅增高，亦成为2021年网络文学创作的另一可喜变化，网络文学呈现出一抹亮丽的“中国红”，是2021年网络文学创作的新亮点。各种以“红色题材”为主题的征文大赛也在2021年展现出奔涌的井喷之势，用网络文学精品献礼建党百年华诞。2021年首届红色题材网络小说征文大赛“红旗颂——献礼建党百年·百家网站·百部精品”，更是受到了社会的热烈响应，大赛共收到来自包括起点中文网、创世中文网、阿里文学、咪咕阅读等百余家网站的超700部作品。

诚如研究者所言：“百年历程的奋斗史诗为网络文学提供了丰富的精神滋养和创作源泉，让网络文学与我们的时代主潮、历史进步，与我们的生活脉动和生命洗礼同频共振。”① 在时代的感召和大历史观的影响下，越来越多的网络文学作家开始走出书斋投身于时代大潮，重拾现实主义创作传统，创作了一系列关照社会现实、蕴含时代精神、体现中国风骨的网络文学作品。从2021年现实题材网络小说创作的巨型体量来看，现实题材网络文学已经从边缘走向了中心，成为书写时代壮景、表达时代情感、弘扬时代精神的新类型。

（4）题材类型发展不均，创作短板依然存在

在类型小说千帆竞发、网络小说创作总量与创作增量实现双向增长、“爆款”作品频频出圈之际，网络文学生态系统也暴露出某种失衡。从外部来看，表现为小说题材类型发展不均，部分题材表现乏力；从内部来看，则是艺术虚假病象依旧存在，充分显示了网络文学的生产规制任重道远。

从网络文学题材类型发展来看，2021年年轻小说的创作依旧一路高歌猛进，而且经本土化改造后使其文本内容的包容性更强，并显露出“超进化”的特质。在诸多网络类型小说中，于2021年度表现最为亮眼的当属网络科幻题材。根据2021年9月12日发布的《2021科幻网络文学新趋势报告》显示，截至目前累计超过51.5万网络文学作家在阅文旗下平台进行科幻网络文学的创作，2021年科幻品类已稳占阅文平台网络文学类别的TOP5。从创作者看，2021年阅文平台有超过22%的头部网络文学作家创作过科幻网络文学，截至2021年8月，起点平台的月票榜TOP10中，科幻题材占了四席；从受众角度看，有42%的读者追更科幻网络文学。伴随着“Z世代”的崛起，我国的科幻网络文学无论是在作者、题材还是读者群体都呈现出年轻化与扩大趋势。2021年的多个科幻科技大事件也有力助推了读者阅读科幻网络文学的热情。2021年中国载人飞船相继两次成功发射，极大助燃了人民的民族自豪感。相关数据显示，在神舟十二号载人飞船成功发射后，科幻类别日均阅读人数相较前一周增幅超20%，成功在神州大地掀起一波又一波科幻阅读热潮。这使得科幻

① 欧阳友权：《百年百部网文力作的精神光源》，《文艺报》，2021年6月25日，第5版。

网络文学不仅爆款频出而且多次摘获多个赛事的重磅奖项，在一定程度上中国科幻在 2021 年迎来了科幻网络文学元年。2021 年度备受瞩目的超级爆款《夜的命名术》（会说话的肘子）即属于科幻题材。除大体量的网络科幻小说外，网络科幻短篇也精品频出，《我们生活在南京》（天瑞说符）占据短篇栏目“起点剧场”TOP1 的位置。网络科幻小说不仅在数量上实现大幅增长，而且在质量上也彰显出精品化的创作趋势。近年来，网络科幻小说也频频斩获科幻领域的重磅奖项，彩虹之门的《重生之超级战舰》、最终永恒的《深空之下》、天瑞说符的《我在火星上》、火中物的《千年回溯》……先后获得中国科幻银河奖“最佳网络文学奖”，扩大了科幻类网络小说的影响力。

在女频小说方面，从网络女性阅读平台的热度小说排行榜也可看出甜宠文持续走红的趋势。根据 2020 年中国网络文学女频作家影响力榜单 50 强作品的主要类型分布中可以看出，言情恋爱题材作品在女性市场依旧具有很高的吸引力，其中古代言情、现代言情与纯爱小说类分别占到了 42.0%、34.0%、12.0%。在 2021 年的女频小说类型分布上，言情小说占据了半壁江山。据 2021 年 7 月晋江文学城新手金榜的数据，收藏数量位居前三的题材是：现代幻想纯爱、现代都市纯爱以及古代纯爱，收藏数量分别是 3.23 万、1.90 万、2.51 万。在女频小说市场又一明显变化则是女性向的大女主网络文学在数量上迎来了一次小高峰。

以往女频言情小说的两大写作逻辑，一是高甜，二是逆袭。但随着网络文学内容生态以及作家构成生态的重构，这些热门女性题材网络文学的写作逐渐出现了“降糖”趋势。相对于软萌、傻白甜等人设，独立自强且能独当一面的“大女主文”受到了更多女性读者的追捧，于是大女主文的创作与消费趋势不断上涨。大女主作品受欢迎的原因之一在于，这类作品通过女性角色定位的反转、女性身份认同的反转，打破了传统文学对于女性固有的文学想象。大女主是当代女性心理的镜像反映，展现了新时代新的审美经验。诸如热度极高的女频小说《凤倾天阑》（天下归元）、《青云之上》（莲花郎面）、《大帝姬》（希行）、《我不成仙》（时镜）、《梧凰在上》（长佩）等都是大女主文。随着大女主网络文学的持续走热，女频仙侠言情小说初见规模，催生了一大批围绕大女主而展开故事的女频仙侠言情小说创作，显示出女性向将成为“国风+仙侠”网络文学创作的新阵地。不仅如此，女频小说作家也逐渐将其创作视角转向了现实生活，在故事中融入了更多的现实元素，作者对于时下社会现象、社会热点的思考也在作品中有所体现。刘波、李梦的《火车浜 7 号·疯狂处女座》，通过描绘新商战的复杂与残酷，来展现新时代下职场新女性的主体意识，即“宝妈”职场女性主体的自觉与自主。因而这些女性向网络文学以及大女主文，不仅仅是一种在文化工业逻辑运作下对于现代女性形象的重构，也是一种媒介形塑下社会性别秩序的表征。在网络文学用户中，女性读者群占比超一半之多，随着女性经济的独立以及女性读者的年龄结构日趋年轻化，在消费行为上表现出强大的付费阅读意愿。美国未来学家约翰·奈斯比特也曾预言，21世纪将进入“她”的世纪。北京大学中文系教授邵燕君认为，更多女性从消费客体变成了消费主体、创作主体，这也是时代发展下女性巨大进步的缩影。根据此判断，女性向的“大女主文”的创作与消费热度将持续不减，在“她经济”的驱动下，将会有越来越多的“她内容”网文作品助推“她力量”。

网络文学创作在呈现出传统类型小说“千帆竞过”的同时，也彰显出新文类网络文学“万木春”的欣喜景象。当下的网络文学形态主要呈“树干型”分布，即以“类型文”为主干，依托媒介新技术而创作的“新文类”构成了网络文学的枝干。“新文类”形态各异，既包括超文本小说、多向诗为代表的超文本，又有多媒体文学、文字造景型、语图互文型为代表的多媒体文，还有以文字游戏作品、接龙小说、互动小说为代表的互动文本以及以生成艺术、定位叙事、人工智能作品为代表的机器文本。网络文学创作仍不断借助于新技术、新媒介与新形式不断创新文学表达，探索网络文学叙事的新方式与新路径。当前，新媒体文成为网络文学创作与发展的新趋势。新媒体文的推送与推广主要借助于微信、浏览器等渠道，依托于推广渠道多、用户覆盖广的媒介优势，增加新媒体文的阅读覆盖范围。作为一种新兴的网络文学阅读模式，新媒体文在放大网络文学作品“网络性”的同时还存在着内容水平参差、孵化IP能力不高等问题，如何在保证新媒体文网络性的同时提高其作品的思想性、艺术性，是探索未来网络文学阅读模式的发展路径及空间。

相比于玄幻、科幻、甜宠文等类型小说的持续走热，以及新媒体文的新兴流行，乡村题材、少数民族网络文学创作则显得相对乏力。尽管涌现出过像《明月度关山》（舞清影）这样优秀的网络小说，但从宏观上看，无论是在创作群体还是作品数量上都还未形成规模。一方面，随着城市化进程的不断推进，很多网络文学作家缺少纯正的乡村生活经验，创作者对于乡村的固有认知与现实乡村发展经验存在一定断裂，造成了乡村题材网络文学中的人物以一种标签化的形式存在，故事也带有浓厚的地域化“脸谱”色彩；另一方面，相较于其他题材，乡村题材的厚重宏大、含蓄沉稳的审美取向使其IP的跨媒介改编空间较小，于是在“泛娱乐化”消费语境下逐渐被边缘化，这些客观与主观因素一并构成了现在乡村题材网络文学无“高原”的创作困境。

在少数民族网络文学创作上，虽然在网络媒介的推动下越来越多的少数民族作家通过媒介媒体传播本民族的文学作品，但当下网站上的大多数少数民族文学只是线下少数民族文学的线上“位移”，于网络文学中的少数民族文学而言，则主要以“少数民族作家+网络文学作品”的形式存在。像我本疯狂、红娘子、血红、Fresh果果等知名网络作家都属于少数民族，但是其作品却很少将本民族的历史文化、生活习俗、审美趣味作为书写重点。基于此，少数民族网络文学的创作困境在于未形成类型化、规模化创作，也未形成具有中国特色的少数民族网络文学。

当宏观转为微观，当用文学性的艺术视角置换事实分析，可发现，近几年，网络文学创作在现实转向的过程中，不可避免地存在着创作转型所带来的艺术阵痛，导致一些打着现实题材的网络作品虽有“现实”其表，却无“现实主义”之实，虽取材于现实社会之中，行文却偏离现实逻辑之外。具体到网络文学创作中，主要表现为现实题材下的“伪现实主义”与“国风热”下的“伪国风”① 现象十分盛行。

现实题材下的“伪现实主义”主要体现在两个面向上。首先，“伪现实主义”体现在一些网络文学作品对于现实的艺术表现主要流于生活的表面，未能触及真正的现实问题、社会症候，未能对现实进行深入阐释。例如，“相当一部分乡村题材的网络文学创作因对农村缺乏了解而呈现出粗劣肤浅的质地，一些作品甚至完全照搬穿越文、玄幻文等模式，把乡村作为僵硬、虚假的背景，真正的乡土故事、乡土伦理和乡土文化无从呈现。”② 在一些都市小说中，现实的残酷、人物内心的挣扎与痛苦只是做了表面的描写，描写现实却没有直击社会问题的核心，描写内心的挣扎却只刻画痛苦而忽视自我救赎，繁华却处处充满残酷与危机的大都市，在文学蒙太奇手法的调和下变成了由高楼大厦、都市男女、灯红酒绿组成的消费图景。其次，“伪现实主义”对现实问题的处理太过简单化，很多标榜着现实主义题材的网络小说在对现实问题的处理上却没有遵从现实主义发展逻辑，其故事的内核未能将历史真实、现实真实以一种艺术真实的方式表现出来。很多创作者将现实问题简单地归为精神上的困锁，仿佛只要经过某一人的引导或者说是经过一种所谓的“精神开智”后，所有的生活困扰、精神压抑等一系列现实问题都会立刻迎刃而解，而对现实问题的根源以及解决办法都语焉不详。例如，《共待花开时》（应景小蝶）这部以疫情为背景的医疗医生文，故事发展过于顺利，每当有问题出现时就会恰巧有相关的人物出面解决，使得困难的出现不仅不具有刻画人物性格、暗示人物命运的艺术隐喻作用，也与现实真实情况相差甚远，给人以不可信之感。在讲述都市情感故事的网络文学《你给的甜》（风晓樱寒）中亦存在同样的问题，在关键的戏剧冲突中，作者缺乏对于故事节奏的艺术把控力，往往在对困难之难的大段铺垫与情绪渲染之后，突然出现男主的点拨，女主便幡然醒悟，问题也便迎刃而解，使读者产生头重脚轻、戛然而止的不适之感。

在复兴国学语境下，网络文学也出现了“国风热”现象，在创作中将传统文化与流行元素相嫁接，由此来实现向传统的回归。从创作总量上看，这类作品约有

---

① 张金尧在《当前中国网络文艺的三维探析》一文中谈道：所谓“伪国风”现象，就是在文艺创作中冠之以“国风”“古典”之名，貌似借用了历史典故、经典作品、经典人物形象等元素，实以无可考证的服装造型、无可考证的语言修辞、无可考证的历朝历代进行不知族群的“恶搞”“戏说”，油滑而不深沉，无视中华民族生生不息的历史智慧，因此这类作品基本没有历史自觉和文化自信。张金尧：《当前中国网络文艺的三维探析》，光明网：https：//www. gmw. cn/xueshu/2021-03/09/content_ 34678117. htm，2021 年 9 月 9 日查询。

② 王文静：《乡村题材网络小说的叙事与改编》，《文艺报》，2020 年 11 月 2 日，第 2 版。

300万部，约占网络文学总量的20%。但很多标榜“国风”元素的网文作品实际上是一种“伪国风”，只是将传统文化、民族元素作为吸引注意力的噱头。国风网络文学的热点题材主要有古代演绎类、古典衍生类、仙侠玄幻类、空间穿越类以及国风生活类，展现方式大致可分为元素运用型、历史演化型以及内核支撑型。例如在元素运用方面，《聊斋·从承继道观开始》（一只小狼狼）只是择取了聊斋中狐鬼花妖这些表层元素，将道家等同于道教，将道家的修道修心等同于练气升级，将道侣与修士混用，如此啼笑皆非的文化闹剧，实则掩盖并错写了中华文化与古代哲学的文化精义。另有一些表现传统文化的历史题材作品，在架空历史背景下戏谑历史、大话历史、解构历史的消费主义历史观创作已经得到规制，但有些作品尽管力争从历史事实出发，但是在对历史题材进行现代性书写的过程中，没有把握好历史事实与历史真实之间的艺术距离，致使给读者一种艺术虚假之感。

一时代有一时代之文学，作为当代文学新样态的代表，中国网络文学整体面貌阳光向上，格调昂扬奋进，以积极乐观的笔触重新建立起了对新时代的整体性把握。在实现中华民族伟大复兴中国梦的历史进程中，一切有抱负、有追求、有理想的网络文学作家应该自觉树立起“大历史观”与“大时代观”，在“把美的价值注入美的艺术”中把握艺术真实，在坚定文化自信中把握中华文脉与文魂，在民族复兴的时代主题中书写“人民的文学”。唯其如此，网络文学创作者才可真正做到“从时代之变、中国之进、人民之呼中提炼主题、萃取题材，展现中华历史之美、山河之美、文化之美，抒写中国人民奋斗之志、创造之力、发展之果，全方位、全景式展现新时代的精神气象”①。这是时代的召唤，也是网络文学创作者的神圣职责。

2. 网络诗歌年度概况

网络媒介的高速发展使得传统诗歌得以新生。在新媒体语境下，诗歌的传播方式探索出了更多可能。这不仅进一步拉近了诗人与读者间的距离，也让诗歌得以“出圈”，真正地回归现实、贴近时代，从而走向世界。

（1）反映时代精神，不忘创作初心

“文章合为时而著，歌诗合为事而作”，诗歌创作要发时代之先声，面向时代、贴近时代、迎合时代。网络诗歌承继了这一创作传统，高举时代使命的旗帜，坚守初心，不忘创新。2021年适逢建党百年，网络诗歌充分把握时代主题，将历史与现实、理论与实践相结合，利用自身的媒介优势，通过举办各类活动，搭建大众化、平民化的创作与阅读阵地，产出了一批高水平、高品质的网络诗歌作品。

中国网络诗歌学会自2010年成立以来，始终坚守“高远、纯粹、关注、发展”的纯文学精神，主办“中国网络诗歌”网站和公众号平台，致力于推动诗歌以及诗歌理论的发展和创新，并设立了多个网络诗歌奖项，用以表彰和奖励成绩突出的网

---

① 《习近平在中国文联十一大、中国作协十大开幕式上的讲话》，《光明日报》，2021年12月15日，第2版。

络诗人。2021 年 4 月 23 日至 25 日，中国网络诗歌学会在江苏淮安召开了第三届会员代表大会，大会紧紧围绕党的百年艰苦奋斗历程进行了主题研讨，明确学会 2021 年的主要任务是弘扬诗词文化艺术，讴歌中国社会主义建设取得的伟大成就，为党的百岁生日献礼。2021 年 6 月 29 日，中国网络诗歌学会开展了“网络诗人颂时代，百年党史照春秋”主题诗歌吟咏征稿活动。该活动要求以“回顾党史，歌颂时代”为主题开展诗歌创作，旨在弘扬中国精神，凝聚中国力量，重温百年党史，续写时代篇章，从而使诗人和读者强化自身的责任感和使命感，提升原创网络诗歌的创作水平。

2021 年 7 月 17 日，“中国诗歌网”2019—2020 年度“十佳诗集”颁奖仪式在无锡举行。“中国诗歌网”是由中国作家协会主办，以“诗人家园，诗歌高地”为宗旨的专业诗歌网站。阎志的《阎志诗选》、吴少东的《万物的动静》、田湘的《练习册》、灯灯的《余音》等九本原创诗集和一本翻译诗集共同获得了此项殊荣。“十佳诗集”的评选旨在更好地扶持与激励诗人们的写作和翻译。获奖诗人代表梁尔源在发表感言时指出，诗歌是这个时代人民迫切需要的一种精神文化产品，诗人需要用诗歌来书写史无前例的新时代，紧贴时代、紧贴生活、紧贴人民，多写一些灵魂深处有温度、有真情的作品。而“中国诗歌网”年度“十佳诗集”的评选便遵从了这一趋向，为我们展现了这些符合时代主题的优秀作品。同时，“中国诗歌网”推出“建党百年优秀作品选”专辑栏目，张学梦的《地球村村歌》、姜维彬的《仰望与垂首》等诗歌作品入选。此举旨在宣传与推介出色的红色诗歌作品，以推动网络诗歌形成更好的局面。

（2）网络诗歌“融媒体”化渐露端倪

2021 年，网络诗歌充分利用网络的天然优势，始终坚持革新传播手段，在新媒体浪潮中不断尝试与各类媒介联姻，从而实现自身进一步的繁荣和飞跃。从最初的电子论坛、个人博客，到后来的独立的门户网站，再到微博、微信公众号以及各类短视频平台的涌现，网络诗歌已进入到一个前所未有的电子化时代，不仅改变着诗人的创作方式，同时也对读者的接受心理、诗歌的批评向度以及诗歌整体生态格局发起了冲击。拥有数百万粉丝的微信公众号“为你读诗”创办于 2013 年，是国内最早一批依托自媒体媒介传播诗歌的平台。“为你读诗”以“在这个飞速行进的时代，我们需要安静、思考和美”为宗旨，创造性地以音频、短视频、图片等各种媒介相结合的方式，全方位、多角度地展示和传播诗歌之美。当文字与音频共存时，诗歌“融媒体”化调动读者的多重感官并行，使读者获得超越性的阅读体验。以“为你读诗”微信公众号为代表的这类尝试为诗歌“融媒体”化的进一步拓展打下了基础。在新媒体语境下，网络诗歌摆脱了传统诗歌单一的纸媒传播的禁锢，将诗歌从“精英文化”的圈禁中解救出来，使每一个普通人都可以接近诗歌、走进诗歌。在“融媒体”发展的趋势下，网络诗歌实现了在不同媒体、不同媒介的共生与共享，从而达到了传播效果的最大化。

受新冠疫情的影响，许多与诗歌相关的活动开始重新审视网络媒介带来的便捷，在原有的基础上利用网络平台，立体化丰富活动内容，使人们得以足不出户，通过直播、视频会议等方式，构建新型的诗歌交流形式，为人们思维的碰撞提供了新思路，也为网络诗歌的“融媒体”之路注入了新鲜血液。2021 年 11 月，在诗人徐志摩逝世 90 周年之际举办的第六届徐志摩诗歌奖以“潮的生活”为主题，在保留了诗歌奖评选等传统活动之外，还举办了线上“为你读诗”“教你写诗”等活动。同时，为了支持防疫工作，颁奖典礼首次采用“云颁奖”的形式，没有场地的限制，让所有爱诗之人均可自由参与，一定程度上拉近了读者与诗歌的距离。《诗刊》是由中国作家协会主管的全国唯一的中央级诗歌刊物，自创刊以来，一直以“刊载诗歌作品，繁荣诗歌创作”为办刊宗旨，为中国诗歌的发展做出了独特的贡献。作为中国地位最高、名声最响的诗歌类传统纸媒，《诗刊》在 2021 年 9 月，创造性地与“快手”短视频平台达成了合作，联合举办了“快来读诗，一起过中秋”诗歌朗诵活动，吸引了包括于丹、冯唐在内的一大批文化名人及诗歌爱好者参与。据数据显示，该活动已推出 3300 多个视频，播放量超过 1.7 亿次①。这是一次诗歌“融媒体”化的努力和尝试，为网络诗歌指明了一条全新的发展之路。同时，网络诗歌头部网站“中国诗歌网”也在“融媒体”理念的影响下日益壮大，不仅建有网站、手机 App 等多个终端，还积极加强与《诗刊》等传统刊物的联系，扩大了传播范围与影响力，为新媒体与传统媒体的进一步融合提供了便利。站在疫情“后时代”的转折点上，随着新媒介的参与和各类电子化诗歌平台的上线，网络诗歌已逐渐形成了立体化的传播矩阵，其“融媒体”化趋势已初现端倪。

（3）海外传播持续扩大，网络诗歌生态日益向好

互联网使世界变成“平”的，也为诗歌的创作和交流提供了一个更为广阔和自由的平台。随着中国的综合国力的不断增强，“汉语热”在世界范围内持续扩散，时代环境和技术革新为中华文化“走出去”和汉语诗歌的海外传播提供了机遇。2020 年“世界诗歌网（World poetry website）”正式上线运营以来，为包括网络诗歌在内的中国诗歌走出中国、走向国际提供了一方可自由活动的专业舞台。网站专设“国际频道”与“国内频道”，同时主办《世界诗歌》杂志，提供汉语与英语双语版本，并在网络上免费公开电子版。这为中西方不同文明间的互鉴和交流搭设了友好的桥梁，也使得中国本土诗人得以冲破距离的藩篱，向世界读者展示中国诗歌之美。

依托于“世界诗歌网”这样一个专业的诗歌交流平台，许多国际化的网络诗歌比赛得以成功举办。2021 年 7 月 15 日，由“世界诗歌网”主办的第四届“国际微诗大赛”开始征稿。随着移动互联网和智能手机的普及，诗人和读者逐渐习惯于利

① 该数据来源于“快手”短视频平台“快来读诗”话题页面，2021 年 12 月 28 日查询。

用微信、微博、Twitter、Facebook 等以“微”为特征实时交流工具来发表和阅读诗歌。同时，近年来以日本传统俳句为代表的微型诗渐渐风靡全球，这类微型诗以短小精美的体量为主要特点，内容虽然精悍，却往往给人以回味悠长之感。微型诗的流行与“微平台”的火热相得益彰，现下，“微创作”“微传播”“微互动”已成为当今世界诗歌的主要流通特征。第四届“国际微诗大赛”旨在进一步繁荣微型诗的创作，从而推动微型诗的国际交流。比赛共收到来自多个国家的 333 位诗人的作品，最终，中国的荣润生以《先生》荣获铂金写手奖。此外，由“世界诗歌网”举办或承办的“超人杯”第二届世界华语诗歌大赛、“十二背后杯”首届中国诗歌擂台赛、“魔梨杯”首届中文同题诗大赛等各类诗歌比赛，均是以网络为媒介，面向全球范围开展竞赛，打破了文化的偏见与语言的障碍，让所有诗歌爱好者得以平等、自由地交流。

3. 网络散文年度概况

2021 年，网络散文的发展整体延续了上一年的良好趋势，建立起读者与作者间高效的交流平台，在注重高质量发展的同时，创作题材趋于大众化和平民化，并借助各类赛事进一步扩散自身影响力。总体而言，网络散文依然焕发着勃勃生机。

（1）赛事热度不减，读者评价良好

站在建党 100 周年的关键节点上，网络散文在 2021 年的发展承继了 2020 年的良好势头。各类散文赛事的举办，谱写了一曲曲时代颂歌，并为网络散文的繁荣发展注入了新鲜活力。值得注意的是，随着网络媒介的进一步发展，许多传统的散文赛事不再拘于以单一的模式开办，而是通过“线上+线下”的新型模式来展开宣传。当散文赛事与新媒体“联姻”，此举使传统散文的影响力成倍增长，也使得网络散文的质量得以稳步提升。

2021 年 11 月 16 日，由“中国散文网”主办的“三亚杯”全国文学大赛评选结束。“中国散文网”是一家专门从事国内、国际散文交流的专业网站，而此次其主办的“三亚杯”全国文学大赛则旨在贯彻落实文化强国战略，推动当代文学事业的繁荣与发展，并鼓励诗意美文写作，展现中文独特魅力。此届大赛不仅依托《中华诗词》《中国楹联报》《文学报》等传统纸媒进行宣传，更是联合了国内 200 余家网站联合造势，反响热烈，共收到全国各地及港澳地区的 9000 多位作家的作品，彰显了比赛的全国性、时代性；同时，由“中国散文网”主办的“中华情”全国诗歌散文联赛和中外诗歌散文邀请赛已分别举办了六届和八届，在业界已有一定知名度，颇受学者、专家及读者的好评。其中，第六届“中华情”全国诗歌散文联赛于 2020 年 12 月 21 日落下帷幕。比赛评选出 7 个最美散文奖，获奖作家分别是罗华顺、叶发明、杨强、王世林、张进文、马维国、武燕云，大赛的优秀作品将由出版社出版专集，并发表在“中国散文网”上。而中外诗歌散文邀请赛的举行则有力地促进了中国与世界的文化交流。

此外，除开这些由专业的散文网站主办的新兴散文赛事，另有一些传统的散文赛事借助网络的“东风”，拓宽了宣传渠道，以期扩大自身的影响力。如第三届“丝路散文奖”与第九届冰心散文奖，均在“中国散文网”以及“现代散文网”等散文网站发表有专门的宣传文章，从征稿到评选及最终结果的宣布，环节一应俱全。这些赛事的成功举办，彰显着传统散文与网络散文间已然找到一个绝佳的平衡点，使散文这一传统文体在新媒体时代得以涅槃与新生，重新回到大众的视野当中。

（2）传播媒介趋向多元，作品质量不断提高

2021年，网络散文的发表空间仍呈现出扩大的趋势。除了传统地借助网站、论坛、博客等网络媒介来发表和交流之外，网络散文还依托于各式各样的移动新媒介进行传播，如微博、微信公众号平台等等，其中尤为引人注意的是微信公众号平台的发展。随着新媒体时代的来临，人们越来越重视自媒体的话语地位。如今不仅出现了许多个人开设的散文公众号，用以分享与发表散文；更有一些传统的纸媒以及文化机构借助微信公众号来展开多样化的宣传，以求达到事半功倍的效果。

由报纸杂志等传统纸媒设立的微信公众号，如《散文选刊》创设的“散文选刊”、《散文诗》创设的“散文诗杂志社”《散文百家》创设的“散文百家杂志”等，在通过公众号定时推送杂志每期的目录或者内容之外，另会结合音频、视频等方式发表散文。如“散文诗杂志社”会在推送散文篇章的同时，插入由专人朗读的音频，给读者以立体化的阅读感受。“散文诗杂志社”于2021年12月20日发表的郭辉创作的《凤凰木》，不仅在推送中加入了作品的朗读音频，还制作了精美的视频供读者观看。这种视听结合的方式能帮助读者进一步领会散文的魅力与深意，这种效果也是原始的传播方式所难以办到的。同时，一些文化机构以及社会团体也通过开办微信公众号的方式展开宣传，如西部散文学会创设的“西部散文网”、中国散文学会创设的“中国散文学会”、湖南散文学会和《湖南散文》杂志共同创设的“湖南省散文学会”等等。“湖南省散文学会”公众号将自己定性为反映湖南当代散文创作与研究的“纯文学微刊”，定期推送优秀的散文作品。另有一些以个人名义创设的散文公众号，或是以原创散文为主，如“香袭书卷”；或是以转发、整合为主，如“散文杂谈”等等。相同的是，这些个人类散文公众号都会开启留言功能，精选一些读者留言展示出来，并选择性地回复。此举使读者可以自由地交流阅读感受，并及时地反馈给作者，建立起了一个高效、友好的交流平台，从而推动网络散文得以高质量、高水平地发展。

此外，部分散文网站也顺应时势，建立起公众号平台以拓展宣传渠道，如“中国散文网”所创设的“中华散文网”公众号。还有，微信小程序的诞生，也使得网络散文的传播途径更为多元，如“静读散文”小程序，设有“抒情散文”“哲理散文”“故乡散文”“优美散文”“名家散文”等十数个专辑，按主题分别收录相关篇章，并设置有留言功能。总体而言，2021年，网络散文的传播媒介在先前的基础上进一步发展，趋向多元；同时，由于注重读者与作者之间沟通机制的建立，网络散

文也一改从前煽情、庸俗的不良趋势，整体质量稳步提升。

（3）散文创作趋向大众化、平民化

散文作为一种传统的文学体裁，与小说、诗歌、戏剧等体裁相比，没有固定的艺术格式，是最接近生活、最“平易近人”的文体。换言之，散文即是大众平凡生活的一部分。2021 年是中国共产党建立一百周年，也是“十四五”开局之年。站在小康社会全面建成的关键节点上，网络散文在 2021 年的创作顺应时势，贴近时代，整体上朝着大众化、平民化的方向进一步发展。

前文所提到的“中国散文网”，近几年来已逐渐成长为国内最具影响力的网络散文门户网站。除了按主题、地域设置了游记散文、历史散文、世界散文、情感散文等多个栏目，以供发表或转发优秀的散文作品之外，“中国散文网”还专门开设了“散文报道”栏目，发表一些与散文相关的具有引领性、先见性、政策性的理论文章。在“散文报道”栏目，“中国散文网”分别于 5 月和 12 月转发了由中国作协散文委员会委员古耜创作的《红色散文镌刻百年壮阔历程》一文，和中国散文学会副会长穆涛创作的《写散文要说人话》一文。二者共同指出，散文本身是一个丰富多彩的艺术世界，散文创作需要关注现实、切合现实，并且牢记“文学是人学”的指引，这无疑是对网络散文整体创作的要求。而“中国散文网”2021 年的发表趋势顺应了这一指导。相较于哲理化与思考向的历史类散文，“中国散文网”的作者倾向于创作情感类散文与景物类散文，以分享自己日常生活中的所见所闻、所想所感，往往引起读者的共鸣。如《母亲那双手》（蒙顺平）、《无言的爱》（胡明德）、《我心醉在这山水间!》（覃刚）等文章，贴近生活，情感真挚，均收获了数千点击量。

此外，国内另一家散文网站“散文在线”同样体现了这一特点。“散文在线”在网站首页特意开设了“散文在线周排榜”，可更为直观地了解作者的创作偏好和读者的阅读喜好。上榜的多为日常生活类的大众化倾向散文。例如，12 月 13 日至 19 日一周内，上榜的《家乡的腊肉》（唐高翔）、《美丽迷人竹马山》（唐高翔）两篇散文，内容分别为回忆儿时家乡过年情形，与描绘竹马山村庄的迷人风景，主题朴实，笔触真诚而情感真挚。总的来说，网络散文 2021 年的整体创作趋势体现为质朴的平民化风貌，人们习惯于借助散文记录生活、抒发情感，这不仅是时代要求，更是作者的自觉选择和读者的民心所向。

二、热门作品举隅

1. 年度排行榜作品

（1）“优秀现实题材和历史题材网络文学出版工程”首批入选作品

为推动网络文学提高质量，多出精品，国家新闻出版署自 2020 年开始实施“优秀现实题材和历史题材网络文学出版工程”，2021 年 8 月 23 日公布首批入选作品名单，共 9 部作品入选。

“优秀现实题材和历史题材网络文学出版工程”首批入选作品

作者	作品
姞文	《王谢堂前燕》
酒徒	《关河未冷》
七月新番	《秦吏》
三生三笑	《我不是村官》
舞清影	《他从暖风来》
童童	《大茶商》
姚璎	《情暖三坊七巷》
陆月樱	《樱花依旧开》
晨飒	《重卡雄风》

（2）“庆祝中国共产党成立 100 周年”网络文学征文大赛获奖名单

为热烈庆祝中国共产党百年华诞，在中国作协网络文学中心、长三角文学发展联盟的指导下，由上海市网络作协、江苏省网络作协、浙江省网络作协、安徽省网络作协发起，邀请全国各文学网站、平台共同举办的“庆祝中国共产党成立 100 周年”网络文学主题征文大赛成功举办。2021 年 6 月 29 日公布获奖名单，共 22 部作品获奖。

“庆祝中国共产党成立 100 周年”网络文学征文大赛获奖名单

奖项	作者	作品
一等奖	何常在	《荣光》
	华胥云	《疾控档案》
二等奖	行知	《2. 24 米的天际》
	骁骑校	《长乐里：盛世如我愿》
	雨魔	《少年，1927》
	姞文	《王谢堂前燕》
三等奖	陈酿	《传国功匠》
	卢山	《蹦极》
	赖尔	《女兵安妮》
	风晓樱寒	《沉睡的方程式》
	长河熠	《山河万重》
	青罗扇子	《大爱小爱》

续表

奖项	作者	作品
优秀奖	乔雅	《心照日月》
	夜神翼	《特别的归乡者》
	人参胖娃娃	《金达莱花开满山岗》
	顾七兮	《你与时光皆璀璨》
	沐清雨	《渔火已归》
	肥胖的可乐	《胶东往事》
	月壮边疆	《不负韶光》
	本命红楼	《玉堂酱园》
	纳兰十七	《村支部来了个小姐姐》
	红九	《撩表心意》

(3) 第六届阅文原创 IP 盛典作品推荐榜单

2021 年 6 月 3 日，以“为好故事喝彩”为主题的第六届阅文原创 IP 盛典在上海浦东举办。盛典现场发布了备受瞩目的原创 IP 榜单，包含年度最佳作品、年度海外作品、年度题材作品、年度男/女频人气十强作品、年度改编期待作品等一系列重磅推荐，彰显了中国网络文学的一流创作水准与人气峰值。

第六届阅文原创 IP 盛典作品推荐榜单年度题材作品

奖项	作者	作品
年度轻小说作品	云中殿	《我真的不是气运之子》
年度冒险悬疑作品	黑山老鬼	《从红月开始》
年度游戏竞技作品	青衫取醉	《亏成首富从游戏开始》
年度古风传奇作品	天下归元	《辞天骄》
年度当代生活作品	跳舞	《稳住别浪》
年度科幻畅想作品	爱潜水的乌贼	《长夜余火》
年度爱情小说作品	囧囧有妖	《余生有你，甜又暖》
年度东方幻想作品	卖报小郎君	《大奉打更人》

年度海外作品

My Vampire System　作者：JKSManga（英国）

年度人气作品

奖项	作者	作品
年度男频十强	老鹰吃小鸡	《万族之劫》
	言归正传	《我师兄实在太稳健了》
	爱潜水的乌贼	《诡秘之主》
	孑与2	《明天下》
	柳岸花又明	《我真没想重生啊》
	手握寸关尺	《当医生开了外挂》
	青衫取醉	《亏成首富从游戏开始》
	那一只蚊子	《轮回乐园》
	会说话的肘子	《第一序列》
	卖报小郎君	《大奉打更人》
年度女频十强	叶非夜	《我的房分你一半》
	一路烦花	《大神你人设崩了》
	叶非夜	《喜欢你我说了算》
	郁雨竹	《农家小福女》
	顾南西	《他从地狱里来》
	一路烦花	《夫人你马甲又掉了》
	囧囧有妖	《余生有你，甜又暖》
	YTT 桃桃	《我全家都是穿来的》
	锦凰	《老公每天不一样》
	墨泠	《这个大佬画风不对》

年度书粉

年度书评达人

萌萌哒莵——年度总共内容发布评论 14383 条，获得书粉点赞 250760

年度阅读达人

苏微夏——年度总共阅读 125943 章节内容

年度改编期待作品

奖项	作者	作品
年度出版改编期待	天下霸唱	《大耍儿》
年度影视改编期待	卖报小郎君	《大奉打更人》
年度动画改编期待	老鹰吃小鸡	《全球高武》

续表

奖项	作者	作品
年度游戏改编期待	天下霸唱	《鬼吹灯》
年度漫画改编期待	青衫取醉	《亏成首富从游戏开始》

年度作者

年度最佳作家：叶非夜

年度荣耀作家：会说话的肘子

年度最佳作品

《大奉打更人》　作者：卖报小郎君

(4) 第五届现实题材网络文学征文大赛

2021 年 5 月 25 日，由上海市新闻出版局支持，阅文集团主办的第五届现实题材网络文学征文大赛颁奖典礼举办。本届大赛共有 19256 人参赛，同比增长 40.6%；参赛作品共计 21075 部，同比增长 42.4%，参赛作者和作品数量再创历史新高。来自各行各业的创作者贡献了一大批关照社会现实、反映时代发展、记录家国变迁的优秀作品，以中国好故事传递社会正能量，推动网络文学主流化、精品化发展迈上新台阶，助力文化高质量发展。

第五届现实题材网络文学征文大赛获奖作品

奖项	作者	作品
特等奖	眉师娘	《奔腾年代——向南向北》
一等奖	令狐与无忌	《与沙共舞》
二等奖	鱼人二代	《故巷暖阳》
	花潘	《致富北纬 23 度半》
优胜奖	樊迦	《传奇浪潮十八年》
	春光公社	《电视人》
	推敲夜僧	《刚毅坚卓的他们》
	司马白衫	《国啤》
	衣山尽	《华年时代》
	李慕江	《南海一家人》
	马果果	《婆家三十六丈厚》
	卓牧闲	《洋港社区》
	南玲望月	《执行者说》

(5) 2021 年中国作家协会网络文学重点作品扶持项目

2021 年 3 月 16 日，中国作家协会网络文学中心公布 2021 年中国作家协会网络文学重点作品扶持项目，共30项选题入选。

2021年中国作家协会网络文学重点作品扶持选题名单

主题	作品	作者
时代先锋主题	《风骨》	何瑛（应景小蝶）
	《刚毅坚卓的他们》	常宇（推敲夜僧）
	《胶东往事》	刘金鹏（肥胖的可乐）
	《老战士》	梁希昊（梁宇寒）
	《守鹤人》	吴志超（吴半仙）
	《天降神医》	陈彦池（百世经纶）
	《长乐里：盛世如我愿》	刘晔（骁骑校）
强国梦主题	《南海一家人》	江春燕（李慕江）
	《熙南里》	周斌（姞文）
科技创新与科幻主题	《群星为谁闪耀》	梁敏（千里握兵符）
	《研究者也》	苏东宁（柠檬羽嫣）
中华文化精神主题	《春雨》	任佳英（灵犀无翼）
	《嗨　古建修复师先生》	钟惠（梨花颜）
	《人间暖阳四月天》	李国瑞（乱世狂刀）
	《山海经三山神传》	林俊敏（阿菩）
	《狮舞者》	周剑敏（玉帛）
	《予你良辰美景》	钟诗悦（焚柏、沐清公子）
人民美好生活主题	《百年沧桑华兴村》	裘如君（凌烨）
	《繁星织我意》	陈涓生（画骨师）
	《故巷暖阳》	林晗（鱼人二代）
	《每天都离现形更近一步》	徐孟夏（陈词懒调）
	《你与时光皆璀璨》	顾七兮（顾唤华）
	《请和优秀的我谈恋爱》	赵晨媚（丁十三）
	《山人行》	申大鹏（风圣大鹏）
	《说说心里话》	陈亮（燕赵散人）
	《向前进》	张宁（张鼎鼎）
	《幸福在家理》	刘家希（知更）
	《枳生》	吴玉敏（月斜影清）
人类命运共同体主题	《回不去的远方》	张芮涵
	《铁路繁星》	滕国宁（易阳）

（6）2021年中国作家协会重点作品扶持项目

2021年3月16日，中国作家协会重点作品扶持办公室宣布2021年中国作家协会重点作品扶持项目，共有60项选题入选。其中，有5部网络文学作品入选。

2021年中国作家协会重点作品扶持项目之网络文学

作者	作品
匪迦	《北斗星辰》
心中有清荷	《南北通途》
静夜寄思	《火种》
麦苏	《我的黄河我的城》
骰寻	《他以时间为名》

（7）2020年度中国网络文学影响力榜

2021年9月16日，中国作家协会主办的中国网络文学影响力榜（2020年度）发布仪式在广东深圳举行。此次影响力榜包括四项：网络小说榜、IP改编榜、海外影响力榜以及针对“90后”作家的新人新作榜。经过严格初评、复评、终评和网络投票，24部网络文学作品和4位新人作家上榜。

网络小说影响力榜

作者	作品
步枪	《大国战隼》
骁骑校	《长乐里：盛世如我愿》
会说话的肘子	《第一序列》
柳下挥	《猎赝》
匪迦	《北斗星辰》
行知	《2.24米的天际》
天下归元	《山河盛宴》
七月新番	《汉阙》
意千重	《画春光》
姚璎	《情暖三坊七巷》

IP 改编影响力榜

作者	作品
忘语	《凡人修仙传》
我吃西红柿	《吞噬星空》
辰东	《完美世界》
蒋胜男	《燕云台》
耳根	《一念永恒》
风青阳	《万古第一神》
紫金陈	《长夜难明》
竹已	《奶油味暗恋》
吱吱	《庶女攻略》
任怨	《元龙》

海外影响力榜

作者	作品
爱潜水的乌贼	《诡秘之主》
天蚕土豆	《元尊》
发飙的蜗牛	《妖神记》
齐佩甲	《超神机械师》

新人新作榜

老鹰吃小鸡

言归正传

柠檬羽嫣

懿小茹

（8）“新时代的中国”第二届网络文学现实题材主题征文大赛

2021 年 1 月 9 日，“新时代的中国”第二届网络文学现实题材主题征文大赛在南京颁奖。本次征文大赛由中国作家协会网络文学中心、江苏省委统战部、江苏省作家协会、南京市委统战部、南京市委网信办和南京市新闻出版局指导，江苏省网络作家协会、江苏凤凰文艺出版社、南京市文学艺术界联合会、南京市建邺区委宣传部和连尚文学共同主办，南京市作家协会和逐浪网共同承办。大赛自 2020 年 3 月启动以来，获得了网络文学行业的广泛关注和热情参与，参赛作品数量、质量较首届大赛均有明显提升。征文大赛评审委员会由多位知名文学评论家、传统出版以及网络文学资深编辑组成，经过初评、复评和终评，最终评选出 22 部优秀作品。

"新时代的中国"第二届网络文学现实题材主题征文大赛获奖作品

奖项	组别	作者	作品
一等奖	完结作品组	行知	《2. 24 米的天际》
	未完结作品组	吴半仙	《锦绣鱼图》
二等奖	完结作品组	卢山	《蹦极》
		夜神翼	《特别的归乡者》
	未完结作品组	懿小茹	《我的草原星光璀璨》
		素衣凝香	《冰魂》
三等奖	完结作品组	麦苏	《荣耀之上》
		大橙子	《刺猬的微光》
		阿北	《防线》
	未完结作品组	本命红楼	《一面》
		就为活着	《绿水金山》
		我本纯洁	《正义辩权》
优秀奖	完结作品组	陈酿	《酥扎小姐姐的非常朋友圈》
		艾镜	《冰上的华尔兹》
		乔雅	《冬雪暖阳》
		狐小妹	《人间重晚晴》
		唐墨	《亲爱的，二进制》
	未完结作品组	桑甜	《援外仁医》
		源上春树	《海红飘香》
		煜素	《一条搜救犬的见证》
		王鹏娇	《共和国医者》
		大江东	《印染年华》

（9）第五届中国"网络文学+"大会"优秀影视 IP"和"优秀网络文学作品"推优名单

2021 年 10 月 11 日晚，第五届中国"网络文学+"大会闭幕盛典在中关村国家自主创新示范区展示中心举办，会上公布了"优秀影视 IP"和"优秀网络文学作品"推优名单。

优秀影视 IP 作品推优名单

作品	申报企业	作者	作品类型
《大奉打更人》	上海阅文信息技术有限公司	卖报小郎君	古装
《她他》	北京晋江原创网络科技有限公司	映漾	悬疑推理
《浪淘沙》	中文在线数字出版集团股份有限公司	青山荒冢	古装
《情义谱》	北京爱奇艺科技有限公司	尼罗	都市情感
《婚牢》	北京臻鼎科技有限公司	虎口夺阳	都市情感
《馆长先生》	北京木本水源文化传媒有限公司	刘采采	都市情感
《探索者》	中文在线数字出版集团股份有限公司	阿宝、策慧	都市行业
《长宁帝军》	北京幻想纵横网络技术有限公司	知白	古装
《铁骨铮铮》	掌阅科技股份有限公司	我本疯狂	现实主义
《生音》	北京来看科技有限公司	新塘老酒	都市情感
《八千里路》	北京晋江原创网络科技有限公司	玖月晞	现实主义
《长夜余火》	上海阅文信息技术有限公司	爱潜水的乌贼	科幻奇幻
《中国式人情》	雁北堂（北京）文化传媒有限公司	李小艾	现实主义
《砸锅卖铁去上学》	北京晋江原创网络科技有限公司	红刺北	科幻奇幻
《幸福在家理》	北京臻鼎科技有限公司	知更	现实主义
《犯罪心理师》	北京臻鼎科技有限公司	风雨如书	悬疑推理
《辞天骄》	上海阅文信息技术有限公司	天下归元	古装
《有女胜男》	北京易天新动网络科技有限公司	陈鱼	都市情感

优秀网络文学作品推优名单

作品	来源	作者	作品类型
《盛宴》	北京风娱网络技术有限公司	程青	都市情感
《步虚记》	北京木本水源文化传媒有限公司	知夏	年代历史
《重卡雄风》	广州阿里巴巴文学信息技术有限公司	晨飒	现实主义
《明天下》	上海阅文信息技术有限公司	孑与 2	年代历史
《诡秘之主》	上海阅文信息技术有限公司	爱潜水的乌贼	其他
《八千里路》	北京晋江原创网络科技有限公司	玖月晞	现实主义
《人间弃子》	雁北堂（北京）文化传媒有限公司	盛兴	科幻奇幻
《最后一里路》	北京木本水源文化传媒有限公司	丛虫	现实主义
《汉阙》	上海阅文信息技术有限公司	七月新番	年代历史
《完美嫌疑人》	雁北堂（北京）文化传媒有限公司	陈研一	悬疑推理

（10）2021 阅文年度好书榜单

2021 年 12 月 22 日，艺恩数据发布《2021 阅文年度好书榜单》，选出 2021 年最具阅读价值和改编潜质的男频、女频各 10 部网文作品，为读者提供阅读指南，为 IP 行业提供版权指引。榜单反映当下年轻读者的内容喜好，科幻、悬疑等题材正在引领潮流，国风、传统文化元素助力年轻人坚定文化自信。男频作品中，科幻、悬疑、治愈成为人气题材标签；女频作品中的传统文化元素和女性独立精神凸显，国风、职场等题材元素最受欢迎。

2021 阅文年度好书榜单

类型	作品	作者
男频 TOP10	《大奉打更人》	卖报小郎君
	《长夜余火》	爱潜水的乌贼
	《夜的命名术》	会说话的肘子
	《从红月开始》	黑山老鬼
	《星门》	老鹰吃小鸡
	《这个人仙太过正经》	言归正传
	《我的治愈系游戏》	我会修空调
	《我们生活在南京》	天瑞说符
	《我不是野人》	孑与 2
	《镇妖博物馆》	阎 ZK
女频 TOP10	《嫡长女她又美又飒》	千桦尽落
	《登堂入室》	吱吱
	《你的来电》	叶非夜
	《楚后》	希行
	《墨桑》	闲听落花
	《澹春山》	意千重
	《辞天骄》	天下归元
	《我花开后百花杀》	锦凰
	《锦衣玉令》	姒锦
	《玉无香》	冬天的柳叶

（11）扬子江网络文学评论中心“网络文学·青春榜”

扬子江网络文学评论中心与《青春》杂志合作，推出“网络文学·青春榜”，意在带着青年人的理想性、好奇心，拥抱新世界的活力和创新的热情，综合考虑创意（类型贡献和创新性）、主题（思想、意蕴和价值取向）、故事（架构、叙述和讲故事能力)、人气（综合网站和读者评价）及 IP（衍生产品、影视改编和海外传播的潜力）五项要素，及时发布当月、当季和当年推荐榜单。榜单在“扬子江网文评论”公众号与《青春》杂志同步发布。

网络文学·青春榜

榜单	题材类型	作者	作品
网文青春榜·6月榜	科幻类	黑山老鬼	《从红月开始》
	都市幻想类	跳舞	《稳住别浪》
	女频玄幻	尾鱼	《枭起青壤》
	悬疑类	橘苗	《我差点杀了嫌疑人》
	女频现言类	丁十三	《霸总每天都在社死》
	新类型（反套路双穿）	七英俊	《成何体统》
网文青春榜·7月榜	科幻类	会说话的肘子	《夜的命名术》
	女频古言类	她与灯	《东厂观察笔记》
	都市幻想类	何处可桃	《平常人类的平凡生活》
	现实题材	大姑娘浪	《梁陈美景》
	历史类	七月新番	《新书》
网文青春榜·8月榜	女频古言类	空谷流韵	《大宋清欢》
	女频武侠类	沉筱之	《青云台》
	女频悬疑类	城南花开	《遇见她》
	女频网游类	疲惫	《凭本事找骂》
	科幻类	小柒崽子	《月亮警告》
	现实题材——职业文	罗三观.CS	《我能看见状态栏》
	轻小说	那一只蚊子	《轮回乐园》
网文青春榜·9月榜	科幻类	天瑞说符	《我们生活在南京》
	御兽文	轻泉流响	《不科学御兽》
	二次元	听日	《术师手册》
	无限流	壶鱼辣椒	《我在无限游戏里封神》
网文青春榜·10月榜	科幻类	伪戒	《第九特区》
	女频古言类	天下归元	《辞天骄》
		黎青燃	《白日提灯》
	网游类	我会修空调	《我的治愈系游戏》
	玄幻类	老鹰吃小鸡	《星门》

（12）2021 扬子江网络文学作品大赛

2021 扬子江网络文学作品大赛于今年 2 月正式启动。各网络文学平台和作者踊跃参与本届大赛，参赛作品总字数超 2600 万。其中现实题材、历史题材创作明显升温，参赛作品质量显著提升，大赛品牌影响力持续增强。历经各地申报、专业审核、专家初评、评审委员会终评等环节，最终评出获奖作品一等奖 1 部、二等奖 3 部、三等奖 6 部、“最佳年度主题奖” 1 部、“最佳故事情节奖” 1 部、“最具影视改编潜力奖” 1 部和优秀组织奖单位 6 家。

2021 扬子江网络文学作品大赛获奖名单

奖项	作品	作者
一等奖	《援外仁医》	桑甜
二等奖	《女兵安妮》	赖尔
	《金凤华庭》	西子情
	《少年，1927》	雨魔
三等奖	《冬雪暖阳》	乔雅
	《不负韶光》	月壮边疆
	《范知州》	姞文
	《锦绣青衣》	雨墨倾心
	《河庄守望》	笑波客
	《一条搜救犬的见证》	煜素
最佳年度主题奖	《胶东往事》	肥胖的可乐
最佳故事情节奖	《山河盛宴》	天下归元
最具影视改编潜力奖	《女兵安妮》	赖尔

（13）第三届辽宁网络文学“金桅杆”奖

第三届辽宁网络文学“金桅杆”奖评奖工作于 2021 年 10 月启动，经过作品征集、资格审查、初评、终评投票表决产生了 10 部获奖作品及 10 部入围作品。

第三届辽宁网络文学“金桅杆”奖获奖作品及入围作品名单

类别	作者	作品
获奖作品	创里有作	《工程代号 521》
	风咕咕	《奋斗者》
	银月光华	《大国重器》
	陌上人如玉	《旦装行》
	鱼人二代	《故巷暖阳》

续表

类别	作者	作品
获奖作品	千羽之城	《云霄之眼》
	宁城荒	《秘野奇域》
	步枪	《大国战隼》
	红九	《扫描你的心》
	覆手	《医等狂兵》
入围作品	刘星辰	《捕影追毒》
	冰江	《青山作证》
	封七月	《通幽大圣》
	春笋	《焊花耀青春》
	我是我	《不朽》
	胡德伟	《残梦山河》
	麦苏	《我的黄河我的城》
	懿小茹	《我的西海雄鹰翱翔》
	尚启元	《刺绣》
	张芮涵	《回不去的远方》

（14）中国小说学会 2021 年度好小说

2021 年 12 月 25 日，由中国小说学会主办、江苏省兴化市委宣传部承办的“中国小说学会 2021 年度好小说”评议会举行。来自全国各地的 46 位评委经过认真、细致的遴选和充分、深入的讨论，遵循严格的投票程序，最终评出 45 部作品。其中，骁骑校的《长乐里：盛世如我愿》等 10 部网络小说入选。

中国小说学会 2021 年度好小说之网络小说

平台	作者	作品
番茄小说	骁骑校	《长乐里：盛世如我愿》
知乎	何常在	《三万里河东入海》
起点中文网	蒋胜男	《天圣令》
中文在线	伪戒	《第九特区》
起点中文网	志鸟村	《大医凌然》
起点中文网	言归正传	《我师兄实在太稳健了》
云起书院	意千重	《澹春山》
中文在线	风御九秋	《归一》

续表

平台	作者	作品
晋江文学城	蒋牧童	《不许暗恋我》
火星小说	疯丢子	《再少年》

（15）“红旗颂——献礼建党百年·百家网站·百部精品”

2021年6月22日，上海市作家协会、中国作协网络文学中心共同举办“红旗颂——献礼建党百年·百家网站·百部精品”评选活动发布会与“奋斗百年路，启航新征程”网络文学研讨会。自去年7月开始，评选征文活动就得到全国主要文学网站的积极响应，组委会收到文学网站推荐、个人申报、专家推荐作品共计700余部，涉及百余家文学网站。经推荐专家三轮无记名投票并认真讨论，金宇澄《繁花》、阿耐《大江东去》、匪迦《北斗星辰》、辛夷坞《致我们终将逝去的青春》、何常在《浩荡》、丛林狼《最强特种兵》等100部作品位列榜单。

“红旗颂——献礼建党百年·百家网站·百部精品”入选名单

作品名称	刊登网站	作者
《大江东去》	晋江文学城	阿耐
《繁花》	弄堂网	金宇澄
《复兴之路》	起点中文网	wanglong
《太行血》	阿里文学	阿里文学
《遍地狼烟》	新浪读书	菜刀姓李（李晓敏）
《写给鼹鼠先生的情书》	红袖添香	吉祥夜
《烽烟尽处》	17K小说网	酒徒
《无缝地带》	国风中文网	李枭
《大山里的青春》	阿里文学	罗晓
《网络英雄传》	咪咕阅读	郭羽、刘波
《粮战》	掌阅书城	洛明月
《致我们终将逝去的青春》	晋江文学城	辛夷坞
《朝阳警事》	起点中文网	卓牧闲
《中国石油人》	起点女生网	常山赵龙
《最强特种兵》	创世中文网	丛林狼
《大漠航天人》	铁血读书	戈壁绿影
《一脉承腔》	纵横中文网	关中老人
《天下网安：缚苍龙》	咪咕阅读	管平潮

续表

作品名称	刊登网站	作者
《2.24米的天际》	连尚文学	行知
《中国铁路人》	小说阅读网	恒传录
《长干里》	红薯中文网	姞文
《老妈有喜》	网易云阅读	蒋离子
《一寸山河》	铁血读书	李珂
《雷霆突击》	掌阅小说网	刘猛
《观音泥》	书旗小说网	马玫
《明月度关山》	小说阅读网	舞清影
《我的1979》	起点中文网	争斤论两花花帽
《星辉落进风沙里》	晋江文学城	北倾
《玉堂留故》	红袖添香	不知春将老
《浩荡》	书旗小说网	何常在
《宛平城下》	咪咕阅读	任重、邱美煊
《七微克蔚蓝》	迷鹿有书	茹若
《岐黄》	大佳网	漱玉
《为了你，我愿意热爱整个世界》	起点中文网	唐家三少
《极道六十秒》	咪咕阅读	月关
《冰上无双》	17K小说网	真树乃
《女机长（冰可人1）》	云起书院	冰可人1
《传国功匠》	连尚文学	陈酿
《上海繁华》	起点中文网	大地风车
《百年复兴》	连尚文学	大江东
《百年家书》	晋江文学城	疯丢子
《铁骨金魂》	书海小说网	红雨
《消防英雄》	起点中文网	回忆如烟
《点心之路》	不可能的世界	冥灵
《稔子花开》	连尚文学	莫贤
《大国重工》	起点中文网	齐橙
《心照日月》	连尚文学	乔雅
《全职妈妈向前冲》	阿里文学	清扬婉兮

续表

作品名称	刊登网站	作者
《白纸阳光》	大佳网	月壮边疆
《通惠河工》	天下书盟小说网	翟鹏延
《大医凌然》	起点中文网	志鸟村
《徐徐恋长空》	晋江文学城	板栗子
《秋江梦忆》	长江中文网	丁也林
《宿北硝烟》	阿里文学	房忆雪
《全职高手》	起点中文网	蝴蝶蓝
《大国航空》	起点中文网	华东之雄
《彩虹在转角》	云起书院	楼星吟
《刺猬小姐向前冲》	连尚文学	麦苏
《云胡不喜》	豆瓣阅读	尼卡
《南方有乔木》	晋江文学城	小狐濡尾
《特别的归乡者》	新小说吧	夜神翼
《吻安，我的费先生》	咪咕阅读	袁语
《后手》	起点中文网	可大可小
《维和先锋》	连尚文学	蓝盔战歌
《二胎囧爸》	创世中文网	李开云
《蹦极》	连尚文学	卢山
《春雷 1979》	纵横中文网	牛凳
《春天见》	云起书院	牛莹
《青春绽放在军营》	大佳网	千崖秋色
《高铁追梦人》	红薯中文网	巧嫣然
《宝妈万岁》	起点女生网	人参胖娃娃
《国家记忆：一本〈共产党宣言〉的中国传奇》	17K 小说网	铁流徐锦庚
《八四医院》	网易文学	王鹏骄
《铁骨铮铮》	掌阅书城	我本疯狂
《橙红年代》	17K 小说网	骁骑校
《奋斗者：侯沧海商路笔记》	起点中文网	小桥老树
《防线》	连尚文学	阿北
《大河峥嵘》	连尚文学	白学究

续表

作品名称	刊登网站	作者
《北斗星辰》	七猫中文网	匪迦
《锋刺》	铁血读书	风之烛
《远方的秘密》	创世中文网	浩瀚馨语
《山根》	阿里文学	胡说
《投行之路》	起点中文网	离月上雪
《翅膀之末》	晋江文学城	沐清雨
《运河人家》	黑岩网	柠檬树上飞
《天梯》	连尚文学	扬帆星海
《草根石布衣》	起点中文网	中秋月明
《冲吧，丹娘！》	咪咕阅读	古兰月
《血火流觞》	咪咕阅读	流浪的军刀
《深夜儿科室》	红薯中文网	笑晨曦
《大荒洼》	铁血读书	英霆
《白衣执甲》	红薯中文网	瑜成夜
《战长城》	爱奇艺文学	却却
《扬帆 1980》	纵横中文网	创里有作
《建设大时代》	小说阅读网	高原风轻
《流金时代》	起点中文网	坤华
《樱花依旧开》	点众科技	陆月樱
《我们的招风山》	铁血读书	泗源
《戏法罗》	起点中文网	唐四方
《全科医生》	红薯中文网	肖尧月

2. 网络小说年度代表作

网络小说年度代表作参考了年度内有关网络文学的政府榜单、各大平台发布的小说排行榜等各类年度榜单，兼顾多平台和多类型题材创作，选出 50 部男频小说代表作和 50 部女频小说代表作作为 2021 年度网络小说代表作。这些作品以 2020 年年中之后开书，并且在 2021 年持续更新，或者 2021 年内完结的作品为主，重点考察作品的价值和在 2021 年度的影响力。作品按照男频小说和女频小说分类列出，排序方式以作品的首字母为序。

（1）男频小说年度代表作

1.《北斗星辰》，匪迦，七猫中文网
2.《不科学御兽》，轻泉流响，起点中文网
3.《长乐里：盛世如我愿》，骁骑校，番茄小说网
4.《长夜余火》，爱潜水的乌贼，起点中文网
5.《长生》，风御九秋，中文在线
6.《重生之似水流年》，苍山月，起点中文网
7.《从红月开始》，黑山老鬼，起点中文网
8.《大奉打更人》，卖报小郎君，起点中文网
9.《大国战隼》，步枪，起点中文网
10.《大医凌然》，志鸟村，起点中文网
11.《当医生开了外挂》，手握寸关尺，起点中文网
12.《第九特区》，伪戒，中文在线
13.《第一序列》，会说话的肘子，起点中文网
14.《渡劫之王》，无罪，纵横中文网
15.《风起龙城》，伪戒，中文在线
16.《盖世人王》，一叶青天，纵横中文网
17.《归一》，风御九秋，中文在线
18.《诡秘之主》，爱潜水的乌贼，阅文集团
19.《火种》，静夜寄思，爱奇艺文学
20.《激流三十年》，关中闲汉，七猫中文网
21.《剑来》，烽火戏诸侯，纵横中文网
22.《剑仙在此》，乱世狂刀，纵横中文网
23.《九阳武神》，我吃面包，七猫中文网
24.《亏成首富从游戏开始》，青衫取醉，阅文集团
25.《猎赝》，柳下挥，起点中文网
26.《轮回乐园》，那一只蚊子，起点中文网
27.《明天下》，孑与 2，起点中文网
28.《朋克街 13 号》，纯洁滴小龙，起点中文网
29.《群星为谁闪耀》，千里握兵符，纵横中文网
30.《人间暖阳四月天》，乱世狂刀，纵横中文网
31.《人族镇守使》，白驹已逝，起点中文网
32.《三万里河东入海》，何常在，知乎
33.《术师手册》，听日，起点中文网
34.《天降神医》，百世经纶，塔读网

35. 《万古第一神》，风青阳，起点中文网
36. 《万族之劫》，老鹰吃小鸡，起点中文网
37. 《我不是野人》，孑与2，起点中文网
38. 《我的治愈系游戏》，天瑞说符，起点中文网
39. 《我们生活在南京》，天瑞说符，起点中文网
40. 《我能看见状态栏》，罗三观.CS，起点中文网
41. 《我师兄实在太稳健了》，言归正传，阅文集团
42. 《我真没想重生啊》，柳岸花又明，起点中文网
43. 《无字江山》，小神，逐浪网
44. 《星门》，老鹰吃小鸡，起点中文网
45. 《夜的命名术》，会说话的肘子，起点中文网
46. 《一代天师》，夏忆，火星小说
47. 《最强战神》，烈焰滔滔，纵横中文网
48. 《扎西德勒》，胡说，七猫中文网
49. 《这个人仙太过正经》，言归正传，起点中文网
50. 《镇妖博物馆》，阎ZK，起点中文网

（2）女频小说年度代表作

1. 《霸总每天都在社死》，丁十三，17K中文网
2. 《白日提灯》，黎青燃，晋江文学城
3. 《不许暗恋我》，蒋牧童，晋江文学城
4. 《楚后》，希行，起点女生网
5. 《穿越星河热爱你》，胡说，火星女频
6. 《辞天骄》，天下归元，阅文集团
7. 《大神你人设崩了》，一路烦花，阅文集团
8. 《大宋清欢》，空谷流韵，起点女生网
9. 《澹春山》，意千重，云起书院
10. 《登雀枝》，二月春，七猫中文网
11. 《登堂入室》，吱吱，起点女生网
12. 《嫡长女她又美又飒》，千桦尽落，红袖添香
13. 《东厂观察笔记》，她与灯，晋江文学城
14. 《风骨》，应景小蝶，纵横中文网
15. 《夫人你马甲又掉了》，一路烦花，阅文集团
16. 《锦衣玉令》，姒锦，潇湘书院
17. 《浪淘沙》，青山荒冢，四月天小说网
18. 《老公每天不一样》，锦凰，云起书院

19. 《绛都春》，柳暗花溟，四月天小说网
20. 《明天也喜欢》，叶非夜，起点女生网
21. 《弥楼芳时》，米兰 lady，火星女频
22. 《墨桑》，闲听落花，起点女生网
23. 《你的来电》，叶非夜，云起书院
24. 《农家小福女》，郁雨竹，起点女生网
25. 《凭本事找骂》，疲惫，晋江文学城
26. 《前方高能》，莞尔 er，起点女生网
27. 《青闺令》，江上渔，七猫中文
28. 《请和优秀的我谈恋爱》，丁十三，百度小说
29. 《山河盛宴》，天下归元，阅文集团
30. 《谁的俞先生》，藤萍，火星女频
31. 《他从地狱里来》，顾南西，阅文集团
32. 《天圣令》，蒋胜男，起点中文网
33. 《青云台》，沉筱之，晋江文学城
34. 《我的房分你一半》，叶非夜，云起书院
35. 《我花开后百花杀》，锦凰，云起书院
36. 《我全家都是穿来的》，YTT 桃桃，阅文集团
37. 《喜欢你我说了算》，叶非夜，云起书院
38. 《枭起青壤》，尾鱼，晋江文学城
39. 《雪刀令》，翻滚可乐气泡，起点女生网
40. 《妖女乱国》，樊笼也自然，起点女生网
41. 《柚园》，墨鱼甲乙，起点女生网
42. 《余生有你，甜又暖》，囧囧有妖，阅文集团
43. 《遇见她》，城南花开，晋江文学城
44. 《玉无香》，冬天的柳叶，起点女生网
45. 《再少年》，疯丢子，火星小说
46. 《这次一定全力以赴》，欧阳冒菜，锦文小说网
47. 《这个大佬画风不对》，墨泠，阅文集团
48. 《致富北纬 23 度半》，花潘，起点女生网
49. 《2.24 米的天际》，行知，逐浪网
50. 《51 号院》，非想，塔读小说

三、网络创作新趋势

2020 年，中国网络文学累计创作 2905.9 万部作品，创作队伍超 2130 万人，市

场规模达268.1亿元，同比增长24.5%；截至2021年12月，网络文学用户规模达4.61亿人，占网民整体的46.5%①。2021年上半年，仅阅文集团一家网络文学阅读平台累计作品总数即已超1450万部，新增字数超180亿。这些庞大的数字显示出网络文学已成为当代中国文学十分重要的组成部分，其优秀文本也成为广大读者十分喜爱的阅读对象。在“后疫情”社会背景下，人们也愈发感受到文学的力量与价值。作为应时而出、顺势而为的网络文学，在社会吁求与人民期望中重构创作生态，正逐渐丢弃“低俗”“没营养”“不接地气”和“野蛮生长”的标签，向着现实化、主流化、经典化大道进军，在迭代升级中呈现出向上向善、昂扬奋进、文质兼美的发展风貌。

1. 不唯流量，创造职业化、高互动、更具活力的内容生态

当下的文艺创作语境、消费社会进一步滋长了资本的力量，当资本渗透文艺生产，文艺生产模式逐渐趋向于工业化，必然会出现资本逐利下的娱乐化狂欢图景。从大众文化时代的收听率、收视率再到融媒体时代的点击率、播放量，这种“流量”式的标准已成为衡量网络文学作品价值的主要依据。习总书记提出“文艺要效益，但绝不能沾染铜臭气、当市场的奴隶”“文艺只有向上向善才能成为时代的号角”“要把提高质量作为文艺作品的生命线”②。在正确的价值引领和网络文学精品化、经典化创作旨归的感召下，越来越多的网络文学创作平台开始调整其对作品的评价体系，网络作家开始逐渐抛弃“流量”至上的偏狭的创作理念，不唯“流量”不仅成为网文创作的行业共识，亦成为网络作家自觉的创作追求。

中国作家协会书记处书记胡邦胜称：“未来5到10年，将会是网络文学转型升级、进入高质量发展的关键阶段。从作品质量到传播手段都呈现出良好的发展趋势。”③ 现在的网络文学创作生态，少了些蛇鬼花妖，多了些现实写照，少了些怪、奇、险、特，多了些人文情怀，网络作家不再一味地博“流量”“热度”“眼球”，而是以一颗敬畏与赤诚之心真诚地面对作品、面对读者，他们不再一味追求“爽”点而去架空、解构、戏谑、恶搞，而是逐渐侧重作品的精神纯度与思想高度。例如，齐佩甲的《超神机械师》虽是一部游戏异界小说，但在重生游戏、异能体系、幕后流的背后却隐藏着深刻的现实逻辑，主人公韩萧与三大宇宙文明的对话又何尝不是作者对“何为存在”“存在为何”等人类元问题的追问？这就使得该作品从一般的重生游戏文变成了一部颇具深度与现实指向的作品，在一定程度上实现了以“爽文”写“情怀”。一直将传统文化作为创作深耕对象的尚启元，以其创作实践践行

① 数据来源：《2020年度中国网络文学发展报告》与《2021年度中国网络文学发展报告》，中国社会科学院。

② 中共中央党史和文献研究院编《习近平关于社会主义文化建设论述摘编》，中央文献出版社，2017年版。

③《瞭望东方周刊》，《胡邦胜：网络文学加速迈向主流化、精品化》，https://finance.ifeng.com/c/8C16M3Yd8nY，2021年12月16日查询。

着不唯“流量”，唯“情怀”的创作理想。他在其长篇小说《芙蓉街》中写鲁菜，又在“苏绣”的世界中展开对传统文化的精神守望，创作了同样极具东方文化韵味与人文内涵的作品《刺绣》。尚启元的网络文学作品承继了精英文学的艺术品格，其作品没有在“泛娱化”的语境中被“轻”化，而是流露出一种深沉且厚重的史诗品格。不为资本所裹挟，不为“流量”所驱使，不为文学商业化而丧失对文学艺术性的要求，已经成为越来越多网络作家的创作共识。阿菩在创作《十三行》时，为最大限度地还原历史、呈现真实，曾到广州的白鹅潭住了两年，期间查阅了大量有关十三行的历史资料，并走访了当地的每一处文物遗迹，收获了大量的一手资料。君天在创作《西摩路密码/刺白》这部以上海民国为故事背景的历史小说时，摒弃了通过架空历史来虚构故事的虚无历史主义写作方式，而是尊重历史现实、尊重历史人物原型，为此他恶补关于上海民国时期的历史知识，为了保证小说中路名的真实性，还特意请教相关专家。

强大的高智商专业队伍保证了网络文学优质而生机勃勃的内容生产。首先，在不唯“流量”的创作背景下，我国的网络文学创作开始呈现出职业化、高互动、更具活力的内容生态。咪咕数字传媒副总编李正曾表示，“未来网络文学有两大趋势，第一，随着数字化、5G 等技术的发展，未来阅读方式会更加强调交互式和互动性。第二，在技术创新的基础上，未来内容的创作方式也会有所改变，内容共创趋势已经逐渐显现”。[①] 随着“本章说”“抄书评”等数字阅读版“弹幕”的火爆，共享式阅读不仅改变了网络文学的存在与发生方式，而且推动着网络文学创作步入作家与读者的“共建”时代。

诚然，网络文学书评区的读者互动早已存在，但是在粉丝经济、IP 改编以及“Z 世代”读者主导等多极力量驱动下，读者互动又有了更新的形式与更大的规模。2020 年，阅文全平台“本章说”评论总数量近亿条，累计评论量超 100 万条的网络文学作品更是超百部之多。[②]。读者的打分、评论、埋梗、留白、催更、化用书评、分享生活、发表原创故事、转载热门段子等“社区性”行为几成常态。基于此，由粉丝形成的“社区文化”已成为网络文学发展的新特点。截至 2021 年 6 月 30 日，阅文在线平台的“本章说”评论内容达到 2.2 亿条，用户配音内容达到 110 万条，作家发布的音视频“彩蛋章”数量达到 4.3 万。[③] 2020 年，阅文“本章说”对用户人均阅读时长提升的贡献律超 32%，对用户付费率的提升贡献超 10%。在作家与读者共建时代下，网络文学创作也迎来了高互动、更具活力的内容生态。以“Z 世代”为主导的网络文学用户在网络上有更强的表达欲、分享欲。此外，“Z 世代”用户多

① 中国作家网，《赋能 · 破圈 · 裂变：网络文学 IP 价值如何持续凸显》，http：//www. chinawriter. com. cn/n1/2020/0911/c404023-31857989. html，2020 年 9 月 18 日查询。

② 数据来源：《2020 年度中国网络文学发展报告》，中国社会科学院。

③ 数据来源：《阅文集团 2021 年中期业绩报告》，阅文集团。

为大学生及以上学历①，互动内容也多偏向“知识型”互动。例如，在《我们生活在南京》书评区，有无线电爱好者解释专业名词的释义和用法；在《学霸的黑科技系统》评论区，有书友详细分析化学反应原理、讨论难题。越来越多的“野生课代表”自发形成了“科普氛围组”，在线整理知识点、答疑解惑。而“稳健”“思想迪化”“大兴西北”“不当人子”等“网络文学梗”在书粉的互动传播中，也成为网络文学反映文化趋势和引领传播潮流最显性的内容表达。与此同时，年轻作者也善于将这些“网络文学梗”实时运用到创作中进行“圈粉”，如此，“网络文学梗”不只于从网络文学内部生长，也在网络文学的嫁接下“破圈”发展。

读者与作者以及读者之间的高互动，一方面建构了作者与读者之间更为平等的关系，这种平等关系也映射到作家对于人物、故事的架构以及更深层次的主题表达上；另一方面这种“高互动”在进一步激发作者创作欲的同时还促生了新一轮的文化生产力，涌现出大量的衍生创作。“这些衍生创作，既是在原作架构下的延伸与填充，也成为以粉丝聚集效应为基础的 IP‘基建’，这不仅填补了网络文学 IP 开发的‘真空期’，更为后续 IP 开发提供框架参考奠定基础”②，在这些“衍生文”的拥趸下，逐渐形成了一个个庞大的“IP 宇宙”。例如，网络文学大 IP《庆余年》在读者的自我“应援”下涌现出了《庆余年之我是主角》《开局生在庆余年》等多部衍生之作；《诡秘之主》的大热也引发了热烈的书粉“应援”效应，万名画师自发为其创作海量衍生画作，众书粉还为书中关于魔药的神之途径设定设计了精美的全套徽章……这种“角色”功能不仅可以让书粉以一种主体介入的姿态参与到作品的“再生产”之中，而且不断拓宽的粉丝经济与社区生态也在无形之中为网络文学 IP 加冕。当“Z 世代”作家遇上“网生代”读者，在同频时代、同频话语下更容易激发出具有“Z 世代”圈层文化的表达方式，形成具有独特标识的“话语场”。

之前网络文学一直被冠以“娱乐性”“无营养”“不接地气”和“野蛮生长”的标签，但随着网络文学生态系统的优化调整，具有较强专业性的“职业文”开始崛起。在第四届全国现实题材网络文学征文大赛中，参赛者中超过 89%的作家是兼职写作，他们的本职工作是大学老师、技术人员、科技从业者、基层工作者等等，这种现象反映到网络文学创作的类型化发展之中最为明显的变化就是都市文与职业流的大热。根据阅文集团最新发布的《2021 网络文学作家画像》显示，当今的网络文学创作已覆盖 188 个职业，创作者将各行各业的生存百态融进创作之中，这使得网络文学在现实题材转向过程中，逐渐成为反映社会镜像的新窗口，网络文学的“现实性”“真实性”“知识性”不断加强，网络文学在追求精品化、经典化的同

① 中国青年报网，《美国皮尤中心：我们对 Z 世代的了解有多少》，http：//qnck. cyol. com/html/2021-02/26/nbs. D110000qnck_ 06. htm，2021 年 2 月 28 日查询。

② 马季：《网络文学的本土经验与世界向度》，《中国文化报》，2021 年 7 月 13 日，第 3 版。

时，也在朝着专业化创作迈进。

比如，创作出以国家重型装备工业为题材的《大国重工》，以及围绕大工业生产展开叙事的《材料帝国》的作者齐橙，除了是一名网络作家外，还是一名工业经济专业的教授，因而当小说中涉及冶金、电力、矿业以及各种化工材料等“硬核”专业知识时，齐橙都能够信手拈来，左右逢源。讲述人工智能与脑科学博弈的科幻小说《脑控》，涉及大量有关脑科学专业术语以及人工智能科学原理，作者郭羽、溢青恰是科技领域的专业人士，否则，他们没有强硬的知识背景为支撑的话，不仅自己写得心虚，也很难让读者信服。聚焦中国科技企业、中国通信行业发展与崛起的职业题材网络文学《与沙共舞》，其作者令狐与无忌原本就是华为公司的工程师。再如医疗题材网络文学《当医生开了外挂》《手术直播间》的作者手握寸关尺与真熊初墨，他们的本职工作就是医生。同为医学医疗题材的网络文学作品《治愈者》，作者柠檬羽嫣是医学专业的在读博士生。科幻题材网络文学《我真没想当救世主啊》的作者火中物曾长期从事环保科工作；讲述跨国并购故事的《舌尖上的华尔兹》，作者尼莫小鱼有着跨国企业 15 年工作经验；创作出以中国女排为叙事主体的竞技题材小说《2. 24 米的天际》的作者行知是一名国家级排球专项记者，深谙专业排球知识与比赛规则，在这种写作优势的支撑下，作者能够很好地处理好纪实报道与想象叙事之间的关系，正是这种真实感让该小说荣获了“新时代的中国”第二届网络文学现实题材主题征文大赛的一等奖。这些“职业文”既有“硬核”的专业知识，又有温情的人文关怀，在带给读者惊险刺激的审美体验之时又不会有“华而不实”之感，正是这种专业知识素养与大众审美趣味的耦合，让作品有了理性之真实、人性之真实与艺术之真实。这些网络作家身份弥补了深入生活的种种局限，他们本身就在一线生活现场。这些专技人员参与网络文学创作，不仅为网络文学的“网感”叙事注入“科学美”，还为网络文学未来发展注入了“硬核”特质。在不唯“流量”的创作初衷下，职业化、高互动、更具活力的内容生态正助推网络文学转型升级。

2. 类型小说创作“破圈化”趋势，开拓多元化发展之路

随“时”而变、随“势”而新是时代赋予网络文学的历史使命，网络文学唯有以创新立命才可在文学浪潮中实现突围。越来越多的网络作家突破类型小说的套路叙事，打通各种题材之间的叙事壁垒，在不同题材或领域之间不断“破圈”，创新叙事策略，于是开启了网络类型小说的“破圈化”趋势，拓宽了网络文学多元化发展之路。

当快餐文化与“文化拼盘”式的审美趣味渗透至网络文学创作时，网络叙事不可避免地发生某种程度的嬗变。诸如很多网络作品在原有类型的基础上进行不同题材、不同叙事元素的交叉互融，使得在一部作品中可以管窥到多重叙事元素，使网络文学创作呈现出“泛类型化”① 的叙事征象。早在2012年南朝陈的开山之作《穿入聊斋》在叙事上就极具创新性。《穿入聊斋》不仅是穿魂回聊斋，还是各种叙事手法与叙事风格的混穿。该小说在保留《聊斋志异》原有情节的基础上融入了网络文学的“升级”叙事，构建了以儒家思想为核架构“升级”体系，在整体风格上又带有港片《倩女幽魂》的影子，这种创新叙事一度引发不少作者跟风效仿。在网络文学玄幻创作处处充斥着西方魔幻元素的时代，2005年萧潜的《飘邈之旅》另开东风，开辟了东方仙侠一大类别。2018年，爱潜水的乌贼在创作《诡秘之主》时，将类SCP元素、西方虚幻元素、第一次工业革命风、蒸汽朋克风以及克苏鲁风等多重艺术元素进行混搭，产生了前所未有的艺术化学反应，赋予了小说以“诡秘”的艺术魅力。柳下挥于2019年创作的《猎赝》，创新性地将鉴宝修复、悬疑破案和爱情三大题材融合在一起，爽点与内容兼顾，连载一个月后就收获了百万推荐票，并荣获第四届现实题材网络文学征文大赛的优胜奖。以军旅题材见长的网络作家丛林狼，在叙事上具有很强的创新意识，他创新性地将网络玄幻小说中的“打怪升级”游戏叙事转化为现实题材中关于英雄成长的“战力叙事”，把这种升级叙事转化为故事的悬念效应，以此增强线性阅读的黏性效应。会说话的肘子于2021年创作了同作为科幻题材的《夜的命名术》，在科幻外衣下包裹着赛博朋克、穿越、冒险等多重元素，将少年感、赛博风与硬科幻集于一身。与此同时，幻想类网络文学也不囿于传统的“打怪升级”的叙事模式，而是开启了在第二幻想空间内探索现实逻辑的创作转向，在仙侠幻想中书写现实主义人文情怀。2019年，猫腻的《大道朝天》打破了传统的网络修真小说的叙事模式，创新性地将东方修真与未来科幻结合在一起，开网络修真小说叙事新风。同年，神话封神题材出圈轻喜剧小说《我师兄实在太稳健了》，作者言归正传采用了融合玩法，既有“穿越+凡人修仙”剧情线，又有“洪荒+苟”的反套路；既有大量二次元梗所带来的动漫式轻喜剧风格，又有洪荒流网络小说全新的叙事策略与体系设定。2020年，卖报小郎君的《大奉打更人》在传统男频叙事的基础上，借以多元素融合的形式开辟出了一条反传统的叙事新路径，走出了一条升级流叙事套路之外的综元素搞笑仙侠推政斗文学。2021年，天蚕土豆的《万相之王》依托于东方世界的故事之上又加入了更为年轻化的幻想风格，开创了区别于纯东方玄幻的全新的“幻想风”。现如今，网络文学在沿袭“打怪升级”“菜鸡逆袭”等传统叙事模式之外，还将“次元系”“动漫风”“游戏粉”等网络热门元素有机融合，为网络文学创作注入了新鲜血液。

近两年科幻题材的网络文学作品无论是在数量增长还是质量提升上都表现较为亮眼，科幻网络文学得以在众多类型小说中频频出圈的原因，就在于其在文体创新、

① 中国社会科学网，姚婷婷：《网络文学：时代精神“探测器”》，http：//m. cssn. cn/zx/zx_ bwyc/202109/t20210917_ 5361095. htm，2021年9月27日查询。

叙事创新、话语创新上的努力。科幻网络文学在发展壮大的20年中，作品题材、流派的更迭与创新从未停歇。从2003年的“星际文明”、2006年的“古装机甲”、2007年的“无限流”到2010年的“未来世界”、2014年的“时空穿梭”、2016年的“机械科技”、2018年的“超级科技”，再到2020年的“进化变异”“异界大陆”，以及2021年的“赛博朋克”和“末世危机”，越来越多的科幻网文作品冲破原有文体的藩篱，采用复合题材创新文体，开创了赛博修仙、科幻种田、古武机甲等一系列传统科幻母题，并在网文作者的创新思路上生长出一系列新的融合写作方向。中国科幻研究中心首批特聘专家姜振宇认为，相比于传统科幻文，网络科幻更多元，充满了完全不同的鲜明风格。例如，天瑞说符在创作《我们生活在南京》时，将故事设定在“南京”这座真实的城市，将真实现实与科幻虚拟相结合，同时又将传统科幻的严谨的故事系统设定与网络小说的轻松“爽”感相融合，阅读过程中既有代入感又有离间感，让读者在多重审美体验交织中，获得一种别样新奇的快感。作为95后的天瑞说符，还将“硬科幻”话语与“Z世代”的年轻化“网感”话语相结合，讲述一场关于“时间”的科幻，让读者感慨故事叙事足够“硬核”之余，又感受到传统科幻小说所具有的细腻情感，这也使得《我们生活在南京》被称为“完成硬核科幻成就唯美故事的‘新科幻’实验”①。凭借在文体、叙事以及话语上的创新，天瑞说符最终二摘中国科幻银河奖“最佳网络科幻小说奖”。现如今的科幻网络文学在对作品题材、文体、流派进行创新更迭的同时，也在与中国传统文化以及青年话语的融合中，形成了具有中国本土气质的科幻网络文学话语体系，进一步开辟科幻网络文学本土化、多元化的道路，实现以“中国科幻语言”书写中国故事。

网络文学创作的这些“破圈”式的类型创新在冲破叙事套路化、僵固化与扁平化的同时也在扩大着网络文学叙事的多样性与可能性。“文体创新和类型变革将会进一步激发网络小说媒介实践的技术潜能，进一步拓展文学世界建构与审美表意的内在维度。即使在经典叙事学理论规定的创作模式中，新媒体文化的思维模式也会推动网络小说类型的体裁创新与形式变革。”② 网络文学类型小说的这些“破圈化”式的叙事创新，展现出网络文学强大的生命力，丰富了当代文学的文体版图。与此同时，网络文学作家还需警惕网络文学在追求形式创新之外再次步入“奇技淫巧”式的形式文创之路，避免陷入文体游戏和话语狂欢的泥淖。

3. IP分发改编升温，微短剧成新趋势

如何健康有效地延长、扩宽IP开发生态链，探索IP改编新模式，是挖掘、放

① 该评价源于江苏省网络文学作协副主席、南京师范大学教授李玮，详见：文汇报网，《刘慈欣怀旧、马伯庸安利，刚刚揭晓的科幻银河奖释放何种信号》，https：//wenhui. whb. cn/third/baidu/202111/19/435178. html，2021年11月19日查询。

② 鲍远福：《拓展网络小说的新文类、新文体、新形式》，《中国艺术报》，2021年11月24日，第3版。

大、延长网络文学 IP 价值的难题所在。在融媒体语境下，每一种艺术形态不再是“一枝独秀”，不同艺术形态在跨界融合的过程中实现了多种艺术表现形式的互融互生，网络文学的发展亦是如此。网络文学试图在与电影、电视、图片、游戏、动漫等艺术形态的多向联动中，实现网络文学元文本的接力创作与跨界重生。网络文学发展的中国经验是：采用 IP 分发改编，出版、影视、动漫多元开发联动模式，打造“网络文学+微短剧”精品，以双引擎拓宽网络文学 IP 生命线，放大优质 IP 价值，这些极具针对性和创新性的生产模式正成为网络文学发展新的价值的引爆点。

2021 年，动漫改编成为网络文学 IP 开发的重点领域，同时也是硕果频出之地。在 IP 分发改编方面，2021 年由阅文集团主办的第五届现实题材网络文学征文大赛中，阅文集团宣布启动“获奖作品 IP 拓展计划”，以增强 IP 开发能力、完善 IP 产业链以及延长作品生命周期的形式，借助动漫、影视等多元传播手段，以实现对优秀的现实题材 IP 进行全方位、多维度的开发，让更多的中国好故事生生不息、日月生辉。以西南联大为创作背景的《刚毅坚卓的他们》（推敲夜僧）将成为首部漫改作品。2020 年 12 月 21 日，腾讯动漫携手阅文动漫联合推出“300 部网络文学漫改计划”，目前已有 70 部漫改作品上线。阅文集团自身筹备的动画项目已超过 50 部，《大奉打更人》（卖报小郎君）、《第一序列》（会说话的肘子）、《全球高武》（老鹰吃小鸡）等爆款 IP 都在项目之内。此外，由《斗罗大陆》（唐家三少）改编而来的年番动漫，自开播以来一直占据着国漫人气第一的位置。《斗破苍穹》（天蚕土豆）改编的半年番动画作品开播首日一度冲上多个榜单前列，在全网播放量已超过 19 亿，在豆瓣收获了 7.8 的高分，成为我国国漫代表作之一。辰东的《完美世界》凭借精良化内容、精美化制作，取得了全网 6.7 亿的播放佳绩。除此之外，《吞噬星空》（我吃西红柿）、《灵剑尊》（云天空）、《武神主宰》（暗魔师）、《独步逍遥》（纯情犀利哥）等人气改编动漫亦取得了骄人的市场佳绩。

为加大对网络文学 IP 开发形式多元化挖掘的力度，各平台频频发力。“跨领域 IP 运营”正成为网络文学行业各大平台相拥奋争的赛道，以此探索网络文学 IP 以不同形式、不同载体向外拓圈的可能性与可实施性。“值得关注的是，有声阅读、微短剧等新业态进入网络文学改编视域。文学、影视、漫画、音乐、游戏等不同渠道间的 IP 联动更加频繁，多方联动、跨界开发为人瞩目。”① 在未天文化“书、漫、影、视、游”多维联动的创新模式引导下，原作 IP 得到全方位深度开发，天蚕土豆的所有作品都已开启实体书、有声书、漫画、动画、游戏、影视等系列产品的开发。2021 年，由上海市科协与阅文集团联合发起的“科幻梦想起航计划”，旨在从文学创作、知识科普、行业交流、文创设计、影视制作等多方面，通过科技科幻题材征文大赛、科技科幻主题 IP 培育及开发、衍生文创品牌及产品打造等多个入口加大对

① 《弘扬正能量　作品有流量》，《人民日报》，2021 年 12 月 5 日，第 3 版。

科幻网络文学 IP 的开发与利用力度。网络文学 IP 分发改编形式的多元化还体现在网络文学与音频平台的联合，以推出有声书的形式扩充网络文学平台内容类型，实现对网文 IP 开发的多维度补充。自 2020 年起，《庆余年》（猫腻）、《诡秘之主》（爱潜水的乌贼）、《最强弃少》（鹅是老五）、《我有一座冒险屋》（我会修空调）等一个个网络文学爆款都相继推出了相应的有声书作品。

网络文学作为媒介社会的产物，其未来发展亦与技术的发展相同频，网络文学创作是如此，网络文学 IP 改编亦是如此。“未来网络文学 IP 改编不再局限于影视、动漫可视化衍生，而是一种沉浸体验，而新的沉浸体验不仅仅在线下实体，还会回到网络当中，通过虚拟现实方式给人们呈现交互的幻想世界。”① 咪咕数媒经理李军在第五届中国“网络文学+”大会上如是说。随着 5G、AR、VR、MR 等互动技术的日臻成熟，网络文学 IP 改编也将步入“沉浸+”的互动文娱发展之路。网络文学 IP 的分发改编除了线上的可视化呈现外，也逐渐延伸至线下产业的衍生开发，朝着线上、线下双线联动的全产业式的 IP 改编方向发展。如赖尔的科幻作品 IP《圣诞的魔法城》不仅被改编为动画、影视，还被开发为线下的同名主题公园，实现了线上视听享受与线下实景空间的双沉浸式体验。2021 年 9 月 12 日，由上海市科学技术协会指导，阅文集团、上海科技报社联合启动了“科幻梦想启航计划”，其中着重探讨了科幻网络文学 IP 的创新改编与产业落地问题。2021 年一大批优质的科幻网络文学相继涌现，也为科幻 IP 的下游改编提供了新鲜的源头活水。

在网络文学 IP 改编模式上，投资小、风险低、节奏快、周期短的短剧成为近几年 IP 改编的发力点。相较于往年，体量更小的“微短剧”正成为网络文学 IP 改编的新方向。2020 年 8 月，广电总局将网络微短剧纳入重点网络影视剧备案后台，社会对微短剧行业的认识度和影响力正在快速提升。相较于 2019 年，2020 年的微短剧数量增长超 130%②。2020 年 12 月，腾讯微视与阅文、腾讯动漫、腾讯游戏等进行 IP 合作，出资 10 亿资金扶持“微剧”业务的发展，推出了主打 1—3 分钟竖屏连续微剧品牌“火星小剧”。2021 年 7 月，阅文集团与短视频制作公司等闲成立西安阅闲文化传媒有限公司，以 IP 合作形式推出数百部微短剧拍摄计划。同年 9 月，上海网络视听季之“向阳·向上”微短剧价值生态与精品化发展研讨会在上海杨浦举行。中文在线也与快手短剧在 IP 授权供给上达成合作，旨在推动网络文学 IP 微短剧改编规模化。2021 年 1 月发布的《2020 抖音娱乐白皮书》中显示，剧情类内容已然成为抖音站内强势消费垂类，贡献近 13%的大盘消费时长。截至 2021 年 6 月，我国短视频用户规模为 8.88 亿，较 2020 年 12 月增长 1440 万，占网民整体的

---

① 中国青年报网，《“网颂百年、文谱新篇”，第五届中国“网络文学+”大会在京举办》，http：//news.cyol.com/gb/articles/2021-10/11/content_ PMdELUx0B.html，2021 年 10 月 21 日查询。

② 数据来源：《2021“Z 世代”文娱内容消费研究报告》，艺恩数据。

87.8%①。由于网络文学与短视频的用户画像存在较高吻合度，网络文学与短视频的跨界融合使网络文学借助短视频平台强大的用户黏性，进一步扩大了小说的受众覆盖面与影响力，有利于打造更为立体化的IP形象，实现网络文学内容价值多元化开发。在“互联网+”和“内容为王”的文化产业语境下，网络文学改编微短剧承继的依旧是“网络文学连载+IP轻衍生同步开发”的内容制作模式，因而网络文学改编微短剧的“微”，不是对于网络文学大体量的一种内容缩水，而是侧重于“爽”点的集中性，希冀通过短、优、快的内容与受众建立起多维的有效连接，这样的网络文学改编新趋势也取得了不俗的市场佳绩。《今夜星辰似你》上线36小时后便登顶优酷短剧热度榜，成为2021年第一季度的一大爆款。第二季度表现较为亮眼的则是《恋爱之前爱上你》，该剧在7月11日上线后的12小时便荣登热榜第一。同年3月，由《快穿：病娇男主他又吃醋了》改编而来的微短剧《这个男主有点冷》凭借在两分钟一集的叙事空间，几乎每集都有或反转或高甜的高爽剧情，在快手短视频平台上线一个月后端内播放量就超过了6.5亿，相关微博话题的阅读量也超1亿，无疑成为这一年爆款黑马爽剧。由中国“网络文学+”大会团队出品，根据热门IP网文《婚劫南安》改编的微短剧《分手之后爱上你》于2021年12月24日在快手高调上线。现如今，越来越多的网络文学平台开启了网络文学IP的微短剧孵化模式，开辟了网络文学IP衍生的新热点、新风口。2021年12月22日，腾讯视频微短剧发布会在北京举行，大会上正式发布业内首个微短剧品牌“十分剧场”，并率先开启微短剧的内容化布局。如果说2015年被称为“IP元年”的话，那么2021年则有望成为“IP微短剧元年”。IP分发改编，打造“网络文学+微短剧”内容开发新模式，不仅是对于网络文学IP生态系统的有益扩容，更是一种立足于中国网络文学发展经验走“中国特色”网络文学发展道路的有益尝试。

4. 守正创新：坚守文化内核，书写“盛世气象”

2021年3月，由中国社会科学院发布的《2020年度中国网络文学发展报告》中显示，疫情期间，网络文学创作内容呈逆势增长，现实题材占比不断上升，创作规模也在持续扩大。巨大的创作体量彰显出网络文学生态系统蓬勃向上的整体风貌，正从初始无序的文学网络化向文学规范化、文学规模化、文学精品化与文学经典化迈进，成为描摹现实画卷、书写伟大时代的新生后备力量。

网络文学的“守正”主要体现在以下三个方面：

一是用现实题材把握时代脉搏。2021年第五届中国“网络文学+”大会于10月9日盛大召开，其大会主题“网颂百年，文谱新篇”一言点破了网络文学的时代意义与历史使任。阅文集团首席执行官程武在大会上表示：“守正创新，志存高远，

① 数据来源：第48次《中国互联网络发展状况统计报告》，中国互联网络信息中心（CNNIC）。

这是网络文学‘发时代先声’的底气和生气。”他认为，立足下一个百年新篇，网络文学应以更宽广的胸怀、更高远的志向，发时代之先声，为中国故事的生生不息贡献力量。网络文学作为当代之文学，理应牢记文学的使命与担当，牢牢把握时代的脉搏，为时代发声，为历史留声。对于第五届现实题材网络文学大赛获奖作品，阅文集团总编辑杨晨说：“获奖作品既有反映中华民族伟大复兴的宏观叙事，也有面向鲜活个体的人文关怀；既有扎根本土的基层奉献故事，也不乏心怀天下的国际视野。”① 网络作家将日新月异的时代发展凝结在一个个的鲜活故事之中，以群体画像的形式描绘这个伟大时代与“了不起的普通人”。比如冰可人的作品《女机长》，以国外火山喷发引发我国撤侨为故事背景，以此来反映中国民航的飞速发展和祖国的繁荣与强大；步枪的《大国战隼》通过讴歌航空兵的坚忍与艰辛，展现了独属于中国的大国风范；金十四钗的《指甲生长》将笔触对准我国即时通信近 25 年的发展史，以顾蛮生奋斗的一生来致敬每一位为中国通信行业奉献一生的奋斗者；长河熠的《马兰赞歌》，以百废待兴的中华人民共和国成立为背景，讲述以邓稼先为代表的一大批科技工作者奉献的一生，深刻诠释“大国崛起、中国制造”的主题；开创网络文学“警务小说”门派的卓牧闲，其作品《超级警监》《朝阳警事》《韩警官》以传统文学的写法，刻画了一系列基层民警群像，以民警正义凛然之姿描山河无恙之态……网络作家不是“孤独”的创作者，这些现实题材网络作家自觉将个人创作与伟大的时代同步同频，对网络文学进行文化赋能，目的是让网络文学成为具有世界影响力的文化奇观与时代象征的文化符号。

二是用地方“指纹”与时代同频。历经 20 余年的沉淀，网络文学的“守正”不仅是对时代脉搏的守正，还有对地方区域特色的守正，不同地域不同民族的网络作家将各自家乡作为自己文学想象的“精神原乡”，以地域文化为灵感之源，以地方特色为文学“指纹”，以其独特的地域人文，以实现与时代的同频共振。这些独特的地域人文作品赋予了当代网络文学以全新的精神面貌与强大的艺术生命力。“大湾区杯（深圳）网络文学大赛”自 2018 年以来已经成功举办了三届，旨在鼓励创作以粤港澳大湾区为背景，讲述新时代下的大湾区故事，构建多元共生共荣的大湾区文学版图。该赛事也激励了更多的网络文学作家将作品视角、人物塑造聚焦于活生生的大湾区现实人生。例如，荣获第三届大赛金奖的《破浪时代》（人间需要情绪稳定）就是讲述小人物郝仁在深圳大都市的辛苦打拼的辛酸苦辣，以沉浮暗涌的职场商战展现了打工人的不轻言败、自强不息；阿菩的《十三行》2018 系列小说，以曾经作为中国商业及金融帝国半壁江山的广州为历史背景，通过对十三行及主人公家族史发展的叙写，生动地描绘出一幅关于清代中国对外贸易以及商业发展

① 中国新闻出版广电网，《第五届现实题材网络文学征文大赛收官　全新题材讲述新时代中国故事》，https：//www. chinaxwcb. com/info/571977，2021 年 5 月 26 日查询。

的历史画卷。陕西省作为脱贫攻坚的大省，为本省网络文学作家的创作提供了广阔而丰富的创作资源。2020 年 12 月 3 日，陕西省扶贫办与省作协联合举办网络作家“脱贫攻坚”专题培训班，网络作家们纷纷前往脱贫攻坚现场，切身感受全省脱贫巨变，旨在用作品为家乡这一历史时刻留下五彩斑斓的一笔。以蒋胜男、善水、那那等为代表的温州作家群，在他们的作品中通过挖掘瓯越文化资源来表现温州人敢为天下先的创新精神，扎根于地方温州文化资源来书写温州文学地理空间，成就了别具一格的网络文学的“温州现象”。2021 年四位网络作家君天、梦风、闲听落花以及北路溜溜以网络文学类型小说的写作，联合创作了讲述上海老街区百年沧桑的《转角看见陕西北路》。君天所著的《西摩路密码/刺白》讲述的是一段以大革命失败为历史背景的惊心动魄的上海谍战故事；梦风的《心静即安》以四名职业女性的创业故事为缩影折射无数打工人在上海奋斗的命运沉浮；闲听落花与北路溜溜合著的《遇见爱了》讲述新上海人与老上海城之间的情感纠葛。其中，君天与北路溜溜作为土生土长的上海作家，他们将自己所有关于上海的历史记忆全部激活，用文字记录上海这座老城的日新月异，其文章极具上海味道与海派韵味。以历史题材小说见长的山东网络作家肥胖的可乐，也将笔尖对准了自己的故乡山东胶东创作了《胶东往事》，透过乡村女教师云秀的无私坚守，不仅折射出胶东自改革开放以来的重大变革与时代变迁，还显示出胶东特有的饮食文化与风土人情。致力于“写好江苏故事”的江苏网络作家姞文，创作的 13 部小说无一例外都是关于江苏山川风俗的，其新作《范知州》更被誉为“一幅千年前的苏州古城工笔画”①。以鱼人二代、耳根、潇湘冬儿、小刀锋利为代表的东北网络作家群，擅于将一些东北式的语言与词汇融入创作中，用独有的东北风格向大众输出脚下的这块“黑土地”文化，创造了中国网络文学的“牡丹江”现象。除此之外，扎根湖南红色精神的网络文学湘军，俯身蜀中大地、记录沧桑巨变的四川网络文学等地方“指纹”创作，都在至情、至性地书写色彩斑斓的地方文学图谱。

三是用民族底色坚守文明精义。“博大精深的中华文明是中华民族独特的精神标识，是当代中国文艺的根基，也是文艺创新的宝藏”②。越来越多的网络作家在创作中积极主动地向传统文化靠拢，用具有民族底色的网络文学作品守中华文明精义。在国家新闻出版署和中国作家协会推选的 25 部 2019 年优秀网络文学原创作品中，从中华传统文化取材的作品就有 6 部。2020 年“优秀现实题材和历史题材网络文学出版工程”入选的 9 部作品中，有的从全民抗疫、民族抗日、基层工作、援非维和等不角度、不同侧面展现中华文明精义中的家国天下情怀，还有的从制茶工艺、传

---

① 范小青：《〈范知州〉，一幅千年前的苏州古城工笔画》，中国作家网：http：//www. chinawriter. com. cn/n1/2021/0831/c404027-32213432. html，2021 年 8 月 31 日。

② 《习近平在中国文联十一大、中国作协十大开幕式上的讲话》，《光明日报》，2021 年 12 月 15 日，第 2 版。

统美食中展现中国传统的茶文化与非遗美食文化。2021年中国作协网络文学重点作品扶持选题中单设了“中国文化精神主题”这一选题。评论家肖惊鸿称，“网络文学从出生的那一天起就打上了中华文化的印记”①。网络文学中的中华传统文化元素是异常丰富的，儒释道哲学思想、侠义文化、武术精神、神话传说、古典诗词、非遗文化等文化元素与民族符号无不在网络文学创作中焕发新的生机。例如，网络作家中，陌上人如玉擅长从传统文化中找寻创作灵感，《恋爱吧，修灯师》透过典雅、精致的中国民间传统宫灯工艺，展现独具东方神韵的审美风范；另一部姊妹篇《约会吧，藏扇家》将目光对准了中国独特的扇文化，以中国之“扇”写中华之“善”，以开合自如的折扇写中华民族心胸之博大；《旦装行》则聚焦中国非遗文化——国之精粹“京剧”，宣扬中华文化之精深、文明之精义。意千重的《画春光》透过几代瓷器匠人命途多舛的一生，讲述历史风云变幻下的匠心传承、国恨家仇、民族大义。麦苏的《刺猬小姐向前冲》以现代之眼观照传统文化，展现中华秀丽典雅、独具异彩的传统刺绣文化。身为重庆昆曲社社长的网络作家沐清公子，致力于将中国传统戏曲文化与网络文学结合起来，做中国传统文化宣传大使，在新作《予你良辰美景》中带领读者走进了昆曲这一“百戏之祖”的盛世元音，将“一带一路”元素与对昆曲未来发展的思考融汇其中。卧牛真人的作品《地球人实在太凶猛了》，在疫情背景下用中国古代哲学智慧展开对“文明冲突”“人类进化”等未来问题的思考，以破解人类未来发展之问，展现出中华传统文化精义与中华民族的精神守望。卧牛真人在袒露创作历程中直言：“疫情让我看到了生命的脆弱，却也看到了中国人精神的坚韧，真正感受到了我们这个文明的伟大之处。很希望能在自己的作品里，再现这样的伟大精神。”② 这些网络文学以其内在的文化自觉与文化自信坚守民族的人文底色与传统文化精义，主动跳出以己之喜乐来描述人类共同之悲欢，审视不同时代下艺术工作者的历史使任，以热情洋溢的笔触来书写强国征程、民族之志与美丽家乡。网络文学只有激活历史传统、赓续中华美学，开发具有民族特色的艺术与文化符号矩阵，才能以更为自信的姿态，创作出更多具有中国气派、中国风范且为世界所认知的中华文化，“向世界展现可信、可爱、可敬的中国形象”③。唯其如此，才可解码网络文学海外传播的发展之道，也为基于此，网络文学才可在跨文化时代背景下实现民族自信与文化突围。

网络文学的创新主要朝向两个面向：一方面对传统文化赓续的创新，一方面则

---

① 参见秋韵：《“网文出海”背后的世界潮流与中国故事》，一点财经网：https：//www. donews. com/article/detail/4864/22250. html，2021年9月25日查询。

② 中国网络作家村：《卧牛真人：和我一起创造精彩世界》，中国作家网：http：//www. chinawriter. com. cn/n1/2021/0406/c404024-32070449. html，2021年4月6日。

③ 《习近平在中国文联十一大、中国作协十大开幕式上的讲话》，《光明日报》，2021年12月15日，第2版。

是对传统创作理念的创新。《2021 年中国网络文学出海研究报告》显示，海外读者多关注中国传统特色文化，其中有 43.2%的读者对中国功夫最感兴趣，有 40.5%和 38%的读者对中国饮食文化、中医感兴趣，还有 20%~25%的读者关注中国传统文学和书法。新世纪的网络文学如何通过对传统文化的创新性改编与创造性转化以接续中华千年的文脉与文化自信，不仅关系到中国传统文化的海外传播，还关系到国家文化形象的构建力问题。目前海外不少网络文学读者为了更好地理解中国仙侠小说，前往 Wuxia World 设立的“中国道文化板块”学习中国传统文化知识，甚至有不少的外国读者在论坛中放弃了 buddy 或 man（兄弟）的西式称呼，互称“道友”。这表明“中国性”的网络文学正呈现出它的“世界性”特征，显示出新世纪的网络文学出海经验：通过着力打造融通中外的文化表达和文化符号的形式，实现网络文学内质民族性与世界性的统一，将“海外圈粉力”转化成中国文化形象的“构建力”，以实现对中国国家文化新形象客观、真实、全面的表达。党的十九大报告指出，文艺创作要“深入挖掘中华优秀传统文化蕴含的思想观念、人文精神、道德规范，结合时代要求创新”。① 具体来说，网络文学的创新主要体现在以下三个方面：

首先，以古人之规矩开网络文学之生面，以新的语言创造具有中国特色的网络文学审美风范。网络作家在古今结合之中，在传统与现代、历史与网络的碰撞与融合之间，创新文学传统，以中国式的网络文学语言创造具有中国精神、中国风骨、中国气质的网络文学。像《赘婿》（愤怒的香蕉）这部网文，叙事风格就是对于中国古典小说的继承，“前两部是‘红楼风’，第三、四部是‘水浒风’，第五、六、七部是‘三国风’，第八部以后借鉴的是‘革命史诗小说’写法。”② 但《赘婿》并非只是对于中国古典小说的模仿，而是在继承中又基于网络小说特质进行了“融梗”创作，同时该作的后几部加入了很多作者的哲理性思考，使得整部小说既有网文的“爽”感，又有古典小说的意蕴，还有先锋小说的哲思。基于此，有人评价此小说是“打通网络小说与中国古典小说和五四‘新文学’以来的现代小说之分野，堪称历史类网文的集大成”③。网络小说的这些形式创新带有很强的传统审美风范的印记，同时又蕴含着现代审美经验。

其次，重新发掘和利用中国优秀文化，实现中国经验的自信表达。网络作家对中国文化的再符码化，以及在新的时代背景下重新审视中国文化价值体系，以此实现中国文化符号与网络文学的融合生长。评价家庄庸指出，网络文学在对故事原型、

---

① 习近平：《决胜全面建成小康社会　夺取新时代中国特色社会主义伟大胜利》，《人民日报》，2017 年 10 月 28 日，第 1 版。

② 吉云飞：《网络文学的“半部名著”——评愤怒的香蕉〈赘婿〉》，《中国当代文学研究》，2019 年第 2 期。

③ 吉云飞：《网络文学的“半部名著”——评愤怒的香蕉〈赘婿〉》，《中国当代文学研究》，2019 年第 2 期。

文化母题的重塑过程中与当下的大众心理、集体无意识互鉴融合，以此实现对我国广博的传统文化资源的激活与重构。① 如唐七公子的《三生三世十里桃花》就是缘起于《山海经》这本上古奇书，一些故事细节是对上古神话的再激活与再挖掘，其中的一些极具古风的语句是对中国古典诗词文化的化用与改编。例如，“三月春盛，烟烟霞霞，灼灼桃花虽有十里，但一朵放在心上，足矣。”极似《诗经·桃夭》中的“桃之夭夭，灼灼其华”。再如《木兰无长兄》（祈祷君），通过对木兰解甲归田后的生活境遇的描写，折射出当代独生女一代的现实处境，在对花木兰故事的现代重述中，蕴含着女性历史主体性的现代性思考。

最后，创新 IP 化内容生产策略，找到中国故事国际跨文化传播的新路径，构建中国大国形象。IP 化是全球化和融媒体时代讲好中国故事、塑造国家形象、提升国家软实力的必由之路。② 新世纪网络小说在立足中国经验之上又实现了创作理念的新突破，网络创作从自由创作的“故事驱动”阶段朝向多元共生的“IP 驱动”新阶段。这种创作驱动模式上的转变具体到创作上，就是从以语言修辞、人物性格、叙事风格为核心的故事创作，转变为以叙事模式、形象模式、成长模式等为核心的“故事型”创作。“故事型”创作是一种以内容为核心的智力创作，具有很强的 IP 衍生价值。例如，唐家三少曾提出“元宇宙”③ 式的追求完整构架的创作，他坦言他在最初创作《斗罗大陆》时，试图把所有的作品全放在一个完整的世界观中，以《斗罗大陆》作为其他作品的“元宇宙”，基于此进行内容衍生创作，于是创作出了《斗罗大陆 II 绝世唐门》《斗罗大陆外传神界传说》《斗罗大陆 III 龙王传说》《斗罗大陆外传唐门英雄传》《斗罗大陆 IV 终极斗罗》等“斗罗大陆系列”。唐家三少所讲的这种“元宇宙”式的完整架构创作模式正是一种以“IP 驱动”为创作核心的智力创作。天蚕土豆也在《斗破苍穹》的基础上建立了他的“斗气”元宇宙。会说话的肘子的创作亦是如此，他的新作《夜的命名术》的故事背景设定在上部作品《第一序列》世界发展的几百年后，采用的是同一个世界运行体系。肘子直言，从第一部作品《大王饶命》到爆款《第一序列》，再到新作《夜的命名术》，他都有意识地打造属于其自己风格的“IP 宇宙”。像《诡秘之主》中的心理魔法、《有翡》中的山寨景观等，都具有成为“故事型”创作的潜力价值。“故事型”写作不是套路写作，而是有意识地将故事内容体系化，通过这种智力创作来增加故事的创意价

① 范昕：《传统文化如何成为网络文艺的“超链接”》，人民网：http：//media. people. com. cn/n1/2017/0704/c40606-29380573. html，2021 年 9 月 4 日。

② 常江：《讲好中国故事的 IP 化策略》，《中国文艺评论》，2017 年第 8 期。

③ 腾讯网，《“网络文学+”大会：唐家三少、马伯庸谈 IP 多元化发展》，https：//new. qq. com/omn/20211013/20211013A03TAM00. html，2021 年 10 月 13 日。

值，为故事 IP 价值赋能，让中国网络文学 IP 朝向“庄园化”① 发展。

“在优秀传统文化滋养和以创新为核心的时代文化感召下，中国网络文学整体上呈现一种‘盛世气象’——昂扬勃发的生命力和乐观主义的精神格调。”② 网络文学以时代笔触书写盛世气象，其中的“象”多侧重于社会面貌之民风、世象。2020 年，中国网络文学全年新增签约作品约 200 万部，现实题材作品占 60%以上。③ 其中，抗疫、医疗、脱贫等迎合主流价值观的时代话题成为现实题材创作的热门主题。2021 年，在网络文学现实题材作品关键词 TOP10 榜单中，改革开放、中年逆袭、打工、婚姻、教育、育儿等民生字眼位列其中。④ 网络文学的内容书写从内到外，“把艺术创造向着亿万人民的伟大奋斗敞开，向着丰富多彩的社会生活敞开”⑤，其笔触既从外延展至广阔的社会人生，又向内延伸至心灵深处，书写了“生生不息的人民史诗”⑥。网络文学立体式地展现了中国当代文学瑰丽多姿的文学图景。而“气”则侧重于人民之精神风貌，是一种“精神气”，注重文学作品之风骨的展现，使其作品在从“通俗”向“通雅”进阶的过程中，注重洞察平凡人的心灵深处，写民之所乐、民之所忧、民之所向、民之所往。

总之，我国网络文学发展已经从“野蛮生长”走向了昂扬奋发、向上向善、发展有序的康庄大道。在政府主管部门、网站平台、读者选择、社会吁求等多方力量的引导和规制下，网络文学从边缘进入中心、从民间进入主流，业已成为反映时代、服务社会的重要窗口。

网络文学庞大的生态系统所带来的巨大影响力使其在坚持文化自信、塑造中国形象、助推中国文学走向世界中发挥着无可替代的作用。在刚刚闭幕的中国作家协会第十次全国代表大会上，网络作家进入中国作家协会全委员名单由上届的 7 人上升至本届的 17 人，充分显示了中国政府对网络作家的高度重视。不仅如此，政策扶持、评奖机制、平台整顿、行业规范、技术赋能、读者选择、作家创作自觉等多级力量的“中国经验”也帮助网络文学重构创作生态，助推迭代升级。

但是，网络文学在创造出如此欣喜景象之外，其中所暴露出的诸多问题我们仍不能忽视。例如，“耽改”整顿所暴露出的反主流化审美；网络文学题材类型创作

① 周志强教授曾提出要我国的网络文学发展应以一种 IP 汇聚的产业方式来打造中国网络文学的“智力庄园”，创造出具有中国精神内核的中国故事。周志强：《打造中国网络文学的“智力庄园”》，《中国艺术报》，2021 年 11 月 8 日，003 版。

② 江秀廷，周志雄：《守正创新　盛世气象——中国网络文学的文化价值》，《宁夏社会科学》，2021 年第 4 期。

③ 数据来源：《2020 中国网络文学蓝皮书》，中国作家协会。

④ 《2021 网络文学作家画像》，阅文集团。

⑤ 《习近平在中国文联十一大、中国作协十大开幕式上的讲话》，《光明日报》，2021 年 12 月 15 日，第 2 版。

⑥ 《习近平在中国文联十一大、中国作协十大开幕式上的讲话》，《光明日报》，2021 年 12 月 15 日，第 2 版。

分布不均，部分题材创作乏力；艺术虚假现象仍然存在，出现了现实题材转向下的“伪现实主义”以及“国风热”语境下的“伪国风”创作等等。因此，网络文学创作者应始终树立“大历史观”“大时代观”，坚持人民立场，在追求德艺双馨中创作出有筋骨、有道德、有温度的文学作品，铸就新世纪网络文学的时代经典。唯其如此，网络文学创作者才不辜负伟大时代的精神赋能；也唯其如此，网络文学创作者才对得起党和人民的殷切期望。

（付慧青、陈雅如、姚竹　执笔）

第五章　网络文学阅读

2021年，随着网络文学产业链的进一步转型调整，网文用户规模趋于饱和，读者的内部结构也趋于稳定。不过，近一年来，“网络文学+”推动书影联动频繁，开创了“IP微短剧元年”，多部作品人气爆棚。并且，产业内部在追求效益的同时，也越来越注意阅读的公益性，并以科技赋能提升阅读体验，形成了黏性更高的用户群体，深化了“网络文学+”产业内部的良性接受机制。

一、年度网络文学阅读与IP消费总貌

1. 年度网络文学读者用户概况

在通过多年持续增长之后，2021年我国网络文学的读者数量已趋于饱和。据中国互联网络信息中心（CNNIC）统计：截至2021年6月，我国网民规模已经达到了10.11亿，较2020年12月增长2175万；互联网普及率达71.6%，较2020年12月提升1.2个百分点。我国手机网民规模达10.07亿，较2020年12月增长2092万；我国网民使用手机上网的比例达99.6%，较2020年12月基本持平。但是，截至2021年6月，我国的网络文学用户数量为4.61亿，较2020年12月的用户数量只略有上升，在使用率方面，较之上年年底下降了0.2%。

网络文学用户规模基本趋于饱和，是当前网络生态发展，特别是网民娱乐方式调整的自然结果。随着5G时代的到来，流量增速提供了更多的线上娱乐方式和更好的线上娱乐体验。网络视频产业发展迅猛，视频用户规模持续快速增长，就是顺应这一态势的表现。这必然导致网络用户内部的娱乐方式调整，影响不同网络娱乐产业的用户分流。网络文学用户规模趋于饱和，就是网络娱乐产业业态转变和用户娱乐方式调整的结果。可以预见，如果网络文学产业的内容生产能力与生产方式没有发生大的变化，这一态势仍将持续。

但是，在网络文学用户总体规模趋于稳定的大背景下，一些优秀的网络文学产业平台的用户数量仍在较快增长。例如，我们从“晋江文学城”获悉，作为全网极具影响力的女性向原创网络文学平台，该网站自2008年1月开通网站VIP业务起，截至2021年11月，注册用户数已超5000万。2021年一年新增注册用户6273514名，在总用户中占比达12.46%。而且，2021年其用户日均在线时间长达80分钟，

年度活跃用户比 20 年上涨 3.7%。回顾这一年的工作和业绩变化，晋江文学城的副总裁胡慧娟表示：晋江文学城始终致力于打造开放包容的网络文学平台，为作者和读者提供公平公正的创作与阅读环境。同时她也指出："今年能够实现用户数量增长，主要还是靠内容本身实现的自然增长。"

应用	2020.12		2021.6		
	用户规模（万）	网民使用率	用户规模（万）	网民使用率	增长率
即时通信	98111	99.2%	98330	97.3%	0.2%
网络视频（含短视频）	92677	93.7%	94384	93.4%	1.8%
短视频	87335	88.3%	88775	87.8%	1.6%
网络支付	85434	86.4%	87221	86.3%	2.1%
网络购物	78241	79.1%	81206	80.3%	3.8%
搜索引擎	76977	77.8%	79544	78.7%	3.3%
网络新闻	74274	75.1%	75987	75.2%	2.3%
网络音乐	65825	66.6%	68098	67.4%	3.5%
网络直播	61685	62.4%	63769	63.1%	3.4%
网络游戏	51793	52.4%	50925	50.4%	-1.7%
网上外卖	41883	42.3%	46859	46.4%	11.9%
网络文学	46013	46.5%	46127	45.6%	0.2%

图 1　2020.12—2021.6 各类互联网应用用户规模和网民使用率①

从各方面获取的信息来看，网络文学读者的结构状况，也与我国网民的总体结构状况基本一致。但值得注意的是，与我国网民年龄结构构成中向中高龄人群渗透的趋势有所不同的是，网络文学读者，或者说数字阅读用户的年龄结构则呈现明显的年轻化趋势。2021 年 1 月，掌阅科技发布的《掌阅 2020 年度数字阅读报告》显示，2020 年度掌阅用户年龄结构更趋年轻化，90 后用户占比达八成，其中 00 后用户占比从 2018 年的 28%提升至 47.68%，正式成为第一大阅读群体，同样，男性读者占比也提升至 60.36%。② 而阅文集团的数据显示，到 2021 年 6 月，"Z 世代" 网

① 中国互联网络信息中心：第 48 次《中国互联网络发展状况统计报告》，http://www.cnnic.net.cn/hlwfzyj/hlwxzbg/hlwtjbg/202109/P020210915523670981527.pdf，2021 年 12 月 9 日查询。

② 快资讯：《掌阅 2020 年度数字阅读报告显示，00 后用户跃升为第一大阅读群体》，https://www.360kuai.com/pc/975af13a2b3a0719a?cota=3&kuai_so=1&sign=360_57c3bbd1&refer_scene=so_1，2021 年 12 月 9 日查询。

络文学读者占比近六成。①

在阅读偏好方面，经过近30年的发展，网络文学读者的阅读趣味态势总体趋于稳定。我们通过浏览各大网络文学网站的作品排行榜发现，尽管网络文学阅读中的性向区分仍然十分明显，但也出现了一定程度的交融。在男性向阅读一侧，玄幻、仙侠、都市等仍是受众最广的几大类型，但科幻与悬疑今年也极受追捧。例如，阅文集团联合艺恩发布了《2021阅文年度好书榜单》，榜单根据热度、吸金、破圈、IP价值、专家评分五大维度，建立模型对网文进行综合评价，以客观数据体现书的品质。男频好书TOP10为《大奉打更人》《长夜余火》《夜的命名术》《从红月开始》《星门》《这个人仙太过正经》《我的治愈系游戏》《我们生活在南京》《我不是野人》《镇妖博物馆》。从榜单看，经过近30年的积累，男频网文已经实现了明显的审美升级。上榜之作是审美升级的风向标，它们体现了阅读偏好的新脉动。综观榜单，尽管玄幻文、仙侠文仍地位稳固，各有两部上榜，但悬疑文已能与之并驾齐驱，科幻文更是后来居上，以三部数量制霸榜单，而历史文也能占一席之地，真是让人惊喜。这表明，当下的网文，脑洞要大，逻辑要通，才能受人追捧。它们展示了结构方式的新调配。单一化的类型结构方式，似已不能完全满足男性向阅读期待，所以年度上榜之作，仙侠要搭配侦探、推理，或是糅合喜剧风，玄幻要依托废土流，赛博朋克要加上群穿……，“XX+”的多类型元素混搭结构才是更博人眼球的新玩法。它们还昭示了叙事策略的新发展：大开大合、波澜壮阔的热血征途固然仍是男性向叙事的主基调，但脱颖而出的佳作，已经开始多点细节、多点故事、多点角色互动，甚至点缀着日常和搞笑了。当然，佳作还不缺少情怀。总之，男频网文的底色仍是爽，但已经是“亦真亦幻亦遵循逻辑，有笑有泪有感人情怀”的爽了。②

在女性向阅读一侧，甜文、爽文、穿书等类型文热度持续，在当前的女性向读者群体中仍拥有最多的拥趸。如占据《2021阅文年度好书榜单》女频榜首位的《嫡长女她又美又飒》（千桦尽落）就是一部古言的甜宠文。“甜文”“爽文”的概念已经出圈，无须过多解释，而所谓“穿书”，其实属于穿越的一种特殊类型，就是“穿进书里”之意，也就是小说人物穿越成一部文学作品中的角色。具体指的是小说中的人物，一般为主角，因为某种原因穿到一本书里，并且可以在书中构造的那个世界生活。在今年晋江文学城排名前十的作品里，《修真界禁止物种歧视》（暮沉霜）、《魔尊他念念不忘》（墨西柯）、《这该死的求生欲》（望三山）都是“穿书”。当然，这些作品也吸取了其他受欢迎的元素。像《修真界禁止物种歧视》就同时也是一部仙侠修真的爽文，《这该死的求生欲》也是一部重生穿越的爽文。除此之外，

---

① 艺恩数据：《2021阅文年度好书榜单》，https：//mp. weixin. qq. com/s/ORDHz9EDdPw5jhRTYbLYEg，2021年12月28日查询。

② 艺恩数据：《2021阅文年度好书榜单》，https：//mp. weixin. qq. com/s/ORDHz9EDdPw5jhRTYbLYEg，2021年12月28日查询。

无限流、基建、美食等类型也成为今年较新的大热题材。像燕孤鸿的《无限旅行团》就是一部受粉丝追捧的无限流作品。

值得注意的是，近两年每年都有一些特定的题材成为年度的流行题材，比较受读者欢迎。如果说 2020 年是“战神文”和“医生文”的话，2021 年则是“赘婿文”和“年代文”。在各类报告和调查中，中年男性已逐渐成为赘婿文的主要受众。例如疯读小说 App 上，关注赘婿题材的男性读者平均年龄达到了 41.4 岁，其中有 54%的读者年龄居然超过了 40 岁，81%超过了 30 岁。年初，《疯读小说 40+男性读者人生观报告》显示，赘婿类题材小说在男频中已从黑马变身为白马。在报告数据统计当月，该类型小说在平台近一个月的增长榜单 TOP10 中的比例高达 30%，甚至包揽榜单前两位的作品。同时，该平台 27%的女性读者也打开了赘婿文，或许她们对自己的丈夫也存在期待，希望有一天她们的老公也可以揭开超能力身份，带她们一起登上人生巅峰。在分析赘婿文受欢迎的原因时，有分析指出，“在赘婿文读者的背后，是一群沉默的大多数。这类题材火爆背后，是传统社会语境给予男性的压力，是他们的人生困局和心理状态，这一切正随着赘婿文的出圈，逐渐开始被大众正视。”①

在年代文方面，无论是回到 70 年代，在那激情燃烧的岁月中当知青，还是 80 年代，在改革春风吹起的时候弄潮下海，抑或是 90 年代，在市场经济大潮中乘风破浪……都能唤起大家的记忆点，都有着说不尽道不完的精彩故事，都可以创作出非凡人生。其中，书旗小说签约作家宝妆成的《重生八零：媳妇有点辣》就是其中的代表作品，这部小说在书旗小说 App 女生原创订阅榜总榜、女生包月人气榜、女性向综合人气榜总榜和咪咕阅读女生人气畅销榜均位列第一，可以说是畅销爆款。小说节奏好，文笔清新，情节不狗血，细节丝丝入扣，这本书的有声改编也位列有声平台畅销榜单。②

2021 年另一个引人瞩目的现象是：众多超人气作品相继完结的同时，作家们纷纷开新作，频频登上话题热议榜。1 月 30 日，天蚕土豆的《元尊》正式完结，引起无数读者和行业人士的讨论，并登上贴吧、知乎、微博等多个平台的热搜榜单前列。就在《元尊》完结后第二天，近两年引人关注的新晋超人气网文作家老鹰吃小鸡的《万族之劫》也正式完结。辰东的《圣墟》在连载五年之后也于 2 月 11 日宣告完结，又因读者要求不一样的大结局的呼声太高，辰东于 3 月 19 日重写大结局，两度成为网文圈热门话题。8 月 5 日，卖报小郎君的《大奉打更人》完结，读者在撒花庆祝的同时，纷纷对作品表示意犹未尽，希望作者尽快开番外。

---

① 快资讯：《赘婿火热背后：爽文制造局的无限可能》，https：//www.360kuai.com/pc/992e7eab6f6f182bf?cota=3&kuai_ so=1&tj_ url=so_ vip&sign=360_ 7bc3b157，2021 年 12 月 12 日查询。

② 橙瓜咨询：《从〈你好，李焕英〉到年代文大火，书旗小说的年代文部部好看》，http：//news.chenggua.com/detail/32797.html，2021 年 12 月 12 日查询。

4 月 11 日，天蚕土豆新书《万相之王》开始连载，这部小说依然采用了全网发布的模式，连载平台多达数十家，不仅包括纵横、起点这样的付费平台，还同时在番茄小说、书旗小说、七猫中文网、米读、疯读小说等免费平台连载。除此之外，天蚕土豆的个人公众号也是连载平台之一。这种全网独一份的开创式连载模式，毫无意外地成了网文圈讨论的热点。即便同时在如此多的平台连载，在读者严重分散的情况下，《万相之王》的热度却丝毫不减，在不到 2 个月的时间里，便进入了百度风云榜 TOP10。随后的一个月，会说话的肘子的《夜的命名术》、辰东的《深空彼岸》和唐家三少的《斗罗大陆 V 重生唐三》陆续发表，开始连载。这三位非常具有代表性的网络作家，一经发表新作，便在网文圈引起了广泛的关注与讨论。其中，《夜的命名术》上架时首订达到 6.2 万，打破起点纪录，稳居在畅销榜前五。《深空彼岸》上架时首订再度打破纪录，拉高到 7.2 万，让无数作者既羡慕又佩服。11 月 23 日，丛林狼开新书《黑月降临》；11 月 25 日，准备许久的我吃西红柿开新书《宇宙职业选手》，这两位老牌作家的作品也都受到读者关注。特别是后者，开书三天的收藏量就突破了十万。

随着网络文学产业环境不断优化，在商业利益追求之外，网络文学企业也越来越注重自身的社会形象，注重对阅读公益性的维护与推动。4 月 16 日，第七届中国数字阅读大会在杭州举行，会上发布《2020 年度中国数字阅读报告》，揭晓 2020 年度“十佳数字阅读作品”“十佳数字阅读城市”“十佳数字阅读项目”等获评名单，引导数字阅读产业以精品内容引领发展导向，更好地满足人民群众阅读需求，推动数字阅读产业高质量发展。5 月 19 日，主题为“一起享受阅读”的第四届网络文学读书日公益活动如期到来，在橙瓜码字的发起下，包括书旗小说、番茄小说、七猫中文网、连尚文学、掌阅文化、疯读小说、塔读文学、咪咕阅读、点众科技、17K 小说网、纵横文学、翻阅小说、奇迹文学、掌中云文学、必看小说、博易创为、看书网、磨铁文学、网易云阅读、菠萝包轻小说、阅路小说、鼎甜文化、九库文学、作客文学网、小明太极文学等 30 家主流文学平台共同倡议，助力网络文学读书日，倡导优质创作、精品阅读，推动全民阅读。① 继上年推出助力儿童心理健康成长、增进亲子关系的儿童向小树苗文学站之后，2021 年 8 月，晋江文学城正式上线独立的涉未成年人举报模块，进一步加强对未成年用户的保护；② 10 月 21 日，又发布了《关于开始逐步实施分年龄阅读推荐体系的说明》，并于 10 月 25 日正式测试，引起各界关注。

书粉总是读者群体中最活跃的因素。虽然 2021 年读者用户规模总体趋于饱和，

---

① 橙瓜咨询：《2021 网文行业第二季度报告，短剧引领 IP 新方向，橙瓜码字灵感启发助力全民创作》，http：//news. chenggua. com/detail/33792. html，2021 年 12 月 12 日查询。

② 晋江文学城：《北京市“护苗 2021”专项活动》，http：//www. jjwxc. net/sp/saveTree2021/，2021 年 12 月 13 日查询。

但粉丝内部仍表现出超高的互动意愿。阅文数据显示，2021 年全年累计评论数量超过 100 万条的作品有 120 多部。而且，用户月付费额同比增长 6.7%至 36.4 元。① 除了常规的付费阅读，粉丝的打赏热情依旧不减。在起点中文网，累计打赏起点币过亿（即打赏总金额超过一百万元人民币）的读者达到了 8 位之多，比去年增加了 1 位。

新晋的打赏表现突出的读者是“幻羽”，而且该书友的排名飙升至了总榜第五，虽然不像上年的书友“壶中日月，袖里乾坤”那样一日之间“亿盟打赏”震惊全网，但其对网络文学的持续支持力度是值得赞赏的。

2. 年度网络文学 IP 市场消费状况

随着网络文学企业在 IP 产品开发方面的持续投入，形成了多个值得关注的消费热点。

2021 年最引人瞩目的热点是网改微短剧作品的人气爆棚，市场反响良好。因此，2021 年也被称为“IP 微短剧元年”。随着内容方、影视制作方、视频平台等不同公司与平台的不断加入，微短剧已开启“诸神混战”的时代。从年初开始，作为书旗推出的首部改编短剧《今夜星辰似你》就以爆款的姿态取得开门红，它上线 36 小时便登顶优酷短剧热度榜，甚至还拿下了优酷 V 榜电视剧榜单第八名。由书旗小说和天瑞影业联合出品的短剧《恋爱之前爱上你》上线仅 12 个小时就位列优酷短剧热度榜第一，同时也登上了优酷小说改编剧热榜 TOP2，成为同期榜单中唯一的短剧作品。其他平台方面，塔读文学结合 7 部 IP 作品改编创作的短剧《怂男进阶攻略》的上线引起大众关注。番茄原创作者蓝手的热门小说《快穿：病娇男主他又吃醋了》改编的短剧《这个男主有点冷》播放量破 7 亿。② 米读在短剧方面也取得了很不错的业绩，截至年末，米读共开发了 40 部短剧，全网累计播放量超 40 亿，总粉丝量高达 1740 万，单部剧最高播放量 3.4 亿。其中，《秦爷的小哑巴》单集最高播放量 1.1 亿，单集平均播放量 1700 万，直接涨粉 172 万；《我的狗仔女友》单集最高突破 9100 万。③

微短剧中，由芒果 TV“大芒计划”工作室出品的《进击的皇后 2》不断引发粉丝热议，特别值得关注。《进击的皇后 2》于 2021 年 8 月 18 日开播，播放数据不可谓不亮眼。在芒果 TV 上线首日播放量便轻松冲破 4600 万大关，拔得平台 8 月新播网剧头筹，此后三天更是连创全网播放量前三的佳绩。在其后的短短五日内剧集播

---

① 艺恩数据：《2021 阅文年度好书榜单》，https：//mp. weixin. qq. com/s/ORDHz9EDdPw5jhRTYbLYEg，2021 年 12 月 28 日查询。

② 网易：《2021 年第一季度橙瓜网络文学行业报告，微短剧成 IP 衍生开发新热点》，https：//www. 163. com/dy/article/G8LRJ8FI0521KU7N. html，2021 年 12 月 13 日查询。

③ 橙瓜：《2021 网文行业第二季度报告，短剧引领 IP 新方向，橙瓜码字灵感启发助力全民创作》，http：//news. chenggua. com/detail/33792. html，2021 年 12 月 13 日查询。

放量便突破了1亿大关，十三日内突破2亿大关，打破了该系列作品第一名的记录。除了傲人的播放成绩外，该剧在微博、抖音、快手等各大社交及短视频平台上同样也战绩喜人，花式话题有力占据各平台排榜单前列，在广大网民中掀起大范围、长时间的互动狂潮。除去数据上的强力表现，《进击的皇后2》更是收割如潮好评。众多网友表示，该剧节奏快、剧情佳，浪漫又有趣，符合观剧口味之余也收获意外之喜。因此该剧在与用户产生良性反应的同时，实现了收视与口碑的双丰收。①

微短剧之外，多部网改影视剧纷纷大爆，让观众不断刷屏。改编自愤怒的香蕉的《赘婿》成为第一季度最为热门的改编影视剧，收获极高的人气与口碑，频繁登上热搜。由肖战、吴宣仪主演，改编自唐家三少同名小说的《斗罗大陆》也有着相当高的关注度。由景甜、张彬彬主演，改编自尾鱼小说的《司藤》成为观众刷屏的爆款剧。②此外，《司藤》也在泰国、越南、新加坡、北美等地同步上映，海外观众可以通过YouTube优优青春剧场、阿拉伯语、俄语、印尼语、西班牙语、葡萄牙语等频道，以及True ID、Mono、FPT、VIKI等平台进行观看，此剧在YouTube多语种本地化运营累计观看流量高达3000万！《司藤》在多地区陆续上线，频频登顶泰国播出平台冠军，它在My Drama List上的评分高达8.8分，俄罗斯、葡萄牙、西班牙等地的观众评论称赞该剧极具东方之美。2021年9月，《司藤》在韩国上映，也引起不小的反响。

此外，由爱奇艺和刘天池表演工坊联手打造的《恋恋小酒窝》，上线之后引发无数粉丝关注。改编自顾漫小说的《你是我的荣耀》（杨洋、迪丽热巴、潘粤明主演）和改编自墨宝非宝《一生一世美人骨》的《周生如故》（任嘉伦、白鹿主演）两部作品在播放期间，与其相关的话题频繁登上热搜，一度形成刷屏盛况。

2021年，多部人气网文改编成动漫，点燃了国产动漫爱好者的热情。由唐家三少小说《斗罗大陆》改编的同名动漫，作为目前国内第一部年番动漫，每周更新一集，牢牢占据着国漫人气第一的宝座。改编自忘语的《凡人修仙传》的同名动漫特别篇播出，口碑炸裂，瞬间燃起观众的仙侠之情，同时《凡人修仙传》将推出年番的消息，也一度让无数粉丝沸腾。改编自天蚕土豆的《斗破苍穹》的同名动漫第四季，开播首日冲上多个榜单前列，热度空前。③ 特别是《斗破苍穹三年之约》开播，播放量迅速破亿，相关话题很快登上微博、抖音、知乎等多个平台前列，展现出了空前的热度，“国漫巅峰”此类的赞美之词处处可见。其他如《完美世界》《灵剑

① 橙瓜：《〈进击的皇后2〉口碑爆棚，书影联动原著更让人上头》，http：//news. chenggua. com/detail/33898. html，2021年12月13日查询。

② 网易：《2021年第一季度橙瓜网络文学行业报告，微短剧成IP衍生开发新热点》，https：//www. 163. com/dy/article/G8LRJ8FI0521KU7N. html，2021年12月13日查询。

③ 网易：《2021年第一季度橙瓜网络文学行业报告，微短剧成IP衍生开发新热点》，https：//www. 163. com/dy/article/G8LRJ8FI0521KU7N. html，2021年12月13日查询。

尊》《绝世武神》《妖神记》《星辰变》《少年歌行风花雪月篇》《元龙第二季》等网改动漫作品也都有着非常不错的成绩。

得益于网改影视作品的良好反响，形成了密切的书影联动，即网改影视作品为网络文学作品引流、相互推动的现象，也是2021年非常值得关注的网络文学IP消费景观。这方面最值得关注的仍是《进击的皇后2》。如前所述，开播首周，《进击的皇后2》在芒果TV累计播放量破亿，登上微博热搜榜、娱乐榜、上升榜等榜单。书旗小说独家引入“进击的皇后”系列同名小说的点击量也是持续攀升，书影联动给观众和读者带来更加立体的内容盛宴。据书旗小说站内数据显示，剧集同名小说阅读人数及人气值分别飙升920%及980%，取得站内热搜榜第一及女生人气榜第三的佳绩。① 据悉，“进击的皇后”系列小说融合无限流、悬疑元素，剧情烧脑、悬念感强，具有很强的可读性，让读者有充分的代入感。女主开局就被杀了12次，可以说是相当刺激紧张。男女主循环虐恋，女主屡败屡战，男主花式追妻，故事笑点密集，撒糖不断。同时小说反套路叙事，“弱小忠犬和呆萌女帝”的人设组合更加凸显“反虐”效果，故事甜点密集，让读者大呼过瘾，实在上头。② 此外，《你是我的荣耀》和《周生如故》的原著小说也在多个平台榜单上取得亮眼成绩。

2021年，有声书领域也有不少亮点，吸引无数书友。一方面，在知识服务经济兴起的大潮下，音频付费额增长显著，付费音频收入占有声阅读收入的六成。利用AI模拟人声等新技术的不断进步，AI听书耳机等听书硬件设备更智能，用户听书的体验也进一步提升。作为数字阅读行业的领军者，咪咕阅读App率先推出了24bit至臻音质体验，堪比无损唱片的音质可以让用户更直观感受到作品所传递的情绪，为有声阅读用户带来了沉浸听书新体验。③ 另一方面，有声书市场也推出了吸引用户的新举措。番茄小说宣布，冯提莫担任番茄小说首席朗读官。在“甜美少女音”“清亮青叔音”“开朗青年音”等基础上，番茄小说AI朗读功能新增了首个明星音色——“冯提莫少女音”，而冯提莫音色的上线只是番茄小说研发明星音色的开始，后面更多的明星音色引发读者期待。④

总体看来，在网络文学用户总量趋于稳定的总态势下，网络文学产业强化了产品内容开发和精细化运营，在产业链内部形成了良性互动，推动了“网络文学+”

---

① 橙瓜：《短剧〈进击的皇后2〉完美收官，同名小说摘得书旗小说App热搜榜第一》，http：//news.chenggua.com/detail/33948.html，2021年12月13日查询。

② 橙瓜：《〈进击的皇后2〉口碑爆棚，书影联动原著更让人上头》，http：//news.chenggua.com/detail/33898.html，2021年12月13日查询。

③ 快资讯：《2020年度中国数字阅读报告发布：人均电子书阅读量9.1本，95后爱看漫画绘本》，https：//www.360kuai.com/pc/9e9174f48079916d9? cota = 3&kuai_so = 1&tj_url = so_vip&sign = 360_57c3bbd1&refer_scene=so_1，2021年12月13日查询。

④ 橙瓜：《2021年橙瓜网文行业第三季度报告，行业大会接踵而至，IP短剧成爆发趋势》，http：//news.chenggua.com/detail/34152.html，2021年12月13日查询。

产业的高质量发展。

二、年度网文阅读热点分析

1. 免费阅读数据亮眼

(1) 免费阅读DAU超付费阅读10倍以上

有数据显示，2021年番茄小说（以下简称“番茄”）从日均活跃用户数(DAU)、用户留存率、用户月使用时长和用户月使用次数等方面全面赶超了同属字节跳动“大抖音”系列的西瓜视频，在短视频称王称霸的时代，实现了网络文学对短视频的“奇袭”。番茄小说的DAU自产品上线以来一直稳步递增，截至2021年10月，DAU同比增长约73.7%，达到约4774万。可见，在免费网文赛道，番茄一骑绝尘，七猫小说、米读难以望其项背。将免费阅读与付费阅读App放入同一赛道进行比对，我们发现，番茄小说DAU竟然超阅文集团旗下的起点小说10倍以上。①

由于免费阅读主打下沉地区用户市场的产品定位，加上凭借抖音等巨型流量池收获的精准导流，番茄取得了令人瞩目的成绩。根据苹果应用商城数据显示，“番茄小说”App总评分4.8，156万余用户参与评分；在免费阅读赛道，“七猫小说”总评分4.5，24万余用户评分；米读总评分4.7，仅有6.7万余用户参与评分。跨界看向起点、晋江等老牌男频、女性向付费阅读App，评分仅为4.1、4.2，用户参与评分数仅为5.1万、6.1万。②

(2) 免费阅读+付费阅读呈协同发展趋势

免费阅读通过平台广告、微短剧引流、自媒体博主“推书”、网赚等多种模式进行流量导入，主要争夺下沉市场用户。在苹果应用商城中“番茄小说”App的评论区可以看到大部分用户对免费阅读中插入广告的行为表示理解，但过多强行植入广告也会导致用户体验大打折扣，甚至造成用户流失。

免费阅读模式在网络文学阅读领域快速打开了市场，但长期来看仍存在“安全隐患”。免费阅读以“流量为王”，导致作者们扎堆创作类型热门题材，读者阅读追求短时刺激。在这样的大环境下，导致平台只追求短期流量而不注重长期口碑运营，存在平台内容同质化严重、核心竞争力下降、用户审美疲劳、难出精品等弊端。③

因此即便在免费阅读势头强劲的今天，我们仍然期望免费阅读与付费阅读协同发展，寻求平衡点。即通过免费阅读吸引更多用户，打造IP影响力；同时利用付费阅读，保证作家创作质量，打造优质IP。盲目发展免费阅读而放弃付费阅读，无益

① 品玩：《米读小说与快手深化战略合作》，https：//new. qq. com/omn/20211130/20211130A03GXH00. html，2021年12月24日查询。

② 数据来源：苹果应用商城App，2021年12月24日查询。

③ Tech Web：《阅文亮眼财报背后：付费阅读和免费阅读协同发展成大趋势-领先的互联网消费互动媒体》，http：//m. techweb. com. cn/article/2021-08-27/2855384. shtml，2021年12月24日查询。

于自断网络文学阅读臂膀，不利于网络文艺良好生态的构建。

2. IP“微短剧元年”中的书影联动

（1）书影联动助力微短剧持续火爆

2021 年被文化产业界称为“微短剧元年”，书影联动成为业界热门话题。“大抖音”部门的番茄与抖音联合，于 2021 年 4 月推出“抖音短剧新番计划”。① 为助力新番计划，番茄运营负责人戴一波表示，番茄将通过“版权开放，IP 共创”的形式为抖音短剧创作者开放优质 IP 供改编。② 纵观平台提供的网文，题材涵盖了校园故事、恋爱甜宠、都市生活、悬疑推理等多种类型，一定程度上可以解决短视频发展最大的瓶颈：创意的匮乏。同时，其他短视频平台也纷纷携手网文进行书影联动。快手与米读的合作始于 2020 年 10 月，截至 2021 年 8 月，根据米读小说改编的 43 部短剧已在快手上线。其中，《河神的新娘》《权宠刁妃》《秦爷的小哑巴》等，都在平台上获得了破亿的播放量。③

在网络文学与短视频的合作中，免费阅读平台赋予短视频平台的 IP 共创权利，拓宽了短视频的变现空间。如在快手上，据米读原创小说《秦爷的小哑巴》改编的短剧开通了 VIP 付费渠道，仅 1 分钟的大结局番外篇就有 7992 个用户购买，④ 这对短视频平台实现新的盈利增长点提供了很好的范例。

（2）网络文学借短视频扩展营销新渠道

2021 年，短视频在营销方面的优势吸引了网络文学网站以及相关人员的注意。网络文学平台自制一则短视频，集中展现故事的脉络、冲突和精华，使影视制作者对故事的影视化表达有更为准确的判断，预先了解受众的反馈，从而降低了 IP 改编的商业风险。同时，剧情短片的上线也为影视成片提前做了预热，甚至让影视剧未播先火。

以快手为例，2021 年 3 月，起点中文网开设快手账号“起点读书—点娘”，账号的主要运营内容是围绕起点作家进行的采访。截至 10 月，米读的快手账号已发布 4000 余个作品，作品内容主要是播放平台小说改编的短剧片段以及米读小说中的精彩节选。平台中的个人账号主要由作者、编辑或推文方建立。例如，在快手搜索框输入“网文作者”，出现的用户就有上百个。阅文“白金”作家叶非夜早在 2020 年 3 月就开设了快手账号，在叶非夜账号下的推荐栏，大量第三方推文账号如芋头好

---

① 抖音：《抖音短剧新番计划》，https：//v. douyin. com/R6fQ3EQ/，2021 年 12 月 21 日查询。

② 站长之家：《“短剧很有戏 · 2021 抖音短剧发布会”落幕，平台资源助推微短剧发展》，https：//m. chinaz. com/news/1264156. shtml，2021 年 12 月 21 日查询。

③ 金融界：《米读小说与快手深化战略合作》，https：//baijiahao. baidu. com/s? id = 1708854524980799508&wfr = spider&for = pc，2021 年 12 月 23 日询。

④ 快手：《〈秦爷的小哑巴〉大结局番外篇购买页》，https：//m-vision. ketang. kuaishou. com/detail/303970? fid = 2665696459，2021 年 12 月 23 日查询。

香、叶绿素 998 等都发布了有关叶非夜作品的推荐内容。

作为网络文艺的创意核心驱动力之一，网络文学的 IP 衍生内容一直受到网文用户的关注，同时也是行业内各大平台的重点发展方向。2021 年初，据愤怒的香蕉同名网络小说改编的《赘婿》横空出世，受到极大关注，微博超话阅读高达 44.4 亿，讨论达 175.3 万。唐家三少代表作《斗罗大陆》的同名改编剧，在原作 IP 影响力与主演自身流量的加持下，微博超话阅读达 73.9 亿、讨论达 2792.4 万。在女性向网文影视改编方面，尾鱼的《司藤》微博超话阅读量达 53.6 亿，讨论达 537 万。① 《你是我的荣耀》（顾漫）和《周生如故》（墨宝非宝，《一生一世美人骨》）播放期间“常驻热搜”，原著小说阅读热度也在小说阅读平台一骑绝尘②，形成“书影联动”之势。动漫改编部分，《斗罗大陆》《斗破苍穹第四季》《完美世界》等作品成绩亮眼，2021 年年度男频热门 IP《大奉打更人》漫改已被提上日程。由此观之，2021 年网文经典作品改编持续发力，IP 的衍生内容在满足网文用户需求之外，也破圈而出，扩大了 IP 影响力。

除上述“超级 IP”网文外，“IP 微短剧”的野蛮生长同样瞩目。在用户持续注意力稀缺的发展环境中，其为网络文学及其衍生品从短视频、网络游戏等其他娱乐方式中获取新用户、留存用户提供了助力。网络文学与短视频不再是单一的竞争模式，而呈现出一种共生的态势，可从下表察看 2021 年部分“IP 微短剧”的具体“战绩”。

2021 年部分“IP 微短剧”情况一览表

剧名	原作平台	IP 微短剧上线时间	成绩
《今夜星辰似你》	书旗	2021 年 4 月 3 日	书旗首部衍生短剧，上线 36 小时登顶优酷短剧热度榜，进入优酷 V 榜电视剧榜单第八名。
《这个男主有点冷》	番茄	2021 年 2 月 7 日	快手平台 32 集，9.7 亿次播放，快手必看短剧 TOP1。
《星动的瞬间》	塔读	2021 年 6 月 22 日	抖音平台 30 集，0.49 亿次播放，短剧最热榜 10+。

在“快手必看 TOP50”榜单中，“高甜”分区出现 19 次③，今日最热榜单中前 10 位中有 8 位都是“高甜”分区④。可见这类微短剧主要吸引女性用户，同比其他类型黏性更强。

① 新浪微博：https：//s. weibo. com/weibo/%23 司藤%23，2021 年 12 月 21 日查询。

② 橙瓜网文：《2021 年橙瓜网文行业第三季度报告发布》，https：//new. qq. com/rain/a/20211101A0DEYG00，2021 年 12 月 21 日查询。

③ 快手：https：//www. kuaishou. com/theater/0，2021 年 12 月 19 日查询。

④ 快手：https：//www. kuaishou. com/theater/0，2021 年 12 月 21 日查询。

除上述的作品外，书旗、米读、塔读、番茄和爱奇艺等平台已持续开发IP微短剧，预计在2022年相关作品会全面开花。

“IP微短剧”的优势明显，短视频平台的内容更加多元，融合了众多“热门梗”与“爽点”，高浓度剧情，单集5分钟以内，节奏快。在《这个男主有点冷》（改编自番茄作者蓝手的小说《快穿：病娇男主他又吃醋了》）第一期内容评论区，用户“是小陈ha.”表示：“这是我在快手看过最高级的剧了。”并获得了7.2万网友点赞，可见微短剧的制作远优于一般短视频。在微短剧《星动的瞬间》抖音官方账号简介中可以看到“来番茄小说，抢先解锁《星动的瞬间》更多剧情”这样的宣传文案，吸引更多用户去阅读原作。

“IP微短剧”是完美的网络文学衍生品吗？也不尽然。从用户角度出发，与传统影视改编剧一样，网文原生用户对改编微短剧接受度一般。例如，塔读小说官方微博在2021年6月16日发布《国民影帝暗恋我》改编微短剧（抖音平台作品名为《星动的瞬间》）定档，反响却并不强烈，官微下的宣发微博的“转、评、赞”总数未破千，评论区大多是催更实体书，原著书粉也纷纷对男女主选角表达不满。我们发现，先接触到改编作品的用户包容性更强，会因为“不过瘾”回溯原作进行阅读。而微短剧的现状是：越土越嗨越“上头”，“霸道总裁”题材深受用户偏爱，审美价值较低，故事容量较小，有“爆款”却“难出圈”，很难企及《琅琊榜》《甄嬛传》等经典网络文学改编剧的高度。

回溯“IP微短剧”一路发展的历程，有如下事件值得重视：2019年8月，快手上线“快手小剧场”，与米读小说形成独家合作，搭建短剧IP资源库；2020年8月，广电总局将网络微短剧加入“重点网络影视剧信息备案系统”并明确了其制式标准；同年12月，快手推出“星芒计划”，加大影视制作方流量分账力度，激励微短剧的创作①，一直到2021年，正式迎来“IP微短剧”元年。未来，可以尝试通过与虚拟制作技术的深度融合，为“IP微短剧”开拓更广泛的创作空间，推动其向高质量、精品化方向探索，给用户带来更加沉浸式的体验，助力网络文学阅读的发展。

3.“分年龄阅读推荐体系”推出

在2021年网络文学企业诸多推动阅读的公益性举措中，晋江文学城“逐步实施分年龄阅读推荐体系”的推出无疑最具话题性。

2021年10月21日，晋江文学城向全体用户发布《关于开始逐步实施分年龄阅读推荐体系的说明》站内信。信中阐明了推行这项制度的初衷：一方面，“作为一家网络文学企业，我们深知在致力于推动企业自身发展的同时，也要肩负起必要的

---

① 财经天下周刊：《2021年第一季度橙瓜网络文学行业报告，微短剧成IP衍生开发新热点》，https://mp.weixin.qq.com/s/P6slW5PgMRfC4doo8MYl5A，2021年12月21日查询。

社会责任。同时随着未成年保护措施的不断完善，我们也认识到，给性格与认知尚未定型的未成年人尽力提供一个不受争议的阅读环境，减轻社会、家庭的焦虑感，也应该是我们未来的努力方向”。另一方面，“随着网络文学用户的扩大，各个年龄层的用户也逐渐增多，并不是所有的作品都适合任意年龄层的读者阅读。就好比我们的四大名著，也是建议给有家长陪同下，具备一定年龄、有一定理解判断能力的儿童进行阅读”。因此，网站尝试根据作品的类型、特点、标签等因素，综合评估后给出适龄读者相应适合作品的推荐提示。同时，晋江文学城也强调，这个举措是“暂时并非强制性的”，只是一个阅读参考提示。

分年龄阅读推荐体系的相关具体措施包括：首先，网站根据作品的题材、内容等相关性质的标签对作品进行分类；其次，网站逐步计划对能呈现价值观相关信息的内容做分类；最后，在网站开发的分年龄阅读推荐体系中，给予作者一定的调整权利。

晋江文学城发布公告后，“逐步实施分年龄阅读推荐体系”的话题即在微博引发了大量的讨论，公告发布之日（10 月 21 日）的讨论数高达 13316 次。

讨论中较为活跃的媒体主要有新浪微博、微信、懂车帝、百家号、腾讯新闻企鹅号、看点快报、一点资讯、新浪看点、网易号、腾讯网，其中最为活跃的媒体平台为新浪微博，可见对“分年龄阅读推荐体系”话题感兴趣的主要是普通读者群体。

讨论中的意见主要分两类，一类基本是转述晋江文学城的立场，表达一定的理解和支持。一类如微博号“中新经纬”说：“21 日，晋江文学城发布公告表示将逐步实施分年龄阅读推荐体系，按照作品不同标签、类型及其他特点，做不同年龄的阅读推荐，让有争议、尖锐的、思想性更复杂的文章，暂时远离心智不成熟的读者，同时留给成年人一个更安心的阅读。”① 此类观点虽然语气调侃，却提示出另外一种可能，即如果“分年龄阅读推荐体系”得以实施的话，是否会反过来影响创作，使创作方能够根据不同的阅读对象调整对应的描写尺度。若能如此，对解决当前网络文学编审中的痛点问题，或有裨益。

显然，“分年龄阅读推荐体系”的做法是对电影分级制等文化产业管理举措的借鉴。电影分级制度的出现主要是为了青少年教育，以便区分其等级和适宜度，起到指导看片的作用。该制度在很多国家和地区都已经推行，事实证明，这对电影业的发展起到了重要作用。

目前，我国的网络文学产业与电影产业在内容管理上的举措有相似之处。即首先列出应该禁止的内容，严格规定作品不得表现此类内容；同时，规定某些内容必须做出删改，才能通过平台发布。这些举措对于保护相关文化产业的健康发展起到

① 中新经纬：《#晋江文学城将开启分级制#你常看晋江吗［围观］》，http：//weibo. com/5993531560/KDLcN03W8，2021 年 12 月 20 日查询。

了积极的作用。但是，它们更多的是划出不得逾越的底线，而面对内容丰富多元、接受对象庞大而复杂的文化产品而言，尚需更有针对性、更灵活的举措。例如，在电影欣赏中，人们注意到，“成年人所能欣赏和消费的文化产品，种类、形式和内容是多元的，但未必适合未成年人”。① 而一些电影为了博取高票房，造成暴力等指数偏高的现象，对社会尤其是青少年产生了消极的影响。因此，通过电影分级，让不同内容的作品发布给予之对应的受众群体，就十分必要。目前，适应我国国情的分级制还在探索当中，相信不久的将来，既能在一定程度上起到保护未成年受众的效果，也有利于网络文学进行更多元化创作的分级制的确立。网络文学经过 30 年的发展后，特别是渡过了“野蛮生长期”后，实现其健康发展特别需要有包括管理制度在内的多方面的探索。此次晋江文学城“分年龄阅读推荐体系”的逐步推行，将为我们既保护未成年读者的心理健康，又有利于网络文学更为多元化创作的管理制度建设提供宝贵的探索经验，其效果值得期待。

4. 网络文学海外接受热度高

中国网络文学的海外传播能有今天这样的高热度，其实是一个长期积累的结果。中国网络文学出海历程缘自我国优秀网文作品在海外的实体版权出售。2002 年至 2003 年间，《魔法骑士英雄传说》在海外的出版是其开端。从 2009 年到 2018 年向海外输出电子出版物共 5754 种，从 2000 年至 2018 年对海外图书出版授权共 66566 项②。大约经历了 10 年的发展，海外翻译网站开始崛起，中国网络文学进入大规模的内容输出阶段。2012 年，俄语网站 Rulate 建立。该网站主要翻译中日韩的流行文学，其中数量最多、最受欢迎的是中国网络小说。其翻译作品大多自英译网站转译而得。2014 年，美籍华人赖静平建立第一家中国网络文学英译网站 Wuxia world，并首创“翻译—捐赠”体系。2015 年，仅次于 Wuxia world 的中国网络小说翻译网站 Gravity Tales 建立。2017 年 5 月，阅文集团正式上线起点中文网国际版起点国际（Webnovel），开启了中国网络文学海外传播的“官方路径”。至此，中国网络文学进入海外传播的第三个阶段。在这个阶段，网络文学从纯内容输出转变为全方位的产业业态输出。2018 年 4 月 10 日，起点国际对海外用户开放了原创功能，仅仅一个月的测试期内，海外新增注册者即超 1000 人，共审核上线原创英文作品 620 余部。起点国际配备了专业的英文编辑团队，负责持续从原创作品中挖掘出有潜力、有价值的作品，并同网文作者签约。同时，起点国际还为海外创作者提供丰富的成长资源，包括一系列创作支持，如邀请业内著名的编辑和优秀作者进行交流，公开

---

① 新华网：《电影分级制呼之欲出》，http://www.xinhuanet.com/newmedia/2017-03/06/c_136095937.htm，2021 年 12 月 19 日查询。

② 中国作家网：http://www.chinawriter.com.cn/n1/2021/0617/c404027-32132681.html，2021 年 12 月 14 日查询。

分享阅文经典的网文创作指南等，助力海外作家快速成长。同年，针对网络文学海外传播的关键痛点问题，推文科技自主研究出了全球首个网文 AI 翻译系统。该 AI 机器能够全自动从全网监测、抓取、翻译和发布中文小说，无须经过人工审校流程，使行业效率提高 3600 倍（翻译 1000 字，人工需要 1 小时，AI 需要 1 秒），成本降低到原来的 1/100（翻译 100 万字，人工需要 10 万元，AI 需要 1000 元）①。中国网络文学的海外发展从出版授权到建立线上翻译平台，再到开启海外原创，不仅实现了内容输出的规模化，而且完成了从文本输出到模式输出、文化输出的转变，极大地提升了中国文化在海外的影响力。

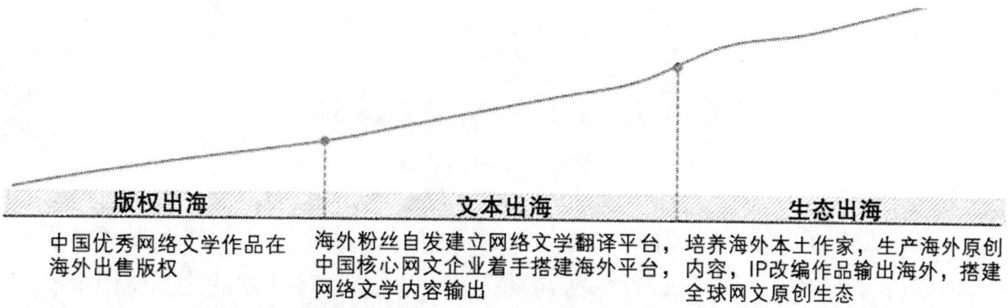

图 2　中国网络文学出海阶段示意图②

（图片来源：艾瑞咨询官网）

艾瑞咨询的调查报告显示，在海外网文的读者中，女性读者居多，占比为 67.8%；35 岁以下的中青年读者占比超 62%，其中 95 后占比 31%；绝大部分读者来自南亚、东南亚、非洲地区，包括印度、印度尼西亚、尼日利亚等国。读者中高学历人群占比较高，本科及以上的占比 58.7%；海外读者中约有四成的读者拥有稳定的工作，学生身份的读者占比 22%，约有 9.5%的读者是全职的家庭主妇。从婚姻状况看，有 42.1%的读者处于单身状态，33.5%的读者则已经结婚并生育。海外读者对中国文化最感兴趣的是中国功夫，其次是中国料理、中医，大约 20%—25%的读者关注中国传统文学和书法。

① 搜狐新闻：《推文科技・AI 翻译质量超过谷歌，为洋粉丝翻译中国网络小说》，https：//www.sohu.com/a/280197175_100122644，2021 年 12 月 14 日查询。

② 艾瑞网：《中国网络文学出海报告》，https：//report.iresearch.cn/report_pdf.aspx？id=3840，2021 年 12 月 14 日查询。

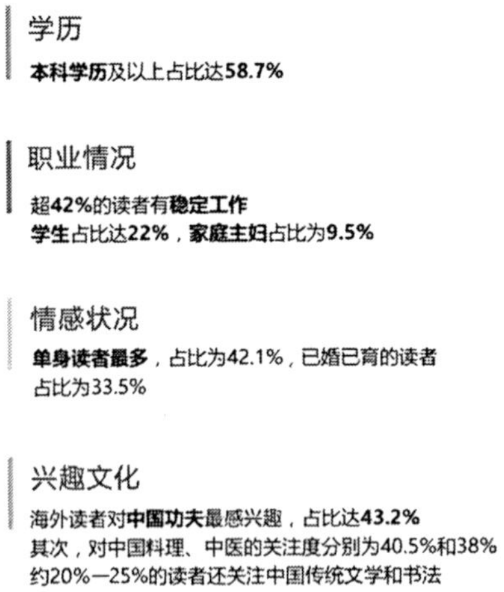

图 3　中国网络文学海外读者基本信息①

（图片来源：艾瑞咨询官网）

从阅读渠道和阅读场景分析，海外读者主要通过移动端设备进行阅读，手机App 阅读占比达 86%，移动设备网页阅读占比近 37%。值得注意的是，使用电子书阅读的读者数量已超过使用电脑阅读的读者数量。与国内读者相似，海外读者也习惯利用碎片时间进行阅读，工作、学习闲暇时阅读的比例为 72%，在睡前进行阅读的约有 60%，节假日阅读的占比近 30%，通勤途中进行阅读的占比 18. 4%，这充分说明中国网络文学成为海外读者闲暇时娱乐方式的重要选择之一。

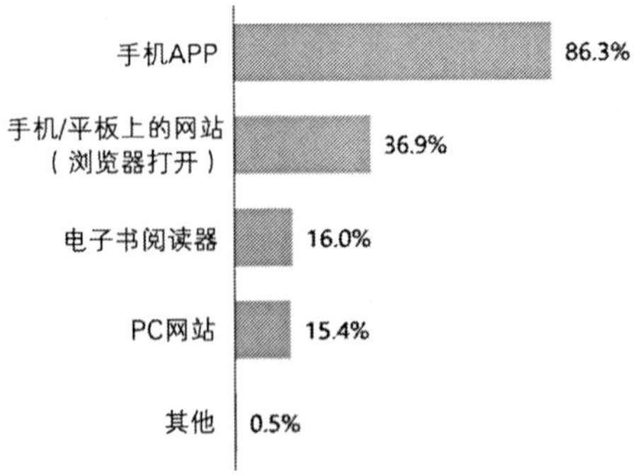

图 4　海外读者阅读渠道

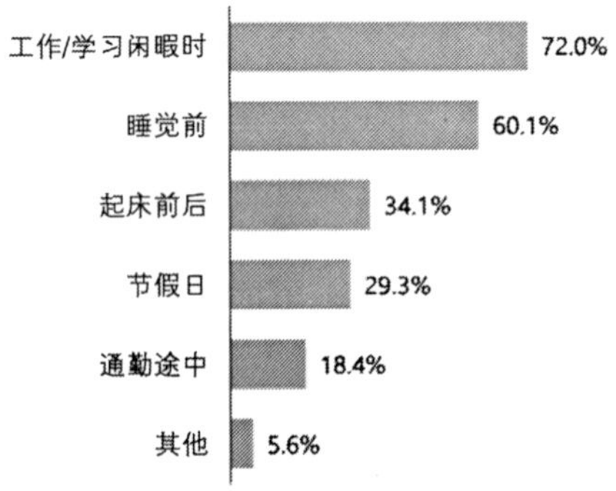

图 5　海外读者阅读场景

（图片来源：艾瑞咨询官网）

从题材偏好上看，海外读者最为钟情的是言情小说与幻想小说，而这两大题材也代表着不同性别读者的典型偏好。其中男性读者对幻想小说的喜爱度为 76%，女

① 艾瑞网：《中国网络文学出海报告》，https：//report. iresearch. cn/report_ pdf. aspx？ id = 3840，2021 年 12 月 14 日查询。

性读者对言情小说的喜爱度则高达95%。与国内市场偏好不同的是，海外读者对于恐怖悬疑和科幻题材的喜爱度也较高，这应该与海外读者的文化传统相关。

	喜欢	最喜欢	女生偏爱（TGI>1）	男生偏爱（TGI>1）
1 言情	82.4%	62.4%	√喜爱度95%	
2 幻想	55.3%	17.2%		√喜爱度76%
恐怖悬疑	26.6%	5.0%		√
都市现代	28.2%	5.8%		√喜爱度51%
科幻	23.6%	3.2%		√喜爱度48%
超自然	13.5%	0.9%		√
动漫同人	11.3%	0.6%		√
青春校园	11.2%	0.9%		√
耽美百合	8.8%	2.5%	√	

图6　海外读者的题材偏好

（图片来源：艾瑞咨询官网）

海外读者主要通过互联网社交平台和广告接触到中国网络文学。据调查显示，53.6%的海外读者通过社交网络接触到作品，42.7%的读者通过广告接触到作品，令人惊喜的是20.6%的读者是通过亲人、朋友的推荐而接触到作品，这说明中国网络文学作品在海外读者中产生了一定的口碑效应，有利于其进一步传播。至于阅读中国网文的原因，67.5%的海外读者是为了“缓解压力”，这一高比例也表明了，由于时代发展、生活节奏的加快，网络文学成为读者重要的娱乐休闲方式。另外，还有49.8%的读者是“为了新奇的情节”而进行阅读，这显示出中国作品中独特的世界观和文化元素对海外读者而言具有较高的吸引力。

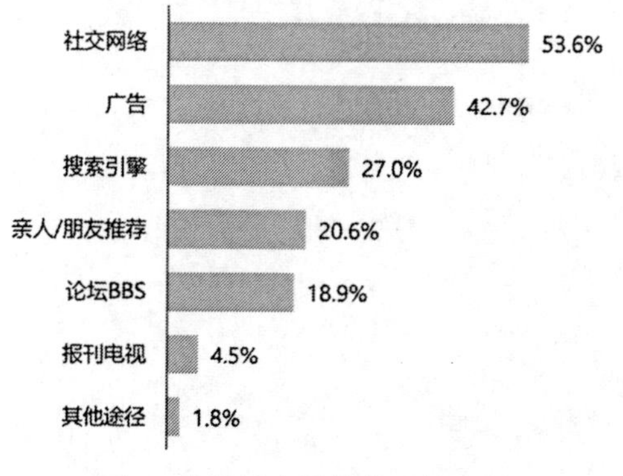

图7　海外读者接触作品的途径

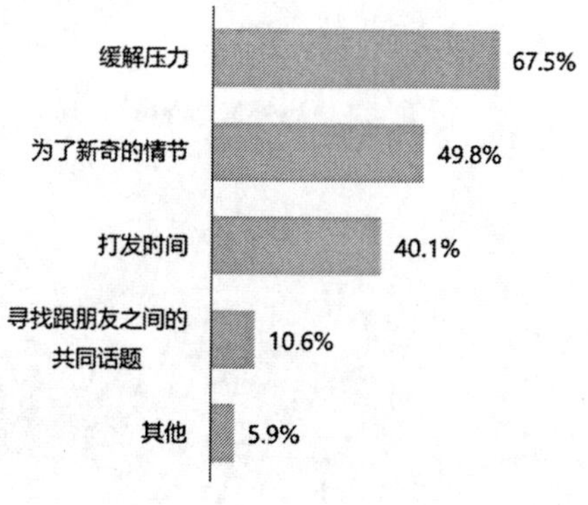

图8　海外读者阅读的原因

（图片来源：艾瑞咨询官网）

中国网络文学作品在海外已经拥有较为稳定的读者群，其中接触中国网络文学超过半年的读者占比 83. 4%，阅读数量超过 10 本的占比 63. 9%。除了这部分具有长时间阅读史的读者外，还有 12. 3%的新读者成为中国网络文学海外传播拓展的动力源。

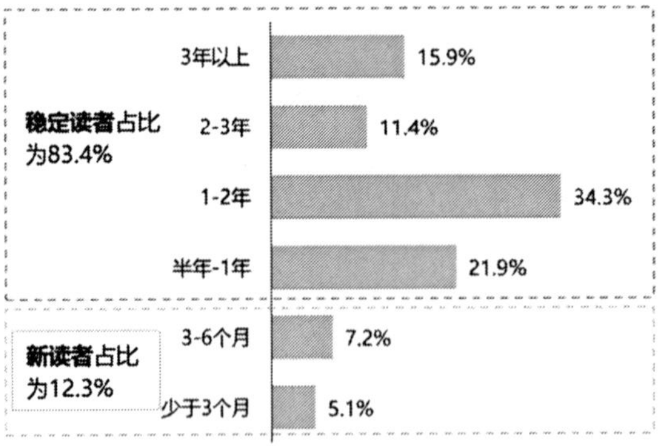

图 9　海外读者的接触时长

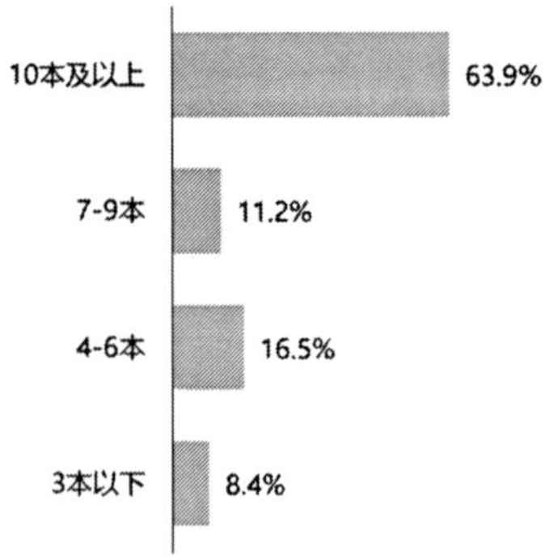

图 10　海外读者的阅读量

（图片来源：艾瑞咨询官网）

海外读者的阅读黏性也相当高，每天都进行阅读的读者占比为 83. 4%，每次阅读时长大于 2 小时的读者占比超过 57%。中文作品篇幅较长，更新频繁的特点也是海外读者养成阅读频率高、平均时长较长的阅读习惯的主要推动力。

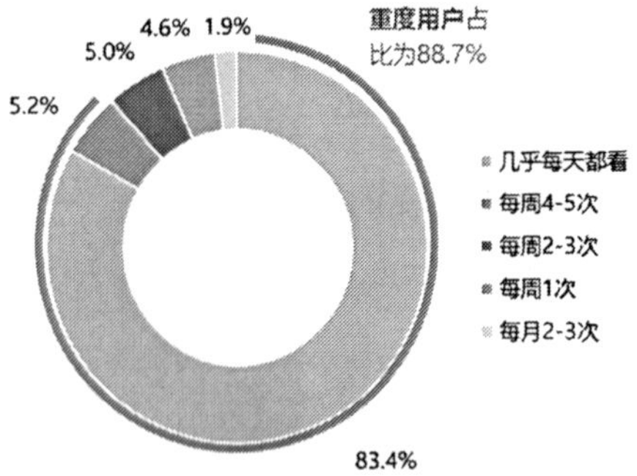

图 11　海外读者的阅读频率

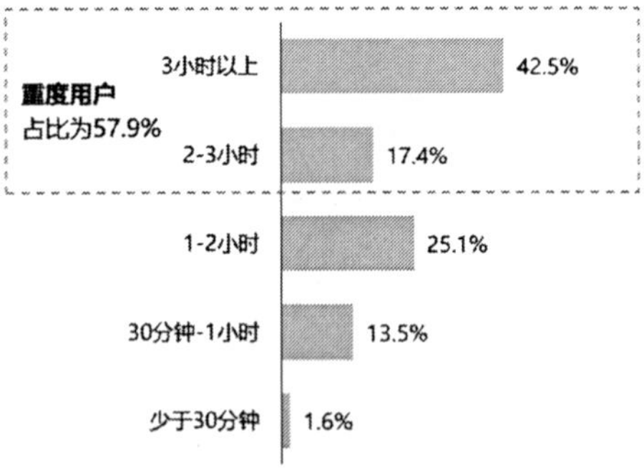

图 12　海外读者的阅读时长

（图片来源：艾瑞咨询官网）

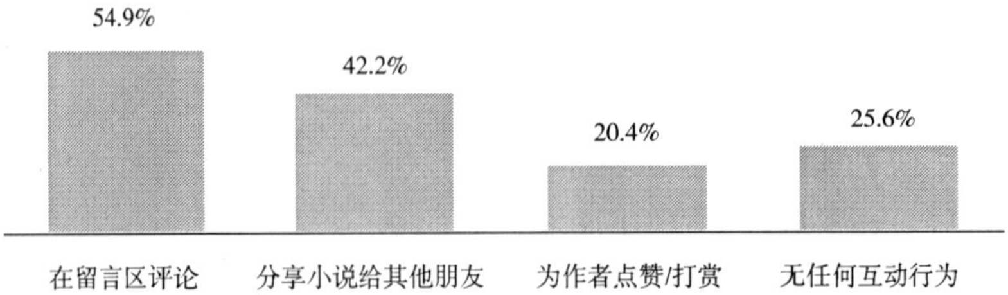

图 13　海外读者的互动行为

（图片来源：艾瑞咨询官网）

海外读者在阅读作品的同时，也会进行积极的互动行为，其中近55%的读者会为作品写评论，42%的读者会进行分享，这种情况反映出海外读者对于中文作品的认可与喜爱。基于海外读者对于作品的喜爱，他们的付费率达到48.4%，较2020年上升了17.2%，说明愿意以付费方式进行阅读的海外读者不断增多。在海外读者的消费行为中，78.6%是按小说章节进行付费，以会员充值方式进行阅读的比例为23.8%，打赏译者和作者的比例为14.8%，20.8%的读者花费金额超过50美元（约300多元）。

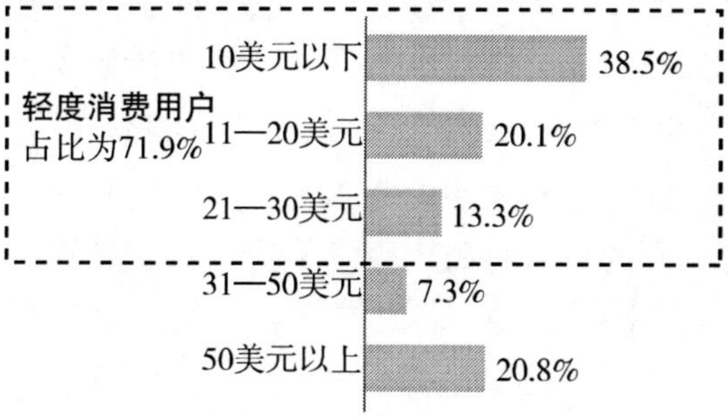

图14　海外读者的消费金额

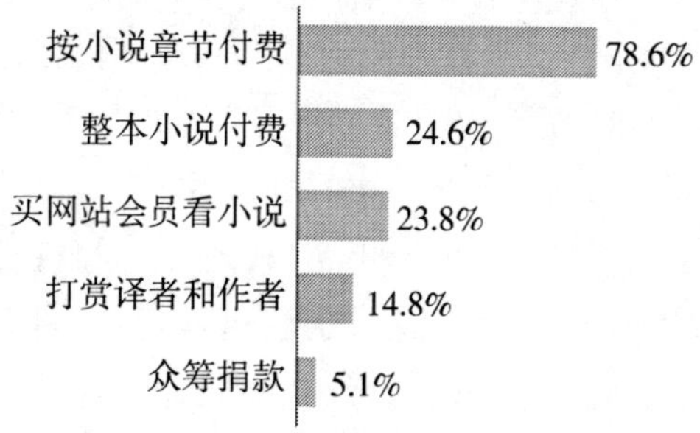

图15　海外读者的消费方式

（图片来源：艾瑞咨询官网）

综上而述，海外读者对中国网文的整体阅读体验是较为满意的，其中在中文作品的翻译质量和更新速度方面的满意度都超过了80%。同时，他们认为收费太高和停更是阅读过程中遇到的主要困难。

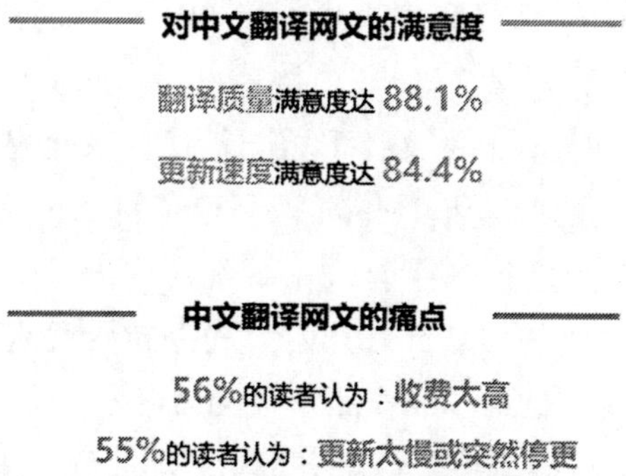

图16　海外读者的阅读满意度和困难

（图片来源：艾瑞咨询官网）

5. 科幻题材作品阅读渐热

科幻是对于未来的想象，是人类想象力的延伸。著名的科幻作家刘慈欣曾说过：“想象力是人类所拥有的一种似乎只应属于神的能力，它存在的意义也远超过我们的想象。”自1818年被视为人类历史上第一部科幻作品的《弗兰肯斯坦》问世以来，众多科幻作品层出不穷，这些作品不仅丰富了人类的精神世界，也承担了一定的预测现实世界发展的重要职能。例如，1944 年底，一篇精确描述原子弹功能的科幻小说在美国发表。这当即引起了美国军方的强烈震动，他们马上展开了一场调查。调查结果表明，军方正在秘密推进的“曼哈顿计划”并不存在任何泄密行为，小说中的描写只是作者的“推测”。几个月后，世界上第一颗原子弹爆炸。

2015 年，刘慈欣科幻长篇小说《三体》成为首个获得雨果奖的中国作品，科幻题材在我国掀起了一波阅读风潮。2019 年大年初一，电影《流浪地球》正式上映，其首轮档期为 2 月 5 日至 3 月 5 日，后密钥延长 2 个月，继续从 3 月 6 日上映至 5 月 5 日，累计上映 90 天，最终中国内地累计票房为 46.55 亿人民币，全球累计票房为 6.998 亿美元[①]。这部饱受赞誉的影片也是根据刘慈欣的同名科幻小说改编而成的，而且当刘慈欣第一次看到成片时，高兴地说道：“这部电影出人意料的好，开启了中国科幻电影的元年。”科幻文学与科幻电影的双双突破也引发了国人对于科幻题材的再次关注，这种关注迅速延伸至网络文学世界。9 月 12 日，在上海科协指导下，阅文集团、上海科技报社联合举办了主题为“阅见幻想、未来已来”的科幻跨界对谈会。会上，来自网络文学、视频平台、杂志出版、科研机构等各方嘉宾就如何讲好“新”科幻故事进行了深度讨论，同时阅文集团还发布了《2021 科幻网文新趋势报告》[②]。该报告数据显示，近年来科幻题材的网文作品多次获得行业重要奖项，从事该类型创作的作者数量日益增多，读者群体规模也不断扩大，网络文学已经成为科幻小说重要的展示平台之一。

从 2017 年至 2020 年，彩虹之门的作品《重生之超级战舰》、最终永恒的作品《深空之下》、天瑞说符的作品《我在火星上》和火中物的作品《千年回溯》先后获得中国科幻银河奖“最佳网络文学奖”，体现出科幻网文良好的精品化发展趋势。科幻网文发展的近 20 年间，作品的文体形式与话语体系也在不断进行创新与迭代。2003 年，以星际文明为主题的《小兵传奇》开启了科幻网文的序幕；2010 年，以未来世界为主题的《吞噬星空》一举打破平台纪录成为科幻网文中的现象级作品；2020 年，以进化变异为主题的《从红月开始》和以异界大陆为主题的《长夜余火》收获佳绩；2021 年，会说话的肘子的作品《夜的命名术》以赛博朋克为主题，成为科幻题材中的超级爆款，打破多项平台历史纪录；而天瑞说符的作品《我们生活在南京》则以末世危机为主题创作，口碑爆棚，成为“起点剧场”短篇栏目的榜首。分析这些科幻网文的代表性作品可以发现，科幻网文的主题在原有的传统母题上一直进行着探索与创新，涌现出赛博修仙、科幻种田等复合题材。毫无疑问，科幻网文已经成为科幻小说本土化的重要路径之一，年轻的作者和读者形成了全新的科幻

① 百度百科：“流浪地球”，https：//baike. baidu. com/item/流浪地球/16278407？fr=aladdin，2021 年 12 月 26 日查询。

② “阅文集团”公众号：《〈2021 科幻网文新趋势报告〉发布，原来有超 51 万作者在写科幻》，https：//mp. weixin. qq. com/s/7EvNmZpdYG9sP3FOLjUs-Q，2021 年 12 月 26 日查询。

话语体系，用独具特色的“中国科幻”作品，向世界讲述着中国故事。

从科幻网文的创作与阅读规模进行观察，可以发现截至 2021 年 8 月，阅文集团旗下平台的科幻网文作者数量累计超过 51 万，2016 年至 2020 年间，创作者人数逐年递增，2020 年的总人数比 2016 年增长 189%。而且，2021 年，有超过 22%的头部作家创作过科幻题材的作品。与之对应的是，超过 42%的读者追更科幻作品，使得科幻类别成为网文平台题材中的第五大类型。除此之外，科幻网文的创作与阅读群体还呈现出明显的“年轻化”趋势。近五年中，90 后的创作者超过 70%，成为科幻类型的绝对主力军；“Z 世代”创作者（95 后、00 后）迅速崛起，占比超过 58%。而“Z 世代”的读者也成为最主要的阅读力量，2021 年 6 月的数据显示，其数量同比增长超过 44%。这种年轻化的趋势可以反映出：“Z 世代”物质世界更丰富的一代，享受着各种科技发展的最新成果，他们见多识广，创新意识强烈，而科幻恰好是在现实生活的基础上对未来科技和生活方式的想象。“Z 世代”广阔的视野和前沿性的审美特征成为科幻题材写作、阅读的巨大优势。

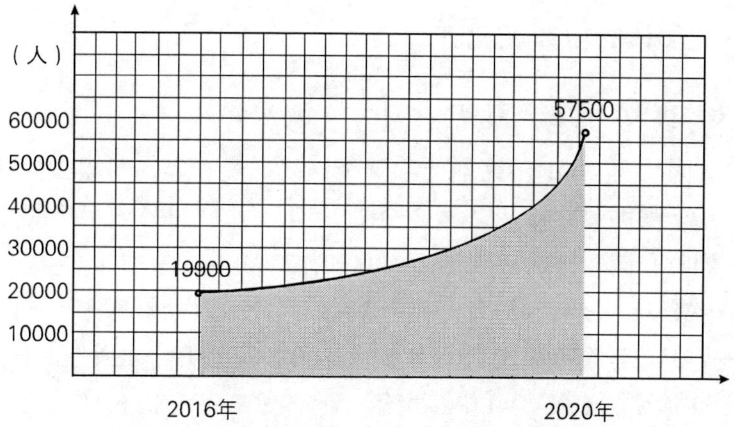

图 18　科幻作品“Z 世代”读者人数变化

（图片来源：《2021 科幻网文新趋势报告》）

在创作者与读者的双重驱动下，科幻网文实现了质量与口碑的同步提升。截至 2021 年 8 月，起点平台的月票榜前十作品中，科幻题材占了四部，它们是《夜的命名术》《星门》《深空彼岸》《从红月开始》。阅文集团“白金”作家会说话的肘子的作品《夜的命名术》，单月吸引 65 万人阅读、15 万人付费打 call，并且在阅读人数、收藏人数、均订数、付费人数、付费金额上都打破了起点平台的多项历史纪录。

作者的创作热情高涨，读者也回以同样的热情，双方借助网文平台的“即时段章评”等形式，展开了超越一般意义的深度互动。比如，在天瑞说符的《我们生活在南京》书评区，有无线电爱好者解释专业名词的释义和用法；在晨星 LL 的《学霸的黑科技系统》评论区，则有书友详细分析化学反应原理、讨论难题。越来越多的“野生课代表”自发形成了“科普氛围组”，在线整理知识点、答疑解惑。同时，这种深度互动也对作者的创作发挥了辅助性作用，为作品的展开奠定了最为基础的共识，大大降低了科幻作品的阅读门槛。《我们生活在南京》的作者天瑞说符说：“我们有一部分科幻作者内部形成了共识，即使你要写一些比较专业的内容，那你也可以不用在正文里插入大段科普类的内容。为什么？因为读者会帮你科普。”

《科幻世界》杂志社副总编姚海军说：“科幻是科技时代的文学。就像一句诗所讲，‘不识庐山真面目，只缘身在此山中’，虽然不能了解庐山的全面目、整个世界整体的面貌，但是我们知道哪一块可能会有危险，这是科幻很大的作用，它能够让我们避免一些坏的未来，选择一些好的未来。”这段话深刻地指出了科幻题材作品的重要作用，而科幻网文则是科幻文学在中国进行本土化的新尝试。在这个尝试过程中，严谨的科学知识与天马行空的想象完美结合，以故事的形式去探讨人类所面对的终极问题。因此，在未来，科幻网文一定会成为中国网络文学中最璀璨且独特的题材类型。

三、年度网文阅读的粉丝表现

1.《大奉打更人》的粉丝围观

《大奉打更人》是 2021 年完本的现象级网络文学作品，粉丝数量惊人，达到 910 万之多，粉丝发帖超过 3 万。截至 2021 年 12 月 22 日，该书出圈指数达到了 1603434 点。同时，该书获得 896.55 万的总推荐和 3146 的周推荐。粉丝支持力度很高，共获得 5 次起点月票榜第一名，其中 2021 年 2—5 月均蝉联第一，2021 年 7 月也获得了第一。从粉丝个人表现看，本书共有三个黄金盟，分别是书友“篆心字”“魔力飞车”和“闲暇之人”。其中排名第一的“篆心字”的粉丝值高达 20130416 点，排名前一百的皆为盟主。

除订阅、打赏之外，读者粉丝还发表了不少精彩评论。其中，书友“寒灰自暖”发表了题为“见奉使舵”的长篇书评，获赞 328 次，获得其他书友 71 条回应性评论。该书评从网络小说发展的历史高度对《大奉打更人》进行了深入分析，并称赞它是“新时代网文集大成的典范之作”。之所以如此，是因为它“博采畅销网文的精华之处”“无论是题材、节奏、文笔、小细节，都恰到好处”“男女雅俗都可以从这本书中获得自己的乐趣”。“寒灰自暖”还认为它是承前启后之作，“承前”是它对网文“爽这一领域的极致发扬，一如既往的酣畅淋漓”，而且“它还笔触间夹杂着与时俱进的小幽默，这些小幽默既有借鉴玩梗，也有金句造梗”。“启后”则大概是说，如今网文已经进入百花齐放时代，“分化出各种小众向的网文类型”，《大奉打更人》给了“高品质的精品网文”创作以重要启示，那就是“注重网文的文学性，用质量弥补数量”。这篇评论站位高、分析细致，展现了《大奉打更人》

读者中高水平粉丝的风貌。

《大奉打更人》书友圈最突出的特点就是大家在交流时特别喜欢玩梗。比如书友们纷纷赞叹作者的所谓“车技”，即用暧昧话语来玩梗的表达方式。书友们基本的共识是，该书能将仙、侠和“车”调和的很好，这也是该作品取得成功的重要原因。如书友“素素清晨”发表《这本书，我说两句……》的书评说：“这部小说，分类在仙侠，我却品出四分侠气四分车车两分仙气，但是写侠没有鲁莽杀杀杀，写仙没有修修修，开车开的也是坦率可爱，色而不淫……”事实也的确如此。最能与此印证的一点是，书中写了众多女主，但这些女主对男主却不是一味的无脑跪舔，而是被塑造成许多女性读者心目中的“宝藏女孩”。除了玩梗之外，还必须看到，读者们从小说中获得的体验是相当丰富的。书友“恋 Tong”的点评是非常有代表性的：

有一种承诺：许七安一诺千金重；……；有一种爱情：圣子太上忘情；有一种善念：妙真的但行好事，莫问前程；有一种梦想：许宁晏插花弄玉刺帝品香；有一种亲情：许七安磨刀霍霍向爹砍；有一种无语：孙师兄寻猴记。剩下的你们编吧！

——恋 Tong：“第一章　牢狱之灾”本章说

在《大奉打更人》的书友圈交流中，同人创作也非常值得一观。

在同人文创作中，书友“春雨江上犁”发表的《【大奉留念】七夕之飞燕有情许有意》获赞 894 次，书友评论 155 次。此外共有等近 20 篇同人文被书友“加精”。这些同人创作，凝聚了书友的心血，读之可喜，令人钦佩。

从全网的情况看，微博的反响比较值得关注。小说微博超话读者有 913 人，阅读 8228. 3 万次，帖子 335 篇。微博话题热度方面，共计 7 个话题，讨论 20169 次，阅读 3085. 5 万次。从全年情况看，上半年小说的话题度比较高，1—3 月网络上涉及《大奉打更人》的关键词谈论共计 26560 篇次；4—6 月谈论更是达到了 136485 篇次。下半年则有所回落，7—9 月网络上涉及的谈论共计 21647 篇次。8 月 5 日小说完结，也未出现讨论峰值，10—11 月的讨论已在 5000 篇以下。

在读者和粉丝的众多讨论中，热度较高的是网友“就木_ ”的一篇题为《昨晚卖报托梦给我大结局……突然所有疑问都明白了……》的文章。该文 800 多字，属于读者书评中的长评了。文章主要谈了两个方面：一是按照自己的理解梳理通了小说的时间线。小说涉及多个架空设计的历史时期，在网文阅读中已属有些“烧脑”的问题，把握它们之间的时间顺序，有利于准确地把握小说内核。二是按照自己的理解“解决”了小说中诸如“功德气运国运到底是什么?”等 7 个方面的疑问。①

其次，抓住书中的一些地方吐槽，也是网友关注度高的话题。

此外，与起点书友圈中许多书友关心男女主人公之间的关系、喜欢“买股”站

① 就木_ ：《昨晚卖报托梦给我大结局……突然所有疑问都明白了……》，http：//tieba. baidu. com/p/7277535608，2021 年 12 月 20 日查询。

队一样，关注小说的网友也非常关心男主与自己中意的女主的 CP 向走势。尽管书中男女主人公最终的结局是有情人终成眷属，超出了该网友的预期，但网友对小说人物命运的关注已经表露无遗。总体来看，《大奉打更人》的书友交流氛围是非常欢快的。

2.《一剑独尊》的粉丝反响

青鸾峰上的《一剑独尊》是一部典型的小白爽文。尤需注意的是，它在多个平台同步发表，均有不俗反响。青鸾峰上是纵横中文网的签约作家。截至 2021 年 12 月 22 日，在纵横中文网上，该书的总点击量是 37012.3 万次，总推荐 2045.8 万次，总收藏 17.6 万。在免费平台番茄小说网上显示，该书有 113 万人正在阅读，有 37.7 万人进行了点评，评分高达 9.4 分。番茄网为小说列出了粉丝榜，并给每个书友在每本书的互动行为打出贡献值，以记录其为这本书良好的互动氛围做出的贡献。与起点中文网等给出的粉丝值不同，番茄网打出的贡献值主要依据是书评、章评、短评等各种评论，以及在书圈中发表的话题、故事和讨论等等。当然，经济因素也考虑在内，比如“付费送礼物”“1 元 = 5 贡献值”。此举激励书友互动而不是一味只看订阅、打赏，这一举措有利于整个番茄社区做大做强，值得称道。目前来看，该书粉丝榜的前三位分别是“董家军老董”（9349 贡献值）、“妹儿爱看书”（8947 贡献值）和“叔爱看妹儿”（7585 贡献值）。在喜马拉雅平台，该书有多位主播演绎。其中“有声的紫襟”（男女双播）演绎的播放量最大，达到 27.4 亿，位列喜马拉雅有声书热播榜的第 3 位，订阅量为 261.3 万，评分高达 9.2 分。其所获的评价数量超过了 1 万（当然，喜马拉雅平台的受众评价并非仅仅指向文字作品，很多时候是对主播演播状况的评价）。

从书友的评论内容来看，《一剑独尊》书友的年龄构成相对年轻化，言辞间都流露出热血慷慨之气，与作品的气质吻合度很高。如书友“醉红尘之外”发表了题为《写给卵总的铁粉们》的近千字长评，在《一剑独尊》的书友圈中被置顶，就比较有代表性。试摘录几段：

于我而言，喜欢一本书，首先是欣赏一个人的性情。网文汗牛充栋，作家数不胜数，于网文的汪洋之中，结缘《剑域》，殊为不易，更是缘分！初读剑域，于青鸾的文字中，忽然有了一种明悟，也略带几分伤感。原来，我也年轻过，我也狂傲过！岁月，变了心境，改了容颜，却终究带不走赤子情怀，带不走骨子里与生俱来的狂傲，还有那份真。

我毕业至今参加工作已有十年，其间波波折折、兜兜转转……我想说的是：有坚持与梦想的灵魂，从不会屈服于命运的安排与压迫，必会迎来生命的涅槃重生！

青鸾由于年龄与经历的缘故，文字稍显直白、细腻不足，但胜在不做作、不俗套，笔下没有媚骨，这也是性格使然……

对于你喜欢的东西，你可以千金不换，即使在别人眼里一文不值，这就是性情。我喜欢青鸾的真和狂傲，也喜欢他的青涩与极端，因为性情很难改变，而人在渐渐成熟，文无第一，只要你依然愿意前行，依然勤而有毅力，我们就不会走开。①

这位书友结合自身经历，道出了自己喜爱青鸾峰上的理由，也不避讳他存在的不足，显得情真意切，很好地反映了《一剑独尊》的粉丝心态，对于理解类似作品粉丝心态也有参考价值。

除了对作品和作者的推崇，书友的讨论中也存在对作品的一些批评意见。综合来看，大家认为本书有些高开低走，故事后期的质量不如前期。例如，书友“迷失0乐园”就说：“老实说，这书开头还是很有意思。就是被针对，也是猪角自己扛，越级打怪，也是各种飞剑，各种激斗。现在呢？居然动不动就是提起天命，每个篇幅作者都没写仔细，马上就来下一批更强的敌人。读者还在一脸懵。写得不够细。评论区一堆人说水，青大哪里需要管他们？好好写你的书就完事了，把内容写好，人物再饱满点，敌人写得更深刻点。别因为是龙套，就动不动什么老者，什么中年人的，让这些龙套也给点镜头，让他们也饱满点，起码看起来，好看点。这书节奏实在太快，当初《剑域》中期，也有这种问题，各种提速，感觉很不好。”② 该评论获赞42次，连作者青鸾峰上也在评论区留言：“我会放慢节奏!! 感谢提出建议。”这样的读者与作者之间的良性互动是我们喜闻乐见的，对于整个网文的发展都是有益的。

从全网的情况看，网络上涉及《一剑独尊》的关键词谈论热度不算太高，我们利用“新浪舆情通”搜索发现，2021年1—3月共计5943篇次，4—6月共计7685篇次，7—9月共计2868篇次，10—11月共计559篇次，讨论中较为活跃的媒体主要有新浪微博、百度贴吧、西瓜视频、懂车帝、微信等。从话题内容来看，网友吐槽的比较多，表达方式也比较粗鲁，故不赘述。综合看来，《一剑独尊》的受欢迎程度还是非常高的，在多个类型的平台发布都取得不错的成绩，难能可贵。

四、年度网文阅读特点与趋势

1. 用户总规模趋于饱和中的读者分化

我们注意到，从2020年开始，我国网络文学用户规模的增速就已经明显放缓。截至2021年6月，网络文学用户数量为4.61亿，与2020年12月基本持平。可见，用户规模趋于饱和是一个客观事实。如前所述，我们认为，这种饱和态势的出现，

① 醉红尘之外：《写给卵总的铁粉们》，https://app.zongheng.com/f/t/216287/18024172，2021年12月22日查询。

② 迷失0乐园：《这书越写越接近无敌剑域》，https://app.zongheng.com/f/t/216287/21756973，2021年12月22日查询。

是当前网络生态发展，特别是网民娱乐方式调整的自然结果。其中尤为突出的是视频娱乐吸引了大量用户，占据了他们主要的娱乐时间，实际上形成了整个网民内部的娱乐用户分流。其次，这也与网络文学网站数量的下降有关。自国家新闻出版署和全国“扫黄打非”办公室联合部署各地组织开展网络文学专项整治工作以来，一些违法违规网站被查处、关闭，这也会在一定程度上导致用户流失。另外，从网络文学的内容生产上来看，在网络文学整体向主流化和精品化迈进、顶流作品出现明显的审美升级的同时，我们也注意到，有不少书友反映：现在的网文不如以前的好看了。因为有这种带有落差性的自我体验，所以也导致部分用户脱粉，退出网文阅读行列，这也是我国网络文学用户规模增长明显放缓的一个不容忽视的原因。

不过，是否真的如这些书友（或者曾经的书友）所反映的那样，如今的网络小说没有以前的好看了呢？事情并非如此简单。一方面应该承认，对于拥有千万级作品数量的网络文学而言，良莠不齐是其内部存在的普遍性问题。因此，就如此大体量的作品数量而言，质量上要在短期内出现明显提升是困难的，故而，书友们经常能够看到不好看的网络文学作品。这是不是意味着我们作出的网络文学已经出现审美升级的判断不准确呢？也并非如此。因为，一是从顶流作品看，它们的整体品质相对于付费制度建立初期的作品质量而言提升得非常明显，而且出现了如《长夜余火》《剑来》这类有一定探索性的作品。二是从网络文学创作队伍内部的反映来看，作者们普遍认为，如今的网文更难写了，要出爆款比以前更难了。由此可见，网络文学的确已经出现审美升级。那么，既然如此为什么还是会有许多书友认为如今的网文没有之前的好看了呢？我们认为这与书友们自身品位的提升有很大关系。几年以前，我国网络文学读者的平均书龄就已经“破 4”（即超过 4 年），也就是说他们已经整体上成长为一个拥有更高欣赏能力的阅读群体。他们的阅读快感阈值提升，对作品自然也就更加挑剔。在这样的情况下，许多书友发出“不好看”的感叹就是十分正常的事情了。这在一定程度上反映了网络文学创作上的审美升级或许还赶不上网络文学读者的欣赏能力提升的速度。

如果说上述情况涉及的是某种“外部分流”的话，那么从网络文学读者群体内部看，在用户规模趋于饱和的态势下，受整体环境影响，读者内部也出现了分流。这种分流最明显的体现是：一方面由于消费能力的制约，出现小白阅读消费壁垒，使大量读者转向免费阅读；另一方面付费阅读市场固定，用户黏性增强，特别是作家拥趸依然牢固。也就是说，愿意付费的用户付费意愿更高，不愿意付费的用户则更多地选择免费阅读，分化态势正在形成。正因为如此，才形成今年免费阅读数据非常亮眼的情势。这一点前文已述，不再重复。必须承认，免费阅读对付费阅读是有一定冲击的，但也应该看到，免费阅读也是正版阅读，它是对盗版阅读市场的有效冲击，尤其是在培养下沉市场用户、为部分中下游作者创造工作机会等方面还是有一定帮助的。因此，免费阅读应与付费阅读携手并进，才能维护良好的创作环境。

免费阅读数据亮眼、付费阅读用户黏性提升也不容忽视。前文所述的一些头部网站用户数量增长就证明了这一点。同样能够说明问题的是，虽然用户使用率在下降，但用户个人付费额却在上升。2021 上半年，阅文平台月均付费用户数 930 万，每名付费用户月均收入同比增加 6.7%至 36.4 元。此外，集团在线阅读业务创收 25.4 亿元，同比增长 3.4%。① 目前在整个网络文学付费阅读市场，新媒体的付费用户成本，已经从原来的人均40，涨到了现在的150—400，均价250 左右。② 同时，2021 年，阅文、中文在线等网文集团都在强调“加大 IP 多元开发力度”这一发展理念，而打造 IP 的核心还是在于愿意付费的忠实铁粉，正是这些忠诚度高的粉丝的真金白银在支持着网络文学及其产业链的发展。2021 年 8 月 16 日，阅文集团发布的业绩报告显示：2021 年上半年，阅文集团总收入同比增长 33.2%至 43.4 亿元；其中，版权运营及其他收入同比增长 124.5%至 18.0 亿元。③ 2021 年年初，阅文成立了“IP 增值中心”，其经营重心是立足于基于优质 IP 内容创作的、并获得广泛用户认可的视觉化形象，在消费品、潮流玩具和线下实景消费等领域，与产业上下游伙伴形成积极合作与联动，积极布局全球 IP 授权市场。④ 另外，作家的粉丝支持力度不减，也是付费用户黏性强的有力证明。在回顾年度整体阅读概貌时，我们就提前注意到一个现象：作家纷纷开新作，立刻引发全网热议，获得大量书友支持。比如天蚕土豆的新作《万相之王》，尽管采用了全网发表的模式，即免费、付费均可阅读，但其在起点中文网的付费数据仍然亮眼；截至 12 月 29 日，其作品的粉丝数已有 37 万，并获得 19.82 万总推荐、1222 周推荐。粉丝支持力度之大、用户黏性之高，由此可见。优秀级作家之所以可以不受免费阅读和付费阅读区分的影响仍然获得超高回报，关键还在其作品的质量。

综合来看，在网络文学用户规模趋于饱和的前提下，免费阅读和付费阅读双管齐下，是维持当前用户规模稳定的必要手段，而最终决定读者去留和其阅读模式选择的，仍然是内容质量对于读者的影响力。

2. 技术因素对网络文学产生与接受的影响日益深刻

网络文学的产生与互联网技术的发展和普及是基本同步的，或者说网络文学是数字化技术发展的产物。随着技术自身的不断进步，其对网络文学的阅读与接受所产生的影响越来越显著。这种影响不仅体现在内容上，更是渗透于网络文学产业发

① 猎云网：《阅文集团上半年营收 43.4 亿元同比增长 33.2%，归母净利润 6.65 亿元同比增长 30 倍》，https://baijiahao.baidu.com/s?id=1708247341611137648&wfr=spider&for=pc，2021 年 12 月 18 日查询。

② 腾讯网：《字节跳动新增两款付费小说应用：用免费打死同行，再自己玩收费》，https://new.qq.com/omn/20211113/20211113A0018900.html，2021 年 12 月 18 日查询。

③ 扬子晚报：《阅文 2021 上半年财报：总收入 43.4 亿元同比增长 33.2%》，https://baijiahao.baidu.com/s?id=1708253076966703288&wfr=spider&for=pc，2021 年 12 月 28 日查询。

④ 扬子晚报：《阅文 2021 上半年财报：总收入 43.4 亿元同比增长 33.2%》，https://baijiahao.baidu.com/s?id=1708253076966703288&wfr=spider&for=pc，2021 年 12 月 28 日查询。

展的各个环节。

在内容方面，网络文学作品越来越多地引入现代技术，越来越侧重对现实生活的反映，这一点与传统文学是一致的。例如，系统、空间是网络文学作品中比较流行的元素，通过自身携带的、具有特殊功能的系统或者空间，主角可以在不同时代背景下开创属于自己的独特故事。但在最近，经典的系统、空间文又出现了新元素。例如，“拼夕夕”作为“拼多多”的戏称，不断出现在这类题材中。“拼多多”，成立于 2015 年，是国内移动互联网的主流第三方社交电商平台，业务重点在于 C2M 拼团购物。早期被质疑为山寨商品平台，而到了 2019 年，则入选中国品牌强国盛典榜样 100 品牌。截至 2020 年底，平台活跃买家数量达到 7. 884 亿①，成为中国用户规模最大的电商平台。当拼多多成为大众日常生活中最为常用的购物平台之一时，可以认为这是大众对于拼团购物理念的认可，也是对实现这一理念技术的接受。紧随其后的是，网络文学作品对于这一社会现实的反映。网络文学众多题材中科幻作品的数量也日趋增长。科幻作品是基于现实的前提下对未来的想象。科幻作品数量的增加也反映出科技发展对于人类及其生活方式反思的深入。只是这种反思以科学幻想的形式出现，或者说是在现实发展的基础上，利用预测未来的方式将科技发展的影响呈现出来，从而将存在于日常生活中且习以为常的技术影响距离化、陌生化，以此引导人们重新去思考技术与人的关系。当今社会，技术越来越广泛地进入人们的日常生活，也进入人类的主观意识、心理、情感领域。文学是时代的产物，网络文学也遵循着这一客观规律，因此在技术广泛而又深入影响生活的当下，网络文学对于技术影响的呈现也具有必然性。如《大奉打更人》中描写天地会成员散步各地，却能持 9 种地书编号的碎片随时交换情报、守望互助，显然也是受现代微信朋友圈技术观念的影响。相信随着技术的发展，网络文学的内容必将会不断回应技术新变的趋势。

除了对网络文学内容的影响外，技术发展对网络文学的产业发展也产生了巨大影响。首先，互联网技术的发展是网络文学发展的基础，技术的普及很大程度上推动了网络文学用户的增长。中国互联网络发展状况统计报告的数据显示，2011 年中国互联网的普及率为 36. 2%，网民规模为 4. 85 亿，手机网民规模为 3. 18 亿，网络文学用户规模为 2. 03 亿；2018 年，中国互联网的普及率为 59. 6%，网民规模为 8. 29 亿，手机网民规模为 8. 17 亿，网络文学用户规模为 4. 32 亿；2021 年，中国互联网的普及率为 71. 6%，网民规模为 10. 11 亿，手机网民规模为 10. 07 亿，网络文学用户规模为 4. 61 亿。通过上述数据不难发现，网络文学的用户规模与互联网普及率和网民规模成正相关关系，即互联网的普及率越高，网民规模越大，其中使用网

① 百度百科：“拼多多”，https：//baike. baidu. com/item/拼多多/19143667？fr = aladdin，2021 年 12 月 28 日查询。

络文学的网民也就越多。另外，网络支付系统的发展，尤其是手机支付的便捷使得网络文学的付费阅读模式成为其网络文学作品变现的重要途径。当下很大一部分用户对于网络文学内容的付费意愿减弱，导致这种情况的最重要原因就是层出不穷的盗版问题。文字盗版的门槛极低，而业界并没有足够的技术支撑对盗版行为的彻底阻截与控制。因此，网络文学从最初的免费阅读发展为付费阅读，如今却又向免费阅读回归，这其中的重要原因便是技术的制约。

其次，大数据、人工智能技术的发展开始有效地帮助作者创作，帮助平台打造个性化的阅读服务。当下网络文学的内容写作处于全面数据化的网络空间当中，使得内容创作具备可计算性与可重组性。专门辅助网络文学写作的智能工具如“橙瓜码字”“大作家超级写作软件”等智能工具，可以根据作者的需要生成小说中的人物服饰、外貌、对话、场景、意象等描写素材，帮助作者组织语言。“大作家”软件提供的章节自动生成功能十分强大，对于生成内容中不合理的文字，软件提供了快速定位、替换和修改功能，十几分钟内就可以完成故事的逻辑线索。在全自动模式下，一个熟练用户用“大作家”写作小说的速度可以达到每天 5000—20000 字①。另外在阅读环节，人工智能及算法正在被运用于网络文学的分发环节。过去网络文学分发主要考虑的是文本质量和读者的整体性需求，而当下的智能推荐技术开启了网络文学千人千面的分发模式。根据网络文学读者的点击、评论、点赞、分享、地理位置等信息进行数据化分析，可以通过算法模型对用户进行画像，将用户信息与网络文学类型、题材、主题、创作者、文本长度等信息进行多维度匹配，以此精准把握读者的需求，实现分发、推荐的精准性和高效性。智能推荐技术的发展加速了网络文学“个性化供给”的步伐，有利于作品与读者之间的结构性匹配，帮助平台盘活内容资源，增强自身用户黏性，同时也大大降低了读者在“信息超载”的数字空间获取个性化文本的成本，提升了读者的阅读体验。

最后，人工智能在网络文学的翻译领域赋能效应突出，使得异域跨语言文学读者可以更迅速地阅读到高质量的作品。随着网络文学在海外的广泛传播，对于中国网络文学作品的翻译需求日益增加，而众包模式下的翻译质量不高，企业模式下的翻译文本产出效率低下，这些问题都成为制约网络文学海外传播的瓶颈。推文科技是一家成立于 2017 年的人工智能科技公司，它是全球首个将人工智能翻译用于网络文学的企业，他们自主研发网络文学多语言 AI 翻译生产系统，可使行业效率提高 3600 倍（翻译 1000 字，人工需要 1 小时，AI 需要 1 秒），成本降低到原来的 1%（翻译 100 万字，人工需要 10 万元，AI 需要 1000 元）。② 一方面，人工智能通过深

① 百度百科：“大作家超级写作软件”，https：//baike. baidu. com/item/大作家超级写作软件/10332324?fr=aladdin，2021 年 12 月 26 日查询。

② 艾瑞咨询：《中国网络文学出海报告》，https：//report. iresearch. cn/report_ pdf. aspx? id=3840，2021 年 12 月 28 日查询。

度学习、高性能计算、大体量语料库为网络文学的文本识别、机器翻译、译后编辑与校订注入了活力，以自动化、迅捷化的方式实现了网络文学的批量译介，大幅度提升了网络文学的海外传播效率；另一方面，人工智能系统制造了更为朴实、接地气的翻译风格，消除了网络文学翻译中的“精英行”障碍，同时解决了众包模式下翻译质量不高的问题，让经过转译的网文作品更具可读性，使中国的网络文学加速成为“世界的网络文学”。

技术进步对于网络文学的发展产生了积极的影响，但并不意味着这种影响完全没有副作用。人工智能推荐技术从受众阅读兴趣和需求出发，绕开了网络文学的内容价值，对作品进行了前置性地过滤，这样的做法容易使有内涵、有价值、有思想深度的作品被边缘化。而由机器主导的智能化文本筛选、分析、推算很容易滋生功利化的运营行为。网络文学平台利用用户消费性数据进行智能选题与策划，引导故事构架和小说的价值取向，这种“读者要什么就生产什么”的方式促使受众形成选择性的文本阅读和价值接受习惯，容易加剧价值窄化，不利于审美能力、文化品位和价值辨识能力的提升。

（王蕾、陈海燕、蔡悦、穆贵亳、周兴杰　执笔）

第六章　网络文学产业

从文化产业角度看，中国网络文学市场主要分成线上产业、线下出版和网文 IP 跨界改编运营等三大部分。根据中国互联网络信息中心 2021 年 8 月发布的第 48 次《中国互联网络发展状况统计报告》显示，截至 2021 年 6 月，网络文学用户为 4.61 亿人，较 2020 年底增长 114 万人；网络文学用户占网民整体的 45.6%，较 2019 年 9 月的 53.2%占比和 2020 年 3 月的 50.4%有明显下降。并且，这次的统计报告中不再设单独章节介绍网络文学发展状况。由此可以看出，2021 年网络文学的线上产业部分受到一定的冲击，在付费阅读和免费阅读的竞争之余，网络视频，尤其是短视频，对网络文学的线上消费冲击更大。但网络文学的线下出版仍然保持了较好的发展态势，同时在网文 IP 跨界开发中开辟了更具活力的泛娱乐文创产业。

一、网络文学线上产业

1. 付费、免费与短视频冲击

（1）付费阅读业绩及其市场困境

自 2003 年 10 月起点中文网首次推出 VIP 付费阅读制，到 2021 年，付费阅读已发展为网络文学线上产业化盈利的主流模式，成为网络文学收入的主要来源，网站在线收费制度趋于成熟和完善。付费阅读主要指读者通过充值的方式获得会员身份，从而能够在免费试读结束后继续阅读网文作品的剩余章节。2021 年，部分文学网站的收费模式如下：

① 起点中文网、起点女生网

等级	普通用户	普通会员	高级会员	初级 VIP	高级 VIP
升级条件	——	一次性充值 1 元	12 个自然月内消费满 199 元	12 个自然月内消费满 1200 元	12 个自然月内消费满 3600 元
付费标准	5 分/千字	5 分/千字	5 分/千字	4 分/千字	3 分/千字

② 小说阅读网

阅读币与人民币兑换比例和充值方式有关，网银、支付宝、财付通充值 1 元人民币兑换 100 阅读币；手机充值卡充值 100 元获得 8500 阅读币；手机短信充值 30

元获得1200阅读币；Q币卡充值10元获得800阅读币。

官方付费定价标准为：3阅读币/千字，由作者自主定价的作品，价格在3—10个阅读币/千字不等，不足千字部分不计费。

③ 17K小说网

根据充值数额不同分为17个VIP等级，根据等级不同每千字收费3—5分钱不等，也可使用包月服务，任意阅读VIP章节。

包月时长	1个月	3个月	6个月	1年
收费	15元	40元	66元	108元
续包	19.9元/月	15元/月	12元/月	9月/月

④ QQ阅读、创世中文网、云起书院

等级	VIP1	VIP2	VIP3	VIP4	VIP5	VIP6	VIP7	VIP8	VIP9
累计消费	任意	6000	18000	36000	72000	128000	240000	480000	960000
订阅价格	5	5	5	5	4	4	3	3	3

（注：升级累计按照过往12个月动态计算，表格中单位均为书币，1书币=0.01元）

⑤ 纵横中文网

等级	VIP1	VIP2	VIP3	VIP4	VIP5
累计消费	充值	50元	500元	5000元	50000元
订阅价格	5分/千字	3分/千字	3分/千字	3分/千字	3分/千字

⑥飞库网

不同充值方式可以充值的上限不同，支付宝、网银、话费充值的起充金额不同，网站内最低10元起充值，1元/100飞币，即1分钱兑换1飞币，总体上5分/千字。

⑦ 潇湘书院

根据粉丝值的不同分为10个等级，根据等级不同每千字收费3—5分钱不等；可单本购买电子书，书籍价格为1—5元不等；也可使用包月服务，任意阅读VIP章节。

包月时长	1个月	3个月	6个月	12个月	24个月
收费	15元	40元	70元	120元	200元

⑧ 晋江文学城

部分VIP作品更新完结后经过筛选会被收录到完结包月库中，即VIP作品阅读权限高于完结包月库作品，包月又分为“3元5本”和“15元通读”两种。每千字阅读收费价格如下：

等级	消费用户	普通用户	初级 vip 用户	高级 vip 用户
升级条件	在晋江网注册或登录的用户	单笔充值 3000 晋江币/15 天累计消费 1500 晋江币	单笔充值 10000 晋江币/30 天累计消费 3000 晋江币	365 天内累计消费 120000 晋江币
普通章节价格	5 分/千字	5 分/千字	4 分/千字	3 分/千字
最新章节价格	10 分/千字	5 分/千字	4 分/千字	3 分/千字
vip 和霸王票折扣	无	无	有机会获打折卡	有机会获打折卡

（注：根据不同方式充值所收取的手续费不同，1 晋江币 = 0.01 元）

⑨飞卢小说网

等级	普通会员	初级 VIP	高级 VIP	星级 VIP
升级条件	注册即可	账户余额满 30 元/消费满 30 元	账户余额满 100 元/消费满 100 元	账户余额满 365 元/消费满 365 元
收费	5 点/千字	3 点/千字	2.5 点/千字	2 点/千字

（注：1 点 = 0.01 元）

⑩榕树下

包月时长	1 个月	3 个月	6 个月	12 个月	24 个月
收费	1000 金叶	2400 金叶	4200 金叶	7200 金叶	12000 金叶

（注：1 金叶 = 0.01 元）

⑪香网

VIP 章节统一 4 香币/千字，支付宝与微信充值渠道下，1 香币 = 0.01 元。

⑫3G 书城

VIP 作品收费章节的消费价格为 0.03 元/千字（即 3 点谷粒/千字），支付宝与微信充值渠道下，1 香币 = 0.01 元。

⑬言情小说吧、红袖添香

等级	VIP1	VIP2	VIP3	VIP4	VIP5	VIP6	VIP7	VIP8	VIP9
累计消费	任意	6000	18000	36000	72000	128000	240000	480000	960000
订阅价格	5	5	5	5	4	4	3	3	3

（注：升级累计按照过往 12 个月动态计算，表格中单位均为书币，1 书币 = 0.01 元）

⑭磨铁中文网

等级	VIP0	VIP1	VIP2	VIP3	VIP4	VIP5
积分条件	1—999	1k—4999	5k—19999	20k—99999	100k—199999	200k 以上
收费/千字	5 磨铁币	5 磨铁币	5 磨铁币	4 磨铁币	4 磨铁币	3 磨铁币

（注：1 磨铁币 = 0.01 元）

⑮蔷薇书院

等级	初级 VIP 会员	高级 VIP 会员	粉钻用户
升级条件	一次性充值 10 元以上	一次性充值 50 元以上	一次性充值 365 元以上
收费	4 分/每千字	3 分/每千字	3 分/每千字

⑯红薯中文网

会员类型	红薯小说 VIP 章节	红薯 A 级小说 VIP 章节	红薯 S 级小说 VIP 章节
初级 VIP 会员	4 红薯币/千字	5 红薯币/千字	6 红薯币/千字
收费	3 红薯币/千字	4 红薯币/千字	5 红薯币/千字
高级 VIP 会员	2 红薯币/千字	3 红薯币/千字	4 红薯币/千字

值得一提的是，阅文集团在网文市场的地位仍不可撼动，其制定的付费制度依然影响着行业标准。从上述网站的数据可以看出，阅文集团所属网站所制定的收费标准在很大程度上代表了行业的一般定价。但据阅文集团财报，2017 年至 2019 年，阅文集团线上收入从 83.4%下降至 44.4%，付费阅读盈利收缩。可以看到，付费阅读虽然仍是网络文学最主要的线上产业形式，但其发展已进入“瓶颈期”，免费阅读兴起及流量红利丧失带来的桎梏明显。

2020 年 4 月 27 日，阅文集团调整管理团队。随即网上有声音称，在阅文集团推出针对创作者的新合同中存在不少“霸王条款”。同时有传言称阅文将改变网络文学作品的付费阅读模式，强推免费阅读。这意味着网络文学作者的收益可能受到影响，引起网络文学作者和读者的担忧。

对此，阅文集团多次回应推行“全部免费阅读”不可能，也不现实，并承诺会在与作家们进行广泛沟通的基础上推出新版合同，但这未能平息网上的争论，“阅文风波”持续发酵。从阅文集团被指责“霸王合同”、传言“强推免费”、部分网络文学作者发起“五五断更节”（即 5 月 5 日在多家网络平台上停止作品更新，以表达不满），到阅文集团的接连辟谣、5 月 6 日新任管理层和网文作者代表举办恳谈会。在持续一个月的争论中，一系列事件让阅文集团频频陷入舆论旋涡，也让有关网络文学免费与付费两种商业模式的争议再次被推到风口浪尖。

虽然阅文集团多次明确“全面免费”不可能、不现实，但也提出“免费阅读的推行机制正在讨论中，作家未来可自主选择免费或付费模式”，可见付费阅读不再是唯一选择，免费阅读模式冲击付费阅读主流地位已是毋庸置疑的事实。

根据2021年4月在第七届中国数字阅读大会发布的《2020年度中国数字阅读报告》显示，2020年中国数字阅读产业规模达351.6亿元，增长率达21.8%。收入结构中，订阅收入仍为主体，其中付费订阅占总收入的58%，约203亿元。

另外，免费阅读的发展带动广告收入占比20.9%，相比上一年1.9%增幅明显。专业阅读收入中，内容/服务付费收入占97.2%；有声阅读收入中，付费音频收入占62.6%。

2021年8月16日，阅文集团公布了2021年上半年财报，财报显示：2021年上半年，其实现了营收43.4亿元，同比增长33.2%；净利润10.83亿元，而去年同期亏损32.96亿元；归母净利润6.65亿元，同比增长30倍；毛利22.88亿元，同比增加32.2%。显而易见，相较于2020年全年亏损40多亿元，阅文集团已经实现了扭亏为盈。不仅如此，在阅读与IP这两条盈利主线上也取得了较好的成绩，成为腾讯文娱三驾马车之一，但同时用户数量放缓、《青簪行》踩雷以及成本压力等，也成为阅文集团面临的问题。

不可否认，在线阅读是阅文集团曾经最主要的阵地，如今依然为阅文带来了丰厚的利润和用户支持。2021年上半年阅文集团在线阅读收入25.4亿元，同比增长3.4%，占总收入的58.5%。虽然整体用户规模微降，但月活用户依然有2.3亿，可谓持续占领在线阅读龙头地位。

（2）免费阅读的市场景观

2018年3月，作为国内第三大网络文学移动端平台的连尚文学开始在旗下产品中进行免费阅读测试，首创网络文学的免费模式，打破了付费阅读下的用户门槛，开启了网络文学免费阅读的发展历程。

随即，互联网巨头与数字阅读企业纷纷布局免费阅读，免费阅读App呈井喷式状态涌现：

2018年5月，趣头条推出免费阅读App“米读小说”，依靠趣头条为产品导流。艾瑞数据显示，截至2019年1月，“米读小说”的月度独立设备数为1180万台，位列在线阅读榜单第7名；

2018年8月，连尚文学推出免费阅读App“连尚免费读书”，依托WiFi万能钥匙的流量优势实现产品导流；

2019年3月，掌阅科技旗下免费阅读产品“得间小说”推出，日活跃用户数量达200万量级；

2019年9月，由百度投资的免费阅读App“七猫免费小说”上线，百度投资占比37%，成为百度在阅读领域的重要布局之一；

2019 年 11 月，今日头条推出免费阅读 App“番茄小说”，属字节跳动旗下产品，背靠字节系流量开拓市场；

到 2020 年疫情防控期间，中国音像与数字出版协会向全体会员单位发出《数字阅读行业战“疫”倡议书》，倡议提供免费阅读服务。在 2 月 1 日至 2 月 29 日的免费阅读期间，60 家数字阅读平台及单位共设置 80 余个免费阅读专区，用户总浏览量超过 52. 8 亿人次，总阅读量超过 72. 2 亿人次，总阅读时长超过 3. 3 亿小时，总下载量超过 2. 4 亿次，新增注册用户突破 1 亿人，免费阅读受到用户欢迎，行业趋势凸显。

自 2018 年起，免费阅读 App 的兴起，直接导致了阅文集团付费用户的流失。阅文集团财报显示，2018 年阅文平均月付费用户人数为 1080 万，低于 2017 年的 1110 万人，付费比例也从 5. 8%下降到 5. 1%。与此同时，受付费用户流失影响，阅文集团整体业绩增速也出现放缓：2018 年公司营收 50. 38 亿元，同比增长 23%；而 2017 年营收约为 40. 95 亿元，同比增长 60. 2%，增速明显减慢。这对阅文集团的江湖地位构成了一定威胁，也进一步打破了阅文集团“一家独大”的局面。

面对免费阅读 App 不断抢夺阅读市场份额的竞争打击，为拓宽市场，触达更多网文潜在用户，阅文集团于 2019 年 1 月推出免费阅读 App“飞读小说”。这对以付费为主的行业巨头阅文集团来说是“无奈之举”，却也是“大势所趋”。

作为一种商业化探索，免费阅读“正版内容+免费”的优势无形中推广了正版阅读，使盗版网站不再具有生存空间，对打击盗版顽疾极为有利。另外，免费阅读有助于纠正以往按字数付费所导致的文章冗长注水、内容同质问题，实行免费阅读后，作家收入不再依靠作品字数，而是靠品质的影响力吸引广告商，然后与平台分收广告红利，这有望改善一些中短篇作者的收入状况。

但网络作家则对免费阅读多有微词，他们认为，那些声称“免费”的做法不过是吸引受众、招徕读者的噱头，绝非创作者的福音：一方面，它拉长了作品变现周期，作者的知情权与可控性变弱；另一方面，广告对阅读的干扰势必会影响阅读体验，加剧粉丝流失。

总体而言，在线阅读行业“付费+免费融合共存”的模式已逐渐成为网络文学线上产业探索发展的新趋向。通过免费阅读吸引更多用户流量，利用精准广告、广告联盟、大数据推荐、付费阅读等增值服务实现流量变现，既丰富了行业变现方式，也为行业发展与产业运营提供了新的动力引擎。

（3）短视频对网文阅读的冲击

随着互联网浪潮和新媒体技术的发展，人们通过新媒体获取的信息日益社交化、碎片化，在这一背景下，符合用户短时分享习惯、快速传播以及高度社交互动需求等特性的短视频行业迎来发展契机。相比于以图像传播为主的短视频，以文字为主要媒介的网络文学难以与各类视频软件、网络游戏和社交工具相抗衡，处于消费弱势。

根据中国互联网络信息中心第46次《中国互联网络发展状况统计报告》，截至2020年6月，我国短视频用户规模达到8.18亿，占整体网民规模的比例高达87.0%，“南抖音，北快手”，无分雅俗，都是争夺网文粉丝的利器。

2020年9月15日，字节跳动CEO张楠公布抖音最新数据。数据显示，截至2020年8月，包含抖音火山版在内，抖音的日活跃用户数已经超过6亿。抖音内容上的短、快、新和网状式连接的病毒式传播及其所带来的狂欢式互动，成为许多年轻人的最爱。而根据2020年11月5日，快手向香港联交所递交的IPO招股书，截至2020年6月30日止6个月期间，快手平均月活跃用户数为4.85亿，平均日活跃用户数为2.58亿，且用户以中小学生居多，这一群体恰恰是粉丝文化强大的后备军。

此外，智能手机的普及也让手游迅速成长为一个视频强势产业，第48次《中国互联网络发展状况统计报告》显示，截至2021年6月，我国手机网络游戏用户规模达5.09亿，占手机网民的50.4%，对青少年的吸引力远在网络文学之上。由此看来，短视频、手游等对网络文学粉丝与流量的双重争夺足以对网络文学行业构成强劲挑战，冲击网文市场的发展。

2. 打赏与粉丝经济

（1）年度粉丝打赏境况

“粉丝”的概念形成于19世纪末，最初是指追随、喜爱某一特定明星、偶像的族群。在现行经济环境下，粉丝已逐渐演变为一种文化消费模式。但网络文学读者成为“粉丝”是网络文学发展到一定阶段的产物。2003年，在“VIP付费阅读”模式建立后，“你写我读”“你写得好我读得爽”“你写得长我读得多”成为行业常态，作者、读者、网站平台经营者相互依赖又各取所需，形成“利益共同体”。在这一背景下，“网络文学粉丝”应运而生并有了特殊的地位。

网文粉丝是网络作家作品的追随者，并且与追随对象之间存在情感纽带关系，他们对网络作家作品有着喜爱和追捧心理，并愿意实施文化消费或自愿付出无偿劳动时间。网络文学粉丝行为衍生出“粉丝文化”，而粉丝文化则促进粉丝经济这一精神文化消费方式的产生，并进一步创造出新的网络文学盈利方式。从网络文学付费阅读模式、打赏、月票制度等网络文学线上产业链的成熟到线下出版的形成，然后到游戏改编、漫画改编、影视改编、在线听书等网络文学衍生产业链的发展壮大，粉丝经济所创造的巨大收益，构成网文作者及网站平台不断进步的动力来源。

追更、购买、月票、打赏等付费行为是粉丝经济下网络文学线上产业化盈利的主要方式，其中打赏和月票制度是粉丝热度与粉丝经济的突出表现所在。

“打赏”道具起源于起点中文网，其设立的初衷就是为了满足读者粉丝对偶像作者的追求。现在大多数网络文学网站都开通了打赏功能体系，读者可以直接为自己喜爱的作者每次打赏1—10000元不等的金额。而对于这些打赏金，网站和作者会按照比例进行分配，一般是网站和作者五五分、四六分或三七分等。近年来，粉丝打赏金额不断增加，甚至在狂热的粉丝中还出现了一些令人震惊的打赏金额，不断刷新打赏金的上限，这不仅增加了作者的收入，也为读者和作者之间提供了更多互动交流的机会。相比于网站广告的强制式用户体验和网络付费阅读强制式消费方式，用户使用打赏功能完全自愿，更能体现出粉丝对网络作家作品的喜爱度和忠诚度，反映出粉丝对网络文学品牌的依赖度、忠诚度和使用程度等。

此外，月票制度也是网络文学存在的一种奖赏制度，读者可以将获得的月票投给自己喜爱的作者，月票榜单上位置高的作者不仅可以获得更多的现金奖励，而且可以增加作品被曝光的机会。获得月票的方式一般有三种：保底月票、付费阅读消费以及打赏，保底月票和用户等级有关，每月最多三张；而一般的网络文学读者在付费阅读方面每千字只需要1—3分钱，但读者通过这个途径得到的月票有限；而打赏则可无限制获得月票。以阅文集团旗下起点中文网为例，每打赏10000起点币则默认赠送1张月票，而百度文学每打赏500纵横币可以获得1张捧场月票、消费5000纵横币则可获得10+1张纵横票，以此类推。这可以直接反映出粉丝对网络作家作品的支持度和喜爱度。

总体而言，粉丝经济是用户黏度带来的经济价值，粉丝及其粉丝文化对于网络文学的意义突出体现在两个方面：

一是粉丝是网络文学坚实的“拥趸”消费群体，可以作为网络作家的“后援会”或作品的“拍砖客”，对创作有着强大的干预力量。在粉丝经济下，粉丝量的大小和粉丝的忠诚度、喜爱度可以直接影响作品的点击量、推荐量、评论量、收藏量，还有作家的百度指数、微博指数、微信指数、贴吧热度、豆瓣评分等，而这些都将直接影响作品的评价、作家的收入，关乎创作者的地位和声誉，也关乎网站的人气和体量。就如网上曾出现的“起点月票战”中，粉丝奋起支持网络作家愤怒的香蕉，让《赘婿》夺得月票总榜冠军的趣事，充分彰显了粉丝作为后援会的团队力量，也充分反映出网文粉丝可以左右市场并直接影响创作。

二是粉丝作为追文族的“消费黏性”可以加速网络创作的价值变现。《2019年度网络文学发展报告》显示，我国网络文学写手有1755万人，网络文学用户达4.55亿，即中国的网民五成以上是网文读者。在文学网民的活跃用户中，95后读者占54.5%，90后占比已超过用户总量的66%。在付费用户中，“网生代”更愿意为自己的“所爱”买单，有77%的00后容易为有自己熟悉/喜欢元素的产品付费。随着读者的日趋年轻化，网文作者越来越懂得“圈粉”和“埋梗”，读者也更主动自发地参与评论，粉丝力量已成为内容创新和行业发展的重要驱动力。在庞大的读者群中有相当比重的追文族属于网文“忠粉”，他们的追更促进消费黏性的形成，让网络作品实现市场变现，并助推网络文学的价值传播。

目前各网站平台的线上盈利主要渠道依然是靠作品付费和作家打赏，而付费和打赏都需要追更粉丝形成消费黏性。由此可以看到，网文粉丝、粉丝文化及其粉丝经济仍然是网络文学行业发展中最具活力的幕后推手。

（2）经营粉丝与化解“增值焦虑”

在中国网络文学发展20余年来，建立在粉丝经济基础上的原创性生产机制是网络文学最核心的发展动力。但随着我国“人口红利”衰减、免费模式冲击付费增值方式、短视频发展导致流量分化，粉丝文化市场“软肋”显现，网文企业产生商业运营的“增值焦虑”。

据中国互联网络信息中心发布的数据，我国网民从1997年的62万人，攀升至2021年6月的10.11亿，文学用户也从2009年的1.62亿增加到2021年6月的4.61亿，网民和文学网民均实现了爆发式增长。但从近期统计数据看，2021年第48次《中国互联网络发展状况统计报告》继第46次和第47次报告后，同样不再对网络文学发展状况做单独的统计分析与报告，而对网络游戏、网络视频、网络直播均做了单独报告。可见，网络文学读者和粉丝数量的下降拐点已经出现，依靠网民自然增长、文学用户“扩军”以实现粉丝套利的原生态增长模式触到止增的“天花板”。人口总量的有限性决定了文学网民的粉丝化不能单靠人口聚集的“粗放式红利”，而要借助提升每个粉丝的单位付费量来创造内涵式增长率。这是粉丝文化推手下的第一个“增值焦虑”。

此外，随着免费阅读App纷纷上线，读者付费、粉丝打赏、平台得利、作者分成，这个沿用多年的网络文学“中国模式”开始受到免费阅读的挑战。据比达咨询发布的数据，2019年Q1移动阅读厂商全景生态流量市场份额中，以免费阅读经营的连尚与米读分别占到网文阅读市场的8.7%、9.5%。可见，免费阅读平台市场占有率已经达到两成甚至更高，而“渠道向”平台的收入却在2018、2019两年出现明显下降。抖音、快手、手游，以及爱奇艺、优酷腾讯视频、微博、B站、人人网等视频、短视频网站的兴起所导致的流量分化，也成为粉丝文化带给网文行业不可小觑的增值阈限。

面对激烈的市场竞争和业态的风云变幻，网络文学有待见招拆招，化“危”为“机”，走出“增值焦虑”。

首先，网络作家和网站平台需要做好网站精品内容建设，打造精品力作，从源头上保障文学品质，筑牢“读者→粉丝→忠粉→原著粉”的消费链条，以作品攒人气，靠精品聚眼球，借助长线效应积攒的粉丝口碑的力量，让作品从注意力走向影响力。改编自猫腻的同名小说《庆余年》，作为IP大剧播出后引发观剧狂潮，豆瓣评分7.9分，腾讯视频播放量冲破67亿次，爱奇艺热度最高值达8800，在2019年猫眼剧集影响力网络平台综合总排名中位列第一，究其原因，首先是小说品质好，然后是改编成功，表演到位，制作精良。该剧播出后，粉丝们涌向各大平台寻找原著小说，让它重新登上百度小说风云榜和阅文平台畅销榜榜首，收获了350万次推荐和60余万次打赏，正是小说阶段的优秀表现延续到影视环节，才有了众多原著粉和路人粉的追捧。网络作家不忘“文学初心”，网站平台扶持精品力作，打造优质内容，事关网络文学的存续之道，也是推动粉丝文化增值的“硬核”。

其次，要聚焦粉丝社群文化，助推IP联动，通过粉丝的“圈地自萌”放大粉丝文化的“马太效应”。这是当下消解粉丝文化“增值焦虑”最直接、见效快的方式。具体来说，就是不仅让每个粉丝与网络文学发生关联，而且把粉丝组织起来，以“动感”方式形成横向联合的粉丝文化共同与网络文学及其衍生品发生关联，从而把网文与IP产业链的每一个环节拉长、加粗、炒热、代火。如推进粉丝社区建设，推动各类“新部族”形态的“圈子”化社群组成平台社区，建立书友圈、角色圈、兴趣团等粉丝文化共同体，促使IP的力量无缝连接到下游产业；万贴，创造了国内二次元圈的顶级流量；或以文字弹幕、本章说（段评/章评）等形式，形成社交共读、角色互动等粉丝文化形态，密切粉丝与作品的情感联系。据阅文集团调研，起点中文网推出“本章说”后，其“段评”的社交互动功能已累计产生7700万条数据，“段评”用户的付费率与沉默用户相比提高了10%。文字弹幕功能方便读者自由地进行社交评论，“角色”功能则让粉丝读者有机会直接参与到作品的创作与完善中。

再次，要借助AI“开挂”，开启“智能伴读新时代”，提升粉丝用户的消费体验，以增强他们的忠诚度。这是借助科技的力量在网文阅读环节赋予粉丝的一项“福利”——让原本只存在于书中的角色“活”起来，以便把文字阅读的间接体验转变为对故事的直接感受和书中人物的贴心交流。2019年初，阅文集团携手微软AI科技，开启了活化虚拟角色IP的全新探索，实施网文“IP唤醒计划”，利用AI赋能网络文学，赋予100个男主人设全新的可交互“生命”，为虚拟人物带去基于他们独特性格的对话、声音、技能以及相应的知识体系。这一技术强化了IP角色与粉丝的双向互动与情感联结，实现了IP角色的个性化定制，通过满足粉丝对于IP角色在原著剧情发展基础上的个性化需求，让虚拟IP与粉丝之间产生高强度用户黏性。

最后，可以通过粉丝共创方式开发消费新品，以强化网文IP的增值和赋能。所谓粉丝共创，就是基于共同的价值观、共同的喜好，由粉丝书友圈和兴趣圈针对某一作品进行互动式创作，开发出衍生性的消费新品。如2019年，阅文研发出“上线配音”功能，用户可以选取小说中的句子进行配音并上传，让其他用户在阅读时收听这些配音，还能对之进行评论，既增加了作品的有效传播，也不动声色地加速了“粉丝抱团”和粉丝共创。

有研究者提出：“互联网资本进入文创产业后所产生的最大的逆转，就是挖掘年轻人的喜好，从他们身上解读出大数据的流向和流行趋势，征用其背后的购买力。那征用来的具体是什么呢？就是亚文化，就是粉圈，而且是几乎敲骨吸髓地征用了这些亚文化的资本。”① 可见，粉丝的力量是巨大的，在粉丝文化时代，摆脱增值焦虑的最好方式，就是挖掘粉丝喜好，然后让喜好变成购买力，并以亚文化撑起来的流量反馈给文化资本。

3. 网站平台的广告经营

（1）网站广告形态

网络文学中的广告主要有三种形式，即网站广告、营销合作和 WAP 平台应用。网站广告包括常规硬广告、书目广告、富媒体广告、音频小说和个性模板五种类型。营销合作包括关键字搜索营销合作、商家定制活动合作、SNS 用户病毒营销合作等。WAP 平台应用则主要是通过无线网络和手机即时浏览网站上的所有内容，在其中插入广告以获取广告收入，位置主要集中在网站封面、弹窗、客户端 App 开屏、页面横幅等。

从广告发布主体来看，主要有网络文学运营平台和广告投放商。在网络文学网站，广告投放基本为其平台的自推广告，一般是本站作品推荐（如起点中文网新书推荐板块的设置）和集团活动外推。其余的大部分广告是广告投放商投放的网络游戏广告，这其中有相当一部分与该文学网站的网络小说有关，这类广告属于按钮式广告，如大天使之剑等，动态画面制作精美，点击进去就有游戏链接，通过视频和新手礼包两种形式吸引用户注意力。

除了网页本身的广告嵌入以外，网络文学网站还会通过弹窗的形式（插页式广告、弹跳广告）进行广告推广，如潇湘书院打开后右下角就会出现微信小程序的二维码推送、创世中文网会出现 QQ 阅读下载二维码等，而且该弹窗会随着鼠标推移而始终存在，持续几分钟后才会自动关闭。并且这种弹窗广告会以配色明亮的动画吸引人的眼球。除了以上内容形式，在创世中文网首页，顶部还有活动抽奖类的广告内容，其本质是对网站的微信公众号进行推广，也属于网站文化品牌推广的范畴，一定程度上有利于网络文学产业化链条的发展。

随着网络文学产业的发展，网络文学平台类型日益多样化，以网络文学产业中的重要组成部分阅文集团为例，其旗下的品牌网络文学平台既有主打女性文学创作的起点女生网、云起书院、红袖添香等，也有主推言情小说阅读的言情小说吧，平台经营各有侧重，呈现多元化特点。由于网络文学平台往往会根据作品的点击量、购买消费量等大数据分析用户需求，让广告商可以进行有针对性的广告投放。因此，在网络文学广告投放中，不同网络文学平台也呈现出自身的特点，显示出网络文学

---

① 凤凰网：《粉丝举报同人网站：“这次撕的是命运共同体”》，GQ 报道记者杜梦薇对林西的采访，http：//ent. ifeng. com/c/7uisJJgu7Au，2021 年 11 月 22 日查询。

产业广告投放的倾向性。

对 2020 年 12 月阅文集团旗下的网络文学网站广告覆盖情况进行统计，可以发现网络文学产业广告投放选择过程中存在一定的倾向性。虽然所选取的阅文集团所属的 11 个网文网站的主要广告类型各有其偏好，但总体来看，网络文学行业在进行广告投放时主要倾向于以下几个类型：游戏、网文推广、活动比赛、活动抽奖、商品销售以及作家推荐，且网络文学网站的广告投放主要题材在这几个领域相对稳定。在不影响用户阅读体验的前提下，平台为广告商提供移动广告营销推广服务，仍以影视娱乐、文化创意类等能够匹配公司数字阅读用户需求和品位的广告类型为主。

2020 年 12 月阅文集团网络文学网站广告覆盖情况

编号	网站	广告类型	数量
1	起点中文网	游戏、网文推广、银行推广	7
2	创世中文网	游戏、网文推广、商品销售	2
3	云起书院	游戏、网文推广、活动比赛	3
4	红袖添香	活动比赛、网文推广	6
5	潇湘书院	活动比赛、网文推广	2
6	起点女生网	游戏、网文推广	2
7	小说阅读网	活动比赛、网文推广	2
8	言情小说吧	活动比赛、网文推广	6
9	天方听书网	作家推荐、网文推广	1
10	阅文悦读	活动比赛、网文推广	7

（注：广告数量不包括封推广告中的网文推荐，以单独成板块的广告为统计对象。）

从 2020 年 12 月阅文集团旗下的网络文学网站广告覆盖情况来看，不同网络文学平台的广告投放与其自身定位和自身特点相关，显现出不同网络文学平台广告投放的倾向性，如云起书院、潇湘书院、红袖添香等网络文学网站的广告设计非常精美，比较符合其女性定位；榕树下网站的广告类型则主要是作家推荐，没有游戏和活动推广，这与其文学走向、注重作家培养与推广的定位一致。

相比于过去多且杂乱的网络文学网站广告内容，2020 年网络文学平台的广告投放相对精准，根据自身定位形成相对稳定的网站广告生态，形成自己的广告盈利模式。对于网络文学平台来说，之所以会有广告投放，根本原因在于其自身具有盈利能力。用户黏性较强的阅文集团旗下的网络文学网站也具有丰富的用户流量，这些用户对于广告的阅读及其引发的游戏消费、网络文学付费阅读、商品购买等行为，都是网络文学线上产业盈利的重要模式。

（2）线上广告业绩与短板

2021 年我国数字经济已全面进入到免费服务+增值服务阶段，即对用户免费，这部分成本通过网络广告等收益弥补，由非用户的第三方提供。这就是所谓的“羊毛出在猪身上”的现代网络经济模式。在这一背景下，逐渐兴起的网络文学免费模式大致相同，用户不再付费阅读网文，这部分支出由平台利用精准广告、广告联盟、大数据推荐等方式从第三方获取。

2018 年 5 月，趣头条推出首款正版免费阅读 App“米读小说”，经过 2 个月时间的运营，米读证明了“免费内容+广告展示”的盈利模式可以跑通。此后，互联网巨头与数字阅读企业纷纷入局免费阅读赛道，七猫免费小说、连尚免费小说、番茄小说、飞读小说等免费阅读 App 纷纷上线，其商业模式是向价格敏感型客户提供免费内容，但用户将在阅读过程中接触到大量广告，牺牲一定的阅读体验，内容提供方则通过广告进行变现。

广告变现是免费阅读的核心商业模式。当付费阅读的商业天花板渐近，免费阅读模式为在线阅读行业带来了广告变现的新空间，打破了行业收入天花板。当前免费阅读 App 的广告位中至少包含开屏广告、发现页推广、底部横幅（Banner）广告和文中贴片广告等。从行业的角度来看，“免费阅读+广告”模式进一步挖掘了阅读这一大流量、长时长的品类的商业价值。智研咨询发布的《2020—2026 年中国免费阅读产业运营现状及发展前景分析报告》数据显示，行业两大龙头公司阅文、掌阅的用户付费率都在 4%—5%左右，意味着在线阅读行业有 95%的用户流量和时长并未有效变现，所以“免费阅读+广告”模式将对这片流量蓝海进行开发。

据《2020—2026 年中国免费阅读产业运营现状及发展前景分析报告》，2018 年，“免费阅读+广告”模式开始出现，至 2019 年 9 月在线阅读行业的月活跃用户规模已从 2. 6 亿增长至 3. 6 亿，其中免费阅读类 App 的合计月活规模超过 1 亿。下沉市场用户对付费较为敏感，免费阅读模式对这部分用户的吸引力得到数据验证。而具有通过下沉形式迅速吸引用户能力的免费阅读 App，其广告投放前景也被看好。《2020—2026 年中国免费阅读产业运营现状及发展前景分析报告》对“免费阅读+广告”模式的广告变现空间进行测算，保守估计行业的广告空间约有 133. 6—211. 5 亿元，对应单 DAU 的广告价值约为 0. 39—0. 61 元/天，与目前较为成熟的休闲游戏广告变现能力（0. 5—1. 5 元/DAU/天）可以交叉验证。

虽然免费阅读模式的广告营收前景较好，但仍存在一些不能忽视的问题。如广告投放如何更加精准，才能更契合读者的喜好；广告重复率过高，影响读者阅读情绪的问题如何解决。除此之外，免费阅读如何与作者进行广告收益分成，内容质量与广告投放的平衡如何把握等问题也都需要引起重视并予以解决。

4. 网文出海的产业经营

(1) 网络文学海外经营业绩

目前，网文出海有国内文学网站海外版、海外本土网文翻译网站、海外网文原创平台等三种主要形式。但就总体来看，中国网络文学海外合作模式还停留在版权输出这种传统模式上，缺乏深入拓展的合作方式。对此，作为网络文学行业领头羊的阅文集团开始尝试探索一些新的合作思路。

2019 年，阅文集团与亚洲领先的通信技术企业——新加坡电信集团建立战略合作关系，双方将在内容开发、授权、分发、营销推广和数字支付等方面展开深入合作。此外，双方还将在原创内容扶持以及作者、译者、编辑培养等方面共同合作，以促进东南亚高质量文学内容的发展，并将在新电信旗下视频平台共同探索内容改编、开发及推广活动。通过合作，用户将能够在新电信的数字应用（如 Dash 移动钱包等）上阅读和订阅来自阅文及其海外门户 Webnovel 的文学内容。同时，新电信的数字支付服务（如 Dash 及运营商代收费等）将与阅文的数字应用相连接，以便用户进行支付并浏览内容。这些尝试标志着网络文学出海深度探索的开始。

阅文集团高级副总裁林庭锋指出，经过多年发展，我国原创网络文学步入 3.0 阶段，呈现出三大趋势：

其一是从内容到模式——从最早的出版授权，到建立阅文的海外门户“起点国际”，规模化对中国网文进行翻译输出，再到开启海外原创，将中国网文的成长和运营模式带到海外，培育更多海外本土优质作品和忠实用户；

其二是从区域到全球——从最早的以东南亚、北美为核心出海地区，到目前覆盖北美、欧洲、日韩、东南亚、非洲等，几乎遍布全球；

其三是从输出到联动——从原著内容出版输出到 IP 改编成果输出，再到如今联合全球产业合作伙伴，发挥各自区位和业务优势，共同对网络文学内容进行培育，分发和 IP 衍生开发。

以布局东南亚市场为例，除携手新电信作为战略合作方外，阅文集团还发布了针对东南亚地区的原创扶持计划——群星计划（Rising Star），包括大力培育东南亚本土网络文学原创，通过对潜力作者进行挖掘与培养，借助在线阅读以及 IP 衍生等方式，为作者以及作品的文化和商业价值增值，并举办中国网络文学海外传播论坛——新加坡站，阅文旗下高人气作家代表将与海外粉丝现场交流，增进互动了解。未来，阅文还将开展征文比赛选拔潜力作者，并开办作家培训学院，为学员提供免费线上课程及定期线下沙龙；针对签约作家，将为其设立长期成长及福利体系，并提供全平台的流量扶持和多品类专题扶持；针对明星作家，就其个人品牌进行全方位打造和个人作品的 IP 衍生开发。

（2）网文出海产业经营的年度举措

在网络文学出海探索过程中，从网络文学内容生产者到海外网络文学内容提供商，再到海外读者间的社会关系的网络文学出海产业链逐步建构。而新媒体时代的到来，为网络文学出海产业链结构的不断完善提供了条件，加快了网络文学出海产业链的重构。

虽然发展至今，网文出海已逐步走上正轨，制度更加成熟，规模愈加宏大，产业链更加完善。但不可忽视的是，新媒体时代网络文学出海的发展仍存在一些问题和阻力：一方面是侵权、维权难问题仍然突出。当下海外网络文学侵权主要有两种模式。一种是境外的非法翻译网站，以向海外读者提供优质内容为由，未经许可翻译我国的网络文学作品，从中牟取不正当利益。如阅文集团曾对美国一家较大型网站做了侧面的了解，该网站曾使用阅文集团文学作品 30 部以上，并非法获得 1000 万美金。另一种是国内的一些盗版网站将服务器架设到国外，从而逃避政府的监管和维权。这两种模式不仅对我国的权利人造成了巨大的损失，还严重阻碍了海外网络文学维权的脚步。在网络文学维权难方面，阅文集团高级法律顾问朱睿龙表示，诉讼成本高、诉讼周期时间长、维权成功但执行困难，所以对侵权盗版的问题一直没有得到有效的制止。更值得注意的是，一些国家还对国内企业或国外企业的一些不法分子采取保护策略，这给网络文学海外维权带来巨大困难。另一方面是翻译难题仍然存在。网络文学作品传播的首要条件就是翻译，当前，翻译是中国网络文学出海最应该优先解决的问题。虽然现在有 AI 翻译的助力，但人工智能翻译却有着极大缺陷，即无法处理人类的常识问题，并且机器没有抽象能力和理解能力，加之海外与我国存在文化差异，在翻译过程中涉及的一些语言文化或常识俚语等知识较难翻译，迄今为止人工智能还没有找到很好的方法去解决该问题，这是一个极大的瓶颈。如道教中的“道”字，机器将直译为“路”，不会翻译成“宗教”或者“规律”，这极大制约了我国网络文学出海的发展进程。

总体来说，网络文学线上产业的主要盈利模式在十几年前付费阅读制度形成时就已基本形成，2020 年在前几年的基础上继续发展，但由于我国“人口红利”衰减、免费模式冲击付费增值方式、短视频发展导致流量分化，网络文学线上产业收益整体呈平滑甚至下降趋势，行业发展瓶颈有待解决。2020 年，除付费阅读、打赏、广告之外，免费阅读模式的发展在冲击网络文学原有付费模式的同时，也为网络文学打开了新的盈利口，免费阅读模式下的广告变现有望打破网络文学行业收入天花板，但这一模式也存在发展问题，其影响好坏及未来发展还需进一步考察。粉丝经济依旧为行业带来了可观的收入，打赏经济景象繁荣，但粉丝文化市场“软肋”初显，“增值焦虑”有待缓解；在网络文学网站广告收益层面，丰富的广告内容和形式伴随着免费模式的兴起和广告投放的规范发展，发挥着更大的盈利作用；国际化市场的端口已开启，重构的网络文学出海产业链将助力网络文学这一巨轮承载着中华文化扬帆远航。

除了线上产业的发展取得了一定成果，2019 年线下产业也通过线下出版、影视改编、IP 改编等模式实现了收益增长。但总体而言，网络文学线上产业发展具有更强的优越性，线下产业的盈利相比之下略有逊色，具体盈利方式将在后续两节阐明。

2021 年 6 月 4 日，“巅峰期 400 亿跨境电商巨头环球易购被申请破产”。无数的跨境电商韭菜在短视频线上线下课程上被反复收割，如今的跨境电商、游戏出海依然有很多机会，但已然不再是蓝海。

随着在线阅读习惯的养成，以及版权运营的逐步成熟，我国网络文学市场规模保持较快的增长。

2019 年我国网络文学市场规模为 195.1 亿元，同比增长 27.1%；2020 年我国网络文学市场规模为 238.9 亿元，同比增长 22.5%。在市场持续向好的环境下，未来我国网络文学市场规模将持续增长。

2019 年海外网络文学市场规模为 4.6 亿元，同比增长 15.2%；2020 年海外网络文学市场规模为 6.2 亿元，同比增长 35%。预计到 2021 年海外网络文学市场规模将超 8.1 亿元。

从市场来看，东南亚和欧美是中国网文出海最为重要的两大方向，并开始围绕具体细分市场垂类运营。比如美国作家，逻辑通顺，创作英文作品有母语优势，擅长写作在欧美大受欢迎的狼人题材作品；菲律宾作家擅长写作言情浪漫类小说，且性格勤奋，能保持高频率更新；印度作家数量庞大，擅长创作连载型长篇小说。此外，尼日利亚、印度尼西亚、英国、澳洲等国家和地区均有成规模的用户投身网文写作。

不过，由于本地化创作体系尚处于起步阶段，导致目前的头部内容依旧以出海网文为主。比如人气榜单入选作品上，国内作品出海和海外原创作品的比例为6：4；在付费率上则达到了 7：3。而由于翻译产能问题，中国网文的输出效率一直很难拉起来。截至 2020 年底，我国网络文学市场作品累积规模存量达到近 2800 万，其中，已成功输出海外的优质内容超过 10000 部。这还是近年来通过 AI 翻译解决了部分产能之后的结果。

中国文化企业也开始借助互联网走出去。目前，爱奇艺和腾讯视频都发布了海外版，以东南亚为主要市场进行扩张。这些影视内容渠道的建立，也为后续网文改编影视作品的分发打下了基础。

从头部企业的动作来看——阅文全资收购新丽传媒，努力提升 IP 产业链的产出，也是拓展的重点方向。

二、网络文学线下出版

1. 网络文学线下出版历程

从 1997 年武汉文联主办的《芳草》杂志开始关注网络文学算起，网络文学线下纸质出版已经走过 24 个年头，主要经历了三个阶段，分别是：第一阶段（1997—2003）、第二阶段（2003—2015）和第三阶段（2016 至今）。①

① 杪椤：《在网络文学“区块链”上“挖矿”与“炼金”——2019 年网络文学线下出版图书盘点》，《中国图书评论》，2020 年第 1 期。

（1）第一阶段（1997—2003）：线下出版规模开始扩大，变现有力，销量可观

受制于技术和传统文学观念，在第一阶段，线下出版仍是数字文本变现的主要途径，也是网络文学扩大影响的重要渠道。与此同时，读者还未大规模地建立起电子阅读习惯，一些网络文学作品的纸质图书销量十分可观。

自1997年开始，武汉文联主办的《芳草》杂志开设了“网上文学”专栏，每期发表一篇网文。1998年9月，台湾红色文化出版社出版了纸质版本的《第一次的亲密接触》，该书销售处于排行榜前位，热销近60万册①。1999年11月，知识出版社获得授权在大陆出版《第一次的亲密接触》，初印3万册在三天内就全部售空。出版后的15个月内连续印刷22次，共计印了40多万册。从1998年到2003年，《第一次的亲密接触》的作者痞子蔡几乎以每年一部的速度出版自己的网络小说，五年间共赚得稿费800多万新台币（折合成人民币超过一百万元）。②

此外，被称作“五匹黑马”的邢育森、宁财神、俞白眉、李寻欢、安妮宝贝的作品都曾获得线下出版或发表，并受到读者欢迎。邢育森的小说《活得像个人样》1999年在《天涯》杂志发表，安妮宝贝的《告别薇安》《八月未央》《彼岸花》《七年》等作品也风靡于线下出版。今何在的《悟空传》修订本于2001年4月由光明日报出版社出版为实体书。

（2）第二阶段（2003—2015）：线下出版规模继续增长，不再作为变现的唯一渠道

自2004年开始，网络文学线下出版规模不断增长，一直到2018年，线下图书出版都保持着良好态势。但随着2015年网络文学“IP元年”的到来，网络文学改编影视、漫画、游戏等多种形式百花齐放，一部网络文学作品的衍生价值已经超过了其文本本身的点击价值，线下图书出版已不再作为网络文学变现的主要渠道。

此外，随着各类电子阅读网站和App的陆续建立和不断完善，数字阅读习惯逐步建立。2015年起，线上阅读付费机制逐渐建立起来。但这一时期，对于写手而言，网络文学线下出版不光是为了变现，更是为了获得主流和权威的认可。③

值得注意的是，将网络文学出版为实体书，成为传统出版单位开辟新选题方向和减小商业风险的不二之选。这一时期，网络文学也是传统出版领域的生力军。以《斗破苍穹》为例，该书简体书累计销售量在2013年即突破500万册，漫画单行本发行量也突破了300万册，销量和利润依旧可观。总的来说，这一时期的网络文学

① 徐锋：《〈第一次的亲密接触〉火爆书界，“网上文学”嫁接图书有待观察》，《中华读书报》，1999年12月29日。

② 张迎春：《〈夜玫瑰〉盘踞畅销书排行榜，痞子蔡五本书赚了800万》，《北京娱乐信报》，2003年3月11日。

③ 东方网：《网络文学进军实体出版是为争面子》，中国作家网：http：//www.chinawriter.com.cn，2013年8月2日。

已经高度商品化，网络文学的综合 IP 价值开始显现。

（3）第三阶段（2016 至今）：线下出版规模趋于平稳，增速放缓

这一时期，线下出版总体规模仍然保持增长态势，但增速有所放缓。截至 2017 年 12 月，“中国网络文学作品出版纸质图书高达 6942 部”，2018 年比 2017 年新增 1193 部①，2019 年也有一定数量的增加。而网络文学在线阅读用户规模持续扩大，大众文学阅读习惯已然发生深刻改变。由 2020—2021 年中国在线阅读市场规模及增速预测图可知，从 2016 年起，中国在线阅读市场规模持续扩大，但增速下滑态势明显，说明在线阅读市场规模已达到一定体量，正在趋于饱和。2018 年，各类免费阅读 APP 如米读小说、番茄小说和七猫免费小说陆续上市，在线阅读成本降低，冲击付费阅读制度和实体书阅读。

但不可否认的是，“大神”作家的线下出版作品销量表现依旧十分优秀。2017 年，根据唐七公子同名小说改编的 2017 年热播电视剧《三生三世十里桃花》实体书累计畅销 500 万余册；唐家三少 2017 年新作品《龙王传说》实体书和漫画的累积销量近 1 亿册。②

这一时期，现实主义题材作品线下出版引热潮。以现实主义题材作品“网络英雄传”系列小说实体出版情况为例，《艾尔斯巨岩之约》成为 2015 年的现象级小说，几乎囊括了网络文学中的各大奖项，还进入各种排行榜单，实体书也于 2015 年 9 月由中信出版社出版。第二部《引力场》上线即荣登 2018 年网络文学 IP 潜力榜榜首，实体书由江苏凤凰文艺出版社于 2018 年出版。2019 年该系列的第四本《黑客诀》在网上和实体出版中继续发力，再度成为年度现象级作品，实体书则于 9 月由花城出版社出版。作者阿耐的现实主义题材作品《大江东去》于 2009 年斩获中宣部第十一届“五个一工程奖”，是中国第一部荣获中宣部“五个一工程奖”的网络长篇小说。2009 年，《大江东去》首次出版，于 2018 年全新再版上市，随着同年改编影视剧《大江大河》的热播，其再版不到一个月就紧急加印 5 万套。

2020 年新冠肺炎疫情防控期间，在线阅读大幅增长，用户黏性强，存留率高，80%接触阅读不到一年的用户表示会继续阅读；但同时，网络文学线下出版发展态势依旧较好。③

总的来说，受到线上阅读市场和特殊事件的影响，这一时期网络文学线下出版市场规模增速将持续放慢，网络文学线下出版总体进入平缓期。

2. 2021 年网络文学年度出版总貌

2021 年，网络文学的影响力继续从线上扩展到线下。线下出版的发展与线上出

① 中国音像与数字出版协会：《2017 年中国网络文学发展报告》《2018 年中国网络文学发展报告》。

② 欧阳友权主编：《中国网络文学年鉴（2017）》，新华出版社 2018 年版，第 205 页。

③ 欧阳友权主编：《中国网络文学年鉴（2020）》，新华出版社 2021 年版，第 183 页。

版共同造就了网络文学产业的持续繁荣。

当当网从1999年建立发展到现在，已成为国内以图书业务为主的知名购物网站。截至2019年，当当网累计图书顾客超过3.5亿。鉴于当当网在网络图书市场上具备图书正版、品类齐全、更新及时等优势，选取当当网数据为样本（统计数据截至2021年12月31日）对2021年网络文学作品线下出版后的网上市场销售情况进行分析。

在当当网中，网络文学作品线下出版后的图书主要被归入青春文学系列或小说系列，青春文学系列内涵盖了绝大部分网络文学作品。青春文学主要分为14类，其中，涵盖绝大部分网络文学作品的类别有8个，分别为爱情/情感、古代言情、玄幻/新武侠/魔幻、穿越/重生/架空、悬疑/惊悚、校园、叛逆/成长、爆笑/无厘头。2021年1月到12月份各出版新书数量分别是84部、43部、102部、113部、60部、105部、110部、124部、136部、88部、69部、66部。

2021年，网络文学作品荣登1月图书畅销榜TOP前500的图书有4部，荣登2月图书畅销榜TOP前500的图书有17部，荣登3月图书畅销榜TOP前500的图书有15部，荣登4月图书畅销榜TOP前500的图书有9部，荣登5月图书畅销榜TOP前500的图书有11部，荣登6月图书畅销榜TOP前500的图书有11部，荣登7月图书畅销榜TOP前500的图书有6部，荣登8月图书畅销榜TOP前500的图书有9部，荣登9月图书畅销榜TOP前500的图书有6部，荣登10月图书畅销榜TOP前500的图书有5部，荣登11月图书畅销榜TOP前500的图书有2部，荣登12月图书畅销榜TOP前500的图书有1部。上榜2021年度畅销榜TOP500的网络文学作品有7部，其中，《偷偷藏不住》位列第122位，《白色橄榄枝》位列第147位，《他最野了》位列第243位，《白日梦我》位列第257位，《难哄》位列第316位，《非常疑犯》位列第341位，《你是我的荣耀》位列第500位。

2021年，网络文学作品荣登1月新书热卖榜TOP前500的图书有36部，荣登2月新书热卖榜TOP前500的图书有32部，荣登3月新书热卖榜TOP前500的图书有28部，荣登4月新书热卖榜TOP前500的图书有20部，荣登5月新书热卖榜TOP前500的图书有28部，荣登6月新书热卖榜TOP前500的图书有32部，荣登7月新书热卖榜TOP前500的图书有33部，荣登8月新书热卖榜TOP前500的图书有21部，荣登9月新书热卖榜TOP前500的图书有34部，荣登10月新书热卖榜TOP前500的图书有35部，荣登11月新书热卖榜TOP前500的图书有23部，荣登12月新书热卖榜TOP前500的图书有34部。

通过对图书畅销榜TOP500进一步分析可知，作品改编的网剧热播能够带动网络文学纸质书畅销，甚至可与众多种类的畅销书“一较高下”。例如，在7月的图书畅销榜（总榜）TOP500中，顾漫的《你是我的荣耀》首次上榜，位居第464位，同名改编网剧于2021年7月26日在腾讯视频播出。随着网剧热度不断上涨，8月份

《你是我的荣耀》在当月图书畅销榜（总榜）中升至第19名。这是网络文学纸质图书在2021年图书畅销榜（总榜）TOP500中创造的最好成绩。类似因网剧热播销量上涨的作品还有《司藤》《别想打扰我学习》《你是我的城池营垒》《一生一世美人骨》《暗格里的秘密》《双镜》《雪中悍刀行》。

除此之外，系列丛书的销量表现依旧不俗。唐家三少的《斗罗大陆》系列书籍在新书热卖榜（总榜）1—12月均上榜，1月至5月在TOP500中，《斗罗大陆》系列每月均占5部（其余月份均有上榜但小于5部）。

3. 2021年网络文学年度出版名录

（见本章附录）

三、网络文学IP运营产业链

1. 2021年网络文学IP改编与运营概观

近几年来，我国网络文学用户及手机网络文学用户规模增速甚微，用户市场趋于饱和。相较2017—2018年的高速增长，网络文学的用户规模在2019年后逐渐趋于稳定增长，这标志着行业发展开始进入成熟阶段。去年的疫情既是考验也是网文行业发展的拐点，一批规模小、竞争力不强的公司逐步退出网文市场，行业发展更为规范有序。

从总体上看，目前网络文学数字阅读的产值达300多亿元，但IP改编产生的总产值超过1万亿元。特别是从阅文集团、掌阅科技、中文在线三大上市网络文学公司的财务报表来看，数字阅读收入总量减少，IP版权收入比重不断增加，这使得他们不得不重新思考各自的战略布局。今年6月，阅文集团更是宣布了全新升级的“大阅文”战略，表示阅文将基于腾讯新文创生态，以网络文学为基石，以IP开发为驱动力，开放性地与全行业合作伙伴共建IP生态业务矩阵。腾讯影业、新丽传媒、阅文影视“三驾马车”齐驱，未来将持续在网文IP衍生品上发力。而掌阅科技则本着“长周期、重基建、深挖掘”的原则布局IP衍生产业链。今年2月，掌阅公司战略投资短视频制作公司等闲，并就部分优质IP开发达成合作意向。7月，双方成立西安阅闲文化传媒有限公司，并推出数百部微短剧拍摄计划，打造短视频内容矩阵MCN，为公司IP的增值和宣发打造全新流量阵地。另外，拥有丰富IP资源储备的中文在线已经通过自有内容平台矩阵和外部多渠道分销方式逐步使储备的IP资源触达更广泛的受众。腾讯、百度对于中文在线的战略投资，正是出于看重中文在线丰富的IP资源储备、优质IP的持续生产能力和平台的长期价值。下一步，如何将这些优质IP资源影响力进一步深化，以及创造更多商业化价值，将成为中文在线理所当然的选择。

在IP开发多元化、免费网文兴起、网文生态正在发生深刻变化的背景下，网文

IP 生态链的构建正在不断完善。在网文 IP 产业链上，存在三级推动力，不同级的推动力以自己的特殊形态丰富着网文 IP 产业链。

有声化的网络文学作为第一级的推动力，能够丰富阅读场景，以较轻量的方式为 IP 巩固、拓展粉丝。今年发布的《2020 中国网络文学发展报告》显示，有声读物已成为网络文学 IP 改编中最重要的类型，2020 年网络文学作品改编为有声读物的数量占到总改编数量的 91%。《赘婿》有声作品播放量在电视剧热播期间形成了非常强的 IP 联动效应。

动漫、影视和游戏是第二级推动力。由于影视化作品受众范围更为宽广，网络文学影视化会给网文 IP 带来“放大器”效应。今年由阅文旗下同名作品改编的《赘婿》登陆爱奇艺，获得骨朵网络剧热度第一、灯塔剧集热度第一等多项亮眼成绩，成为 2021 年爱奇艺首部热度破万剧集。《赘婿》电视剧播出后，阅文旗下平台原著日均阅读人数提升近 17 倍。另外，在今年充满疫情风险的条件下，晋江文学作品被改编成影视剧的数量不降反升，达到了 30 部，所以，晋江文学的网络小说的影视剧改编可以代表一定时期网文 IP 影视剧改编的发展方向。

下表是晋江文学 2021 年影视剧改编名录：

2021 年晋江文学作品改编的影视剧名录（30 部）

播出时间	剧名	主演	原著名	原著作者	类型	播出平台	源自 or 签约
2021. 1. 9	上阳赋	章子怡、周一围	《帝王业》	寐语者	网剧	网剧	源自
2021. 1. 18	我就是这般女子	关晓彤、侯明昊	《我就是这般女子》	月下蝶影	网剧	网剧	签约
2021. 1. 20	暗恋橘生淮南	胡一天、胡冰卿	《橘生淮南·暗恋》	八月长安	网剧	网剧	源自
2021. 1. 26	有匪·破雪斩	韩聪聪、高广泽	《有匪》	priest	网大	网大	签约
2021. 2. 04	我的时代，你的时代	胡一天、李一桐	《密室困游鱼》	墨宝非宝	网剧	网剧	源自
2021. 2. 13	男主大甩卖	张欣源、王皓轩	《男主大甩卖》	墨衣清绝	网大	网大	源自
2021. 2. 22	山河令	张哲瀚、龚俊	《天涯客》	priest	网剧	网剧	签约
2021. 3. 08	司藤	景甜、张彬彬	《半妖司藤》	尾鱼	网剧	网剧	签约

续表

播出时间	剧名	主演	原著名	原著作者	类型	播出平台	源自 or 签约
2021. 3. 11 2021. 5. 20	你是我的城池营垒	白敬亭、马思纯	《你是我的城池营垒》	沐清雨	网剧 电视剧	网剧 电视剧	源自
2021. 3. 30	玉昭令	官鸿、张艺上	《开封志怪》	尾鱼	网剧	网剧	签约
2021. 4. 08	良辰美景好时光	林一、徐璐	《明枪易躲，暗恋难防》	翘摇	网剧	网剧	签约
2021. 4. 15	他在逆光中告白	曹佑宁、余玥	《半吟》	弱水千流	网剧	网剧	签约
2021. 4. 29	御赐小仵作	苏晓彤、王子奇	《仵作娘子》	清闲丫头	网剧	网剧	源自
2021. 5. 20	月光变奏曲	虞书欣、丁禹兮	《月光变奏曲》	青浼	网剧	网剧	签约
2021. 5. 28	我和我的时光少年	邓恩熙、张凌赫	《谁能凭爱意将月亮私有》	番大王	网剧	网剧	签约
2021. 6. 01	爱上特种兵	黄景瑜、李沁	《军装下的绕指柔》	折纸蚂蚁	网剧	网剧	源自
2021. 6. 17	千古玦尘	周冬雨、许凯	《上古》	星零	网剧	网剧	签约
2021. 6. 23	你微笑时很美	许凯、程潇	《你微笑时很美》	青浼	网剧	网剧	签约
2021. 7. 26	你是我的荣耀	杨洋、迪丽热巴	《你是我的荣耀》	顾漫	网剧	网剧	源自
2021. 8. 2	上游	王瑞昌、胡意旋	《眼泪的上游》	明前雨后	网剧	网剧	源自
2021. 8. 10	暗格里的秘密	陈哲远、徐梦洁	《暗格里的秘密》	耳东兔子	网剧	网剧	签约
2021. 8. 16	世界微尘里	吴宣仪、毕雯珺	《世界微尘里》	木浮生	网剧	网剧	源自
2021. 8. 18	周生如故	任嘉伦、白鹿	《一生一世美人骨》	墨宝非宝	网剧	网剧	源自

续表

播出时间	剧名	主演	原著名	原著作者	类型	播出平台	源自 or 签约
2021.9.3	叫我砍价女王	林更新、吴谨言	《砍价女王》	睡懒觉的喵	网剧电视剧	网剧电视剧	源自
2021.9.6	一生一世	任嘉伦、白鹿	《一生一世美人骨》	墨宝非宝	网剧	网剧	源自
2021.9.16	公子倾城	卜冠今、王星月	《公子倾城》	维和粽子	网剧	网剧	源自
2021.10.18	第十二秒	万茜、任重	《第十二秒》	Sunness	网剧	网剧	签约
2021.10.28	梦见狮子	姚弛、陈雨锶	《梦见狮子》	小狐濡尾	网剧	网剧	签约
2021.11.10	斛珠夫人	杨幂、陈伟霆	《斛珠夫人》	萧如瑟	电视剧	电视剧	源自
2021.11.29	一片冰心在玉壶	张慧雯、吴希泽	《一片冰心在玉壶》	蓝色狮	网剧	网剧	源自

近年来，晋江文学作品的动漫改编成果也颇为可观，各大平台的爆款如《魔道祖师》《末日曙光》《千秋》《没有来生》《默读》《这锅我不背》《人渣反派自救系统》《帝王攻略》《盛世妆娘》均首发于晋江文学。

下表是晋江文学 2021 年动漫改编名录：

晋江文学作品改编的动漫名录（5 部）

播出时间	剧名	原著名	原著作者	类型	播出平台	源自 or 签约
2021.02.08	山河剑心	《千秋》	梦溪石	动画	腾讯视频	签约
2021.04.25	天宝伏妖录第二季	《天宝伏妖录》	非天夜翔	动画	哔哩哔哩	签约
2021.07.15	定海浮生录	《定海浮生录》	非天夜翔	动画	哔哩哔哩	签约
2021.07.30	残次品	《残次品》	priest	动画	哔哩哔哩	签约
2021.08.08	打火机与公主裙	《打火机与公主裙·荒草园》《打火机与公主裙·长明灯》	Twentine	动画	优酷视频	签约

如果说 2015 年被称为“IP 元年”，那么 2021 年或许可以称为“IP 微短剧元

年”。因为短视频已经成为线下最流行的娱乐方式之一。相较于传统的 IP 影视项目，网文平台布局微短剧，不仅能够缩短 IP 孵化时间，也能以低风险的成本来试探消费者的口味，更能提升小说 IP 的曝光为网文平台导流。

虽然网文影视剧改编充满不确定因素，但从 2021 年年初发布的一份报告可以看出这种改编也不是无规律可循的。1 月 29 日，《2019—2020 年度网络文学 IP 影视剧改编潜力评估报告》在京发布，报告显示，在 2018 年、2019 年共 309 部热播影视剧中，由网络文学 IP 改编的作品有 65 部，而在热播度最高的 100 部影视剧中，这一占比高至 42%，充分显示了目前网络文学已经成为影视产业的 IP 策源地。这份报告是国内首次尝试基于用户评论大数据为结果，量化研究网文 IP 影视剧改编的关键因素。尤其值得注意的是，报告根据总结出的量化分析方法，对一些新近网文 IP 的影视剧改编潜力进行了评估。其中，《诡秘之主》《第一序列》《大国重工》《天梯》四部作品位列第一阶梯，被认为具有较高的开发潜力。不凑巧的是，《诡秘之主》的作者爱潜水的乌贼于《长夜余火》第四部皇帝第二十三章排队中提及相关动画化决定的消息。另外，《第一序列》改编的同名动画的首个 PV 预告也在 11 月 11 日举办的哔哩哔哩 2021 国创发布会上公布。由此可见，《2019—2020 年度网络文学 IP 影视剧改编潜力评估报告》对于网络文学 IP 改编潜力的预测正一个个成为现实。在今后，网络文学影视化的风险或许可以在一定程度上避免，借助大数据技术的进步，一大批有潜力的网络文学作品将通过跨媒介叙事来重获生机。

除剧集外，当下不少由网络小说改编的动画作品，同样受到了网友们的喜爱和热捧。网络小说《斗罗大陆》被许多人奉为网络小说的经典，由其改编的同名动画也成为国漫中的佳作。《斗罗大陆》系列 IP 拥有强大的影响力，不仅在国内拥有超高人气，甚至在海外也积累了大量粉丝。此外，小说改编的同名电视剧曾于央视电视剧频道播出；改编的游戏也登陆海外市场。作为网络小说改编动画的另一大 IP，《斗破苍穹》也拥有广泛的粉丝基础。日前，《斗破苍穹三年之约》播出，更是引来粉丝一阵欢呼。

IP 商品化和线下消费是第三级推动力。IP 具有很大的溢价能力，衍生品可以为影视公司、生产商制造源源不断的利润。今年，《山河令》衍生品的热卖向市场展现了头部爆款剧关于 CP 运营、IP 全链路开发乃至售后服务的多元可能和巨大市场空间。

在网络文学出海方面，2021 年 9 月，艾瑞咨询发布的《2021 中国网络文学出海报告》显示，中国网文已经从单纯输出 IP 过渡到输出模式的地步，并且已经在一些国家和地区复制了微缩版的网文生态，接下来几年可能存在本土化 IP 开发。

从出海模式上看，内容出海和生态出海并行。在生态出海方面，通过将 IP 改编作品输出海外、搭建全球网文原创生态，中国网络文学企业已经培养起相当一部分海外网文作家，并且各自形成了稳定的特色。

在营收方面，海外商业模式仍以付费阅读为主。未来，如果想要彻底实现中国网文出海的利益最大化，最佳手段便是进行 IP 开发，将其制作为翻译成本更小、收益更大的产品。

市场反馈也证明了这一点。在中文作品衍生改编方面，海外读者最期待改编成电影和电视剧，喜爱度均超过 55%，且付费意愿也位列前二，达到 30%左右。互动阅读作为全新形式的可视化作品，融合了漫画、文字游戏等特点，已经斩获了一批粉丝，喜爱度和付费率仅次于漫画。因此，在未来，IP 开发后输出或成为未来趋势，比如今年上半年，《赘婿》在国内掀起播出热潮之后开启了海外发行的征程。马来西亚 Astro 是海外第一个播出《赘婿》的电视频道，播出一周后，在同期播出的新剧中排名第二，仅次于第一的韩剧《顶楼第二季》；柬埔寨 PPCTV 则在积极做该剧的翻译工作，近期即将播出。除此之外，《赘婿》还将在美洲、澳洲、印度半岛这三个地区，与 youtube、viki、italkbb、amazon 等四家平台合作。

2. 网络作品影视剧改编

网络文学原创 IP 以其丰富的内容储备、多元的叙事品类以及较低的创作成本优势，成为影视剧改编的活水之源。网络文学 IP 的生命力通过影视化显著增强，剧播期间进一步带动了原著作品阅读，扩大了作品影响力。2021 年是网文改编持续发力的一年，由网络小说改编来的影视剧在各大视频平台播放量最高的前十部剧中均占据了半壁江山。

2021 年度优酷视频平台播放量最高的十部电视剧中有六部改编自网络文学，包括《风起霓裳》《你微笑时很美》《君九龄》《一不小心捡到爱》《山河令》《上阳赋》。据数据统计，播出近一个月，《上阳赋》的播放量就已突破 30 亿，并且持续在播出平台优酷视频连续多日拿下各榜单 TOP1，其中包括剧集热度榜、古装剧热榜、小说改编剧热榜等各榜单 TOP1。在各平台的播放指数榜单中，《上阳赋》始终名列前茅，vlinkage 网剧播放指数连续 11 天蝉联 TOP1；在猫眼连续 14 天成为网播日冠，以及电视剧话题流量日冠；位列德塔文电视剧景气指数 TOP1、灯塔网剧热度榜连续多天 TOP1；《上阳赋》的猫眼和云合数据也位居 TOP1，微博话题阅读量超 160 亿，播放量破 58 亿，不仅刷爆了豆瓣评论，而且也屡次登陆抖音热点，相关话题播放量超 100 亿！3 周内播放量破亿的话题就达到了 11 个。

2021 年腾讯视频平台电视剧集均播放量榜十佳出炉，其中有七部改编自网络小说，它们是《斛珠夫人》《千古玦尘》《云南虫谷》《有翡》《锦心似玉》《你是我的荣耀》《斗罗大陆》。其中电视剧《斗罗大陆》上线 20 天播放量就已破 27 亿，位居腾讯视频热搜榜首位、实时榜首位、电视剧榜首位。截至 12 月 5 日，2021 年《斗罗大陆》的总播放量为 56 亿，而 56 亿的播放量，也让《斗罗大陆》成为实至名归的开年第一爆剧，特别是均集播放量高达 1.4 亿。

2021年爱奇艺电视剧均播放量十佳榜出炉，其中有六部改编自网络小说，包括《理想之城》《司藤》《一生一世》《周生如故》《爱上特种兵》《赘婿》。郭麒麟、宋铁领衔主演的《赘婿》改编自阅文集团起点中文网作家愤怒的香蕉同名小说，讲述了苏家布商的赘婿宁毅，帮助妻子苏檀儿一起搞事业，玩转武朝商界，成为江宁首富的故事。该剧于2021年2月14日20点在爱奇艺首播，爱奇艺指数183.5万，播放量65.5亿，剧长36集，均集播放量1.820亿，位列2021年爱奇艺电视剧均播十佳榜第一名。

根据2021骨朵热度指数排行榜年榜，改编自网络小说的《斗罗大陆》《锦心似玉》《你是我的荣耀》《有翡》《斛珠夫人》《千古玦尘》《与君歌》排名前10，其中《斗罗大陆》高居榜首。《斗罗大陆》的登顶是实至名归的，据云合数据统计显示，从2月1日至17日，《斗罗大陆》正片有效播放位列第一。该剧上线当日便拿下云合数据连续剧霸屏榜第一，此后市占率不断飙升，全舆情热度也一直保持在榜首高位。与此同时，《斗罗大陆》还连续20天登顶Vage电视剧播放指数排行榜，蝉联猫眼电视剧全网热度榜日冠。开播后1小时，央视频平台日活跃用户数量上涨47%，日活跃用户数上涨56%。

（1）2021年网络小说改编的电视剧

2021年网络小说改编的电视剧名录（72部）

电视剧名称	原作品	原作者	首播时间	出品公司	播出平台
上阳赋	《帝王业》	寐语者	2021.01.09	喀什飞宝、浙江天猫、北京完美影视、霍尔果斯上象影视、北京娱乐宝、极客影业等	优酷视频、爱奇艺
灵域	《灵域》	逆苍天	2021.01.09	爱奇艺、江苏稻草熊影业有限公司	爱奇艺
我的初恋是暗恋	《初恋别嚣张》	提拉诺	2021.01.13	爱奇艺文学、北京甘蓝影视文化有限公司	爱奇艺
我的小确幸	《我的小确幸》	东奔西顾	2021.01.13	企鹅影视、坦当文化	腾讯视频
我就是这般女子	《我就是这般女子》	月下蝶影	2021.01.18	企鹅影视、谷元文化	腾讯视频
暗恋橘生淮南	《橘生淮南·暗恋》	八月长安	2021.01.20	中影股份、华录百纳	芒果TV、腾讯视频
有匪·破雪斩	《有匪》	priest	2021.01.26	上海腾讯企鹅影视文化传播有限公司	腾讯视频

续表

电视剧名称	原作品	原作者	首播时间	出品公司	播出平台
风起霓裳	《大唐明月》	蓝云舒	2021. 01. 27	优酷视频、陕文投艺达影视、国文影业	湖南卫视、优酷视频
我的时代，你的时代	《密室困游鱼》	墨宝非宝	2021. 02. 04	上海剧酷文化传播有限公司	爱奇艺
斗罗大陆	《斗罗大陆》	唐家三少	2021. 02. 05	腾讯科技（北京）有限公司、新丽电视文化投资有限公司、天津炫世唐门文化传媒有限公司、北京大神圈文化科技有限公司	腾讯视频、央视频
扑通扑通喜欢你	《校草来袭，神经丫头有点甜》	姜思好．	2021. 02. 06	北京译心文化传媒有限公司、品像（北京）文化传媒有限公司、耐飞影视有限公司、联合出品公司等	爱奇艺
男主大甩卖	《男主大甩卖》	墨衣清绝	2021. 02. 13	芒果娱乐传媒	芒果 TV
赘婿	《赘婿》	愤怒的香蕉	2021. 02. 14	新丽电视、腾讯影业、阅文影视、爱奇艺	爱奇艺
山河令	《天涯客》	Priest	2021. 02. 22	慈文影视、优酷视频	优酷视频、Netflix
通天书院	《通天书院》	述蓝	2021. 02. 25	哈哈影业、西柠传媒、剧角映画传媒、映美传媒、自由影业	爱奇艺
锦心似玉	《庶女攻略》	吱吱	2021. 02. 26	企鹅影视、华策集团	腾讯视频
司藤	《半妖司藤》	尾鱼	2021. 03. 08	优酷视频、悦凯影视、时悦影视	优酷视频、腾讯视频、爱奇艺
你是我的城池营垒	《你是我的城池营垒》	沐清雨	2021. 03. 11	华策克顿旗下剧酷传播、公安部金盾影视文化中心、乐本文化	腾讯视频、优酷视频、爱奇艺
恋恋小酒窝	《废柴前台的自我修养》	蒸糕君	2021. 03. 22	北京爱奇艺科技有限公司	爱奇艺

续表

电视剧名称	原作品	原作者	首播时间	出品公司	播出平台
玉昭令	《开封志怪》	尾鱼	2021.03.30	北京爱奇艺科技有限公司	爱奇艺
良辰美景好时光	《明枪易躲，暗恋难防》	翘摇	2021.04.08	北京爱奇艺科技有限公司、腾讯科技（北京）有限公司	爱奇艺、腾讯视频
他在逆光中告白	《半吟》	弱水千流	2021.04.15	搜狐视频	搜狐视频
全世界都不如你	《蜜爱宠婚：总裁的心尖萌妻》	浅茶浅绿	2020.04.19	优酷视频、亿奇娱乐、掌阅影业	优酷视频
最美不过遇见你	《最美不过遇见你》	陆酒儿	2021.04.23	中视昊天传媒	爱奇艺
御赐小仵作	《仵作娘子》	清闲丫头	2021.04.29	企鹅影视、灵河文化	腾讯视频
玉昭令第二季	《开封志怪》	尾鱼	2021.05.10	爱奇艺、逸锦影业	爱奇艺
皮囊之下	《皮囊之下》	八月长安	2020.05.11	优酷视频、凯柒传媒	优酷视频
清落	《坑爹儿子鬼医娘亲》	森森	2021.05.19	优酷视频、华晨美创、亿奇娱乐、银河酷娱	优酷视频
月光变奏曲	《月光变奏曲》	青浼	2021.05.20	爱奇艺、华策影视、上海好剧影视	爱奇艺
一不小心捡到爱	《一不小心捡到个总裁》	纯风一度	2021.05.20	优酷视频和银河酷娱	优酷视频
这丫环我用不起	《这个丫环我是用不起了》	云九	2021.05.26	爱奇艺文学、北京任性传媒	爱奇艺
我和我的时光少年	《谁能凭爱意将月亮私有》	番大王	2021.05.28	企鹅影视、好奇心影业、蒜头影视	腾讯视频
双世宠妃3	《爆笑宠妃：爷我等你休妻》	梵缺	2021.06.01	企鹅影视	腾讯视频
爱上特种兵	《军装下的绕指柔》	折纸蚂蚁	2021.06.01	北京爱奇艺科技有限公司	爱奇艺
胭脂债	《胭脂债》	一度君华	2020.06.05	北京华谊兄弟聚星文化有限公司	优酷视频
夜凛神探第一季	《推官君无咎》	苏桥	2021.06.11	奇时影业	爱奇艺

续表

电视剧名称	原作品	原作者	首播时间	出品公司	播出平台
夜凛神探第二季	《推官君无咎》	苏桥	2021.06.11	奇时影业	爱奇艺
千古玦尘	《上古》	星零	2021.06.17	企鹅影视、柠萌影业、西嘻影业	腾讯视频
恋爱生物钟	《恋爱生物钟》	苏一姗	2021.06.20	云南金彩视界影业股份有限公司、爱奇艺文学	爱奇艺
你微笑时很美	《你微笑时很美》	青浼	2021.06.23	新湃传媒（深圳）有限公司、优酷视频信息技术（北京）有限公司、新湃传媒集团有限公司	优酷视频、腾讯视频
海上繁花	《佳期如梦之海上繁花》	匪我思存	2021.06.23	幸福蓝海影视、吉林市吉晟金融投资控股、浙江艺能传媒、上海水木清圆	芒果TV、乐视视频、爱奇艺、优酷视频、腾讯视频
喵，请许愿	《如果快乐你就喵》	漫美	2021.07.08	爱奇艺	爱奇艺
云顶天宫	《盗墓笔记》	南派三叔	2021.07.11	欢瑞世纪、光线影业、阿宝文化传媒	腾讯视频
我的女主别太萌	《女王大人别太萌》	坤华	2021.07.23	诸神联盟影业、麦田映画	腾讯视频
时光与你别来无恙	《追光》	紫伊281	2021.07.26	浙江年轮映画文化传媒股份有限公司、爱奇艺文学、北京无限自在文化传媒股份有限公司等	爱奇艺
你是我的荣耀	《你是我的荣耀》	顾漫	2021.07.26	企鹅影视、腾讯影业、王者荣耀、灵迅影视	腾讯视频
上游	《眼泪的上游》	明前雨后	2021.08.02	优酷视频、思美·观达影视	优酷视频
公子，我娶定你了2	《金主大人请自重》	陶罐	2021.08.08	爱奇艺文学、超能影业（北京）有限公司等	爱奇艺
暗格里的秘密	《暗格里的秘密》	耳东兔子	2021.08.10	芒果娱乐传媒	芒果TV

续表

电视剧名称	原作品	原作者	首播时间	出品公司	播出平台
世界微尘里	《世界微尘里》	木浮生	2021.08.16	北京爱奇艺科技有限公司	爱奇艺
周生如故	《一生一世美人骨》	墨宝非宝	2021.08.18	北京爱奇艺科技有限公司	爱奇艺
安得广厦千万间	《安得广厦千万间》	井楠	2021.08.18	广州朴象文化发展有限公司	腾讯视频
试婚 99 天	《试婚 99 天》	墨春花	2021.08.20	凡酷文化、影纳传媒、纵横文学、永乐股份等	爱奇艺
云南虫谷	《鬼吹灯之云南虫谷》	天下霸唱	2021.08.30	企鹅影视、梦想者电影、7 印象文化	腾讯视频
春来枕星河	《春来枕星河》	程饭饭	2021.08.31	北京麦田映画文化传媒有限公司、耐飞影视有限公司、爱奇艺小说、诸神（上海）文化传媒有限公司等	爱奇艺
我的砍价女王	《我的砍价女王》	睡懒觉的喵	2021.09.03	江苏稻草熊影业有限公司	优酷视频、爱奇艺、腾讯视频
一生一世	《一生一世美人骨》	墨宝非宝	2021.09.06	北京爱奇艺科技有限公司	爱奇艺
君九龄	《君九龄》	希行	2021.09.07	优酷视频、鸿文传媒	优酷视频
舍我其谁	《舍我“棋”谁》	公子十三	2021.09.08	幸福蓝海影视文化集团股份有限公司、完美世界（北京）互动娱乐有限公司、阿里巴巴（北京）软件服务有限公司	江苏卫视、优酷视频
公子倾城	《公子倾城》	维和粽子	2021.09.16	爱奇艺	爱奇艺
国子监来了个女弟子	《国子监来了个女弟子》	花千辞	2021.09.22	企鹅影视、悦凯娱乐、磨铁娱乐、灵河文化	腾讯视频、优酷视频
当爱情遇上科学家	《当爱情遇上科学家》	叶落无心	2021.09.25	爱奇艺、华策影视	爱奇艺、腾讯视频

续表

电视剧名称	原作品	原作者	首播时间	出品公司	播出平台
皎若云间月	《皎若云间月》	西子情	2021. 10. 05	悠悠草影视、品格传媒	优酷视频
只是结婚的关系	《闪婚总裁契约妻》	拈花拂柳	2021. 10. 08	企鹅影视、乐享影业	腾讯视频
嘉南传	《慕南枝》	吱吱	2021. 10. 17	上海腾讯企鹅影视文化传播有限公司、上海丝芭影视有限公司、北京青春有加影视有限公司	腾讯视频、爱奇艺
第十二秒	《第十二秒》	Sunness	2021. 10. 18	北京太平盛世文化传播股份有限公司	湖南卫视、芒果 TV
梦见狮子	《梦见狮子》	小狐濡尾	2021. 10. 28	爱奇艺	爱奇艺、腾讯视频
斛珠夫人	《斛珠夫人》	萧如瑟	2021. 11. 10	企鹅影视、嘉行传媒、厚海文化、逍遥影业	腾讯视频
许纯纯的茶花运	《妾身要下堂》	之森	2021. 11. 22	爱奇艺、华晨美创	爱奇艺
一片冰心在玉壶	《一片冰心在玉壶》	蓝色狮	2021. 11. 29	优酷视频、慈文传媒东阳紫风影视制作有限公司	优酷视频
人海之中遇见你	《傲娇男神住我家：99 次说爱你》	叶非夜	2021. 12. 08	优酷视频	优酷视频
雪中悍刀行	《雪中悍刀行》	烽火戏诸侯	2021. 12. 15	中央电视台、企鹅影视、新丽电视、响巢传媒	腾讯视频

注：播出平台中第一个频道或网络视频端为首播平台，播出平台只有网络视频端的为网络剧。

（2）2021 年网络小说改编的微短剧

随着抖音、快手短视频平台的兴起，微短剧有了成长之地。因投资小、风险低、节奏快、周期短等特点，微短剧吸引了越来越多的公司进入。微短剧制作面临的第一个问题便是剧本的选择，庞大的网络文学存量为微短剧的生产提供了取之不尽的原材料。目前被改编成大型影视剧的网文 IP 都是少数头号 IP，而大多数潜在 IP 尽管质量和口碑处于上乘，却没有得到被市场检验的机会，究其根本在于大型影视剧天文数字般的制作成本。但是抖音、快手上竖屏的微短剧大多数时长不超过三分钟，不仅剧情环环相扣、高潮迭起，而且制作成本低，从而能够有效解决目前大多数潜在小IP没有能够被改编成影视剧的现状。潜力IP被以微短剧的影视成功推出后，不仅能激发用户对原创小说的阅读热情，帮助作品增粉，而且也可以为其未来改编成大型影视剧“试水”，降低风险。

米读从2020年2月便开始了探索网文IP的短剧孵化模式，并与快手就IP短剧开发达成战略合作，相继推出了《权宠刁妃》《我的契约男友》《国民男神是女生》等改编短剧作品，为米读就网文的商业化探索做出了实践。

2021年4月3日，书旗小说原创IP首部改编微短剧《今夜星辰似你》正式上线开播，短短36小时顺利登顶优酷视频短剧热度榜TOP1，登上了优酷视频V榜电视剧榜单第八名，与一众长剧入选同一榜单，掀起网文IP改编短剧关注热潮。《今夜星辰似你》改编自书旗小说签约作家诺小颖的同名小说。作为取得了开门红的第一部短剧，《今夜星辰似你》为书旗后续短剧的开发起到了成功示范作用。书旗第二部改编短剧《恋爱之前爱上你》也于7月11日上线，成绩更进一步，12小时便登顶热榜第一。《恋爱之前爱上你》的再次成功，让书旗小说在短剧开发上进入快车道，预计在2021年底左右，书旗小说还会有十多部短剧陆续上线。

米读在短剧方面也取得了非常成功的业绩。截至2021年11月3日，米读总共开发了40部短剧，全网累计播放量超40亿，总粉丝量高达1740万，单部剧最高播放量3.4亿。其中，《秦爷的小哑巴》单集最高播放量1.1亿，单集平均播放量1700万，直接涨粉172万，《我的狗仔女友》单集最高突破9100万。①

2021年度内网络小说改编的微短剧作品见下表：

2021年网络小说改编的微短剧名录（123部）

微短剧名称	原作品	原作者	播出平台	播出时间	呈现方式
我的邻居是美男	《我的邻居是美男》	夕岚岚	快手	2021.01.05	竖屏
特工狂妃	《特工狂妃》	如沫	快手	2021.01.09	竖屏
追妻火葬场	《追妻火葬场》	冷淡性格	抖音	2021.01.12	横屏
上门兵王	《上门兵王》	乱语	快手	2021.01.15	竖屏
这个杀手有点娘	《这个杀手有点娘》	小吃货	抖音	2021.01.24	竖屏
宋小姐每天都在闹离婚	《宋小姐每天都在闹离婚》	馨元	腾讯视频	2021.01.29	竖屏
公子哪里逃	《公子，哪里逃》	纳兰烟雨	优酷视频	2021.02.01	横屏
锦绣医妃	《锦绣医妃》	玖月梦初	优酷视频	2021.02.02	横屏
靳先生他最苏了	《靳先生他最苏了》	苏闲佞	腾讯视频	2021.02.08	竖屏

① 财经头条．霸道总裁，席卷抖音！_ _ 财经头条［R/OL］．［2021-11-3］．https：//cj. sina. com. cn/articles/view/1831058717/6d23bd1d001011ipv.

续表

微短剧名称	原作品	原作者	播出平台	播出时间	呈现方式
追妻路漫漫	《追妻路漫漫》	颜容浮生	抖音	2021. 02. 13	竖屏
爱你成瘾	《爱你成瘾》	活在我和他的世界里	抖音	2021. 02. 26	竖屏
天才医妃	《天才医妃》	M 莫浅	快手	2021. 02. 26	竖屏
不和大佬恋爱就会死	《不和豪门大佬恋爱就会死》	贺兰央央	腾讯视频	2021. 03. 09	竖屏
我的契约男友	《我的契约男友》	久唯	快手	2021. 03. 10	竖屏
栩栩星辰一倾光	《栩栩星辰一倾光》	七叶槿	腾讯视频	2021. 03. 11	竖屏
大理寺有他的洛大人	《大理寺有他的洛大人》	夜北兮	腾讯视频	2021. 03. 15	竖屏
CP 大作战	《cp 大作战》	洋葱圈和橙子	快手	2021. 03. 15	竖屏
我的男神收藏家	《我的男神收藏家》	边初心	快手	2021. 03. 16	竖屏
弃妃倾城	《弃妃倾城》	跳舞的狐狸	优酷视频	2021. 03. 16	横屏
弃妃复仇攻略	《逆天重生：弃妃复仇攻略》	颜小笠	腾讯视频	2021. 03. 18	竖屏
热搜又被我承包了	《热搜又被我承包了》	云倾柠	腾讯视频	2021. 03. 18	竖屏
我在娱乐圈当团宠	《我在娱乐圈当团宠》	一世长安 V	快手	2021. 03. 21	竖屏
八零福妻	《八零福妻养包子》	是朕啊	腾讯视频	2021. 03. 23	竖屏
如梦令	《如梦令》	_ 惊鸿_	腾讯视频	2021. 03. 29	竖屏
每天喜欢你多一点	《每天喜欢你多一点》	来浅浅	腾讯视频	2021. 03. 31	竖屏
我的婚恋时光	《我的婚恋时光》	回收旧手机	腾讯视频	2021. 04. 01	竖屏
报告医妃	《报告医妃》	唐唯恩	腾讯视频	2021. 04. 03	竖屏
秦爷的小哑巴	《秦爷的小哑妻》	曲木子	快手	2021. 04. 03	竖屏
先婚后爱	《先婚后爱》	明月生凉	优酷视频	2021. 04. 15	竖屏
倾世宠妃第一季	《倾世宠妃》	AnTico	优酷视频	2021. 04. 15	竖屏
修仙女厨神	《修仙女厨神》	绅士欺诈师	腾讯视频	2021. 04. 19	竖屏
大鉴赏家	《大鉴赏家》	庚乐	腾讯视频	2021. 04. 23	竖屏
顾少的小甜心	《顾少的小甜心》	糖心兔子	优酷视频	2021. 04. 29	横屏
许少的隐婚甜妻	《许少的隐婚甜妻》	可乐	优酷视频	2021. 04. 29	横屏
绝品王妃	《绝品王妃》	默吟	优酷视频	2021. 05. 02	横屏

续表

微短剧名称	原作品	原作者	播出平台	播出时间	呈现方式
原来你是这样的沈机长	《原来你是这样的沈机长》	叶绵绵	腾讯视频	2021.05.06	竖屏
夫君有毒	《夫君有毒》	易五	腾讯视频	2021.05.11	竖屏
惹上首席 boss 第一季	《惹上首席 boss》	拓拔瑞瑞	优酷视频	2021.05.13	横屏
倾世宠妃第二季	《倾世宠妃》	AnTico	优酷视频	2021.05.24	竖屏
少夫人又作妖了	《少夫人又作妖了》	海月	腾讯视频	2021.05.28	竖屏
小妻吻上瘾	《小娇妻》	洛心辰	快手	2021.05.28	竖屏
全能大佬又被逼婚了	《全能大佬又被逼婚了》	时南茶	腾讯视频	2021.05.28	竖屏
仙帝归来当赘婿	《仙帝归来当赘婿》	月应故乡明	腾讯视频	2021.06.01	竖屏
将门铁血毒妃	《将门铁血毒妃》	三千渡	腾讯视频	2021.06.03	竖屏
农女逆袭种田忙	《农女逆袭种田忙》	公孙小月	腾讯视频	2021.06.04	竖屏
胭脂债	《胭脂债》	一度君华	优酷视频	2021.06.06	横屏
我的猫神男友	《我的猫神男友》	橙颜	优酷视频	2021.06.07	横屏
快穿皇妃升职记	《快穿皇妃升职记》	蓝手	优酷视频	2021.06.11	竖屏
惹上首席 boss 第二季	《惹上首席 boss》	拓拔瑞瑞	优酷视频	2021.06.13	横屏
昭华撩乱	《昭华撩乱》	海青拿天鹅	优酷视频	2021.06.18	竖屏
一纸契约	《一纸契约》	四喜兔子	快手	2021.06.22	竖屏
星动的瞬间	《国民影帝暗恋我》	十里酒香	抖音	2021.06.22	竖屏
超模的秘密	《超模的秘密》	双囍	快手	2021.06.24	竖屏
恋爱的不平等条约	《恋爱的不平等条约》	上网冲浪	腾讯视频	2021.06.25	竖屏
被六个大佬宠野后我飘了	《被六个大佬宠野后我飘了》	灵婉兮	腾讯视频	2021.07.04	竖屏
重生女神不好惹	《重生女神不好惹》	君浅	腾讯视频	2021.07.07	竖屏
从离婚开始的文娱	《从离婚开始的文娱》	会发光的风	腾讯视频	2021.07.08	竖屏
小妻吻上瘾	《小妻吻上瘾 2》	洛心辰	快手	2021.07.12	竖屏
报告他俩是假兄妹	《报告他俩是假兄妹》	平房上的猫	腾讯视频	2021.07.13	竖屏
皇妃在娱乐圈当顶流	《皇妃在娱乐圈当顶流》	阿芩	快手	2021.07.14	竖屏
甜蜜陷阱	《甜蜜陷阱》	清半夏	快手	2021.07.14	竖屏
重生珠光宝色	《重生珠光宝色》	蜗碎	腾讯视频	2021.07.22	竖屏
快穿之女配功德无量	《快穿之女配功德无量》	九筒骨	腾讯视频	2021.07.23	竖屏

续表

微短剧名称	原作品	原作者	播出平台	播出时间	呈现方式
红包做人后成了团宠	《红包做人后成了团宠》	三竹	腾讯视频	2021.07.23	竖屏
重生校园女王	《重生校园女王》	旧妆 001	腾讯视频	2021.07.27	竖屏
玩宝	《玩宝》	冬雪晚晴	腾讯视频	2021.07.27	竖屏
全职抽奖系统	《全职抽奖系统》	小城居民	腾讯视频	2021.07.27	竖屏
王妃她总是想失宠	《王妃她总是想失宠》	浅笑如歌	快手	2021.07.29	竖屏
棺中凰妃	《棺中凰妃》	桑指	腾讯视频	2021.08.01	竖屏
妙手玄医	《妙手玄医》	炖肉大锅菜	腾讯视频	2021.08.02	竖屏
天后养成手札	《天后养成手札》	容焉	腾讯视频	2021.08.03	竖屏
机长烈爱，非你莫属	《机长烈爱，非你莫属》	秋，风吹过	腾讯视频	2021.08.12	竖屏
点翠	《点翠》	雕栏玉砌	腾讯视频	2021.08.17	竖屏
厉少，夫人又把你拉黑了	《厉少，夫人又把你拉黑了》	乐小宅	抖音	2021.08.17	竖屏
我真的是大佬	《我真的是大佬》	子渡	腾讯视频	2021.08.23	竖屏
超品侠医	《超品侠医》	蒸炸	腾讯视频	2021.08.24	竖屏
影后今天离婚了吗	《影后今天离婚了吗》	亿万君	腾讯视频	2021.08.26	竖屏
小主别闹	《殿上欢》	沐非	腾讯视频	2021.08.29	竖屏
惟有余笙不负卿	《惟有余笙不负卿》	玉星雪	腾讯视频	2021.08.29	竖屏
狂妻拽翻天	《狂妻拽翻天》	轻语飘曳	腾讯视频	2021.09.09	竖屏
重生影后不好惹	《重生影后不好惹》	梅子青时	腾讯视频	2021.09.10	竖屏
配角攻略	《配角攻略》	静谧的哈桑	优酷视频	2021.09.10	横屏
我真要逆天啦	《我真要逆天啦》	柳一条	腾讯视频	2021.09.13	竖屏
本王的爱妃为何不争宠	《本王的爱妃为何不争宠》	安池一鱼	腾讯视频	2021.09.15	竖屏
与你相恋的小时光	《与你相恋的小时光》	忘记呼吸的猫	腾讯视频	2021.09.20	竖屏
神仙二手交易	《神仙二手交易》	刘家大宝贝	腾讯视频	2021.09.24	竖屏
闪婚老公太给力	《闪婚老公，太给力》	盛小柒	优酷视频	2021.09.24	横屏
我竟撩了我的豪门死敌	《我撩到了死对头》	西澄布丁	抖音	2021.09.29	竖屏
公子何时休	《公子何时休》	喧宜	优酷视频	2021.10.09	横屏
都市之超级医仙	《都市之超级医仙》	火如风	腾讯视频	2021.10.12	竖屏

续表

微短剧名称	原作品	原作者	播出平台	播出时间	呈现方式
帝少夫人又在虐渣了	《帝少夫人又又又在虐渣了》	樟树无花	腾讯视频	2021. 10. 12	竖屏
太子妃又又又崩人设了	《太子妃又又又崩人设了》	白露三公子	腾讯视频	2021. 10. 12	竖屏
都市至尊豪婿	《都市至尊豪婿江圣凌王可馨》	亚光	优酷视频	2021. 10. 13	竖屏
绝宠世子妃	《绝宠世子妃》	沙子	腾讯视频	2021. 10. 13	竖屏
爵爷宠妻在线打脸	《爵爷宠妻在线打脸》	白翩翩	腾讯视频	2021. 10. 13	竖屏
嫡女未央	《嫡女未央》	十七帝	优酷视频	2021. 10. 13	横屏
王爷你的面具掉了	《王爷你的面具掉了》	安步奕奕	腾讯视频	2021. 10. 13	竖屏
总裁宠妻甜蜜蜜	《总裁宠妻甜蜜蜜》	歌月	腾讯视频	2021. 10. 15	竖屏
撩个男神好回家	《强势溺宠：撩个男神好回家》	狂奔的兔兔	优酷视频	2021. 10. 21	横屏
执念轻歌	《执念轻歌》	长伴余生	腾讯视频	2021. 10. 26	竖屏
我的傻白甜媳妇	《我的傻白甜媳妇》	何必姐姐	腾讯视频	2021. 10. 28	竖屏
王妃太嚣张	《王妃太嚣张》	处雨潇湘	优酷视频	2021. 10. 30	竖屏
头条婚约	《头条婚约》	亦辰	快手	2021. 11. 01	竖屏
妖孽王爷霸道妻	《妖孽王爷霸道妻》	半夏湛蓝	优酷视频	2021. 11. 04	竖屏
麻辣教师	《麻辣教师》	百变星君	抖音	2021. 11. 04	竖屏
我不仅仅是赘婿	《我不仅仅是赘婿》	刘太昊	腾讯视频	2021. 11. 08	竖屏
秦爷的小哑巴 2	《秦爷的小哑妻》	曲木子	快手	2021. 11. 10	竖屏
绾青丝	《绾青丝》	波波	优酷视频	2021. 11. 10	横屏
重生千金来袭	《重生千金来袭》	银狐九儿	腾讯视频	2021. 11. 13	竖屏
山贼太子妃	《极品太子妃》	圆不破	腾讯视频	2021. 11. 15	竖屏
撩动心弦	《撩动心弦》	清汤涮香菜	腾讯视频	2021. 11. 19	竖屏
重生俏媳有点田	《重生俏媳有点田》	一缕温馨	腾讯视频	2021. 11. 22	竖屏
青丝劫	《青丝劫》	寂未央写	优酷视频	2021. 11. 24	竖屏
捡个男神做老公	《金牌制作：捡个 boss 做老公》	陌上香坊	优酷视频	2021. 11. 24	横屏
纨绔医妃	《纨绔医妃》	傅桃夭	腾讯视频	2021. 11. 25	竖屏

续表

微短剧名称	原作品	原作者	播出平台	播出时间	呈现方式
大宋女法医	《大宋女法医》	果语言言	优酷视频	2021. 11. 26	竖屏
您的话痨主播已到账	《您的话痨主播已到账》	羊晓恩	腾讯视频	2021. 12. 02	竖屏
大叔宠妻有一套	《猎爱谋婚：大叔宠妻有一套》	八月狐尾	腾讯视频	2021. 12. 03	竖屏
美食大暴走	《美食大暴走》	Cool	腾讯视频	2021. 12. 03	竖屏
将军请自重	《将军请自重》	千里青岚	优酷视频	2021. 12. 07	竖屏
锦衣之下	《锦衣之下》	蓝色狮	优酷视频	2021. 12. 08	竖屏
替嫁王妃	《替嫁王妃》	丫左左	优酷视频	2021. 12. 10	竖屏
侯府小千金	《侯府小姐的娱乐圈生涯》	弹剑听禅	腾讯视频、腾讯微视	2021. 12. 11	竖屏

（3）2021 年网络小说改编的电影

改编自马伯庸小说的《古董局中局》，于 12 月 3 日开启了本年度贺岁档的第一枪，上映首日即斩获 4000 万票房，据八爪鱼全网舆情监测显示，87%的观众给予了本片正面评论。截至 2021 年 12 月 17 日，电影《古董局中局》上映第 15 天，在公映期间连续 14 天占据票房冠军，总票房达 3. 66 亿。

《古董局中局》系列小说是马伯庸的代表作之一，以上世纪 90 年代为背景，将古董鉴定、收藏、造假、设局等元素熔于一炉，构筑了一个浩大庞杂的古董江湖。这部电影在强大的演员阵容以及超前点映积累的观众口碑和特殊题材的带动下，上映后便取得了不错的票房成绩，同时也获得了观众们的好评如潮，成为今年观众们的观影首选，还被观众们称之为“合格的娱乐爽片”。

年度内网络小说改编的电影作品见下表：

2021 年网络小说改编的电影名录（3 部）

电影名称	原作品	原作者	首映时间	出品公司
有匪 · 破雪斩	《有匪》	priest	2021. 01. 26	上海腾讯企鹅影视文化传播有限公司
八月未央	《八月未央》	安妮宝贝	2021. 4. 16	北京凯视芳华文化传播有限公司、北京聚合影联文化传媒有限公司、上海千旗影业有限公司
古董局中局	《古董局中局》	马伯庸	2021. 12. 03	英皇影业有限公司、联瑞（上海）影业有限公司、正夫影业有限公司

（4）2021 年网络小说改编的网络电影

相较去年的高分账票房爆款频出，少了“宅经济”红利的网络电影市场在今年重新回归平静。而这不仅体现在持续下滑的上线项目数量上，更直观地投射在了分账数据层面。

截至 2021 年 12 月 19 日，根据各平台公开数据，2021 年仅有 61 部网络电影分账票房突破千万大关（爱奇艺 29 部，腾讯 21 部，优酷视频 11 部），这一数字远低于去年全年的 79 部。

结束了野蛮生长与高速发展，网络电影行业在今年似乎放慢了前行的脚步。而在稳健的步伐背后，行业也呈现出了全新的面貌与发展趋势。

首先是质量的提升。今年大火的 IP《赘婿》的衍生网络电影《赘婿之吉星高照》在平台开放映前预约之后，站内预约量在短短几天时间内突破了 159 万人次，成为七年来预约量最高的网络大电影，而在电影上线之后，累积观影人次更是高达 260 万，热度居高不下，一度成为微博热搜排行榜的常客。

其次是模式的转变。此前，网络电影长期以来都依靠蹭 IP 和授权 IP 两种模式来操作 IP 项目。今年网络电影 IP 开发迎来了“一鱼多吃”这种焕新的剧影联动玩法。比如，分账票房超过 2500 万的《赘婿之吉星高照》，作为热播剧《赘婿》的衍生电影，早在剧集第一季杀青当天就完成了初步的规划，这样操作一来保持了 IP 热度的延续，二来也在一定程度上起到了承前启后的作用。

而在《赘婿之吉星高照》为 IP 开发“一鱼多吃”打造了一份成功的实战案例后，接下来，还有《风起洛阳之阴阳界》《风起洛阳之双子追凶》《有药之楼主驾到》《云中君三子之九灵元圣》等多部 IP 联动网络电影，也将采取与正篇剧集同步开发的模式，继续打开“一鱼多吃”的想象空间。

另外，改编自南派三叔原著的《重启之蛇骨佛蜕》位列第七，分账超过 3000 万。改编自鬼吹灯系列的《黄皮子坟》和《黄皮幽冢》分账分别为 3170 万和 2400 万，分别位列第五和第九。

下表收录了年度内网络小说改编的网络电影作品：

2021 年网络小说改编的网络电影名录（15 部）

电影名称	原作品	原作者	上线时间	出品公司
头号主播	《头号主播》	蜜糖可乐	2021.01.26	大连金缘传媒有限公司
有匪·破雪斩	《有匪》	priest	2021.01.26	上海腾讯企鹅影视文化传播有限公司
龙窟寻宝	《鬼吹灯之龙岭迷窟》	天下霸唱	2021.02.26	杭州隐川影视传媒有限公司
长白灵蛇传	《十月蛇胎》	银花火树	2021.02.28	上海腾讯企鹅影视文化传播有限公司

续表

电影名称	原作品	原作者	上线时间	出品公司
重启之蛇骨佛蜕	《盗墓笔记之重启之蛇骨佛蜕》	南派三叔	2021. 03. 26	南派泛娱股份有限公司
长白·太岁	《十月蛇胎》	银花火树	2021. 03. 30	上海腾讯企鹅影视文化传播有限公司
摸金玦之守护人	《摸金玦之守护人》	天下霸唱	2021. 05. 01	上海腾讯企鹅影视文化传播有限公司、北京新华文娱影视有限公司、喀什喜瑞文化传媒有限公司
破晓之战	《大旗袍师》	张芮涵	2021. 06. 29	福建佳佳旺、爱奇艺、吾里文化
神墓	《神墓》	辰东	2021. 07. 04	上海鸣涧影业有限公司、柒星（北京）娱乐文化传媒有限公司
赘婿之吉兴高照	《赘婿》	愤怒的香蕉	2021. 08. 13	新丽电影（浙江）有限公司、腾讯影业文化传播有限公司、天津阅文影视文化传媒有限公司、北京爱奇艺科技有限公司
牧野诡事之观山太保	《鬼吹灯之牧野诡事》	天下霸唱	2021. 10. 06	东阳向上影业有限公司、北京理想铸造影业有限公司
冥海禁地	《冥海禁地》	潘海根	2021. 10. 26	万年索斯、映美传媒、每日视界、座头鲸传媒
牧野诡事之寻龙	《鬼吹灯之牧野诡事》	天下霸唱	2021. 11. 02	向上影业、文创天合
卸岭秘录	《卸岭秘录》	川西诡叔	2021. 11. 10	书影传媒、匠隐文化、纵横文学、润洋影业
唐门：美人江湖	《唐门：美人江湖》	东倾公子	2021. 12. 15	成都迈达斯影视有限公司、四川帆鱼文化有限公司、四川星空影视文化传媒有限公司

3. 网络小说动漫改编

根据网络文学改编的动漫作品无论是播放量、作品影响力还是观众反响，都比较突出。这已经成为欣欣向荣的动漫市场中一个不容忽视的现象。2021 年，《吞噬星空》《山河剑心》《盗墓笔记秦岭神树》等，均来自网络文学改编，其中作为《盗墓笔记》系列小说改编的首部动漫化作品《盗墓笔记秦岭神树》表现尤为突出。根据骨朵数据显示，其上线 54 天的作品播放量超过了 2. 6 亿。

2021 爱奇艺金花瓣奖日前揭晓，改编自网络文学的《逆天邪神》和《邪王追妻》分别获得动画单元中的年度最具人气动态漫奖、年度最佳动画奖；《吞噬永恒》获得年度最佳漫画剧情奖，《神武天尊》获得年度最佳漫画男频人气奖。

改编自作家我吃西红柿同名小说《吞噬星空》动画播出之后即引起观众的关注，开播 4 天就获得 8000 万的专辑点播量。截至 2021 年 5 月 16 日，《吞噬星空》的累计播放量已达 10.6 亿，位列 2021 年 CG 类国漫的播放总榜前五。在度过开播爆发期后，“吞噬”的播放量持续走高。“吞噬”的更新日播放量，从每集单日近千万增长到如今约 2500 多万，达到了 3 倍，可谓“强势黑马”。今年上线的《山河剑心》在没有任何宣传的情况下，直接冲击到了国漫点击播放量的魁首之位，就单单最后的播放量都高达 5 亿。由阅文集团出品的最新《斗破苍穹》第四季于 3 月 28 日上线，在腾讯视频平台独播，该片首日播放量高达 3500 万，短短一个半月累计播放量就达到了 1.5 亿，表现非常出色。

下表收录了年度内网络小说改编的动漫作品：

2021 年网文作品改编的动漫名录（34 部）

作品名称	原作品	原作者	载播时间	相关信息	类型
流星幻剑	《流星幻剑》	东城白小生	2021.01.28	由杭州索以文化传播有限公司制作；杭州索以文化传播有限公司、上海腾讯企鹅影视文化传播有限公司出品；于腾讯视频播出	动画
星武神诀	《星武神诀》	发飙的蜗牛	2021.01.28	由杭州若鸿文化创意有限公司制作；杭州若鸿文化创意有限公司、北京爱奇艺科技有限公司、湖南快乐阳光互动娱乐传媒有限公司出品；于爱奇艺、芒果 TV 播出	动画
山河剑心	《千秋》	梦溪石	2021.02.08	由上海幻维数码创意科技有限公司制作；上海腾讯企鹅影视文化传播有限公司出品；于腾讯视频播出	动画
万界奇缘	《绝世妖帝》	暗魔师	2021.02.17	由杭州若鸿文化创意有限公司、杭州流从动漫设计有限公司制作；杭州若鸿文化创意有限公司、北京爱奇艺科技有限公司出品；于爱奇艺播出	动画
斗破苍穹第四季	《斗破苍穹》	天蚕土豆	2021.03.28	由上海幻维数码创意科技股份有限公司制作；阅文集团、企鹅影视、万达影业出品；于腾讯视频播出	动画
盗墓笔记秦岭神树	《盗墓笔记秦岭神树》	南派三叔	2021.04.04	企鹅影视、腾讯动漫、南派泛娱出品；于腾讯视频播出	动画

续表

作品名称	原作品	原作者	载播时间	相关信息	类型
万界独尊	《万界独尊》	无忧	2021.04.06	由杭州流从动漫设计有限公司制作；上海腾讯企鹅影视文化传播有限公司、杭州若鸿文化创意有限公司出品；于腾讯视频播出	动画
完美世界	《完美世界》	辰东	2021.04.23	由上海福煦影视文化投资有限公司制作；上海腾讯企鹅影视文化传播有限公司出品；于腾讯视频播出	动画
天宝伏妖录第二季	《天宝伏妖录》	非天夜翔	2021.04.25	上海宽娱数码科技有限公司出品；于哔哩哔哩播出	动画
少年白马醉春风	《少年白马醉春风》	周木楠	2020.05.02	于优酷视频播出	动画
风姿物语银河篇	《风姿物语前传银河篇》	罗森	2020.05.10	济南猎星时代动漫有限公司出品；于腾讯视频播出	动画
狂神魔尊	《狂神魔尊》	七月雪仙人	2021.05.20	由杭州索以文化传播有限公司制作；上海腾讯企鹅影视文化传播有限公司、杭州索以文化传播有限公司出品；于腾讯视频播出	动画
无上神帝第二季	《无上神帝》	蜗牛狂奔	2021.05.21	由杭州若鸿文化创意有限公司负责制作；上海腾讯企鹅影视文化传播有限公司出品；于腾讯视频播出	动画
星河至尊	《星河至尊》	我本纯洁	2020.06.10	由杭州若鸿文化创意有限公司、杭州流从动漫设计有限公司（联合制作公司）制作；杭州若鸿文化创意有限公司、优酷视频信息技术（北京）有限公司出品；于优酷视频播出	动画
神印王座	《神印王座》	唐家三少	2021.06.18	由中南天使（湖南）文化传媒有限公司负责制作；企鹅影视出品；于腾讯视频播出	动画
盆然星动	《盆然星动》	墨汀汀	2020.06.26	由爱奇艺漫画制作；连载于爱奇艺漫画	漫画
妖者为王	《妖者为王》	羽卿天下	2021.06.26	由轻漫文化制作；连载于爱奇艺漫画	漫画

续表

作品名称	原作品	原作者	载播时间	相关信息	类型
定海浮生录	《定海浮生录》	非天夜翔	2021. 07. 15	由上海福煦影视文化投资有限公司负责制作；哔哩哔哩出品；于哔哩哔哩播出	动画
逆天至尊	《逆天至尊》	枯崖雨墓	2021. 07. 16	由杭州索以文化传播有限公司制作；上海腾讯企鹅影视文化传播有限公司、杭州索以文化传播有限公司出品；于腾讯视频播出	动画
游侠战纪	《夜行者：平妖二十年》	南无袈裟理科佛	2021. 07. 27	由安徽众策影视文化有限责任公司（众策文化）、同明宣工作室制作；上海腾讯企鹅影视文化传播有限公司出品；于腾讯视频播出	动画
少年歌行：风花雪月篇	《少年歌行》	周木楠	2021. 07. 28	由中影年年（北京）文化传媒有限公司出品制作；于优酷视频、Bilibili 播出	动画
全职法师第五季	《全职法师》	乱	2021. 07. 28	由福煦影视制作；阅文集团、企鹅影视出品；于腾讯视频播出	动画
残次品	《残次品》	priest	2021. 07. 30	由上海灵樨文化负责制作；哔哩哔哩出品；于哔哩哔哩播出	动画
打火机与公主裙	《打火机与公主裙》	Twentine	2021. 08. 08	由两点十分动漫制作；优酷视频动漫出品；于优酷视频播出	动画
我气哭了百万修炼者	《我气哭了百万修炼者》	紫苑掌柜	2021. 08. 19	由索以文化制作；企鹅影视和索以文化联合出品；于腾讯视频播出	动画
邪王追妻 3：神女归来	《邪王追妻：废材逆天小姐》	苏小暖	2021. 09. 29	由大火鸟文化制作；爱奇艺出品；于爱奇艺播出	动画
斗罗大陆 III 龙王传说第二季	《斗罗大陆 III 龙王传说》	唐家三少	2021. 10. 20	由杭州玄机科技信息技术有限公司制作；于腾讯、优酷视频播出	动画
我被困在同一天十万年	《我被困在同一天十万年》	凰天在上	2021. 10. 23	由宇嘉文化制作；趣阅科技、iCiyuan 动漫出品；于腾讯视频播出	动态漫画

续表

作品名称	原作品	原作者	载播时间	相关信息	类型
人间最得意	《人间最得意》	平生未知寒	2021.10.27	由杭州索以文化传播有限公司制作；企鹅影视出品；于腾讯视频播出	动画
斗破苍穹三年之约	《斗破苍穹》	天蚕土豆	2021.10.31	由幻维数码制作；阅文集团、企鹅影视、万达影业出品；于腾讯视频播出	动画
斗罗大陆2绝世唐门第三季	《斗罗大陆Ⅱ绝世唐门》	唐家三少	2021.11.01	由杭州玄机科技信息技术有限公司负责制作；企鹅影视出品；于腾讯视频播出	动画
冰火魔厨	《冰火魔厨》	唐家三少	2021.11	由优酷视频出品，喜悦娱乐负责制作；喜悦娱乐（杭州）股份有限公司出品；于优酷视频播出	动画
紫川	《紫川》	老猪	2021.12.21	由河北铸梦文化传播有限公司负责制作；企鹅影视出品；于腾讯视频播出	动画

4. 网络小说的游戏改编

伽马数据的《2021中国自研游戏IP研究报告》显示，由包括网络文学在内的文学IP改编的手游，2020年在收入和产品数量这两方面，依然保持着高速的增长，总收入达到了78.8亿元人民币，而全年流水超过5亿元人民币的文字IP改编游戏也达到了14款之多。①

为什么网络小说能成为游戏厂商的青睐？一方面，网文题材趋于多样性，都市职场、二次元等题材的崛起，都为IP改编游戏提供了更多在玩法、系统设计上的可能，而这种多样性也能减少玩家对IP改编游戏的审美疲劳，或许反而能为部分适合MMO、RPG等传统玩法的IP释放出生存空间。另一方面，网文作为中国文化产品出海最成功的代表之一，与目前正在全球范围内站稳脚跟的中国手游合作，或许也能形成一种独特的文化传播组合，通过将网文的读者以及手游玩家整合至同一IP生态下，在增强用户黏性的同时，也能扩大IP的影响力。

12月15日，2021年度中国游戏产业年会于广州正式开幕。会上公布了2021年度游戏十强年度榜盛典评选结果，由《斗罗大陆》正版授权改编的魂兽猎杀真3D斗罗手游《斗罗大陆—斗神再临》获得了“优秀新锐游戏”奖。

① 大道消息．人民日报点赞网络文学：创作主流化、精品化趋势更加明确_ 网文_ 游戏_ 中国［R/OL］．［2021-12-13］．https：//www.sohu.com/a/507823389_ 121119387.

中国游戏产业最为权威的评选活动——2021 年度金翎奖的评选结果正式公布。三七互娱旗下两款自研游戏《斗罗大陆：魂师对决》获得“玩家最喜爱的移动网络游戏”。

《斗罗大陆：魂师对决》作为三七互娱自研领域里程碑式的产品之一，不仅是三七互娱“精品化”理念的深度延续，也是公司对当下顶尖研发技术的一次实践。游戏采用次世代 3D 引擎开发，并使用了 PBR（基于物理的光照）技术，以实现全景 3D 特效、实时无缝昼夜切换、动态体积光追踪等效果。

下表收录了年度内主要的游戏改编作品：

2021 年网络小说改编的游戏名录（29 部）

游戏	原作品	原作者	备注	游戏平台
校花的贴身高手：天阶岛	《校花的贴身高手》	鱼人二代	2021 年 1 月 6 日上线，由第一波网络运营	手游
九洲仙侠传	《九洲仙侠传》	深水旅店	2021 年 2 月 26 日上线，由上海聚市网络科技有限公司运营	手游
以仙之名	《以仙之名》	超级子弹	2021 年 3 月 8 日上线，由小牛互娱运营	手游
天之宰	《天之宰》	天空之城	2021 年 3 月 13 日上线，由海南逗娱网络科技有限公司运营	手游
八荒剑神	《八荒剑神》	云泪天雨	2021 年 3 月 22 日上线	手游
斗罗大陆 2 绝世唐门	《斗罗大陆》	唐家三少	2021 年 3 月 25 日上线，由微游互动运营	手游
天涯剑歌	《天涯剑歌》	四月飞鸟	2021 年 3 月 30 日上线	手游
剑与星辰	《剑与星辰》	梦吟听雨	2021 年 3 月 5 日上线	手游
龙天剑帝	《龙天剑帝》	轻羽书生	2021 年 4 月 6 日上线	手游
新遮天	《遮天》	辰东	2021 年 4 月 28 日上线，由上海拟酷网络科技有限公司运营	手游
仙路萌途	《仙路萌途》	白菜香包子	2021 年 5 月 6 日上线	手游
永恒修仙	《永恒修仙》	1 零度	2021 年 5 月 19 日上线，由深圳市懒猫科技有限公司运营	手游
仙荒幻尘	《仙荒幻尘》	伏耳轻语	2021 年 6 月 3 日上线	手游
万灵归一	《万灵归一》	小棍哥	2021 年 6 月 28 日上线	手游
无界之战	《无界之战》	无界之殇	2021 年 7 月 7 日上线	手游
九幽天帝	《九幽天帝》	给力	2021 年 7 月 16 日上线	手游

续表

游戏	原作品	原作者	备注	游戏平台
从前有座灵剑山	《从前有座灵剑山》	国王陛下	2021 年 7 月 23 日上线，由腾讯游戏运营	手游
太古神王 2	《太古神王》	净无痕	2021 年 7 月 28 日上线，由上海初见科技有限公司运营	手游
剑御天下	《剑御天下》	上官白羽	2021 年 8 月 7 日上线，由广州秒乐网络科技有限公司运营	手游
吞噬星空：黎明	《吞噬星空》	我吃西红柿	2021 年 8 月 24 日上线，由深圳市中手游网络科技有限公司运营	手游
云澜之上	《云澜之上》	诗密娃底	2021 年 9 月 6 日上线，由 Hecate 运营	手游
摸金校尉之天字卷	《鬼吹灯》	天下霸唱	2021 年 9 月 10 日上线，由深圳市静思科技有限公司运营	手游
新凡人修仙传	《凡人修仙传》	忘语	2021 年 9 月 17 日上线，由深圳市凡盛网络科技有限公司运营	手游
一世之尊	《一世之尊》	爱潜水的乌贼	2021 年 9 月 30 日上线，由成都骏加科技有限责任公司运营	手游
新盗墓笔记	《盗墓笔记》	南派三叔	2021 年 10 月 13 日上线，由游族网络运营	PC
武动万界	《武动万界》	我从东土来	2021 年 10 月 15 日上线	手游
新斗罗大陆	《斗罗大陆》	唐家三少	2021 年 11 月 21 日上线，由上海玄霆娱乐信息科技有限公司运营	手游
苍穹志	《苍穹志》	北南西东	2021 年 11 月 24 日上线，广州朋友玩网络科技有限公司运营	手游
我做道士的那些年	《我当道士那些年》	仐三	2021 年 11 月 24 日上线，由广州秒乐网络科技有限公司运营	手游

5. 网络文学听书市场

有声书作为数字阅读的延伸，极大地提高了受众对碎片化时间的利用程度，表现出了强大的市场潜力。艾媒咨询的《2021 年中国在线音频行业发展及用户行为研究报告》显示，在线音频用户收听的音频内容品类中，有声书占比达到 47%，广播剧则占到 37. 4%。此外，近三年音频市场规模的年复合增长率超过 50%，去年中国在线音频用户规模为5.7亿人，预计今年达到6.4亿，2022年将增至6.9亿。从市场规模来看，2021年在线音频市场规模有望突破220亿①。

目前，我国在线音频行业有四个突出的趋势，分别是：声音社交热兴起，入局企业将持续增多；用户对音频内容质量要求增强；内容布局成为用户留存关键一环；全场景服务成发展趋势。

首先，声音社交热兴起，入局企业持续增多。声音社交市场正快速发展，早在2020年10月，荔枝便推出音频社交软件Tiya，挖掘该赛道机会。2021年年初，Clubhouse带起该赛道讨论热度，并对Tiya形成竞争冲击。此外，社交市场饱和的背景下，企业端也需要寻找新的竞争赛道，因此声音社交迅速冒起。

其次，在线音频用户对内容质量要求增强。当前，在线音频的用户群体的数量正在快速增长，这反过来也吸引着众多音频内容创作者进驻音频平台。但是，在线音频内容生产的低门槛使得音频栏目鱼龙混杂，长此以往，这将不能满足受众不断增长的对高质量内容的诉求。因此，在线音频平台对内容质量保障有重要作用，包括优秀创作者的引进和培养、品牌栏目的打造、优质内容版权维护等。

再次，内容布局成为用户留存关键一环。目前IP音频内容对于用户有较强吸引力，且成为用户主要收听选择，IP效应在音频平台得到展现。未来对于IP内容的布局，也将成为在线音频争取并留存用户的关键。例如，《赘婿》有声书的播放量在网剧版上映前就已超7亿，成为喜马拉雅上的爆款IP，等到《赘婿》网剧版爆火后，追剧群众的阵地就从爱奇艺转移到了喜马拉雅，使得原本就是爆款的有声书IP获得了又一波流量，这再一次体现了IP改编的音频对用户强大的吸引力。

最后，全场景服务成发展趋势。全场景服务实现的根本动力在于科技的发展，5G、人工智能、物联网的发展对在线音频的赋能作用愈发明显，且对其影响主要体现在音频应用场景的延展。未来在前沿技术支持下，其在车载端、智能硬件端、家居端等各类场景将有望给予用户更好的使用体验，从而最大限度发挥音频载体的伴随性优势，在全场景服务用户。

下表收录了年度内猫耳FM主要的广播剧改编作品：

2021年猫耳FM广播剧改编作品（92部）

作品	原作者	承制	首集播出时间	出品
《小妖怪》	川澜	柒上捌下工作室	2021.01.01	柒上捌下工作室
《将心照明月》	周重言	晚安剧团	2021.01.10	晚安剧团
《半妖怜》	花花了	暮晚云归广播剧工作室	2021.01.17	暮晚云归广播剧工作室

① 红星调查．风口之上的广播剧：资本争先恐后，抢滩“耳朵经济”_ 音频_ 中国_ 用户［R/OL］．［2021-12-5］．https：//www.sohu.com/a/505678797_ 116237? scm=1002.590044.0.10052-170.

续表

作品	原作者	承制	首集播出时间	出品
《他的星星是甜的》	喝豆奶的狼	八大胡同制作组	2021.01.18	八大胡同制作组
《狐》	鸠黎	南城配音工作室	2021.01.21	南城配音工作室
《我喜欢他的99件小事》	舒远	TAX 制作组	2021.01.29	TAX 制作组
《我年纪轻轻想守活寡》	公子闻筝	光合积木	2021.02.01	猫耳 FM、光合积木
《离婚？甭想了》	淡樱	声梦配音工作室	2021.02.03	声梦配音工作室
《青染九离》	凉木汐	声肆工作室	2021.02.10	声肆工作室
《长陵》	容九	砚霖轩工作室	2021.02.11	砚霖轩工作室
《晟夏如生》	宥子	潇谩工作室	2021.02.12	潇谩工作室
《两只大神一台戏（上）》	Miss 蜗牛	极音剧社	2021.02.17	极音剧社
《倾国桃花》	湛露	暮晚云归广播剧工作室	2021.02.19	暮晚云归广播剧工作室
《不良臣第二季》	十年黛色	京城声公府	2021.02.20	京城声公府
《寻郎》	明月听风	忆语	2021.02.21	忆语
《南归》	迟中二南	宫商角徵羽原创配音工作室	2021.02.22	宫商角徵羽原创配音工作室
《华雍断章》	泗水吟歌	语翼配音组	2021.02.26	语翼配音组
《渡仙》	海鲜 H.X	珍稀物种工作室	2021.02.28	珍稀物种工作室
《吻痣》	曲小蛐	昇力文化	2021.03.03	猫耳 FM
《江山为证》	陌上香远	魔音帝国	2021.03.08	魔音帝国
《稚心》	陆凉风	水岸聆音	2021.03.31	水岸聆音
《山阴公主》	姬云依	柒上捌下工作室	2021.04.01	柒上捌下工作室
《挚野》	丁墨	吼浪文化	2021.04.05	吼浪文化、猫耳 FM
《公主与龙》	洪荒巨兽海豹子	安与夜声工作室	2021.04.07	安与夜声工作室
《烟沙醉》	桑玠	霁云归剧社	2021.04.14	霁云归剧社
《白日梦我》	栖见	张凯工作室	2021.04.15	猫耳 FM
《花神传》	白泽	山海归一	2021.04.15	山海归一

续表

作品	原作者	承制	首集播出时间	出品
《梦里只余满地青灰色月光》	卷卷卷耳白	翼之声	2021. 04. 27	翼之声
《甜妻 99：黎少撩妻有一手》	桃儿	闲月阁中文配音社	2021. 05. 08	闲月阁中文配音社
《取梦》	扶他柠檬茶	声路同声工作室	2021. 05. 20	声路同声工作室
《三月郎》	患者阿离	景初	2021. 05. 31	景初
《宝珠鬼话之人面桃花》	水心沙	南斗	2021. 06. 07	南斗
《水深火热》	小花喵	这个工作室	2021. 06. 24	这个工作室
《天作之合》	姜之鱼	芝芝桃桃 K	2021. 06. 28	芝芝桃桃 K
《夺目星图》	深浅叙	美少女工作室	2021. 07. 01	美少女工作室
《麻辣小龙虾》	是九先生啊	甜甜甜制作组	2021. 07. 02	甜甜甜制作组
《拈花一啸》	老千	星之声	2021. 07. 03	星之声
《想你致死》	山月辞欢	由甜点铺子工作组	2021. 07. 05	由甜点铺子工作组
《我，铁血妈粉》	JESling	点画工作室	2021. 07. 07	点画工作室
《你是我的荣耀》	顾漫	音熊联萌	2021. 07. 12	猫耳 FM、音熊联萌
《她不是富婆》	佩奇酱 skr	极其敷衍工作室	2021. 07. 14	极其敷衍工作室
《我的上司是同志》	是九先生啊	甜甜甜制作组	2021. 07. 16	甜甜甜制作组
《兽医界最萌的厨子》	聿枫	笙莘剧社	2021. 07. 18	笙莘剧社
《一心同归之丝丝入我心》	遛竹马的青梅	三个软妹制作组	2021. 07. 22	三个软妹制作组
《难哄》	竹已	三糙文化	2021. 07. 23	猫耳 FM、三糙文化
《山海阁·凶兽肥遗篇》	咩了个咩	了了心声工作室	2021. 07. 25	了了心声工作室
《我和伽利略的第十年》	蒙淇淇	弥庄未暖工作室	2021. 07. 27	弥庄未暖工作室
《待你心里不挪窝》	舒虞	羽落有声	2021. 07. 28	羽落有声
《明月入君怀》	一度君华	绘音配音	2021. 08. 03	绘音配音

续表

作品	原作者	承制	首集播出时间	出品
《唯有美食与美人不可辜负》	卿久	小苦瓜工作室	2021.08.13	小苦瓜工作室
《重生之女将心》	千山茶客	优思铭想	2021.08.13	优思铭想
《一觉醒来，他多了个 Alpha》	繁丧三千	人鱼之声	2021.08.14	人鱼之声
《三生石上画三生》	赤羽	忆语	2021.08.15	忆语
《夏天夏，星星辰》	灵希	红妆琉璃	2021.08.16	红妆琉璃
《神医嫡女：太子，慢走不送》	弦公子	/	2021.08.17	声优力场
《哏儿》	南北逐风	/	2021.08.19	猫耳 FM、音熊联萌
《老婆粉了解一下》	春刀寒	张凯工作室	2021.08.20	猫耳 FM
《山河不夜·过客篇》	lofter 昙子	取名不废配音社	2021.08.21	取名不废配音社
《有匪》	Priest	音熊联萌	2021.08.21	猫耳 FM
《诱仙》	逍遥红尘	风流逐声	2021.08.24	风流逐声
《无限重启》	风十三	焕声广播剧社	2021.08.29	焕声广播剧社
《一级律师》	木苏里	光合积木	2021.08.30	猫耳 FM、斟酌文创
《谁怕谁》	君约	景初	2021.09.03	景初
《仵作娘子》	清闲丫头	暮雨晗	2021.09.11	暮雨晗
《她没有说一个字》	Uin	声路同声	2021.09.13	声路同声
《小行星》	微风几许	猫耳 FM、耳朵拾糖工作室	2021.09.14	猫耳 FM、耳朵拾糖工作室
《九州·华胥引》	唐七公子	月上岚	2021.09.18	月上岚
《曼珠沙华》	沧月	月上岚	2021.09.18	月上岚
《柠檬味雪松》	鹿清明	逐影寻声工作室	2021.09.21	逐影寻声工作室
《告诉大雄我爱她》	田畈	呓语工作室	2021.09.26	呓语工作室
《向日玫瑰》	十里故安	韶光流离配音社团	2021.09.30	韶光流离配音社团
《我是万年来最惨的一位孟婆》	是尤米乐啦	岁稔工作室	2021.09.30	岁稔工作室

续表

作品	原作者	承制	首集播出时间	出品
《我睡了书中最大反派》	知乎一少不语	零下几度配音工作室	2021.10.01	零下几度配音工作室
《古董下山第三季》	缘何故	/	2021.10.06	瞬心文化
《国贼顾挽之》	鬼魅生	音韵工作室	2021.10.20	音韵工作室
《秦聆淮何》	邵崇	空当儿文化	2021.10.22	御喵巷工作室
《楚天以南第一季》	大风不是木偶	三十分贝工作室	2021.10.23	闲色文化、三十分贝工作室
《深渊之下》	清明	月上岚	2021.11.08	竹雪
《朱颜旧》	桃墨曦	蔷薇仙境	2021.11.10	蔷薇仙境
《我才不喜欢你啊喂》	柚子多肉	SIXENSE 配音工作室	2021.11.11	SIXENSE 配音工作室
《后宫》	云狐不喜	芒刺工作室	2021.11.11	芒刺工作室
《一个过期的少年》	圈圈圈圈酱 jiecao	黑作坊制作组	2021.11.12	黑作坊制作组
《穿进万人迷文的我人设崩了》	东施娘	优声文化星韵声研所	2021.11.16	猫耳 FM
《长风渡》	墨书白	北斗企鹅	2021.11.17	猫耳 FM
《督主有病完结季》	杨溯	大鸽工作室	2021.11.18	咪波文化
《朝歌》	傅川	烛余盏工作室	2021.11.21	烛余盏工作室
《一年春事几何空》	炼狱莲	楠枫风南	2021.11.22	楠枫风南
《你听起来很好睡》	城瓷话	黑作坊制作组	2021.11.23	黑作坊制作组
《兼职无常后我红了》	拉棉花糖的兔子	自有定义工作室	2021.12.02	猫耳 FM、729 声工场
《海岛开发指南》	叶氏留离	/	2021.12.22	城南暮雪
《这题超纲了》	木瓜黄	三糙文化	2021.12.23	猫耳 FM
《分手之后》	十二溪	/	2021.12.23	御宅森林剧社

6. 其他网文衍生产品

网络文学产业开发的最终目的是打造一条能产生持续受益的产业链，其中，线下衍生产品是重头戏。衍生品的类型包括游戏、图书、光碟、服饰及周边等高溢价性产品。放眼全球，《星球大战》系列影片一共有 9 部，从 1977 年第一部面世以来直到 2019 年完结，其在全球总计获得了 64.9 亿美元的票房，但衍生品的收入却高达 320 亿美元，远超票房的收入。《冰雪奇缘》创收的 113 亿美元里，95.75 亿美元来自衍生品的销售，占比达到 85%，是电影票房的 7 倍。这些例子说明了衍生品和零售是整个产业闭环中最直接、最有效、最吸金的变现方式。虽然国内网文 IP 在衍生产品方面大多数还停留在内容阶段，但其中有一些“始作俑者”已经在这一方面涉足，并取得了一定的成功。

2021 刚开年，因上乘的内容质量、养眼的主角阵容，《山河令》一经播出就连连登上微博热搜，豆瓣评分达到 8.6，成为现象级爆剧。随着剧集的热播，粉丝们对于《山河令》的官方周边的呼声和热情也日益高涨。作为《山河令》官方衍生品独家授权合作伙伴，阿里鱼通过授权合作和自主开发的方式，双管齐下打造剧集周边，并第一时间上线“造点新货”。目前阿里鱼及授权合作商家已推出包括折扇、琉璃甲、荷包、发簪、酒壶、棉花娃娃等在内的多款《山河令》周边。其中，以剧中温客行、周子舒等角色和道具为原型的折扇、琉璃甲和发簪等周边销售火爆；UTS《山河令》官方潮玩手办限时销售，单日众筹金额超 20 万元；《山河令》的 OST 原声音乐大碟上线前 6 小时吸引近 7000 人参与，众筹金额近百万元；全球限量发行 3000 套的影视剧集收藏卡同样销售火爆，首批 1000 套上线不到 1 秒钟即告售罄。截至 2021 年 5 月 8 日，围绕《山河令》IP，优酷视频开发了近 15 种衍生品。其中，在阿里鱼旗下娱乐电商平台“造点新货”上，共有 9 种众筹周边正在制作中，累计销售额超 1800 万元。

除了以上的实物衍生品外，电视剧《山河令》开发的精神衍生品同样取得了不俗的成绩。5 月 3 日、4 日，苏州奥林匹克体育中心体育馆连续两天举办“生来知己——《山河令》主题演唱会”，龚俊、周也、马闻远等 17 位演员同赴山河之约，与山人盛大会面。数据显示，《山河令》主题演唱会现场门票最低票价 680 元，最高票价为 2280 元。开票 14 秒，门票售罄。

附：2021 年度网络文学作品出版名录（620 部，以出版时间为序）

作品名称	作者	出版时间	出版社
《全球高考》	木苏里	2021-01-01	北京燕山出版社
《南方有令秧》	笛安	2021-01-01	花城出版社
《簪中录》	侧侧轻寒	2021-01-01	江苏凤凰文艺出版社
《他来时有星光》	北风未眠	2021-01-01	天津人民出版社
《青云女仵作》	谁家 MM	2021-01-01	重庆出版社
《三生三世步生莲　壹·化茧》	唐七	2021-01-01	人民文学出版社
《第一序列 3》	会说话的肘子	2021-01-01	长江出版社

续表

作品名称	作者	出版时间	出版社
《全娱乐圈都知道他喜欢我》	相思	2021-01-01	百花洲文艺出版社
《被前任看见一个人吃火锅》	胡柚	2021-01-01	江苏凤凰文艺出版社
《剑来 15：天地无拘束》	烽火戏诸侯	2021-01-01	浙江文艺出版社
《剑来 20：饮者留其名》	烽火戏诸侯	2021-01-01	浙江文艺出版社
《剑来 16：月色入高楼》	烽火戏诸侯	2021-01-01	浙江文艺出版社
《剑来 18：我与我周旋》	烽火戏诸侯	2021-01-01	浙江文艺出版社
《剑来 19：剑修如云处》	烽火戏诸侯	2021-01-01	浙江文艺出版社
《以你为名的世界》	张芮涵	2021-01-01	台海出版社
《难哄》	竹已	2021-01-10	江苏凤凰文艺出版社
《旧梦》	困倚危楼	2021-01-12	长江出版社
《我和我的四个伴舞》	娜可露露	2021-01-29	江苏凤凰文艺出版社
《海若有因》	柴鸡蛋	2021-01-30	天津人民出版社
《曾是年少时》	青浼	2021-01-31	百花洲文艺出版社
《清落》	森森	2021-01-31	江苏凤凰文艺出版社
《北风知我意》	北流	2021-02-01	天津人民出版社
《斗罗大陆 2 绝世唐门 20（新版）》	唐家三少	2021-02-01	湖南少儿出版社
《完美世界 24》	辰东	2021-02-18	山东画报出版社
《台风眼》	潭石	2021-02-20	广东旅游出版社
《全世界都在等我们》	不是风动	2021-02-20	广东旅游出版社
《三步上篮》	张鼎鼎	2021-02-24	广东旅游出版社
《我的死对头》	酱子贝	2021-02-28	广东旅游出版社
《演技派》	睡芒	2021-02-28	广东旅游出版社
《花娇》	吱吱	2021-03-01	重庆出版社
《司藤》	尾鱼	2021-03-01	四川文艺出版社
《剑来（15—21）》	烽火戏诸侯	2021-03-01	浙江文艺出版社
《折竹》	一十四洲	2021-03-01	中国华侨出版社
《老婆粉了解一下 3.》	春刀寒	2021-03-01	四川文艺出版社
《元尊 21 · 飞龙在天》	天蚕土豆	2021-03-01	长江出版社
《若你安好　便是晴天》	李九思	2021-03-01	人民日报出版社
《破云 3　大结局》	淮上	2021-03-01	江苏凤凰文艺出版社

续表

作品名称	作者	出版时间	出版社
《当年万里觅封侯．完结篇》	漫漫何其多	2021-03-01	江苏凤凰文艺出版社
《第一序列 4》	会说话的肘子	2021-03-01	长江出版社
《老婆粉了解一下》	春刀寒	2021-03-01	天津人民出版社
《万丈星光》	锦凰	2021-03-01	重庆出版社
《天海小卷》	吟光	2021-03-01	湖南文艺出版社
《斗罗大陆 3》	唐家三少	2021-03-01	湖南少年儿童出版社
《斗罗大陆 5》	唐家三少	2021-03-01	阳光出版社
《斗罗大陆 1》	唐家三少	2021-03-01	湖南少年儿童出版社
《斗罗大陆 4》	唐家三少	2021-03-01	湖南少年儿童出版社
《斗罗大陆 2》	唐家三少	2021-03-01	湖南少年儿童出版社
《玫瑰挞》	栖见	2021-03-08	四川文艺出版社
《小淮啾》	酒矣	2021-03-15	江苏凤凰文艺出版社
《黎明前他会归来》	藤萝为枝	2021-03-23	江苏凤凰文艺出版社
《荣耀乒乓》	童童	2021-03-30	江苏凤凰文艺出版社
《可摘星・贰》	一两	2021-03-30	中国致公出版社
《致命圆桌》	笑青橙	2021-03-30	台海出版社
《子夜鸮 3》	颜凉雨	2021-04-01	中国致公出版社
《庆余年・满城白霜》	猫腻	2021-04-01	人民文学出版社
《错撩》	翘摇	2021-04-01	江苏凤凰文艺出版社
《余生有你，甜又暖 3》	囧囧有妖	2021-04-01	广东旅游出版社
《斗破苍穹之大主宰 5》	天蚕土豆	2021-04-01	九州出版社
《斗破苍穹之大主宰 3》	天蚕土豆	2021-04-01	九州出版社
《斗破苍穹之大主宰 4》	天蚕土豆	2021-04-01	九州出版社
《我和我的佛系老公》	金牙太太	2021-04-01	浙江文艺出版社
《斗破苍穹之大主宰 2》	天蚕土豆	2021-04-01	九州出版社
《斗破苍穹之大主宰 1》	天蚕土豆	2021-04-01	九州出版社
《逐王》	水千丞	2021-04-01	花城出版社
《深情呼叫》	7 号同学	2021-04-01	中国致公出版社
《重返少女时》	曲小蛐	2021-04-01	天津人民出版社
《赠汪伦》	苏他	2021-04-01	江苏凤凰文艺出版社

续表

作品名称	作者	出版时间	出版社
《殿前欢》	槿华	2021-04-01	天津人民出版社
《甜甜的恋爱不属于我》	江小绿	2021-04-01	天津人民出版社
《含桃 2》	绿野千鹤	2021-04-07	江苏凤凰文艺出版社
《云深几许 2》	十点听风	2021-04-15	江苏凤凰文艺出版社
《季先生》	困倚危楼	2021-04-25	三秦出版社
《阿也》	引路星	2021-04-29	长江出版社
《周末修禧 1》&《周末修禧 2》	酥油饼	2021-04-29	安徽文艺出版社
《少年的你，如此美丽》	玖月晞	2021-04-30	四川文艺出版社
《冰火魔厨典藏版 4》	唐家三少	2021-04-30	湖南少年儿童出版社
《王者时刻 6》	蝴蝶蓝	2021-04-30	浙江人民美术出版社
《你是这世界，写给我的情书 2》	里灰	2021-04-30	湖南文艺出版社
《天地白驹・上》	非天夜翔	2021-05-01	中国致公出版社
《浮生物语 5 下・裟椤敖炽》	裟椤双树	2021-05-01	长江文艺出版社
《开封志怪》	尾鱼	2021-05-01	四川文艺出版社
《洗铅华》	七月荔	2021-05-01	江苏凤凰文艺出版社
《法老的宠妃》	悠世	2021-05-01	长江出版社
《剑来（1—21 册）》	烽火戏诸侯	2021-05-01	浙江文艺出版社
《没有人像你》	岁见	2021-05-01	花山文艺出版社
《当真》	咬春饼	2021-05-01	江苏凤凰文艺出版社
《学乖》	幸闻	2021-05-01	湖南文艺出版社
《焚心以火》	玄默	2021-05-01	江苏凤凰文艺出版社
《女将星》	千山茶客	2021-05-01	青岛出版社
《小温暖》	鹿随	2021-05-01	春风文艺出版社
《开端》	祈祷君	2021-05-01	青岛出版社
《反向营业》	知我	2021-05-01	花山文艺出版社
《你的小鹿乱撞》	六盲星	2021-05-01	江苏凤凰文艺出版社
《一夏星河》	莫离	2021-05-01	广东旅游出版社
《甜不可攀》	六盲星	2021-05-01	江苏凤凰文艺出版社
《明月照云归》	苏清绾	2021-05-01	江苏凤凰文艺出版社
《学长今天心动了吗》	原成	2021-05-01	江苏凤凰文艺出版社

续表

作品名称	作者	出版时间	出版社
《既见君子》	顾南西	2021-05-01	江苏凤凰文艺出版社
《魂兵之戈-中》	水千丞	2021-05-01	广东旅游出版社
《你就仗着我喜欢》	又绵子	2021-05-01	花山文艺出版社
《那就不要离开我》	南书百城	2021-05-01	天津人民出版社
《月亮很美，你也温柔》	宁岸	2021-05-01	花山文艺出版社
《甜樱桃》	柚今	2021-05-01	江苏凤凰文艺出版社
《暖暖甜月光》	森木岛屿	2021-05-01	花山文艺出版社
《不止宠爱》	声声曼	2021-05-01	花山文艺出版社
《我的消防员先生》	荨秣泱泱	2021-05-01	青岛出版社
《隔壁财神来我班 2》	城南花开	2021-05-01	花山文艺出版社
《月光藏朝阳》	福禄丸子	2021-05-01	江苏凤凰文艺出版社
《小耳朵》	奚奚奚嘻	2021-05-01	江苏凤凰文艺出版社
《完美世界 24　新版》	辰东	2021-05-01	山东画报出版社
《头条是她》	周灿	2021-05-10	湖南文艺出版社
《斗罗大陆　第五部　重生唐三 2》	唐家三少	2021-05-12	阳光出版社
《温暖的你，无与伦比》	藤萝为枝	2021-05-15	江苏凤凰文艺出版社
《北斗》	梦溪石	2021-05-20	广东旅游出版社
《沧元图 8》	我吃西红柿	2021-05-27	安徽文艺出版社
《月光变奏曲》	清涴	2021-06-01	文化发展出版社
《听见他的心跳声》	北风未眠	2021-06-01	天津人民出版社
《月光变奏曲 1》	清涴	2021-06-01	文化发展出版社
《三生三世步生莲　贰 · 神祈》	唐七	2021-06-01	人民文学出版社
《轻狂》	巫哲	2021-06-01	广东旅游出版社
《落池》	余醒	2021-06-01	广东旅游出版社
《这题超纲了》	木瓜黄	2021-06-01	中国致公出版社
《迷海》	李吉军	2021-06-01	天津人民出版社
《助理建筑师》	羲和清零	2021-06-01	广东旅游出版社
《慕南枝 3》	吱吱	2021-06-01	中国民主法制出版社
《最后一个村庄》	王选	2021-06-01	江苏凤凰文艺出版社
《月光变奏曲 3》	清涴	2021-06-01	文化发展出版社

续表

作品名称	作者	出版时间	出版社
《轻狂 3》	巫哲	2021-06-01	广东旅游出版社
《补天手》	青芒	2021-06-01	江苏凤凰文艺出版社
《正好是你》	江天雪意	2021-06-01	江苏凤凰文艺出版社
《宁愿》	藤萝为枝	2021-06-01	江苏凤凰文艺出版社
《他知道风从哪个方向来》	玖月晞	2021-06-01	百花洲文艺出版社
《熔城》	巫哲	2021-06-01	九州出版社
《白日事故》	高台树色	2021-06-01	湖南文艺出版社
《降落我心上》	翘摇	2021-06-01	百花洲文艺出版社
《因为风就在那里》	玖月晞	2021-06-01	百花洲文艺出版社
《沉睡的方程式》	风晓樱寒	2021-06-01	西安出版社
《小豆蔻》	不止是颗菜	2021-06-01	江苏凤凰文艺出版社
《月光变奏曲 2》	清涣	2021-06-01	文化发展出版社
《月光变奏曲 4》	清涣	2021-06-01	文化发展出版社
《你别撒娇了 2》	甜醋鱼	2021-06-01	江苏凤凰文艺出版社
《该我上场带飞了》	一世华裳	2021-06-01	长江出版社
《认真的“胡闹”》	蟹总	2021-06-01	青岛出版社
《司南 · 神机卷》	侧侧轻寒	2021-06-01	长江出版社
《招惹》	从羡	2021-06-01	青岛出版社
《绝对掌控》	多梨	2021-06-01	青岛出版社
《替身》	半截白菜	2021-06-01	江苏凤凰文艺出版社
《心头好》	王三九	2021-06-01	江苏凤凰文艺出版社
《真千金懒得理你》	墨西柯	2021-06-01	江苏凤凰文艺出版社
《请把握好爱我的尺度》	荔枝香近	2021-06-01	青岛出版社
《念你在璀璨之巅》	云拿月	2021-06-01	江苏凤凰文艺出版社
《热恋你 2》	鹿灵	2021-06-01	江苏凤凰文艺出版社
《逆天邪神 1：玄脉新生》	火星引力	2021-06-01	南方出版社
《反差人设 2》	吕天逸	2021-06-01	百花洲文艺出版社
《我总在春天想起你》	徐徐图之	2021-06-01	广东旅游出版社
《公关先生》	金十四钗	2021-06-01	上海文艺出版社
《劝你趁早喜欢我》	薄骨生香	2021-06-01	花山文艺出版社

续表

作品名称	作者	出版时间	出版社
《刺猬小姐与日落先生》	杨娟	2021-06-01	四川文艺出版社
《佔有姜西 2》	鱼不语	2021-06-01	江苏凤凰文艺出版社
《今天也没变成玩偶呢》	花花了	2021-06-01	广东旅游出版社
《此意久久》	桑琅	2021-06-01	江苏凤凰文艺出版社
《春风乍起》	阿回卅	2021-06-01	花山文艺出版社
《桃心甜甜圈》	桑玠	2021-06-01	江苏凤凰文艺出版社
《你快哄我呀》	顾南西	2021-06-01	江苏凤凰文艺出版社
《深情可抵岁月长套装》	春风榴火	2021-06-01	江苏凤凰文艺出版社
《今天也想见你》	丁嘉树	2021-06-01	江苏凤凰文艺出版社
《你们男生打游戏好厉害哦》	易修罗	2021-06-01	广东旅游出版社
《原来我只喜欢你 2》	陈初茶	2021-06-01	江苏凤凰文艺出版社
《斗罗大陆 3 龙》	唐家三少	2021-06-01	湖南少年儿童出版社
《她那么甜》	曲小蛐	2021-06-02	天津人民出版社
《早安，总裁大人 2》	宋瓷	2021-06-02	中国致公出版社
《难哄 2. 完结篇》	竹已	2021-06-10	江苏凤凰文艺出版社
《至此终年》	墨宝非宝	2021-06-10	江苏凤凰文艺出版社
《阮陈恩静》	吕亦涵	2021-06-15	湖南文艺出版社
《幕后猎手》	羲和清零	2021-06-20	羊城晚报出版社
《你微笑时很美》	青浼	2021-06-25	西苑出版社
《影帝他妹三岁半 2》	江月年年	2021-06-30	江苏凤凰文艺出版社
《你的距离》	公子优	2021-07-01	广东旅游出版社
《子夜鸮 4》	颜凉雨	2021-07-01	中国致公出版社
《忘川劫》	九鹭非香	2021-07-01	四川文艺出版社
《狂恋你》	甜醋鱼	2021-07-01	江苏凤凰文艺出版社
《同学，年级第一是我的 2》	图样先森	2021-07-01	广东旅游出版社
《双镜》	赵娜	2021-07-01	四川文艺出版社
《春枝秋雨》	帘十里	2021-07-01	花山文艺出版社
《表小姐》	吱吱	2021-07-01	江苏凤凰文艺出版社
《带我去你的岛》	番大王	2021-07-01	花山文艺出版社
《他和星辰吻过你》	未央柒	2021-07-01	江苏凤凰文艺出版社

续表

作品名称	作者	出版时间	出版社
《该我上场带飞了 2》	一世华裳	2021-07-01	长江出版社
《耳无尘事扰》	苏小懒	2021-07-01	江苏凤凰文艺出版社
《白杨少年》	明开夜合	2021-07-01	江苏凤凰文艺出版社
《他先动的心》	图样先森	2021-07-01	青岛出版社
《京华子午》	樱桃糕	2021-07-01	江苏凤凰文艺出版社
《喜欢你》	折纸蚂蚁	2021-07-01	江苏凤凰文艺出版社
《当年万里觅封侯》	漫漫何其多	2021-07-01	江苏凤凰文艺出版社
《我等月亮拥抱你》	谈轻	2021-07-01	黑龙江美术出版社
《我和宇宙奔向你》	鹿灵	2021-07-01	湖南文艺出版社
《春莺来信》	江小绿	2021-07-01	江苏凤凰文艺出版社
《诱我深入》	闻笙	2021-07-01	青岛出版社
《莲破》	青花燃	2021-07-01	江苏凤凰文艺出版社
《草莓甜吻》	知稔	2021-07-01	江苏凤凰文艺出版社
《浮生物语 1-5 下套装（全 8 册）》	裟椤双树	2021-07-01	长江文艺出版社
《画春光》	意千重	2021-07-01	江苏凤凰文艺出版社
《万花筒・入梦》	西子绪	2021-07-01	江苏凤凰文艺出版社
《同归》	语笑阑珊	2021-07-01	广东旅游出版社
《在你眉梢点花灯》	沉筱之	2021-07-01	中国致公出版社
《热恋至上》	慕汐醉	2021-07-01	江苏凤凰文艺出版社
《秘密隐于深白色》	姜丹迪	2021-07-01	重庆出版社
《薄雾 2》	微风几许	2021-07-01	江苏凤凰文艺出版社
《魂兵之戈-下》	水千丞	2021-07-01	广东旅游出版社
《青梅拾糖》	顾念	2021-07-01	江苏凤凰文艺出版社
《娇宠》	风流书呆	2021-07-01	中国致公出版社
《小心思》	一字眉	2021-07-01	江苏凤凰文艺出版社
《蜜里调婚》	慕义	2021-07-01	青岛出版社
《一不小心捡到爱》	纯风一度	2021-07-01	青岛出版社
《破产男配》	春风遥	2021-07-01	广东旅游出版社
《是心动啊》	草灯大人	2021-07-01	中国致公出版社
《生死追击》	周林	2021-07-01	江苏凤凰文艺出版社

续表

作品名称	作者	出版时间	出版社
《冰火魔厨　典藏版 7》	唐家三少	2021-07-01	湖南少年儿童出版社
《可我偏要》	画盏眠	2021-07-01	江苏凤凰文艺出版社
《你可醒醒吧》	翘摇	2021-07-01	青岛出版社
《蓬莱学院 9 · 归宗谱》	古月奇	2021-07-01	长江文艺出版社
《他的星星是甜的》	喝豆奶的狼	2021-07-01	天津人民出版社
《桃桃乌龙》	赵十余	2021-07-01	江苏凤凰文艺出版社
《太行道．完结篇》	不若	2021-07-01	江苏凤凰文艺出版社
《乖乖过来》	三月逢江	2021-07-01	花山文艺出版社
《仙君风月录》	顾汐润	2021-07-01	江苏凤凰文艺出版社
《恋爱消消乐》	糯米团子	2021-07-01	广东旅游出版社
《借你三分喜欢》	王木木	2021-07-01	江苏凤凰文艺出版社
《将我放你心上如印记》	徐中强	2021-07-01	民主与建设出版社
《轻文库绘梦古风系列 76—千凰令（十二）天启迷踪（大结局）》	元宝儿	2021-07-01	长江出版社
《小小姐偶像能量书系列——追得上星星的女孩 2》	闫晓雨	2021-07-01	长江出版社
《慕南枝》	吱吱	2021-07-01	中国民主法制出版社
《小桃气》	二月生	2021-07-01	江苏凤凰文艺出版社
《他的眼底有颗星》	鹿笙	2021-07-01	花山文艺出版社
《斗罗大陆第五部重生唐三 3》	唐家三少	2021-07-07	阳光出版社
《完美世界 25》	辰东	2021-07-08	山东画报出版社
《盛世心动》	一路烦花	2021-07-10	江苏凤凰文艺出版社
《吞噬星空典藏版 10》	我吃西红柿	2021-07-15	安徽文艺出版社
《冰火魔厨典藏版 6》	唐家三少	2021-07-15	湖南少年儿童出版社
《飞剑问道 12》	我吃西红柿	2021-07-15	安徽文艺出版社
《沧元图 9》	我吃西红柿	2021-07-15	安徽文艺出版社
《百妖宴》	谭以牧	2021-07-17	湖南文艺出版社
《兔子吹吹耳边风》	吕天逸	2021-07-19	广东旅游出版社
《她的 4.3 亿年》	君子以泽	2021-07-20	羊城晚报出版社
《非天夜翔：夺梦．4　完结篇》	非天夜翔	2021-07-20	羊城晚报出版社
《南禅（将进酒作者新书）》	唐酒卿	2021-07-20	长江出版社

续表

作品名称	作者	出版时间	出版社
《风波吞天同征路》	肉包不吃肉	2021-07-20	长江出版社
《听说我很穷》	苏景闲	2021-07-23	长江出版社
《我行让我上》	酱子贝	2021-07-26	北京燕山出版社
《设计师 2》	常叁思	2021-07-26	长江出版社
《神墓 1：走出神墓　精修典藏版（辰东玄幻小说巅峰代表作“中国网络……”》	辰东	2021-07-27	作家出版社
《神墓 2：谁与争锋　精修典藏版（辰东玄幻小说巅峰代表作“中国网络……”》	辰东	2021-07-27	作家出版社
《神墓 3：地狱无门　精修典藏版（辰东玄幻小说巅峰代表作“中国网络……”》	辰东	2021-07-27	作家出版社
《神墓 4：众生为棋　精修典藏版（辰东玄幻小说巅峰代表作“中国网络……”》	辰东	2021-07-28	作家出版社
《锋芒》	柴鸡蛋	2021-07-31	广东旅游出版社
《全世界都在等我们 2》	不是风动	2021-07-31	广东旅游出版社
《深情可抵岁月长》	春风榴火	2021-08-01	江苏凤凰文艺出版社
《碎玉投珠》	北南	2021-08-01	广东旅游出版社
《非我倾城：王爷要休妃》	墨舞碧歌	2021-08-01	江苏凤凰文艺出版社
《天地白驹・下》	非天夜翔	2021-08-01	中国致公出版社
《陌上人如玉》	御井烹香	2021-08-01	江苏凤凰文艺出版社
《女配的完美爱情》	公子闻筝	2021-08-01	青岛出版社
《神探王妃 3》	浅樽酌海	2021-08-01	百花文艺出版社
《江湖那么大》	语笑阑珊	2021-08-01	湖南文艺出版社
《心陨》	初禾	2021-08-01	江苏凤凰文艺出版社
《案件现场直播》	退戈	2021-08-01	湖南文艺出版社
《这么多年》	八月长安	2021-08-01	江苏凤凰文艺出版社
《陈年烈狗》	不问三九	2021-08-01	花山文艺出版社
《解药 2》	巫哲	2021-08-01	广东旅游出版社

续表

作品名称	作者	出版时间	出版社
《幸福不脱靶》	沐清雨	2021-08-01	台海出版社
《醉玲珑》	十四夜	2021-08-01	四川文艺出版社
《七秒》	巫哲	2021-08-01	广东旅游出版社
《心陨》	初禾	2021-08-01	江苏凤凰文艺出版社
《好想和你在一起》	北倾	2021-08-01	百花洲文艺出版社
《黄烟》	葵十月	2021-08-01	江苏凤凰文艺出版社
《过桥米线·完结篇》	功夫包子	2021-08-01	江苏凤凰文艺出版社
《云泥》	岁见	2021-08-01	江苏凤凰文艺出版社
《小夜曲 1》	春风榴火	2021-08-01	江苏凤凰文艺出版社
《徐太太在读研究生》	图样先森	2021-08-01	北岳文艺出版社
《诡秘博物图鉴 2》	绝世	2021-08-01	江苏凤凰文艺出版社
《繁星降临 3》	墨泠	2021-08-01	江苏凤凰文艺出版社
《倒霉女神和她的幸运宠物》	酸菜仙儿	2021-08-01	四川文艺出版社
《千帆过境尽余生 1》	十里酒香	2021-08-01	四川文艺出版社
《奥术神座Ⅸ：原子宇宙》	爱潜水的乌贼	2021-08-01	九州出版社
《丹霄万里》	白芥子	2021-08-01	广东旅游出版社
《既见君子 .2》	顾南西	2021-08-01	江苏凤凰文艺出版社
《你是我的光芒》	水果店的瓶子	2021-08-01	江苏凤凰文艺出版社
《万相之王 1·空相少年》	天蚕土豆	2021-08-01	中国致公出版社
《致命亲爱的 .2》	殷寻	2021-08-01	百花文艺出版社
《神澜奇域：苍穹珠 1》	唐家三少	2021-08-01	阳光出版社
《冰火魔厨典藏版 8》	唐家三少	2021-08-01	湖南少年儿童出版社
《吞噬星空典藏版 11》	我吃西红柿	2021-08-01	安徽文艺出版社
《四海为仙》	管平潮	2021-08-01	浙江文艺出版社
《粟先生的恋爱调查报告》	吉祥夜	2021-08-01	青岛出版社
《沧元图 10》	我吃西红柿	2021-08-01	安徽文艺出版社
《蓬莱学院 8·兵临城下》	古月奇	2021-08-01	长江文艺出版社
《蓬莱学院 10·大决战》	古月奇	2021-08-01	长江文艺出版社
《娇嗔》	时星草	2021-08-01	青岛出版社
《南先生很难不心动》	海汐	2021-08-01	江苏凤凰文艺出版社

续表

作品名称	作者	出版时间	出版社
《我的安徒生》	明开夜合	2021-08-01	江苏凤凰文艺出版社
《恰似心上人来》	草灯大人	2021-08-01	花山文艺出版社
《善良的阿呆 1》	唐家三少	2021-08-01	阳光出版社
《一万零一次燃情》	姜小牙	2021-08-01	江苏凤凰文艺出版社
《一颗浅浅星》	酥皮泡芙	2021-08-01	江苏凤凰文艺出版社
《黎明之前抱抱你》	薇薇一点甜	2021-08-01	江苏凤凰文艺出版社
《四海为仙 1：鄱阳斗凶妖》	管平潮	2021-08-01	浙江文艺出版社
《天生般配 1》	苏钱钱	2021-08-01	花山文艺出版社
《四海为仙 4：惊魂斗法会》	管平潮	2021-08-01	浙江文艺出版社
《你是我的璀璨星辰》	小北	2021-08-01	中国致公出版社
《明明那么喜欢你》	不二哥	2021-08-01	江苏凤凰文艺出版社
《遇见他时有晨曦》	南绫	2021-08-01	青岛出版社
《予我小梨心》	又欠	2021-08-01	天津人民出版社
《恋上你的声音》	柒尾鱼	2021-08-01	花山文艺出版社
《四海为仙 12：怪异雨师神》	管平潮	2021-08-01	浙江文艺出版社
《四海为仙 14：绝境救公主》	管平潮	2021-08-01	浙江文艺出版社
《四海为仙 13：血战灭世魔》	管平潮	2021-08-01	浙江文艺出版社
《四海为仙 10：南海斗恶龙》	管平潮	2021-08-01	浙江文艺出版社
《四海为仙 11：勇破焱霞关》	管平潮	2021-08-01	浙江文艺出版社
《四海为仙 9：冰封罗浮山》	管平潮	2021-08-01	浙江文艺出版社
《四海为仙 3：剑啸火云山》	管平潮	2021-08-01	浙江文艺出版社
《四海为仙 2：神秘小狐仙》	管平潮	2021-08-01	浙江文艺出版社
《四海为仙 5：邪神藏杀机》	管平潮	2021-08-01	浙江文艺出版社
《四海为仙 6：蝗灾引奇祸》	管平潮	2021-08-01	浙江文艺出版社
《四海为仙 7：魔疆夺龙马》	管平潮	2021-08-01	浙江文艺出版社
《四海为仙 8：喋血老树妖》	管平潮	2021-08-01	浙江文艺出版社
《天生般配 1》	苏钱钱	2021-08-01	花山文艺出版社
《借我温柔》	红刺北	2021-08-01	江苏凤凰文艺出版社
《初恋撞满怀》	樊清伊	2021-08-01	江苏凤凰文艺出版社
《异人崛起 12》	辰东	2021-08-01	安徽文艺出版社

续表

作品名称	作者	出版时间	出版社
《千帆过境尽余生 1》	十里酒香	2021-08-01	四川文艺出版社
《穿你的衬衣入睡》	孟宋	2021-08-01	青岛出版社
《她的山，她的海》	扶华	2021-08-01	江苏凤凰文艺出版社
《同学，来拼桌吗?》	盐盐	2021-08-01	天津人民出版社
《瞄准她的心》	时念	2021-08-01	江苏凤凰文艺出版社
《天醒之路 1》	蝴蝶蓝	2021-08-01	阳光出版社
《我喜欢的样子你都有》	南姜	2021-08-01	江苏凤凰文艺出版社
《明天也喜欢》	叶非夜	2021-08-02	百花洲文艺出版社
《裴宝》	池总渣	2021-08-02	北京燕山出版社
《怪你过分可爱》	凉小桃	2021-08-02	武汉出版社
《酌鹿》	绿野千鹤	2021-08-06	广东旅游出版社
《逆袭的男二们》	扶华	2021-08-10	江苏凤凰文艺出版社
《神级召唤师之重临巅峰》	蝶之灵	2021-08-13	长江出版社
《胆小鬼侦探 4》	苏盈	2021-08-15	中国致公出版社
《FOG 迷雾之中》	漫漫何其多	2021-08-16	广东旅游出版社
《判·闻时》	木苏里	2021-08-21	湖南文艺出版社
《你给的甜》	风晓樱寒	2021-08-23	西安出版社
《AWM 绝地求生》	漫漫何其多	2021-08-25	长江出版社
《AWM 绝地求生》	漫漫何其多	2021-08-25	长江出版社
《朝俞》	木瓜黄	2021-08-26	广东旅游出版社
《烈火浇愁》	Priest	2021-08-31	广东旅游出版社
《乔韶不需要安慰》	龙柒	2021-08-31	广东旅游出版社
《庆余年·天下有狗》	猫腻	2021-09-01	人民文学出版社
《坤宁终章》	时镜	2021-09-01	江苏凤凰文艺出版社
《学乖 2》	幸闻	2021-09-01	湖南文艺出版社
《熔城　完结篇》	巫哲	2021-09-01	九州出版社
《与你千般好》	顾了之	2021-09-01	百花洲文艺出版社
《美滋滋》	月下蝶影	2021-09-01	广东旅游出版社
《偏爱》	夏七夕	2021-09-01	湖南文艺出版社
《刺猬法则》	含胭	2021-09-01	花山文艺出版社

续表

作品名称	作者	出版时间	出版社
《美人为馅》	丁墨	2021-09-01	百花洲文艺出版社
《百灵潭》	吾玉	2021-09-01	中国致公出版社
《藏珠》	云芨	2021-09-01	九州出版社
《渡我》	曲小蛐	2021-09-01	青岛出版社
《掌中娇》	甜醋鱼	2021-09-01	青岛出版社
《待他归来》	刀下留糖	2021-09-01	江苏凤凰文艺出版社
《桃枝气泡》	栖见	2021-09-01	百花洲文艺出版社
《赤心巡天·明月在天》	情何以甚	2021-09-01	上海文艺出版社
《穿堂惊掠琵琶声》	高台树色	2021-09-01	广东旅游出版社
《四幕戏·起》	唐七	2021-09-01	长江出版社
《斗破苍穹 .58》	任翔，JOE，天蚕土豆	2021-09-01	中国致公出版社
《焰火南寻》	尼罗	2021-09-01	江苏凤凰文艺出版社
《慕南枝 5》	吱吱	2021-09-01	中国民主法制出版社
《四幕戏》	唐七	2021-09-01	长江出版社
《一万次心动 6》	一路烦花	2021-09-01	江苏凤凰文艺出版社
《长安秘案录》	时音	2021-09-01	四川文艺出版社
《我的砍价女王》	睡懒觉的喵	2021-09-01	四川文艺出版社
《放不下》	半截白菜	2021-09-01	江苏凤凰文艺出版社
《奥术神座X：不朽之路》	爱潜水的乌贼	2021-09-01	九州出版社
《可爱过敏原》	稚楚	2021-09-01	湖南文艺出版社
《牵引》	六盲星	2021-09-01	长江出版社
《半面妆肆》	萧十一狼	2021-09-01	中国致公出版社
《让她降落》	苏格兰折耳	2021-09-01	江苏凤凰文艺出版社
《最强辅助》	砚楚	2021-09-01	湖南文艺出版社
《钢铁森林》	弃吴钩	2021-09-01	江苏凤凰文艺出版社
《苍梧谣》	籽月	2021-09-01	江苏凤凰文艺出版社
《穆医生他怎么这样》	顾汐润	2021-09-01	花山文艺出版社
《丹尼海格》	缪娟	2021-09-01	湖南文艺出版社
《盘龙典藏版 1》	我吃西红柿	2021-09-01	阳光出版社

续表

作品名称	作者	出版时间	出版社
《小夜曲 2》	春风榴火	2021-09-01	江苏凤凰文艺出版社
《刺猬法则》	含胭	2021-09-01	花山文艺出版社
《误我嘉时》	是辞	2021-09-01	花山文艺出版社
《我怎么可能输给他》	墨西柯	2021-09-01	花山文艺出版社
《桃桃乌龙 2》	赵十余	2021-09-01	江苏凤凰文艺出版社
《此意久久 2》	桑琅	2021-09-01	江苏凤凰文艺出版社
《山河盛宴·贰》	天下归元	2021-09-01	湖南文艺出版社
《完美世界 26》	辰东	2021-09-01	山东画报出版社
《沈医生先动的心》	时年	2021-09-01	花山文艺出版社
《好看的小酒窝》	莫离	2021-09-01	花山文艺出版社
《且试天下》	倾泠月	2021-09-01	青岛出版社
《九叔万福》	九月流火	2021-09-01	青岛出版社
《预定头条》	李思危	2021-09-01	江苏凤凰文艺出版社
《小夜曲》	春风榴火	2021-09-01	江苏凤凰文艺出版社
《小躁动》	淡樱	2021-09-01	花山文艺出版社
《嘉洲思我意 2》	画盏眠	2021-09-01	江苏凤凰文艺出版社
《令我心动的你呀》	君鸽	2021-09-01	江苏凤凰文艺出版社
《白浪边》	凉蝉	2021-09-01	广东旅游出版社
《误我嘉时》	是辞	2021-09-01	花山文艺出版社
《沧元图 11》	我吃西红柿	2021-09-01	安徽文艺出版社
《想你时，风是荔枝味》	燕辞星	2021-09-01	广东旅游出版社
《冰火魔厨典藏版 9》	唐家三少	2021-09-01	湖南少年儿童出版社
《得理不饶你》	毛球球	2021-09-01	广东旅游出版社
《你看雨时很近》	云葭	2021-09-01	长江出版社
《第一序列 5》	会说话的肘子	2021-09-01	长江出版社
《可是，我想你》	映漾	2021-09-01	青岛出版社
《神澜奇域：苍穹珠 2》	唐家三少	2021-09-01	阳光出版社
《我的塑料花男》	月斜影清	2021-09-01	青岛出版社
《善良的阿呆 2》	唐家三少	2021-09-01	阳光出版社
《异人崛起 13》	辰东	2021-09-01	安徽文艺出版社

续表

作品名称	作者	出版时间	出版社
《同学请听好》	爱夏	2021-09-01	花山文艺出版社
《盘龙典藏版 2》	我吃西红柿	2021-09-01	阳光出版社
《吞噬星空典藏版 12》	我吃西红柿	2021-09-01	安徽文艺出版社
《善良的阿呆 3》	唐家三少	2021-09-01	阳光出版社
《善良的阿呆 4》	唐家三少	2021-09-01	阳光出版社
《医得我心》	叶紫	2021-09-01	花山文艺出版社
《清白之年》	费拉曼图	2021-09-01	北京燕山出版社
《弥天记》	夜行仙	2021-09-01	浙江文艺出版社
《逼真》	退戈	2021-09-01	北京燕山出版社
《天圣令》	蒋胜男	2021-09-01	浙江文艺出版社
《那月光和你》	语笑阑珊	2021-09-01	北京燕山出版社
《星火滚烫》	梵瑟	2021-09-01	花山文艺出版社
《他的一切，让我心动》	海汐	2021-09-01	花山文艺出版社
《狐狸在手》	囡团囚团	2021-09-01	江苏凤凰文艺出版社
《心动延迟》	砂梨	2021-09-01	天津人民出版社
《你是人间小桃源》	瑞迟	2021-09-01	花山文艺出版社
《还是对他心动了》	本喵不吃鱼	2021-09-01	花山文艺出版社
《弥天记 1》	夜行仙	2021-09-01	浙江文艺出版社
《窥光》	池总渣	2021-09-03	广东旅游出版社
《社恐粉丝的上位指南》	蛇蝎点点	2021-09-05	羊城晚报出版社
《朱颜》	沧月	2021-09-10	江苏凤凰文艺出版社
《圈套》	一只大雁	2021-09-15	长江出版社
《临渊行　神王往事》	宅猪	2021-09-23	九州出版社
《初婚慢慢甜 2》	半弯弯	2021-09-25	中国致公出版社
《一个钢镚儿 3》	巫哲	2021-09-26	北京燕山出版社
《临渊行》	宅猪	2021-09-26	九州出版社
《长月无烬》	藤萝为枝	2021-09-27	广东旅游出版社
《千夜一夜》	桑玠	2021-09-28	北京燕山出版社
《一个钢镚儿 3 完结篇》	巫哲	2021-09-29	北京燕山出版社
《临时保镖大结局》	绿野千鹤	2021-09-30	江苏凤凰文艺出版社

续表

作品名称	作者	出版时间	出版社
《撒野》	巫哲	2021-09-30	广东旅游出版社
《大雾》	颜凉雨	2021-09-30	湖南文艺出版社
《风波吞天同征路 2》	肉包不吃肉	2021-09-30	长江出版社
《万花筒·破茧》	西子绪	2021-09-30	江苏凤凰文艺出版社
《风波吞天同征路 .2》	肉包不吃肉	2021-09-30	长江出版社
《窈窕珍馐》	缘何故	2021-09-30	北京燕山出版社
《愿好春光》	云拿月	2021-10-01	四川文艺出版社
《退烧》	舒虞	2021-10-01	江苏凤凰文艺出版社
《良言写意》	木浮生	2021-10-01	百花洲文艺出版社
《谁说我，不爱你》	北倾	2021-10-01	百花文艺出版社
《奥术神座Ⅺ：番外　完结篇》	爱潜水的乌贼	2021-10-01	九州出版社
《春闺梦里人》	白鹭成双	2021-10-01	江苏凤凰文艺出版社
《亲爱的吾兄》	尤前	2021-10-01	青岛出版社
《恋爱生物钟》	苏一姗	2021-10-01	江苏凤凰文艺出版社
《苍耳》	乐小米	2021-10-01	江苏凤凰文艺出版社
《祸国　来宜》	十四阙	2021-10-01	江苏凤凰文艺出版社
《狂恋你 2. 完结篇》	甜醋鱼	2021-10-01	江苏凤凰文艺出版社
《第十二秒》	从阳（sunness）	2021-10-01	现代出版社
《剑来：第四辑（22—28）》	烽火戏诸侯	2021-10-01	浙江文艺出版社
《半星》	丁墨	2021-10-01	阳光出版社
《到我身边来》	六盲星	2021-10-01	江苏凤凰文艺出版社
《饕餮记·叁》	殷羽	2021-10-01	中国致公出版社
《等风降临》	周晚欲	2021-10-01	天津人民出版社
《吉祥县令》	草灯大人	2021-10-01	上海文艺出版社
《乔先生的黑月光》	姒锦	2021-10-01	青岛出版社
《火焰戎装》	水千丞	2021-10-01	江苏凤凰文艺出版社
《万相之王 2·双相并立》	天蚕土豆	2021-10-01	中国致公出版社
《只有我懂他的柔情》	陌言川	2021-10-01	青岛出版社
《我先爱为敬》	宋小君	2021-10-01	四川文艺出版社
《似深海，似迷藏》	文安初心忆故人	2021-10-01	现代出版社

续表

作品名称	作者	出版时间	出版社
《盛世谋臣》	凤轻	2021-10-01	青岛出版社
《冰火魔厨典藏版 10》	唐家三少	2021-10-01	湖南少年儿童出版社
《我真的好喜欢你啦》	坡西米	2021-10-01	青岛出版社
《就爱你凶我的样子》	苏钱钱	2021-10-01	北岳文艺出版社
《是你是梦境》	叶离	2021-10-01	中国致公出版社
《千帆过境尽余生》	十里酒香	2021-10-01	四川文艺出版社
《百分百心动》	战西野	2021-10-01	百花洲文艺出版社
《草莓酥》	卿白衣	2021-10-01	江苏凤凰文艺出版社
《霍太太，你马甲又掉了》	晴小天	2021-10-01	江苏凤凰文艺出版社
《丞相，你今天宠我了吗?》	古点	2021-10-01	花山文艺出版社
《剑来 23：人生梦复梦》	烽火戏诸侯	2021-10-01	浙江文艺出版社
《复刻少年期》	爱看天	2021-10-01	花山文艺出版社
《十二度的甜》	板栗子	2021-10-01	北岳文艺出版社
《附件结案报告 · 破晓》	功夫包子	2021-10-01	江苏凤凰文艺出版社
《剑来 22：愿挽天倾者》	烽火戏诸侯	2021-10-01	浙江文艺出版社
《天亮了，你就回来了》	籽月	2021-10-01	江苏凤凰文艺出版社
《剑来 26：人间最得意》	烽火戏诸侯	2021-10-01	浙江文艺出版社
《剑来 28：清都山水郎》	烽火戏诸侯	2021-10-01	浙江文艺出版社
《逆鳞 9》	柳下挥	2021-10-01	安徽文艺出版社
《剑来 24：新酒等旧人》	烽火戏诸侯	2021-10-01	浙江文艺出版社
《等风降临》	周晚欲	2021-10-01	天津人民出版社
《掌门今天睁眼了么》	橘刀疤	2021-10-01	江苏凤凰文艺出版社
《处处小温柔》	禾一	2021-10-01	四川文艺出版社
《偏爱只给沈言宁》	木子喵喵	2021-10-01	江苏凤凰文艺出版社
《剑来 25：天地皆同力》	烽火戏诸侯	2021-10-01	浙江文艺出版社
《千帆过境尽余生 2》	十里酒香	2021-10-01	四川文艺出版社
《剑来 27：风雪夜归人》	烽火戏诸侯	2021-10-01	浙江文艺出版社
《心悦臣服》	逐心	2021-10-01	江苏凤凰文艺出版社
《群雄逐鹿 1》	易修罗	2021-10-01	广东旅游出版社
《你的眉眼真好看》	淑汀	2021-10-01	江苏凤凰文艺出版社

续表

作品名称	作者	出版时间	出版社
《刑侦档案》	清韵小尸	2021-10-01	北京燕山出版社
《反转童话》	七宝酥	2021-10-01	四川文艺出版社
《一个钢镚儿》	巫哲	2021-10-08	北京燕山出版社
《炮楼》	巫哲	2021-10-08	世界知识出版社
《攻略对象出了错》	金刚圈	2021-10-10	广东旅游出版社
《在你不知道的时间里》	其莎	2021-10-15	天地出版社
《白月照楚渊 2》	语笑阑珊	2021-10-18	长江出版社
《纸飞机》	潭石	2021-10-19	广东旅游出版社
《小祖宗》	睡芒	2021-10-19	文化发展出版社
《易燃易爆炸》	苏子良	2021-10-25	江苏凤凰文艺出版社
《天芳》	云芨	2021-10-28	江苏凤凰文艺出版社
《错惜》	初禾	2021-10-28	长江出版社
《八千里路》	玖月晞	2021-10-30	江苏凤凰文艺出版社
《你胜人间》	曲小蛐	2021-11-01	四川文艺出版社
《阮陈恩静 2》	吕亦涵	2021-11-01	湖南文艺出版社
《别闹》	叶斐然	2021-11-01	百花洲文艺出版社
《太阳为你加冕（全 2 册）》	米狸	2021-11-01	江苏凤凰文艺出版社
《楚天以南》	大风不是木偶	2021-11-01	北京燕山出版社
《镜 · 双城》	沧月	2021-11-01	江苏凤凰文艺出版社
《庆余年 · 东山之变》	猫腻	2021-11-01	人民文学出版社
《本尊也想知道》	青色羽翼	2021-11-01	广东旅游出版社
《不当你的白月光》	赵史觉	2021-11-01	中国致公出版社
《风情不摇晃》	初禾初	2021-11-01	百花洲文艺出版社
《哑舍 . 零 2. 守株待兔》	玄色	2021-11-01	人民文学出版社
《飞剑问道 13》	我吃西红柿	2021-11-01	安徽文艺出版社
《人间星河不及你》	慕亦凡	2021-11-01	武汉出版社
《暗恋它是奶糖味的》	图样先森	2021-11-01	青岛出版社
《永夜》	桩桩	2021-11-01	四川人民出版社
《药门仙医》	凤灵	2021-11-01	青岛出版社
《凡人修仙之仙界篇 8》	忘语	2021-11-01	安徽文艺出版社

续表

作品名称	作者	出版时间	出版社
《天醒之路 2》	蝴蝶蓝	2021-11-01	阳光出版社
《我的忧郁小姐》	陈果	2021-11-01	江苏凤凰文艺出版社
《越界招惹 2》	傅九	2021-11-01	江苏凤凰文艺出版社
《风知道》	沈熊猫	2021-11-01	江苏凤凰文艺出版社
《神澜奇域：苍穹珠 3》	唐家三少	2021-11-01	阳光出版社
《晴天遇暴雨》	明月听风	2021-11-01	长江出版社
《我和我喜欢的你》	莫离	2021-11-01	花山文艺出版社
《冰火魔厨》	唐家三少	2021-11-01	湖南少年儿童出版社
《赴你应许之约》	何堪	2021-11-01	湖南文艺出版社
《天生般配》	苏钱钱	2021-11-01	花山文艺出版社
《枕边有你（上）》	三水小草	2021-11-01	中国致公出版社
《空速星痕典藏版》	唐家三少	2021-11-01	湖南少年儿童出版社
《善良的阿呆》	唐家三少	2021-11-01	阳光出版社
《酒神　典藏版全套》	唐家三少	2021-11-01	安徽文艺出版社
《盘龙典藏版 3》	我吃西红柿	2021-11-01	阳光出版社
《云偷吻我的记忆》	夏风颜	2021-11-01	长江出版社
《华灯之上》	扣子	2021-11-01	江苏凤凰文艺出版社
《C 语言修仙》	一十四洲	2021-11-01	中国致公出版社
《无双》	梦溪石	2021-11-01	中国致公出版社
《子夜鸮》	颜凉雨	2021-11-01	中国致公出版社
《经年手账本》	卷帙	2021-11-01	江苏凤凰文艺出版社
《我的植物人男友》	甜即正义	2021-11-01	青岛出版社
《浮云半书》	李惟七	2021-11-01	中国致公出版社
《窈窕珍馐+反转人生（全 4 册）》	缘何故	2021-11-16	北京燕山出版社
《一厘米的阳光》	墨宝非宝	2021-11-20	江苏凤凰文艺出版社
《撒野 1（漫画版）》	巫哲	2021-11-25	北京燕山出版社
《归麟》	二狮	2021-11-30	湖南文艺出版社
《荣光》	龙柒	2021-11-30	广东旅游出版社
《只想喜欢你》	岁见	2021-12-01	江苏凤凰文艺出版社
《黄金台》	苍梧宾白	2021-12-01	天地出版社

续表

作品名称	作者	出版时间	出版社
《针尖蜜》	辛夷坞	2021-12-01	百花洲文艺出版社
《鹤年》	拉棉花糖的兔子	2021-12-01	四川文艺出版社
《无二无别》	沐清雨	2021-12-01	江苏凤凰文艺出版社
《子夜十 1》	颜凉雨	2021-12-01	中国致公出版社
《练习生》	萝卜兔子	2021-12-01	北京燕山出版社
《耀眼 1》	时玖远	2021-12-01	花山文艺出版社
《失婚》	半截白菜	2021-12-01	江苏凤凰文艺出版社
《轻错》	Dr. Solo	2021-12-01	江苏凤凰文艺出版社
《荨麻》	夏茗悠	2021-12-01	江苏凤凰文艺出版社
《将军令》	偷偷写文	2021-12-01	天地出版社
《雪中悍刀行 1-20 套装》	烽火戏诸侯	2021-12-01	青岛出版社
《判・尘不到》	木苏里	2021-12-01	湖南文艺出版社
《牧神记 1》	宅猪	2021-12-01	安徽文艺出版社
《雪中悍刀行 3 春雷闯江湖》	烽火戏诸侯	2021-12-01	青岛出版社
《雪中悍刀行 4 孤身行北莽》	烽火戏诸侯	2021-12-01	青岛出版社
《无我不欢》	藤萝为枝	2021-12-01	百花洲文艺出版社
《她与白玫瑰》	许念念	2021-12-01	江苏凤凰文艺出版社
《世界与他我都要》	蒋牧童	2021-12-01	江苏凤凰文艺出版社
《雪中悍刀行 1-3》	烽火戏诸侯	2021-12-01	青岛出版社
《雪中悍刀行 5 起手撼昆仑》	烽火戏诸侯	2021-12-01	青岛出版社
《雪中悍刀行 6 扶摇上青天》	烽火戏诸侯	2021-12-01	青岛出版社
《雪中悍刀行 7 白发舞太安》	烽火戏诸侯	2021-12-01	青岛出版社
《限时狩猎》	唐酒卿	2021-12-01	北京燕山出版社
《冰火魔厨典藏版 11》	唐家三少	2021-12-01	湖南少年儿童出版社
《雪中悍刀行 8 剑仙尽低眉》	烽火戏诸侯	2021-12-01	青岛出版社
《雪中悍刀行 20 江湖酒一觞》	烽火戏诸侯	2021-12-01	青岛出版社
《雪中悍刀行 17 落子太安城》	烽火戏诸侯	2021-12-01	青岛出版社
《雪中悍刀行 9 新桃换旧符》	烽火戏诸侯	2021-12-01	青岛出版社
《雪中悍刀行 11 逍遥游春秋》	烽火戏诸侯	2021-12-01	青岛出版社
《雪中悍刀行 19 夫子上武当》	烽火戏诸侯	2021-12-01	青岛出版社

续表

作品名称	作者	出版时间	出版社
《雪中悍刀行 18 天下共逐鹿》	烽火戏诸侯	2021-12-01	青岛出版社
《雪中悍刀行 16 血染钦天监》	烽火戏诸侯	2021-12-01	青岛出版社
《雪中悍刀行 10 杯酒贺新凉》	烽火戏诸侯	2021-12-01	青岛出版社
《醉卧江山之千秋业》	风轻	2021-12-01	青岛出版社
《南风入萝帷》	是辞	2021-12-01	江苏凤凰文艺出版社
《沧元图 12》	我吃西红柿	2021-12-01	安徽文艺出版社
《雪中悍刀行 1-7》	烽火戏诸侯	2021-12-01	青岛出版社
《雪中悍刀行 13 雪中斩天龙》	烽火戏诸侯	2021-12-01	青岛出版社
《雪中悍刀行 14 杯中起涟漪》	烽火戏诸侯	2021-12-01	青岛出版社
《善良的阿呆 5》	唐家三少	2021-12-01	阳光出版社
《雪中悍刀行 12 百年问一剑》	烽火戏诸侯	2021-12-01	青岛出版社
《吞噬星空典藏版 13》	我吃西红柿	2021-12-01	安徽文艺出版社
《冰火魔厨 12》	唐家三少	2021-12-01	湖南少年儿童出版社
《不可言说的秘密》	谢楼南	2021-12-01	江苏凤凰文艺出版社
《民国小商人. 上》	爱看天	2021-12-05	羊城晚报出版社
《不过尔尔》	白鹭成双	2021-12-08	九州出版社
《恋恋浮城》	蓬莱客	2021-12-09	安徽文艺出版社
《台风眼：完结篇》	潭石	2021-12-10	广东旅游出版社
《咬痕》	曲小蛐	2021-12-10	安徽文艺出版社
《我行让我上 2》	酱子贝	2021-12-17	北京燕山出版社
《怨气撞铃》	尾鱼	2021-12-22	文化发展出版社

（禹建湘、张浩翔、曾铮、王心林　执笔）

第七章　研讨会议、社团活动和重要事件

2021年，中国作协与各团体会员及社会企业组织认真贯彻习近平总书记关于文艺工作、群团工作的重要论述，全年关于网络文学召开的学术会议、座谈会以及行业峰会此起彼伏，网络文学作品聚焦现实题材，朝着精品化方向持续迈进。随着全国疫情防控形势变化，各省市地区的网络作家协会、机构和相关基地陆续举办各种行业会议、培训班、采风活动和公益活动，网络文学相关活动数量大幅提升，有效扩大了网络文学的国际传播影响力。全国各省市地区新设网络作协、机构与基地不断涌现，展现出网络文学的强大生命活力，同时彰显出网络作家的组织化水平不断提高，网络文学人才培养与思想道德建设的不断加强。2021年是网络文学收获颇丰的一年，这在年度内的网络文学研讨会、社团活动和重要事件中得到充分体现。

一、网络文学年度会议

1. 年度网络文学会议清单

据统计，2021年度全国范围内共举办网络文学相关会议74次，其中网络文学行业发展相关会议19次，网络文学创作相关会议3次，地方网络文学发展相关会议41次，网络文学海外传播相关会议1次，网络文学作品研讨会7次，网络文学理论研讨会3次。

根据会议主题与研讨内容，2021年度网络文学会议清单如下。

（1）网络文学行业发展相关会议

4月9日，湖北武汉，2021年全国网络文学工作会议；

4月16日，浙江杭州，第七届中国数字阅读大会；

4月27日，北京，中国“网络文学+”大会亮相春交会；

5月13日至14日，上海，爱奇艺世界·大会；

5月20日至22日，上海，第三届七猫中文网作者大会；

5月21日，甘肃兰州，网络文学与传统文学融合发展专题沙龙；

5月26日，重庆，“奋斗百年路，启航新征程”2021年中国网络文学论坛；

5月27日，重庆，2021中文在线第十四届作家年会；

6月3日，上海，2021年阅文集团年度发布会，第六届阅文原创IP盛典；

6月12日，安徽合肥，中国文艺理论学会网络文学研究分会第六届学术年会；

7月19日，北京，第五届中国“网络文学+”大会新闻发布会；

9月7日，北京，全国重点网络文学网站联席会议暨加强职业道德建设座谈会；

9月25日，湖南长沙，“中国网络文学30年”国际高峰论坛；

10月9日，北京，第五届中国“网络文学+”大会开幕式暨高峰论坛；

10月12日，安徽蚌埠，太湖世界文化论坛·首届网络文艺论坛；

10月16日至18日，浙江杭州，第八届中国国际版权博览会；

12月14日至17日，北京，中国文学艺术界联合会第十一次全国代表大会、中国作家协会第十次全国代表大会；

12月29日，北京，中国作家协会第十次全国代表大会工作总结大会；

12月29日至30日，2021年咪咕文学作家盛典。

（2）网络文学创作相关会议

3月15日，北京，中国作协庆祝建党100周年主题创作改稿培训班开班；

3月28日至31日，浙江杭州，网络作家党史学习教育暨主题创作改稿培训班开班；

7月30日，广西南宁，广西网络文学大赛主题沙龙第二期。

（3）地方网络文学发展相关会议

1月8日，天津，天津市作家协会网络文学专业委员会召开主席团会议与全体会议；

1月10日，湖南长沙，第二届湖南十大网络文学作家（作品）颁奖仪式；

1月22日，浙江杭州，杭州市网络作家协会第二次会员代表大会召开；

3月8日，浙江金华，金华网络女作家读者见面会；

3月15日，河南焦作，焦作市网络文艺作家座谈会；

3月27日，云南昭通，作家乐居“论剑”；

3月30日，吉林长春，吉林省网络作家协会第一次会员大会；

4月13日，福建福州，福建省文学院举办对谈会：网络文学的萌芽与壮大；

4月16日，上海，第46期陕西北路网文讲坛；

5月8日，山东济南，济南市文联召开网络作家座谈会；

5月9日至12日，江苏，江苏作协组织网络作家开展弘扬四种革命精神主题教育实践活动；

5月10日，江苏苏州，苏州市作协网络文学分会开展江南文化主题实践活动；

5月14日，广西贺州，网络文艺的时代声音与百年梦想暨广西文艺评论基地建设研讨会；

5月14日，河南商丘，商丘市网络作家学会举办捐赠图书活动；

5月15日，山西太原，文学发展新趋势——山西青年评论家与青年作家对话会；

5月18日，上海，第47期陕西北路网文讲坛；

5月22日至25日，四川阿坝，全国知名网络作家阿坝行暨四川网络作家党史教育学习实地培训活动启动；

6月8日，陕西西安，中国作家“陕西文学周”；

6月8日，云南昆明，“2021昆明文艺周”网络文学专场论坛；

6月11日，湖南吉首，湘西州网络文学发展座谈会；

6月15日，湖南吉首，湖南省湘西州作协网络文学专委会启动；

6月18日，上海，第48期陕西北路网文讲坛；

6月28日，河南郑州，郑州市网络作家协会成立大会暨第一次会员代表大会开幕；

7月21日，山西太原，山西青年评论家和青年作家座谈会；

7月23日，上海，第49期陕西北路网文讲坛；

7月30日，北京，北京市政协就青年网络作家权益保护召开提案办理协商会；

8月5日，辽宁，辽宁作协召开贯彻落实《关于加强新时代文艺评论工作的指导意见》座谈会；

8月20日，上海，第50期陕西北路网文讲坛；

9月9日，辽宁，辽宁省作协召开文学工作者职业道德建设座谈会；

9月10日，云南昆明，团省委召开新兴领域优秀青年网络作家代表党史学习教育交流会；

9月18日，四川广元，广元市网络作家协会举办创作交流座谈会；

9月19日，天津，坚守职业道德筑根基 营造风清气正新风气——加强作家队伍职业道德建设暨 滑富强从文六十年座谈研讨会召开；

9月24日，上海，第51期陕西北路网文讲坛；

10月14日，江苏南京，江苏省网络作家协会第二次代表大会召开；

10月16日，浙江杭州，共青团中国网络作家村委员会第一次代表大会召开；

10月21日，山西太原，启航新征程·中国作家“山西文学周”开幕；

10月22日，上海，第52期陕西北路网文讲坛；

10月22日至24日，山东泰安，第七届泰安文学周；

11月5日，上海，第53期陕西北路网文讲坛；

11月15日至19日，天津，天津作协网络文学专委会组织网络作家认真学习贯彻十九届六中全会精神；

12月19日，云南，云南省作家协会网络作家分会线上会议认真学习领悟习近平总书记讲话精神；

12月26日，甘肃兰州，甘肃省网络作家协会团支部成立暨选举大会。

（4）网络文学海外传播相关会议

9月26日，浙江乌镇，2021中国国际网络文学周开幕。

（5）网络文学作品研讨会

1月2日，浙江衢州，《你是星辰你是海》新书发布会；

3月25日，辽宁，《春风故事》创作座谈会暨第十六期“午后文学时光”读书会；

5月25日，浙江杭州，《脑控》发布会；

5月29日，湖北宜昌，《三眼神捕》鉴赏会；

9月，浙江温州，《天圣令》网络研讨会；

9月16日，四川成都，《万古神帝》实体书分享会；

10月30日，安徽合肥，《火车浜7号：疯狂处女座》作品研讨会。

（6）网络文学理论研讨会

4月24日，北京，中国网络文学版权保护专家研讨会；

6月12日，安徽合肥，中国网络文学评价体系与批判标准学术研讨会；

9月25日，广东肇庆，“肇庆·网络文学的挑战与未来”研讨会。

2. 重要会议内容介绍

（1）3月15日，庆祝建党100周年主题创作改稿培训班开班

3月15日，由中宣部文艺局指导，中国作协创联部和鲁迅文学院合办的中国作协庆祝建党100周年主题创作改稿培训班在京开班。中国作家协会党组成员、副主席、鲁迅文学院院长吉狄马加和中宣部文艺局副局长彭云出席开班式并致辞。开班式由鲁迅文学院常务副院长徐可主持。本次改稿班将融学习培训、审读改稿于一体，采取专家提前审读、集中授课学习、分组点评授课、一对一辅导改稿等多环节相结合的培训形式，帮助大家进一步开阔眼界，把“学党史”和“悟思想”贯通起来，以学促改，深入挖掘，精心打磨，力争创作出反映中国特色、时代精神的作品，献礼党的百年华诞。①

（2）3月28日至31日，网络作家党史学习教育暨主题创作改稿培训班开班

3月28日至31日，杭州举办“网络作家党史学习教育暨主题创作改稿培训班”，以鼓励引导广大网络作家创作一批反映中国共产党百年奋斗历程的精品力作。中国作家协会党组成员、书记处书记胡邦胜表示，站在“两个一百年”的交汇点上，网络作家要增强使命感，强化时代精神、民族精神和专业精神。②

① 刘鹏波：《中国作协庆祝建党100周年主题创作改稿培训班在京开班》，中国作家网，http://www.chinawriter.com.cn/n1/2021/0316/c403993-32052988.html，2021年12月31日查询。

② 只恒文：《网络作家杭州学党史话主题创作》，中国青年报，https://mp.weixin.qq.com/s/x_93Z-E-2v7VxwTKAz7BKwg，2021年12月31日查询。

（3）4 月 9 日，2021 年全国网络文学工作会议

4 月 9 日，中国作协召开的 2021 年全国网络文学工作会议在武汉结束，担任地方网络作协领导职务的血红、匪我思存、管平潮、阿菩、静夜寄思、夜神翼、萧鼎等网络作家，与各省市区作协的负责人一同就“地方网络作协如何更好开展工作、引领青年网文作者的成长”“如何加强网络文学队伍建设、更好发挥作用”“如何深化东西部协作、更好开展定点帮扶工作”等话题进行了讨论，并对 2021 年的全国网络文学工作做出了部署和安排。①

（4）4 月 16 日，第七届中国数字阅读大会

4 月 16 日，第七届中国数字阅读大会在杭州举行。大会以“数字赋能新发展，阅读追梦新征程”为年度主题，旨在联合各方共同探讨全媒体时代下的数字阅读理念创新、方式创新与实践创新。大会发布《2020 年度中国数字阅读报告》，开展了重温红色故事等特别活动，并揭晓了 2020 年十佳数字阅读项目、十佳数字阅读作品、十佳数字阅读城市名单，举行了 2021 悦读中国年启动仪式。②

（5）4 月 24 日，中国网络文学版权保护专家研讨会

4 月 24 日，中国网络文学版权保护专家研讨会在京举行。围绕新阶段下如何建立更完善的盗版打击体系和治理机制，与会领导、行业专家建言献策，共话网络文学版权保护现状及未来。阅文集团首席执行官、腾讯集团副总裁兼腾讯影业首席执行官程武认为，网络文学的版权保护难度更大，主要原因有三点：一是新技术让盗版产业链隐蔽化、成熟化趋势越发显著；二是盗版平台积累了大量流量，相关利益方的利益输送助长盗版行为，加大了打击难度；三是在文化消费方面培育用户正版意识仍需要时间。中国政法大学知识产权法研究所副所长郑璇玉建议，正版内容平台应围绕用户需求提升消费阅读体验，也可以尝试为用户提供更好的附加值，从而引导良性消费，提升用户对于正版内容的认可和保护意识。③

（6）4 月 27 日，中国“网络文学+”大会亮相春交会

4 月 27 日，北京电视节目交易会拉开帷幕，中国“网络文学+”大会亮相本届交易会。此次大会与交易会合作，融合亮点，内容创新，共组织 34 家网络文学企业、208 部精品佳作进行集中展示。在活动现场设置三大版块：①中国“网络文学+”大会·优秀作品主题展，重点展示具有文学价值和 IP 改编价值的 47 部优秀网络文学作品；②中国“网络文学+”大会·自主商务洽谈区，现场一对一高效洽谈对

① 中国作家网：《2021 年全国网络文学工作会议在武汉举行》，http：//www. chinawriter. com. cn/n1/2021/0409/c403993-32074199. html，2021 年 12 月 31 日查询。

② 沈雁容：《第七届（2021）中国数字阅读大会在杭州开幕　杭州连续 6 年上榜十佳数字阅读城市》，杭州网，https：//ori. hangzhou. com. cn/ornews/content/2021-04/16/content_ 7948875. htm，2021 年 12 月 31 日查询。

③ 虞婧：《中国网络文学版权保护专家研讨会：共话版权保护现状及未来》，中国作家网，http：//www. chinawriter. com. cn/n1/2021/0426/c404023-32088601. html，2021 年 12 月 31 日查询。

接，充分释放优秀网络文学作品的 IP 价值；③中国“网络文学+”大会·IP 交易手册，集中展示二百余部精品网络文学作品，进一步推动网络文学的精品创作与精品转化。①

（7）5 月 13 日至 14 日，爱奇艺世界·大会

5 月 13 日，以“向新生　共未来”为主题的 2021 爱奇艺世界·大会在上海举行。两天的会议期间，17 场论坛汇聚来自全球的行业专家、学者、合作伙伴，围绕内容与科技、会员经济、IP 生态、新消费等诸多领域的热门话题展开多轮脑力激荡，分享影视文娱产业的创新趋势和前沿展望。爱奇艺创始人、CEO 龚宇，著名作家、茅盾文学奖获得者、法国文学与艺术骑士勋章获得者刘震云，爱奇艺 CTO 兼基础架构和智能内容分发事业群总裁刘文峰在开幕式做主题发言。②

（8）5 月 27 日，2021 中文在线第十四届作家年会

5 月 27 日，2021 中文在线第十四届作家年会在重庆召开，年会以“百舸争流，爆款为王”为主题，现场颁发年度新人王、十佳作品、年度巨著、最佳动漫改编作品、影视版权最佳畅销作品等大奖。中文在线集团董事长兼总裁童之磊、集团高级副总裁李凯、文学平台事业部总经理冯娟、17K 小说网总编辑余帅（余乾万）等出席活动，更有来自爱奇艺、两点十分、原力动画等多位业内大咖莅临现场，共同探讨原创内容生态的机遇与挑战。③

（9）5 月 26 日，2021 年中国网络文学论坛

2021 年 5 月 26 日上午，由中国作家协会主办，中国作家协会网络文学中心、重庆市作家协会、九龙坡区委、区政府承办，重庆出版集团协办的“奋斗百年路，启航新征程”2021 年中国网络文学论坛在重庆佳宇英皇酒店开幕。本届论坛分为一个主论坛和三个分论坛，其中三个分论坛为网络文学创作论坛、网络文学编审论坛、网络文学产业发展论坛。此次论坛邀请了 30 多位网络文学网站的主编参加，是一场涉及创作、平台、编审、产业、管理等方方面面、系统全面的论坛。④

（10）6 月 3 日，第六届阅文原创 IP 盛典

6 月 3 日，第六届阅文原创 IP 盛典在上海举办，本次活动以“为好故事喝彩”为主题，创新引入学界专家、业界人士组成荐书团，对上榜作品进行专业推荐，沉淀 IP 价值和开发趋势。作为“IP 开发风向标”，盛典揭晓了年度重磅原创 IP 榜单，

---

① 中国网络文学大会微信公众号：《中国“网络文学+”大会亮相春交会》，中国作家网，http：//www.chinawriter.com.cn/n1/2021/0428/c404023-32090535.html，2021 年 12 月 31 日查询。

② 王欣：《2021 爱奇艺世界·大会开幕　智能制作助推影视工业化》，光明网，https：//share.gmw.cn/whcy/2021-05/13/content_34842636.htm，2021 年 12 月 31 日查询。

③ 爆侃网文：《中文在线第十四届作家年会重磅举行！百舸争流　爆款为王！》，https：//mp.weixin.qq.com/s/A_zx20iRK8AfyZ_RMW_AHQ，2021 年 12 月 31 日查询。

④ 重庆市网络作家协会：《“奋斗百年路，启航新征程”2021 年中国网络文学论坛在重庆举行》，重庆市网络作家协会，https：//mp.weixin.qq.com/s/c11jzxd7wGJMwL3HNoyUmA，2021 年 12 月 31 日查询。

包括年度题材作品、年度海外作品、年度男/女频人气十强作品、年度改编期待作品等一系列重磅推荐。①

（11）6月12日，“中国网络文学评价体系与批评标准”学术研讨会

6月12日，由安徽大学文学院网络文学研究中心、中国文艺理论学会网络文学研究分会、中国中外文艺理论学会新媒介文论研究分会联合主办的中国文艺理论学会网络文学研究分会第六届学术年会暨“中国网络文学评价体系与批评标准”学术研讨会在安徽合肥召开，来自全国各地150余位专家、学者出席了此次会议。研讨会上，专家学者围绕“中国网络文学评价体系与批评标准”主题做发言报告。中国文艺理论学会网络文学研究分会会长欧阳友权主持开幕式，并作总结发言。②

（12）9月7日，全国重点网络文学网站联席会议暨加强职业道德建设座谈会

9月7日，中国作家协会在中国现代文学馆召开全国重点网络文学网站联席会议暨加强职业道德建设座谈会，传达《关于加强新时代文艺评论工作的指导意见》《关于开展文娱领域综合治理工作的通知》等文件精神，研讨加强网络文学行业职业道德建设的措施。中国作协党组书记、副主席张宏森出席会议并讲话，中国作协党组成员、书记处书记胡邦胜主持会议。43家重点网络文学网站负责人参加会议。③

（13）9月25日，“中国网络文学30年”国际高峰论坛在中南大学举行

9月25日，“中国网络文学30年”国际高峰论坛在湖南长沙举行。本次论坛由中南大学文学与新闻传播学院、中国作协网络文学委员会中南大学研究基地（CTTI智库）、中国文艺理论学会网络文学研究分会、湖南省网络文学研究基地联合主办。与会学者就中国网络文学30年的回顾与展望、中国网络文学30年的成就与局限、中国网络文学评价体系与批评标准、网络文学IP开发与产业化发展、世界网络文学视野中的中国网络文学、人工智能与网络文学的未来、网络作家作品和文学网站平台研究、中国“网文出海”如何跨文化交流等重大的理论和实践问题进行了深入研讨。④

（14）9月26日，2021中国国际网络文学周开幕

9月26日，由中国作家协会和浙江省人民政府共同主办的“2021中国国际网络文学周”在浙江乌镇开幕。活动围绕“网络文学的世界意义”主题，期间开展了网络文学国际论坛、数字时代网络内容创新高端论坛、网络文学IP发展大会及高峰对

① 财讯网：《第六届阅文原创IP盛典落幕　树立IP开发风向标》，中华网，https://hea.china.com/article/20210623/062021_810043.html，2021年12月31日查询。

② 光明网：《“中国网络文学评价体系与批评标准”学术研讨会举行》，https://wenyi.gmw.cn/2021-06/24/content_34946612.htm，2021年12月31日查询。

③ 中国作家网，《中国作协召开全国重点网络文学网站　联席会议暨加强职业道德建设座谈会》，http://wyb.chinawriter.com.cn/content/202109/10/content61553.html，2021年12月31日查询。

④ 晏杰雄，习婷，谢姣：《“中国网络文学30年”国际高峰论坛在中南大学举行》，红网，https://baijiahao.baidu.com/s?id=1711930861993563660&wfr=spider&for=pc，2021年12月31日查询。

话等一系列活动。会上，中国作家协会发布了“网络文学国际推广片”和《中国网络文学国际传播发展报告》。报告数据显示，中国网络文学创作者有上千万人，活跃作者数万人，每天的创作量超过1.5亿字。截至2020年，中国网络文学共向海外输出网文作品10000余部。其中，实体书授权超4000部，上线翻译作品3000余部。中国网络文学国际传播经历了从个人授权出版、平台对外授权、在线翻译传播到本土生态建立4个发展阶段，共有五种传播方式，即实体书出版、IP改编传播、在线翻译传播、海外本土化传播、投资海外平台。①

(15) 10月9日，第五届中国“网络文学+”大会

10月9日，第五届中国“网络文学+”大会开幕式暨高峰论坛在北京中关村国家自主创新示范区展示中心举办。大会以“网颂百年，文谱新篇”为主题，以庆祝中国共产党成立100周年为主线，整体分为主体活动、长效活动两大板块。开幕式上，中国音像与数字出版协会副理事长张毅君发布了《2020中国网络文学发展报告》。闭幕式上，北京作家协会联合大会共同发布《网络文学作家职业道德公约》。在网络文学出海方面，大会与五洲传播出版社合作成果初现，相关奖项于盛典上颁布。②

(16) 10月12日，太湖世界文化论坛·首届网络文艺论坛

10月12日，由太湖世界文化论坛、中国文联网络文艺传播中心主办，中共安徽省委网络安全和信息化委员会办公室、蚌埠市人民政府联合主办的“太湖世界文化论坛第六届年会·网络文艺论坛：精心编织人文交流新纽带，助力构建人类命运共同体”在中国蚌埠古民居博览园宁波大宅成功举办。与会人员围绕“网络文艺与全球文化生态重构”“网络文艺与全人类共同价值传播”“网络文艺审美与中华美学精神”“网络文艺：青春的力量　青年的纽带”四个主题共同展开交流。③

(17) 10月14日，江苏省网络作家协会第二次代表大会

10月14日，江苏省网络作家协会第二次代表大会在南京举行，105名来自全省各地的网络文学工作者代表与会。江苏省委宣传部副部长徐宁、中国作协网络文学中心副主任何弘等出席会议。会议回顾并总结了省网络作协成立以来的工作和网络文学事业取得的成绩，共商未来五年江苏网络文学事业高质量发展的思路与举措，修改《江苏省网络作家协会章程》，选举产生省网络作协新一届主席团和理事会，引领全省广大网络文学工作者坚定不移地走中国特色社会主义文学发展道路，为建

---

① 爆侃网文：《“2021中国国际网络文学周”在浙江乌镇开幕》，爆侃网文，https：//mp. weixin. qq. com/s/zDtLGEYVSQVv5o9NjVgYXA，2021年12月31日查询。

② 人民网：《第五届中国“网络文学+”大会举办》，http：//ent. people. com. cn/n1/2021/1015/c1012-32254429. html，2021年12月31日查询。

③ 包梦暄，单鸣，高晴：《太湖世界文化论坛首次举办网络文艺论坛，小伙伴们看过来!》，中国文艺网，http：//www. cflac. org. cn/xw/bwyc/202110/t20211013_ 562229. html，2021年12月31日查询。

设文化强省和文化精品创作高地做出新的贡献。①

(18) 10月16日，共青团中国网络作家村委员会第一次代表大会召开

10月16日，共青团中国网络作家村委员会第一次代表大会在杭州举行。大会选举产生共青团中国网络作家村第一届委员会书记、副书记及委员，中国网络作家村团支部书记梦惊蝉表示，中国网络作家村团委将继续发扬“党有号召、团有行动”的优良传统，凝聚吸纳更多优秀青年作者，在思想建设上引路领航，在服务青年上主动作为，引导青年作者放飞青春梦想、书写时代华章。②

(19) 10月30日，《火车浜7号：疯狂处女座》作品研讨会

10月30日，由中国文艺理论学会网络文学研究分会、安徽大学网络研究中心及万派财经文学研究院联合主办的《火车浜7号：疯狂处女座》作品研讨会在腾讯会议线上举行。会议由安徽大学讲席教授欧阳友权主持，安徽大学周志雄教授作总结发言，他肯定了“网文写作+作品研讨”的网文出品模式，作品整体的定位在网络文学与传统文学之间，有网文的可读性，同时也有向传统文学写作致敬的精致。③

(20) 12月14日至17日，中国文学艺术界联合会第十一次全国代表大会、中国作家协会第十次全国代表大会

12月14日，习近平在中国文联十一大、中国作协十大开幕式上讲话。15日，中国作家协会第十次全国代表大会第二次全体会议举行，中国作协主席铁凝主持会议。中国作协党组书记、副主席张宏森代表第九届全委会作了题为《高举伟大旗帜 全面推进新时代文学高质量发展 为实现中华民族伟大复兴贡献力量》的报告。16日，选举产生中国作协新一届领导机构。17日，中国作协主席铁凝致闭幕词。④

12月15日上午，中国文联第十一次全国代表大会召开第二次全体会议，听取了中国文联党组书记、副主席、第十一次全国文代会大会主席团常务主席李屹代表中国文联第十届全委会作的题为《开启新征程 奋进新时代 为建设社会主义文化强国作出更大贡献》的工作报告，听取了《关于〈中国文学艺术界联合会章程〉修改情况的说明》。当天下午，各代表团分组讨论工作报告，对章程修改草案提出建议。⑤

---

① 俞丽云：《江苏省网络作家协会第二次代表大会在南京举行》，中国作家网，http：//www. chinawriter. com. cn/n1/2021/1015/c404023-32255098. html，2021年12月31日查询。

② 孙海悦：《中国网络作家村团委正式成立》，中国作家网，http：//www. chinawriter. com. cn/n1/2021/1027/c404023-32266221. html，2021年12月31日查询。

③ 徐晨：《安徽大学网络文学研究中心举办〈火车浜7号：疯狂处女座〉作品研讨会》，安大网文研究，https：//mp. weixin. qq. com/s/ZD2Gy8ORslMdZ1wPy3cgag，2021年12月31日查询。

④ 李晓晨：《中国作家协会第十次全国代表大会在京闭幕》，中国作家网，http：//www. chinawriter. com. cn/n1/2021/1217/c441553-32310962. html，2021年12月31日查询。

⑤ 中国艺术报：《文代会代表热议中国文联十届全委会工作报告丨开启新征程 奋进新时代 谱写中华民族伟大复兴的壮丽史诗》，中国艺术报，https：//mp. weixin. qq. com/s/sWAYt5XhLbRzyYggKabw4w，2021年12月31日查询。

（21）12 月 26 日，甘肃省网络作家协会团支部成立暨选举大会

12 月 26 日，在中国作家协会网络文学中心、共青团中央的领导和团省委、省作协指导下，甘肃省网络作家协会召开了团支部成立暨选举大会。团省委统战与社会联络部副部长吕玮、甘肃省作家协会秘书长王熠、甘肃省网络作家协会常务副主席刘金龙及在兰的省网络作协党员、团员、理事代表出席会议。大会投票选举王璐瑶、厉雪、王文品、金英孔、屈琪、张强、贾启良为共青团甘肃省网络作家协会第一届支部委员会委员；选举屈琪为共青团甘肃省网络作家协会第一届支部委员会书记，金英孔、王璐瑶为副书记。①

（22）12 月 29 日至 30 日，2021 年咪咕文学作家盛典

12 月 29 日至 30 日，咪咕文学举办了以“用心造梦　无限创想”为主题的 2021 年咪咕文学作家盛典。此次盛典采用线上直播形式，汇集“天玄宇宙”“奇想空间”“她力量”和“浮生世界”四大内容厂牌，探索出“网文厂牌+剧本+X”的内容生产新范式，发布了年度好作品、好作者等 48 个奖项。咪咕数字传媒有限公司首席运营官刘培尧表示，时代需要好创意和好故事，网络文学是故事的重要源泉，咪咕有责任创作出更多符合时代精神的好作品。②

二、网络文学年度社团活动

1. 年度网络文学社团活动清单

据统计，2021 年度全国范围内共举办网络文学相关活动 165 次，其中网络文学评奖和推介宣传活动 51 次，网络文学作家研修班活动 28 次，网络文学新设协会、社团机构活动 30 次，调研采风及其他活动 56 次。

按照活动主题与活动内容，2021 年度网络文学社团相关活动清单如下。

（1）网络文学评奖和推介宣传活动

1 月 5 日，四川成都，2020 年四川省优秀网络小说参评作品征集；

1 月 9 日，北京，人人文学网 2020 年度网络文学奖暨第八届人人文学奖颁奖典礼；

1 月 9 日，江苏南京，“新时代的中国”第二届网络文学现实题材主题征文大赛颁奖典礼；

1 月 10 日，湖南长沙，第二届湖南十大网络文学作家（作品）颁奖仪式；

1 月 12 日至 4 月 30 日，浙江杭州，第二届白马湖全国网络文学评论大赛征稿；

---

① 甘肃省网络作家协会：《共青团甘肃省网络作家协会第一届支部委员会成立大会》，https：//mp.weixin.qq.com/s/Ts8SGSfeHwNn49dwnE0B6Q，2021 年 12 月 31 日查询。

② 咪咕阅读：《2021 年咪咕文学作家盛典举行》，中国作家网，http：//www.chinawriter.com.cn/n1/2021/1231/c404023-32321731.html，2021 年 12 月 31 日查询。

3月16日，2021年中国作家协会网络文学重点作品扶持选题名单公布；

3月16日至6月16日，广东广州，粤港澳大湾区文学征文大赛；

3月31日，北京，“新青年·新势力”中国青年作家峰会；

4月1日，浙江杭州，“钱潮杯”首届青年创意家·网络文艺评论奖获奖论文集出版；

4月17日，浙江杭州，发布2021年度“鹤鸣杯”IP潜力价值榜；

4月24日，广西，第七届广西网络文学大赛开赛；

4月26日，北京，2020年中国网络文学排行榜作品征集启事；

4月30日，上海，上海大学庆祝中国共产党建党100周年、纪念五四运动暨第十届“文学之夜”活动；

5月13日至20日，北京，第四届网络文学读书日；

5月19日，陕西神木，陕西作协建党百年全国百名文艺名家看神木启动仪式暨第四届陕西青年文学奖颁奖典礼；

5月20日，上海，“2021年第一届七猫中文网现实题材征文大赛”颁奖典礼；

5月25日，上海，第五届现实题材网络文学征文大赛颁奖典礼；

6月8日，浙江杭州，“两岸青年网络文学大赛·未来发展高峰论坛”暨“网络文学IP直通车”活动；

6月19日，北京，民族题材网络文学创作论坛暨首届石榴杯征文大赛颁奖典礼；

6月19日，甘肃兰州，“讲好红色故事、献礼建党百年——首届红色题材网络小说征文大赛”系列活动启动，2020年度甘肃网络文学排行榜发布；

6月22日，上海，“红旗颂——庆祝建党百年·百家网站·百部精品”评选活动发布会与“奋斗百年路，启航新征程”网络文学研讨会；

6月29日，“庆祝中国共产党成立100周年”网络文学主题征文大赛获奖名单公布；

7月，番茄小说第一届网络文学大赛启动；

8月23日，2020年“优秀现实题材和历史题材网络文学出版工程”入选作品揭晓；

8月23日，“党在我心中”短文征集活动优秀作品名单公布；

8月23日，湖南长沙，2021长沙“马栏山杯·网络文学排行榜”活动启动；

8月，安徽合肥，安徽大学网络文学研究中心《网络文学研究》征稿启事；

8月，爱奇艺小说第一届脑洞创意大赛启动；

9月1日，2022年第二届七猫中文网现实题材征文大赛启动；

9月16日，江苏南京，2021年度“扬子江网络文学最具IP潜力榜”评选；

10月10日，辽宁沈阳，第三届辽宁网络文学“金桅杆”奖评奖；

10月11日，上海，华东师范大学——分众传媒“未来文学家”奖揭晓；

10月13日，北京，第六届“北京十月文学月”（网络文学板块）启动；

11月15日，“中国作家协会网络文学理论评论支持计划”入选项目名单公布；

11月18日，首届元宇宙全球征文大赛启动；

11月19日，四川，四川省网络作家协会“网文出海”定向征稿；

11月19日，“阅文杯”第32届中国科幻银河奖（网络科幻小说板块）颁布；

11月20日，广东深圳，2021花地文学榜（年度网络文学作品）公布；

11月22日至26日，广东广州，“广东现实题材网络文学精品项目”入选作品公示；

11月29日，天津，与时代同行“网著新时代，奋进新征程”现实题材作品颁奖活动举行；

11月30日，辽宁沈阳，网络作家学习党的十九届六中全会精神暨第三届辽宁网络文学“金桅杆”奖颁奖仪式；

12月9日，浙江杭州，“萌芽计划”第二届全国大学生网络小说大赛颁奖仪式暨“萌芽计划”第三届全国大学生网络小说大赛启动仪式举行；

12月9日，浙江杭州，第三届两岸青年网络文学大赛获奖名单公布；

12月12日，爱奇艺小说《风起洛阳》主题征文启动；

12月15日，“古文字微小说主题征文活动”启动；

12月20日，湖南，2021年度湖南省网络文学专业职称专场评审通过人员名单正式发布；

12月22日，《2021阅文年度好书榜单》发布；

12月25日，江苏兴化，“中国小说学会2021年度好小说”（网络小说）评议会举行；

12月29日，起点读书《亿点点书友的阅读大故事》2021pro版发布；

12月30日，塔读小说2021年度大赏发布。

（2）网络文学作家研修班活动

1月15日，上海，阅文起点大学“职业作家训练营”第一期开班；

3月18日，云南昆明，网络文学创作培训班（一期）；

3月24日，四川成都，四川省网络作家协会2020年度新会员培训班开班；

3月30日，云南昆明，网络文学创作兴趣班（二期）；

4月23日，上海，阅文起点大学“职业作家训练营”第二期开班；

5月9日，北京，北京大学中文系-北京老舍文学院2021骨干作家高级研修班开班；

5月13日，甘肃，甘肃省网络作家党史学习教育在线培训班；

5月24日，中国作协网络文学中心主办的网络作家党史学习教育在线培训班

（第一期）开班；

5月30日，江西井冈山，“学党史铸信仰——河北网络作家专题培训”活动在全国青少年井冈山革命传统教育基地开班；

6月15日至18日，上海，上海网络文学高层次写作人才研修班开班；

6月16日，北京，鲁院第十九期网络文学作家培训班开班；

6月24日，海南琼海，海南省作家协会2021年网络作家培训；

6月27日至30日，海南澄迈，海南省基层文学写作讲习班（琼北地区）；

7月3日至6日，内蒙古呼和浩特，内蒙古自治区首届“网著梦想”全区青年网络作家培训班暨第一期“青社学堂”举办；

7月7日至10日，北京，中国作协举办“网络文学青年创作骨干培训班”；

7月27日至30日，北京，中国作协举办“网络文学评论高研班”；

7月30日，上海，阅文起点创作学堂“职业作家训练营”第三期开班；

8月30日，四川成都，四川作家网通讯员培训班；

9月1日，黑龙江，黑龙江省文艺评论家协会举办网络培训；

9月7日至10日，江西井冈山，2021年江西网络作家党史学习教育主题培训研讨班；

9月23日，北京，鲁院第二十期网络文学作家培训班开班；

10月9日，江西井冈山，第十七期新兴领域青年大学习暨全国青年网络作家“青社学堂”专题培训班开班；

10月28日，上海，上海市新闻出版局举办2021上海网络文学内容管理培训班；

11月15日，安徽合肥，首届上三角暨第十届安徽中青年作家研修班；

11月22日，四川省作家协会发布网络文学中心开展四川省网络作家沉浸式剧本创作培训通知；

11月22日，陕西西安，鲁迅文学院陕西省网络作家专题研修班；

11月26日，海南海口，阅文起点创作学堂“网文作家卓越班”开班；

12月9日，四川成都，四川省网络作家协会2021年度新会员培训。

（3）网络文学新设协会、社团机构活动

1月1日，浙江杭州，浙江传媒学院2021年“网络文学专业”本科招生计划公布；

1月21日，河南洛阳，洛阳作家新媒体学会成立暨揭牌仪式举行；

1月22日，浙江杭州，杭州市网络作家协会第二次会员代表大会召开；

3月29日，湖北荆州，荆州市作协网络文学委员会虎桥酒庄文创基地揭牌；

3月30日，吉林长春，吉林省网络作家协会第一次会员大会召开；

4月28日，上海，上海市作家协会第十届理事会第三次会议暨临港新片区创作基地揭牌仪式举行；

4月29日，广东肇庆，肇庆市成立网络文学创作委员会并举办网络作家座谈会；

5月9日，江苏南京，扬子江网络文学评论中心成立；

5月12日，宁夏银川，自治区文联首批文艺创作基地在永宁县闽宁镇挂牌；

6月2日，宁夏中卫，宁夏回族自治区文联首批文学艺术创作基地挂牌仪式在沙坡头区迎水桥镇鸣沙村举行；

6月5日，浙江嘉兴，网络文学作家党建基地揭牌仪式举行；

6月11日，湖北武汉，武汉作家协会成立网络文学专业委员会；

6月11日，湖南吉首，湖南省湘西州作协网络文学专委会启动；

6月16日，陕西西安，陕西地方文化创作基地揭幕；

6月28日，河南郑州，郑州市网络作家协会成立大会暨第一次会员代表大会开幕；

6月29日，江苏连云港，连云港市作协网络文学分会和微型小说分会成立；

7月17日，湖北孝感，孝感作协举行季度工作例会暨文学创作基地授牌、采风活动；

7月25日，陕西西安，西安市网络文艺家协会成立大会暨第一次全体会员大会召开；

8月17日，北京，中国文学海外读者俱乐部成立；

9月3日，湖南宁乡，宁乡市网络作家协会成立大会暨网络创作交流会召开；

9月12日，广东梅州，梅州市作家协会成立六大类别创作委员会；

9月16日，山东滨州，滨州市作家协会举行创作基地授牌仪式及读书采风活动；

9月19日，天津，天津市静海区作协创作基地揭牌；

10月22日，云南昆明，云南省作家协会网络作家分会成立；

10月25日，江西南昌，江西省网络作家协会成立大会召开；

11月13日，云南楚雄，南华县网络作家协会成立；

11月24日，安徽合肥，安徽省网络作家协会成立；

12月25日至26日，贵州贵阳，贵州省网络作家协会成立大会暨第一次全体会员大会召开；

12月26日，广东江门，江门市作协网络文学创作委员会成立；

12月28日，河北石家庄，河北网络文学与产业融合发展联盟成立。

（4）调研采风及其他活动

1月5日，黑龙江哈尔滨，哈市文联开展“哈市作家艺术家新区行”主题党日活动；

1月22日，湖南长沙，湖南省人社厅调研组开展调研湖南网络作家职称申报和评审工作；

1月22日，四川广元，广元市网络作家协会召开2021迎春茶话会；

2月24日，江苏南京，江苏省南京市委统战部副部长杨雯懿一行莅临连尚文学调研指导；

2月24日，云南，“新文艺·网络文学”系列直播：“魔法姐姐”汤萍谈儿童网络文学的发展；

3月5日，浙江杭州，第五期“IP直通车——女性专场”活动；

3月8日，浙江义乌，网络女作家读者见面会圆满落幕；

3月8日至11日，贵州安顺，贵州省作家协会赴安顺市开展采风创作活动；

3月9日，重庆，“巾帼心向党　奋斗新征程”重庆市网络作家协会开展女神节活动；

3月15日，河南焦作，焦作市委常委、宣传部部长宫松奇主持召开焦作市网络文艺作家座谈会；

3月17日，重庆，全市新的社会阶层人士统战工作培训班一行赴重庆市网络作家协会和盛世阅读网调研；

3月22日，陕西宝鸡，陕西省网络作家协会调研宝鸡石鼓印社；

3月31日，北京，《女排》新书首发式；

4月9日，广东梅州，网络作家朱育坚应邀到嘉应学院举行专题讲座；

4月15日，浙江，浙江作协全力推进2021年全民阅读工作；

4月22日，新疆，新疆作家协会网络作家分会赴内地调研学习交流；

4月23日，浙江温州，中国作协“书香中国·文学有我”全民阅读温州行活动；

4月，海南三亚，唐家三少工作室成立；

5月7日，湖南长沙，湖南省作协党组书记胡革平深入中国网络文学小镇调研；

5月7日，重庆，中共重庆市网络作家协会支部委员会举办《百年大党　百年辉煌——党史学习教育专题党课》；

5月11日，江苏苏州，苏州市作协网络文学分会开展江南文化主题实践活动；

5月14日，北京，“光辉历程：庆祝中国共产党成立100周年优秀网络文艺作品展示”活动；

5月14日，河南商丘，商丘市网络作家学会举办捐赠图书活动；

5月15日，起点中文网庆祝起点读书19周年开展“515”系列活动；

5月17日至22日，广东，广东作协赴陕西、甘肃作协开展学习调研；

5月19日，江苏苏州，苏州市作家协会、苏州市江南网络文学服务联合会、探花书房举办“步入3.0时代——网络文学的经典化与影视化”主题沙龙；

5月21日，甘肃兰州，网络文学与传统文学融合发展专题沙龙；

5月29至31日，四川广元，四川网络作家走进广元市朝天区创作采风；

6月2日，北京，中国“网络文学+”大会联合北京市文联、《文艺报》开展主题党日活动；

6月21日，海南，海南网络作家庆祝建党百年采访活动启动；

6月22至25日，福建三明，“文艺两新”风采丨“永远跟党走”福建省“文学两新”作家看三明主题采风活动举办；

7月2日，广东，广东省作家协会举办网络作家线上活动学习贯彻习近平总书记在庆祝中国共产党成立100周年大会上重要讲话；

7月15日，福建厦门，“2021年两岸青年文学之旅”活动在厦门起航；

7月15日至8月17日，广东，第八届广东省网络文化精品宣传推广活动；

7月19日，四川泸州，川渝作家采风绿色泸州　共结生态文学硕果；

7月22日，黑龙江，黑龙江省文联举办“党在我心中”主题征文比赛；

7月23日，广东，“加强团结引领　多办好事实事——广东省作家协会组织网络作家深入学习习近平总书记重要讲话精神”系列线上活动；

8月7日，广西南宁，南宁市网络文学创作者座谈会；

9月3日，湖南长沙，长沙市网协组织集体观影活动；

9月9日，中央媒体采风活动在中国网络作家村举办，活动以“百年路·同心筑”为主题，与会人员就“网络文学作者的统战工作、网络文学产业化发展”等问题展开讨论；

9月10日，云南昆明，共青团云南省委、共青团昆明市委、昆明市网络文学协会联合召开新兴领域青年网络作家代表党史学习教育交流会；

9月15日，天津，市作协组织参观红色展馆活动；

9月16日，广东，广东省作家协会举办第三期“网络文学名家分享公开课”；

9月28日，辽宁本溪，辽宁省作协举办“新时代、新文学、新长征”文学志愿服务基层（走进桓仁）活动；

10月15日，浙江杭州，2021浙江省网络文化活动季暨天目美好节举行；

10月16日，浙江杭州，中宣部副部长张建春调研中国网络作家村；

10月26日，云南昆明，“春城新能量”网络作家进校园社会服务活动在官渡区举行；

10月26日，上海，全国政协委员读书活动指导组调研阅文集团网络文学发展工作；

11月29日，天津，“与时代同行”百年历程中的文学系列活动之网络文学发展授课活动；

12月9日，浙江杭州，中国网络作家村四周年“村民日”活动暨第四次村民大会举行，会上发布了《中国网络作家村倡议书》和《中国网络作家村新村规民约》；

12月23日，陕西西安，陕西网络作家自愿出征支持陕西抗疫；

12月28日，福建福州，2021闽派文艺理论家批评家学术活动周讲座：网络文学的新趋势；

12月29日，四川南充，南充市网络作协专题学习习近平总书记在中国文联十一大、中国作协十大开幕式上的重要讲话；

12月30日，湖南长沙，湖南省网络作家协会召开第一届团员代表大会。

2. 重要社团活动内容介绍

（1）3月16日，2021年中国作家协会网络文学重点作品扶持选题名单公布

3月16日，2021年中国作家协会网络文学重点作品扶持选题名单公布，其中时代先锋主题7部、强国梦主题2部、科技创新与科幻主题2部、中华文化精神主题6部、人民美好生活主题11部、人类命运共同体主题2部。①

（2）3月30日，吉林省网络作家协会第一次会员大会召开

3月30日下午，吉林省网络作家协会第一次会员大会在长春举行。此次召开吉林省网络作家协会第一次会员大会是主动回应社会各界对网络文学、新文学群体的新期待，推动吉林网络文学高质量发展的一项重大举措。大会审议通过了《吉林省网络作家协会章程》（草案），选举产生了吉林省网络作家协会第一届主席团、理事会成员。王超（网名“流浪的蛤蟆”）当选为吉林省网络作家协会第一届主席团主席。②

（3）3月31日，“新青年·新势力”中国青年作家峰会在京举办

3月31日，由大益文学院和中国作家网联合主办的“新青年·新势力”中国青年作家峰会在京举行。中国作协党组成员、书记处书记吴义勤出席开幕式并表示，人类文学史上，任何伟大的作品都有着相应的历史沃土，青年作家的写作，也不能够脱离时代和政治。青年作家要多从中外文学理论中汲取丰富营养，认识到自己的写作是站在中外名家的肩膀上，学会用理论武装头脑。开幕式结束后，青年作家们围绕“我们时代的写作”这一主题展开了研讨。此外，围绕“青年作家是否需要回归传统”这一话题，青年作家分为正反两方展开了相关辩论。③

（4）4月17日，发布2021年度“鹤鸣杯”IP潜力价值榜

4月17日，2021年中国数字阅读大会IP峰会上发布“鹤鸣杯”2021年度IP

① 中国作协：《2021年网络文学重点作品扶持选题名单》，中国作家网，http://wyb.chinawriter.com.cn/content/202103/17/content59015.html，2021年12月31日查询。

② 李梦溪：《吉林省网络作家协会第一次会员大会召开》，吉林日报，http://jlrbszb.cnjiwang.com/pc/paper/c/202103/31/content_119147.html，2021年12月31日查询。

③ 李英俊：《“新青年·新势力”中国青年作家峰会在京举办》，中国作家网，http://www.chinawriter.com.cn/n1/2021/0401/c437156-32066755.html，2021年12月31日查询。

潜力价值榜。此榜经由中国数字阅读大会组委会研究，由咪咕数字传媒有限公司执行，面向社会各数字阅读平台、出版平台及个人作者征集，主要针对2020年新发布的作品进行盘点，经专家评审后形成50部作品的榜单。①

（5）4月29日，肇庆市成立网络文学创作委员会并举办网络作家座谈会

4月29日下午，肇庆市网络文学创作委员会成立暨网络作家座谈会在肇庆市图书馆举行。座谈会由网络作家徐爱丽（笔名：海的温度）主持。会上，肇庆市作家协会主席钟道宇宣读了关于成立肇庆市网络文学创作委员会的文件和组成人员名单。肇庆市文联党组成员、专职副主席郑琼在座谈会上致辞。②

（6）5月7日，湖南省作协党组书记胡革平深入中国网络文学小镇调研

2021年5月7日下午，湖南省作协党组书记胡革平、中国作协网络文学委员会副主任欧阳友权深入中国网络文学小镇调研。省作协副主席、省网络作协主席余艳、省作协组联部主任娄成、省网协常务副主席、网络文学作家妖夜等陪同参与调研。调研组与湖南省网络作家协会负责人进行座谈交流，详细了解了小镇规划设计以及目前存在的困难和问题。调研组认为，湖南网络文学有基础、有队伍，要高度重视、积极推动网络文学湘军的振兴。③

（7）5月9日，扬子江网络文学评论中心在南京成立

5月9日，由中国作协网络文学中心指导，江苏省作家协会、南京师范大学和南京市秦淮区人民政府合作成立的扬子江网络文学评论中心在南京诞生，成为我国第一家网络文学评论平台。江苏省作协一级巡视员、江苏省网络作协常务副主席王朔主持仪式并表示，扬子江网络文学评论中心的成立旨在贯彻落实习近平总书记关于文艺工作系列重要论述，特别是关于加强文艺评论工作的重要指示精神，充分发挥网络文学评论引导创作、多出精品、提高审美、引领风尚的重要作用，进一步整合优势资源，打造具有权威性、专业性的中国网络文学评论与研究平台。④

（8）5月13日至20日，第四届网络文学读书日

5月13日至20日，橙瓜码字联合全网30家主流网络文学平台，围绕“网络文学读书日，一起享受阅读”共同举办第四届网络文学读书日，推出“519网络文学读书日”活动公益专题。网络文学平台推出专门的519网络文学读书日系列专题书

① 搜狐网，《2021年度“鹤鸣杯”IP潜力价值榜揭晓，聚焦内容创新力，中国移动咪咕共探产业未来》，https://www.sohu.com/a/461474891_120264105，2021年12月31日查询。

② 肇庆作协：《肇庆市成立网络文学创作委员会并举办网络作家座谈会》，广东作家网，http://www.gdzuoxie.com/v/202105/14508.html，2021年12月31日查询。

③ 湖南省网络作协：《省作协党组书记胡革平深入中国网络文学小镇调研》，湖南作家网，http://www.frguo.com/Info.aspx?ModelId=1&Id=43961，2021年12月31日查询。

④ 周韫：《扬子江网络文学评论中心在南京成立》，中国作家网，http://www.chinawriter.com.cn/n1/2021/0511/c404023-32099572.html，2021年12月31日查询。

单，为读者甄选好书，倡导精品阅读，传播网络文学社会价值，放大网络文学社会效益。①

（9）5月14日，“光辉历程：庆祝中国共产党成立100周年优秀网络文艺作品展示”活动

5月14日，中宣部文艺局协调文化和旅游部市场管理司、广电总局网络视听节目管理司、中国作协网络文学中心指导网络音乐、网络视听、网络文学相关行业，开展“光辉历程：庆祝中国共产党成立100周年优秀网络文艺作品展示”活动，集中展示新创主题性网络文艺作品及相关经典作品。其中，网络文学行业有《重卡雄风》《大江大河》《明月度关山》等多部网络文学作品进行展示。②

（10）5月20日，“2021年第一届七猫中文网现实题材征文大赛”颁奖典礼

5月20日，由上海市作家协会指导，上海七猫文化传媒有限公司主办，上海张江文化控股有限公司协办，云文学网、上海故事会文化传媒有限公司为支持单位的“2021年第一届七猫中文网现实题材征文大赛”颁奖典礼在沪举办。大赛以“讲好中国故事　讴歌伟大时代”为主题，为参赛者们设置了“百年华诞”“强国之志”“民族故事”和“最美家乡”四大题材方向。此次征文大赛共评出“金七猫奖”1部、“最佳IP价值奖”2部、“最佳IP潜力奖”3部、分类一等奖4部、分类二等奖8部、优秀作品奖15部，共计33部优质作品。③

（11）5月24日，网络作家党史学习教育在线培训班（第一期）开班

5月24日，由中国作协网络文学中心主办的网络作家党史学习教育在线培训班（第一期）开班。本次培训是网络文学“百年百部”系列活动的重要组成部分，旨在引导广大网络作家深入学习党的百年奋斗历程，提升思想境界，增强文化自信，创作更多反映时代气象和人民心声的优秀作品。据悉，网络作家党史学习教育在线培训班将举办第二期。④

（12）6月8日，“两岸青年网络文学大赛·未来发展高峰论坛”暨“网络文学IP直通车”活动

6月8日，由浙江省人民政府新闻办公室、浙江省人民政府台湾事务办公室、浙江省作家协会、浙江出版联合集团共同指导，两岸企业家峰会现代服务业及文化创意产业合作推进小组、杭州市人民政府台湾事务办公室、杭州市作家协会支持，

---

① 橙瓜网文：《行业30家主流文学平台同庆519网络文学读书日，助力全民阅读》，https：//mp.weixin.qq.com/s/9CjZiLq7NOcLmlciJUjtLQ，2021年12月31日查询。

② 央视网：《庆祝中国共产党成立100周年优秀网络文艺作品展示活动宣传片发布》，https：//news.cctv.com/special/ghlichyxzp/zhanshi/index.shtml，2021年12月31日查询。

③ 人民网：《百万奖金扶持好作品　首届七猫中文网现实题材征文大赛颁奖》，http：//sh.people.com.cn/n2/2021/0525/c134768-34744195.html，2021年12月31日查询。

④ 虞婧：《网络作家党史学习教育在线培训班（第一期）开班》，中国作家网，http：//www.chinawriter.com.cn/n1/2021/0521/c404023-32109988.html，2021年12月31日查询。

浙江文艺出版社、浙江省网络作家协会、杭州高新区（滨江）党委宣传部、台湾旺旺中时媒体集团共同主办的“两岸青年网络文学大赛·未来发展高峰论坛”暨“网络文学IP直通车”一周年活动在滨江白马湖建国饭店宴会厅举办。此次活动，旨在立足当下，回顾历史，展望未来，充分交流两岸文学的融合发展，展望两岸网络文学未来的前景和机遇，助推“两岸青年网络文学大赛”向更高质量、更高水准迈进。①

（13）6月11日，武汉作家协会成立网络文学专业委员会

6月11日，武汉作家协会网络文学专业委员会成立。武汉市文联党组书记、副主席李蓉和武汉市文联党组成员、副主席汪兴家出席会议。会议由湖北省作协主席、武汉作协主席李修文主持。会议审议了《武汉市作协网络文学专业委员会章程》《委员会主任、副主任、秘书长、委员名单》等内容，选举谢佳奇（薪意）为第一届专委会主任，徐相同（冬天的柳叶）、张柳（君子江山）为副主任。薪意表示，网络文学专业委员会今后将进一步团结和引导广大网络作家，开展学习交流活动，增强打造网络文学精品的自觉；进一步促进网文开发，推动网络文学影视动漫改编；打造网络文学创作基地，为繁荣发展武汉文学事业贡献力量。②

（14）6月11日，湖南省湘西州作协网络文学专委会启动

6月11日，湘西州网络文学发展座谈会在吉首市召开。座谈会以“弘扬时代之歌、培育网文产业”为主题。座谈会上首先宣布了湘西州作家协会网络文学专业委员会的正式启动，湘西州作协副主席、州新媒体协会副会长阳明明担任专委会主任，湘西州新媒体协会副会长、湘西网总编岳跃强受聘为名誉主任。与会领导对湘西州作家协会网络文学专业委员会进行了揭牌与授牌仪式。会议还发布了湘西州作协网络文学专委会发展规划（征求意见稿）。③

（15）6月16日，鲁院第十九期网络文学作家培训班开班

6月16日，鲁迅文学院第十九期网络文学作家培训班开学典礼在京举行。中国作协副主席、鲁迅文学院院长吉狄马加出席开学典礼。本期培训班为期10天，共有来自全国23家文学网站和单位选拔推荐的39名学员参加，其中有的已经是具有较大知名度和读者号召力的作者。鲁院在吸纳以往办学经验的基础上，对课程进行了精心安排，通过邀请业内知名的作家、评论家、学者授课，为学员们搭建交流思想、分享经验的平台。学员们也表示将利用这次难得的契机努力学习，充实自我，力求

① 新浪读书：《“两岸青年网络文学大赛·未来发展高峰论坛”暨“网络文学IP直通车”一周年活动举办》，新浪读书，https://mp.weixin.qq.com/s/BFbi6MTvHXGr2WE60c4AIQ，2021年12月31日查询。

② 武汉作协：《武汉作家协会成立网络文学专业委员会》，湖北作家网，http://www.hbzjw.org.cn/doc/2021/06/16/48683.shtml，2021年12月31日查询。

③ 李军，向莹：《湖南省湘西州作协网络文学专委会启动》，中国作家网，http://www.chinawriter.com.cn/GB/n1/2021/0615/c403994-32130921.html，2021年12月31日查询。

取得更多收获。①

（16）6月19日，民族题材网络文学创作论坛暨首届石榴杯征文大赛颁奖典礼

6月19日，由国家民委文化宣传司和中国少数民族文化艺术促进会指导，阅文集团联合天成嘉华文化传媒、中国民族文化资源库、中国民族文化资源网共同举办的民族题材网络文学创作论坛暨首届石榴杯征文大赛颁奖典礼落幕。大赛以“讲好民族故事，传承中华文明”为主题，涌现出众多弘扬民族精神、表达文化自信、传播正能量的作品。经过专家推荐及严格评审，《草原有座蒙古包》《走西口之天山行》《彩云微光》等三部作品获“最具民族风采奖”，《神藏》《欢想世界》《烂柯棋缘》《时光和你都很美》《恰似寒光遇骄阳》《黎明医生》《暖君》《惊雷》《大讼师》、《消防英雄》等十部作品获“优秀作品奖”。所有获奖作品都将收录入中国民族文化资源库。②

（17）6月19日，“首届红色题材网络小说征文大赛”系列活动

6月19日，“讲好红色故事、献礼建党百年——首届红色题材网络小说征文大赛”系列活动在兰州启动。活动由中国作协网络文学中心、省委宣传部、省委统战部、省委网信办指导，省文联、省文明办等主办，旨在进一步引导广大网络作家积极投身主旋律和现实主义题材创作，以文学的方式讲好红色故事，以优异成绩喜迎党的百年华诞。甘肃省委常委、省委宣传部部长王嘉毅出席活动并讲话。会上，2020年度甘肃网络文学排行榜正式发布，10部网络文学作品入选。③

（18）6月22日，“红旗颂——庆祝建党百年·百家网站·百部精品”评选活动发布会与“奋斗百年路，启航新征程”网络文学研讨会

6月22日，上海市作家协会、中国作协网络文学中心共同举办了“红旗颂——庆祝建党百年·百家网站·百部精品”评选活动发布会与“奋斗百年路，启航新征程”网络文学研讨会。自去年7月开始，征文活动得到全国主要文学网站积极响应，组委会收到文学网站推荐、个人申报、专家推荐作品共计700余部，涉及百余家文学网站。金宇澄《繁花》、阿耐《大江东去》、匪迦《北斗星辰》、辛夷坞《致我们终将逝去的青春》、何常在《浩荡》、丛林狼《最强特种兵》等100部作品位列榜单。中南大学文学院教授、评论家欧阳友权表示，要让网络文学更好、更健康地繁荣发展，必须形成两大共识，一是要有凝聚文化自信的使命感；二是要树立高质

① 王觅：《鲁院第十九期网络文学作家培训班开班》，中国作家网，http：//www. chinawriter. com. cn/n1/2021/0623/c403993-32137845. html，2021年12月31日查询。

② 人民网：《首届石榴杯征文大赛收官 网络文学讲好民族故事》，人民网，http：//sh. people. com. cn/n2/2021/0620/c134768-34784844. html，2021年12月31日查询。

③ 爆侃网文：《“首届红色题材网络小说征文大赛”系列活动启动》，https：//mp. weixin. qq. com/s/6KLuAX6KonhPaWRvbIGvjg，2021年12月31日查询。

量发展的精品意识。①

（19）6月28日，郑州市网络作家协会第一次会员代表大会开幕

6月28日，郑州市网络作家协会第一次会员代表大会开幕，大会审议通过了《郑州网络文学发展现状与今后五年发展规划》和《郑州市网络作家协会章程》，选举产生了郑州市网络作家协会领导机构，寇彬（小小羽）当选为郑州市网络作家协会第一届主席团主席。②

（20）6月29日，连云港市作协网络文学分会和微型小说分会成立

6月29日，连云港市作家协会网络文学分会和微小说分会成立大会举行，市文联党组成员、副主席俞文文出席会议并讲话，市作协主席王成章、副主席相裕亭及来自全市的网络文学作家、微型小说作家代表与会。会议选举产生了市作协网络文学分会理事会成员，选举王成章为主席，王军先、汤景扬（景扬）、李政辉（夜南听风）、董自超（灯火）、任岩（我最白）、张耀元（海胆王）为副主席，王军先为秘书长（兼），陈玉霞、谢辉、刘勇、蒋建春为副秘书长。近年来，连云港市的网络文学发展较快，涌现了一大批优秀作家，发表了一批有影响力的网文作品。省作协领导多次关心连云港网络文学相关情况。网络文学分会的成立将为繁荣连云港市的网络文学、助力连云港市文学事业的繁荣和发展具有重要意义。③

（21）7月7日至10日，中国作协举办“网络文学青年创作骨干培训班”

7月7日至10日，由中国作协主办的“网络文学青年创作骨干培训班”在北京举行。在各网站、地方作协推荐百名网络作家的基础上，培训班选拔出32位“90后”青年创作骨干进行为期3天的集中强化培训。培训班邀请南开大学文学院教授周志强、北京第二外国语学院教授胡继华、作家李浩、安徽大学教授周志雄进行主题讲座，中国作协网络文学中心副主任何弘分析了网络文学的精品化和主流化趋势。④

（22）7月25日，西安市网络文艺家协会成立大会暨第一次全体会员大会召开

7月25日，西安市网络文艺家协会成立大会暨第一次全体会员大会在西安召开。陕西首个由网络文学、网络影视、网络音乐、网络演艺、网络新媒体等新文艺群体工作者自愿结合的网络文艺协会组织宣告成立。大会当天，还召开了第一次协会文化发展大会，启动“西安网络文艺融合发展产业平台”“陕西青年电影制片厂

---

① 爆侃网文：《“红旗颂——庆祝建党百年·百家网站·百部精品”评选结果出炉》，https：//www.sohu.com/a/473573043_ 99971698，2021年12月31日查询。

② 中华网河南：《郑州市网络作家协会第一次会员代表大会召开》，https：//henan.china.com/news/hot/2021/0629/2530188446.html，2021年12月31日查询。

③ 江苏作家网：《连云港市作协网络文学分会和微型小说分会成立》，https：//www.jszjw.com/news/20210630/162501624497.shtml，2021年12月31日查询。

④ 贾国梁：《聚是一团火　散是满天星——“网络文学青年创作骨干培训班”活动侧记》，文艺报，http：//www.chinawriter.com.cn/n1/2021/0719/c403993-32161358.html，2021年12月31日查询。

融媒体中心”两个项目。①

（23）7月27日至30日，中国作协举办“网络文学评论高研班”

为贯彻落实《关于加强新时代文艺评论工作的指导意见》精神，加强和改进网络文学评论，构建符合网络文学特点的理论评论体系，培养高素质评论人才队伍，7月27日至30日，中国作协在京举办“网络文学评论高研班”，来自全国各地从事网络文学评论、研究的31名中青年骨干参加研讨。中国作协党组成员、书记处书记胡邦胜在开班式上首先带领学员学习习近平总书记“七一”重要讲话精神，引导学员领会文化强国重要意义。他强调，网络文学正进入高质量发展阶段，但网络文学评论研究还相对滞后，31名学员作为网络文学评论研究的新生力量，要立足新时代，面向业界实际，拓宽学术视野，加强创作研究，引导网络文学弘扬正能量，推动网络文学出精品力作，实现高质量发展。②

（24）8月23日，“党在我心中”短文征集活动优秀作品名单公布

为庆祝中国共产党百年华诞，引导广大网络作家深入了解党的百年奋斗历程，爱党、写党、颂党，由中国作协网络文学中心牵头组织，在全国网络文学重点园地工作联席会议办公室、陕西省新闻出版局、陕西省网络作家协会的指导下，书海小说网主办“党在我心中”短文征集活动于2021年3月正式启动，共有27家网络文学网站参与主办，征集到短文作品一万余部（篇）。经网站推荐、组织评选、作品公示等程序，产生了50部（篇）优秀作品。③

（25）9月3日，宁乡市网络作家协会成立

9月3日上午，宁乡市网络作家协会成立大会暨网络创作交流会召开。会议选举出了宁乡市网络作家协会主席、副主席、秘书长等，邓楚杰当选为市网络作家协会主席。会上还对协会日后的相关工作进行了安排部署。协会成立后将引导传递社会和谐价值观，培养网络作家正确的政治导向，强化学习，努力建设健康向上、规范有序、创新发展的网络文学生态环境。同时团结宁乡网络作家，积极发现和培养网络文学创作、评论、编辑的新生力量，特别为新人创作者提供上升通道，发展壮大宁乡网络作家队伍。协会今后也将立足宁乡，引导网络作家了解、学习宁乡文化，在作品中宣传宁乡的风土人情故事，将作品与本土文化相结合，打造宁乡的网络名片，传播宁乡文化、宁乡故事、宁乡声音。④

① 橙瓜网文：《西安市网络文艺家协会成立大会暨第一次全体会员大会在西安召开》，https：//mp.weixin.qq.com/s/5xyRpWSqjx8S0xHnVs7yQA，2021年12月31日查询。

② 虞婧：《中国作协举办“网络文学评论高研班”》，中国作家网，http：//www.chinawriter.com.cn/n1/2021/0804/c404023-32181487.html，2021年12月31日查询。

③ 中国作家网：《“党在我心中”短文征集活动优秀作品名单》，http：//www.chinawriter.com.cn/n1/2021/0823/c404023-32204369.html，2021年12月31日查询。

④ 周娉，刘雅婷：《以更多精品力作书写记录宁乡！宁乡市网络作家协会成立》，红网，https：//cs.rednet.cn/content/2021/09/03/10108815.html，2021年12月31日查询。

（26）9月23日，鲁院第二十期网络文学作家培训班开班

9月23日，鲁迅文学院第二十期网络文学作家培训班在北京开班，来自全国各地的33位网络作家齐聚鲁院八里庄校区，开启为期8天的网络文学创作培训。鲁迅文学院常务副院长徐可，中国作家协会网络文学中心副主任朱钢，鲁迅文学院培训部主任严迎春，鲁迅文学院培训部副主任胡健玲、胡嘉出席了开学典礼。典礼由鲁迅文学院副院长李东华主持。为办好本次网络文学作家培训班，鲁迅文学院进行了精心的安排筹备，邀请陈曙光、邵燕君、张柠、愤怒的香蕉等数位知名专家、学者、作家为本期培训班学员授课，助力网络文学发展，促进网络文学作家的健康成长。该期学员们表示将珍惜本次学习机会，用更加开阔的眼界、更为充沛的创作激情、更为真挚的文学自觉，投入网络文学创作的无垠长河之中。①

（27）10月22日，云南省作家协会网络作家分会成立

10月22日，云南省作家协会网络作家分会第一次会员大会在昆明召开。会议由云南省作协副主席胡性能主持。中国作协网络文学中心副主任（主持工作）何弘，云南省文联党组成员、副主席缪开和，云南省文联副主席、省作协主席范稳出席会议并致辞。来自全省16州市的60位网络作家和网络文学工作者参加会议。云南省作协网络作家分会的成立，将进一步落实习近平总书记“要加强联络，延伸工作手臂，加强对新文艺组织、新文艺群体的团结引导，把千千万万文艺从业者、爱好者凝聚起来，不断增强组织吸引力”的重要讲话精神，发挥团结、服务、协调、引领功能，为云南网络文学发展保驾护航。②

（28）10月25日，江西省网络作家协会成立大会召开

10月25日，江西省网络作家协会成立大会在南昌召开，来自江西各地的101名代表参加会议。省委宣传部副部长、省新闻出版局（省版权局）局长黎隆武，省文联党组成员、主席叶青，省文联党组成员、副主席邬定忠出席会议。黎隆武、叶青发表讲话。省作协主席、省文联副主席李小军主持开幕式，省作协副主席、秘书长曾清生致开幕词。省委宣传部文艺处、省文联机关党委（人事处）有关同志参加会议。中国作协网络文学中心向大会发来贺信。黎隆武代表省委宣传部向大会的召开表示热烈的祝贺，向全体与会代表和全省广大网络作家、文学工作者致以诚挚的问候，并对近年来江西省网络文学领域取得的成绩给予了肯定。③

（29）11月13日，云南省南华县网络作家协会成立

11月13日，云南省楚雄州南华县网络作家协会成立会议召开。楚雄州网络作

① 征文网：《鲁院第二十期网络文学作家培训班开班》，https：//www. pcren. cn/37971. html，2021年12月31日查询。

② 文艺春城（微信公众号）：《云南省作家协会网络作家分会成立　意千重当选主席》，中国作家网，http：//www. chinawriter. com. cn/n1/2021/1026/c404023-32264368. html，2021年12月31日查询。

③ 江西作协（微信公众号）：《江西省网络作家协会成立大会召开　净无痕当选主席》，中国作家网，http：//www. chinawriter. com. cn/n1/2021/1026/c404023-32264375. html，2021年12月31日查询。

家协会、县委宣传部、县文联领导到会指导祝贺，来自全县各行业的24名本土作家和文学爱好者代表参加会议。会议选举产生了第一届南华县网络作家协会主席、副主席和秘书长。今后，协会将充分发挥“团结引导、联络协调、服务管理、自律维权”的职能作用，坚持以人民为中心的文艺导向，把满足人民群众精神文化需求作为网络文学创作的出发点和落脚点，努力创作出无愧于时代、无愧于人民、无愧于民族的优秀作品，为开创南华县网络文学艺术事业发展和推动全县经济社会高质量、跨越式发展贡献力量。①

(30) 11月15日，“中国作家协会网络文学理论评论支持计划”入选项目名单公布

中国作家协会网络文学中心共收到2021年度符合规定的申报项目25个，包括2个专项，经网络文学理论评论支持计划评审委员会论证，确定7个项目入选（含2个专项）。“中国作家协会网络文学理论评论支持计划”入选项目有何平、李玮的《中国网络文学评价体系研究》、周志雄的《中国网络文学大事记》、李强的《论中国网络文学的发生》、贺予飞的《网络类型小说的审美研究》、周丽的《网络文学创制艺术》。2个专项是中国作家协会网络文学委员会中南大学研究基地所著《中国网络文学年鉴（2021）》、中国作协网络文学山东大学研究基地的《中国网络文学理论评论年选（2021）》。②

(31) 11月18日，首届元宇宙全球征文大赛启动

11月18日，由中文在线主办，17K小说网、四月天小说网、万丈书城、汤圆创作、网大公开课、胖黑科幻IP社区联合征稿的“中文元宇宙全球征文大赛”开启。中文在线数字出版集团股份有限公司奇想宇宙IP社区主办的元宇宙·全球征文大赛科幻赛区“奇想奖”面向科幻内容创作者征文。③

(32) 11月24日，安徽省网络作家协会成立

11月24日，安徽省网络作家协会成立暨首届会员代表大会召开，90余名来自安徽省的网络作家与文学工作者代表参加。大会依次召开第一次会员代表大会，审议通过了《安徽省网络作家协会章程》(草案)，并选举产生了第一届理事会，选举余同友为安徽省网络作家协会主席。近年来，安徽省网络作家创作出了一大批思想健康、内涵丰富、群众喜爱、市场反响良好的优秀网络文学作品，不少作品列入全国网络文学排行榜，并被改编成影视、动漫、戏剧作品和游戏等。安徽省网络作家协会的成立，必将团结安徽省的网络作家，激发众多网络作家的创作热情，也必将

---

① 李璐：《南华县网络作家协会成立》，云南文艺网，http://www.ynwy.org.cn/tthy/zdt/202111/t20211119_566462.html，2021年12月31日查询。

② 中国作家协会网络文学中心：《“中国作家协会网络文学理论评论支持计划”评审结果公告》，中国作家网，http://image.chinawriter.com.cn/n1/2021/1115/c403937-32282651.html，2021年12月31日查询。

③ 中文在线：《首场元宇宙全球征文大赛盛大开启，中文在线百万奖金千万奖池蓄势待发》，https://mp.weixin.qq.com/s/J_dCWh5wOjt4DrC5wZ-Chg，2021年12月31日查询。

助力“文学皖军”愈加繁荣兴盛。①

（33）12 月 20 日，2021 年度湖南省网络文学专业职称专场评审通过人员名单正式发布

12 月 20 日，2021 年度湖南省网络文学专业职称专场评审通过人员名单正式发布，全省 50 名网络作家获评文学创作职称。其中，丁莹等 5 人通过一级文学创作职称，廖群诗等 19 人通过二级文学创作职称，刘孝霞等 26 人通过三级文学创作职称。湖南省文学创作专业职称改革工作领导小组办公室负责评审，严格把关，执行评审标准，多次召开专题会议研究部署评审工作，并举行培训会对全省网络作家进行系统的培训和指导，畅通网络文学专业职称申报渠道。此次评审网络文学专业职称既是湖南省首次也是全国首场，体现了湖南省高度重视网络文学人才的培养，加强网络文学创作人才队伍建设，繁荣和发展湖南文学事业。②

（34）12 月 22 日，《2021 阅文年度好书榜单》发布

12 月 22 日，艺恩数据与阅文集团联合发布《2021 阅文年度好书榜单》。基于阅文旗下各平台网文数据、社交媒体平台声量、第三方平台公开数据及权威专家意见，从热度指数、阅读消费指数、破圈指数、IP 价值指数和专家评分五大维度进行综合评定，甄选出年度好书榜单，男女频各 10 本。通过榜单可以看出网络文学内容审美显著升级，传统文化关注上行，IP 改编潜力雄厚。③

（35）12 月 25 日，“中国小说学会 2021 年度好小说”（网络小说）评议会举行

12 月 25 日，由中国小说学会主办、江苏省兴化市委宣传部承办的“中国小说学会 2021 年度好小说”评议会举行。来自全国各地的 46 位评委经过认真、细致的遴选和充分、深入的讨论，以及遵循严格的投票程序，最终评出 45 部作品。其中，骁骑校的《长乐里：盛世如我愿》等 10 部网络小说入选。④

（36）12 月 25 日至 26 日，贵州省网络作家协会成立大会暨第一次全体会员大会召开

12 月 25 日至 26 日，贵州省网络作家协会成立大会暨第一次全体会员大会在贵阳召开，中国作协网络文学中心副主任何弘，贵州省作协党组书记、副主席黄昌祥，共青团贵州省委副书记李剑，省作协党组成员、副主席高宏，省作协党组成员、秘书长陈雷鸣，团省委统战部部长、省青年联合会秘书长聂蔚琳等出席开幕式。大会

① 李燕然：《安徽省网络作家协会成立　打造安徽作协的“青春版”》，新华网，http：//www. xinhuanet. com/local/2021-11/27/c_ 1128106197. htm，2021 年 12 月 31 日查询。

② 胡邦建：《湖南首次评审网络文学专业职称　50 人获评文学创作职称》，红网时刻，https：//moment. rednet. cn/pc/content/2021/12/20/10634468. html，2021 年 12 月 31 日查询。

③ 艺恩数据：《艺恩联合阅文发布〈2021 阅文年度好书榜单〉》，https：//mp. weixin. qq. com/s/ORDHz9EDdPw5jhRTYbLYEg，2021 年 12 月 31 日查询。

④ 中国作家网：《“中国小说学会 2021 年度好小说”揭晓（附榜单）》，https：//mp. weixin. qq. com/s/u2xu0pc_ DfTvPhxEI0htxA，2021 年 12 月 31 日查询。

讨论通过了《贵州省网络作家协会章程》和《贵州省网络作家自律公约》，选举产生了36名理事以及第一届理事会会长、副会长、秘书长，段存东（晴了）当选会长。①

（37）12月26日，江门市作协网络文学创作委员会成立

12月26日，根据广东省作家协会文件精神，为加强江门市网络文学创作队伍建设，推动江门市网络文学的繁荣和发展，在市文联、市作协的支持下，江门市作协网络文学创作委员会成立。会议研究决定，由江门市作协副主席易广永（唯易永恒）分管此项工作。网络文学创作委员会的成立，将为江门市网络作家构筑交流学习的平台。江门市作协网络文学创作委员会将立足于江门特色文化与网络文学优势，加强与其他作家群体和组织的联系，有计划地举办研讨会、作品推介会、采风等活动。②

（38）12月28日，河北网络文学与产业融合发展联盟成立

12月28日，由河北省作家协会领导、河北文学院（河北省作协网络文学中心）发起的河北网络文学与产业融合发展联盟成立揭牌仪式在石家庄举行。河北省作协党组成员、副主席刘宝书，河北文学院院长、河北网络文学中心主任司敬雪，河北网络文学与产业融合发展联盟理事单位、理事代表20余人参加了活动。联盟的根本宗旨是以习近平新时代中国特色社会主义思想为指导，坚持以人民为中心的创作导向，立足河北，面向全国，促进业界互动交流，加强学术研究推介，“出人才、出精品”，推动河北网络文艺创作与文化产业繁荣发展。③

（39）12月29日，《亿点点书友的阅读大故事》2021pro版发布

12月29日，起点读书发布《亿点点书友的阅读大故事》2021pro版，展现起点读书及读者的众生相，评选出2021年魅力省份、年度突破作品、年度潮流角色、年度作品热梗等项目。其中，湖南省获得热爱赞美之最、北京市获得UGC活跃之最、上海市获得月票贡献之最、广东省获得老用户数量之最和作品产粮之最、浙江省获得文字贡献之最；卖报小郎君的《大奉打更人》、会说话的肘子的《夜的命名术》、爱潜水的乌贼的《诡秘之主》获得年度突破作品；“是治愈不是致郁”“永远少年”“正经”等成为网文作品年度热梗，网文平台渐成社交空间。④

---

① 只恒文：《贵州省网络作家协会成立》，中国青年报，http://www.chinawriter.com.cn/n1/2021/1227/c404023-32318188.html，2021年12月31日查询。

② 广东作家网：《江门市作协网络文学创作委员会成立》，http://www.gdzuoxie.com/v/2021/12/15521.html，2021年12月31日查询。

③ 中国作家网：《河北成立网络文学与产业融合发展联盟》，http://www.chinawriter.com.cn/n1/2021/1228/c404023-32319147.html，2021年12月31日查询。

④ 封面新闻：《越来越多的年轻人扎堆网文，这些年度网文梗有你的贡献吗?》，https://mp.weixin.qq.com/s/ftQzakCjQ0D7FRtBpthKWg，2021年12月31日查询。

三、网络文学年度重要事件

1. 总体描述

本次共统计2020年度网络文学重要事件64个，其中，网络文学行业发展事件27个，网络文学重大奖项评定14个，网络文学IP开发事件6个，网络文学年度报告发布17个，具体清单如下。

（1）网络文学行业发展事件

3月15日，中国作协召开2021年全面从严治党工作会议；

3月22日，江苏苏州，江南网络文学创作基地揭牌、江南网络文学服务联合会成立；

3月26日，浙江杭州，浙江传媒学院网络文学影视化创意与制作实验室正式立项开始建设；

4月23日，北京，中国作协发布《提升网络文学编审质量倡议书》，全国重点网络文学网站联席会议召开；

4月24日至28日，广西南宁、北海，“经验与经典——中国文学百年叙事”研讨会召开；

5月8日，国家网信办部署开展2021年网络“清朗”系列专项行动；

5月11日，阅文集团新晋“白金”“大神”作家公布、首次发布网络文学作家指数；

5月26日，陕西延安，首个网络文学作家党建基地在延安市宝塔区成立；

6月1日，凤凰电影文学出版中心挂牌启动；

6月5日，浙江嘉兴，国内第二个网络文学作家党建基地揭牌仪式在嘉兴南湖举行；

6月8日，浙江杭州，恺英网络与中国网络作家村正式达成战略合作；

7月30日，北京，北京市政协就青年网络作家权益保护召开提案办理协商会；

8月1日，四川攀枝花，“西部网络文学文创基地”项目正式亮相；

8月5日，辽宁作协召开贯彻落实《关于加强新时代文艺评论工作的指导意见》座谈会；

9月2日，中国作家协会发布“关于进一步加强文学工作者职业道德建设的意见”；

9月29日，浙江温州，温州大学网络文创研究院揭牌成立；

10月21日，晋江文学城发布《关于开始逐步实施分年龄阅读推荐体系的说明》；

10月26日，上海七猫文化传媒有限公司与北京幻想纵横网络技术有限公司正式合并；

10月29日，江苏苏州，阅文集团首个网络文学创作基地挂牌成立；

11 月 22 日，阅文集团发布《2021 网络文学作家画像》；

12 月 14 日，习近平在中国文联十一大、中国作协十大开幕式上讲话；

12 月 16 日，中国文联第十一次全国代表大会关于修改《中国文学艺术界联合会章程》的决议；

12 月 16 日，中国作家协会第十届全国委员会委员名单公布；

12 月 22 日，中央网信办部署开展“清朗 · 打击流量造假、黑公关、网络水军”专项行动；

12 月 24 日，四川绵阳，网络文学理论学术辑刊《中国网络文学研究》启动；

12 月 28 日，北京，2021 数字版权保护与发展论坛举办。

（2）网络文学重大奖项评定

2 月 2 日，四川成都，2020 年度四川省网络小说排行榜公示；

3 月 2 日，北京，中国作协庆祝中国共产党成立 100 周年 · 网络文学“百年百部”系列活动启动；

4 月 23 日，北京，2020 年度“中国好书”揭晓；

5 月 25 日，上海，第五届现实题材网络文学征文大赛颁奖典礼；

6 月 19 日，甘肃兰州，2020 年度甘肃网络文学排行榜发布；

6 月 29 日，“庆祝中国共产党成立 100 周年”网络文学主题征文大赛获奖名单公布；

7 月 29 日，北京，第五届中国出版政府奖表彰大会召开；

8 月 6 日，国家新闻出版署公布 2020 年“优秀现实题材和历史题材网络文学出版工程”入选作品；

9 月 16 日，广东深圳，中国作协网络文学中心发布中国网络文学影响力榜（2020 年度）；

10 月 18 日，浙江杭州，第二届白马湖全国网络文学评论大赛圆满落幕；

10 月 18 日，江苏，2021 扬子江网络文学作品大赛评选结果公示；

10 月 28 日，广东深圳，第三届大湾区杯（深圳）网络文学大赛终评结果揭晓；

11 月 18 日，辽宁沈阳，第三届辽宁网络文学“金桅杆”奖公布；

12 月 27 日，中华文学基金会第四届茅盾新人奖评奖办公室公布获奖名单。

（3）网络文学 IP 开发事件

3 月 5 日，第五期“IP 直通车——女性专场”活动在中国网络作家村天马苑一楼开展；

4 月 6 日，第六期“网络文学 IP 直通车”活动在中国网络作家村天马苑一楼开展，

4 月 17 日，浙江杭州，第七届中国数字阅读大会 IP 峰会；

9 月 28 日，浙江温州，2021 中国国际网络文学周 · 网络文学 IP 发展大会启动；

9月30日，浙江杭州，第十七届中国国际动漫节·中国网络作家村IP直通车专场活动举办；

10月9日，爱奇艺启动“风雷计划”，开启原创小说和动漫的双向改编。

（4）网络文学年度报告发布

1月，中国电影家协会编剧教育工作委员会、北京电影学院中国电影编剧研究院，《2019—2020年度网络文学IP影视剧改编潜力评估报告》；

1月13日，艾媒咨询，《2020年中国网络文学作家影响力榜单解读报告》；

1月20日，起点读书，《2020年度阅读报告》；

3月18日，中国社会科学院，《2020年度中国网络文学发展报告》；

4月16日，中国音像与数字出版协会，《2020年度中国数字阅读报告》；

4月26日，易观分析，《中国网络文学版权保护白皮书》；

5月26日，中国作协，《2020中国网络文学蓝皮书》；

6月，河北作协网络文学中心，《河北网络文学发展报告（1998—2020）》；

6月30日，广东作协，《广东文学蓝皮书（2020）》；

7月16日，中南大学湖南作家研究中心，《2020年度湖南文学发展报告》；

9月3日，艾瑞咨询，《2021年中国网络文学出海研究报告》；

9月12日，阅文集团与上海科技报，《2021科幻网文新趋势报告》；

9月26日，中国作协，《中国网络文学国际传播发展报告》；

10月9日，中国音像与数字出版协会，《2020中国网络文学发展报告》；

11月，中国文联网络文艺传播中心，《中国网络文艺发展研究报告（2020—2021）（2021版）》；

12月26日，番茄小说，《番茄小说2021年度阅读数据报告》；

12月30日至31日，北大网文调研小组，《番茄小说免费模式读者偏好调研报告（2021）》。

2. 重要事件内容介绍

（1）1月13日，《2020年中国网络文学作家影响力榜单解读报告》发布

1月13日，艾媒咨询正式发布《2020年中国网络文学作家影响力榜单解读报告》，此榜单基于2020全年相关数据，评选出2020年中国网络文学男、女频作家影响力TOP 50，其中猫腻凭借《大道朝天》、天下归元凭借《山河盛宴》分列男女榜单第一。从榜单可以看出，网络文学年轻化进程加速，作品类型趋向多元。85后、90后作家占据半壁江山，95后作家多位上榜。男频作家作品50强榜单以玄幻和仙侠为主，女频作家作品50强榜单中以纯爱言情为主。作品及作者IP有望成为网络

文学平台发展最主要的商业价值。①

（2）1月20日，《2020年度阅读报告》发布

1月20日，阅文集团旗下数字阅读平台起点读书发布《2020年度阅读报告》，“稳健”“思想迪化”“大兴西北”等网文梗成就2020年度TOP热词，“致富”“萌宠”等时下热议话题则占据男女生作品热门标签榜首。报告显示，2020年新晋起点作家中，00后占比近70%，越来越多的年轻人正在用文字描摹自己的梦想世界。用户阅读习惯方面，相较于2019年，2020年起点读书总体人均阅读时长增长了30.12%，且更多用户选择在黄昏、午后进行阅读，“熬夜修仙党”比重降低，用户的“养生意识”日渐巩固。②

（3）1月，《2019—2020年度网络文学IP影视剧改编潜力评估报告》发布

1月，由中国电影家协会指导，中国电影家协会编剧教育工作委员会、北京电影学院中国电影编剧研究院发布的《2019—2020年度网络文学IP影视剧改编潜力评估报告》以“社会价值”“艺术品质与体验”为标准构建指标体系，在业界首次尝试基于用户评论大数据结果，量化评估网络文学IP与其影视改编作品间的关系，并分析得出网络文学原著里影响影视改编的关键因素，最终探索建立一套关于“网络文学IP影视剧改编潜力”的科学评价体系，进而得出在个体激励、人物、情节的关键指标表现更为优质的网络文学IP，以及网络文学IP影视剧改编回归社会价值与艺术价值的基本要求和规律。③

（4）2月2日，2020年度四川省网络小说排行榜公示

2月2日，由四川省网络作家协会、四川网络文学发展研究中心承办，经初评、终评程序，评选出2020年已完结网络小说《诡秘之主》（爱潜水的乌贼）、未完结网络小说《元尊》（天蚕土豆）等20部作品入选2020年度四川省网络小说排行榜。④

（5）3月2日，中国作协庆祝中国共产党成立100周年·网络文学“百年百部”系列活动启动

为庆祝中国共产党成立100周年，中国作协网络文学中心在北京组织了网络文学“百年百部”系列活动，主要包括四项内容：网络文学“百年百部”创作工程、重点网站优秀网络文学作品联展、“庆祝中国共产党成立100周年”专题培训采风活动以及“党在我心中”短文征集活动。中国作协党组成员、书记处书记胡邦胜表

① 艾媒大文娱产业研究中心：《艾媒咨询丨2020年中国网络文学作家影响力榜单解读报告》，艾媒网，https：//www.iimedia.cn/c400/76427.html，2021年12月31日查询。

② 起点读书：《起点读书年度阅读报告：“Z世代”读者偏爱“网文梗”》，中国作家网，http：//www.chinawriter.com.cn/n1/2021/0121/c404023-32007030.html，2021年12月31日查询。

③ 人民网：《2019—2020年度网络文学IP影视剧改编潜力评估报告》，http：//unn.people.com.cn/n1/2021/0129/c420625-32016929.html？ivk_ sa=1024320u，2021年12月31日查询。

④ 四川省网络作家协会：《2020年度四川省网络小说排行榜名单公示》，四川省网络作家协会，http：//www.scwlzjw.com/index.php？m=content&c=index&a=show&catid=20&id=1018，2021年12月31日查询。

示，举办系列活动，就是要让年轻网络作家重温党的历史，创作出更多精品力作，展示网络文学的新成就、新面貌。①

(6) 3月15日，中国作协召开2021年全面从严治党工作会议

3月15日，中国作协召开全面从严治党工作会议，对2021年全面从严治党工作进行部署。中国作协党组书记钱小芊、中央纪委国家监委驻中央宣传部纪检监察组副组长罗明成在会议上讲话。会议由中国作协党组成员、机关党委书记吉狄马加主持，中国作协党组成员李敬泽、阎晶明、吴义勤、胡邦胜和中国作协书记处书记邱华栋出席会议。钱小芊指出，2020年，中国作协各级党组织引领广大作家和文学工作者在抗疫防疫中共筑同心同德、众志成城的文学力量，围绕决战脱贫攻坚、决胜全面小康开展重大主题创作，加强对网络文学创作引导，认真做好中央巡视整改和审计整改工作，扎实开展政治机关意识教育，大力加强纪律和作风建设，组织开展内部巡视。②

(7) 3月22日，江南网络文学创作基地揭牌、江南网络文学服务联合会成立

3月22日，江南网络文学创作基地在苏州市树山村正式揭牌，喜马拉雅、阅文集团、江苏凤凰文艺出版社、欧瑞集团、苏州雷朗影视传媒有限公司等发布、出版单位与基地签署战略合作协议，共同推进网络文学各项产品转化，助力文化产业繁荣发展。③

(8) 3月26日，浙江传媒学院网络文学影视化创意与制作实验室正式立项开始建设

3月26日，浙江传媒学院网络文学影视化创意与制作实验室正式立项开始建设，该实验室将建设四个中心，即网络文学影视化创意与制作VR虚拟体验中心，网络文学影视化创意与制作文献和数据中心，网络文学影视化创意与制作视听体验和教学中心，网络文学影视化创意与制作成果孵化中心。④

(9) 3月18日，《2020年度中国网络文学发展报告》发布

3月18日，中国社会科学院文学研究所发布《2020年度中国网络文学发展报告》，从不同角度综合阐述网络文学2020年度的变化与迭代。从网络文学创作队伍的迭代到网络文学消费群体的迭代，剖析网络文学新兴文体和商业模式——免费和新媒体文的发展，突出海外传播新成绩，关注网络文学IP开发新趋势，提出未来发

---

① 刘江伟：《网络文学“百年百部”系列活动启动》，光明网，https://news.gmw.cn/2021-03/03/content_34655569.htm，2021年12月31日查询。

② 中国作家网：《中国作协召开2021年全面从严治党工作会议》，文艺报，http://www.chinawriter.com.cn/n1/2021/0317/c403993-32053167.html，2021年12月31日查询。

③ 爆侃网文：《江南网络文学创作基地正式揭牌》，https://mp.weixin.qq.com/s/6uWr9eDx7zp__D860g8svw，2021年12月31日查询。

④ 光明日报：《全国首家网络文学文科实验室落户浙传》，https://difang.gmw.cn/zj/2021-03/29/content_34724645.htm，2021年12月31日查询。

展新思考，合力打击盗版、优化版权环境，促进内容高质量发展，巩固网络文学优势地位。①

(10) 4月17日，第七届中国数字阅读大会IP峰会举行

4月17日，第七届中国数字阅读大会IP峰会在杭州拉开帷幕。峰会以“匠心凝聚，科技赋能”为主题，就中国IP产业发展现状进行了深入探讨。峰会首先梳理总结了2020年中国数字阅读领域最具有开发潜力的IP作品，并发布“鹤鸣杯2021年度IP潜力价值榜”。峰会首次提出“IP资产云平台”这一新兴概念，发布了“5G+云创计划”。②

(11) 4月23日，中国作协发布《提升网络文学编审质量倡议书》

4月23日，由中国作协网络文学中心主办的全国重点网络文学网站联席会议在京召开。中国作协党组成员、书记处书记胡邦胜出席会议，全国40余家重点网络文学网站的负责人参加会议。会议聚焦创作导向、质量把关、编辑水准、作品推介、职业操守、作者权益和网文出海等问题，现场共同拟定了《提升网络文学编审质量倡议书》。③

(12) 4月23日，2020年度“中国好书”揭晓

4月23日，由中宣部指导、中国图书评论学会组织专家评选的2020年度“中国好书”在京揭晓，共有33种图书入选。其中，年度荣誉图书2种，主题出版类6种，人文社科类9种，文学艺术类10种，科普生活类3种，少儿类3种。来自阿里文学的晨飒所著《重卡雄风》入选文学艺术类图书。④

(13) 4月26日，《中国网络文学版权保护白皮书》发布

4月26日，《中国网络文学版权保护白皮书》由易观分析发布。白皮书显示，2020年中国网络文学作家达到2056万人，净增约100万人，作品增长约200万部。2020年中国网络文学市场规模达288.4亿元，盗版损失规模达60.28亿元，同比2019年上升6.9%，新技术滥用、传播途径杂多和盗版在全产业链实现覆盖是规模上升的主要因素。截至2020年12月，重点盗版平台整体月度活跃用户量达到727.4万，月度人均使用时长接近19小时，月度人均启动次数高达115次，版权保护工作的重要性愈发凸显。在政府、行业和平台的多方合力下，网络文学行业的版权环境

① 中国文学网：《2020年度中国网络文学发展报告》，作家网，http://www.zuojiawang.com/xinwen-kuaibao/45448.html，2021年12月31日查询。

② 夏奕宁：《数字阅读大会IP峰会：文娱产业数字化转型路在何方?》，中国作家网，http://www.chinawriter.com.cn/n1/2021/0419/c404023-32081442.html，2021年12月31日查询。

③ 虞婧：《中国作协组织全国重点网络文学网站发布〈提升网络文学编审质量倡议书〉》，中国作家网，http://www.chinawriter.com.cn/n1/2021/0425/c403993-32087581.html，2021年12月31日查询。

④ 白瀛：《33种图书入选2020年度“中国好书”》，新华社，http://www.gov.cn/xinwen/2021-04/23/content_5601753.htm，2021年12月31日查询。

得到了初步净化。①

(14) 5月8日，2021年网络“清朗”系列专项行动开展

5月8日，国务院新闻办公室举行新闻发布会，国家网信办副主任盛荣华出席发布会，介绍了2021年网络“清朗”系列专项行动有关情况。该专项行动包括“清朗·整治网上历史虚无主义”“清朗·整治春节网络环境”“清朗·算法滥用治理”“清朗·打击网络水军、流量造假、黑公关”“清朗·未成年人网络环境整治”“清朗·整治PUSH弹窗新闻信息突出问题”“清朗·规范网站账号运营”“清朗·整治网上文娱及热点排行乱象”等方面。②

(15) 5月11日，阅文集团新晋“白金”“大神”作家公布、首次发布网络文学作家指数

5月11日，阅文集团公布了2021年新晋“白金”、新晋“大神”作家名单，陈词懒调、飞天鱼、顾南西、老鹰吃小鸡、锦凰、云芨等为新晋“白金”作家，卖报小郎君等18位作者为“大神”作家。首次发布“网络文学作家指数”，它是依据作家所有作品本年度内的线上影响力（理论稿酬+用户阅读时长）、粉丝热度（月票+评论）、版权价值（版权类稿酬）等数据加权编制，由系统自动测算生成，按月更新，是全面反映阅文签约作家影响力和品牌价值的客观指数体系。③

(16) 5月25日，第五届现实题材网络文学征文大赛颁奖典礼

5月25日，由上海市新闻出版局支持、阅文集团主办的第五届现实题材网络文学征文大赛颁奖典礼暨第六届现实题材网络文学征文大赛启动仪式在上海举办。大赛以“文字铭记过去，奋斗铸就未来”为主题，共有1.9万人参赛，同比增长40.6%；参赛作品2.1万部，同比增长42.4%，参赛作者和作品数量再创历史新高。其中聚焦改革开放青年群体成长奋斗的《奔腾年代——向南向北》获特等奖，讲述中国科技出海故事的《与沙共舞》获一等奖。④

(17) 5月26日，《2020中国网络文学蓝皮书》发布

5月26日，《2020中国网络文学蓝皮书》在中国作协主办的2021中国网络文学论坛上正式发布。《蓝皮书》对过去一年中国网络文学在作品创作、理论评论、产业发展、国际传播、人才建设等方面的发展状况，进行了全面回顾和总结。《蓝皮书》指出，2020年中国网络文学现实题材作品的数量和质量进一步提升，题材结构

① 易观分析：《网络文学市场规模超288亿元，〈中国网络文学版权保护白皮书〉发布》，中国经济网，http：//www. ce. cn/xwzx/gnsz/gdxw/202104/27/t20210427_ 36515462. shtml，2021年12月31日查询。

② 中国艺术报：《国家网信办部署开展2021年“清朗”系列专项行动》，中国艺术报，http：//www. chinawriter. com. cn/n1/2021/0511/c404023-32099659. html，2021年12月31日查询。

③ 阅文集团：《网络文学作家指数出炉，忘语第三，唐家三少第二，第一竟然是他》，网文派，https：//mp. weixin. qq. com/s/FjM1YG0amVjhPoqsHWQO7A，2021年12月31日查询。

④ 金鑫：《第五届现实题材网络文学征文大赛收官》，中国新闻出版广电报，https：//www. chinaxwcb. com/info/572040，2021年12月31日查询。

更趋优化，现实题材作品占60%以上；作家队伍迭代加快，“95后”正在成为创作主力；网络文学研究更加深入，理论评论体系建设加快步伐。此外，网络文学产业进入转型升级发展新阶段，拉动下游文化产业总产值超过1万亿元。①

（18）5月26日，首个网络文学作家党建基地在延安市宝塔区成立

5月26日，宝塔区联合中国作家协会网络文学中心、阅文集团共同举办网络文学作家党建基地揭牌仪式在宝塔宾馆举行，副区长李延武出席揭牌仪式并致辞。“网络文学作家党建基地”是行业内首个党建基地，也是宝塔区人民政府与阅文集团的一次深度交流合作，进一步加深网络文学作家们对红色初心记忆的追寻与弘扬，并将以此次活动为契机，大力开展文学创作和阅读推广活动，进一步打造书香宝塔，促进宝塔文化事业再上新台阶。②

（19）6月19日，2020年度甘肃网络文学排行榜发布

6月19日，在对甘肃省网络作家2019—2020年度创作情况充分调研的基础上，通过各家文学网站、视频平台等机构提供的数据支持，再经甘肃省网络作协邀请的专家评审推选出2020年度甘肃网络文学排行榜，10部网络文学作品入选。分别是：《明天下》（孑与2）、《禁武令》（骆驼）、《大医凌然》（志鸟村）、《龙棺秘藏》（胡说）、《沫许辰光》（月下魂销）、《剑仙在此》（乱世狂刀）、《绝世神帝》（书狂人）、《超级百宝袋》（浪高三尺三）、《一吻不定情》（子兮）、《基因大时代》（猪三不）。③

（20）6月29日，“庆祝中国共产党成立100周年”网络文学主题征文大赛获奖名单公布

6月29日，为热烈庆祝中国共产党百年华诞，在中国作协网络文学中心、长三角文学发展联盟的指导下，由上海市网络作协、江苏省网络作协、浙江省网络作协、安徽省网络作协发起，邀请全国各文学网站、平台共同举办的“庆祝中国共产党成立100周年”网络文学主题征文大赛获奖名单公布，经评审，共有22部作品获奖，其中何常在的《荣光》、华胥云的《疾控档案》荣获一等奖。④

（21）7月29日，第五届中国出版政府奖表彰大会召开

7月29日，中宣部在京召开第五届中国出版政府奖表彰会，对获第五届中国出版政府奖荣誉奖，图书奖，期刊奖，音像制品、电子出版物和网络出版物奖，印刷

① 虞婧：《中国作协在重庆发布〈2020中国网络文学蓝皮书〉》，中国作家网，http：//www. chinawriter. com. cn/n1/2021/0527/c403993-32114680. html，2021年12月31日查询。

② 宝塔发布：《网络文学作家党建基地落户宝塔区》，https：//mp. weixin. qq. com/s/RQiqjWE4kDocovGzVj5csw，2021年12月31日查询。

③ 田野：《2020年度甘肃网络文学排行榜发布》，中国新闻出版广电报，https：//www. chinaxwcb. com/info/572649，2021年12月31日查询。

④ 江苏省网络作家协会：《“庆祝中国共产党成立100周年”网络文学主题征文大赛获奖名单》，江苏作家网，https：//www. jszjw. com/news/20210630/1625037939521. shtml，2021年12月31日查询。

复制奖，装帧设计奖的123种出版物、50家先进出版单位和69名优秀出版人物进行表彰。网络文学《大国重工》荣获网络出版物奖，其出版单位上海玄霆娱乐信息科技有限公司获得先进出版单位奖。①

（22）8月1日，“西部网络文学文创基地”项目正式亮相

8月1日，“西部网络文学文创基地”项目正式在攀枝花市东区亮相，为攀枝花市打造文化高地再添强劲动能。基地主要包括文学文创产业交易平台、文学文创产业孵化基地和文学文创基地中心及其配套建设。西部网络文学文创基地将充分利用攀枝花自然资源、三线文化、民族文化资源富集的优势，把攀枝花的阳光康养、三线文化与网络文学文创深度融合，进一步传承发扬三线精神。②

（23）8月6日，2020年“优秀现实题材和历史题材网络文学出版工程”入选作品公布

国家新闻出版署组织实施了2020年“优秀现实题材和历史题材网络文学出版工程”评选活动。经严格评选，最终确定《王谢堂前燕》《我不是村官》《他从暖风来》《重卡雄风》《樱花依旧开》《秦吏》《关河未冷》《大茶商》《情暖三坊七巷》9部作品入选。“优秀现实题材和历史题材网络文学出版工程”是国家新闻出版署组织的一项推优工作，自2020年开始实施，每年推选不超过10部优秀作品，以鼓励网络文学平台加强现实题材和历史题材作品创作出版，推出更多尊重历史、关注现实、贴近群众、反映生活的优秀作品，推动网络文学多出精品、多出人才，为人民群众奉献更好、更多的精神食粮。③

（24）9月2日，“关于进一步加强文学工作者职业道德建设的意见”发布

9月2日，中国作家协会就加强文学工作者职业道德建设提出如下意见：一、提高政治站位，锻造政治品格；二、加强职业道德教育，秉持职业操守；三、坚持以人民为中心，持续开展主题实践活动；四、坚持以德为先，强化底线思维；五、加强文学理论批评，引领文学风尚；六、加大正面宣传，彰显典型示范力量。④

（25）9月12日，《2021科幻网文新趋势报告》

9月12日，阅文集团联合上海科技报发布了《2021科幻网文新趋势报告》。报告以阅文集团旗下平台数据和行业公开数据为蓝本，从作者、读者和内容品类等维

① 国家新闻出版署：《国家新闻出版署关于表彰第五届中国出版政府奖获奖出版物、出版单位和出版人物的决定》，国家新闻出版署，http：//www. nppa. gov. cn/nppa/contents/279/76773. shtml，2021年12月31日查询。

② 川观新闻：《“西部网络文学文创基地”正式亮相攀枝花》，中国作家网，http：//www. chinawriter. com. cn/n1/2021/0802/c404023-32177669. html，2021年12月31日查询。

③ 国家新闻出版署：《2020年“优秀现实题材和历史题材网络文学出版工程”入选作品揭晓》，http：//www. nppa. gov. cn/api/sys/elasticsearch/redirect? siteId = 272&channelId = 719&contentId = 98464，2021年12月31日查询。

④ 中国作家网：《中国作家协会关于进一步加强文学工作者职业道德建设的意见》，http：//www. chinawriter. com. cn/n1/2021/0902/c403993-32215895. html，2021年12月31日查询。

度，探索网络文学科幻品类发展的特点与趋势，深入分析了科幻网文年轻化、多元化、科普性等新特点。①

（26）9月16日，中国网络文学影响力榜（2020年度）发布

9月16日，由中国作家协会、中共深圳市委宣传部主办，中共深圳市龙岗区委、深圳市龙岗区人民政府承办的“中国网络文学影响力榜发布仪式（2020年度）”在深圳市龙岗文化中心大剧院隆重举办。影响力榜包括四项：网络小说榜、IP改编榜、海外影响力榜以及针对“90后”作家的新人新作榜，总计24部网络文学作品和4位新人作家上榜。②

（27）9月30日，第十七届中国国际动漫节·中国网络作家村IP直通车专场活动发举办

9月30日，第十七届中国国际动漫节·中国网络作家村IP直通车专场活动，在杭州市滨江区动漫广场顺利举办。包括中南卡通在内的10余家企业或机构进行了多项重大项目签约，签约额破两亿元。本次IP直通车专场旨在推广全新动漫知识产权转化的模式，具体分析动漫游戏产业与网络文学IP之间的内在联系，从源头出发，自上而下为中国动漫游戏产业获取专业化内容，实现动漫产业由里及外的专业集群产业化，充分融合网络文学和游戏动漫产业，形成具有鲜明特色的动漫游戏生态链。③

（28）10月9日，《2020中国网络文学发展报告》

10月9日，第五届中国“网络文学+”大会上中国音像与数字出版协会副理事长张毅君发布《2020中国网络文学发展报告》。报告详细介绍了中国网络文学发展背景、产业现状、主要特征、趋势和展望四个部分。据悉，2020年中国网络文学市场规模达到249.8亿元，网络文学用户规模达到4.60亿人，日均活跃用户约为757.75万人。2020年累计创作2905.9万部网络文学作品，网络文学作者累计超2130万人。④

（29）10月9日，爱奇艺启动“风雷计划”

10月9日，2021年第五届中国“网络文学+”大会爱奇艺分论坛在京成功举行。北京市委宣传部副部长、北京市新闻出版局局长王野霏，爱奇艺副总裁、总编辑王兆楠，爱奇艺副总裁、文学事业部总经理岳建雄等共同启动了“风雷计划”，

① 夏奕宁：《〈2021科幻网文新趋势报告〉发布：“Z世代”也有科技大情怀》，中国作家网，http：//www. chinawriter. com. cn/n1/2021/0913/c404023-32225595. html，2021年12月31日查询。

② 新华网：《2020年度中国网络文学影响力榜发布》，http：//www. news. cn/book/20210922/e64c6576812345e6bfe27fcea5c166d1/c. html，2021年12月31日查询。

③ 杭州日报：《中国网络作家村“IP直通车”专场顺利举办》，杭州日报，http：//www. hangzhou. gov. cn/art/2021/10/3/art_ 812262_ 59042612. html，2021年12月31日查询。

④ 中国音像与数字出版协会：《〈2020中国网络文学发展报告〉：网络文学用户规模达4.6亿人》，人民网，http：//ent. people. com. cn/n1/2021/1009/c1012-32248588. html，2021年12月31日查询。

并公布了首批原创小说和动漫的双向改编片单。“风雷计划”进一步拓宽 IP 价值，实现一鱼多吃产业链联动，为动画、漫画改编提供原创小说，同时支持原创动漫作品向小说快捷转化，实现同一 IP 下文字和动漫之间的价值拓展。论坛现场，与会嘉宾围绕“如何促进 IP 的持续创新与多元发展”主题进行了深度探讨，为 IP 产业的创新发展开拓了思路。①

（30）10 月 18 日，第二届白马湖全国网络文学评论大赛圆满落幕

10 月 18 日，由中国作协网络文学研究院和杭州市文联主办，杭州市文艺评论家协会、杭州市网络作家协会承办的第二届白马湖全国网络文学评论大赛自 2021 年初拉开帷幕，经过半年时间的征稿，共收到参赛稿件 189 篇。大赛组委会邀请全国网络文学研究专家对稿件进行了初评和终评，经过充分讨论，最终评选出 33 篇获奖作品。薛媛等 5 位作者获得一等奖，江秀廷等 10 位作者获得二等奖，朱昊琰等 18 位作者获得三等奖。②

（31）10 月 18 日，2021 扬子江网络文学作品大赛评选结果公示

10 月 18 日，由中国音像与数字出版协会、中国新闻出版传媒集团指导，江苏省委宣传部、江苏省新闻出版局、江苏省作协主办，江苏凤凰文艺出版社承办的 2021 扬子江网络文学作品大赛获奖作品和单位公布。本届参赛作品围绕庆祝中国共产党成立 100 周年，以“强富美高”新江苏建设、传承弘扬中华优秀传统文化等为主题，加快构筑江苏网络文学出版高地，促进网络文学产业高质量发展。历经各地申报、专业审核、专家初评、评审委员会终评等环节，最终评出获奖作品一等奖 1 部、二等奖 3 部、三等奖 6 部、“最佳年度主题奖” 1 部、“最佳故事情节奖” 1 部、“最具影视改编潜力奖” 1 部和优秀组织奖单位 6 家。③

（32）10 月 26 日，上海七猫文化传媒有限公司与北京幻想纵横网络技术有限公司正式合并

10 月 26 日，上海七猫文化传媒有限公司与北京幻想纵横网络技术有限公司正式合并，今后双方将联合平台资源与内容优势，就数字阅读内容、技术、分发等方面全方位升级合作模式，合力推动优质数字阅读、IP 衍生版权运营的生态建设。七猫和纵横的合并标志着网络文学平台进一步升级，为网络文学行业带来新的生机和可能性。④

---

① 橙瓜网文：《爱奇艺“风雷计划”正式启动，促进 IP 持续创新与多元发展》，https：//mp. weixin. qq. com/s/U8vMcYRZeHbzbqUksk08Tg，2021 年 12 月 31 日查询。

② 中国作家网：《第二届白马湖全国网络文学评论大赛圆满落幕》，http：//www. chinawriter. com. cn/n1/2021/1018/c404023-32256797. html，2021 年 12 月 31 日查询。

③ 江苏凤凰文艺出版社（微信公众号）：《“2021 扬子江网络文学作品大赛”获奖作品和单位公布》，https：//mp. weixin. qq. com/s/xGWzXbiCN4v7QqVAJB4kVw，2021 年 12 月 31 日查询。

④ 七猫中文网：《七猫正式并购纵横文学，“平台+内容”优势整合，加速布局网文新生态!》，https：//www. qimao. com/gonggao/617a7ee0921d7d37f83bb93f/，2021 年 12 月 31 日查询。

(33) 10 月 28 日，第三届大湾区杯（深圳）网络文学大赛终评结果揭晓

10 月 28 日，由深圳市委宣传部指导，深圳市文联、市作协联合香港作家联会、澳门基金会、阅文集团等文学机构共同举办承办的第三届大湾区杯（深圳）网络文学大赛颁奖典礼在深圳书城中心城隆重召开，最终评选出金奖 1 名、银奖 3 名、铜奖 4 名，人间需要情绪稳定所著《破浪时代》荣获金奖。①

(34) 10 月 29 日，阅文集团首个网络文学创作基地挂牌成立

10 月 29 日，由苏州高新区管理委员会主办，苏州高新区工委宣传部、苏州高新区文化体育和旅游局、苏州高新区文学艺术界联合会及阅文集团承办的网络文学创作基地挂牌仪式在苏州市高新区举行。苏州高新区党工委委员、宣传部部长李志军，苏州市文联党组成员、副主席涂海燕，苏州市委宣传部出版和版权管理处处长汪军，苏州高新区文化体育和旅游局局长周晓明，阅文集团副总裁、总编辑杨晨共同出席，38 位苏州在地阅文作家共同见证。②

(35) 11 月 18 日，第三届辽宁网络文学“金桅杆”奖公布

11 月 18 日，由中国作家协会网络文学中心指导、辽宁省作家协会举办的第三届辽宁网络文学“金桅杆”奖获奖作品及入围作品公布。评奖工作于 2021 年 10 月启动，经过作品征集、资格审查、初评、终评投票表决产生了 10 部获奖作品及 10 部入围作品，其中 10 部获奖作品分别是创里有作的《工程代号 521》、风咕咕的《奋斗者》、银月光华的《大国重器》、陌上人如玉的《旦装行》、鱼人二代的《故巷暖阳》、千羽之城的《云霄之眼》、宁城荒的《秘野奇域》、步枪的《大国战隼》、红九的《扫描你的心》、覆手的《医等狂兵》。③

(36) 11 月 22 日，《2021 网络文学作家画像》发布

11 月 22 日，阅文集团发布《2021 网络文学作家画像》，首次公布旗下作家画像。《画像》显示，阅文作家呈现年轻化特征，95 后作家在阅文作家中占比超 36%，90 后和 85 后紧随其后，分别以 26.4%和 19.3%位列前三。从地区来看，川渝地区网文作家最多。从学历来看，“白金”“大神”作家中，大学以上学历超 75%，理工科占比超 60%。从创作题材来看，现实题材成为网文风尚，网文作家创作角色职业覆盖超 188 种，被创作最多的三个职业分别是医生、运动员和互联网从业者。④

(37) 12 月 14 日，习近平在中国文联十一大、中国作协十大开幕式上讲话

12 月 14 日，中国文联第十一次全国代表大会、中国作协第十次全国代表大会

---

① 起点中文网：《第三届大湾区杯（深圳）网络文学大赛终评结果现已揭晓!》，https：//www. qidian. com/news/detail/400302576，2021 年 12 月 31 日查询。

② 苏州高新区文体旅局：《大神齐聚，阅文首个网络文学创作基地在高新区挂牌!》，https：//mp. weixin. qq. com/s/N_ Nn8IguiP-fUFA6BCigeQ，2021 年 12 月 31 日查询。

③ 辽宁作家协会：《第三届辽宁网络文学“金桅杆”奖公告》，辽宁作家网，http：//www. liaoningwriter. org. cn/news-show-18911. html，2021 年 12 月 31 日查询。

④ 舒晋瑜：《2021 网络文学作家画像：网文创作迎来 95 后时代》，中华读书报，https：//mp. weixin. qq. com/s/59YHdp0-F9JH6t-tIxesOA，2021 年 12 月 31 日查询。

在北京人民大会堂开幕，习近平总书记发表讲话，希望广大文艺工作者心系民族复兴伟业，热忱描绘新时代新征程的恢宏气象，书写生生不息的人民史诗，坚持守正创新，用跟上时代的精品力作开拓文艺新境界，用情用力讲好中国故事，向世界展现可信、可爱、可敬的中国形象，坚持弘扬正道，在追求德艺双馨中成就人生价值，牢记使命，不负时代、不负人民，为全面建设社会主义现代化国家、实现中华民族伟大复兴的中国梦作出新的更大贡献！①

（38）12月16日，中国文联第十一次全国代表大会通过关于修改《中国文学艺术界联合会章程》的决议

12月16日，中国文学艺术界联合会第十一次全国代表大会审议并通过了由第十届全国委员会提出的《〈中国文学艺术界联合会章程〉修改草案》，决定从通过之日起，启用修订后的《中国文学艺术界联合会章程》。中国文学艺术界联合会各团体会员要深入学习贯彻习近平新时代中国特色社会主义思想，认真学习、严格执行《章程》，坚持党的全面领导，发挥党和政府联系文艺界的桥梁和纽带作用，聚焦“做人的工作”核心任务，密切联系、团结引导广大文艺工作者听党话、跟党走，深化改革创新，充分履行团结引导、联络协调、服务管理、自律维权基本职能，积极加强对文艺工作者的思想政治引领、价值引领、道德引领和行风建设，在行业建设中发挥主导作用。②

（39）12月16日，中国作家协会第十届全国委员会委员名单公布

12月16日，中国作协新一届领导机构选举产生。铁凝当选新一届中国作协主席。王安忆等15人当选新一届中国作协副主席。王跃文等26人当选新一届中国作协主席团委员。张宏森、李敬泽、吴义勤、陈彦、胡邦胜、邱华栋、施战军、邓凯（挂职）被推举为中国作协第十届书记处书记。在214名中国作协第十届全委会委员当中，共有17名网络文学相关作家成功当选，名单如下：于鹏程（风御九秋）、马伯庸（满族）、云宏（孑与2）、艾晶晶（匪我思存，女）、刘炜（血红，苗族）、刘勇（耳根）、李虎（天蚕土豆）、张威（唐家三少）、张戬（萧鼎）、陈彬（跳舞）、林俊敏（阿菩）、袁野（爱潜水的乌贼）、袁锐（静夜寄思）、崔浩（何常在）、蒋胜男（女）、蔡骏、魏立军（月关）。③

（40）12月24日，网络文学理论学术辑刊《中国网络文学研究》启动

12月24日，由中国作协网络文学中心、四川省作家协会和西南科技大学主办，

---

① 习近平：《在中国文联十一大、中国作协十大开幕式上的讲话》，新华社，https：//weibo. com/ttarticle/p/show？id=2309404714615828513339，2021年12月31日查询。

② 中国艺术报：《中国文联第十一次全国代表大会关于修改〈中国文学艺术界联合会章程〉的决议》，https：//mp. weixin. qq. com/s/i16Ssxhut4uRnnuGcC6Stw，2021年12月31日查询。

③ 中国作家网：《中国作家协会第十届全国委员会主席、副主席、主席团委员、书记处书记、委员名单》，https：//mp. weixin. qq. com/s/P9WWzVk2GwOfCVr_ igdgVg，2021年12月31日查询。

四川省作家协会网络文学中心、四川省网络作家协会、西南科技大学文学与艺术学院承办的网络文学理论学术辑刊《中国网络文学研究》在四川启动。中国作家协会副主席、四川省作家协会主席阿来，中国作家协会网络文学中心副主任何弘，西南科技大学党委常委、副校长苏伟洲等莅临现场。何弘在致辞中表示，研究评论对推动网络文学主流化、精品化、经典化，实现高质量发展有着至关重要的作用，四川作为网络文学重镇，拥有一大批优秀川籍网络作家和网络文学研究人员，《中国网络文学研究》辑刊落户四川具有得天独厚的优势。①

（41）12 月 26 日，《番茄小说 2021 年度阅读数据报告》

12 月 26 日，番茄小说联合北京大学中文系网络文学研究中心共同发布《番茄小说 2021 年度阅读数据报告》，包括阅读数据、年度热门小说、阅读偏好、阅读习惯、阅读情绪五项内容。读者年看书总时长超 242 万年，年听书总时长超 173 万年，平均阅读速度 14.8 字/秒，读者被逗笑、表达期许、被虐心的情绪出现最多，男生偏爱玄幻、赘婿、都市文，女生偏爱女强、言情、重生文。《我在精神病院学斩神》等十部作品入选最受欢迎网络文学男频 TOP10，《逆天萌兽：绝世妖女倾天下》等十部作品入选最受欢迎网络文学女频 TOP10，《三体全集》《古董局中局》《民调局异闻录》被评为最受欢迎出版读物 TOP3，《乔家的儿女》《雪中悍刀行》《沙丘》被评为最受欢迎影视原著 TOP3。②

（42）12 月 28 日，2021 数字版权保护与发展论坛举办

12 月 28 日，中国人民大学国家版权贸易基地与中国版权协会文字版权工作委员会在京举办 2021 数字版权保护与发展论坛。论坛上，中国人民大学国家版权贸易基地发布了“2021 中国数字版权产业最受大学生关注雇主 TOP30”榜单和“2021 数字版权保护与发展十大关键词”。咪咕文化科技有限公司旗下的咪咕阅读，上海阅文信息技术有限公司旗下的起点中文网、创世中文网、红袖添香、潇湘书院、小说阅读网、QQ 阅读以及掌阅科技股份有限公司旗下的掌阅入选 TOP30 名单。③

（何宇轩、周秀珍、姚竹　执笔）

---

① 中国作家网：《〈中国网络文学研究〉学术辑刊在四川启动》，http：//www.chinawriter.com.cn/n1/2021/1225/c404023-32316860.html，2021 年 12 月 31 日查询。

② 番茄免费小说：《番茄小说 X 北京大学中文系网络文学研究中心联合发布 2021 年度书籍榜单，等你来看!》，https：//mp.weixin.qq.com/s/Q9yuZWUK6zniAe_ TrK1cCQ，2021 年 12 月 31 日查询。

③ 中华网，《2021 数字版权保护与发展论坛成功举办》，中华网，https：//news.china.com/specialnews/11150740/20211230/40731059.html，2021 年 12 月 31 日查询。

第八章　网络法规与版权管理

2021年网络文学版权行业发展渐入佳境，版权保护成效日益显著。政府部门高度重视版权保护，颁布新法完善版权保护制度；拓宽维权渠道，深化行业维权交流；“中国区块链”技术正式上线，提供包含作品存证、侵权监测、在线取证、侵权下架、纠纷调解、诉讼维权等功能为一体的全流程版权保护服务。2021年，国内网络文学版权保护步入长效发展阶段，“一带一路”文学联盟的成立，更有利于加强网文出海版权治理。

一、网络文学版权管理年度现状

长期以来，版权保护都是文化创意产业面临的重大难题，一本万利的盗版产业隐蔽、分散，难以根治，而盗版泛滥使行业难以构建起良性的业务生态。2021年，以网络文学为代表的数字产业迎来发展新机遇，全版权开发迎来强势发展。网络文学作为行业核心生产力，为盗版者带来了许多诱惑。据艾媒咨询测算，2021年中国数字阅读市场将达416亿元，并且网络文学市场规模将稳步增长。在巨大市场利润的诱惑下，盗版行业和正版联盟的两军对战不断上演。2021年政府相继落实相关法律法规，开展专项整治行动，形成多层面深度持续合作，增强盗版打击力度，培育高质量网文内容。由中国版权协会推出的“中国版权链”正式上线，旨在利用新技术加强版权保护，提升网络版权管理和保护水平；学界从意识、技术、法律、现象、对策等不同角度对网络文学版权进行了充分讨论。业界层面的“网络文学+”大会继往开来，沿循过去的思路，在精品化创作方面继续探索。此外，中国作协携手“一带一路”国家成立文学联盟，建立相关网站平台，并邀请多国作家、学者加入，共同维护网文出海的版权问题。诸多行动同向合力，共同为网络文学版权提供支持。

1. 落实相关法律法规，完善侵权惩罚机制

2021年，网络文学发展迈入黄金期，受到国家高度关注。政府相关会议中，各方代表、企业主体纷纷提出，希望加大网络文学版权保护力度，推动网络文学向正版化方向发展。

（1）版权保护受到各方重视

网络文学从创作、出版到影视改编、游戏改编等商业化全流程的贯通都依赖

“版权”，而版权保护正是保证行业生态健康发展的核心要义。随着互联网信息技术的不断发展和其在网络文学领域的应用，网络版权面临的形势依旧严峻。

4 月 25 日，国务院新闻办公室在京举行　贯彻落实“十四五”规划纲要，加快建设知识产权强国新闻发布会。会议强调，“十四五”版权工作要以习近平新时代中国特色社会主义思想为指导，以习近平总书记关于加强知识产权保护系列重要讲话精神为主线，以建设版权强国为中心目标，以全面加强版权保护、加快版权产业发展为基本任务，不断提升版权工作水平和效能，为推动高质量发展、建设社会主义创新型国家和文化强国提供更加有力的版权支撑。同时，国家版权局一直高度重视影视作品的版权保护，将影视作品版权专项治理纳入打击网络侵权盗版“剑网”行动，公布重点影视作品预警名单，积极维护影视作品版权市场秩序。

6 月 1 日，“2021 中国网络版权保护与发展”大会召开。会议要求必须从国家战略高度和进入新发展阶段要求出发，清醒认识存在的问题和不足：打击侵权盗版形势依然严峻，版权质量效益还有待提升，版权国际应对环境复杂多变。面对新形势新任务，要进一步提高政治站位，进一步总结《著作权法》实施 30 年来的宝贵经验，把握新时代版权工作的新特点、新规律、新要求，以高度的政治责任感和历史使命感，全面加强版权保护，推动构建新发展格局，为庆祝建党百年营造良好的文化舆论氛围。要不断强化网络空间治理，营造风清气正的网络版权生态。要进一步发挥好网络版权执法的震慑作用，针对群众反映强烈的网络新闻、短视频、直播等领域的侵权盗版乱象，加大专项整治力度，推动互联网企业切实履行主体责任，进一步增强网络版权保护的主动性。

两会期间，针对版权保护问题，白庚胜、潘凯雄、范稳、范小青等委员纷纷建言献策，分享了自己的见解。中国网络文学如今已成为与美国好莱坞、日本动漫、韩国电视剧并列的“世界四大文化现象”，对网络文学的版权保护，是激励作品原创、繁荣网络文学产业生态的基石。同时，最高人民法院印发的《人民法院知识产权司法保护规划（2021—2025 年）》中指出，加大对文化创作者权益保护，准确把握作品认定标准，根据不同领域、不同类型作品特点确定相适应的保护力度，使保护强度与独创性程度、中国国情相协调。同时强调，妥善处理互联网领域文化创作传播相关著作权保护新问题，完善司法保护规则，加强知识产权互联网领域法治治理。

（2）版权保护制度日渐完善和落实

2021 年 1 月 1 日，《中华人民共和国民法典》正式生效，这是新中国历史上首部以“法典”命名的法律。《民法典》中，与著作权及著作权客体（作品）有关的条文共计 14 条，分布在总则、物权、合同、人格权、婚姻家庭及侵权责任各编中，对著作权法相关内容起到统领和决定作用，有利于整体把控和理解著作权法，进一步完善我国的著作权法体系。《民法典》对网络侵权责任进行了全新规定，在《侵权责任法》的基础上，增加并完善了一般规定、通知规则、反通知规则，为著作权网络维权提供规范依据。其中，网络侵权责任避风港原则中的反通知规则，为被投诉人提供了有效的救济渠道。通知规则和反通知规则有利于完善网络侵权处理机制流程，加速多元共治解决网络侵权问题。

2021 年 6 月 1 日最新修订的《中华人民共和国著作权法》将开始施行，此次修改距现行著作权法颁布已 10 年之久。修改后的著作权法完善了网络空间中著作权保护的有关规定；细化了版权管理部门行政执法的职能，如规定版权管理部门对涉嫌侵犯版权和版权有关的权利的行为进行查处时，可以采用询问当事人、查封或者扣押涉嫌违法行为的场所和物品等方式，这进一步丰富了版权管理部门的监管手段，强化了行政执法监管力度。

(3) 推动著作权法配套法规修订。

2021 年积极开展《著作权法实施条例》《著作权集体管理条例》《民间文学艺术作品著作权保护条例》等配套法规的修订制定工作；制定实施版权工作“十四五”规划，明确版权工作的目标、任务、举措和实施蓝图，为版权强国建设做好科学谋划；完善著作权登记和行政执法相关制度。结合机构改革和职能调整，对《作品自愿登记试行办法》《计算机软件著作权登记办法》《著作权行政处罚实施办法》《举报、查处侵权盗版行为奖励暂行办法》等规章和规范性文件进行修改完善，健全著作权登记和行政执法机制；并且，深入开展版权调研，继续实施对中国版权产业经济贡献、重点领域和作品网络版权监测分析、中国网络版权产业年度发展、中国版权保护年度状况、新技术在版权领域应用、版权国际应对宏观策略及具体问题、保护广播组织、版权海外风险防控等方面的调研，并适时发布相关调研报告。

从一般法和特别法的角度确立了知识产权领域的惩罚性赔偿制度。在知识产权司法实践中，长期存在举证难、周期长、成本高、赔偿低的维权难题，惩罚性赔偿在一定程度上能有效弥补著作权人的侵权损失，同时对侵权行为产生一定的威慑作用。

2. 推动版权保护，优化版权生态

在移动互联网时代，伴随着自媒体的快速发展，网络文学领域呈现出侵权高发态势，“发现侵权难、索赔难、取证难”三大痛点对维权造成困扰。版权治理是一种社会综合治理，不是单靠法律政策可以解决的，还需要打通行业内部隔阂，优化生态版权。

(1) 多方携手合作，强化行业生态治理

伴随着网络文学惊人的发展速度和规模，网络文学衍生的图书出版、影视改编、动漫开发和游戏运营等领域，逐渐形成产业链式的发展态势，不断刷新人们的期待和认知。据《中国网络文学版权保护白皮书》显示，2020 年中国数字娱乐核心产业规模达 6835. 2 亿元，其中网络文学市场规模为 288. 4 亿元。行业收入主要来源于用户付费和版权运营。而截止到 2020 年底，重点盗版平台整体阅读活跃用户量达到了 727. 4 万。

可以说，网络文学火热的表象背后，侵权盗版的阴霾却始终挥之不去。日益猖獗的盗版，不但损害了网络文学作者和网络平台的利益，也制约着整个数字文化创意产业的发展。网络版权监管和版权保护工作的重要性愈发明显，网络文学的版权保护已经形成了一个政府监管、行业自律、企业自治协同保护的格局。

政府积极开展盗版侵权整治打击活动。2021 年陆续实施“清朗活动”“剑网行动”“宣传周”等活动，治理网络空间，加大监管力度，有效治理侵权行为。加强多部门联动，日渐形成网络版权严保护、快保护的工作格局。同时，相关法律机构成立专业服务团队，研究与网络文学相关的国家政策、法律法规、行业现状和发展趋势，发现法律服务的痛点，不断提升职业技能，在网络文学版权保护方面做了大量工作。

加强行业交流，进行多层面沟通。2021 年 6 月，中国网络版权保护与发展大会召开，来自国家版权局、世界知识产权组织、最高人民法院、中国知识产权法学研究会、相关产业的领导、专家和嘉宾出席大会，围绕“全面加强版权保护　推动构建新发展格局”主题展开对话讨论；10 月，第五届“网络文学+”大会举行，来自政府主管部门、执法和司法机关、专家学者、行业协会、创作者和产业平台、法律服务机构等各方代表，齐聚一堂，共商网络文学版权保护大计；12 月 28 日，河北网络文学与产业融合发展联盟成立，搭建起由作家、文学平台、读者和文化产业、文艺批评等共同发展的工作平台。各方力量发挥各自优势，使作家、作品、平台和产业界产生良性互动，各取所需，实现创作与产业孵化无缝对接，形成高质量发展的伦理生态，有助于推动网络文学与文化产业融合创新发展，提升网络文学和文化产业的整体实力和社会影响力。

增强企业自治，加强网络文学出版管理，引导网络文学出版单位应当坚持正确的出版导向。以中文在线多年版权保护实践所积累的经验为例，注意从内容安审和版权保护两大块分别采取措施，同时也为行业伙伴赋能。此外，还要加大对文化创作者权益保护，准确把握作品认定标准，根据不同领域、不同类型作品特点确定相适应的保护力度，使保护强度与独创性程度、中国国情相协调。

(2) 企业加强监管，推进常态化、专业化监测

近几年，在政府主管部门大力支持、各企业持续不断的维权投入之下，网络文学行业的版权环境得到了初步净化。据了解，仅阅文集团，2020 全年共针对 1941 部作品提起维权诉讼。但对比其他数字内容产业，网络文学的版权保护形势依然严峻：盗版平台积累了大量流量，商业变现依赖搜索引擎、广告代理商等利益相关方，多方利益输送增加了打击难度；正版意识在用户市场的全面推广与培育还需要时间。

企业平台方面要继续发挥版权联盟等行业组织效用，进一步聚合深化维权交流，汇聚全社会力量参与网络文学正版化进程。头部网络文学企业均已经建立起系统的全网监测处置机制，包括针对主流搜索引擎的智能监测投诉机制，以及针对应用分发市场等第三方平台的人工投诉机制。

厘清“盗版”界限，提高正版意识常态化发展。在多数创作者和用户认知中，盗版覆盖的范围较广，不仅包括未经授权转载、发布、出版的内容，还包括抄袭和在用户端备受争议的二次创作内容，如同人作品和内容引用，很多创作者认为侵权即盗版。而在用户端，用户则普遍认为盗版仅包括未经授权转载、发布和出版的作品，仅属于侵权的一种类型。在同人作品是否构成侵权方面，创作者与用户争议颇大，很多用户认为同人作品或相关的周边产出包含了大量的二次创作工作，基本脱离了原作品的设定，因此不属于侵权行为。而很多创作者认为，未经版权方授权的产出都应属于侵权，特别是以盈利为目的使用正版作品 IP 产出相关内容。创作者与用户对“盗版”和“侵权”定义的分歧表明，相关概念需要明确含义，给出清晰的边界线和认定标准，这将有利于未来版权保护教育和相关行动的实施。

同时，随着用户逐渐养成在线免费阅读习惯，以及网络文学盗版搜索渠道和供应平台越来越多，用户对网络文学的版权感知相对较低，从而认为阅读盗版内容并无任何不妥之处。近年，源于国家对版权保护愈发重视和各大正版平台的不懈努力，用户的版权意识渐渐苏醒，但全面推广还需要一定时间。

推进版权保护专业化监测渠道。作为国家版权局网络版权保护研究基地的落地单位，咪咕公司首创“互联网+电信网”一体化版权监测维权系统，实现在 IPTV、OTT、PC 端、移动小屏端的自动监测及存取证。2021 年，咪咕公司携手行业伙伴共同构建版权保护新生态，在网络文学领域，联合各平台方共同发起“阅时代·文字版权保护在行动”倡议宣言，呼吁行业合作与社会共治。同时，加大维权技术创新，切实落实央企意识形态领域主体责任，汇聚全球领先的数字内容和媒体技术，以 5G+技术赋能版权保护，携手行业伙伴创新助力网络版权生态能力建设，推进专业化监测。

3. 运用新技术，完善知识产权保护

2021 年，中国网络版权产业迎来新的起点与机遇，银发经济和下沉市场红利进一步释放，伴随着人工智能、云计算、大数据、5G、区块链等新技术与网络聚合等商业模式的不断发展，对网络版权保护提出更高要求。

《中国网络版权产业发展报告（2020）》显示，2020 年中国网络版权产业市场规模首次突破一万亿元，达到 11847. 3 亿元。其中，盗版损失规模达 60. 28 亿元，同比上升 6. 9%。随着 IP 全版权运营持续成熟，“影视放大器”推动网络文学 IP 快速“破圈”的效应更加明显，原著的影响力得到进一步放大，这也带动了盗版现象

向全产业链衍生。2021 年初电视剧《赘婿》上映后，在网上搜索“赘婿 TXT”，会出现超过 400 万条搜索链接。盗版平台通过快速上线盗版原著、搜索引流等方式，将部分新增读者转化为盗版读者，使热门网络文学作品的盗版现象更加严重。横向对比视频、音乐、游戏等数字内容产业，网络文学的版权保护难度更大、形势更严峻，新技术让盗版产业链隐蔽化、成熟化趋势越发显著。

2021 年 6 月，“中国版权链”正式上线。基于区块链技术追根溯源、不可篡改等特性，融合云计算、人工智能、大数据等技术，围绕版权存证、版权维权、版权交易三大核心场景，提供包含作品存证、侵权监测、在线取证、侵权下架、纠纷调解、诉讼维权等功能为一体的全流程版权保护服务，通过科技手段解决版权保护中的痛点、难点问题，有效打击侵权行为，促进数字内容生态良性发展。

此外，通过区块链技术的应用，可以实现远程取证。通过时间戳、区块链、远程取证等实时取证系统，可以实时、高效、全面取证网络盗版内容，为后续进一步的打击固定好证据，实现发布即存证。从版权信息上传，到证据固化，信息数据不可篡改，实现版权归属明晰，整个认证时间可以缩短到 1 分钟以内，费用降至数十元。区块链通过将原创者、内容提供商、内容服务平台、终端硬件服务商有效链接起来，打造跨链互联平台，形成一个透明可信、多方参与、安全可靠、高效运行的全新版权治理体系。同时，还可以快速化解版权纠纷，与司法体系跨链互通，形成高效的监管与司法联动体系。

目前，区块链已经在版权存证、版权维权和版权交易等场景应用。据中国版权协会副理事长兼秘书长孙悦发布《新技术在版权产业的应用》报告时介绍，协会通过对 27 家版权行业头部企业的问卷调查发现，这 27 家企业全部在版权各领域运用了新技术手段，55.6%的企业运用多种技术手段，73%的企业在版权管理和保护科技化的投入超过 200 万元。另外，近五年来应用电子证据进行版权诉讼的案件数量超过 100 件，占比 13%，诉讼成功案件数量超过 100 件，占比 8%。在最高法院于 5 月 31 日发布的互联网十大典型案例中，就包括全国首例区块链技术电子存证著作权侵权案。该案中，华泰公司起诉道同公司未经其许可发表其享有著作权的作品，华泰公司通过第三方存证平台对侵权事实予以取证，并将相关数据计算成哈希值上传至比特币区块链和 Factom 区块链中形成区块证据链存证，以此向法院请求判令道同公司承担侵权责任。

《新技术在版权产业的应用》报告显示，通过“区块链存证技术”对互联网上的侵权行为进行网页保全公证，有利于加强版权领域立法及政策的精细化、专业化，推动互联网企业针对侵权网站和 App 推行侵权黑名单制度，并通过技术手段进行联合屏蔽。

新技术的运用，极大地降低了版权维权成本，提升了版权保护效率，同时也为网络版权的存证、交易、维权提供了新的途径。通过完善知识产权保护机制可以激励创新、引领创新，发挥科技进步向上向善的力量。构建数字内容保护与版权价值转化的技术新生态，能切实保障权利人的核心利益，激发创新活力，促进数字版权市场蓬勃发展。

4. “一带一路”文学联盟成立，形成网文出海版权保护合力

2021年，国内网络文学产业产能溢出，企业不断向外寻求发展，中国网络文学出海传播已经在东南亚地区与欧美建立影响力，中国网络文学出海范围覆盖五大洲。根据《2021年中国网络文学出海报告》数据，2020年网络文学出海市场规模增速为145%，规模达到11.3亿；用户规模增速为160.4%，达到8316.1万人。预计在2021年，市场规模仍将翻倍增长，突破30亿人民币，海外用户规模也将达到1.45亿人。这为网文出海的版权保护带来了更大挑战。

2021年9月，中国作家协会依托“一带一路”国家政策，成立“一带一路”文学联盟，得到多国文学组织和文学家的积极响应。其中，韩国、柬埔寨、老挝、日本、泰国、土耳其、新加坡等35个国家的30个具有影响力的文学组织和19位各国有代表性的文学家、翻译家作为联盟创始会员加入。

“一带一路”文学联盟始终秉持共商、共建、共享的宗旨，弘扬和平合作、开放包容、互学互鉴、互利共赢的丝路精神，相互尊重、平等协商、繁荣共进，深入开展对话交流和创新合作，推动各国文学进一步繁荣发展。该联盟积极推进文学交流合作机制化建设，通过举办文学论坛、作家写作营、翻译家工作坊等活动，建立双边和多边文学交流机制，形成常态化合作；推动优秀文学作品译介传播，逐步建立优秀文学作品推广传播平台和相互推介机制，鼓励各国出版机构、文学报刊和网络新媒体翻译出版或刊载其他国家优秀文学作品；加强各国在保护文学版权方面的合作，鼓励会员交流各国文学版权保护的经验和做法、互相提供有关文学版权的信息，举办文学版权保护专题讲座和培训，为作家保护版权提供帮助，进而通过保障作家权益为文学传播和转化护航。

“一带一路”文学联盟加大与五洲传播出版社的深度合作，推动国际共同努力，从国际条约、国际司法、国际组织等多方面、多角度、多主体为网络文学版权所有者提供版权保护服务；加强多双边版权交流合作，深化同“一带一路”沿线国家和地区版权交流，营造良好国际合作氛围，拓宽国际版权交易渠道；建设版权涉外风险防控体系，形成了高效的国际版权风险预警和应急机制；加强对我国企业海外版权维权援助，为版权企业走出去保驾护航。同时，面对国际版权竞争，国际版权合作也需要敢于斗争、善于斗争，绝不放弃正当权益，绝不牺牲国家核心利益，应该以坚定决心和坚强意志守护好版权领域国家安全。此外，在法治层面上，我国积极参与和推动《视听表演北京条约》《马拉喀什条约》等国际版权条约的制定生效，大大提升了中国版权保护的国际影响力和话语权，提高了国际化版权保护水平。

二、网络文学相关政策法规梳理

1.《互联网信息服务管理办法》，国务院，2000 年 9 月 25 日；

2.《最高人民法院关于审理著作权民事纠纷案件适用法律若干问题的解释》，最高人民法院，2002 年 10 月 15 日；

3.《互联网著作权行政保护办法》，国家版权局、信息产业部，2005 年 5 月 30 日；

4.《最高人民法院关于审理涉及计算机网络著作权纠纷案件适用法律若干问题的解释》，最高人民法院，2006 年 12 月 8 日；

5.《中华人民共和国侵权责任法》，全国人民代表大会常务委员会，2010 年 7 月 1 日；

6.《互联网文化管理暂行规定》，文化部，2011 年 4 月 1 日；

7.《最高人民法院关于审理侵害信息网络传播权民事纠纷案件适用法律若干问题的规定》，最高人民法院，2013 年 1 月 1 日；

8.《中华人民共和国著作权法》，全国人民代表大会常务委员会，2013 年 3 月 1 日；

9.《中华人民共和国著作权法实施条例》，国务院，2013 年 3 月 1 日；

10.《信息网络传播权保护条例》，国务院，2013 年 3 月 1 日；

11.《最高人民法院关于审理利用信息网络侵害人身权益民事纠纷案件适用法律若干问题的规定》，最高人民法院，2014 年 10 月 10 日；

12.《习近平在文艺工作座谈会上的讲话》，2014 年 10 月 15 日；

13.《使用文字作品支付报酬办法》，国家版权局、国家发改委，2014 年 11 月 1 日；

14.《关于推动网络文学健康发展的指导意见》，国家新闻出版广电总局，2014 年 12 月 18 日；

15.《关于规范网络转载版权秩序的通知》，国家版权局办公厅，2015 年 4 月 17 日；

16.《互联网视听节目服务管理规定》，国家新闻出版广电总局，2015 年 8 月 28 日；

17.《中共中央关于繁荣发展社会主义文艺的意见》，中共中央，2015 年 10 月 3 日；

18.《关于规范网盘服务版权秩序的通知》，国家版权局，2015 年 10 月 14 日；

19.《关于新形势下加快知识产权强国建设的若干意见》，国务院，2015 年 12 月 18 日；

20.《移动互联网应用程序信息服务管理规定》，国家互联网信息办公室，2016

年 8 月 1 日；

21.《中共中央　国务院关于完善产权保护制度依法保护产权的意见》，国务院，2016 年 11 月 4 日；

22.《关于加强网络文学作品版权管理的通知》，国家版权局，2016 年 11 月 14 日；

23.《国务院关于印发〈“十三五”国家战略性新兴产业发展规划〉的通知》，国务院，2016 年 11 月 19 日；

24.《习近平在中国文联十大、中国作协九大开幕式上的讲话》，2016 年 11 月 30 日；

25.《国务院关于印发〈“十三五”国家信息化规划〉的通知》，国务院，2016 年 12 月 15 日；

26.《国务院关于印发〈“十三五”国家知识产权保护和运用规划〉的通知》，国务院，2016 年 12 月 30 日；

27.《版权工作“十三五”规划》，国家版权局，2017 年 1 月 25 日；

28.《文化部关于推动数字文化产业创新发展的指导意见》，文化产业司，2017 年 4 月 11 日；

29.《中华人民共和国网络安全法》，全国人民代表大会常务委员会，2017 年 6 月 1 日；

30.《关于规范电子版作品登记证书的通知》，国家版权局，2017 年 6 月 5 日；

31.《网络文学出版服务单位社会效益评估试行办法》，国家新闻出版广电总局，2017 年 7 月 1 日；

32.《网络文学出版服务单位社会效益试行评估指标和计分标准》，国家新闻出版广电总局，2017 年 7 月 1 日；

33.《国务院关于进一步扩大和升级信息消费持续释放内需潜力的指导意见》，国务院，2017 年 8 月 24 日；

34.《坚定文化自信，推动社会主义文化繁荣兴盛》，习近平在中国共产党第十九次全国代表大会上的报告，2017 年 10 月 18 日；

35.《关于加强知识产权审判领域改革创新若干问题的意见》，十九届中央全面深化改革领导小组，2017 年 11 月 20 日；

36.《知识产权认证管理办法》，国家认监委、国家知识产权局，2018 年 2 月 11 日；

37.《关于加强知识产权审判领域改革创新若干问题的意见》，中共中央办公厅、国务院，2018 年 2 月 27 日；

38.《关于开展打击网络侵权盗版“剑网 2018”专项行动的通知》，国家版权局等，2018 年 7 月 20 日；

39.《关于开展2018年优秀网络文学原创作品推介活动的通知》，国家新闻出版署、中国作家协会，2018年10月23日；

40.《关于进一步加强广播电视和网络视听文艺节目管理的通知》，国家广播电视总局，2018年10月30日；

41.《公安机关互联网安全监督检查规定》，公安部，2018年11月1日；

42.《2018年深入实施国家知识产权战略加快建设知识产权强国推进计划》，国务院知识产权战略实施工作部际联席会议办公室，2018年11月9日；

43.《具有舆论属性或社会动员能力的互联网信息服务安全评估规定》，中央网信办、公安部，2018年11月15日；

44.《关于对知识产权（专利）领域严重失信主体开展联合惩戒的合作备忘录》，国家发展改革委等38个部委，2018年12月4日；

45.《关于印发〈国家出版产业基地（园区）管理办法〉的通知》，国家新闻出版总署，2019年6月19日；

46.《关于加快推进公共法律服务体系建设的意见》，中共中央办公厅，2019年7月10日；

47.《印发〈关于依法加强对境外著作权认证机构常驻中国代表机构管理的意见〉的通知》，国家版权局，2019年10月17日；

48.《关于印发〈图书、期刊、音像制品、电子出版物重大选题备案办法〉的通知》，国家新闻出版总署，2019年10月25日；

49.《关于强化知识产权保护的意见》，中共中央办公厅、国务院办公厅，2019年11月24日；

50.《网络信息内容生态治理规定》，国家互联网信息办公室，2020年3月1日；

51.《网络安全审查办法》，网信办、发展改革委、工业和信息化部、公安部、安全部、财政部、商务部、人民银行、市场监督管理总局、广电总局、保密局、密码局，2020年4月13日；

52.《2020年地方知识产权战略实施暨强国建设工作要点》，知识产权局，2020年04月20日；

53.《2020年深入实施国家知识产权战略加快建设知识产权强国推进计划》，国务院知识产权战略实施工作部际联席会议办公室，2020年5月13日；

54.《关于进一步加强网络文学出版管理的通知》，国家新闻出版署，2020年6月5日；

55.《关于开展打击网络侵权盗版"剑网2020"专项行动的通知》，国家版权局、工业和信息化部、公安部、国家互联网信息办公室，2020年6月12日；

56.《〈关于进一步加强知识产权维权援助工作的指导意见〉的通知》，国家知识产权局，2020 年 6 月 16 日；

57.《关于开展 2020“清朗”未成年人暑期网络环境专项整治的通知》，国家网信办秘书局，2020 年 7 月 9 日；

58.《关于印发〈广播电视和网络视听大数据标准化白皮书（2020 版）〉的通知》，国家广播电视总局办公厅，2020 年 8 月 25 日；

59.《关于印发〈知识产权信息公共服务工作指引〉的通知》，国家知识产权局办公室，2020 年 11 月 5 日；

60.《关于修改〈中华人民共和国著作权法〉的决定》，全国人民代表大会常务委员会，2020 年 11 月 11 日；

61.《关于发布第一批知识产权行政执法指导案例的通知》，国家知识产权局，2020 年 12 月 14 日；

62.《中华人民共和国民法典》，全国人民代表大会常务委员会，2021 年 1 月 1 日；

63.《关于启动〈2021“清朗·春节网络环境”专项行动〉的通知》，国家网信办，2021 年 2 月 4 日；

64.《关于做好 2021 年全国知识产权宣传周版权宣传活动的通知》，国家版权局，2021 年 4 月 6 日；

65.《视听表演北京条约》，世界知识产权组织，2021 年 4 月 28 日；

66.《关于开展打击网络侵权盗版“剑网 2021”专项行动的通知》，国家版权局、工业和信息化部、公安部、国家互联网信息办公室，2021 年 6 月；

67.《中华人民共和国著作权法》生效，全国人民代表大会常务委员会，2021 年 6 月 1 日；

68.《关于加快推动区块链技术应用和产业发展的指导意见》，工业和信息化部、中央网信办，2021 年 6 月 7 日；

69.《国家广电总局召开广播电视和网络视听文艺工作者座谈会》，国家广电总局，2021 年 9 月 9 日；

70.《中国作家协会关于进一步加强文学工作者职业道德建设的意见》，中国作家协会，2021 年 9 月 3 日；

71.《关于印发〈知识产权强国建设纲要（2021—2035 年）〉的通知》，国务院，2021 年 9 月 22 日；

72.《关于印发〈“十四五”国家知识产权保护和运用规划〉的通知》，国务院，2021 年 10 月 9 日；

73.《网络文学作家职业道德公约》，国家新闻出版署等，2021 年 10 月 11 日；

74.《关于印发〈“十四五”国家知识产权保护和运用规划〉的通知》，国务院，2021 年 10 月 29 日；

75.《习近平在中国文联十一大、中国作协十大开幕式上的讲话》，2021 年 12 月 14 日；

76.《关于发布〈网络短视频内容审核标准细则（2021）〉》，中国网络视听节目服务协会，2021 年 12 月 15 日；

77.《关于印发〈版权工作“十四五”规划〉的通知》，国家版权局，2021 年 12 月 29 日。

三、网络文学版权管理相关报告及学术文献

1. 网络文学版权管理相关报告

（1）中国社会科学院 & 阅文集团发布《2020 中国网络文学发展报告》

2020 年 3 月，中国社会科学院最新发布的《2020 中国网络文学发展报告》，以阅文集团年度数据和行业公开数据为主要分析蓝本，勾勒行业发展的基本样貌，给出行业发展的基本研判，分析行业发展走向，力图反映网络文学年度发展状貌。

本报告分为六章，从不同角度综合阐述网络文学 2020 年度的变化与迭代。第一章体现网络文学创作队伍的迭代。创作队伍数量规模持续增长，并呈现出明显的年轻化、专业化、呼应主流价值等特点。同时，作家队伍与平台关系也在 2020 年发生显著变化。第二章展现网络文学消费群体的迭代趋势。以“Z 世代”为主导的读者进一步放大网络文学的“网络性”特点，呈现出付费意愿强、高频互动、衍生创作的网络文学用户新面貌。第三章剖析网络文学新兴文体和商业模式——免费和新媒体文的发展，为网络文学带来内容和用户的新增量。付费阅读与免费阅读呈现加速融合趋势。第四章突出海外传播新成绩，从作品出海到海外作家生态培育，为网络文学代表中华文化走出去再造新格局。第五章关注网络文学 IP 开发新趋势，网络文学 IP 改编形式越来越多元，网络文学 IP 改编链路趋于耦合。从改编题材来看，古代言情、历史、玄幻等依然是市场传统优势类别，新幻想题材和现实题材表现突出。第六章提出未来发展新思考，合力打击盗版、优化版权环境，促进内容高质量发展，巩固网络文学优势地位。

2020 年，网络文学的互联网优势与作用凸显，各大主要网络文学平台面向读者积极推送付费及免费模式的阅读，进一步彰显网络文学行业的数字化特征。网络文学用户数据显示，网络文学作者与读者遍布我国各省市自治区，中小城市网络文学下沉用户日益增多，业已形成网络文学的国家版图，凸显网络文学的国家价值，呈现出我国网络文学蓬勃发展的生命力和影响力，也持续激发了网络文学行业自我发展的内生动力，有力促动了以网络文学为核心源头的下游文化产业改革、转化、升级，提质增速，形成多元化协同发展良性互动，注重社会效益与经济效益相统一，有力推动供给侧结构性改革，满足人民群众的文化需求，服务于国内以大循环为主

体、国内国际双循环的发展格局，进一步丰富、完善、发展新时代网络文学的定义。

（2）互联网数据资讯机构易观分析发布《中国网络文学版权保护白皮书》

4月26日，互联网数据资讯机构易观分析发布《中国网络文学版权保护白皮书》（下文简称“白皮书”）。白皮书显示，2020年中国网络文学市场规模为288.4亿元，盗版损失规模达60.28亿元，版权保护工作的重要性愈发凸显。

根据白皮书数据，2020年中国数字娱乐核心产业规模达6835.2亿元，其中网络文学市场规模达288.4亿元，行业收入主要来源于用户付费和版权运营。通过IP全版权运营，网络文学间接或直接影响了动漫、影视、游戏、音乐、衍生品等合计约2531亿元的市场，即网络文学及其IP运营对数字娱乐产业的影响范围超过40%。2020年中国网络文学盗版损失规模达60.28亿元，同比2019年上升6.9%，新技术滥用、传播途径杂多和盗版在全产业链实现覆盖是规模上升的主要因素。截至2020年12月，重点盗版平台整体月度活跃用户量达到727.4万，月度人均使用时长接近19小时，月度人均启动次数高达115次。

中国作家协会副主席、网络文学委员会主任陈崎嵘表示，要站在新的历史节点和发展全局上重新认识和深化对网络文学版权保护的重要性，“网络文学版图现在越来越大，相对来说风险越来越多，版权保护的重要性、必要性、复杂性日益凸显”。

2020年，中国网络文学作家达到2056万人，净增约100万人，作品增长约200万部。上千万网络文学作家用自己的想象力和创造力，通过内容创作传承优秀文化，记录时代发展，成为文化产业繁荣发展的基石。白皮书指出，绝大多数创作者将网文写作看作收入来源，其中33.1%为全职作者，网文写作是其主要收入来源。而据调查发现，网络文学作家频繁遭受侵权的比例高达42%，未经授权通过信息网络传播原作品、抄袭、未经授权将原作品制作成有声书是最常见的三种类型。

白皮书认为，盗版平台一方面扰乱了正常的内容创作秩序，不利于网络文学内容精品化、经典化发展；另一方面，大量违规内容、低俗内容滥竽充数，使文学审美和价值导向出现偏差，对全社会特别是擅长使用新媒体平台的青少年群体造成了严重的不良影响。

白皮书同时指出，横向对比视频、音乐、游戏等数字内容产业，网络文学的版权保护难度更大、形势更严峻：一是新技术让盗版产业链隐蔽化、成熟化趋势越发显著；二是盗版平台积累了大量流量，商业变现依赖搜索引擎、广告代理商等利益相关方，多方利益输送增加了打击难度；三是正版意识在用户市场的全面推广与培育还需要时间。

（3）国家版权局网络版权产业研究基地发布《中国网络版权产业发展报告（2020）》

2021年5月17日，《中国网络版权产业发展的年度报告（2020）》正式发布。报告以数据的形式，全景展现中国网络版权产业规模、营收结构和细分领域特征，总结未来发展趋势。2020 年中国网络版权产业市场规模达到 11847.3 亿元，较 2019 年增长 23.6%，“十三五”期间年复合增长率近 25%。当前网络游戏与新闻媒体是核心业态，短视频、直播、网络新闻媒体占比大幅提升，整体呈现“视频化”与“多元化”的发展趋势。

《报告》显示，2020 年网络版权产业结构升级，新业态占比显著提升。2020 年网络新闻媒体和网络游戏依然是网络版权产业核心业态，占比合计超六成。短视频市场普及率大幅提升，占比为 12.71%，较 2019 年提高 2.19%；长视频面临转型挑战，占比 9.13%，较 2019 年下降 2.4%；VR/AR 受益于技术进步与消费级应用增长，占比提升超过 1 倍。

值得注意的是，“十三五”期间产业结构持续调整，“视频化”趋势明显。“十三五”期间，网络游戏占比连年下降。短视频、直播、网络新闻媒体占比大幅提升。短视频、直播占比明显提高，深刻影响社会娱乐方式，并能搭建线上消费场景。

同时，2020 年产业营收结构稳定，用户付费意愿有所提升。2020 年，网络版权产业用户付费收入达 5659.2 亿元，占比 47.8%；版权运营收入达 109.1 亿元，占比 0.9%；广告及其他收入达 6079.0 亿元，占比 51.3%。产业营收结构呈现用户付费占比提升、广告占比下降的趋势；用户为优质内容付费的意愿有所提升，除付费订阅之外，知识付费、超前点播等新模式发展。

根据《报告》，2020 年中国网络版权产业呈现五大新气象：一是凝聚人心抗击疫情，鲜活作品致敬逆行者。二是积极助力脱贫攻坚，激发乡村振兴新动能。2020 年是我国全面打赢脱贫攻坚战收官之年。网络版权产业助力精准脱贫，让农产品以网络内容平台为载体走出乡村。网络内容平台不断进行产品创新，给边远地区群众提供更优质的教育和文化资源。网络版权产业具有轻资产、重人力的就业特色，以及无接触、在线化的工作属性，在疫情期间整体平稳发展，同时还吸纳了其他行业的灵活劳动力，成为稳就业的“蓄水池”。三是灵活就业吸纳人才，缓冲社会就业压力。网络版权产业具有轻资产、重人力的就业特色，以及无接触、在线化的工作属性，在疫情期间整体平稳发展，同时还吸纳了其他行业的灵活劳动力，成为稳就业的“蓄水池”。四是创意内容激活消费，培育内外市场新动能。在国内，“短视频+直播”成为链接品牌和消费者的新通路，促进消费增长；女性题材剧集和综艺回应社会热点话题，带动女性互联网消费潜力释放。在海外，中国原创和合作开发的精品游戏长期占据海外下载排行榜首。五是基础技术创新升级，用户体验变革增效。2020 年 5G 手机终端全面爆发，5G 网络提升视频直播流畅体验的同时，推动云游戏平台等新的产品形态和应用场景不断涌现。云游戏不受设备性能限制，更好地满足了用户“点击即玩”的碎片化、便捷化需求。

（4）国家版权局网络版权保护研究基地发布《2020 年中国网络版权保护报告》

6 月 1 日，在由国家版权局主办的 2021 中国网络版权保护与发展大会上，国家版权局网络版权保护研究基地发布《2020年中国网络版权保护报告》。

报告显示，2020年，打击网络侵权盗版“剑网2020”专项行动继续发力，“剑网2020”专项行动期间，国家版权局前后8次公布了《重点作品版权保护预警名单》，将《夺冠》等71部作品纳入预警保护，共删除侵权盗版链接323.94万条，关闭侵权盗版网站（App）2884个，查办网络侵权盗版案件724件，其中查办刑事案件177件、涉案金额3.01亿元，调解网络版权纠纷案件925件。2020年，法律体系的日益完善引人注目。第三次修订的《著作权法》颁布；《视听表演北京条约》生效；《民法典》《刑法修正案（十一）》为加强网络版权保护工作提供了基础制度遵循。著作权侵权行为的民事司法保护力度不断加大。2020年，地方各级人民法院新收知识产权民事一审案件443326件，新收著作权一审案件达313497件，同比上升6.97%，占全部知识产权民事一审案件70.71%。侵犯著作权的刑事打击力度有所提升，2020年地方各级人民法院新收侵犯知识产权刑事一审案件5544件，侵犯著作权类刑事案件达288件，同比上升37.14%，占全部侵犯知识产权刑事一审案件5.19%。

报告显示，2020年，著作权登记、版权示范、三网融合等基础建设赋予了网络版权保护新动能，区块链、DRM等数字版权管理与保护技术成为权利人、平台保护版权的重要手段，各级法院搭建起区块链、天平链平台服务司法审判与执行工作，确保电子证据在生成、收集、存储、传输等全流程的安全性与合法性，巩固并深化“基本解决执行难”成果，提高庭审效率，使网络版权保护更易实现。集体管理组织的桥梁纽带作用在2020年充分展现：2020年，中国文字著作权协会与逾百家出版社、文化公司签订了279份协议，“一揽子”解决近350种图书选用文章汇编权的授权和稿酬转付问题，其信息网络传播权、汇编权等集体管理业务占所收取使用费总额的75.4%，有力规范了网络出版市场的版权秩序；中国音乐著作权协会各项使用收费总额达4.08亿元，其信息网络传播权许可收入为22160万元，本年度办理维权案件总数185件，涉及信息网络传播权维权案件达25件。

同时报告也指出，2020年，网络版权保护的生态环境还存在许多问题与挑战，包括：市场竞争失序引发维权乱象；新型创作形式频出，作品认定标准有待细化；网络环境下版权保护存在冲突和盲区；网络环境下作品的传统许可授权机制有待革新；网络盗播盗版利益链成熟化，取证与维权打击难度大等。对此，报告建议完善顶层设计、推广技术应用、提升平台责任、协调社会资源，完善网络版权产业纠纷的多元解决机制。

（5）中国作家协会发布《中国网络文学国际传播发展报告》

9月26日，由中国作家协会和浙江省人民政府共同主办的“2021中国国际网络文学周”在浙江乌镇开幕。开幕式上，中国作协发布“网络文学国际推广片”和《中国网络文学国际传播发展报告》。

《报告》提出：中国网络文学创作者有上千万人，活跃作者数万人，每天创作量超过1.5亿字。充满活力的网络文学作品，不仅影响了国内上亿读者，成为影视、游戏、动漫、有声读物等文化产业的重要内容源头，并且在中华文化“走出去”的大背景下，国际影响力也日益扩大。截至2020年，中国网络文学共向海外输出网文作品10000余部。其中，实体书授权超4000部，上线翻译作品3000余部。网站订阅和阅读App用户超过1亿，覆盖世界大部分国家和地区，国际传播成效显著。此次举办的中国国际网络文学周旨在进一步聚焦网络文学国际传播，研讨网络文学高质量发展路径，推动网络文学尽快成为世界级的文化现象。

《报告》分析了网络文学国际传播的四个发展阶段，即：个人授权出版、平台对外授权、在线翻译传播和本土生态建立；五种传播方式，即：实体书出版、IP改编传播、在线翻译传播、海外本土化传播、投资海外平台；以及覆盖区域的发展，即：从东南亚、东北亚、北美扩展到欧洲、非洲，到现在遍布全球。《报告》还介绍了网络文学国际传播取得的成绩、存在的问题以及下一步的发展方向。

开幕式当天举办了网络文学国际论坛，唐家三少、蒋胜男、何常在、会说话的肘子等网络作家，周志强、夏烈等评论家，童之磊、杨晨等网络文学平台负责人，就网络文学创作、IP改编、国际传播等话题进行了主题发言，围绕如何推动数字时代网络文学内容创新、做好中国故事的网络文学国际表达、加强后疫情时代网络文学的国际传播等内容进行了深入探讨。

（6）中国信通院发布《“十三五”中国网络版权治理白皮书》

2021年9月26日，2021首届数字化社会论坛在京召开。中国信息通信研究院知识产权中心政策法律研究部主任毕春丽发布《“十三五”中国网络版权治理白皮书》。

报告指出，“十三五”时期是我国由知识产权大国向知识产权强国迈进的战略机遇期，我国经济发展进入新常态，网络版权成为文化生产要素向现实生产力转化的重要桥梁和纽带。在新一轮科技革命、产业变革突破爆发的历史交汇期，我国互联网行业实现跨越式发展，新一代信息技术大规模应用，数字经济与实体经济全面融合，带动内容产品形态和传播方式变革，也向传统的版权治理体系提出挑战。网络版权治理在推进知识产权治理体系与治理能力现代化建设中具有重要意义，关系到文化产业数字化转型的创新激励。经过多年探索，我国的网络版权治理工作取得重大进展，在网络版权治理理念、治理机制、治理手段和治理成效等方面，走出了一条具有中国特色的网络版权治理之路。

网络版权治理理念由追求数量向提高质量转变。在顶层设计上，党和国家对知识产权认识更加科学、深化，对知识产权工作的引导不断符合技术发展规律和知识产权发展的内生性需求，知识产权在党和国家工作全局中的地位不断提升。我国深度参与全球知识产权治理，主动作为，传播中国智慧，谋求建立更加公正、更加合理的知识产权国际秩序。

网络版权治理机制由分散粗放向统筹规划转变。调整版权统一管理机构，统筹规划内容与宣传，司法审判专业化趋势加强，为版权专业化治理提供组织保障。跨地区、跨部门协同工作机制进一步完善，优化监管资源整合配置。区块链、智能算法、云计算等技术措施融入版权保护，推进网络盗版问题的全链条治理。

网络版权治理手段由“单行”向“并行”转变。以“政策与法律为引领、以政府治理与司法保护为保障、以社会共治为重要组成部分”的网络版权治理格局逐步形成，多种路径优势互补，形成治理合力。在立法层面，建立起较为完备的版权法律制度体系，既适应市场经济要求又体现新技术发展。在司法层面，主动适应互联网发展趋势，探索新类型案件的审判规则，助推网络空间法治化。在行政层面，“剑网行动”成效显著，执法机关将主动监管与重点监管有效结合，灵活使用多种监管方式，引导热点领域规范发展。在社会层面，非政府主体承担越来越多的版权治理职能，逐渐形成市场机制与社群参与的多元治理模式，在版权治理中发挥重要作用。

网络版权治理成效显著，产业规模持续扩张，用户付费意识提升，网络版权在数字贸易中的影响力不断扩大，成为中国文化“走出去”的重要助力。展望未来，需要在网络版权价值转移转化机制、多元主体中权利义务设计和利益分配、重塑国际版权治理规则体系等方面提升治理能力，努力建设具有中国特色的网络版权治理体系。

2. 网络文学版权管理相关学术文献

（1）学术期刊文献

1. 胡琼华，徐顺利：《网络文学 IP 营销与版权保护》，《湖南行政学院学报》，2021 年第 1 期。

2. 秦淑敏：《网络文学版权协议中续写权的性质与法制保障》，《广西质量监督导报》，2021 年第 4 期。

3. 王志刚，李阳冉：《网络文学与版权保护》，《检察风云》，2021 年第 7 期。

4. 叶开：《网络文学侵权标准的研究——以网络小说抄袭为例》，《新闻传播》，2021 年第 8 期。

5. 赵越：《网络文学抄袭现象与新时代的版权保护工作研究》，《现代商贸工业》，2021 年第 2 期。

6. 李哲，况晓彤：《我国网络文学作品版权运营模式研究》，《商业文化》，2021 年第 17 期。

7. 刘浏，闻凯：《论网络版权产业发展的挑战及其法律应对——基于河北省网络版权产业情况调研》，《河北法学》，2021 年第 8 期。

8. 冯国凯：《法学视角下网络文学版权保护问题及制度完善》，《北京城市学院学报》，2021 年第 3 期。

9. 王文晓：《国内电子图书版权保护的困境与策略》，《传媒论坛》，2021 年第 4 期。

10. 崔嘉欣：《数字出版著作权法律保护困难与策略分析》，《法制与社会》，2021 年第 21 期。

11. 谢巧生，周克放：《版权司法保护对文化产业发展影响研究》，《中国出版》，2021 年第 14 期。

12. 谭思扬：《网络服务提供者版权保护义务研究》，《湖南工程学院学报（社会科学版）》，2021 年第 1 期。

13. 袁健，赵纪军：《大数据时代数字版权保护的现实困境与应对》，《科技与出版》，2021 年第 7 期。

14. 邓祯，梁晓波：《人工智能赋能网络文学出版：现状、潜在风险与应对策略》，《中国编辑》，2021 年第 8 期。

15. 周丽霞，黄羽茜：《中国网络文学：著作权、作者、市场发展研判》，《黑龙江档案》，2021 年第 4 期。

16. 张立，徐婧：《理论旅行：当前我国版权研究的理论聚焦与前沿讨论》，《科技与出版》，2021 年第 10 期。

17. 李小侠，孟俊艳：《网络文学作品融梗行为的侵权认定》，《信阳师范学院学报（哲学社会科学版）》，2021 年第 12 期。

18. 张辉，王柳：《区块链下网络文学版权保护问题研究》，《法学论坛》，2021 年第 36 期。

19. 禹建湘，蒲钰希：《失范与规制——IP 时代网络文学版权问题》，《长沙大学学报》，2021 年第 5 期。

20. 吴迪：《版权贸易工作与中国文学图书“走出去”》，《传媒论坛》，2021 年第 4 期。

21. 吴大志：《网络文学作品盈利模式的困境与策略研究》，《洛阳师范学院学报》，2021 年第 10 期。

（2）报纸文献

1. 张洪波：《2021：我国版权保护事业将继续乘风破浪》，《中国新闻出版广电报》，2021 年 1 月 11 日。

2. 栗楚：《“法律+科技”为版权保护赋能》，《上海科技报》，2021 年 4 月 28 日。

3. 于慈珂：《版权保护助推创意走向市场》，《中国新闻出版广电报》，2021 年 5 月 6 日。

4. 张建春：《全面加强版权保护，推动构建新发展格局》，《中国新闻出版广电报》，2021 年 6 月 3 日。

5. 国家版权局网络版权产业研究基地：《2020 年中国网络版权产业发展报告》（摘要版），《中国新闻出版广电报》，2021 年 6 月 10 日。

6. 汤广花：《重视版权保护，助推产业创新发展》，《中国新闻出版广电报》，2021 年 6 月 24 日。

7. 张贺：《版权保护有力，网络产业给力》，《人民日报》，2021 年 7 月 14 日。

8. 洪玉华：《以版权协同治理促产业发展》，《中国新闻出版广电报》，2021 年 7 月 15 日。

9. 赵新乐，李光会：《版权“出海”，防控风险方能扬帆远航》，《中国新闻出版广电报》，2021 年 7 月 22 日。

10. 赵新乐，李光会：《助力创作者实现版权价值最大化》，《中国新闻出版广电报》，2021 年 8 月 5 日。

11. 姜天骄：《保护版权从付费做起》，《经济日报》，2021 年 8 月 20 日。

12. 李军：《数智化时代如何加强版权保护?》，《人民邮电》，2021 年 10 月 18 日。

13. 舒晋瑜：《用法律构筑网络文学生命线》，《中华读书报》，2021 年 11 月 24 日。

14. 王觅，罗建森：《用心用情做好作家权益保护工作》，《文艺报》，2021 年 12 月 8 日。

（3）版权管理学位论文

1. 刘乾：《网络文学作品授权合同问题研究》，2021 年上海师范大学硕士论文。

2. 张佳倩：《基于区块链的数字版权产业生态系统构建与应用研究》，2021 年北京印刷学院硕士论文。

3. 樊陆琦：《用户生成内容的版权保护研究》，2021 年上海师范大学硕士论文。

4. 吴佳兴：《基于区块链技术的数字版权保护研究》，2021 年河北经贸大学硕士论文。

5. 刘文琪：《网络文学作品影视改编的著作权保护问题研究》，2021 年广西师范大学硕士论文。

6. 马迎节：《我国网络小说版权保护问题研究》，2021 年青岛科技大学硕士论文。

7. 吴丙富：《网络文学著作权许可使用制度研究》，2021 年哈尔滨商业大学硕士论文。

8. 张帅楠：《新媒体环境下有声读物的版权保护问题研究》，2021 年信阳师范学院硕士论文。

四、网络文学版权管理相关会议

1. 中国网络文学版权保护专家研讨会

4 月 24 日，中国网络文学版权保护专家研讨会在京举行。在互联网技术进步、网络文学飞速发展的态势下，网络文学盗版的形式、危害和治理方法也发生了新变化。围绕新阶段下如何建立更完善的盗版打击体系和治理机制，与会领导、行业专家建言献策，共话网络文学版权保护现状及未来。网络文学盗版治理和版权保护不是某一方的事情，而是需要国家、企业和用户在法律、技术、市场教育等环节共同努力。

据介绍，阅文集团 2020 全年共针对 1941 本作品提起维权诉讼，在法务侧和版权侧建立了系统的维权流程。法务侧以网络监控、线索挖掘、侵权举报为维权起点，展开调查取证行动，通过线上投诉、行政投诉、民事诉讼、刑事报案等各种手段进行综合性维权。版权侧以版权全生命周期的后端保护为重点，从后端侵权角度出发，兼顾前端的授权细化，以版权管理部为市场监测数据的处理中心，通过专项的数据整理分析，耦合集团各业务部门采取不同的 IP 保护措施，完成 IP 生态的良好构建。阅文集团总裁、腾讯平台与内容事业群副总裁侯晓楠表示，一方面支持国家严格立法和严格执法，震慑盗版行为；另一方面，作为互联网文化领域的代表企业，阅文集团和腾讯集团将致力于通过技术的方式联合各方建立行业的版权链，帮助全行业提升盗版治理能力。

2. 短视频版权治理研讨会

5 月 14 日，中国新闻出版传媒集团和中国传媒大学联合主办短视频版权治理研讨会，围绕近期社会广泛关注热议的短视频版权治理议题展开讨论。近年来，短视频平台快速发展，已经成为人们娱乐生活的重要部分，为文化传播起到了积极推动作用。但短视频侵权现象日渐高发，也给版权保护带来全新挑战。

全国政协文化文史和学习委员会副主任、中国版权协会理事长阎晓宏出席会议并进行主旨发言。阎晓宏从短视频界定、作品概念、合理使用三个方面对短视频领域版权保护问题进行了阐述。他认为，短视频的版权保护是版权领域的热点和焦点问题，学术性很强，实践性也很强。究竟什么是“短视频”并不十分重要，关键是看它能否构成著作权法意义上的作品，只有构成著作权法意义上的作品，才是著作权保护的客体，才能适用于“版权治理”的概念。《著作权法》第三次修订对作品概念进行了新的界定，即：具有独创性，是智力成果，能以某种形式呈现。只有符合这三个特征，才是《著作权法》保护的客体。但是对于独创性和智力成果这两项标准如何认定，要根据作品的具体情况进行具体分析。需要司法与行政部门、高校研究机构、相关文化领域的企业共同研究，才能进行更科学合理的治理、规范、引导和发展。

此外，打击侵权盗版也分不同情况，版权行政执法与司法部门各有优势。阎晓宏认为，治理侵权盗版要重点打击以牟利为目的的团伙性侵权行为，达到刑事门槛的一定要追究其刑事责任。同时，平台要负起责任，充分运用技术手段最大限度地过滤、删除侵权内容。中国新闻出版传媒集团编委会主任、《中国新闻出版广电报》总编辑丁以绣认为，在数字技术和移动互联网迅速发展的背景下，以短视频为代表的新型传播业态发展日渐活跃，侵权盗版行为常有发生，这为版权保护工作提出了新的挑战。近年来，短视频侵权现象日渐高发，广大权利人反响强烈。中国新闻出版传媒集团致力于搭建对话交流平台，通过专家研讨，共同为短视频领域的版权保护、治理和发展建言献策，激发创新活力，为推动构建短视频基于版权保护治理的新发展格局贡献力量。

3. 2021 中国网络版权保护与发展大会

6 月 1 日，国家版权局在京举办 2021 中国网络版权保护与发展大会。中宣部副部长张建春出席大会并作主旨讲话。

会议指出，举办网络版权保护与发展大会，深入学习领会习近平总书记关于全面加强知识产权保护的重要讲话精神，聚焦全面加强版权保护、推动构建新发展格局主题进行广泛深入的研讨交流，对于进一步完善版权制度体系、全面加强版权保护将起到积极的推动作用。30 年来，我国版权事业发展取得了历史性成就。一是版权法律制度体系、双轨保护体系、社会服务体系、国际合作体系日益完备，成为推进国家治理体系和治理能力现代化的重要内容；二是版权作品极大丰富，有力促进了社会主义文化的繁荣发展，人民群众在文化需求方面的获得感、幸福感不断增强；三是版权保护日趋严格，为维护市场经济秩序、构建新发展格局提供了有力保障；四是版权产业快速发展，为实施创新驱动战略、推动经济结构优化升级提供了重要支点。

在充分肯定我国版权事业取得巨大成就的同时，张建春认为，必须从国家战略高度和进入新发展阶段要求出发，清醒认识存在的问题和不足：打击侵权盗版形势依然严峻，版权质量效益还有待提升，版权国际应对环境复杂多变。面对新形势新任务，要进一步提高政治站位，认真贯彻落实习近平总书记关于全面加强知识产权保护的重要讲话精神，不断提高做好版权工作的政治判断力、政治领悟力、政治执行力，进一步总结《著作权法》实施 30 年来的宝贵经验，把握新时代版权工作的新特点、新规律、新要求，以高度的政治责任感和历史使命感，全面加强版权保护，推动构建新发展格局，为庆祝建党百年营造良好的文化舆论氛围。他强调，一要强化版权工作顶层设计，提高版权工作法治化水平。要立足于保护权利、鼓励创作、促进传播和平衡利益原则，明确“十四五”时期版权工作的目标、任务、举措和实施蓝图，为贯彻新发展理念、构建新发展格局、推动高质量发展提供有力支撑。二要强化版权全链条保护，筑牢意识形态安全屏障。要坚持“严格保护，提升效能，分类监管，引导规范”的工作思路，综合运用多种手段，强化版权全链条保护。三要强化版权管理体制机制建设，推进版权产业持续健康发展。要着眼抓长抓常，进一步健全版权社会服务体制机制，全面推进版权登记规范化建设，加大对著作权集体管理组织的指导和监管，不断完善境外著作权认证制度，深入开展版权示范创建，积极探索国家版权创新发展基地建设，努力打造全国版权展会授权交易体系。四要强化对国际版权合作和竞争的统筹协调，坚决维护版权领域国家安全。五要强化网络空间治理，营造风清气正的网络版权生态。要进一步发挥好网络版权执法的震慑作用，针对群众反映强烈的网络新闻、短视频、直播等领域的侵权盗版乱象，加大专项整治力度，推动互联网企业切实履行主体责任，进一步增强网络版权保护的主动性。

4. 第五届中国“网络文学+”大会

10 月 9 日，由国家新闻出版署、北京市人民政府指导，中共北京市委宣传部(北京市新闻出版局)、中国音像与数字出版协会、中共北京市委网络安全和信息化委员会办公室、北京市广播电视局、北京市文学艺术界联合会、中共北京市海淀区委员会主办的第五届中国“网络文学+”大会开幕式暨高峰论坛在京举办。

2021 年是中国共产党成立 100 周年，是“十四五”规划开局之年，也是全面建成小康社会、开启全面建设社会主义现代化国家新征程的关键之年。为落实两办《关于加强网络文明建设的意见》和中宣部《关于开展文娱领域综合治理工作的通知》要求，引导我国网络文学产业健康发展，第五届中国“网络文学+”大会以“网颂百年，文谱新篇”为主题，以庆祝中国共产党成立 100 周年为主线，整体分为主体活动、长效活动两大板块。大会坚持建设、发展、管理和引导并重，守正创新、主动作为、勇开新局，为推动网络文学精品出版、激发网络文学创作生产活力提供支持。北京市委宣传部副部长、北京市新闻出版局局长王野霏在致辞中说道：“党的十八大以来，在以习近平同志为核心的党中央高度重视和亲切关怀下，我国网络文学事业快速、有序发展，逐步成为繁荣发展社会主义文艺的重要力量、满足人民群众精神文化需求的重要产品。”他谈到，大会举办四年来，导向引领作用不断增强，累计向社会推荐优秀作品 134 部，推荐网络文学 IP 作品超过 2000 部、交易金额超过 15 亿元，年均新增出海作品超过 2000 部。王野霏还对中国网络文学发展提出四点期望：第一，以现实题材彰显时代精神；第二，以先进文化引领审美追求；第三，以融合创新推动高质量发展；第四，以传播优势讲好中国故事。

本届大会主体活动由开幕式暨高峰论坛、平行主题论坛、企业分论坛、主题展示互动、闭幕盛典五个部分构成，呈现出中国网络文学现状、生态及前景。同时，大会首次尝试 IP 文创市集，10 月 9 日至 11 日在北京海淀公园内专设的 IP 文创市集区域，共吸引了海淀文创市集商户、锦鲤拿趣、人民文创、国家图书馆等近 50 余家企业及商户参与，将网络文学 IP 衍生品从线上搬到线下。

此外，在 AI、5G、4K、VR/AR 等新技术的驱动下，网络文学企业通过探索新技术与内容的结合，使网络文学离读者更近。“未来网络文学 IP 改编不再局限于影视、动漫可视化衍生，而是一种沉浸体验，而新的沉浸体验不仅仅在线下实体，还会回到网络当中，通过虚拟现实方式给人们呈现交互的幻想世界。”咪咕数字传媒有限公司总经理李军分享了咪咕对于“5G 赋能，讲好中国故事”的实践经验。他表示，通过用好先进技术，借助科技化、数字化、创意化的呈现方式，为正能量传播赋予了更加年轻、充满活力的基因。

5. 第八届中国国际版权博览会

10 月 16 日，由国家版权局主办，浙江省版权局、杭州市人民政府承办的第八届中国国际版权博览会在杭州开幕。中宣部副部长张建春出席并致辞。

张建春在致辞中指出，今年恰逢中国共产党成立 100 周年，“十四五”规划开局起步之年，新中国第一部著作权法实施 30 周年，也是新修改的著作权法实施的第一年。本届版博会是从国家战略高度和进入新发展阶段要求出发，加强版权工作、促进版权贸易、推动版权产业高质量发展的重要举措。举办本届版博会，既是对我国第一部著作权法生效实施 30 周年的纪念，也是在新时代贯彻实施新著作权法、推进我国版权事业发展的重要抓手。办好本届版博会对于进一步完善版权展会交易体系、加快版权产业发展、推动构建新发展格局、促进社会主义文化发展繁荣都具有重要意义。

张建春强调，要以本届版博会为契机，进一步提高政治站位，认真贯彻落实习近平总书记关于全面加强知识产权保护的重要指示精神，不断提高做好版权工作的政治判断力、政治领悟力、政治执行力，进一步总结宝贵经验，把握新时代版权工作的新特点、新规律、新要求，以高度的政治责任感和历史使命感全面加强版权保护，为庆祝建党百年持续营造良好的文化舆论氛围，为“十四五”规划开好局、起好步，为建设创新型国家和社会主义现代化强国提供坚实版权保障。

开幕式上，世界知识产权组织与中国国家版权局联合举行了“2020 中国版权金奖”颁奖仪式。《攀登者》等 6 部作品获作品奖，景德镇陶溪川文创街区等 5 家单位获得推广运用奖，最高人民法院民事审判第三庭第五合议庭等 5 家单位获得保护奖，北京市版权局版权管理处等 4 家单位获得管理奖。同时，2020 中国版权金奖获奖名单揭晓，书籍《三体》三部曲、书籍《中华文明的核心价值》、电视剧《大江大河》、电影《攀登者》、游戏《古剑奇谭》、舞剧《孔子》获得 2020 中国版权金奖作品奖。

6. 2021 年中国版权年会

12 月 11 日下午，2021 年中国版权年会的首场活动——“区块链推动数字文创行业健康发展”论坛在京举行。全国政协文化文史和学习委员会副主任、中国版权协会理事长阎晓宏出席并致辞。中宣部版权管理局局长于慈珂，国家博物馆文创集团总经理朱晓云，中国航天（北京）科技文化总经理寇津晖，北京金山办公软件股份有限公司首席专家、高级副总裁肖玢，北京文化产权交易中心总经理贾立斌等出席活动。

今年中国版权年会主要聚焦三个方面：一是聚焦学习贯彻十九届六中全会精神，以建设文化强国、树立文化自信为宏大目标，扎实推进版权及相关领域各项工作；二是聚焦版权对文化的资源性、基础性和战略性作用，研讨、挖掘版权在文化和经济领域的重要地位；三是聚焦新技术在版权领域的运用，以及其运用对文化产业所带来的重要影响。围绕着这些主题，年会将举办包括主论坛、平行论坛、远集坊文化讲坛等一系列活动，内容涵盖新技术在版权领域的应用、数字阅读、软件版权、短视频版权、游戏产业与版权保护等行业热点话题，系列活动将持续到明年 1 月。阎晓宏表示，协会希望能通过线上直播方式，向会员单位及关心版权工作的广大民众传递更多有用的信息，会员们也可在中国版权年会的平台上收获思想、增进友谊。

五、网络文学版权管理相关行动

1. “清朗 · 春节网络环境”专项行动

2 月 4 日，为营造欢乐喜庆、健康祥和的春节网上氛围，国家网信办决定即日起开展为期 1 个月的“清朗 · 春节网络环境”专项行动。据悉，此次专项行动将围绕改善和保障广大网民上网体验，重点针对门户网站、搜索引擎、浏览导航、弹窗广告等信息入口和资讯推荐、生活服务、社交平台、论坛社区、直播、短视频等应用环节，对色情、暴力、赌博以及低俗、媚俗、庸俗等问题予以坚决治理，对影响群众生产生活的谣言和虚假信息予以坚决打击。

此次专项行动将重点清理网站平台首页首屏、热搜榜、话题榜、重点推荐板块、弹窗等关键位置的违法和不良信息，防止低俗化炒作；集中整治生活服务类平台推送不良广告行为，特别是为低俗网文引流问题。

国家网信办将严格规范直播、短视频类网站平台网红主播行为，引导其言行符合社会主流价值观；严厉打击各类公众账号借春节话题开展恶意营销的行为，清理恶意炒作、断章取义、拼接转载等不实信息；重点整治不良网络社交行为和网络暴力现象，打击诱导未成年人应援打榜、刷量控评行为，整治煽动“粉丝”互撕和进行网络欺凌的行为。

国家网信办有关负责人表示，各地网信部门要按照《网络信息内容生态治理规定》相关要求，精心制定工作方案，压实网站平台责任，通过专项行动集中解决群众反映强烈、影响上网观感的网络生态问题，为广大群众过一个喜庆祥和的春节营造健康清朗环境。

2. 开展“知识产权宣传周”活动

为贯彻落实党中央、国务院关于知识产权的重大决策和部署，特别是习近平总书记关于知识产权工作的重要指示，在第 21 个世界知识产权日来临之际，国家版权局自 2021 年 4 月中旬起集中组织开展版权宣传活动，并将 4 月 20 日至 26 日作为重点宣传时段。

围绕“全面加强版权工作，推动构建新发展格局”主题，把贯彻落实党和国家的战略决策部署作为版权宣传工作的着眼点，立足版权产业实际，突出版权重点工作，紧扣版权热点事件，探索公众喜闻乐见的宣传形式，开展内容丰富、各具特色的宣传普及活动，为推动版权事业高质量发展，加快版权强国建设营造良好舆论氛围。

结合庆祝中国共产党建立 100 周年宣传，讲好各地区各部门在党的领导下版权事业发展壮大的不平凡历程和取得的光辉成就，讲好各地区各部门在党的领导下版权产业发展、脱贫攻坚、乡村振兴、疫情防控过程中涌现的先进事迹，讲好各地区各部门在党的领导下版权工作中展现的模范先锋的故事，以优异成绩献礼中国共产党成立 100 周年。

结合“十四五”开局起步，总结宣传“十三五”时期各地区各部门在推动版权创造、保护、运用等方面的生动实践，在制度完善、执法监管、产业发展、国际合作等方面的突出成就，宣讲阐释“十四五”期间版权工作的思路、目标、任务和举措，为全面开启建设社会主义现代化国家新征程凝聚奋进力量、提供坚强保障。

结合著作权法修改实施、打击侵权盗版案件、软件正版化、著作权登记、版权示范创建、版权展会授权交易活动、中国版权金奖、大学生版权征文等相关工作，宣传版权法律法规和基本知识，发挥典型案例的教育作用，聚焦版权运用转化和产业发展，宣传报道可借鉴、可复制、可推广的好经验和好做法，推动版权理念进一步深入人心。

3. “剑网 2021”专项行动

2021 年 6 月，国家版权局、工业和信息化部、公安部、国家互联网信息办公室四部门联合启动打击网络侵权盗版“剑网 2021”专项行动。专项行动开展以来，各级版权执法部门聚焦权利人和人民群众反映强烈的网络侵权盗版问题，不断加大网络版权执法监管力度，强化网络平台治理，严厉打击短视频、网络直播、体育赛事、在线教育等领域的侵权盗版行为，持续巩固新闻作品、网络音乐、网络文学、电商平台等领域专项治理成果，为庆祝中国共产党成立 100 周年营造良好的网络环境。

截至目前，各级版权执法监管部门查办网络侵权案件 445 件，关闭侵权盗版网站（App）245 个，处置删除侵权盗版链接 61.83 万条，推动网络视频、网络直播、电子商务等相关网络服务商清理各类侵权链接 846.75 万条，推动主要短视频平台清理涉东京奥运会赛事节目短视频侵权链接 8.04 万条。

据了解，本次专项行动重点整治 5 个领域版权秩序：一是加大短视频版权治理力度，重点打击公众账号经营者未经授权对电影、电视剧等视听作品删减切条、改编合辑制作短视频，以及未经授权复制抄袭短视频并上传网络平台进行传播等行为；二是整治网络直播版权乱象，重点打击网络主播在直播中未经授权复制、表演、通过网络传播他人影视、音乐、摄影、文字、游戏等作品及录音录像制品等行为；三是规范体育赛事版权秩序，重点打击公众账号未经授权集中批量在网络平台上传、传播东京奥运会等大型体育赛事节目等行为；四是强化在线教育版权监管，严厉打击未经授权制作电子教材、音像制品、课件视频以及通过公众账号、App、朋友圈等渠道传播教育培训侵权盗版作品等行为；五是巩固重点领域治理成果，进一步加强对电商平台、社交平台、知识分享平台的版权监管，着力规范网络新闻、网络音乐、计算机软件等版权传播秩序。

国家版权局有关负责人表示，专项行动将以新修改的著作权法、行政处罚法实施为契机，深化大要案件查办，强化网络平台治理，不断加大对网络侵权盗版惩处力度，推动网络服务商落实企业主体责任，共同构建版权保护社会共治格局，维护清朗的网络空间秩序。

4. 各省市网络文学版权管理相关行动

（1）2021 马栏山版权保护与创新论坛开幕

4 月 8 日上午，2021 马栏山版权保护与创新论坛在湖南长沙开幕。此次论坛以“创版权高地，筑文创高峰”为主题，旨在践行“三高四新”战略，展示湖南优质版权产品，繁荣版权交易，聚焦当前版权产业发展的新理念、新技术、新趋势，助推打造全国视频文创版权高地。湖南省委常委、宣传部部长张宏森，中宣部版权管理局局长、中国版权协会常务副理事长于慈珂，长沙市委常委、市委宣传部部长陈刚出席开幕式并致辞。来自全国、省市主管部门以及版权产业、研究机构、互联网企业等五百余位嘉宾参加了此次活动。

张宏森对各位嘉宾的到来表示诚挚欢迎。他说，版权是文创产业的核心竞争力，也是文创企业持续健康发展的重要支撑。湖南将持续优化版权管理和服务，坚持融合创新发展，依托媒体内容创作与版权管理平台实验室，提升版权资源转移转化力度，加快建设以数字作品为核心，上下游纵深延展、配套产业充分发育、版权价值深度挖掘的全产业链；将培育一批富有湖湘特色、具有国际影响力的高质量版权创作主体，打造版权密集型产业集群和一流版权高地。

于慈珂代表国家版权局和中国版权协会向论坛的开幕表示热烈祝贺。他说，要从党和国家大局把握版权工作，从“十四五”开新局谋划版权工作，从建设“三高四新”高度定位湖南版权工作，不断提升版权工作水平和效能。下一步，国家版权局将继续深入调研，加强指导，积极扶持，让版权工作为新时代“文化湘军”保驾护航。

开幕式上发布了《中国网络版权保护与创新“马栏山宣言”》，国家版权局向马栏山视频文创产业园授牌“全国版权示范园区（基地）”，长沙市“全国版权示范城市”创建行动正式启动。

（2）北京市政协就“青年网络作家权益保护”召开提案办理协商会

7 月 30 日下午，市政协就“青年网络作家权益保护”召开提案办理协商会。

会上，市政协共青团界别介绍提案产生背景、形成过程及主要内容；市委宣传部相关负责人等通报提案办理情况，并与青年网络作家代表、法律专家等进行座谈交流。

据介绍，市政协共青团、青联界别委员在市政协十三届四次会议上提交了关于“青年网络作家权益保护”的提案。市委宣传部联动相关部门共同关注包括青年网络作家在内的新兴群体的职业发展，帮助青年网络作家搭建与网络文学平台平等对话的机制，联合相关组织机构举办网络文学业务和专业活动，引领网络文学作家创作高质量作品，面向社会推介优秀网络文学作品，推动精品网络文学作品成果转化，增加普法宣传的针对性、实效性，增强青年网络作家对知识产权、版权保护的意识，畅通青年网络作家获取法律援助、法律服务的途径，维护青年网络作家合法权益。

（3）山东潍坊市举办市版权调解委员会揭牌暨版权专家库成员聘任仪式

8 月 20 日上午，潍坊市创建全国版权示范城市专班办公室在山东求是和信律师事务所，举行潍坊市版权调解委员会揭牌暨版权专家库成员聘任仪式。

会议指出，潍坊市版调委和版权专家库的成立，是按照潍坊市委、市政府决策部署，结合党史教育学习，在深入开展“我为群众办实事，打造群众生活满意度”上做出的一次有益探索，是进一步提升潍坊市版权保护质量水平的一项建制度、利长远的基础性工作，也是进一步提升版权保护专业性、权威性，更好服务群众的重大举措，同时也是落实《潍坊市著作权纠纷“三调一诉”实施办法》（潍中法发〔2021〕3 号）的必然要求，是实施版权保护“全链条”建设的重要举措之一，对完善全市知识产权保护治理体系，对加强版权司法保护、加快建设现代化高品质城市具有积极的推动作用，必将为整个版权示范城市创建工作产生重要影响。

会议要求，潍坊市版调委要坚持合法、公正、自愿等原则，积极化解矛盾纠纷，加强以案说法，引导全社会更多通过调解方式化解矛盾纠纷，推动《中华人民共和国著作权法》的有效实施，达到服务群众、服务产业的目的，打造成为全市专业性、行业性调解组织的新典范、新品牌；潍坊市版权专家库要发挥自身优势，在版权专业领域、专业问题上积极建言献策，当好智囊团和咨询师，提供简单、便捷、高效的版权纠纷解决方案。

（4）重庆市第二批版权研究基地落户4所高校

10月12日，重庆市第二批版权研究基地授牌仪式在重庆工业职业技术学院举行。市版权局、市教委、重庆邮电大学、重庆工商大学、重庆工业职业技术学院、重庆文化艺术职业学院相关领导出席仪式，有关教师代表和企业代表共计80余人参加仪式。

据向市委宣传部版权管理处了解，为构建版权现代治理体系，提高版权创造、保护、运用、转化效能，重庆邮电大学、重庆工商大学、重庆工业职业技术学院、重庆文化艺术职业学院等高校所属院系设立了市版权研究基地。

作为重庆市第二批版权研究基地，本次授牌的4所高校将在版权政策研究、学术交流、行业培训、人才培养等方面开展协同创新合作。将版权研究基地设在高校，旨在发挥高校学科建设和人才聚集优势，鼓励高校在版权理论研究、版权产业统计、版权项目孵化、版权人才培养等方面大胆探索，勇于创新，为开创重庆市版权产业及软件产业发展新局面做出积极贡献。

授牌仪式上，市版权局、市教育委员会领导为各基地授牌，重庆工业职业技术学院、中科方德软件有限公司相关领导为方德数字版权学院揭牌，开启基地建设新征程。

市委宣传部二级巡视员左图强对版权研究基地授牌仪式的成功举办表示热烈的祝贺，并为基地建设发展提出几点要求：一是要建立促进自主可控软件开发、版权运用和推广和推动版权成果的质量评估、转化和管理机制；二是要打造校企协同创新基地，形成一套科学、完整的版权管理体系，推动高质量版权成果的产出和技术成果的转移转化；三是要深化校企合作，打造高水平软件版权专家团队，创新软件产业人才培养，增强社会服务能力，推动重庆市数字经济产业的发展；四是要完善版权运用培训体系，提高培训质量和规模，提升软件版权产业从业人员综合技能水平。

市教委二级巡视员谯建指出，重庆市版权研究基地在发挥高校在服务社会经济建设发展中有着重要作用，积极促进了重庆市版权保护治理体系的完善、版权保护社会共治新局面的构建和版权产业的高质量发展，有力助推重庆成为具有全国影响力的科技创新中心，对在新一轮竞争中抢占先机、赢得主动具有极其重要的作用与意义。

（5）安徽全新版权登记服务系统“安徽版权在线”上线运营

11月25日，安徽省全新版权登记服务系统——“安徽版权在线”正式开通并上线运营。这是安徽省版权交易中心提升版权登记保护服务水平，落实安徽省版权局构筑版权保护良好生态、推动产业高质量发展的有力举措。

“安徽版权在线”，是安徽省版权交易中心暨安徽文化产权交易所（简称“安徽文交所”）最新研发的高科技平台，也是安徽省文化投资运营有限公司、安徽省文交所根据省内版权登记实际，解决内容版权与存证专业化手段不足的矛盾，解决旧版登记系统操作烦琐、耗时耗力、确权速度慢、监测能力差，交易功能不够的行业痛点的一种手段。“安徽版权在线”新平台能用区块链技术、指纹识别技术，实现对数字版权进行 24 小时存证。从作品名称、样本、作者、著作权人等多维度进行线上申请，审核存证、作品权属清晰。新平台可同时提供登记、确权、颁证电子一体化流程服务。线上申请，无须纸质材料，可实现一键式上传，后台批量审核，快速生成著作权证书，简捷高效。“安徽版权在线”还开发有移动端微信小程序，对接安徽文交所微信公众号，方便权利人随时随地，快速登记存证。

此外，“安徽版权在线”平台特别开辟了中小微企业《徽风皖韵》服务专区，为全省中小微企业文创产品、存证运营保护提供公益帮助！所有经营及注册在皖中的小微企业，均可通过该平台，享受版权区块链免费存证保护、全网免费侵权监测、免费发函维权的服务；得到诉讼维权、定期监测维护增值服务，成为省内各类中小企业版权保护得力助手。同时也对降低全省企业版权保护成本、加速全省版权成果转化，促进中小微企业文化创意版权深度开发，有着十分积极的意义。

六、年度网络盗版侵权典型案例

1.“风云小说网”侵权案

2021 年 3 月，扬州仪征开庭审理了一法院起诉侵犯著作权案，被告人杨某通过架设小说阅读网站，未经版权方授权，私自复制盗版 600 余部网络小说，通过植入广告非法牟利 80 多万元人民币。

据悉，在 2017 年，杨某搭建了一个小说阅读网站，试图通过在网站植入广告的形式获取收入。但在初期，由于小说数量不多，且可读性不强，平台用户量少，所以主动找上门的广告主并不多。在这种情况下，杨某通过打听得知市场上有一款小说采集器，可自动复制小说。这种采集器可设定其他小说网站链接，自动抓取、采集其他小说网站上的内容，再把采集到的小说免费发布在自己网站上。就这样，杨某在未支付任何版权费的情况下频频盗版有关网络小说，向平台读者提供免费小说。此后，杨某的网站迅速吸引了众多小说爱好者，也吸引了多家广告公司的关注。

2020 年初，国内某知名小说网站发现有某网站大量复制其享有著作权的文学作品，并通过植入广告牟利。通过收集相关证据发现，这些盗版网站的服务器 IP 地址均位于仪征市，于是该公司立即向仪征警方报警。很快，警方通过技术侦查手段锁定了杨某。2020 年 5 月，仪征警方赴四川成都，将涉嫌侵犯著作权罪的杨某抓获。近日，经仪征市人民检察院提起公诉，仪征市人民法院开庭审理了这起案件。法院经审理查明，2017 年 12 月至 2019 年 1 月间，被告人杨某在互联网上架设小说网站，在未经著作权人许可的情况下，使用采集器大量非法复制他人享有著作权的文学作品并在其小说网站上发布，并通过植入广告获利人民币 85.1 万元。

最终，杨某因犯侵犯著作权罪，被判处有期徒刑一年，缓刑一年，并处罚金人民币 5 万元。

2. 风与天幕等作者与若看中文网侵权案

2019 年，女频作者风与天幕发表的那本书全渠道大火，甚至长期称霸各大榜单，然而这么火的一本书，两年半的渠道费加起来，作者只拿到了不到 5W。在要求网站给出明细被拒之后，为与掌阅旗下网站若看侵吞渠道费战斗，风与天幕选择用司法途径维权，她联系了一群女频作者，联名起诉若看。

最终，法院裁定判处被告若看（新阅文化公司）支付补偿分成款 35 万元左右。

但好消息未过，若看便起诉作者风与天幕违反优先权要求赔偿 100 万元。大概过程是，作者在跟这家网站签了《文学作品独家授权协议》并且连载了作品，作者累计收到稿费 38 万元。然后，作者在之后分别用不同笔名去云起网和红薯网写了两本书。于 2020 年 4 月 8 日以笔名“天善有容”在云起网发表作品《我养的太子黑化了》；于 2020 年 8 月 5 日以笔名“风与自然”在红薯网发表作品《重生后我继承了百亿遗产》。若看认为作者在签约期内将自己的其他作品发表在其他网站，违反了签约优先权，以此提起诉讼。结果自然是败诉，虽然作者确实违反了合约条款，但作者收到的 38 万是已经签约作品的分成的稿费，跟违约作品（指在第三方的作品）无关。

这是一次难得的作者撕破脸皮以实际行动起诉平台的案例，虽然过程是坎坷的，平台的报复是下流的，但法律呈现的结果是令人满意的。

3. 华为“荣耀阅读 App”涉嫌侵权

2021 年 6 月，作家“秦语”诉华为旗下“荣耀阅读”App 涉嫌侵犯其原著小说作品《谁的宿命里勇敢》版权纠纷案判决结果出炉，广州互联网法院判决被告华为公司向作家秦语支付经济损失 2 万元。

据判决书显示，原告秦语诉称，“荣耀阅读”App 上提供了涉案作品《谁在宿命里勇敢》的在线阅读服务，侵犯害了原告秦语对小说《谁在宿命里勇敢》的相关权益，要求华为公司赔偿经济损失 5 万元（418 千字 * 119.7 元/千字）。

而被告华为公司辩称，华为公司未发布任何涉案作品信息，涉案小说《谁在宿命里勇敢》是由上海阅文公司提供并发布，且存储在阅文公司的服务器上，华为仅是提供平台接入服务的网络服务提供商。该案的起因是由于阅文公司的疏忽，导致忘记续期，而且涉案作品已在涉案平台“荣耀阅读”App 下架，所以秦语主张的 5 万元赔偿过高，不应获得支持。

经审理，广州互联网法院做出判决：被告华为公司向原告秦语支付经济损失2万元；驳回原告秦语的其他诉讼请求。

4. 喜马拉雅主播未经授权非法录制有声小说

2018年，晋江文学网发现喜马拉雅主播未经授权将其公司独家签约作品@语笑阑珊的《土匪攻略》录制为音频并上传至喜马拉雅平台进行公开传播，严重侵犯了晋江文学网及作者的权益，法务第一时间对侵权行为进行取证并立案诉讼。

经过两年半的维权（被告一审败诉又上诉延长了时间等），近期本案判决已经生效，法院判决喜马拉雅承担侵权责任，赔偿晋江数万元。

目前全部赔偿款已经到账，赔偿金已发放至被侵权作者账户。

由于被侵权作品数量庞大，晋江诉喜马拉雅及其平台主播的案子尚有数十起还在维权中，尽管维权时间非常久、很多时候不同法官对喜马拉雅平台是否有责任意见不一致，北京地区法院降低了某些情况下对网络作品的赔偿标准，但晋江一直在积极公证立案努力为签约作者维权。

维权是一件任重而道远的事情，晋江不会因为判赔额降低而改变维权的初心。希望通过晋江对打击侵权行为的坚持，侵权者陆续为其侵权行为付出代价，侵权行为能再少一点，支持正版的观念能够更加深入人心；也真心希望法院及法官们能考虑到作者写作的不易，更全面地衡量网络作品保护价值，让侵权者为其错误行为付出应有的代价。

5. 袁怡芳小说网络侵权案

2020年，成都女作家袁怡芳正式委托四川豪俊律师事务所李斌律师起诉涉嫌侵犯《费晓雾的奇幻天空》信息网络传播权的各大有声书和电子书网络平台，维护著作权人的合法权益。

起诉书称，《费晓雾的奇幻天空》是袁怡芳的原创作品，2012年9月由四川文艺出版社出版发行。2017年1月3日收回版权后，袁怡芳本人拥有该作品完整著作权，未授权任何个人或组织使用。百度公司未经许可在其运营的"baidu. com"网站在线向公众提供与《费晓雾的奇幻天空》作品内容一致的收费电子书服务，侵犯了版权所有人著作权，应承担赔偿责任。

2021年3月9日，成都市中级人民法院知识产权审判庭开庭审理了成都女作家袁怡芳诉北京百度网讯科技有限公司侵犯作品信息网络传播权一案，百度公司一审败诉后提起上诉。

同年8月9日，袁怡芳起诉中版、喜马拉雅、懒人听书、咪咕阅读、京东读书、广州华阅等网络平台侵犯作品信息网络传播权纠纷一案在成都市中级人民法院知识产权审判庭如期开庭。

6. 最高法就《传奇》著作权纠纷案作出终审判决

2021 年 12 月 27 日，就网络游戏《传奇》相关的著作权争议，最高人民法院发布 5 份终审判决书，认为“原审判决认定的娱美德公司未经与亚拓士公司协商授权他人开发共有的游戏软件，侵害亚拓士公司对共有游戏软件享有的权利”的结论正确；同时，明确亚拓士公司、盛大游戏（后改名为盛趣游戏）在 2017 年订立的软件著作权《续展协议》有效；对原审法院作出的认定亚拓士公司、蓝沙公司签订《续展协议》的行为侵害了娱美德公司、传奇 IP 公司就《传奇 2》游戏软件享有的共有著作权的判决，最高法认为此项判决有误，予以纠正。

判决书中明确，诉争起因“系因《传奇 2》游戏软件共有著作权人亚拓士公司、娱美德公司之间，针对在中国市场已独占许可给盛大游戏（蓝沙公司）并长期运营的《传奇 2》网络游戏市场的衍生开发，因引入新的合作主体引起的著作权权利行使纠纷。”

2001 年，亚拓士公司（授权方）与盛大游戏（被授权方）以及上海浦东新区进出口公司（进口代理）签订《软件许可协议》，授权盛大游戏在中国大陆地区和香港独家运营《传奇 2》游戏软件。在 2003 年、2005 年、2008 年，娱美德公司与亚拓士公司分别签订了《修订协议》《延期协议》《延期协议Ⅱ》。2017 年，亚拓士公司与蓝沙公司签订《续展协议》，将《软件许可协议》的有效期限延长至 2023 年。然而娱美德公司、传奇 IP 公司反对亚拓士公司与蓝沙公司续约，最终导致争议双方对簿公堂。《续展协议》是否侵害了共有著作权人利益以及亚拓士公司、蓝沙公司应否承担相应的侵权责任，成为案件审理的争议焦点。

最高法在判决中明确，“难以认定亚拓士公司、蓝沙公司存在恶意串通，并致使娱美德公司、传奇 IP 公司利益受损。”“本案证据不能证明亚拓士公司行使更新权与蓝沙公司签订《续展协议》损害了共有著作权人利益，娱美德公司、传奇 IP 公司主张蓝沙公司在 2017 年 9 月 28 日之后不得运营《热血传奇》PC 客户端网络游戏中文版依据不足，亚拓士公司、蓝沙公司无须承担停止侵权、赔偿损失、消除影响等侵权责任。”

（曾歌　执笔）

第九章　理论与批评

2021年，我国网络文学发展进入新的历史拐点，理论与批评的重要性得到进一步彰显。廓清本年度网络文学理论批评总貌，总结理论热点、摸索个中规律、反思相关症候，旨在推动网络文学理论与批评走向新生态，展现新气象。

一、年度理论与批评总貌

2021年是中国网络文学理论与批评进入新拐点的一年。恰逢网络文学30年的时间节点，在赓续网络文学作家作品评论、IP分发改编理论、海外传播研究的基础上，网络文学理论与批评的内容持续深化，从建党百年与网络文学的精神关联、推动高质量发展、数字人文等角度切入的研究成果日益增多，涌现出一大批高水平文章。通过对知网收录文献的统计与分析，2021年，我国共有203家专业学术刊物刊发网络文学理论与批评相关论文369篇。① 与2020年度的148家学术刊物刊发论文285篇相比，数量增长明显。在本年度论文中，CSSCI期刊论文有127篇，占比34.4%，高于去年的31%。网络文学的理论与批评呈现出稳中向好的发展态势。

1. 网络文学理论与批评年度热点

（1）中宣部等五部门发文加强网络文学批评

2021年8月，中央宣传部、文化和旅游部、国家广播电视总局、中国文联、中国作协等五部门联合印发了《关于加强新时代文艺评论工作的指导意见》（以下简称《意见》），明确了新时代文艺评论工作的总体要求是：以习近平新时代中国特色社会主义思想为指导，全面贯彻“二为”方向和“双百”方针，坚持创造性转化、创新性发展，弘扬中华美学精神，进行科学的、全面的文艺评论，发挥价值引导、精神引领、审美启迪作用，推动社会主义文艺健康繁荣发展。建立线上线下文艺评论引导协同工作机制，建强文艺评论阵地，营造健康评论生态，推动创作与评论有效互动，增强文艺评论的战斗力、说服力和影响力，促进提高文艺作品的精神高度、文化内涵和艺术价值，为人民提供更好更多精神食粮。

《意见》提出要把好文艺评论方向盘，开展专业权威的文艺评论，加强文艺评论阵地建设，强化组织保障工作。针对网络文艺，《意见》提出要壮大评论队伍，

---

① 因改版等原因，部分论文知网不再收录，此次统计的期刊论文数可能不够完整。

加强中华美育教育和文艺评论人才梯队建设，重视网络文艺评论队伍建设，培养新时代文艺评论新力量。

（2）建党百年与网络文学关联研究

网络文学与建党百年之间的精神关联是2021年网络文学研究的一大热点。欧阳友权指出网络文学的出现及其快速发展，是中国共产党百年辉煌成就的一部分，是百年奋斗历程的精神赓续和文学表达。践行党和人民赋予文学的历史责任，实现网络文学更好、更健康的繁荣发展，必须形成“凝心聚力、精品发声”的两大共识。① 白烨提出要从战略层面和全局视角看待和认识网络文学，将其放置在国家文化总建设和当代文学大格局之中。② 桫椤指出，无论是以文本形式回应时代召唤、呈现时代风貌、阐扬时代精神，还是为泛娱乐产业提供优质故事内容，网络文学都凸显了在建设文化强国过程中的文化承载。③ 薛泽祎认为网络文学已成为当下文化建设的重要组成部分，作为新时代的文学生力军，网络文学要承担起相应的责任。④ 江秀廷、周志雄认为中国网络文学依托中华民族悠久而灿烂的传统文化，正以其守正创新的积极进取态度，发挥自身优势，通过文学创作和文化实践活动，承担起伟大历史责任。⑤ 吴金梅认为网络文学的主流化、现实向、优秀民族传统文化蕴含丰富及IP转化特点，对于当下文化事业和文化产业繁荣发展具有巨大意义。⑥ 夏烈认为网络作家加入现实题材创作，既弘扬了中华优秀传统文化，也更新了社会主义文化。⑦ 姚婷婷认为网络文学不仅是时代精神的“探测器”，也是社会心理的“稳定器”。中国网络文学要承担起“聚焦新时代，反映新生活”的社会责任，通过优秀的作品展现中华民族伟大复兴的时代精神。⑧

关于讲好“中国故事”，曹成竹认为网络文学集中体现了“中国故事”的感觉结构与媒介技术更新之间的共振，成了中国文化对外传播的一个重要渠道。⑨ 蔡悦尝试建立起网络文学“讲好中国故事”评价体系，并从国家层面、社会角度、个人

① 欧阳友权：《百年百部网文力作的精神光源——写在建党百年·百家网站·百部精品发布之际》，《文艺报》，2021年6月25日。

② 白烨：《在强国战略的大格局中发展网络文学》，《文艺报》，2021年1月29日。

③ 桫椤：《网络文学回应时代召唤，建构放飞想象、寄寓心灵的叙事空间》，《文汇报》，2021年12月12日。

④ 薛泽祎：《新时代背景下网络文学如何做好正导向》，《出版广角》，2021年第1期。

⑤ 江秀廷，周志雄：《守正创新　盛世气象——中国网络文学的文化价值》，《宁夏社会科学》，2021年第4期。

⑥ 吴金梅：《以网络文学创作繁荣发展新时代文化事业和文化产业研究——以网络文学“金桅杆”奖及作家创作为例》，《文艺报》，2021年4月30日。

⑦ 夏烈：《书写现实是一项自觉的挑战》，《文艺报》，2021年8月23日。

⑧ 姚婷婷：《网络文学：时代精神“探测器”》，《中国社会科学报》，2021年9月17日。

⑨ 曹成竹：《“中国故事”与当代中国文艺实践的感觉结构》，《江西社会科学》，2021年第7期。

维度三个方面出发，探寻网络文学“讲好中国故事”的对策。① 时世平认为进入新时代，网络文学应创造性地转化中华优秀传统文化，反映人民如火如荼的奋斗史，讴歌中华民族伟大复兴，自觉成为吹响中国大踏步迈进的强劲号角。② 何常在从自身立场出发，探求作为一名成熟的网络作家，应该如何以网络文学表达当代的中国故事，以现实题材书写中国的伟大成就。③

（3）网络文学高质量发展研究

当下，网络文学正处于提质升级的关键阶段，针对其发展过程中存在的问题和面临的挑战，部分学者从生产机制、管理制度等角度展开研究。马季指出当前文学创作从规模扩张向追求质量转型，如何提升网络作家的文学地位、培育新生力量，让网络文学向精品化、高端化发展，已成为业界关注的焦点。④ 何弘指出网络文学正处于转型升级发展的关键阶段，广大网络作家要进一步转变观念，树立精品意识，牢记初心使命，勇于担当作为，以“品质佳作”讲好中国故事，推动网络文学加快主流化、精品化、经典化进程，助力社会主义文化强国建设。⑤ 单小曦认为中国网络文学正遭遇着来自网络文学平台异化、网络文学制度不健全和精英批评话语错位带来的三大钳制，它们正在把中国网络文学拖入一种发展的困厄境地，从而也在很大程度上阻碍了其当代文学使命的达成。⑥ 基于“坚持系统观念”原则，黄鸣奋提出高质量发展涉及如何建设创作队伍、满足人民需求、构筑跨界纽带、探索新颖形式、蕴含深刻内容、明确精品定位、运用精湛技巧、发展创意产业、推进文学评论等环节，要处理好门槛与潜能、服务与引导、竞争与协作、科技与艺术、架空与写实、网感与经典、借鉴与创新、引进与输出、偶像与粉丝等的关系。⑦ 黄先蓉、贺敏认为应当从平衡政策工具整体结构、协调政策工具和政策价值目标、加大治理政策工具力度等方面完善网络文学治理政策，提高我国网络文学治理能力，促进网络文学产业实现社会效益和经济效益的良性结合。⑧ 陈洪娟提出要把握好理论逻辑、历史逻辑和实践逻辑，提出新生态语境下网络文学发展策略。⑨ 来阳以被 VIP 制度排除在外的女性写作为切入点，反思 VIP 制度的缺陷，并为如何构建中国网络文学

① 蔡悦：《网络文学“讲好中国故事”评价研究——以八部网络文学作品为例》，西华大学硕士论文，2021 年。

② 时世平：《新时代网络文学的中国书写》，《中国社会科学报》，2021 年 1 月 11 日。

③ 何常在：《中国故事的网络文学表达》，《中国艺术报》，2021 年 12 月 1 日。

④ 马季：《推动网络文学高质量发展》，《中国文化报》，2021 年 1 月 27 日。

⑤ 何弘：《呼唤网络文学的新高度和新作为》，《文艺报》，2021 年 9 月 17 日。

⑥ 单小曦：《使命与钳制：中国网络文学发展境况思考》，《探索与争鸣》，2021 年第 10 期。

⑦ 黄鸣奋：《“路空文隐喻”阐释与网络文学高质量发展的系统观——奇幻电影〈刺杀小说家〉思辨》，《福建论坛（人文社会科学版）》，2021 年第 6 期。

⑧ 黄先蓉，贺敏：《政策工具视角下我国网络文学治理政策文本分析》，《出版发行研究》，2021 年第 5 期。

⑨ 陈洪娟：《文学新生态语境下网络文学的变与不变及其发展策略》，《西南大学学报（社会科学版）》，2021 年第 5 期。

史理论框架与研究方法提供建议。① 李强认为随着网络文学影响力的扩大，文艺管理部门对网络作者的管理、引导工作逐渐加强，网络作家的社会地位获得提升，学院派对网络作家的研究也逐步深入，在多种力量推动下，网络作家崛起，且正在重构当代文学格局。② 王志刚、李阳冉从网文“断更”风波入手，提出要想在平台与作者之间建立新的平衡，实现行业生态化发展，必须重塑版权精神。③ 张志安、李敏锐从劳动控制理论出发，考察网络文学平台与签约作者之间的雇佣关系，由此探讨互联网平台及其平台资本对签约作者的劳动控制机制，以及签约作者针对平台控制而采取的应对策略，在此基础上思考平台劳动控制和平台劳动者博弈所带来的启示。④

从题材选择、叙事模式、属性特征等角度切入的研究也有很多。吴长青认为当前网络文学已成为社会主义文学的重要组成部分，秉持这样的原则和方向，网络文学的现实转向也许是其走向更高层次的一种艺术超越。⑤ 胡疆锋认为转向现实题材创作并不意味着网络文学必然会通向现实主义。中国网络文学具有自身独特的发展规律，其奇幻叙事展现出特殊的现实品格、深刻而鲜活的时代感和想象力，使得及物的现实主义成为可能，也拓宽了现实主义的边界。⑥ 桫椤指出乡村题材小说通过塑造能够使读者产生代入感的人物形象，以满足大众的乡村想象，除了人物的成功叙事、模式化的故事套路以及凸显的社会主流价值外，还采用了提供共情的形象、以对比手法形成反差效果增强叙事张力等策略，形成了新的叙事调性。⑦ 刘鸣筝、付娆以量化的方式证明了读者的偏好有明显的聚类效应，虚拟内容和军事历史内容明显更容易收获读者的满意度，言情内容难以讨好一般受众，作者可以将注意力更多放在小众群体上。⑧ 周冰认为网络小说叙事的图像化倾向是对新媒介时代人们视像化生存与体验的症候式回应，不仅为图像语境下的文学争取了生存空间，而且以跨媒介实践实现了一定的图像意识形态功用。⑨ 高翔认为网络文学的叙事逻辑囿于网络文学的个体化特性，呈现出基于个体欲望与民族情怀、科学与技术、空间与时间的复杂交错，展现了当代中国宏大叙事和个体书写并行不悖的双面性。⑩ 马季将

① 来阳：《在 VIP 制度之外：女性写作与中国网络文学史的重构》，《中国图书评论》，2021 年第 10 期。

② 李强：《当代文学变革与网络作家的崛起》，《文艺理论与批评》，2021 年第 6 期。

③ 王志刚，李阳冉：《版权利益平衡视角下的网文“断更”与“书商之战”》，《出版发行研究》，2021 年第 5 期。

④ 张志安，李敏锐：《网络文学平台签约作者的劳动控制与劳动博弈》，《新闻与写作》，2021 年第 10 期。

⑤ 吴长青：《重提网络文学批评的有效性》，《河北日报》，2021 年 5 月 7 日。

⑥ 胡疆锋：《通向及物的现实主义——论网络文学的现实转向》，《社会科学辑刊》，2021 年第 1 期。

⑦ 桫椤：《网络文学中的乡村想象与叙事策略》，《中国文学批评》，2021 年第 2 期。

⑧ 刘鸣筝，付娆：《网络小说内容类型特征与读者偏好关系初探》，《文艺争鸣》，2021 年第 8 期。

⑨ 周冰：《网络小说叙事的图像化倾向》，《中国文学批评》，2021 年第 2 期。

⑩ 高翔：《现代性的双面书写——论当代网络文学中的宏大叙事》，《中州学刊》，2021 年第 11 期。

网络文学归纳为“幻想”、历史、现实三类题材，对其叙事资源、基本叙事手法作出探究。他认为网络文学 IP 的迅速升级不仅改变了网络文学单一化的叙事模式，也在一定程度上加快了网络文学与传统文学在艺术上的共振。① 郝然认为，网络文学语言所具有的杂语共生发展状态，视听特性与图像转化的审美特征，以及脚本化与跨媒介融合的辐射功能，已使其成为当今社会大众文化长廊中一道靓丽的流动景观。②

网络文学的可持续发展离不开学院派批评家的理论支持，本年度构建网络文学评价体系与打造网络文学经典等一系列问题激发了众多学者的研究热情。欧阳友权指出网络文学已成主流，但难觅经典。网络创作要打造文学经典，一要倡导“工匠精神”，二要有推进网络文学经典化的举措，三要规避误区，四要实施评价分层，五要优化创作环境。③ 周志雄认为网络文学经典是时代文学机制的产物，评价网络小说应在艺术考量的基础上，充分考虑其网络性、大众性、市场性、文化产业转化的影响力等。④ 黎杨全认为经典固定的、独立的、封闭的、模范的和规定性的属性与网络文学形成了根本性的冲突。⑤ 胡疆锋提出文艺评论家要善于发现网络文艺的事件性，研究网络文艺的断裂性、生成性、创作的过程性、艺术的媒介性和未知的潜能，适应平台化、圈层化的评论趋势，也要敏锐地发现事件的可撤销性和非事件化的可能，充分发挥文艺评论的引领功能。⑥ 闫海田认为应强调网络文学的中国经验，力争从中国网络文学的世界特殊性中提出、提纯与确立能有效阐释中国网络文学复杂现象的批评概念与“核心关键词”，最终实现世界层面的中国当代文学批评的理论话语建构。⑦ 欧阳友权构建了呈“树状”结构的网络文学评价体系，并强调适应对象的有限性、要素倚重的选择性和系数赋权的针对性，规制了这一评价体系在实际应用上的适恰性本色。⑧ 禹建湘认为网络文学网站的社会效益评估是当前亟待解决的重要问题。为此，他建构了一套较为完整的网络文学网站社会效益评估价值体系，通过客观指标和量化标准对文学网站进行社会效益考核，并辅以 25 家文学网站的发展数据进行实证研究。⑨ 黎杨全认为基于中国网络文学的特殊性，可建构文学性与连接性相结合的动态评价体系，要求研究范式从传统的作品阅读、纸质文

---

① 马季：《中国网络文学叙事探究》，《中国文学批评》，2021 年第 2 期。

② 郝然：《论网络文学语言的审美维度》，《当代文坛》，2021 年第 4 期。

③ 欧阳友权：《网络创作能否打造文学经典》，《上海文化》，2021 年第 8 期。

④ 周志雄：《网络文学经典化与评价体系建构》，《中国文学批评》，2021 年第 3 期。

⑤ 黎杨全：《网络文学的经典化是个伪命题》，《文艺争鸣》，2021 年第 10 期。

⑥ 胡疆锋：《作为事件的网络文艺与新文艺评论的再出发》，《中国文艺评论》，2021 年第 6 期。

⑦ 闫海田：《中国网络文学“先锋性”问题新论“关键词”或“新概念”生成》，《当代作家评论》，2021 年第 6 期。

⑧ 欧阳友权：《网络文学评价体系的“树状”结构》，《当代文坛》，2021 年第 6 期。

⑨ 禹建湘：《构建网络文学网站社会效益评价体系——基于 25 家网站数据分析》，《中国文学批评》，2021 年第 3 期。

献的调查走向网络空间，采用网络民族志的方法搜集整理电子文献，实现现实与网络的双重田野考察，探索新媒介文艺批评的中国话语。① 殷昊翔认为大众与精英大V两大网络时代主体，唯有重新审视、调整、变革现有的文学观念，才能在博弈与兼和之间互利共存，从而使网络文化走上健康、规范的发展之路。②

（4）数字人文与网文算法研究

以数字形态存在且拥有庞大体量的网络文学与数字人文之间存在天然的契合点，本年度数字人文视野下的网络文学研究成果喜人。许苗苗提出从“网络文学”到“网文”，不仅是“名”的转换，更是“实”的变迁，而支撑网文从零散篇目向量产飞跃的，正是互联网的数据力量。③ 黎杨全认为当下须反思印刷文化的文学观念，摆脱文本意识形态，建构数字时代的活文学观。④ 张雨轩、韩传喜指出在媒介融合时代，网络文学的编码者和解码者在群体数量、编码方式和解码方式上均发生了变化，但以网络文学为契机提升大众文学素养和文化底蕴的本真不应遗忘。⑤ 陈众议运用马克思主义的立场、方法，对浩如烟海的网络（数字）文学进行学理耙梳，指出在当今时代推动文学在理想与利益之间实现适当让渡迫在眉睫。⑥ 王光利指出受审美范式转型的促动而迅猛发展的中国新媒体文学具有多元交互的文学表现形式、模式跳转的接受方式、虚拟的主体间性、后现代审美性等特征。⑦ 欧阳友权指出网络文学形成了以通俗性娱乐为主打功能的“爽”文学观，网络虚拟审美的娱乐本体要追求媒介合规律性与艺术合目的性的统一，对网络文学的过度娱乐化需保持必要的警惕，并从艺术目的、道德约束、法律底线三个层面为之设立必要的边界。⑧ 吴长青归纳总结了网络文学“数据”采集和保存应遵循的五大原则，提出了“数据”保存及使用的四种方法，强调需要重视对网络文学“数据库”的建设。⑨ 韩模永认为数据库是网络文学“新文类”的典型结构模式，该结构更改了传统文学的诸多特征，生成了新型的数据库美学，“新文类”变为一种反叙述、可重组的“新文艺”。⑩ 单小曦认为数字人文进入网络文艺批评有其必要性，建设智能化的网络文艺（新媒介文艺）“大数据库”势在必行，而成熟的数字人文网络文艺批评需要通过多

---

① 黎杨全：《新媒介的“连接主义”与网络文学评价范式变革》，《中国文学批评》，2021年第3期。

② 殷昊翔：《网络批评主体的博弈与兼和》，《长江学术》，2021年第3期。

③ 许苗苗：《“网文”诞生：数据的权力与突围》，《探索与争鸣》，2021年第10期。

④ 黎杨全：《走向活文学观：中国网络文学与次生口语文化》，《探索与争鸣》，2021年第10期。

⑤ 张雨轩，韩传喜：《媒介融合时代网络文学的编码与解码》，《当代作家评论》，2021年第1期。

⑥ 陈众议：《数字人文与技术让渡》，《外国文学动态研究》，2021年第1期。

⑦ 王光利：《审美范式转型与新媒体文学发展路向》，《江苏社会科学》，2021年第2期。

⑧ 欧阳友权：《网络文学虚拟审美的娱乐边界》，《社会科学辑刊》，2021年第1期。

⑨ 吴长青：《数字时代文学研究的转型——网络文学研究中的“数据”管理》，《文艺报》，2021年6月25日。

⑩ 韩模永：《网络文学“新文类”的结构形态及数据库美学》，《山东社会科学》，2021年第9期。

层次的合作才能达成。① 邓祯、梁晓波认为人工智能技术催生了网络文学新的出版形态，但由此带来的潜在风险也不容忽视。基于此，他们提出“以人为本”、多元治理、“人机共融”等应对策略。②

针对免费资本主义、网文算法的研究也取得了新突破。黎杨全指出从网络文学的历史来看，“免费论”呈现出多副面孔，前两次“免费论”表现的是试图解构著作权的网络共享文化，现在的“免费论”表现的是短视频的读图逻辑取代小说叙事逻辑的结果，呈现的是文学写作在强调用户与数据至上的数字资本主义时代的困境。③ 项蕾梳理了数字资本主义条件下网络文学场域秩序的变迁，并指出网络文学生产中存在着以爱欲劳动对抗资本主义异化逻辑的一面。④ 陈定家将网络文学喻为一列以技术为轨道、以资本为动力的火车，并从“技术市场”“媒介方式”“信息融合”三个维度探讨网络文学研究的一些基本问题。⑤ 张永禄以现有的研究成果为例分析了开展网络文学文本算法批评的可行性，指出开展算法批评遇到的两大困难：物质技术条件的限制以及如何处理机器运算和批评主体的矛盾关系。⑥ 桫椤认为伴随技术迭代引起的功能升级，算法引发的叙事变革会对网络文学自身的创作、传播和整个行业生态带来较大影响。在媒介技术变革中探索新发展模式的同时，网络文学必须通过优质内容应对外部挑战，这是确保行业繁荣发展的不二法门。⑦

（5）网络文学作家作品评论

在扶持现实题材网文创作和呼唤现实主义创作精神回归的背景下，本年度针对网络文学作家作品的研究和评论呈现出新风向。张亚琼指出阿耐的《大江东去》开启了现实题材网文宏大叙事的格局，首创了以改革开放为中心的“重大主题”的书写，贡献了颇具精英色彩的改革“新人”，并以此奠定了一种“理想化”的写作模式，这种“理想化”的写作模式被后来者不断模仿与超越，已经成为当前“现实”类网文最基础的写作套路。⑧ 李强指出《重生传说》开启了网络重生小说的潮流，该类型小说后来的发展表明，现实主义是有强悍生命力的，媒介变革和时代变迁会改变其呈现形式，但不会改变其洞察时代、关怀人性的精神特质。⑨ 马季认为任怨

① 单小曦：《数字人文：实现合作式网络文艺批评》，《中国社会科学报》，2021 年 9 月 17 日。

② 邓祯，梁晓波：《人工智能赋能网络文学出版：现状、潜在风险与应对策略》，《中国编辑》，2021 年第 8 期。

③ 黎杨全：《网络文学“免费论”与数字资本主义的症候》，《中州学刊》，2021 年第 8 期。

④ 项蕾：《推介去中心与消闲货币化：数字资本主义对网络文学场域的重塑》，《文艺理论与批评》，2021 年第 4 期。

⑤ 陈定家：《市场·媒介·信息：多维度理解网络文学》，《中国社会科学报》，2021 年 9 月 17 日。

⑥ 张永禄：《用“算法”推进网络文学批评》，《中国社会科学报》，2021 年 9 月 17 日。

⑦ 桫椤：《互联网升级与网络文学内容优化的博弈》，《河北日报》，2021 年 11 月 15 日。

⑧ 张亚琼：《宏大叙事与现实题材网文的“理想化”写作——以阿耐〈大江东去〉为中心》，《当代作家评论》，2021 年第 5 期。

⑨ 李强：《现实主义的“网络重生”：读〈重生传说〉》，《文艺报》，2021 年 7 月 19 日。

的网络小说《神工》以经济全球化和现代科技迅猛发展为基点，将主角郭泰来在不同领域的成长及其所取得的成就，对接当代中国在工业、国防、科技和知识产权等诸多方面面临的机遇与挑战，旨在探索不同时空和环境下的国家话语方式，并由此揭示科技强国的时代精神。① 谭天、蔡翔宇梳理了赘婿文的发展史，以数字人文方法为辅助，发现其使用了“传统网文”中少见的“假升级，真打脸”的快感模式，症候式地折射出其主要受众对家庭的纠结心态。其生产过程流水线化明显，数量庞大且单一文本可分析性低，把网络文学工业生产的特征推到极致。② 高珂冬认为作家骷髅精灵凭借其创作的“风暴三部曲”（《机动风暴》《武装风暴》《星战风暴》）构建了以机甲为核心的武器装备体系，挖掘了机甲美学在网络小说中新的呈现，令机甲元素成为其小说世界的靓丽风景。③

（6）网络文学 IP 分发及其作品改编研究

网文 IP 的产业化运营与改编规律探究是网络文学研究场域内经久不衰的话题，在本年度更是掀起了新一轮的研究热潮。吉喆认为网络文学影视改编若想有所突破，既需要发挥自身优势，弥补存在的问题及缺失，亦须构建专业的制作团队，提升超媒策略，拓宽产业链。④ 吴作奎指出要想让网络文学 IP 得到更好的发展，需要从推进全版权营销、注重 IP 的品牌打造、注重对营销力度的把控、促进多维度营销这四个方面进行优化。⑤ 曾一果、杜紫薇认为在跨媒体叙事活动中，“内容为王”依然是构建网络文学 IP 产业生态圈之基石。以此为基础，IP 产业多元主体的共同协作和产业链内外的双向循环，是维护网络文学 IP 内容产业生态平衡、实现网络文学 IP 的保证。⑥ 林进桃、徐仁萍通过对从网络文学到网络剧改编的考察，剖析数字阅读语境下网络 IP 的协同与互哺，探讨促进与提升数字阅读的有效路径。⑦ 康思齐梳理了中国网络文学改编电影的发展历程，从四个方面总结了其主要成绩和经验，指出其存在同质化现象严重、电影感薄弱、品牌效应不足等三大主要问题。⑧ 王志刚、李阳冉认为网络文学业态发生了从内容生产到文化增值、从流量经济到体验经济、从“圈地护城”到生态共荣的嬗变。基于这一现实，有必要从知识创新战略维度出发，重塑数媒时代新的出版商角色，重建企业经营管理新范式。⑨ 刘阳以杭州为分

① 马季：《科技时代的精神建构——论网络小说〈神工〉的叙事方式及其艺术特色》，《当代作家评论》，2021 年第 5 期。

② 谭天，蔡翔宇：《假升级，真打脸：逃离不了家庭的赘婿》，《文艺理论与批评》，2021 年第 4 期。

③ 高珂冬：《从“风暴三部曲”看网络文学中的机甲美学》，《文艺报》，2021 年 10 月 20 日。

④ 吉喆：《网络文学影视改编的现状分析》，《电影文学》，2021 年第 3 期。

⑤ 吴作奎：《模式确立与策略优化：网络文学 IP 营销的新选择》，《传媒》，2021 年第 1 期。

⑥ 曾一果，杜紫薇：《数字媒介时代网络文学 IP 改编的再思考》，《中国编辑》，2021 年第 6 期。

⑦ 林进桃，徐仁萍：《数字阅读语境下网络 IP 的协同与互哺——基于从网络文学到网络剧改编的考察》，《中国编辑》，2021 年第 4 期。

⑧ 康思齐：《网络文学改编电影 20 年发展述评》，《电影文学》，2021 年第 13 期。

⑨ 王志刚，李阳冉：《知识管理视角下网络文学 IP 生态体系重构》，《编辑之友》，2021 年第 5 期。

析样本，阐明杭州网络文学国际传播的现实基础，以期为中国网络文学国际传播的IP运营提供一种本土化的路径和思考方式。① 信莉丽对网络文学IP价值链构成要素及运营模式作出总结，分析了当前我国网络文学IP价值链开发的隐性问题，指出后疫情时代网络文学IP价值链建构方向。② 唐冰炎认为IP影视产业瞄准开发的网络文学有着圈层亚文化的典型表征，当它被媒介技术与资本转化后破壁出圈，一方面以它的独特性、多元性反哺主流文化，为主流文化注入生机与活力，但另一方面也显现出它的历史局限性与不稳定性。③ 任锦鸾、肖丹从网络文学的内容价值、平台价值和衍生价值三个维度出发，以电视剧改编为例构建了网络文学价值评估体系，并对18个案例进行实证分析。④ 刘燕南、李忠利从受众市场、创意内容、社会效益三个维度出发，建构起具有综合性、多指标、可操作的网络文学IP价值评估体系，并在此基础上，采用层次分析法分配各项指标权重。⑤ 骆平认为网络写作这种宏阔融通的艺术表达蕴含着既具有"娱乐精神"又不无"社会理性"的文化视野，而对于文化秩序的建构与传播，是影视改编价值意义实现路径中的历史起点和逻辑终点。⑥ 李智、柏丽娟以《庆余年》为例，分析其影视化改编如何突破网改IP剧的模式化藩篱，实现影像创新，再现人文价值，一窥未来网络文学影视化的改编趋势。⑦ 刘耀辉、刘倩以有声出版物《九皇叔》为例，探析未出版网络文学作品的有声版权变现路径和面临的挑战，归纳其运营策略并提出发展建议，为该类作品在全媒体时代的IP化运营提供借鉴与参考。⑧ 郭小璐指出近年由女性作者网络创作、备受女性读者追捧的一些作品争相完成IP影视改编，成为文学领域的一道奇观。女性作者、女性读者、女性观众成为网络文学女性写作中相互作用、相互影响的存在。⑨

（7）网络文学海外传播研究

网络文学的海外传播是近年来的研究热点，本年度针对海外传播的模式及问题研究显著增多。欧阳友权总结了中国网络文学海外传播经历的四种主要形态和网文出海的动力机制，提出海外传播需要突破三道屏障：谨遵落地国法规，解决好网文出海的版权难题；把握跨文化传播的社会差异，从文化通约走向文化融入；以品质

① 刘阳：《国际传播视角下网络文学IP运营及发展战略研究——以杭州为样本的分析》，《编辑之友》，2021年第5期。

② 信莉丽：《后疫情时代网络文学IP价值链重构与创新》，《编辑之友》，2021年第5期。

③ 唐冰炎：《圈层文化与近年国产IP影视剧发展流变》，《电影文学》，2021年第18期。

④ 任锦鸾，肖丹：《跨媒介视角下网络文学价值评估体系与开发策略》，《现代传播（中国传媒大学学报）》，2021年第6期。

⑤ 刘燕南，李忠利：《网络文学IP价值评估体系探析》，《现代出版》，2021年第1期。

⑥ 骆平：《从抒情到理性——网络小说影视改编中的文化建构》，《中国电视》，2021年第7期。

⑦ 李智，柏丽娟：《现代价值的跨时空表达——IP古装剧〈庆余年〉改编解析》，《中国广播电视学刊》，2021年第2期。

⑧ 刘耀辉，刘倩：《未出版网络文学作品有声出版运营探析——以青岛出版集团有声读物〈九皇叔〉为例》，《科技与出版》，2021年第5期。

⑨ 郭小璐：《论网络文学女性写作的"她"现象》，《学术交流》，2021年第7期。

化内容生产保证适配作品的可持续供给等。① 陈定家指出目前中国网络文学出海“模式升级”主要呈三大趋势：翻译规模扩大，原创全球开花，以及 IP 协同出海。② 徐兆寿、巩周明历数网络文学对外传播的发展与成就，指出其存在传统文化阐释不足、现实题材作品较少、官方翻译团队缺乏等三大问题，并从强化价值引导与大力加强翻译、营销和传播建设两方面提出优化策略。③ 邵璐、吴怡萱对跨媒介背景下中国网络文学在海外凸显的多模态特征作出梳理，分析了不同模态的互动和协同叙事，探究翻译模式，推动网络文学构建海外传播多维格局。④ 吴申伦将中国网络文学海外传播的主要趋势归纳为面向年轻人市场，对作品与制度两种海外出版模式进行剖析，并强调中国网络文学的海外出版正在形成一种生产共同体，其在跨文化交流中培养了年轻一代对中国的认同感。⑤ 金恩惠以具体文本为例分析“现代奇幻”小说对现实的独特“过滤”方式，进一步回顾与这一类型构成互文关系的韩国网络文学生态与韩国现实社会。⑥ 蔡翔宇以《凡人修仙传》等被译介的泛修仙类作品为例，对“仙”“妖”“飞剑”三个常见概念在译介和理解中遭遇的文化内涵损失进行剖析，并尝试提出相应的解决方案。⑦ 汤哲声、黄杨认为折叠叙事是网络小说当前最具竞争力的叙事架构，网络小说使用折叠叙事为文化载体，在国内普及优质文化，在海外推广中国文化，成为中国文化建设中不可或缺的重要组成部分。⑧

2. 发表网络文学论文的主要期刊和报纸

（1）发表网络文学论文的主要学术期刊

2021 年刊载网络文学理论与批评论文的学术期刊与 2020 年相比，从 185 家增加到了 203 家，一些核心期刊依旧是刊载网络文学研究成果的重要阵地。其中，2021 年度发表网络文学相关论文 3 篇及以上的期刊有 34 家，它们分别是《当代文坛》《文艺争鸣》《中州学刊》《出版广角》《编辑之友》《百家评论》《传媒》《当代作家评论》《电影文学》《东南传播》《江西社会科学》《今古文创》《科技传播》《科技与出版》《名作欣赏》《南方文坛》《南京师范大学文学院学报》《社会科学辑刊》《探索与争鸣》《外国文学动态研究》《文学教育》《文艺理论与批评》《戏剧之

---

① 欧阳友权：《中国网络文学海外传播的形态、动力与屏障》，《贵州师范大学学报（社会科学版）》，2021 年第 6 期。

② 陈定家：《从网络强国理念看网文海外发展》，《文艺报》，2021 年 7 月 19 日。

③ 徐兆寿，巩周明：《现状 · 症候 · 发展——中国网络文学对外传播研究》，《当代作家评论》，2021 年第 2 期。

④ 邵璐，吴怡萱：《中国网络文学的多模态海外传播研究》，《中国出版》，2021 年第 17 期。

⑤ 吴申伦：《作品与制度：中国网络文学的两种海外出版模式》，《编辑之友》，2021 年第 7 期。

⑥ 金恩惠：《韩国网络文学对现实与网络文学生态的双重过滤——基于对〈全知的读者视点〉的解读》，《外国文学动态研究》，2021 年第 1 期。

⑦ 蔡翔宇：《试论“网文出海”中的文化内涵损失——以泛修仙类作品概念的译介和理解为例》，《外国文学动态研究》，2021 年第 1 期。

⑧ 汤哲声，黄杨：《网络小说折叠叙事的文化传承与海外传播》，《文艺理论与批评》，2021 年第 6 期。

家》《新纪实》《新媒体研究》《粤港澳大湾区文学评论》《粤海风》《中国编辑》《中国当代文学研究》《中国图书评论》《中国文学批评》《中国文艺评论》《大连大学学报》《海外英语》。

下面是年度内较多刊发网络文学理论与批评文章的部分代表性刊物：

①《当代文坛》

《当代文坛》于1982年创刊，主要设有名家论坛、对话与交锋、理论探索、创作研究、小说面面观、作家与作品、批评与阐释、诗歌理论与批评、海外文坛、海华文学之窗、散文艺术谭、女性文学论、博士论坛、文艺论著评介、影视画外音、艺术广角等栏目。2021年度其刊载了《网络文学评价体系的"树状"结构》（欧阳友权，2021年第6期）、《如何建构中国网络文学评价体系与批评标准》（江秀廷，2021年第5期）、《论网络文学语言的审美维度》（郝然，2021年第4期）等3篇有关网络文学的论文。

②《中国文学批评》

《中国文学批评》由中国社会科学院主管、中国社会科学杂志社与中国文学批评研究会合办，以中国特色社会主义理论为指导，以发展中国特色社会主义文学理论话语体系为目标，重视理论的研讨和批评实践相结合，联系文学创作和鉴赏的实际，打造了一批品牌栏目。2021年其刊载了《网络文学的社会性特征及效应》（管雪莲，2021年第1期）、《中国网络文学叙事探究》（马季，2021年第2期）、《网络文学中的乡村想象与叙事策略》（桫椤，2021年第2期）、《网络小说叙事的图像化倾向》（周冰，2021年第2期）、《网络都市言情小说叙事分析》（苏晓芳，2021年第2期）、《网络重生小说的双层叙事结构》（肖祥，2021年第2期）、《网络文学经典化与评价体系建构》（周志雄，2021年第3期）、《新媒介的"连接主义"与网络文学评价范式变革》（黎杨全，2021年第3期）、《构建网络文学网站社会效益评价体系——基于25家网站数据分析》（禹建湘，2021年第3期）等9篇与网络文学相关的论文。

③《中国文艺评论》

《中国文艺评论》于2015年创刊，是由中国文学艺术联合会主管，中国文联文艺评论中心，中国文艺评论家协会主办的学术月刊。2021年度其刊载了《网络拟古世情小说的历史脉络与文化空间》（张春梅，郭丹薇，2021年第2期）、《IP转化的产业偏好与创作特征：基于网络剧集的统计研究》（梁君健，苗培壮，2021年第4期）、《作为事件的网络文艺与新文艺评论的再出发》（胡疆锋，2021年第6期）等有关网络文学的论文。

④《文艺争鸣》

《文艺争鸣》杂志是由吉林省文学艺术界联合会主办的主要刊发文艺评论和文艺理论类论文的学术刊物。自1986年创刊以来，以新观点、新方法、新材料为主题，坚持“期期精彩、篇篇可读”的理念，扶植了一大批国内颇具影响力的中青年理论家和批评家，是文艺理论和文艺批评领域最具影响力的杂志之一。2021 年其刊载了《网络文学的经典化是个伪命题》（黎杨全，2021 年第 10 期）、《网络小说内容类型特征与读者偏好关系初探》（刘鸣筝，付娆，2021 年第 8 期）等与网络文学有关的论文。

⑤《出版广角》

《出版广角》于 1995 年创刊，由广西新闻出版局主管、广西出版杂志社主办，以“与中国出版同步，为中国出版服务”为宗旨，定位于大出版文化，实现了学术性、时政性、可读性的统一。2021 年度其刊载了《新时代背景下网络文学如何做好正导向》（薛泽祎，2021 年第 1 期）、《全民阅读时代公共图书馆网络文学阅读服务的思考》（迟宇辰，张选中，姜珊，2021 年第 3 期）、《网络文学内容创作者盈利模式分析》（谢慧钤，骆文仪，2021 年第 6 期）、《网络文学 3.0 时代的内容创作趋向与全 IP 运营生态》（刘焕利，2021 年第 12 期）等有关网络文学的论文。

⑥《编辑之友》

《编辑之友》创办于 1981 年，由山西出版集团主办，创刊之初为《编创之友》，1985 年正式更名为《编辑之友》，是国内创办最早的出版学编辑学学术刊物。2021 年度其刊载了《知识管理视角下网络文学 IP 生态体系重构》（王志刚，李阳冉，2021 年第 5 期）、《后疫情时代网络文学 IP 价值链重构与创新》（信莉丽，2021 年第 5 期）、《国际传播视角下网络文学 IP 运营及发展战略研究——以杭州为样本的分析》（刘阳，2021 年第 5 期）、《作品与制度：中国网络文学的两种海外出版模式》（吴申伦，2021 年第 7 期）4 篇有关网络文学的论文。

⑦《出版发行研究》

《出版发行研究》杂志创刊于 1985 年，是由新闻出版总署主管、中国新闻出版研究院（其前身为中国出版科学研究所）主办的出版行业学术性刊物，它是为适应我国出版体制改革、总结出版工作丰富的实践经验、开展出版学理论研究、加强国内外学术交流、探索出版工作规律的需要而创办的，对探索研究出版学科理论建设体系和出版教育发展，起到了促进作用。2021 年其发表了《政策工具视角下我国网络文学治理政策文本分析》（黄先蓉，贺敏，2021 年第 5 期）、《版权利益平衡视角下的网文“断更”与“书商之战”》（王志刚，李阳冉，2021 年第 5 期）等有关网络文学的论文。

⑧《探索与争鸣》

《探索与争鸣》杂志创刊于 1985 年，是以“学术争鸣”为主要特色的综合性思想学术期刊。以“坚持正确方向、提倡自由探索、鼓励学术争鸣、推进理论创新”为办刊宗旨，注重对学术前沿话题和社会热点问题做深层次的理论评析，强调人文性、思想性与争鸣性，是国内学术界进行理论探索、交流、争鸣的重要园地。2021

年其共发表3篇有关网络文学的论文，有《走向活文学观：中国网络文学与次生口语文化》（黎杨全，2021年第10期）、《使命与钳制：中国网络文学发展境况思考》（单小曦，2021年第10期）、《“网文”诞生：数据的权力与突围》（许苗苗，2021年第10期）。

⑨《南方文坛》

《南方文坛》于1987年创刊，是由广西文联单独主办，被誉为“中国文坛的批评重镇”。致力于充满活力的高品位的学术形象和批评形象的建设，设置具有前沿性的话题批评。本年度共发表关于网络文学研究的论文6篇，有《媒介性、原生性与学科建设性——网络文学史料研究的问题和方法》（邵燕君，李强，2021年第2期）、《北美华文网络文学的历史脉络及其特点和局限》（欧阳婷，2021年第2期）、《网络玄幻小说进化的叙事与复归的传统》（于经纬、张学谦，2021年第2期）、《论网络小说创作中的“弃坑”现象》（任雪婷，2021年第2期）、《小径分叉的大清：从“清穿文”看女频穿越小说的网络性》（高寒凝，2021年第2期）、《不辨主脉，何论源头？——再论中国网络文学的起始问题》（邵燕君，吉云飞，2021年第5期）。

⑩《中州学刊》

《中州学刊》创刊于1979年，是由河南省社会科学院主管、主办的以“崇尚科学、追求真理、提倡原创、打造精品”为办刊理念的综合性人文社会科学类国际学术交流期刊。2021年度其发表了《网络文学“免费论”与数字资本主义的症候》（黎杨全，2021年第8期）、《现代性的双面书写——论当代网络文学中的宏大叙事》（高翔，2021年第11期）等有关网络文学的论文。

⑪《社会科学辑刊》

《社会科学辑刊》于1979年3月创刊，由辽宁社会科学院主办，是一家坚持学理性、创新性、前沿性、现实性并重，突出问题意识和专题策划，注重基础理论研究和应用研究的学术刊物。2021年其刊载了《通向及物的现实主义——论网络文学的现实转向》（胡疆锋，2021年第1期）、《网络文学虚拟审美的娱乐边界》（欧阳友权，2021年第1期）、《网络文学与微时代文学的新质》（许苗苗，2021年第1期）等3篇有关网络文学的论文。

⑫《文艺理论与批评》

《文艺理论与批评》创办于1986年，由文化部主管、中国艺术研究院主办，倡导以跨学科的、综合的文艺学和社会科学的理论框架来分析和评论中国以及世界的文艺现象和思潮。2021年其共发表了5篇有关网络文学的论文，有《制作起源：中国网络文学的五种起源叙事》（吉云飞，2021年第2期）、《推介去中心与消闲货币化：数字资本主义对网络文学场域的重塑》（项蕾，2021年第4期）、《假升级，真打脸：逃离不了家庭的赘婿》（谭天，蔡翔宇，2021年第4期）、《由“一夫”至

“多宝”：数字人文视角下女频小说的情感位移》（许婷，肖映萱，2021 年第 4 期）、《当代文学变革与网络作家的崛起》（李强，2021 年第 6 期）。

⑬《中国图书评论》

《中国图书评论》创办于 1986 年，由中宣部出版局主办，以“大张旗鼓地宣传好书，旗帜鲜明地批评坏书、实事求是地探讨有争议的图书”为办刊宗旨。2021 年其发表了《2020 年度网络文学理论观察》（周志雄，吴长青，2021 年第 2 期）、《弥补网络文学批评的理论“短板”》（欧阳婷，2021 年第 3 期）、《打破市场天花板：网络文学新商业模式探析》（孟隋，2021 年第 3 期）、《在 VIP 制度之外：女性写作与中国网络文学史的重构》（来阳，2021 年第 10 期）等有关网络文学的文章。

（2）发表网络文学理论与批评文章的主要报纸

根据知网数据库统计结果，2021 年我国报纸媒体发表网络文学理论与批评文章共计 175 篇。① 刊发的主要报纸有：《人民日报》《光明日报》《文艺报》《文汇报》《中国社会科学报》《中国青年报》《新华日报》《中国新闻出版广电报》《中国艺术报》《中国文化报》《中华读书报》《文学报》《人民政协报》《解放日报》《北京日报》《湖南日报》《湖北日报》《重庆日报》《贵州日报》《黑龙江日报》《甘肃日报》《南方日报》《经济日报》《中国出版传媒商报》《深圳商报》等。

《文艺报》：2021 年共刊载网络文学研究相关文章超百余篇：《最是一年春好处——2020 年网络文学述评》（欧阳友权，1 月 29 日）、《在强国战略的大格局中发展网络文学》（白烨，1 月 29 日）、《哪里才是中国网络文学的起点》（欧阳友权，2 月 26 日）、《网络文学正在进行现实题材的审美转向》（禹建湘，3 月 31 日）、《网络文艺的“发展之问”与“治理之道”》（胡一峰，3 月 31 日）、《桫椤：回到文学的轨道上观察网络文学》（虞婧，桫椤，5 月 26 日）、《百年百部网文力作的精神光源——写在建党百年·百家网站·百部精品发布之际》（欧阳友权，6 月 25 日）、《数字时代文学研究的转型——网络文学研究中的“数据”管理》（吴长青，6 月 25 日）、《从网络强国理念看网文海外发展》（陈定家，7 月 19 日）、《网络文学中的现实经验与知识支撑》（桫椤，8 月 23 日）、《呼唤网络文学的新高度和新作为》（何弘，9 月 17 日）、《网络文艺的价值悖论》（黄鸣奋，10 月 20 日）、《豪放、乐观：中国网络小说的风格》（周志雄，10 月 20 日）、《让网络文学成为新时代建设文化强国的重要力量》（欧阳友权，11 月 26 日）、《网络文学，面向新时代敞亮歌喉》（欧阳友权，12 月 1 日）、《挖掘网络文学中的虚拟生存体验》（单小曦，汪云鹤，12 月 6 日）等。

《人民日报》：《深化网络文学现实主义脉络》（高翔，9 月 28 日）等。

---

① 因改版等原因，知网现今收录的报纸文章数较少，经多渠道数据搜集、统计可知，2021 年我国报纸媒体发表网络文学理论与批评文章数超过 300 篇。

《光明日报》：《网络文学，只是“网罗文学”?》（徐阿兵，7 月 18 日）、《社交媒体、用户、大数据、平台：观察网络文学的新维度》（黎杨全，8 月 18 日）、《网络文艺评论：“走进”而非“走近”网络文艺现场》（欧阳友权，9 月 22 日）、《“有趣、有戏、有料、有道”：看待网络文学的四个维度》（李安，10 月 20 日）、《网络文学世界越发斑斓多彩》（风御九秋，12 月 10 日）、《网络文学要有贴近生活的烟火气》（赖尔，12 月 22 日）、《构建完整而有机的网络文学生态系统》（郭宏，12 月 22 日）、《打造 IP，如何从“破圈”到“常青”》（方曲韵，12 月 23 日）等。

《中国新闻出版广电报》：《网络文学：要有快节奏更要有回味》（郝天韵，孙海悦，尹琨，李婧璇，3 月 10 日）、《网络文学要紧跟时代步伐》（严许，10 月 12 日）、《网络文学 IP 的影视化改编如何提质?》（张君成，10 月 13 日）等。

《中国艺术报》：《出版助力网络文学“走出去”》（潘凯雄，3 月 12 日）、《网络文学进入转型升级发展关键阶段》（何瑞涓，9 月 29 日）、《网络文学呼唤专业的文学评论》（周志雄，8 月 23 日）、《打造中国网络文学的“智力庄园”》（周志强，11 月 9 日）、《中国故事的网络文学表达》（何常在，12 月 1 日）、《彰显网络文艺评论特色　打造精品网络文艺评论》（夏义生，12 月 6 日）等。

《中华读书报》：《猫腻、齐橙、志鸟村、蒋胜男：2021 年网络作家谈新作》（舒晋瑜，2 月 24 日）、《当网络文学拥抱红色题材》（舒晋瑜，7 月 28 日）、《现实题材的网络文学得到重点扶持》（舒晋瑜，8 月 25 日）、《网文出海，网络文学成为中国故事的扬声器》（舒晋瑜，9 月 29 日）等。

《文汇报》：《书写奋进时代的中国，网络文学现实题材创作丰硕》（许旸，6 月 24 日）、《〈赘婿〉〈庆余年〉〈全职法师〉等爆款背后，网络文学如何迭代破圈》（许旸，10 月 9 日）、《面向未来的文学靠“算法”？好故事仍是刚需》（许旸，10 月 12 日）、《“后浪”奔涌，中国科幻创作开启属于 Z 世代的星辰大海》（宣晶，10 月 25 日）、《对标经典、观照时代，才能创作出优秀的网文作品》（汪荔诚，11 月 9 日）、《网络文学彰显“国之大者”，拓展现实题材新方向》（欧阳友权，11 月 26 日）、《网络文学回应时代召唤　建构放飞想象、寓寄心灵的叙事新空间》（杪椤，12 月 31 日）等。

《中国文化报》：《推动网络文学高质量发展》（马季，1 月 27 日）、《网络文学的本土经验与世界向度》（马季，7 月 13 日）、《“爽文”：情绪经济学的文字游戏》（党云峰，8 月 14 日）、《网络文学高质量发展趋势向好》（周志军，12 月 28 日）等。

《中国社会科学报》：《网络文学评价的三个悖论》（欧阳友权，9 月 17 日）、《市场 · 媒介 · 信息：多维度理解网络文学》（陈定家，9 月 17 日）、《中国网络文学属性再思考》（汤哲声，11 月 16 日）、《网络文学评论与传统文学的关联》（王泽庆，12 月 2 日）等。

《中国青年报》：《陈酿与〈廊桥梦密码〉：在网络文学中讲述新民间故事》（桫椤，8月18日）、《我看网络文学主流化、精品化趋势》（王玉王，9月14日）；《幻想类网络文学如何能有新突破》（杨毅，9月14日）等。

3. 年度代表性学者①

在30年的发展中，网络文学形成了三股批评力量，即学院派批评、传媒批评家和文学网民的在线批评。

学院派批评主要指高等院校和文学研究专门机构的学者，2021年度他们深耕网络文学批评场域，凭借自己扎实的学历基础、深广的理论视野、独到的研究眼光，辛勤耕耘，发表了一大批高水平的学术论文和理论著作，代表性人物有（部分名单，排名不分先后）：黄鸣奋、南帆、白烨、欧阳友权、黄发有、陈定家、周志雄、邵燕君、黎杨全、夏烈、单小曦、何平、王祥、许苗苗、禹建湘、周志强、葛红兵、汤哲声、陶东风、谭伟平、吴长青、周冰、周兴杰、陈海燕、李炜、戴清、王小英、汪代明、张邦卫、房伟、张颐武、胡疆锋、韩模永、何志钧、龚举善、鲍远福、乔焕江、李盛涛、周根红、王泽庆、吴俊、刘亚斌、李玉萍、葛娟、聂茂、晏杰雄、纪海龙、聂庆璞、晏杰雄、乌兰其木格、范周、张永禄、张春梅、张艳梅、翟羽佳、吉云飞、王玉王、高寒凝、薛静、李强、肖映萱、丛治辰、赖敏、杨向荣、周敏、高翔、张永禄、苏晓芳、陈海、刘新少、贺予飞、罗亦陶、管雪莲、徐兆寿、曹成竹、来阳、刘鸣筝、郝然、张雨轩、吴英文、李雷、张慧伦、吴钊、邓祯、程海威、江秀廷、徐亮红、罗先海、王婉波、李玉萍、曾一果、罗亦陶、游兴莹、付慧青、刘奎、孙涛、唐迎欣、陈新榜、徐阿兵、谭天、蔡翔宇、郎静、温德朝、闫海田、孔德罡、蔡爽爽、肖祥、刘燕南、李忠利、王志刚、李阳冉、任雪婷、田淑晶、项蕾、邵璐、吴怡萱、金恩惠、唐冰炎、蔡翔宇、黄杨、郭小璐等。

传媒批评家主要包括在作家协会、各类媒体工作的网络文学理论与批评学者，他们往往能够准确把握网络文学的发展趋势，批评切入肯綮，引导舆论走向，代表性人物有（部分名单，排名不分先后）：胡邦胜、何弘、肖惊鸿、程天翔、唐伟、桫椤、朱钢、陈崎嵘、胡平、何向阳、马季、虞婧、庄庸、舒晋瑜、王国平、刘江伟、邱振刚、只恒文、时世平、陈凌霄、马征、汤俏、王金芝、采薇、王艳丽、邓凯、张焱、项江涛、刘琼、张贺、袁欢、许旸、王雪瑛、李姝昱、贾国梁、张天笑、李菁、安迪斯晨风、周志军、陈炜敏、贺成、李煦、臧军、刘硕、孙凯亮、马原、侯小强、何瑞涓、丛子钰、欣闻、魏沛娜、刘旭东、李永杰、李婧璇、杨毅、孙立军、夏义生、王晓娜、汪荔诚、傅小平、胡明宇、邱媛颀、乔燕冰、王琼等。

天南地北的文学网民构成了一支队伍庞大的网络文学在线批评队伍，通过网络

① 本排名不分先后，且不是完整名单，仅列举2021年度内在网络文学理论与批评领域发表成果较多的代表性学者。

社区、论坛、豆瓣评分、书友圈、“本章说”以及微信公众号、微博、QQ 等自媒体平台，他们实时发表了大量且具体的关于网络作家作品的长评、短评、跟帖、热话等即时性评论，是网络文学批评最接地气、最具现实针对性的批评力量，为网络文学的发展做出了不可磨灭的贡献。

2021 年度网络文学研究领域的代表性学者及其网络文学研究相关文章主要有：

欧阳友权：《网络文学虚拟审美的娱乐边界》，《社会科学辑刊》，2021 年第 1 期；《网络创作能否打造文学经典》，《上海文化》，2021 年第 8 期；《网络文学评价体系的“树状”结构》，《当代文坛》，2021 年第 6 期；《中国网络文学海外传播的形态、动力与屏障》，《贵州师范大学学报（社会科学版）》，2021 年第 6 期；《最是一年春好处——2020 年网络文学述评》，《文艺报》，1 月 29 日；《哪里才是中国网络文学的起点》，《文艺报》，2 月 26 日；《百年百部网文力作的精神光源——写在建党百年·百家网站·百部精品发布之际》，《文艺报》，6 月 25 日；《文艺评论，请勿忽视“房间里的大象”》，《羊城晚报》，9 月 12 日；《网络文学评价的三个悖论》，《中国社会科学报》，9 月 16 日；《网络文艺评论：“走进”而非“走近”网络文艺现场》，《光明日报》，9 月 22 日；《让网络文学成为新时代建设文化强国的重要力量》，《文艺报》，11 月 26 日；《网络文学彰显“国之大者”，拓展现实题材新方向》，《文汇报》，11 月 26 日；《网络文学，面向新时代敞亮歌喉》，《文艺报》，12 月 1 日等。

黎杨全：《走向交往诗学：弹幕文化与社交时代的文艺变革》，《南京社会科学》，2021 年第 4 期；《新媒介的“连接主义”与网络文学评价范式变革》，《中国文学批评》，2021 年第 3 期；《网络文学“免费论”与数字资本主义的症候》，《中州学刊》，2021 年第 8 期；《走向活文学观：中国网络文学与次生口语文化》，《探索与争鸣》，2021 年第 10 期；《网络文学的经典化是个伪命题》，《文艺争鸣》，2021 年第 10 期；《社交媒体、用户、大数据、平台：观察网络文学的新维度》，《光明日报》，8 月 18 日等。

单小曦：《隐喻书写下的回归与超越——网络文学名作〈诡秘之主〉文本细评》，单小曦，殷湘云，许嘉璐，徐怡情，《百家评论》，2021 年第 5 期；《使命与钳制：中国网络文学发展境况思考》，《探索与争鸣》，2021 年第 10 期；《艺术生产的智能化变革——微软“小冰”作品〈我知我新〉批评》，单小曦，黄凌伶，《美育学刊》，2021 年第 6 期；《挖掘网络文学中的虚拟生存体验》，单小曦，汪云鹤，《文艺报》，12 月 6 日等。

马季：《以和平视角描绘战争——读骠骑长篇小说〈硝烟散尽〉》，《大连大学学报》，2021 年第 1 期；《中国网络文学叙事探究》，《中国文学批评》，2021 年第 2 期；《科技时代的精神建构——论网络小说〈神工〉的叙事方式及其艺术特色》，《当代作家评论》，2021 年第 5 期；《在不可能的世界里大放异彩——论网络小说

〈神工〉的内容架构及其大众小说叙事逻辑》，《长江文艺评论》，2021 年第 5 期；《推动网络文学高质量发展》，《中国文化报》，1 月 27 日；《网络文学的本土经验与世界向度》，《中国文化报》，7 月 13 日等。

邵燕君：《媒介性、原生性与学科建设性——网络文学史料研究的问题和方法》，邵燕君，李强，《南方文坛》，2021 年第 2 期；《不辨主脉，何论源头？——再论中国网络文学的起始问题》，邵燕君，吉云飞，《南方文坛》，2021 年第 5 期；《再论中国网络文学的源头是金庸客栈——兼应欧阳友权“网生起源说”》，《文艺报》，5 月 12 日等。

周志雄：《2020 年度网络文学理论观察》，周志雄，吴长青，《中国图书评论》，2021 年第 2 期；《悲情江湖与悲剧故事——论沧月的小说》，周志雄，周佳微，《南华大学学报（社会科学版）》，2021 年第 1 期；《守正创新　盛世气象——中国网络文学的文化价值》，江秀廷，周志雄，《宁夏社会科学》，2021 年第 4 期；《网络文学经典化与评价体系建构》，《中国文学批评》，2021 年第 3 期；《网络文学呼唤专业的文学评论》，《中国艺术报》，8 月 23 日；《豪放、乐观：中国网络小说的风格》，《文艺报》，10 月 20 日等。

禹建湘：《构建网络文学网站社会效益评价体系——基于 25 家网站数据分析》，《中国文学批评》，2021 年第 3 期；《网络文学正在进行现实题材的审美转向》，《文艺报》，3 月 31 日；《以超美学视野考察网络文艺》，《中国社会科学报》，9 月 17 日；《失范与规制——IP 时代网络文学版权问题》，禹建湘，蒲钰希，《长沙大学学报》，2021 年第 6 期等。

桫椤：《在无限世界里展现人的丰富性——2020 年中国小说排行榜网络小说综述》，《天津师范大学学报（社会科学版）》，2021 年第 2 期；《网络文学中的乡村想象与叙事策略》，《中国文学批评》，2021 年第 2 期；《桫椤：回到文学的轨道上观察网络文学》，虞婧，桫椤，《文艺报》，5 月 26 日；《陈酿与〈廊桥梦密码〉：在网络文学中讲述新民间故事》，《中国青年报》，8 月 18 日；《网络文学中的现实经验与知识支撑》，《文艺报》，8 月 24 日；《互联网升级与网络文学内容优化的博弈》，《河北日报》，11 月 15 日；《网络文学回应时代召唤　建构放飞想象、寓寄心灵的叙事新空间》，《文汇报》，12 月 31 日等。

许苗苗：《网络文学与微时代文学的新质》，《社会科学辑刊》，2021 年第 1 期；《“网文”诞生：数据的权力与突围》，《探索与争鸣》，2021 年第 10 期；《现实题材网络文学：立得住、叫得响、有传承》，《文艺报》，8 月 24 日等。

黄鸣奋：《“路空文隐喻”阐释与网络文学高质量发展的系统观》，《福建论坛（人文社会科学版）》，2021 年第 6 期；《科幻文学中的历史主义、现实主义与未来主义——由网络小说〈从红月开始〉引发的思考》，《文艺报》，4 月 30 日；《网络文艺的价值悖论》，《文艺报》，10 月 20 日等。

陈定家：《从网络强国理念看网文海外发展》，《文艺报》，7 月 19 日；《市场 · 媒介 · 信息：多维度理解网络文学》，《中国社会科学报》，9 月 17 日；《网络超文本的技术特征和艺术魅力》，《文艺报》，10 月 20 日等。

白烨：《在强国战略的大格局中发展网络文学》，《文艺报》，1 月 29 日；《网络文学的新使命与新课题》，《文艺报》，11 月 26 日等。

二、学术期刊代表性论文①

1. 李衍柱，《走向中国特色的文艺学：中国文艺学发展百年回眸》，《山东社会科学》，2021 年第 1 期。

2. 吴作奎，《模式确立与策略优化：网络文学 IP 营销的新选择》，《传媒》，2021 年第 1 期。

3. 欧阳友权，《网络文学虚拟审美的娱乐边界》，《社会科学辑刊》，2021 年第 1 期。

4. 许苗苗，《网络文学与微时代文学的新质》，《社会科学辑刊》，2021 年第 1 期。

5. 胡疆锋，《通向及物的现实主义——论网络文学的现实转向》，《社会科学辑刊》，2021 年第 1 期。

6. 薛泽祎，《新时代背景下网络文学如何做好正导向》，《出版广角》，2021 年第 1 期。

7. 管雪莲，《网络文学的社会性特征及效应》，《中国文学批评》，2021 年第 1 期。

8. 张雨轩，韩传喜，《媒介融合时代网络文学的编码与解码》，《当代作家评论》，2021 年第 1 期。

9. 刘燕南，李忠利，《网络文学 IP 价值评估体系探析》，《现代出版》，2021 年第 1 期。

10. 周志雄，吴长青，《2020 年度网络文学理论观察》，《中国图书评论》，2021 年第 2 期。

11. 葛娟，《现实主义与网络文学现实题材创作取向》，《未来传播》，2021 年第 1 期。

12. 黄擎，段廷军，《网络穿越小说的叙事伦理探析》，《江西社会科学》，2021 第 1 期。

13. 张春梅，郭丹薇，《网络拟古世情小说的历史脉络与文化空间》，《中国文艺评论》，2021 年第 2 期。

---

① 共选入学术期刊代表性论文 100 篇，以发表时间为序。

14. 任雪婷，《论网络小说创作中的“弃坑”现象》，《南方文坛》，2021 年第 2 期。

15. 高寒凝，《小径分叉的大清：从“清穿文”看女频穿越小说的网络性》，《南方文坛》，2021 年第 2 期。

16. 欧阳婷，《弥补网络文学批评的理论“短板”》，《中国图书评论》，2021 年第 3 期。

17. 房广莹，《新世纪网络小说乡土表达的新质》，《当代作家评论》，2021 年第 2 期。

18. 徐兆寿，巩周明，《现状 · 症候 · 发展——中国网络文学对外传播研究》，《当代作家评论》，2021 年第 2 期。

19. 谢慧铃，骆文仪，《网络文学内容创作者盈利模式分析》，《出版广角》，2021 年第 6 期。

20. 李京梅，《互联网时代网络文学的美学精神建构——评〈网络文学美学价值的理性审视〉》，《新闻与写作》，2021 年第 4 期。

21. 林进桃，徐仁萍，《数字阅读语境下网络 IP 的协同与互哺——基于从网络文学到网络剧改编的考察》，《中国编辑》，2021 年第 4 期。

22. 周冰，《网络小说叙事的图像化倾向》，《中国文学批评》，2021 年第 2 期。

23. 杪椤，《网络文学中的乡村想象与叙事策略》，《中国文学批评》，2021 年第 2 期。

24. 马季，《中国网络文学叙事探究》，《中国文学批评》，2021 年第 2 期。

25. 梁君健，苗培壮，《IP 转化的产业偏好与创作特征：基于网络剧集的统计研究》，《中国文艺评论》，2021 年第 4 期。

26. 刘阳，《国际传播视角下网络文学 IP 运营及发展战略研究——以杭州为样本的分析》，《编辑之友》，2021 年第 5 期。

27. 信莉丽，《后疫情时代网络文学 IP 价值链重构与创新》，《编辑之友》，2021 年第 5 期。

28. 王志刚，李阳冉，《知识管理视角下网络文学 IP 生态体系重构》，《编辑之友》，2021 年第 5 期。

29. 张海楠，韩磊，《网络小说创作主体迅猛发展成因探析》，《兰州文理学院学报（社会科学版）》，2021 年第 3 期。

30. 吴长青，《网络历史类型小说创作的史传传统重建——以曹三公子的网络历史类型小说为例》，《西南石油大学学报（社会科学版）》，2021 年第 3 期。

31. 王志刚，李阳冉，《版权利益平衡视角下的网文“断更”与“书商之战”》，《出版发行研究》，2021 年第 5 期。

32. 黄先蓉，贺敏，《政策工具视角下我国网络文学治理政策文本分析》，《出版发行研究》，2021 年第 5 期。

33. 杨玲，《社会性：网络文学评价体系的另一维度》，《天津社会科学》，2021 年第 3 期。

34. 任美衡，陈娟，《网络文学的经典化及其路径探讨》，《传播与版权》，2021 年第 5 期。

35. 曾一果，杜紫薇，《数字媒介时代网络文学 IP 改编的再思考》，《中国编辑》，2021 年第 6 期。

36. 张富丽，《中国网络文学国际传播的发展、挑战与完善路径》，《国际传播》，2021 年第 3 期。

37. 晏杰雄，刘敏，《“史”“论”结合：近距离“新”文学批评史范式的建构——欧阳友权〈当代中国网络文学批评史〉》，《中国现代文学研究丛刊》，2021 年第 6 期。

38. 乔钰茗，《文化强国背景下的中国网络文学海外传播研究》，《沈阳建筑大学学报（社会科学版）》，2021 年第 3 期。

39. 邱慧婷，《网络空间的多元身体建构》，《上海文化》，2021 年第 6 期。

40. 胡疆锋，《作为事件的网络文艺与新文艺评论的再出发》，《中国文艺评论》，2021 年第 6 期。

41. 陈海燕，《全龄动画电影的当下困境与突围路径》，《中国文艺评论》，2021 年第 6 期。

42. 郝然，《论网络文学语言的审美维度》，《当代文坛》，2021 年第 4 期。

43. 郭小璐，《论网络文学女性写作的“她”现象》，《学术交流》，2021 年第 7 期。

44. 吴申伦，《作品与制度：中国网络文学的两种海外出版模式》，《编辑之友》，2021 年第 7 期。

45. 李童彬，林俊敏，《基于“四位一体”的网络小说市场化运作模式》，《新媒体研究》，2021 年第 7 期。

46. 王瑄奇，谢芳，《中国网络文学研究主题的可视化分析——基于中国知网 CNKI 的分析》，《吉林省教育学院学报》，2021 年第 7 期。

47. 骆平，《从抒情到理性——网络小说影视改编中的文化建构》，《中国电视》，2021 年第 7 期。

48. 魏晓彤，《复魅 · 回归 · 消融——“女性向”网络小说的文学价值》，《湖北文理学院学报》，2021 年第 7 期。

49. 禹建湘，《构建网络文学网站社会效益评价体系——基于 25 家网站数据分析》，《中国文学批评》，2021 年第 3 期。

50. 黎杨全，《新媒介的“连接主义”与网络文学评价范式变革》，《中国文学批评》，2021 年第 3 期。

51. 周志雄，《网络文学经典化与评价体系建构》，《中国文学批评》，2021 年第 3 期。

52. 田淑晶，《现代社会文学经典化的参与力量及其价值分区》，《中国文学批评》，2021 年第 3 期。

53. 江秀廷，周志雄，《守正创新　盛世气象——中国网络文学的文化价值》，《宁夏社会科学》，2021 年第 4 期。

54. 项蕾，《推介去中心与消闲货币化：数字资本主义对网络文学场域的重塑》，《文艺理论与批评》，2021 年第 4 期。

55. 吕稳醒，韩金森，《合理利用媒介技术规范网络文学发展——评〈新媒体与中国网络文学〉》，《传媒》，2021 年第 14 期。

56. 邓祯，梁晓波，《人工智能赋能网络文学出版：现状、潜在风险与应对策略》，《中国编辑》，2021 年第 8 期。

57. 陈云萍，陈敏，《浅议网络文学男频 IP 的影视改编》，《视听》，2021 年第 8 期。

58. 谭天，蔡翔宇，《假升级，真打脸：逃离不了家庭的赘婿》，《文艺理论与批评》，2021 年第 4 期。

59. 李明文，齐晨曦，《网络文学免费模式探析》，《新闻知识》，2021 年第 8 期。

60. 黎杨全，《网络文学“免费论”与数字资本主义的症候》，《中州学刊》，2021 年第 8 期。

61. 陈洪娟，《文学新生态语境下网络文学的变与不变及其发展策略》，《西南大学学报（社会科学版）》，2021 年第 5 期。

62. 欧阳友权，《网络创作能否打造文学经典》，《上海文化》，2021 年第 8 期。

63. 刘鸣筝，付娆，《网络小说内容类型特征与读者偏好关系初探》，《文艺争鸣》，2021 年第 8 期。

64. 江秀廷，《如何建构中国网络文学评价体系与批评标准——“中国文艺理论学会网络文学研究分会第六届学术年会暨‘中国网络文学评价体系与批评标准’学术研讨会”会议综述》，《当代文坛》，2021 年第 5 期。

65. 邵璐，吴怡萱，《中国网络文学的多模态海外传播研究》，《中国出版》，2021 年第 17 期。

66. 韩模永，《网络文学“新文类”的结构形态及数据库美学》，《山东社会科学》，2021 年第 9 期。

67. 邵燕君，吉云飞，《不辨主脉，何论源头？——再论中国网络文学的起始问题》，《南方文坛》，2021 年第 5 期。

68. 唐冰炎,《圈层文化与近年国产 IP 影视剧发展流变》,《电影文学》,2021 年第 18 期。

69. 金恩惠,《中国网络文学“走出去”的时代意义》,《对外传播》,2021 年第 9 期。

70. 韩模永,《网络文艺批评的存在形态与特质》,《江西社会科学》,2021 年第 9 期

71. 张亚琼,《宏大叙事与现实题材网文的“理想化”写作——以阿耐〈大江东去〉》为中心,《当代作家评论》,2021 年第 5 期。

72. 马季,《科技时代的精神建构——论网络小说〈神工〉的叙事方式及其艺术特色》,《当代作家评论》,2021 年第 5 期。

73. 张钰,《“女频”破圈之旅——新世纪网络文学的性别秩序变动》,《南京师范大学文学院学报》,2021 年第 3 期。

74. 杨会,《中国网络文学海外传播现象分析》,《南京师范大学文学院学报》,2021 年第 3 期。

75. 吴丹,《受众视阈下我国网络文学产业链分析》,《新媒体研究》,2021 年第 19 期。

76. 孙乔可,《泛娱乐化视角下网络文学发展方向研究——评〈网络文学批评理论与实践〉》,《语文建设》,2021 年第 19 期。

77. 来阳,《在 VIP 制度之外:女性写作与中国网络文学史的重构》,《中国图书评论》,2021 年第 10 期。

78. 王玉王,《“盗猎者”与“虔信者”:在粉丝文化的“两副面孔”之间》,《中国图书评论》,2021 年第 10 期。

79. 杨非,吕自愉,刘超,《网络文学作品全版权运营中的合同优化研究》,《科技与出版》,2021 年第 10 期。

80. 采薇,《“中国网络文学 30 年”国际高峰论坛在湖南长沙举行》,《中州学刊》,2021 年第 10 期。

81. 黎杨全,《网络文学的经典化是个伪命题》,《文艺争鸣》,2021 年第 10 期。

82. 邵璐、吴怡萱:《中国网络文学的多模态海外传播研究》,《中国出版》,2021 年第 17 期。

83. 李雪,《新媒介环境下中国网络文学 IP 剧的叙事特征》,《湖北经济学院学报(人文社会科学版)》,2021 年第 18 期。

84. 欧阳友权,《网络文学评价体系的“树状”结构》,《当代文坛》,2021 年第 6 期。

85. 邵一,张婉宜,《刑侦类网络文学作品中人物的塑造规律-——以〈法医秦明〉为例》,《今古文创》,2021 年第 44 期。

86. 禹建湘，蒲钰希，《失范与规制——IP 时代网络文学版权问题》，《长沙大学学报》，2021 年第 6 期。

87. 刘维维，《创意写作理念下网络自制剧编剧艺术创新研究》，《四川戏剧》，2021 年第 10 期。

88. 雷成佳，《技术与欲望重置的现世——网络非现实题材小说的“现实性”》，《遵义师范学院学报》，2021 年第 5 期。

89. 王言明，《通俗文学、亚文化与资本游戏：近年网络小说发展的三个面向》，《文化创新比较研究》，2021 年第 30 期。

90. 高翔，《现代性的双面书写——论当代网络文学中的宏大叙事》，《中州学刊》，2021 年第 11 期。

91. 胡恒钊，文丽娟，《网络空间文化乱象及其治理研究》，《江南论坛》，2021 年第 11 期。

92. 雷雯，张洪铭，《“人设”：进入网络文学现场的窗口——兼论网络文学人物构建的困局》，《艺术评论》，2021 年第 11 期。

93. 李强，《当代文学变革与网络作家的崛起》，《文艺理论与批评》，2021 年第 6 期。

94. 汤哲声，黄杨，《网络小说折叠叙事的文化传承与海外传播》，《甘肃社会科学》，2021 年第 6 期。

95. 闫海田，《中国网络文学“先锋性”问题新论——“关键词”或“新概念”生成》，《当代作家评论》，2021 年第 6 期。

96. 聂茂，付慧青，《船山诗学思想与网络文艺的文艺性再造》，《中南大学学报（社会科学版）》，2021 年第 6 期。

97. 梁园沥，《国内〈哈利 · 波特〉网络同人小说研究》，《名作欣赏》，2021 年第 33 期。

98. 青芳宇，郭巧敏，《故事形态学视野下的快穿文：寻找自我的现实寓言》，《名作欣赏》，2021 年第 33 期。

99. 邓冰冰，宋晓瑾，《论网络言情小说发展的隐忧——以晋江文学城言情区的没落为例》，《名作欣赏》，2021 年第 33 期。

100. 程璐，《从网络文学外译看中华文化“走出去”》，《汉字文化》，2021 年第 23 期。

三、年度报纸文章代表作①

1. 周兴杰，《网络小说中的英雄叙事》，《中国社会科学报》，2021 年 1 月 4 日。

① 共选入年度报纸文章代表作 100 篇，以发表时间为序。

2. 孙海悦，《网络文学要流量更要质量》，《中国新闻出版广电报》，2021 年 1 月 8 日。

3. 时世平，《新时代网络文学的中国书写》，《中国社会科学报》，2021 年 1 月 11 日。

4. 携爱再漂流，《网络文学作者的“攻”与“守”》，《中国艺术报》，2021 年 1 月 13 日。

5. 马季，《推动网络文学高质量发展》，《中国文化报》，2021 年 1 月 27 日。

6. 白烨，《在强国战略的大格局中发展网络文学》，《文艺报》，2021 年 1 月 29 日。

7. 欧阳友权，《最是一年春好处——2020 年网络文学述评》，《文艺报》，2021 年 1 月 29 日。

8. 赵大明，《网文 IP：影视剧改编的新宝库》，《河南日报》，2021 年 2 月 5 日。

9. 徐刚，《守正创新　稳中有进》，《中国社会科学报》，2021 年 2 月 8 日。

10. 舒晋瑜，《猫腻、齐橙、志鸟村、蒋胜男：2021 年网络作家谈新作》，《中华读书报》，2021 年 2 月 24 日。

11. 欧阳友权，《哪里才是中国网络文学的起点》，《文艺报》，2021 年 2 月 26 日。

12. 虞婧，《健全网络文学机制是网络文学繁荣发展的现实需要》，《文艺报》，2021 年 3 月 10 日。

13. 许华，《网络文学，中俄民心相通新渠道》，《环球时报》，2021 年 3 月 10 日。

14. 李永杰，《探索网络文学经典化道路》，《中国社会科学报》，2021 年 3 月 19 日。

15. 刘秀娟，《加强现实题材创作　增强人民精神力量》，《文艺报》，2021 年 3 月 26 日。

16. 肖惊鸿，《创新风潮　精品气象》，《文艺报》，2021 年 3 月 26 日。

17. 高殿银，《用现实构筑故事桥梁　用故事凝练人生篇章》，《宜宾日报》，2021 年 3 月 31 日。

18. 马婧，《“后人类”时代的人文关怀》，《文艺报》，2021 年 3 月 31 日。

19. 李玮，《从武侠的“民族”到网文的“天下”》，《文艺报》，2021 年 3 月 31 日。

20. 禹建湘，《网络文学正在进行现实题材的审美转向》，《文艺报》，2021 年 3 月 31 日。

21. 胡一峰，《网络文艺的“发展之问”与“治理之道”》，《文艺报》，2021 年 3 月 31 日。

22. 刘恩波，《网络文学离经典阅读的纵深段位还有距离》，《辽宁日报》，2021年4月1日。

23. 桫椤，《网络文学“出镜”与“出海”的新可能》，《河北日报》，2021年4月2日。

24. 郭子琪，《网络文学版图与创始者初心》，《中国社会科学报》，2021年4月19日。

25. 罗博锋，《网络文学中的现实逻辑》，《文艺报》，2021年4月30日。

26. 宋仙云，《网络文学究竟缺少什么》，《文艺报》，2021年4月30日。

27. 吴金梅，《以网络文学创作繁荣发展新时代文化事业和文化产业研究》，《文艺报》，2021年4月30日。

28. 耿文婷，《中国网络幻想小说的文学史意义》，《中国社会科学报》，2021年4月30日。

29. 吴长青，《重提网络文学批评的有效性》，《河北日报》，2021年5月7日。

30. 邵燕君，《再论中国网络文学的源头是金庸客栈》，《文艺报》，2021年5月12日。

31. 马季，《一个时代的文学坐标》，《文艺报》，2021年5月12日。

32. 虞婧，桫椤，《桫椤：回到文学的轨道上观察网络文学》，《文艺报》，2021年5月26日。

33. 张懿，《提升IP时代的原创文学传播力》，《文艺报》，2021年5月28日。

34. 黄西蒙，《占据网文半壁江山，现实题材创作何以与时代“同频共振”》，《中国艺术报》，2021年5月31日。

35. 吱吱，仇宇，《网络文学也有经得起考验的杰作》，《天津日报》，2021年6月9日。

36. 刘艳妮，《期待现实题材网络文学　写出更精彩的中国故事》，《辽宁日报》，2021年6月11日。

37. 刘恩波，《使网络文学的整体格局更加多元与丰富》，《辽宁日报》，2021年6月11日。

38. 康岩，《网络文学助力数字文化产业发展》，《赣南日报》，2021年6月21日。

39. 林涛，《网络文学初创时期的粤军突起》，《文艺报》，2021年6月25日。

40. 陈经纬，《赓续传统根源　融合现代思想》，《文艺报》，2021年6月25日。

41. 欧阳友权，《百年百部网文力作的精神光源——写在建党百年·百家网站·百部精品发布之际》，《文艺报》，2021年6月25日。

42. 尚文，《“红旗颂——献礼建党百年·百家网站·百部精品”发布》，《文艺报》，2021年6月25日。

43. 杨晨，《网络文学万象更新——新文艺群体的内容培育和开发》，《中国艺术报》，2021 年 7 月 7 日。

44. 马季，《网络文学的本土经验与世界向度》，《中国文化报》，2021 年 7 月 13 日。

45. 陈定家，《从网络强国理念看网文海外发展》，《文艺报》，2021 年 7 月 19 日。

46. 李强，《现实主义的“网络重生”：读〈重生传说〉》，《文艺报》，2021 年 7 月 19 日。

47. 七月新番，《青年网络作家的时代责任》，《文艺报》，2021 年 7 月 23 日。

48. 舒晋瑜，《当网络文学拥抱红色题材》，《中华读书报》，2021 年 7 月 28 日。

49. 项江涛，《构建新时代网络文学评价体系》，《中国社会科学报》，2021 年 7 月 28 日。

50. 许旸，《网文 IP 改编国风剧升温》，《文汇报》，2021 年 8 月 10 日。

51. 党云峰，《“爽文”：情绪经济学的文字游戏》，《中国文化报》，2021 年 8 月 14 日。

52. 樊星，《新时代，新课题》，《长江日报》，2021 年 8 月 19 日。

53. 周志雄，《网络文学呼唤专业的文学评论》，《中国艺术报》，2021 年 8 月 23 日。

54. 江河，《抗疫时代背景下的网络文学非虚构写作》，《文艺报》，2021 年 8 月 23 日。

55. 桫椤，《网络文学中的现实经验与知识支撑》，《文艺报》，2021 年 8 月 23 日。

56. 许道军，《网络文学经典化是必走之路》，《文艺报》，2021 年 8 月 23 日。

57. 许苗苗，《现实题材网络文学：立得住、叫得响、有传承》，《文艺报》，2021 年 8 月 23 日。

58. 夏烈，《书写现实是一项自觉的挑战》，《文艺报》，2021 年 8 月 23 日。

59. 何平，《现实题材网络文学需要深耕》，《文艺报》，2021 年 8 月 23 日。

60. 马季，《在互动交往中提高网文的艺术性和影响力》，《文艺报》，2021 年 8 月 23 日。

61. 舒晋瑜，《现实题材的网络文学得到重点扶持》，《中华读书报》，2021 年 8 月 25 日。

62. 郑伟铭，《网络文学原生评价、筛选机制的探索》，《文艺报》，2021 年 8 月 30 日。

63. 魏沛娜，《付费+免费　阅读新生态》，《深圳商报》，2021 年 9 月 6 日。

64. 钟秋兰，《网络文学，快车道上更需自律》，《江西日报》，2021 年 9 月

16 日。

65. 禹建湘,《以超美学视野考察网络文艺》,《中国社会科学报》, 2021 年 9 月 17 日。

66. 杨玲,《故事性与社会性：网络文学评价体系的另一维度》,《文艺报》, 2021 年 9 月 17 日。

67. 何弘,《呼唤网络文学的新高度和新作为》,《文艺报》, 2021 年 9 月 17 日。

68. 姚婷婷,《网络文学：时代精神“探测器”》,《中国社会科学报》, 2021 年 9 月 17 日。

69. 江秀廷,《“类型”视域下的网络文学评价》,《中国社会科学报》, 2021 年 9 月 17 日。

70. 单小曦,《数字人文：实现合作式网络文艺批评》,《中国社会科学报》, 2021 年 9 月 17 日。

71. 陈定家,《市场 · 媒介 · 信息：多维度理解网络文学》,《中国社会科学报》, 2021 年 9 月 17 日。

72. 欧阳友权,《网络文学评价的三个悖论》,《中国社会科学报》, 2021 年 9 月 17 日。

73. 张永禄,《用“算法”推进网络文学批评》,《中国社会科学报》, 2021 年 9 月 17 日。

74. 舒晋瑜,《网文出海，网络文学成为中国故事的扬声器》,《中华读书报》, 2021 年 9 月 29 日。

75. 俞阅,《网络文学读者群体年轻化背后的原因分析》,《中国文化报》, 2021 年 10 月 12 日。

76. 张珊珊,《全球语境　中国故事》,《人民日报海外版》, 2021 年 10 月 13 日。

77. 张君成,《网络文学 IP 的影视化改编如何提质?》,《中国新闻出版广电报》, 2021 年 10 月 13 日。

78. 华安婕,《赘婿文的类型学考量》,《文艺报》, 2021 年 10 月 20 日。

79. 唐家三少,《网络文学的世界意义》,《文艺报》, 2021 年 10 月 20 日。

80. 许斌,《网络 IP 改编全球化时代即将到来》,《文艺报》, 2021 年 10 月 20 日。

81. 虞婧,《中国网络文学,“后浪”已来》,《文艺报》, 2021 年 10 月 25 日。

82. 周志雄,《建构中国网络文学作家作品评价体系》,《中国社会科学报》, 2021 年 10 月 26 日。

83. 舒晋瑜,《网络文学的精品创作如何出新》,《中华读书报》, 2021 年 10 月 27 日。

84. 傅晨舟,《网络文学阅读模式演变四部曲》,《中国出版传媒商报》, 2021 年

10 月 29 日。

85. 黄鸣奋，《网络文艺评论评价体系的旨趣与形态》，《中国社会科学报》，2021 年 11 月 3 日。

86. 邱振刚，《探索回归现实题材的创作之路》，《中国艺术报》，2021 年 11 月 8 日。

87. 庄庸，《女频文爆款方法论：谋生亦谋爱》，《文艺报》，2021 年 11 月 26 日。

88. 王祥，《“人类神话”发凡》，《文艺报》，2021 年 11 月 26 日。

89. 夏烈，《意义之弦的悬置与绷张》，《文艺报》，2021 年 11 月 26 日。

90. 马季，《网络文学叙事辨析》，《文艺报》，2021 年 11 月 26 日。

91. 白烨，《网络文学的新使命与新课题》，《文艺报》，2021 年 11 月 26 日。

92. 《网络文学界畅谈学习党的十九届六中全会精神体会》，《文艺报》，2021 年 11 月 26 日。

93. 《发挥现实题材网络文学正向作用》，《人民日报》，2021 年 11 月 26 日。

94. 徐健，康春华，《坚持强化职能转变　全面推进改革创新》，《文艺报》，2021 年 12 月 1 日。

95. 舒晋瑜，《〈2021 网络文学作家画像〉发布　网文创作迎来 95 后时代》，《中华读书报》，2021 年 12 月 1 日。

96. 郑海鸥，《弘扬正能量　作品有流量》，《人民日报》，2021 年 12 月 5 日。

97. 黄琪奥，《重庆如何借势发展网络文学》，《重庆日报》，2021 年 12 月 6 日。

98. 李笑萌，《凝聚文艺新力量为时代抒怀》，《光明日报》，2021 年 12 月 7 日。

99. 陈炜敏，《网文筑梦　大有可为》，《济南日报》，2021 年 12 月 7 日。

100. 周芳，《展示中国文艺新气象　铸就中华文化新辉煌》，《中国民族报》，2021 年 12 月 17 日。

四、年度论著、硕博论文和科研项目

（一）年度理论与批评著作

1. 邵燕君，《网络文学的“新语法”》，海峡文艺出版社，2021 年 1 月。

2. 马季，《网开一面看文学　中国网络小说批评》，中国书籍出版社，2021 年 2 月。

3. 许苗苗，《网络文学的媒介转型》，中国社会科学出版社，2021 年 3 月。

4. 夏烈，《天蚕土豆与〈斗破苍穹〉》，作家出版社，2021 年 3 月。

5. 欧阳友权，《萧鼎与〈诛仙〉》，作家出版社，2021 年 3 月。

6. 陈定家，《耳根与〈一念永恒〉》，作家出版社，2021 年 3 月。

7. 张慧伦、张丽军,《蝴蝶蓝与〈全职高手〉》,作家出版社,2021 年 3 月。

8. 梅选志,《网络文学创作理论及未来发展分析》,天津人民出版社,2021 年 4 月。

9. 夏烈,《数字景观与新型文艺(“钱潮杯”首届青年创意家网络文艺评论奖获奖论文集)》,浙江文艺出版社,2021 年 4 月。

10. 傅蓁,《新文旅丛书·网络文学与旅游 IP 打造》,浙江人民美术出版社,2021 年 5 月。

11. 禹建湘、刘玲武,《网络文学研究视界(第一辑)》,中南大学出版社,2021 年 5 月。

12. 庄庸、杨丽君、王秀庭、吴金梅,《爽文时代:中国网络文学阅读潮流研究(第 1 季)》,中国青年出版社,2021 年 5 月。

13. 庄庸、杨丽君、王秀庭、吴金梅,《蚂蚁哲学:中国网络文学阅读潮流研究(第 5 季)》,中国青年出版社,2021 年 6 月。

14. 黄发有,《中国网络文学理论批评年选》,海峡文艺出版社,2021 年 6 月

15. 欧阳友权,《中国网络文学年鉴(2020)》,新华出版社,2021 年 6 月。

16. 黎杨全,《中国网络文学与虚拟生存体验》,中国社会科学出版社,2021 年 6 月。

17. 王玉王,《编码新世界　游戏化向度的网络文学》,中国文联出版社,2021 年 6 月。

18. 李存,《移动互联网时代网络文学生产新论》,郑州大学出版社,2021 年 6 月。

19. 聂茂、付慧青,《虚拟之虹:网络文艺的符号世界》,中南大学出版社,2021 年 8 月。

20. 单小曦,《入圈　网络文学名作细评》,安徽教育出版社,2021 年 8 月。

21. 单小曦,《新媒介文艺生产论》,中国社会科学出版社,2020 年 12 月(上一年的年鉴未收入)。

(二)年度研究生学位论文

1. 苏安娜,《学院派网络文学批评研究》,沈阳师范大学硕士论文,2021 年。

2. 邱玥,《中国网络文学 IP 出版的跨媒介叙事研究》,广西师范大学硕士论文,2021 年。

3. 雷辰光,《我国网络文学作品中的图书馆形象研究》,河北大学硕士论文,2021 年。

4. 谷海锐,《网络文学作品元数据元素集构建研究》,河北大学硕士论文,2021 年。

5. 朱丽,《“微时代”的网络文学批评研究》,山东大学硕士论文,2021年。

6. 晋瑶,《基于用户需求分析的网络文学网站信息组织优化研究》,东北师范大学硕士论文,2021年。

7. 范彦男,《女性向网络小说研究》,四川外国语大学硕士论文,2021年。

8. 于程蕾,《网络同人小说研究》,山东师范大学硕士论文,2021年。

9. 穆拾,《网络玄幻小说共同体问题研究》,西北大学硕士论文,2021年。

10. 刘茂,《网络文学的虚拟现实问题研究》,西北大学硕士论文,2021年。

11. 梁佳鸥,《玄幻类网络小说的民粹主义叙事研究》,西北大学硕士论文,2021年。

12. 李维杉,《网络作家猫腻的小说研究》,辽宁大学硕士论文,2021年。

13. 张敏敏,《现实题材网络小说的文本特征》,辽宁大学硕士论文,2021年。

14. 王冬晨,《青年亚文化视域下网络文学IP剧热播现象研究》,辽宁大学硕士论文,2021年。

15. 刘志慧,《网络文学评奖研究》,阜阳师范大学硕士论文,2021年。

16. 王茜,《网络文学IP跨媒介传播成功路径探究》,辽宁大学硕士论文,2021年。

17. 王群,《中国网络小说与〈山海经〉》,西南大学硕士论文,2021年。

18. 赵月,《跨媒介叙事视域下的网络文学IP价值评估研究》,西华大学硕士论文,2021年。

19. 马晴晴,《场域理论视野下现实题材网络小说出版研究》,青岛科技大学硕士论文,2021年。

20. 武志雯,《网络小说〈全职高手〉全版权运营案例分析》,青岛科技大学硕士论文,2021年。

21. 蔡悦,《网络文学“讲好中国故事”评价研究》,西华大学硕士论文,2021年。

22. 陈誉瓒,《海外读者对中国网络奇幻小说〈盘龙〉译介的影响研究》,兰州交通大学硕士论文,2021年。

23. 胡逸超,《论网络玄幻小说的文化想象与建构》,湖北大学硕士论文,2021年。

24. 林淑婷,《中国网络小说在泰国的传播特征及效果分析》,北京外国语大学硕士论文,2021年。

25. 曾丽娟,《网络小说IP改编权价值评估研究》,江西财经大学硕士论文,2021年。

26. 刘文琪,《网络文学作品影视改编的著作权保护问题研究》,广西师范大学硕士论文,2021年。

27. 唐国林，《文学地理学视域下的桂西北网络文学创作研究》，广西师范大学硕士论文，2021 年。

28. 熊念，《青年亚文化视阈下女性向网络小说研究》，辽宁师范大学硕士论文，2021 年。

29. 张禹，《生态翻译学视角下武术术语英译研究》，成都体育学院硕士论文，2021 年。

30. 宋青山，《玄幻类网络文学译前编辑策略及效度检验》，北京外国语大学硕士论文，2021 年。

31. 范潇彬，《网络小说改编剧〈致我们单纯的小美好〉的韩国传播及接受研究》，西南科技大学硕士论文，2021 年。

32. 李怡，《中国网络文学在韩国的传播与启示》，西南科技大学硕士论文，2021 年。

33. 蒲海燕，《消费文化语境下的网络文学 IP 改编剧研究》，四川师范大学硕士论文，2021 年。

34. 樊昕旖，《网络文学 IP 与流量明星在影视化中的粉丝迁移比较研究》，上海师范大学硕士论文，2021 年。

35. 裴文慧，《中国网络文学符号消费问题研究》，上海师范大学硕士论文，2021 年。

（三）年度网络文学科研项目

1. 国家级项目

（1）2021 年国家社科基金项目

网络文学观照现实的审美转向研究，禹建湘，一般项目，中南大学，21BZW059。

数字人文视域下中国网络文学英译与接受研究，洪捷，一般项目，厦门大学，21BYY068。

中国网络文学的“现实性”问题研究，闫海田，一般项目，淮阴师范学院，21BZW153。

中国网络小说英译研究及数据库建设，杨柳，一般项目，浙江理工大学，21BYY199。

算法驱动下网络文艺的智能化创新与社会影响研究，赵丽瑾，一般项目，西北师范大学，21BZW057。

跨媒介视域下法国当代小说中的影像叙事与视觉修辞研究，陆一琛，青年项目，苏州大学，21CWW022。

新时代榜样人物跨媒介形象建构策略研究，冯丙奇，一般项目，中国传媒大学，21BXW018。

当代英国小说的跨媒介叙事研究，刘须明，一般项目，东南大学，21BWW047。

美国文学经典建构的跨媒介性研究，但汉松，一般项目，南京大学，21BWW038。

媒介融合视野下的中国非虚构写作研究（2010—2020），项静，一般项目，上海市作家协会理论研究室，21BZW149。

（2）2021年国家社科基金艺术学项目

转向媒介：数字网络时代中国电影融合创新研究，张斌，重点项目，上海大学，21AC004。

自媒体时代“学院批评”的话语困境与转型策略研究，李雷，一般项目，首都师范大学，21BA019。

媒介融合时代现实题材电视剧高质量发展研究，程樯，一般项目，北京电影学院，21BC039。

移动短视频现状、问题与创新发展研究，赵晖，一般项目，中国传媒大学，21BC045。

当代中国影视剧人物造型创作理念及其审美范式研究，危怡，一般项目，浙江传媒学院，21BC046。

（3）2021年国家社科基金后期资助项目

产业环境网络文学原创问题研究，赖敏，一般项目，成都信息工程大学。

数字虚拟时代的跨媒介叙事研究，施畅，一般项目，暨南大学。

网络社会治理网络研究，崔林，一般项目，中国传媒大学。

媒体融合创新研究，朱江丽，一般项目，南京大学。

（4）2021年国家社科基金结项项目

当代中文小说英译的海外评价与接受研究，王颖冲，北京外国语大学，16CYY007。

20世纪80年代以来中国现当代小说在美国的译介与传播研究，崔艳秋，电子科技大学中山学院，17FZW024。

大数据背景下的新时代中国特色视听媒体收视体系研究，孔彬，国家广播电视总局广播电视规划院，18BXW058。

数字化语境中文学制度的转型与策略研究，黎杨全，西南大学，15XZW003。

中国网络视频生产模式及管理研究，曹书乐，清华大学，15BXW086。

2. 省部级项目

（1）2021年度中国作家协会网络文学理论评论支持计划入选名单

中国网络文学评价体系研究，何平，李玮。

中国网络文学大事记，周志雄。

论中国网络文学的发生，李强。

网络类型小说的审美研究，贺予飞。

网络文学创制艺术，周丽。

专项：

中国网络文学年鉴（2021），中国作家协会网络文学委员会中南大学研究基地。

中国网络文学理论评论年选（2021），中国作协网络文学山东大学研究基地。

（2）2021年度吉林省社会科学基金网络文化研究专项项目

社会主义核心价值观网络传播研究，邸焕双，长春理工大学。

创新驱动下吉林省网络文化产业高质量发展研究，于茜虹，北华大学。

乡村振兴视域下网红文化建设研究，武青海，吉林农业科技学院。

数字化推动吉林省红色文化传播研究，李贺，中共吉林省委党校。

高校爱国主义教育网络文化传播研究，曹昆鹏，吉林师范大学。

互联网+文化——短视频创作中关于优秀传统文化的传播样态研究，冯霞，长春理工大学。

全媒体视阈下吉林省网络文化生态系统构建研究，张炬，长春理工大学。

全媒体语境下吉林省城市形象国际传播路径研究，姚姿如，东北师范大学。

（3）2021年度江苏省社科基金年度项目

江苏网络文学的现实主义倾向研究，童娣，南京晓庄学院。

融媒体语境下红色经典影视改编的跨媒介叙事研究，李文静，徐州工程学院。

跨媒介视域下雨果作品在中国的经典化研究，吴天楚，南京大学。

（4）2021年度广东省社科基金年度项目

数字时代创伤书写的跨媒介研究，赵静蓉，暨南大学。

（5）2021年度江西省社科基金年度项目

融媒体时代习近平用典的多模态译介与对外传播研究，李睿，江西理工大学。

媒介转型视域下同光体赣派诗人词事活动考论，赵家晨，江西师范大学。

（6）2021年度宁夏回族自治区社科基金年度项目

宁夏文学的影视改编与传播研究，张银霞，北方民族大学。

（7）2021年度湖南省成果评审委员会课题

网络文学现实主义创作趋势研究，禹建湘，中南大学。

（8）2021年度湖南省社科基金年度基地项目

中国网络文学海外传播的现状、困境与路径，程海威，中南大学。

五、年度理论与批评点评

伴随着2021年网络文学主流化倾向的进一步加快，网络文学研究队伍不断壮大，理论与批评取得了较为丰硕的成果。本年度网络文学研究的贡献主要体现在内部研究逐步深入、作家作品评论成果增多、评价体系与批评标准研究成果凸显、数字人文与网文算法研究得到推动、版权研究进一步深化，但本年度网络文学理论与批评也仍存在一些不足，主要体现在研究内容开拓性不足、研究方法亟待创新、研究力量有待加强。

1. 网络文学研究的年度主要贡献

（1）网络文学的内部研究逐步深入

以往的网络文学的研究中，关于网络文学的发生发展、创作与生产、阅读版权、媒介平台、IP 产业、海外传播、评价等方面的外部研究较多，但对网络文学的世界设定、叙事艺术、人物塑造、思想主题、美学风格等内部研究较为薄弱。2021 年，批评界对网络文学的内部研究关注度上升，研究成果增多，质量也有所提高。学者们把目光更多地投入网络文学的叙事艺术、人物塑造、思想主题、语言特色、美学风格等，发掘网络文学的“文学性”价值，同时也提出了进一步增强网络文学的文艺性，确定其娱乐边界的思路和路径。

在叙事上，研究者关注到网络文学不同题材所采取的不同叙事形态，如“幻想”题材下的玄幻、仙侠、科幻等叙事形态，历史题材下的“正史”和“创越架空”叙事形态，现实题材下的“写实”和“写虚”叙事形态（马季《中国网络文学叙事探究》）。同时开始把目光转向网络文学不同于传统文学的叙事特征，如网络文学套路情节转化为功能性模块的“折叠叙事”，媒介边界越来越模糊下网络文学以互文性为特征的“跨媒介叙事”。也有人关注到以“数据库”为典型结构模式的叙事，还有学者称之为“格叙事”，即“作为叙事表层的文字、图像、声音都以数据库索引标签的形式发挥作用，受众通过提取数据库中的资料补完叙事”①。也有学者关注现实主义题材兴起后网络文学叙事的变化，比如经过民族主义叙事、工业党叙事、想象未来的文明叙事重构之后的现代性宏大叙事。学者高翔指出网络文学宏大叙事“其叙事逻辑囿于网络文学的个体化特性，呈现出基于个体欲望与民族情怀、科学与技术、空间与时间的复杂交错，展现了当代中国宏大叙事和个体书写并行不悖的双面性”②。在人物塑造上，研究者关注网络文学以“人设”为中心的更为标签化的人物塑造方式，同时也对网络文学中不同人物群像的塑造进行了分析，比如邵一、张婉宜对刑侦类人物塑造特点的分析，张亚琼以《大江东去》为例对“从当代中国的现实土壤中孕育生长、与中国社会经济发展和国家文化崛起同步相生的、汇聚了饱满的时代信息、代表时代前进方向、体现出某种新质的人物形象③”的分析，桫椤对支教教师、乡村改革者等农村人物形象的分析和李星辰对女性形象的分析等。对于网络文学语言审美的关注度也在上升，既有对于网络文学语言与传

---

① 王玉王：《“故事社会”与后现代的散布——从网络文艺的新叙事形态说起》，《外国文学动态研究》，2021 年第 1 期。

② 高翔：《现代性的双面书写——论当代网络文学中的宏大叙事》，《中州学刊》，2021 年第 11 期。

③ 张亚琼：《宏大叙事与现实题材网文的“理想化”写作——以阿耐的〈大江东去〉为例》，《当代作家评论》，2021 年第 5 期。

统文学语言的差异性研究，比如其视听特性与图像转化审美特征，杂语共生不断调适，以及脚本化与跨媒介融合的辐射功能；也有网络文学语言对其他文化语言的吸收、借鉴、转化分析，比如网络小说对欧美奇幻文学叙事言语的普及以及通过海外传播实现的“反哺”等。在审美上，研究者仍旧持续关注网络文学的现实主义转向，禹建湘立项国家社科基金项目“网络文学观照现实的审美转向研究”，闫海田立项国家社科基金项目“中国网络文学的‘现实性’问题研究”；学者胡疆峰提出了网络文学指向后人类社会、虚拟现实、游戏生活等更开阔、丰富、多样的当代生活，是及物的现实主义；有研究者关注新媒体时代的审美范式转型，以及这种转型引起的包括网络文学在内的新媒体文学的审美特征变化。同时，研究者们对于网络文学的价值导向问题也十分关注。欧阳友权指出要对网络文学过度的娱乐化保持警惕，必须设立必要的边界，网络虚拟审美的娱乐本体“要追求媒介合规律性与艺术合目的性的统一，既要避免‘奥威尔式’的文化禁锢，又要谨防‘赫胥黎式’的‘娱乐至死’”①；聂茂、付慧青试图从王船山哲学诗学、审美诗学、诗教诗学入手，探讨对网络文化艺术本体、审美形式与价值功能的文艺性再造；江秀廷、周志雄则主要从文化视角肯定了网络文学对昂扬勃发、乐观主义的盛世气象的呈现以及其对当代文化建设的重要意义。

（2）网络文学作家作品评论成果增多

本年度，网络文学的作家作品评论成果也不断增加。由中国作协网络文学研究院副院长肖惊鸿主编的《网络文学名家名作导读》丛书从 2019 年开始持续出版，至今已经出版了《辰东与〈遮天〉》《希行与〈诛砂〉》等多本，今年出版了《萧鼎与〈诛仙〉》等，计划出版共 20 辑 100 本，每本由国内一线评论家撰写导读文字 5 万字，配以作家作品精选 20 万字。这套丛书集大成地总结了中国网络文学的重要作家和重要作品，对于网络文学的主流化和精品化具有重要意义。由单小曦等人所著的《入圈——网络文学名作细评》也在今年出版，这部专著遴选《天才基本法》《盗墓笔记》《全职高手》《我的 1979》《琅琊榜》《步步惊心》《默读》这七部现象级作品采取“合作式”批评对文本的世界设定、主题思想、叙事艺术、人物塑造、美学风格进行评析。“合作式”批评的方式有利于解决网络文学因体量过大、篇幅很长而很难深入作品开展评析的问题，是一种创新性的批评尝试；同时对文本的细读也有利于发掘网络文学的文学审美价值。

在单个的作品评论方面，批评对象既包含了近年来新创作的网络文学佳作，比如现实主义题材的《大医凌然》《大国重工》等；也有网络文学的经典之作，比如《悟空传》；还有因为近年来的电视剧改编引起较大热度的作品，比如《赘婿》《庆余年》《最强兵王》《坏小孩》《长安十二时辰》等。在对作家作品的批评角度上也

① 欧阳友权：《网络文学虚拟审美的娱乐边界》，《社会科学辑刊》，2021 年第 1 期。

非常多样：有对网络文学本身的叙事风格、精神意旨、人物描写、审美价值、题材创新等方面的批评，比如谭天、蔡翔宇《假升级，真打脸：逃离不了家庭的赘婿》一文，就主要分析了赘婿文假升级、真打脸的故事模式和爱恨交加的家庭叙事实质；也有对网络文学读者反映、电视剧改编、IP 价值等方面的分析，比如李智、柏丽娟《现代价值的跨时空表达——IP 古装剧〈庆余年〉改编解析》就主要以《庆余年》为例分析了网络小说在故事架构、人物书写、影像张力等方面如何突破网改 IP 剧的模式化藩篱，实现影像创新，再现人文价值；而同样是分析《庆余年》电视剧改编，《网络小说电视剧改编背后的粉丝、情感与资本：以〈庆余年〉为例》则主要以《庆余年》为例，分析了知名 IP 改编中通过原著粉、艺人衍生粉等粉丝集聚起情绪性的消费与增值获得粉丝经济效应，而资本又通过粉丝运营对此加以利用和推动，揭示了粉丝、情感与资本三者在网络小说电视剧改编中的关系，并对此进行反思。

在对作家的批评方面，既有对于整体作家群体的关注，比如李强在《当代文学变革与网络作家的崛起》中对网络写作的职业化过程、网络作家的崛起和对当代文学格局的重要影响等展开了分析；也有对于个体作家创作、作品的评论和访谈，如猫腻、齐橙、蒋胜男等。同时，对于网络作家的管理进一步走上规范化、主流化道路。2020 年 10 月，人社部发布《关于深化艺术专业人员职称制度改革的指导意见》，明确提出放宽学历、年限要求，包括网络作家、签约作家、自由撰稿人、独立制片人、独立演员歌手等新的文艺群体从业人员可直接申报评审高级职称。2021 年，湖南省首次评审网络文学专业职称，50 人获评文学创作系列职称。同时，第五届中国“网络文学+”大会上，北京作家协会联合大会共同发布《网络文学作家职业道德公约》，明确了网络作家应该遵守的职业道德。

（3）网络文学评价体系与批评标准研究成果凸显

网络文学评价体系和批评标准的确立对于网络文学批评来说意义重大，近年来也有很多研究者在开展相关研究。2021 年对评价体系和批评标准的研究成果增多，研究视角更为多样，使网络文学的评价体系更为完善，批评标准也得到了开拓。

2021 年 6 月 11 日—13 日，在安徽大学召开了中国文艺理论学会网络文学研究分会第六届学术年会暨“中国网络文学评价体系与批评标准”学术研讨会，中国社会科学院、厦门大学、中南大学、苏州大学、杭州师范大学、上海大学、西南大学、《当代文坛》《探索与争鸣》《中华读书报》等高校、科研院所、报刊社的 110 余名专家出席了本次会议，与会者的发言涉及网络文学研究的宏观、中观和微观各个层面，全方位、系统性地探讨了网络文学评价体系和批评标准建构的理论范式和实践路径。欧阳友权提出了网络文学的“评价树”构想，将网络文学的评价体系的指标设定为可基于网络语境的思想性、不脱离爽感的艺术性、源于技术传媒的网生性、依托市场绩效的产业性和聚焦传播效果的影响力等五个持论维度，每个持论维度各自设定其指标体系，且这五个持论维度的重要性和逻辑持位并不对等。思想性和艺术性构成评价树的根基，是其核心层；网生性、产业性构成评价树的中段，是评价体系主干的一部分；影响力评价处于评价树的末端，是评价体系的外围层；同时，还指出对评价树的理解和具体评价实践中要把握好三个方面的适恰性倚重，即适应对象的有限性、对象倚重的选择性、系数赋权的针对性①。黎杨全提出了传统的文学批评是基于作品本身，是一种静态化的批评；网络是动态的，网络文学体现了一种离心的连接性，具体体现在主体间性连接、文本间性连接和媒体间性连接三个层面。因此，网络文学理想的评价体系，应该是文学性与连接性相结合的动态评价体系。王宏波提出借鉴出版物全评价理论构建网络文学评价体系，既重视内容评价、形式评价及效用评价，又关注实现经济效益和社会效益，还要牢牢把握新时代赋予网络文学的新的要求与功能。另外还有丁国旗认为应该用美学的、历史的、艺术的标准来评价网络文学；周冰认为可以使用网络关键词批评深入网络文学研究现场等。② 还有一些学者通过期刊发声，提出自己建立网络文学评级体系的主张。韩模永提出了网络文艺批评的四种形态，即以网民为主体的游戏式批评、以企业为主体的商业化批评、以媒体为主体的价值论批评和以学院派为主体的艺术性批评，并对其特质进行了分析③。胡疆峰提出可以将事件理论引入网络文艺批评，网络文艺的兴起、蓬勃和网络文艺本身都可以看作是一场大规模事件，“文艺评论家要善于发现网络文艺的事件性，研究网络文艺的断裂性、生成性、创作的过程性、艺术的媒介性和未知的潜能，适应平台化、圈层化的评论趋势，也要敏锐地发现事件的可撤销性和非事件化的可能，充分发挥文艺评论的引领功能。④”杨玲提出除了文学性之外，可以用社会性的概念描述、理解、评价网络文学，包括读者和作者的互动，也包括读者和作品人物的互动，以及集体创作中诸多参与者之间的协同合作。

除了将网络文学作为一个整体开展评价体系和批评标准的探讨之外，还有一些学者对网络文学批评的要素与环节提出了自己的评价或批评标准。比如禹建湘提出了构建网络文学网站的社会效益评价体系，指出网络文学网站社会效益在建设过程中要平衡作品流量与内容质量、VIP 付费和免费作品、类型化写作与受众需求三个方面的平衡，提出了政治导向、队伍建设、文学生产、内部制度、受众反应、文化服务、社会影响等 7 个准则、36 个指标，并针对 25 家网站开展了实证研究⑤。这一研究对于文学网站片面重视点击率、唯经济效益是图的倾向具有一定的纠偏作用，

---

① 欧阳友权：《网络文学评价体系的“树状”结构》，《当代文坛》，2021 年第 6 期。

② 以上内容参考会议综述《如何建构中国网络文学评价体系与批评标准》，江秀廷，《当代文坛》，2021 年第 5 期。

③ 韩模永：《网络文艺批评的存在形态与特质》，《江西社会科学》，2021 年第 9 期。

④ 胡疆峰：《作为事件的网络文艺与新文艺评论的再出发》，《中国文艺评论》，2021 年第 6 期。

⑤ 禹建湘：《构建网络文学网站社会效益评价体系——基于 25 家网站数据分析》，《中国文学批评》，2021 年第 3 期。

对于监督网络文学网站实现社会效益和经济效益的平衡具有重要意义。任锦鸾、肖丹则从内容价值、平台价值、衍生价值三个维度构建了网络文学价值评估体系，每个维度对应相应的指标，确定了评估模型，并对 18 个网络文学改编剧进行了评估验证。刘燕南、李忠利从受众市场、创意内容、社会效益三个维度出发，建构起具有综合性、多指标、可操作的网络文学 IP 价值评估体系，并对这一评估体系开展了再“评估”。这些研究尝试通过量化的方式对网络文学的平台、作品价值、IP 价值等进行评估，使得网络文学评价标准更加具体、翔实、可操作，有利于评价标准的确立和实践运用。另外，对于网络文学的批评主体、批评方式等，研究者也给予了关注。殷昊翔指出“屌丝”和“大 V”这两大网络主体是网络话语权的博弈者，这两大主体应该重新审视、调整、变革现有的文学观念，才能在博弈与谦和之中互利共存。

网络文学的经典化问题也得到了学界的关注。首先是网络文学到底能不能打造经典的问题。欧阳友权认为虽然当下网络文学有力作、无经典，但通过倡导“工匠精神”、推进网络文学经典化举措、规避误区、实施分层评价、优化创作环境，假以时日，可以创作经典。黎杨全则认为，“网络文学不只是一种故事文本，更是一种活生生、现场的社区行为”，其与经典固定、独立、封闭、模范和规定性的特点有着根本性的冲突，因此，网络文学经典化是一个伪命题①。其次是应该用什么标准来评判网络文学是否可以经典化的问题。周志雄认为经典不止有永恒的经典，还有时代的经典，网络文学是时代文学机制的产物，应该是时代的经典。对网络文学的评判标准应区别于传统文学，在考虑艺术性的同时，还应该考虑网络性、大众性、市场性、文化产业转化的影响力等。最后是网络文学通过何种路径实现经典化的问题。任美衡、陈娟从读者审美期待引导、网络文学评价体系完善、读者价值和作用发挥、网络公共空间管理等方面推动网络文学的经典化。对网络文学经典的关注体现出网络文学进一步主流化的趋势，也体现了网络文学研究者主动靠近主流，竭力发现经典、推进网络文学高质量发展的期待和实践。

(4) 数字人文与网文算法研究开始升温

研究者紧密跟随新的文艺实践动态，采取综合性研究思路和跨学科的研究方法，积极推动数字人文与网文算法研究，对于追踪新的动向、拓宽理论研究边界具有积极的意义。这方面的研究主要包括以下方面：

一是在数字化下网络文学的重新定义。在数字化时代下，网络文学表现出与传统文学不一样的特征；在算法加持下，网络文学也体现出明显的阶段性特征。研究者们关注到这些变化，并提出了对网络文学的新定义或新认知。比如黎杨全认为不应该再以印刷文化的文学观来看待网络文学，而应该认识到“次生口语文化构成了

① 黎杨全：《网络文学的经典化是个伪命题》，《文艺争鸣》，2021 年第 10 期。

网络文学发展的背景、线索与动力学，并赋予其相应内容、写法与文化特质”①，从而构建数字时代的活文学观，作为立足于数字时代文学新变对于传统研究范式的补充。许苗苗认为，正是由于资本的压制、学术话语的规训，曾经多元化的“网络文学”成为了“网文”，并在数据主导下进入工业化生产。但同时，她也将突破数据权力的可能寄希望于网民对数据的个性化使用和演绎②。二是数字资本主义对网络文学场域的塑造。网络文学“免费模式”的再度兴起引起了学界的关注，黎杨全、项蕾等人都关注到，网络文学“免费论”体现了数字资本主义的症候，在免费模式下，用户的注意力和创造力被货币化。一方面借助大数据分发，海量用户的数据产生了广告价值，也即是用户注意力的货币化；另一方面，用户通过点击、转发、评论等提供免费的创造性的数字劳动，为网站创作价值。数字资本主义重塑了网络文学场域，网站的中心地位加剧，作品的推介体现出去中心化特点。签约作者一方面是受到消费者的隐形雇佣，一方面又受到平台基于数字技术的控制，而采取“灌水”“结盟”等方式抵抗。三是数字化下网络文学研究方法革新。单小曦提出应把数字人文的方法引入网络文艺批评，建设“智能化”的网络文艺大数据库，开发智能化、探索性的开发工具或“AI 批评助手”。同时，推进多层次的合作，比如学者、作者、编者、读者的合作，文艺活动主体与计算机科学、数字技术从业者的合作，人类主体和人工智能体的合作，实现合作式批评跨学科、跨领域发展和职能化升级③。张永禄希望把通过大数据管理实现量化研究的“算法”研究和以定性研究为基本方法的类型学研究结合起来，从而推进网络文学研究的客观性、科学性④。这些设想都为网络文学的研究提供了新的研究思路和研究方法。

（5）网络文学版权研究进一步深化

今年网络文学版权研究得到进一步深化，主要集中在以下方面：

一是网络文学的版权运营问题成为热点。网络文学的版权运营问题包括网络文学的版权运营现状、创新、网络文学的 IP 改编等。在网络文学的版权运营现状方面，有人关注后疫情时代这一特殊时段，有人以平台为个案关注创作与出版生态，也有学者关注某些具体地域的 IP 运营与发展战略，比如刘阳以杭州为样本的研究。在关注现状的同时，一些学者也致力于探索网络文学出版的创新模式、运营路径。比如信莉丽指出网络文学平台可以通过“粉丝社群运营管理思路，加强网络文学 IP 价值链辅助活动的技术赋能，注重调和网络文学 IP 价值链上的利润矛盾，尝试打造网文 IP+有声阅读的长音频盈利集群，从接受审美的视角提高网络文学 IP 的文化内

① 黎杨全：《走向活文学观：中国网络文学与次生口语文化》，《探索与争鸣》，2021 年第 10 期。
② 许苗苗：《“网文”诞生：数据的权力与突围》，《探索与争鸣》，2021 年第 10 期。
③ 单小曦：《数字人文：实现合作式网络文艺批评》，《中国社会科学报》，2021 年 9 月 17 日第 5 版。
④ 张永禄：《用“算法”推进网络文学批评》，《中国社会科学报》，2021 年 9 月 17 日。

涵，融入全球价值链，全面提升我国数字出版业的国际竞争力①”。张建友、张炜鑫提出了“丰富以IP资源为中心的内容生态，优化数字阅读产业商业模式，加强用户连接、促进数字阅读产业价值传递②”等策略来促进数字阅读产业的创新发展。研究者们也关注到了针对新技术、新群体的创新策略，比如邓祯、梁晓波关注到了人工智能如何赋能网络文学出版，现状如何，有什么潜在风险，如何应对；钱威丞总结了数字技术变革下以网络文学为代表的数字出版产业所构建的包括职业培养机制、价值共创机制、IP共营机制等在内的系统性的创新激励机制；陈洁则结合数字出版新业态，提出了面向社群网络的构建版权管理平台的构想，并就网络文学、学术社交、知识服务、教育出版四个方向提出了不同的数字出版业态与版权运营模式。另外，在网络文学IP方面，研究的关注点包括：网络IP如何实现协同和互哺，消费者对网络文学IP改编意愿受到一些什么因素的影响，通过剧集统计可以得知网络文学IP转化有什么样的产业偏好和创作特点；在后疫情时代如何实现网络文学IP价值链的创新，如何实现网络文学IP营销方式的创新；在知识管理视角审视下网络文学IP生态系统如何重构等等。研究的视角多样，研究内容深入，为网络文学的IP转化、营销，以及重构IP生态系统提供了指导。

二是网络文学的版权保护得到广泛关注。网络文学的版权保护问题得到了研究者的关注，今年关于这一方面的研究主要包括：侵权如何认定的问题，到底以什么样的标准来确定侵权，各平台分别采用什么标准，学术研究上采用什么标准，网络文学可能采取什么标准；网络文学的融梗行为算不算侵权，什么情况下什么程度的融梗应该归属为侵权。另外，现在网络文学版权保护中存在一些什么问题，以及如何去改善的问题。比如禹建湘、蒲钰希指出，“网络文学存在版权的盗版、侵权新形式层出不穷；被侵权方不作为；版权归属不明确；文学网站庇护侵权作品和行为等，行业应通过增强对侵权行为的打击力度、培养版权专业人才、提高侵权赔偿成本、建立统一的网络文学版权数据库、加强文学网站原创性管理、创新盈利模式等措施，来切实保护网络文学版权③”。张辉、王柳则从区块链角度，提出了用联盟链代替公有链、强化网民的版权意识、完善区块链存证平台相关标准、完善区块链版权保护的法律法规等网络文学版权保护的策略④。

三是网络文学的海外传播与出版问题。网络文学的海外传播和出版的问题也是2021年的研究热点，研究者从宏阔的视角出发，关注网络文学出版的形态、动力、模态、屏障、着力点等问题。网络文学的海外传播形态已经从作品出版、网文翻译、IP分发逐步进化到网文商业模式和制度的输出，传播动力包括政策扶持、作品的数

① 信莉丽：《后疫情时代网络文学IP价值链重构与创新》，《编辑之友》，2021年第5期。
② 张建友，张炜鑫：《价值链视域下数字阅读产业发展路径探索》，《出版广角》，2021年第17期。
③ 禹建湘，蒲钰希：《失范与规制——IP时代网络文学版权问题》，《长沙大学学报》，2021年第6期。
④ 张辉，王柳：《区块链下网络文学版权保护问题研究》，《法学论坛》，2021年第6期。

量和质量逐步提升、中华文化故事的魅力、翻译力量增强、平台影响力的扩大等，但也还存在创作内容质量需进一步提升、文化差异导致理解隔膜、缺乏标准化的平台和格式、对受众了解不够等问题，需要在相关方面着力促进其发展。比如欧阳友权所指出的，“网络文学海外传播经历了实体书版权输出、线上网文外译推介、网文 IP 分发的多媒体传播和网络文学模式输出等几种主要形态。综合国力的‘文学表情’、中国文化的故事魅力和拓展海外市场的行业需要，构成了网文出海的动力机制。谨遵落地国法规，解决好网文出海的版权难题；把握跨文化传播的社会差异，从文化通约走向文化融入；以品质化内容生产保证适配作品的可持续供给等，是中国网络文学海外传播需要突破的三道屏障”①。

2. 网络文学研究的不足

（1）研究内容开拓性不够

2021 年，有部分研究者在网络文学研究内容上有了开拓性的进展，比如对于网络文学本质的再思考，对数字人文和算法方面的研究等，但这在网络文学研究中占比较小，数量不足。网络文学研究内容整体上开拓性不足，视角较为陈旧，重复研究较多。导致这一情况的原因主要有：

一是实证研究欠缺导致内容虚浮。网络文学体量巨大，每年涌现的新作品数不胜数，大多数作品在快速迭代的互联网体系中迅速被淹没；一线研究者缺乏足够的时间深入网络文学现场，不能做到“读者”和“研究者”身份的同一，而他们单独作为研究者时所触及的文学现象和文学作品，经常是经过平台、资本、媒介联合筛选之后的，这些作品具备较好的商业价值，或者受到资本的追捧，但并非意味着具有最高的艺术价值，也无法展现网络文学的全部面貌。同时，在对网络文学作品进行研究时，由于实证信息的欠缺，研究者多着眼于从宏观上对网络文学进行抽象的分析和判断，这种分析有利于了解网络文学的全貌，提出宏观性、方向性、路径性的建议，对网络文学实践具有一定的帮助。但同时又存在教条化、经验化的问题，脱离创作实际，浮于表层现象，其科学性与针对性就大打折扣，导致“理论”与“实践”脱离的囧境。

二是研究基础薄弱导致创新乏力。网络文学的研究内容开拓性受限，还在于网络文学的研究基础薄弱。对于网络文学这样一个新兴的、发展盛况在全世界独一无二的文艺现象，原有的文艺理论常常捉襟见肘，新的理论体系又尚未建立，因此在开展研究时常常只能亦步亦趋。当下的网络文学研究存在跟风性研究、陈旧性批评，也存在追逐热点、追求暂时性关注的倾向，对基础性研究的开拓性不足，对具体重要问题的关注不足，对网络文学理论体系的构建贡献不够，整体的研究心态还较为

---

① 欧阳友权：《中国网络文学海外传播的形态、动力与屏障》，《贵州师范大学学报（社会科学版）》，2021 年第 6 期。

浮躁，需要弘扬扎根理论、深入现场、开拓创新的治学风气，开拓研究内容，提升研究成效。

（2）研究方法亟待创新

网络文学是依托于互联网技术发展而生产和发展的文艺样式，互联网技术日新月异，也让网络文学的生产过程与艺术风貌不断变革。比如在网络文学发展初期，主要是自娱自乐式的写作；而在付费阅读兴起之后，网络文学就更多受到资本的影响，并逐步发展成了超长篇幅的“网文”形态；又由于算法技术的影响，原来无以为继的免费模式得以发展，并成为市场趋于饱和的付费阅读的重要补充，成为平台效益的新的增长点。但面对不断变化的网络文学和日新月异的媒介技术，研究界的响应则显得较为迟缓，一方面是如上文所言，浅层次的讨论多，切中肯綮的深入研究少；另一方面是研究方法陈旧，不能适应已经产生较大改变的网络文学。

一是网络文学的学科间性呼唤跨学科研究。网络文学本身就关涉到媒介性、商业性、艺术性，与文学、传播学、计算科学、经济学、管理学、社会学等多学科相关，故网络文学研究体现出学科间性特征。只有从多学科融合的视角出发，才能真正把握网络文学生产和网络文学自身的全貌。但当前由于网络文学的研究者大多专业基础是文学学科，因此对网络文学的研究也就体现出学科上的偏颇；有些研究者虽然也从跨学科角度关注网络文学的其他特性，但由于知识结构的隔膜而隔靴搔痒。因此，网络文学的研究应该聚集多学科力量，从更多样化的视角开展跨学科研究，才能进一步丰富其研究内容，开拓其研究视角。

二是网络文学的巨大体量需要高效量化研究。网络文学体量巨大，作品的篇幅长、数量多，作品持续更新而长时间处于未完成状态，作者的更帖与读者的回帖共同生成了其艺术形态，因此，以往文学研究中针对纸质文本的细读细评的方式，在网络文学某些方面的研究中已经不太适应；网络文学的生产、营销、消费等各环节涉及的数据也十分惊人，四亿多的读者基数，以及算法支持下的分发与营销模式变革，都使得传统的对现象进行主观观察和质性描述的研究难免陷入先入为主和主观臆断中。网络文学需要更为客观的数据库系统，也需要更为高效客观的量化方式来确保其研究的客观性和科学性。采用量化研究来辅助网络文学研究，提高其客观性、可视性和科学性，得到了很多研究者的倡导。但是在具体实践中，真正科学有效的量化研究却很少，在巨大体量面前个体研究者观察的局限性也就始终制约着网络文学研究的拓展。

（3）研究力量有待加强

研究力量的壮大对于网络文学研究意义重大。随着网络文学的发展，网络文学的队伍不断扩大，有更多的学者加入网络文学研究中，且原有的研究者研究积累不断丰富，研究水平也不断提高，如欧阳友权、黎杨全、单小曦、马季、邵燕君、周志雄、禹建湘等学者在本年度都发表了诸多质、量等优的论著。同时，有更多的平台开设了网络文学研究的栏目或版块，本年度刊载网络文学理论与批评论文的学术期刊从2020年的185家增加到了203家，发表网络文学相关论文3篇及以上的期刊从2020年的27家增长到了34家。但同时我们也应该看到，网络文学的研究力量仍有待加强，主要体现在两个方面：一是在研究队伍上，新加入的网络文学研究行列主要以青年学者为主，他们的理论基础薄弱，研究能力还不够强，尤其对网络文学的研究视野不够开阔，对研究关键问题的把握也不够准确，从而影响了研究的质量。传统文学领域的学者却较少涉足网络文学研究，加上网络文学跨学科特性，亟待有更多理论功底深厚的传统文学研究者和具备多学科基础的研究者加入，才能为网络文学研究的发展奠定良好基础。二是在研究平台上，网络文学研究尚没有专门的期刊，刊发网络文学论文的期刊占比也还不够高，对部分期刊而言，对网络文学相关论文的刊发还存在顾虑；在所刊发的内容选择上，对于创新性的内容发掘不够。因此，网络文学研究一方面需要得到更多学科领域的学者关注和加入，另一方面也期待有更多的平台，更包容的学术环境，促进对其先锋性的发掘。

（禹建湘、谢姣、邹诗雨、宋沂宸　执笔）

第十章　中国网络文学海外传播

中国网络文学不仅在国内形成了现象级的文化景观，也凭借海外传播的热潮逐渐实现全球“吸粉”，出海规模不断扩大，成为世界大众了解中国文化、聆听中国故事的重要载体。中国网络文学的海外传播在政策东风助阵、业界积极开拓、学术活动支持的合力驱动下，迄今已由版权出海、内容出海迭代至生态出海的新阶段，覆盖地区由东南亚、北美辐射至全球，国际影响力不断提升。出海的网络文学一方面在绽放中华文化魅力、推动中国文化外贸上展现出蓬勃势头，一方面也受到国情差异影响接受、内容投放把关不严、现实题材输出困难、全球文化产业竞争加剧等问题的制约。对这些问题的妥善解决将促进中国网络文学“走出去”，实现与全球文娱产业的对话交流、互鉴发展，进一步增强中华文化的国际传播能力。

一、网络文学海外传播年度概况

据中国作家协会在2021年9月发布的《中国网络文学国际传播发展报告》显示，截至2020年，中国网络文学共向海外传播作品10000余部。其中，实体书授权超4000部，上线翻译作品3000余部；网站订阅和阅读App用户1亿多。中国网络文学国际传播已从个人授权出版、平台对外授权、在线翻译传播步入到本土生态建立的第四发展阶段，传播方式主要有实体书出版、在线翻译传播、IP改编传播、海外本土化传播和投资海外平台等。App类的网文平台日趋主流，传播范围从东南亚、东北亚、北美扩展到欧洲、非洲，如今已遍布全球五大洲的40多个国家和地区，多元化传播正在推进。①

1. 网络文学海外传播环境

第一，政策红利助推网络文学扬帆出海。

2021年陆续出台了网络文学“走出去”的一系列相关政策举措：2021年1月，《习近平关于网络强国论述摘编》由中央文献出版社出版发行，其中阐述了打造网上文化交流共享平台、推动网络经济创新发展等关于构建“网络命运共同体”的理念主张，为中国网络文学进一步开展互联网空间的国际交流与合作、推动海外平台

---

① 光明网：《“2021中国国际网络文学周”侧记：全球语境　中国故事》，https：//meiwen. gmw. cn/2021-10/14/content_ 35230778. htm，2021年10月20日查询。

的规模化发展，提供了重要理论依托；2021年3月，十三届全国人大四次会议通过的《中华人民共和国国民经济和社会发展第十四个五年规划和2035年远景目标纲要》提出“加强对外文化交流和多层次文明对话，创新推进国际传播，利用网上网下，讲好中国故事，传播好中国声音，促进民心相通”，凸显了以“好故事”为内核的中国网络文学在加强我国对外传播能力建设、提升中华文化感召力等方面的重要内容载体作用；2021年5月31日，习近平总书记在主持中共中央政治局第三十次集体学习时强调，“要更好推动中华文化走出去，以文载道、以文传声、以文化人，向世界阐释推介更多具有中国特色、体现中国精神、蕴藏中国智慧的优秀文化”，指引中国网络文学以融通中外的新概念、新范畴、新表述，更加充分、更加鲜明地展现中国故事及其背后的思想力量和精神力量；2021年8月17日，中国作家协会在北京举办“中国文学海外读者俱乐部”启动仪式，该俱乐部由中国作协和海外各国文学爱好者共同发起，首批在新加坡、马来西亚、泰国等全球12个国家同时成立，为中外读者与作家搭建起了一座中国文学海外交流的互通桥梁；2021年9月7日，由中国作家协会发起的“一带一路”文学联盟在北京成立，由来自中国、阿联酋、巴基斯坦等36个国家的31个具有影响力的文学组织和19位各国有代表性的文学家和翻译家作为创始会员加入，旨在加强文学交流、增进作家友谊、推动优秀作品的译介传播，助力文明交流互鉴，促进民心相通；2021年11月19日，首届“中国网络文明大会”在北京国家会议中心召开，大会制定了有关网络安全、数据安全与网络生态治理的一系列法律规章制度，为中国网络文学发展及海外传播中的信息安全维护与版权保护提供了坚实的法治保障；2021年12月14日，习近平总书记在中国文联十一大、中国作协十大开幕式上的讲话指出，“广大文艺工作者要有信心和抱负，承百代之流，会当今之变，创作更多彰显中国审美旨趣、传播当代中国价值观念、反映全人类共同价值追求的优秀作品”，要求中国网络文学的相关从业者培养深厚的天下情怀，用情用力讲好中国故事，向世界展现可信、可爱、可敬的中国形象；中央网络安全和信息化委员会在12月印发的《“十四五”国家信息化规划》强调，要“进一步解放和发展数字生产力，加快构建以国内大循环为主体、国内国际双循环相互促进的新发展格局”，为中国网络文学出海企业的数字技术研发与开放贸易合作营造日臻完善的信息化发展环境。“网文出海”的相关利好政策使中国网络文学的海外传播得以从原始阶段的“野蛮生长”纳入到顶层设计的协调统筹，跟随文化强国的建设步伐，不断拓宽海外传播渠道，扩增海外市场规模，成为彰显中国文化软实力的一支出海劲旅。

第二，全球防疫催热“宅经济”，网文企业开拓新蓝海。

2021年不断反复的全球疫情激活了居家防疫的世界民众在线文娱消费的上涨空间，“宅经济”效应下的全球数字阅读市场需求持续高涨，为中国网络文学平台的海外业务拓展提供了外部环境的良机。近年来，除阅文集团、星阅科技、掌阅科技、中文在线、晋江文学城等先行者之外，网络文学国际市场这片潜力巨大的“新蓝海”也吸引了触宝、字节跳动、小米等等更多大小厂商纷纷入局，行业热度不断升温，出海规模增势迅猛。据 App Growing Global 在 6 月份发布的《2021 Q1 泛娱乐 & 社交应用买量分析报告》显示，我国小说出海的买量激增，2021 年第一季度的全球小说 App 推广榜 TOP20 里面，有 11 个 App 来自中国厂商，其中第 2 至 6 名全部为中国厂商，第 1 名的背后也有小米等中国企业参与融资。① 以阅文集团旗下的起点国际（Webnovel）为首的网文出海头部平台逐步构建起涵括网络文学创作、运营与消费的全产业链条在内的本土化原创生态，形成内容出海与生态出海齐头并进的传播态势，培育了一众“洋写手”，为中国网络文学海外平台的发展增添了原生活力。网文出海的新晋厂商则多偏向于开拓小语种市场，创作、投放面向垂类群体的网文内容，探索授权出版、文学网站、小说 App、互动阅读、有声读物、IP 改编剧等多样化内容并行的出海模式。部分中国网络文学企业的海外年度发展动向如下：

阅文集团。作为国内率先搭建网络文学海外门户的老牌厂商之一，阅文集团不仅成功引领中国网络文学的海外传播由粉丝社群主导译介、盗版横行、众筹翻译、集中于英语世界的自由摸索阶段迈向了人机联合规模化翻译、正版授权为主、会员订阅、覆盖多语种阅读服务的自主发展阶段，还积极与全球产业伙伴就网络文学的作者培育、内容生产、授权、分发、营销、推广等方面展开合作，成功推动中国网络文学的本土化原创生态与商业模式的海外落地。据阅文集团海外业务内容负责人孙丹青在 2021 年 9 月第五届中国“网络文学+”大会上的介绍，旗下海外门户 Webnovel 用 4 年多的时间，积累了超 7300 万的访问用户量，吸纳和培养了来自世界各地近 300 名优秀翻译和编辑，上线了 1700 余部翻译作品，囊括了玄幻、奇幻、都市、网游等多元类型，覆盖英语、西班牙语、印尼语、印地语、马来语等多个语种。② 2021 年 1 月 28 日，Webnovel 平台面向东南亚用户开启了“新春温暖 POS 机”征文活动，并由评审团投票选出前三名最具潜力的作品进行颁奖。③ 阅文集团还举办了“起点国际・出海作品征文大赛”，在 2020 年 12 月至 2021 年 5 月期间，面向国内作者征集具有海外翻译传播潜能的中文网络文学作品，为中国的“网文出海”遴选了适宜跨文化传播的优质作品。阅文旗下的 Webnovel（起点国际）在 2021 年启动了全球作家孵化项目，为签约作者提供完整的作家福利体系与资源扶持计划，为海外写手们提供安心创作的保障。

---

① 白鲸出海：《加速买量、加推新品，2021 年小说出海进入快速道（上）》，http：//www. baijingapp. com/m/article/id-34201，2021 年 10 月 22 日查询。

② 京报网：《海外用户破亿！网络文学走出去，向世界讲好中国故事》，https：//wap. bjd. com. cn/news/2021/10/13/194221. shtml，2021 年 10 月 22 日查询。

③ 环球网：《阅文联合银联国际于滨海湾金沙举办“新春温暖 POS 机”活动，打造网文出海新样本》，https：//tech. huanqiu. com/article/41sMWhoKSVe，2021 年 10 月 22 日查询。

掌阅科技。自 iReader 海外版等产品上线以来，掌阅科技的出海业务一直保持高增长的态势。据 2021 上半年的掌阅公司年报显示，“网文出海”的业务新增付费用户过百万，收入达到 1.48 亿人民币，较上年同期增长 100%以上。掌阅科技实行“华语内容直接出海—输出作品数据积累—合适翻译内容跟进”的网络文学出海“三步走”战略，当前已向美国、英国、加拿大、澳大利亚等全球 150 多个国家和地区的用户输送了优质网络文学内容和智能化的服务体验，旗下 iReader 海外版在许多国家的 Google Play 和 App Store 市场阅读列表中长期稳居前列。当前，掌阅科技主要通过 Facebook、Google 等互联网渠道获取国际用户，海外用户超 2000 万，已合作的海外优质作者数量超过 5000 人，原创作品数量超过 8000 部。① 截至 2021 年，掌阅旗下已拥有 iReader、Novelful、Storyroom、Storyaholic-Short Story 等七款国际数字阅读应用，其中 Storyaholic-Short Story 是在 2021 年 2 月最新推出的小说 App 产品，主打一天内即可读完的短篇小说。此外，掌阅科技还与国内外上千家版权方达成合作，围绕优质 IP 开发网文、漫画、有声读物、短视频、影视剧等多形态的出海产品矩阵。

星阅科技（START）。START 是主推本土化网络文学内容生产的国际网文厂商，于 2020 年正式成立中国公司星阅科技。START 于 2018 年 8 月上线了网文平台 Dreame，该平台在 2021 年已跻身于全球原创网络文学平台的前三之列，成为出海小说的头部应用之一。Dreame 小说平台将主要的受众群体定位在喜爱言情小说的年轻女性，收录的作品皆为本土原创小说，当前已拥有 3000 多名海外原创作者，上线 3 万余部原创作品，为美国、加拿大、英国、澳大利亚等全球 130 多个国家和地区的 1 亿多用户提供阅读服务。Dreame 为国际写手打造了一个低门槛、多收益的网络文学内容共创空间。随着 Dreame 产品下载量与收入的翻倍增长，2020 年至 2021 年，START 又针对不同题材与地区的受众推出了多达 8 款差异化的小说 App，包括主推奇幻冒险类网络小说的 Ringdom、面向同人社群的 Slash、主打菲律宾市场的 Yugto、面向印度尼西亚的 Innovel、面向西班牙语和俄罗斯语用户的 Sueñovela 和 ЧитРом 等，其面向专属语系的几款 App 目前都已在对应地区的图书应用排行榜上位居前列，成功融入了本地市场。此外，近两年间 START 旗下的 Dreame 还与有声读物国际厂商 Wehear 达成合作，将 Dreame 的热门作品改编成有声小说，并在 Facebook 等海外社交媒体平台同步宣传与推送。START 依靠“用户创作—用户阅读”的本地化产销模式，大幅降低了版权和翻译层面的出海成本，实现了“网文出海”初期的迅速成长，此后则将目光投向了细分市场和技术合作，为网文产品的全球畅销持续

① 网易财经：《掌阅科技：掌阅科技股份有限公司 2021 上半年度报告》，http://m.money.163.com/stock/603533_notice_7438135.html，2021 年 10 月 27 日查询。

发力。①

中文在线。中文在线锚定海外互动小说、女性向网络小说的蓝海市场，以作品出海、IP 衍生出海，以及平台生态出海三元发展模式不断演进。2021 年上半年，中文在线海外公司实现营业收入 3.34 亿元，同比增长 48.21%。中文在线旗下子公司 Crazy Maple Studio 于 2017 年 8 月起推出互动式视觉阅读平台 Chapters-Interactive stories，将交互体验和视觉小说相结合，以超文本形态的网络文学与游戏产品满足海外受众新的阅读需求。据 App Annie 的数据显示，该平台在上线后的不到两年时间内，即以版权开发、IP 轻衍生的内容获取优势荣登该品类在全美的 iOS 畅销榜第二，Google Play 榜第一。② 据 Sensor Tower 统计，2021 年 12 月 Chapters-Interactive stories 安卓端与 iOS 端的全球月下载量总计 50 万，全球月流水已达 400 万美元。当前，该平台已涵盖了浪漫、悬疑、魔幻、校园、科幻等多种题材分类，拥有 6 种语言版本，注册用户超 500 万，并与国内 IP 广泛联动，将《流浪地球》等中文小说改编成图文并茂的电子叙事加以动态呈现。自 2020 年 8 月起，中文在线又陆续推出了互动阅读动画产品 Spotlight：Choose Your Romance 和浪漫小说平台 Kiss：Read & Write Romance 两款手机 App，前者主推互动叙事类的动态漫画，后者主要译介国内的女性向网络小说。据 App Annie 指出，近年来，在全球疫情防控的大环境下，女性向手游类产品的市场规模实现了翻倍增长，互动剧情游戏收入已占到美国女性向游戏市场规模的 60%。③ 在此背景下，中文在线聚焦海外受众线上文化消费的需求变化，打造出深耕垂直细分领域的出海平台矩阵，推动网文出海走上翻译小说、视觉小说、动态漫画、剧情互动类手游等多元并行的国际新航线。

晋江文学城。作为中国最具影响力的一家女性向原创网络文学基地，晋江文学城的网站用户迄今已遍布全球 213 个国家和地区，其中美国、加拿大、澳大利亚等发达国家占到很大比重，海外及港澳台用户流量比重达到 15%。截至 2021 年 12 月，晋江文学城版权输出的作品总量已逾 2900 部，出版册数超 1000 万。2021 年 1 月，晋江文学城与俄罗斯、美国、日本继续深化合作，并与英国、法国、德国、巴西等多个国家建立了合作意向。此外，晋江文学城版权输出的合作模式也渐趋多元化，主要包含授权海外图书出版、信息网络传播权海外输出、IP 改编成品海外平台播出、外文音频输出以及筹建海外文学网站等。自成立以来，晋江文学城签署国内外改编合同的作品已逾 5000 部，有包括影视、游戏、动漫、广播剧、有声读物等在内

① 虎嗅网：《这些外国人看得津津有味的小说软件，都是中国产的》，https：//m. huxiu. com/article/438351. html，2021 年 10 月 28 日查询。

② 中文在线：《童之磊：中文在线网文出海三元发展，打造中国文化传播的新名片》，https：//www. col. com/p/339. html，2022 年 1 月 2 日查询。

③ 新浪网：《App Annie 发布 2020 年 Q2 中国应用出海收入 30 强》，https：//tech. sina. cn/2020-07-23/detail-iivhvpwx6993397. d. html？from=wap，2021 年 10 月 30 日查询。

的近 20 种改编形式，其中《花千骨》《亲爱的，热爱的》等 IP 改编作品在日韩、东南亚等海外地区引发了热烈反响。晋江文学城目前有专职人员以每周不少于 10 篇作品向外国出版方进行译介、推荐，其海外业务始终坚持以内容为着力点稳步推进，在深化原有市场合作的同时，也正在积极拓展欧洲、美洲市场。

在上述中国企业的海外网文平台之外，触宝旗下的 Readict、新阅时代旗下的 Goodnovel、点众科技旗下的 Webfic、字节跳动旗下的 Fizzo（fictum），以及小米旗下的 Wonderfic 等亦于 2020 年至 2021 年期间如雨后春笋般纷纷涌现。这些针对不同语系地区、面向不同用户群体、应用不同盈利模式的海外网文 App 的出现，进一步扩大了中国网络文学的海外市场规模与国际影响力。

第三，相关学术会议研讨网文出海。

一年来，中国网络文学的海外传播如火如荼，聚焦相关现象的学术会议也在不断召开。2021 年 5 月 26 日，由中国作协主办的“奋斗百年路　启航新征程”2021 中国网络文学论坛在重庆举行，会上发布的《2020 中国网络文学蓝皮书》总结了网络文学发展与传播的新趋势，指出网络文学国际传播已成为新的增长点，出海形式更趋多样化。2021 年 6 月 12 日，中国文艺理论学会网络文学研究分会第六届学术年会暨“中国网络文学评价体系与批判标准”学术研讨会在安徽合肥召开，此次会议下设了“评价与传播”分会场，围绕中国网络文学的海外传播与批判标准等相关问题展开多角度的研讨。2021 年 9 月 15 日，“第四届中国—中东欧国家出版联盟论坛”在北京举办，论坛以“深化出版合作互惠，助力文明交流互鉴”为主题，深入探讨出版业、作家、翻译家之间如何通过交流与合作，增进中国和中东欧国家之间的人文交流、跨文化理解与文明互鉴。2021 年 9 月 25 日，“中国网络文学三十年”国际高峰论坛在长沙举行，70 余名国内外学者及网络作家在会上就世界网络文学视野中的中国网络文学、中国“网文出海”如何跨文化交流等重大的理论和实践问题进行了深入交流。2021 年 9 月 26 日，“2021 中国国际网络文学周”在浙江乌镇开幕，中国作家协会于现场发布了“网络文学国际推广”视频短片和《中国网络文学国际传播发展报告》，并举办了“网络文学的世界意义”国际论坛。2021 年 9 月 27 日，由国务院新闻办公室主办的“第七届全国对外传播理论研讨会”在天津召开，近 400 位专家学者参会并就“启航新时代国际传播新征程”的主题，探讨如何有效构建和传播中国话语和中国叙事体系，为新时代国际传播工作提供更多学理支撑。2021 年 10 月 9 日，以“网颂百年，文谱新篇”为主题的第五届中国“网络文学+”大会在北京举行，众多学者与行业专家就精品创作、网文出海等议题展开讨论，为网络文学高质量发展建言献策，大会还于 10 月 11 日上午举办了以“传扬中国好故事，探索出海文化新模式”为题的“网络文学+走出去”分论坛，阅文集团等 10 余家企业的相关从业者与文化学者聚焦网络文学的国际化写作新现象，探讨如何以网络文学作为依托，加强对外传播能力，讲好中国故事，推动文化产业走出去。

2. 网络文学海外传播的年度进程

（1）平台竞航新赛道，出海规模显著增长

据艾瑞咨询发布的《2021 年中国网络文学出海报告》显示，在国内网络文学产业产能溢出的背景下，我国网络文学出海 App 数量自 2020 年起呈现倍数增长，行业热度大幅提升，在头部厂商平台之外，涌现出了许多针对垂直市场地区的中小型平台，并取得了良好盈利。随着更多网文厂商入局，海外原创内容布局全球，商业模式稳定盈利，出海网文市场迎来迅猛增长。2020 年网络文学出海市场规模达到 11.3 亿元，增速为 145%；用户规模达到 8316.1 万人，增速 160.4%。预计 2021 年中国网络文学的市场规模将持续翻倍增长，突破 30 亿人民币，海外用户规模也将达到 1.45 亿人。① 截至 2021 年底，中国企业累计向海外输出网络文学作品已有 16000 余部，覆盖 40 多个“一带一路”沿线国家和地区，在东南亚、欧美等地区建立了深厚的影响，Moboreader、Dreame、BabelNovel、Novelbee、Kiss 等等各类网文出海 App 纷至沓来，小说出海已进入新赛道。②

2021 年，除已有的网文出海厂商外，字节跳动、小米等中国互联网大厂也开始争相在这个新赛道布局，加速了网文出海的步伐。1 月，字节跳动旗下的海外网文平台 Fizzo（fictum）上线，该平台为一款手机阅读 App，提供多种沉浸式网络小说，主要目标市场是东南亚和北美地区，题材涵盖浪漫、言情、狼人、吸血鬼、冒险等多种类型，在目前的获客阶段采取免费阅读的商业模式，吸纳的海外用户已有百万之众，在印尼、加拿大等地较受欢迎。据 App Annie 的数据显示，截至 9 月，该平台在全球下载量为 32.2 万次，月下载量已赶超 Webnovel 等老牌出海平台。在 App Store 和 Google Play Store 的网文类日榜中，Fizzo（fictum）与 MangaToon、HiRead 等 8 个中国企业旗下的网文 App 一同常列榜单 TOP10。2021 年 6 月，小米旗下的 Wonderfic 上线，提供英语、西语以及印尼语等多语言版本的手机阅读国际服务，主要小说题材包含狼人、吸血鬼、亿万富翁、动作、冒险、幻想、青年小说等，平台的投放面向全球市场，但重点仍在美洲和东南亚地区。该网文 App 上线虽晚，但背靠小米公司在手机预装、斥资买量等方面的优势仍具有较大的发展潜能。此外，Libri、vnovel、istory、InsNovel、Midu Novel 等中资网文平台也在 2021 年相继上线海外市场，获得了一定的营收。③ 当前，竞相出海的中国网络文学平台多以付费阅读、内容变现的商业模式为主，同时推行包含打赏制、订阅制、会员制、广告解锁制等在

① 艾瑞咨询：《2021 年中国网络文学出海报告》，https：//report. iresearch. cn/report_ pdf. aspx? id = 3840，2021 年 11 月 30 日查询。

② 网文航海家：《2021 网文出海操作手日记 · 寻找正确姿势》，https：//xiangcms. net/Detial? id = 29，2021 年 12 月 11 日查询。

③ 志象网：《字节、小米入场，争做网文出海搅局者》，https：//xw. qq. com/cmsid/20211119A0D4AW00? f =newdc，2021 年 11 月 30 日查询。

内的多种盈利渠道。而随着热门平台在海外免费阅读上的布局落地，网文出海的商业模式还将发生新的变化。

网文出海大事记

公司名称	应用名	出海日期
掌阅	iReader	2016.12.22
阅文	webNovel	2017.04.05
畅读	Moboreader	2017.10.09
星阅	Dreame	2018.08.10
奇热	Hinovel	2019.01.07
掌中云	BravoNovel	2019.09.16
推文	BabelNovel	2019.11.14
新陌	novelcat	2019.11.20
触宝	Readict	2020.02.21
点众	goodNovel	2020.04.15
畅读	Novelbee	2020.06
点众	Webfic	2020.07.04
中文在线	KISS	2020.08.18
星阅	innovel	2020.09.10
星阅	Yugto	2020.11.30
星阅	NovelStar	2020.12.07
番茄小说	Fictum	2020.12.31

（图片来源：网文航海家，2021.8）

出海平台的繁荣发展使中国网络文学的海外市场规模得到迅速扩充，越来越多的外国用户逐渐“入坑”中国网文。根据《Facebook：2021 年网文漫画出海营销白皮书》的数据显示，2020 年中国网文的海外读者人数达 3958 万，增长率为 23.9%，预计 2021 年，中国网文海外读者人数将以 24.7%的增长率达到 4635 万。[①] 在 2021 年中文翻译网文的海外读者中，女性读者占比 67.8%，35 岁以下的中青年读者占比 62%，欠发达地区的读者占比为 81%，高达 83.4%的读者几乎每天都阅读中国网文，超过 59%的海外用户每次阅读时长大于 2 小时，48.4%的读者愿意为中国网文付费，付费率相较去年上升了 17.2%，中国网络文学逐渐形成了较为稳定的

① 中文互联网数据研究资讯中心：《Facebook：2021 年网文漫画出海营销白皮书》，http：//www.199it.com/archives/1320601.html，2021 年 12 月 5 日查询。

海外受众群体。① 在网文出海平台的积极探索下，中国网络文学的海外传播呈现出欣欣向荣的面貌，有望在全球文娱产业竞争中突出重围，进一步扩增用户体量与出海规模，释放在国际市场的广泛影响力。

(2) 网文企业深化跨境合作，IP 运营部署多媒体矩阵

当前，网络文学是影视、游戏、动漫等文娱产业的重要内容源头，也是中国文化产品“走出去”的最大 IP 来源。积极拓展与海内外产业各方的跨境跨界合作，对网文 IP 进行全球赋能，在世界范围内打造以网文 IP 为核心的文化生产方式，成为现阶段中国网文企业出海的发展方向。

在“2020 首届上海国际网络文学周”的首届全球原创论坛上，阅文集团正式发布“全球内容生态开放平台”计划。集团负责人指出，IP 拓展是网络文学发展的核心方向，阅文集团将与全球上下游产业合作伙伴一起探索网络文学发展新模式，尤其是推动和做好 IP 的开发和传播，共建全球文化产业链。2021 年 6 月，阅文集团在年度发布会上宣布了“大阅文”战略升级，意味着阅文将通过自我升级和开放合作，进一步提升全版权运营能力，以动漫、影视等衍生作品为突破口，放大中国网络文学 IP 的全球影响力。目前，阅文 IP 改编的电视剧《庆余年》已登录全球五大洲 27 个国家或地区多种新媒体平台和电视台，并获得海外受众的好评；由《庶女攻略》改编的电视剧《锦心似玉》的用户覆盖东南亚、日韩、北美、欧洲、大洋洲及阿拉伯语地区。截至目前，阅文集团已向海外成功输出的网络文学 IP 还包括《赘婿》《鬼吹灯》《盗墓笔记》《琅琊榜》《全职高手》等等，通过中外合作对这些网文内容进行联动培育、分发和 IP 衍生，让生生不息的中国好故事实现全球“圈粉”。掌阅签约作家晨光熹微作品改编的网络剧《惹上冷殿下》目前已被 Netflix 买下海外发行权，翻译成 26 种语言，在全球超过 190 多个国家和地区播出。晋江文学城的《花千骨》等多部小说改编影视剧也引起了海外剧迷的广泛热议。此外，腾讯视频、爱奇艺、B 站等中国影视、动画平台也在近两年间分别推出了海外版本，以东南亚等地为主要市场进行文化产品输出。这些多元化内容渠道的建立，为后续网络文学 IP 衍生作品的分发打下了基础。例如，网文 IP 改编剧《陈情令》和动画《天官赐福》已在海外掀起了一股国风热潮，网剧《隐秘的角落》则入围了美国《综艺》杂志评选的“2020 年全球十五部最佳剧集”。

2021 年，很多海外受众对中国网络文学的跨界开发、IP 衍生作品抱有很高的期待。据艾瑞咨询的《2021 年中国网络文学出海报告》显示，在海外读者对中国网络文学的衍生偏好中，电影类 IP 改编的呼声最高，喜爱度达到 59%，付费意愿达到 32. 7%，其次是 IP 改编电视剧，喜爱度达 55. 5%，付费率达 29. 1%，之后依次是动

---

① 艾瑞咨询：《2021 年中国网络文学出海报告》，https：//report. iresearch. cn/report_ pdf. aspx? id = 3840，2021 年 11 月 30 日查询。

画电影、漫画、互动阅读、连载动画片、有声书等等。① 与该报告去年调研结果相比，融合了文字游戏、动态漫画等特点的互动阅读改编正成为海外用户的新宠。中国的各类网文出海平台正通过密切关注海外用户的 IP 衍生需求，探索 IP 改编权向海外输出、IP 改编成品向海外输出、IP 改编播出平台建立海外渠道分销等等多元综合的 IP 授权方式，不断构筑海外读者喜闻乐见的多媒体 IP 衍生产品矩阵。

（3）海外原创升温，出海链条有序延伸

自 2018 年阅文集团的海外门户起点国际（Webnovel）开放海外原创功能以来，越来越多的“洋写手”开始凭借自身的阅读经验和想象力创作起中国式的网络文学，扩充了海外门户平台的内容生产源。

据阅文集团的数据显示，截至 2021 年 6 月，起点国际（Webnovel）的海外作家人数接近 19 万，覆盖 200 多个国家和地区，同比增长 130%；由本土语言进行创作的原创作品超 28 万部，同比增速 120%。② 在这些海外作者中，女性约占 53%，95 后的年轻人是创作主力。当下，以 Webnovel 为首的中国网文平台正不断完善海外原创作家的孵化机制，通过签约作家制度、“低保”制度、奖金制度以及创作经验分享活动等一系列的扶植和培养方式，吸引了大批疫情期间“宅家”消遣的外国用户投身平台的网文创作。除加速构建自身的在线创作 UGC 模块外，中国网络文学企业还积极与海外本土平台和作家发展合作，携手各方力量共同对原创作者进行挖掘和培育，共同打造潜力原创 IP，为网文出海持续赋能。当前，阅文集团已通过“星创计划”和“群星计划”（Rising Star）同韩国网文平台 Munpia 和东南亚地区作者达成合作，共同孵化本土作家、扶持原创内容、发布作品榜单、包装推广以及 IP 衍生开发，打通海内外的原创内容生产通道。掌阅科技旗下的 iReader 海外版也于 2020 年起增添本土原创业务，目前正逐渐将内容生产的重心向海外本地转移，加速构建海外本土化的网文创作生态。五洲出版社旗下的国际数字阅读平台 that’s books 还与约旦空间出版社联合定期举办阿拉伯语网络小说创作大赛，为阿语地区文学爱好者提供了一个分享原创作品、实现自己作家梦想的平台。Webnovel、iReader 海外版等平台的原创作品在世界观架构、叙事“套路”等层面上都深受中国网络文学的影响，呈现出中西合璧、文化杂糅的特征。这种本土化的创作模式节省了平台的内容和翻译成本，并且更加契合海外受众的阅读口味，展现出较大的发展潜能。目前，生态出海已成为现阶段中国网文出海平台着力布局的一个方向，在激活海外市场主体创作能量的同时，也推动了日更、冲榜、月票等等涵盖网络文学“创作 - 运营 - 消费”全链条的产业机制在海外的“落地生根”。

---

① 艾瑞咨询：《2021 年中国网络文学出海报告》，https：//report. iresearch. cn/report_ pdf. aspx? id = 3840，2021 年 11 月 30 日查询。

② 京报网：《海外用户破亿！网络文学走出去，向世界讲好中国故事》，https：//wap. bjd. com. cn/news/2021/10/13/194221. shtml，2021 年 10 月 22 日查询。

（4）AI 翻译+人工审校成为网文外译有效解决方案

随着中国网络文学海外传播向多语种市场的阔步迈进，越来越多的网文出海平台开始选择与出海翻译服务商对接合作，获取 AI 翻译技术支持，同时又辅以专业译者校对润色、用户纠错等人工校正机制，不断优化翻译模型，实现网络文学的规模化出海。这种 AI 翻译+人工审校的翻译模式通过兼顾出海成本、效率与翻译质量，更加符合现阶段的中国网文平台出海需求，正逐渐取代个人翻译、专业翻译和纯人工智能翻译，成为中国网络文学的主要外译方式。

推文科技作为全球首个将人工智能科技应用于网络文学翻译的公司，目前已为网络文学行业量身打造出了高效率的网文出海 AI 整体解决方案，并通过在自主研发的 AI 翻译系统中引入人工精修的流程，提升了网络文学翻译的准确性与艺术性。截至 2021 年 4 月底，推文科技的网文出海 AI 整体解决方案已被包括掌阅科技、咪咕数媒、中文在线、连尚文学、纵横文学等在内的 90 多家中国网络文学公司所采纳，成功将 6000 多部中文翻译作品输向海外。推文科技的网文出海 AI 整体解决方案上游链接网文内容版权方，为其提供多语种 AI 翻译生产等服务，下游链接海外渠道，实现网文翻译内容的一键分发，通过技术优势和资源整合能力，大幅提升了中小网文公司的规模化翻译输出能力。掌阅科技基于神经网络开发搭建的协作式 AI 翻译平台“掌阅翻译猿”，目前已支持英、法、西、泰等 10 个以上语种，为“网文出海”的翻译服务提供了低成本、高效率、高质量的人机合译解决方案。

此外，Webnovel 等更多的中国网文翻译平台也与彩云科技、有言在前等国内人工智能公司携手，不断完善 AIPE（AI 翻译+人工审校）的智能翻译系统，为网络文学的扬帆出海赋能。从 2019 年年底开始，阅文集团的海外平台 Webnovel 即与彩云科技展开合作，将 30 部热销网文作品通过 AI 翻译模型推向海外市场。① 自 2018 年起，有言在前通过自主研发上线了翻译平台 Hitranslator，该平台的翻译生产系统可以快速实现网络文学的 AI 翻译，并自动匹配全球译者进行人工审校，保证翻译出海的效率和质量，降低网文出海的前期成本。截至当前，Hitranslator 已与掌阅、花溪、纵横文学、中文在线、咪咕、宜搜小说、有狐文学等 20 多家中国网络文学企业成为合作伙伴，聚集全球的母语译者对大批量的中国网络小说同步翻译、审校与更新，覆盖了越南语、英语、泰语、俄语、日语、韩语、阿语等 110 个语种的目标市场，探索全语言版本的网文出海 AIPE 解决方案。AI 翻译+人工审校的出海模式使中国网络文学的外译既能保持“好故事”的魅力，又能将效率提升千倍，让海外读者真正享受到同步“追更”的乐趣。

---

① 中国作家网：《AI 翻译网络文学　速度为人工千倍》，http://www.chinawriter.com.cn/n1/2019/1226/c404023-31523442.html，2021 年 12 月 1 日查询。

3. 网络文学海外传播的年度全球布局

2021年，依托“一带一路”的政策扶持和网文出海企业的竞相开拓，中国网络文学海外传播的版图正以亚洲、北美为圆心迅速向欧洲、日韩、非洲、拉美等各地区拓展，目前已覆盖全球五大洲的大多数国家和地区。其中在印度尼西亚、新加坡、泰国、菲律宾等东南亚国家和美国、加拿大、英国、法国等欧美国家，中国网文出海的传播成效最为显著，已聚集了稳定的粉丝群落，建立了自身的影响力。在“一带一路”沿线的其他亚洲国家、非洲国家以及拉美国家，中国网络文学也在搭建各种出海渠道，培养当地的网络文学市场。据《2021年中国网络文学出海报告》显示，中国网络文学在海外进行投放的地区呈现明显的多样化趋势，除了东南亚、美国两大成熟市场，在亚洲其他地区、俄罗斯、西班牙语区、葡语区等均有投放。从网文出海多语种市场的用户数量和收入情况上看，英语排在第一梯队，西班牙语排在第二梯队，其后分别是葡萄牙、法语、俄语和印尼语。在中国网络文学的海外读者中，其中来自欠发达地区的读者占比为81%。① 中国网络文学在各地区的传播进展因当地文化背景和产业业态的不同而有所差异，总体呈现出向好的态势。

（1）东南亚地区

东南亚地区作为中国网络文学跨国传播的第一站，目前已形成了较为成熟的网络文学市场。据艾瑞咨询的数据显示，网络文学在东南亚地区的潜在用户规模预计将超过1.5亿人。② Wattpad、免費小說大全、Joylada、readAwrite等网文App是当前东南亚读者获取网络文学内容的主要途径，这些网文App中基本都包含中国网络文学内容。在泰国的畅销书中，中国的网络小说已然占据半壁江山。在Webnovel、Wuxiaworld等中国网文出海的头部平台中，东南亚地区民众也是最主要的用户来源。

在文化接近性的地缘背景下，东南亚读者最为青睐的是都市类、言情类、历史类中国网络小说。当前，“霸道总裁”“宫斗”“赘婿”以及“兵王”“战神”等中国网络文学题材在东南亚颇受欢迎。在东南亚网文读者中，Z世代的女性用户占据了主流。因此，以言情小说为主的女频内容是中国网络文学在当地传播的重点。火爆国内的“大女主爽文”也开始俘获东南亚女性读者的芳心。在泰国，东方玄幻、仙侠、古代言情等都是热门的中国网络小说类型。因王室、贵族仍存在于现实生活中，故当地读者对中国网络文学所描绘的宫廷秘事、后妃争斗非常感兴趣。在古代言情类中国网络文学中，“种田文”因其较少有历史文化隔阂而成为最受泰国读者欢迎的标签，另外“毒妃”“毒后”的女强人设和“虐渣”的复仇情节也在泰国比

① 艾瑞咨询：《2021年中国网络文学出海报告》，https：//report. iresearch. cn/report_ pdf. aspx? id=3840，2021年11月30日查询。

② 前瞻网：《十张图解读我国网络文学出海行业　网络文学出海市场潜力巨大》，https：//xw. qianzhan. com/analyst/detail/220/200113-3c7909b9. html，2021年12月15日查询。

较流行。互动小说也是泰国读者所喜爱的网络文学形态，当地有 80%的头部应用包含互动小说的分类。此外，拥有大量中文读者的新加坡等地也是网文出海最热门的地区，目前较受欢迎的网文内容与其国内流行的题材最为相近。而在马来西亚、印度尼西亚等国家，由于受伊斯兰教文化的影响，女性读者更希望言情小说的浪漫情节能够建立在合法的婚姻关系之上，因而她们对于中国网文中契约婚姻、先婚后爱等情节有很高的接受度。① 另外，东南亚以女性为主的读者群体也是中国网络文学 IP 孵化作品出海的主要受众。在近两年间，《三生三世枕上书》《延禧攻略》等多部中国网文 IP 改编剧都在成功走俏泰国、越南等东南亚地区市场。

从东南亚地区网络文学平台的商业模式来看，中国 IP 输入的产业链已较为成熟。当前东南亚地区近一半网文 App 都采纳了中国的免费阅读商业模式，东南亚网文用户的整体付费意愿不高，因此网文平台在该地区投放的多为大部头、长篇幅的热门中国网络小说，以广告变现等形式获得盈利。在东南亚各地中，泰国网络阅读的付费机制目前最为完善，包含单章付费、整本付费、电子书购买、广告解锁、Wait or Pay 等多种商业变现模式。② 新马地区有较多的华语习惯的读者，可以阅读直接授权海外发行的中文网络小说，平台运营的成本低而收益高，因此吸引了众多大陆及港台开发商。此外，Dreame 等采用本土原创模式的网文平台在泰国、印尼等地的风靡也使内容共创、收益共享的中国网文原创生态扎根在东南亚土壤，不断孵化出更多来自东南亚的网络文学写手与读者。

（2）欧美地区

2021 年，越来越多西方网民开始通过 Wuxiaworld、Webnovel 等网文翻译平台以及 Twitter、Facebook、Youtube 等社交媒体平台接触到各种形态的中国网络文学内容，并被这些独具文化魅力的“好故事”所吸引，成为中国网络文学的忠实粉丝。目前中国网络文学在欧美地区主要有两种传播路径：其一是以 Wuxiaworld、Novel Updates 等为代表的欧美翻译服务平台挖掘中国网文资源进行本土化传播的被动“走出去”路径；其二是以阅文集团、掌阅科技等为代表的国内网文企业以授权出版、出售 IP 衍生作品、自建平台翻译传播、培育本土化创作生态等方式打通网文出海的欧美渠道的主动“走出去”路径。在两种路径的并行输送下，中国网络文学在美国、加拿大、俄罗斯、英国、法国、西班牙等众多欧美国家的粉丝群体不断扩大，优质作品的热度迅速攀升。

因与东方世界存在的文化隔阂，欧美地区的受众在挑选中国网络文学进行阅读时普遍更倾向于奇幻类、科幻类、言情类以及冒险类的作品，而对于历史类、宫廷

① 触宝大数据：《东南亚网文亮点：国风出海胜地复刻国内女频网文潮流》，https：//mp. weixin. qq. com/s/mvsVulQSgg0byM-9Ap9txg，2021 年 12 月 3 日查询。

② 触宝大数据：《东南亚网文亮点：国风出海胜地复刻国内女频网文潮流》，https：//mp. weixin. qq. com/s/mvsVulQSgg0byM-9Ap9txg，2021 年 12 月 3 日查询。

类等由繁复中国文化背景设定的作品则关注较少。欧美地区的中国网文爱好者多为年轻男性，因此他们更偏好“升级流”“系统流”小说等叙事节奏紧凑、文风幽默轻快的中国网文作品。随着中国女频小说的IP衍生作品涌起出海热潮，更多欧美地区的女性用户们也逐渐被“总裁”“甜宠”类以及纯爱类的中国网络小说“圈粉”。当前，阅文在Webnovel上英译的《诡秘之主》《天道图书馆》等中国网络文学在北美地区颇受欢迎。《甄嬛传》《长安十二时辰》《将夜2》等不少由中国网文IP的改编影视剧也成功在北美等地的视频平台走红。被译为多国语言的《庆余年》《我的奇妙男友》等中国IP剧在北美视频网站Rakuten Viki上的评分高达9分以上。2021年，英配版的中国网文IP改编动漫《天官赐福》也上线欧美地区并获得好评。此外，中国网络文学平台在欧美地区还培育出不少本地原创的“中西合璧”作品。这些海外写手的作品热衷于将狼人、吸血鬼、超能力者等本土通俗文学题材镶嵌到“重生流”“系统流”等中国网络文学的叙事框架中，撷取“气”“修炼”等中国网文里的独特文化元素融入“剑与魔法”的西幻世界观故事创作，擦亮了异质文化间的碰撞火花，吸引着更多欧美地区读者关注中国网络文学内容。

（3）其他地区

2021年，除东南亚地区和北美地区两大传播中心，“一带一路”沿线亚非拉地区的海外市场也引起了中国网络文学平台的重视。

在日韩地区，尽管本土网络文学发轫较早，相关文化产品的消费市场趋于饱和，但仍有不少中国网络文学及其IP衍生品依靠自身硬实力突出重围，收获了众多当地粉丝。目前，“异世界”等幻想题材网络小说在Kakuyomu、成为小说家吧等日本网络文学平台中最为流行，且作为ACG产业链的内容源头被不断漫画化、动画化、游戏化改编，有同质化泛滥之势。此时，一些仙侠、玄幻、古代历史等类型的中国网络文学IP则凭借着新颖的叙事风格和独特的文化内涵让日本受众眼前一亮。近年来，《琅琊榜》《延禧攻略》《如懿传》等中国网络文学IP剧的日译版本在日本电视台都有很高的收视率，获得了不少日本观众的好评。中国仙侠类IP改编动漫《魔道祖师》近来也深受日本女性粉丝的追捧，其主角在一家日媒获评“2021最受欢迎动漫角色”。① 韩国的网络小说市场规模在高速增长，都市、言情、玄幻等类型的网络小说是当地网文热门题材，漫画、影视改编是带动韩国网络小说流量快速增长的主要方式。目前在Joara、Munpia等韩国网文平台上，都投放了数以千计的中国网络小说，其中古代言情、玄幻是最受韩国读者欢迎的中国小说类型。此外，自阅文集团与韩国网文平台Munpia投资合作后，也已将按章付费和作者福利待遇等中国网络文学商业模式在韩国普遍推行，双方在签约作者、版权、IP衍生开发等方面的广泛联

① 搜狐网：《国产动画登顶！日本网友票选2021年最受欢迎动漫》，https：//m. sohu. com/a/513541082_119620，2021年12月31日查询。

手已进一步增强了中国网络文学国际传播的影响力。

在非洲、拉美地区，中国网络小说也在逐渐成为增进中外民众情感交流的一张新名片。2021 年，五洲传播出版社与中国“网络文学”大会合作挑选了《长乐里：盛世如我愿》《玉堂酱园》《人民医生》三部反映建党百年中国社会发展的现实题材网络小说，邀请阿拉伯译者、阿拉伯本土作家以及中国译者合作将它们翻译成阿拉伯文，并于 6 月 25 日起在旗下数字阅读平台 that's books 上连载。目前，that's books 是阿拉伯本地数字阅读平台的排行榜上位居第二的热门应用，它的阿语 App 下载量已超过 640 万，用户遍及全球 175 个国家和地区，被阿拉伯主流媒体评价为“送给阿拉伯读者的中国礼物”。这三部小说在 that's books 的上线虽是中国网络小说与阿语地区读者的首次见面，但很快便得到了不少阿拉伯读者的关注和好评，点击量在不到四个月内已接近 60 万。五洲出版社已连续四年举行的 that's books 阿拉伯网络小说创作大赛和翻译比赛也让网络文学在沙特、科威特、阿曼、阿尔及利亚、埃及、约旦等中亚、北非国家中形成了影响力。① 近年来，《欢乐颂》《冰糖炖雪梨》等中国 IP 剧阿语译制版的播放也引起不少阿拉伯民众的共鸣。自 2019 年阅文集团与传音控股达成合作以来，预装在传音手机内包含大量中国网络文学内容的在线阅读 App 开始快速流入非洲市场，预计未来非洲地区的网络文学用户规模将超过 3 亿。而拉美地区也有大量网络文学的潜在受众。据 App Annie 的数据显示，2021 年上半年拉美地区图书与工具书类 App 的下载量同比增长达 45%，已超过此前增长最快的东南亚市场。② 随着点众科技旗下的 Webfic、小米旗下的 Wonderfic 等新晋网文平台纷纷将触角伸至拉美市场，网文出海在 2021 年正迅速向广大的西语、葡语地区扩展。近年来，在 Youtube 上热播的《芸汐传》《琅琊榜》《香蜜沉沉烬如霜》等中国网文 IP 的西班牙语译制版也让很多拉美地区受众对儒雅飘逸的中华衣饰产生了浓厚兴趣。当前，中国网络文学在西语、葡语、阿语、俄语等小语种地区的传播还在起步阶段，传播渠道尚待完善，比如许多平台还存在着因译者资源有限而对中国网文进行多次转译、机译带来的翻译质量问题，但总体而言，中国网络文学的海外传播的影响力已在多语种地区迅速蔓延，来自世界各地的读者都将通过网络文学聆听精彩而亲切的中国故事。

---

① 京报网：《海外用户破亿！网络文学走出去，向世界讲好中国故事》，https：//wap. bjd. com. cn/news/2021/10/13/194221. shtml，2021 年 10 月 22 日查询。

② 志象网：《字节、小米入场，争做网文出海搅局者》，https：//xw. qq. com/cmsid/20211119A0D4AW00？f=newdc，2021 年 12 月 30 日查询。

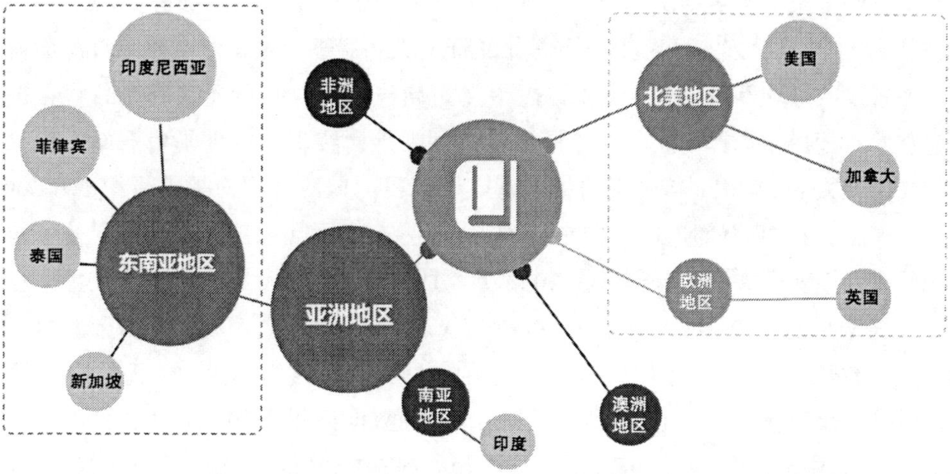

2020 年中国网络文学海外区域辐射图

（来源：专家访谈及桌面研究，艾瑞咨询研究院自主研究及绘制。）

二、网络文学海外传播的主要业绩

1. 海外传播网站平台现状及年度进展

中国网络文学的海外传播离不开网站平台的建设，目前的海外传播平台主要分为两类：其一是以阅文集团、掌阅科技等为代表的国内网文企业所搭建的起点国际、掌阅科技国际版等海外平台；其二是以 Wuxiaworld、Novel Updates 等为代表的海外翻译平台。在两种平台的并行输送下，中国网络文学在亚洲、欧美地区的粉丝群体不断扩大，优质作品的热度迅速攀升。2021 年，阅文集团、掌阅科技、晋江文学城等头部网文企业海外传播业务激增，“出海”力量呈现集团化趋势。截至 2020 年，阅文集团完成对韩国原创网络文学平台 Munpia 和泰国的头部网文平台 OokbeeU 的投资，起点国际收购了 Gravity Tales，2021 年韩国互联网巨头 Kakao 收购了“武侠世界”（Wuxiaworld），掌阅、晋江、博易创为等网络文学平台海外版权内容运营取得良好效果，网络文学企业的海外市场进一步拓宽。

下面将对中国网络文学海外传播的重要门户网站进行介绍。

（1）中国搭建的海外平台

起点国际（webnovel. com）。起点国际是阅文集团推出的国际化网文阅读平台，同时也是所有网文出海平台中最早尝试商业变现的一家正版文学平台。2017 年 1 月，起点国际预热版上线，5 月 15 日，正式版上线。依靠自身强大的 IP 输出能力，起点国际成为中国网络文学在海外的头部平台，目标市场也以欧美为主，向东南亚、欧美、印度等海外市场全面拓展，而海外原创平台的打造，更是推动了内容出海到模式出海的升级，为更多网文出海企业拓展海外原创内容提供了参考。① 2020 年 12 月至 2021 年 5 月，起点国际发布出海作品征文大赛启事，这是起点国际首次面向国内创作者发起“出海征文”。该征文以中文为创作语言，参与征文的作品将在国内平台首发，随后会选择优质作品翻译后输出到海外，实现国内外平台双站上线。根据阅文集团发布的 2021 年中期财报，起点国际目前向海外用户提供了约 1700 部中文译文作品，约 28 万部当地原创作品。② 同时，起点国际积极与亚马逊、传音控股等优质海外企业开展战略合作。在 2021 年 6 月的阅文年度发布会上，阅文集团宣布已升级全球原创征文品牌 Webnovel Spirity Awards，每年提供超 500 万美金的全球原创基金，鼓励海外创作者创作更多优秀原创作品，同时也为加快“出海”的内容行业提供具有全球化视野的 IP 作品。根据 Alexa 的数据，截至 2021 年 12 月 30 日，起点国际在全球排名为 14903 名，月均访问量（PV）为 67.5 万，日均独立访客量（UV）为 2.7 万。在国家/地区的访问比例排名前三的国家是阿根廷、美国、萨尔瓦多，其中网站访问比例以阿根廷为主，占 28.4%，页面浏览比例以阿根廷为主，占 49.5%。可以看出，起点国际在发展中国家的传播更加广泛。

掌阅国际版（iReader App）。作为国内领先数字阅读平台，2015 年起掌阅开始开展海外业务，成为走向海外的首个国内阅读品牌。2021—2022 年度，掌阅科技第三次荣列“国家文化出口重点企业”，成为文化出海企业的代表。目前，iReader 国际版已覆盖全球 150 多个国家和地区，及 40 多个“一带一路”沿线国家。通过翻译优质作品，掌阅开启了中国数字阅读出海的新阶段。目前公司已翻译英、韩、泰、西等语种超过 500 部作品，授权超过 300 部原创作品至海外，向海外用户发售全球版权书籍超 30 余万册中文电子书。掌阅已在韩国、泰国、越南、印尼等国家建立了内容翻译分发平台，针对不同国家用户推出不同版本产品，支持中文（含繁体）、英语、泰语、韩语等语种。目前，iReader 国际版在许多国家的 Google Play 和 App Store 市场阅读列表中长期稳居前列。③ 据掌阅海外阅读报告显示，iReader 国际版用户中，美国、泰国、印度、加拿大、马来西亚用户占比居前五位。用户日均阅读时长 56 分钟，黏度性较高。各年龄段用户对数字阅读方式的接受度更高，女性读者占比高达 62.7%。2020 年，掌阅 iReader 国际版增加了海外原创业务，原创内容在海外整体内容中占比较高。④

① 艾瑞咨询：《2021 年中国网络文学出海报告》，https：//www. iresearch. com. cn/Detail/report? id = 3840&isfree = 0，2021 年 12 月 21 日查询。

② 阅文集团：《一图看懂阅文 2021 年中期财报：志之所趋，无远弗届》，https：//mp. weixin. qq. com/s/jxMS47nWcHY1rTMu0xuuqw，2021 年 12 月 29 日查询。

③ 网易财经：《掌阅科技：掌阅科技股份有限公司 2021 上半年度报告》，http：//m. money. 163. com/stock/603533_ notice_ 7438135. html，2021 年 10 月 27 日查询。

④ 金融界：《掌阅科技 iReader 国际版已覆盖 40 多个“一带一路”沿线国家》，https：//baijiahao. baidu. com/s? id = 1690023072843496937&wfr = spider&for = pc，2021 年 12 月 3 日查询。

推文科技（funstory. ai）。推文科技是一家人工智能科技公司，是全球首个将人工智能翻译用于网络文学的企业。其自主研发的网络文学多语言 AI 翻译生产系统，可使行业效率提高 3600 倍，成本降低到原来的 1%。推文科技针对网络文学行业量身打造网文出海 AI 整体解决方案，大大提升了规模化出海效率，降低了版权获取、多语言翻译与海外全渠道分发成本。推文科技在海外版权、分发渠道与翻译技术方面布局，通过与国内外网文平台、作者版权合作，能够将多语言版本内容一键分发至全球 60 多家海外主流数字出版平台；同时，推文科技也在布局多语言市场，实现英文、西班牙文、印尼文、俄文等多语言翻译版本对出海渠道方的快速批量授权，推动优质网络文学作品走向全球。咪咕、掌阅、纵横文学、中文在线、连尚文学等超 90 家网络文学公司采用推文科技网文出海 AI 整体解决方案，超过 6000 部中文作品一键出海。2020 年 5 月 12 日，推文科技与中国“网络文学+”大会组委会发布中国网文联合出海计划 2. 0 版。2021 年 5 月，推文出海网开放了全球首个文学领域 AI 翻译生产出版网络，为中国网文 CP 提供免费翻译和海外出版服务，且海外版权归 CP 方所有。截至 2021 年 4 月底，累计有 91 家文学网站加入“中国网文联合出海计划”，超过 6000 部中文作品通过推文出海网实现一键出海。①

星阅科技（START）。星阅科技于 2018 年推出 Dreame 阅读产品，主打女性向言情小说，借助对于海外市场的洞察和强大的原创内容能力，成功打入欧美网络文学市场。2020 年，陆续输出产品打造差异化产品矩阵，进一步开拓全球市场，扩大用户体量。Dreame 平台在 2021 年已冲顶 Google Play 的图书类畅销榜的第一名，近两年间在 Facebook 上的全球下载量已超过 4300 万，跻身全球原创网络文学平台前三之列，成为出海小说的头部应用之一。目前，星阅科技已打造面向印尼、菲律宾、西班牙等东南亚及欧美地区的多语种阅读产品（Innovel、Suenovel、Yugto、Pahina、Likha），还推出了面向男性和性少数受众的阅读产品（Ringdom、Slash）。星阅科技抓住了疫情期间电子阅读的增长机会，按章节收费的商业模式为星阅带来了丰厚收入，同时，星阅针对海外用户进行了大量买量投入，并在 Dreame 产品的表现上获得成功；2020 年，星阅科技打造的差异化网络文学产品矩阵很好地体现了网络文学出海迈向多语言、多地区的趋势，针对细分市场推出垂直内容的动作，也反映了海外网络文学开发上已经注重精细化、定制化运作。②

中文在线（www. col. com）。中文在线数字出版集团股份有限公司于 2000 年成立于清华大学，拥有数字内容资源超过 460 万种，签约版权机构 600 余家，签约知名作家、畅销书作者 2000 余位。旗下拥有 17K 小说网、四月天小说网、汤圆创作三

① 推文科技：《中国网文联合出海计划提速　首批 500 部中国网文优秀作品免费翻译出版》，https：//funstory. ai/2021/05/13/，2021 年 12 月 21 日查询。

② 艾瑞咨询：《2021 年中国网络文学出海报告》，https：//www. iresearch. com. cn/Detail/report？id=3840&isfree=0，2021 年 12 月 21 日查询。

大网络文学原创平台，驻站网络作者超过 390 万名。中文在线有着明确的海外发展战略，以作品出海、IP 衍生出海，以及平台生态出海三元发展模式不断演进。截止到 2020 年 12 月，中文在线网络文学作品出海总数达到 603 种，出海作者数达到 1175 位；输出的语种包括英文、越文、韩文、泰文、德文、西班牙文、俄文和法文等；海外用户达近 3000 万。其中，表现优异的出海作品如《修罗武神》，位居美国地区网络文学点击榜 TOP1。IP 衍生出海方面，中文在线联合华策克顿打造的《天盛长歌》是 Netflix 最高级别预购的首部中国古装剧，被翻译成十几种语言；旗下的四月天小说网原创作品《穿越女遇到重生男》翻译出海至韩国大火后，公司借势改编了动漫作品，同期冲到韩国动漫榜单第二位。此外，中文在线持续聚焦新阅读需求的变化，陆续推出互动式视觉阅读平台 Chapters、动画产品 Spotlight、浪漫小说平台 Kiss 等多类型产品，打造多语言版本产品矩阵，加速全球市场渗透。Chapters 上线以来表现优异，在海外市场细分领域居于首位。①

晋江文学城（www. jjwxc. net）。2003 年成立的晋江文学城，凭借海量作品与遍布全球的用户，自 2008 年即开始作品的繁体版权输出，2011 年签署了第一份越南合同，正式开启了海外版权输出。至今已经和 50 余家港、台繁体出版社，20 余家越南出版社，数家泰国出版社，还有韩国、马来西亚的文学网站，以及日本、新加坡、俄罗斯、德国、缅甸、匈牙利等版权合作方开展合作。截至 2021 年 12 月，晋江文学城作品版权输出总量已达 2900 余部，出版册数超 1000 万册。2017 年至 2021 年间版权输出作品总计 1700 余部，占建站至今版权输出总量的 58%，签约作品数量和金额均保持了稳步上升的趋势。2021 年 1 月，晋江文学城和俄罗斯继续加深合作，拓展欧洲市场，单本版权金额最高达到近 20 万元。2021 年 4 月，晋江文学城和美国 Peach Flower House LLC 出版公司洽谈并签署了一十四洲《小蘑菇》的北美地区英文图书出版合作。此外，和美国排名前十的出版公司 Seven Sea Entertainment Inc 洽谈了墨香铜臭的三部作品的北美地区出版事宜。2021 年 5 月，晋江文学城和日本进行了新的日文出版合作，加深开拓了日本市场，签约金额近 15 万元。在与原有渠道加深合作的同时，晋江文学城大力拓展更多的海外合作渠道，截至目前，已与英国、法国、德国、巴西、新加坡、匈牙利、委内瑞拉等多个国家建立了合作意向。

（2）英语平台

武侠世界（Wuxiaworld. com）。该网站由美籍华人外交官赖静平（RWX）创办，于 2014 年 12 月 22 日正式上线，是第一家英译文学网站，专门翻译中国的网络小说。网站上设立了“资源”“百科知识”等板块，介绍与网络小说相关的中国传统

① 中文在线：《童之磊：中文在线网文出海三元发展，打造中国文化传播的新名片》，https：//www. chineseall. com/p/339. html，2022 年 1 月 2 日查询。

文化知识。该网站早期依托“捐助—翻译”模式——读者捐助、译者加译维持运转，并在此基础上演化出“会员制”收费制度，迅速成长为由国外网友建立的最大、最具影响力的中国男频网文英译网站。2017 年，“武侠世界”网站与阅文集团、中文在线等网站平台达成合作协议，较好解决了作品版权等问题。之后，“武侠世界”网站收购“沃拉雷小说”，并于 2020 年上半年上线移动版 App。2021 年 12 月 16 日，韩国互联网巨头 Kakao 旗下负责娱乐业务的 Kakao Entertainment 宣布，通过其不久前收购的美国子公司 Radish Media 收购了“武侠世界”，收购价格为 3750 万美元。目前网站小说共计 102 部，77 部译自中文小说，24 部译自韩国小说，1 部为原创英文小说。韩国小说占比 23.5%。根据 Alexa 的数据，截至 2021 年 12 月 30 日，“武侠世界”网站在世界网站的排名为 4340 名，在美国排名为 3796 名，日均访问量（PV）为 75.6 万，日均独立访客量（uv）为 9.6 万。在国家/地区的访问比例排名前三的国家是美国、坦桑尼亚、委内瑞拉，其中网站访问比例以美国为主，高达 23%。①

小说更新网（Novel Updates——Directory of Asian Translated Novels）。Novel Updates 是一个将亚洲地区小说的英文翻译汇总的导航网站。Novel Updates 并不是专门为中国网络小说英文读者建立的，它最早的内容发布在 2006 年，早期主要导向是日本轻小说翻译网站。直到“武侠世界”网站建立，其才逐渐增加中国网络小说，并最终占据了主导地位。网站链接了 47 家翻译网站，提供 2000 余本小说的链接，是所有中国网络小说对外供应平台中内容数量最大、类型最全的网站。另外，除了中国网络小说，该平台还提供日本、韩国、菲律宾等亚洲国家的网络小说。它在首页按时间显示所有最近更新的译作，读者可以通过相应的链接直接跳转到翻译网站追更，同时也为用户提供交流社区，展现了一种不同于翻译网站的新的传播和生产机制。根据 Alexa 的数据，截至 2021 年 12 月 21 日，Novelupdates. com 在全球排名为 14597 名，月均访问量（PV）为 13.26 万，月均独立访客量（UV）为 23.04 万。在国家/地区的访问比例排名中前五的国家是美国、印度、特立尼达和多巴哥、印度尼西亚、委内瑞拉。其中网站访问比例和页面浏览比例都是以美国为主，分别占 23.9%、24.5%。②

LNMTL（lnmtl. com）。LNMTL 全称为 Light Novel Machine Translations，是一个全部由机器翻译的中国网络小说翻译网站，成立于 2016 年 10 月 9 日。网站创始人是一位喜爱阅读中国网络小说的软件工程师，他因为不满于人工翻译太慢并且有大量中国网络小说没有被翻译，于是自己写程序建立了这个网站。目前，网站上已经翻译了 748 部网络小说，其中最受欢迎的前十部小说为：《逆天邪神》《修罗武神》

① Alexa：https：//alexa. chinaz. com/wuxiaworld. com，2021 年 12 月 30 日查询。

② Alexa：http：//www. alexa. cn/rank/novelupdates. com，2021 年 12 月 30 日查询。

《妖神记》《帝霸》《天道图书馆》《重生之最强剑神》《逆天杀神》《放开那个女巫》《修真聊天群》《召唤万岁》。

书声 Bar（shushengbar. net）。书声 Bar 创建于 2012 年 8 月，是一个面向越南等东南亚国家，集中介绍中国言情网文的英文网站。网站采用了“书评区”和“链接区”两者相结合的结构，除了在属于本网站的书评区中进行讨论、发表意见、获得关于书的简介和评论等有效信息之外，人们还可以通过网站给出的链接，链接到各种专业翻译者或翻译组的网站，浏览译文、加入翻译组，也可以欣赏由小说改编的二次创作作品。目前，书声 Bar 已有 735 部中国现代言情小说译文的链接，676 部中国古代言情小说译文的链接，5 个武侠小说网站的链接，1 个轻小说和 BL 小说网站的链接，7 类网文改编影视剧视频链接。网站中的小说类型包括古代、耽美、校园、总裁文、宫廷、重生、民国、武侠、仙侠等 17 种类型。目前，受欢迎的书目有《雪中悍刀行》《山河令》《良言写意》《错撩》《黑莲花攻略手册》《契约冷妻不好惹》。受欢迎的作者有八月长安、顾漫、匪我思存、丁墨、墨宝非宝、尾鱼等 32 个。①

（3）其他平台

俄语集体翻译网站（Rulate）。Rulate 网站是一个建立于 2012 年的“社群自助式”小说翻译网站，网站的名字就是“集体翻译系统”的意思。这是一个俄罗斯网民自发将海外网络文学作品翻译为俄文后发布的网络平台。Rulate 网站采取的是“社群自助式”的运营模式，由网络文学粉丝迷根据自己的喜好选择中日韩流行文学作品加以翻译，主题涵括仙侠、穿越、言情、科幻等。网站以章节为一单位收取费用，一般每章 10 卢布（约合人民币 1 元），同时也提供免费章节吸引读者。截至 2021 年 9 月 10 日，Rulate 网站上发布的中国网络小说 4531 部（不包括 AI 翻译），数量名列第一。Rulate 网站上所译的中国网络小说作品主要出自起点中文网、纵横中文网、17K 中文网、晋江文学城、起点女生网、SF 轻小说网。中国网络小说在俄罗斯的传播以男性向作品为主，涉及的类别有玄幻、仙侠、科幻、游戏等，其中《逆天邪神》《我欲封天》《惊悚乐园》《武动乾坤》等在 Rulate 网站上获得高分评价。②

小说帝国（L’ Empire des novels）。目前，小说帝国（L’ Empire des novels）是法国最重要的网络小说翻译网站。网站资源主要来自“武侠世界”网站，然后法国网民在英译版本的基础上对小说进行再次翻译。在 L’ Empire des novels 中，中国网络小说占据主流，《全职高手》《盘龙》《天火大道》《斗罗大陆》等倍受欢迎。

---

① 书声 Bar：https：//www. shushengbar. net/，2022 年 1 月 2 日查询。

② 温青青. 从译介内容看中国网络小说在俄罗斯的翻译与传播［J］. 牡丹江大学学报，2020，29（11）：68-71.

同时，网站也翻译有部分韩国、日本的作品。虽然 L' Empire des novels 的翻译团队由爱好者组成，但已形成译者、编辑与校对的明确分工。网站读者对翻译质量要求较高，在讨论中时常比较法译版本与“武侠世界”网站的英译版本，热衷提供意见与建议。为激励译者进行快速、优质的翻译，网站目前初步建立起了类似众筹的打赏机制，接受募集的热门作品多为中国网络小说。为满足读者的进一步需求，L' Empire des novels 开辟了创作板块。法国网民在阅读中国网络小说之余，开始进行同人创作和风格模仿式的原创写作。①

除了以上网站，2021 年，字节跳动旗下的海外网文平台 Fizzo（fictum）、众科技旗下的 Webfic、小米旗下的 Wonderfic 等新晋网文平台也纷纷上线，加速了网文出海的步伐。韩国网文平台 Joara、Munpia，面向东南亚地区的英译网站 Hui3r 等网站平台，也在网文出海中发挥着重要作用。

2. “网文出海”的代表性作品

2021 年 5 月 26 日，“2021 中国网络文学论坛”现场发布的《2020 中国网络文学蓝皮书》显示，截至 2020 年，中国网络文学海外传播作品 1 万余部，其中，实体书授权超 4000 部，上线翻译作品 3000 余部。网站订阅和阅读 App 用户 1 亿多，覆盖世界大部分国家和地区。②

在海外实体出版方面，网络文学实体书版权输出地区从东南亚与欧美不断向外拓展，进一步覆盖 40 多个“一带一路”沿线国家和地区。截至 2021 年 12 月，晋江文学城作品版权输出总量已达 2900 余部，出版册数超 1000 万册，已成功拓展了包括泰国、越南、韩国、日本、马来西亚在内的多个国家和地区。阅文集团已向日韩地区及泰国、越南等东南亚多国，以及美国、英国、法国等欧美多地授权数字出版和实体图书出版，授权作品 700 余部。《仙侠奇缘之花千骨》《知否？知否？应是绿肥红瘦》《鬼吹灯》《诛仙》《盗墓笔记》等作品均被翻译成多国语言并获得良好的反响。

在网络文学翻译“出海”方面，《盘龙》《超级神基因》《将夜》《全职高手》等多元类型的作品持续涌现。《盘龙》英文译作是中国网络小说走红海外的重要标志，其他玄幻小说如《我欲封天》《斗罗大陆》《修罗武神》等也获得世界读者的广泛喜爱。《诡秘之主》凭借“蒸汽朋克”的独特文风，融合了中外文化，被媒体评为“一部国际化的小说”。《超神机械师》将科幻和游戏相结合，在海外收获了一大批书粉。体现中国传统文化的《天道图书馆》在国外也拥有超高人气。

在网络小说 IP 改编方面，《庆余年》《司藤》《周生如故》《你是我的荣耀》等在海外热播。《赘婿》在“2021 亚洲影艺创意大奖”评选活动中荣获“最佳喜剧节

① 张浩翔. 中国网络文学 30 年的几个焦点问题［J］. 百家评论，2021（6）：86-92.

② 中国作协网络文学中心：《2020 中国网络文学蓝皮书》，《文艺报》，2021 年 6 月 2 日。

目”，成为全球唯一获得该奖项的作品。《斛珠夫人》在五个国家同步播出，《周生如故》刚开播便火出圈，《山河令》和动画《天官赐福》掀起追剧热潮，在海外市场创下不俗成绩。下面我们来看看几部“网文出海”代表性作品的具体情况。

《诡秘之主》。阅文“白金”作家爱潜水的乌贼创作的玄幻小说，书中将蒸汽魔法、SCP、克苏鲁三种网文中的小众世界观与22条途径和220种职业的全新魔药体系巧妙结合，形成了一套瑰丽玄奇的修炼体系。《诡秘之主》于2018年4月至2020年5月在起点中文网上连载，并在连载之初便采取中英文同步的模式，英文版在起点国际网站上供海外读者阅读，连载期间创造了全球网络文学订阅记录，总阅读量超过了3110万，读者评分高达4.84/5分。《诡秘之主》获得“2020年首届上海国际文学周”最受欢迎翻译作品奖。在2020年曼谷国际书展上，《诡秘之主》泰文版在现场首发，受到了热捧。书展期间举行的名为“Yaakz Novel 2021 by Siam Interbook”的讨论会上，《诡秘之主》泰文版获得重点推荐，得到了出版文学专业人士、翻译专家和读者群体的一致好评，认为这部作品的故事性和文学性俱佳，将会在全球读者中掀起抢阅风潮。[①] 2021年9月16日，中国作家协会发布了2020年度中国网络文学影响力榜单，《诡秘之主》荣登海外影响力榜。

《超神机械师》。由齐佩甲创作的游戏科幻类型小说，于2017年5月下旬开始连载，到2020年12月初完结。该小说将科幻和游戏相结合，形成第四天灾这种特殊形式的文体，开创了广袤的宇宙空间，带领读者体验恢宏的星际之旅，在海外收获了一大批书粉，常年位居海外榜单前列。《超神机械师》英文版在起点国际网站上供海外读者阅读，连载期间获起点海外热销榜第15名，总阅读量超过了4440万，读者评分高达4.57/5分。2021年9月，《超神机械师》荣登2020年度“中国网络文学影响力榜”之海外影响力榜。

《元尊》。由天蚕土豆创作的玄幻小说，自2017年9月14日起开始连载，2021年1月30日完结。《元尊》是网文史上第一部作者独立运营的网络小说IP，改编的同名漫画在出海国漫中名列前茅。作为网文小说中当之无愧的“超级符号”，自小说发布以来，《元尊》成为各大榜单的常客。而作为《元尊》同名改编的漫画，同样在国漫中也是首屈一指的存在，同名动态漫获2020年腾讯视频新上动态漫播放量第1与第4。[②] 2019年6月，《元尊》在知名海外网络文学翻译网站WuxiaWorld上架，名为《Dragon Prince Yuan》。同时《元尊》漫画在全球最赚钱的漫画平台Piccoma高居动作类榜单第3名，点赞数超过200万。在韩国最大漫画平台Kakao Page排名第20名，拥有读者达50万。在欧美市场Mangatoon漫画平台也收获了大批量忠

---

① 独创：《风靡曼谷书展的〈诡秘之主〉，为何被外媒评为全球现象级作品?》，https：//baijiahao. baidu. com/s? id=1680243670276364055&wfr=spider&for=pc，2021年12月1日查询。

② 大京网：《天蚕土豆作品〈元尊〉小说正式完结》，http：//news. hexun. com/2021-02-02/202955805. html，2021年12月1日查询。

实读者，粉丝投票榜排名第10位，可以说是一路高歌，战绩斐然。如今，《元尊》动态漫登陆YouTube，《元尊》漫画已有韩语版、英语版、印尼语版、越南语版、泰语版、日语版以及法语版，同时在港澳台地区也发行了简体中文版，且均取得了不俗的成绩。2021年，《元尊》荣登2020年度“中国网络文学影响力榜”之海外影响力榜。

《修罗武神》。由善良的蜜蜂创作，2013年连载于17K小说网的网络小说，讲述一个少年从一个平凡的下界二等门派外门弟子成长为世界顶尖人物的故事。小说自连载起便取得新书榜、点击榜、热评榜、收藏榜等多榜单第1的火爆成绩，并被评为“年度最火爆玄幻小说”。2015年末，《修罗武神》第一册英文版电子书走出国门，登陆amazon Kindle、apple ibooks/App store、Nook、eReader等平台，单amazon上线当月即获得3000册销量，取得amazon亚洲奇幻传记分类销售榜第3名，读者好评高达4.7分（满分5分）。2020年9月，《修罗武神》获得2019年度中国网络文学海外传播排行榜最佳翻译奖。①

《天道图书馆》。阅文作家横扫天涯的原创作品，首发、独签于起点中文网，讲述了张悬穿越异界成为名师，脑海中出现神秘图书馆，并借此叱咤风云的故事。目前，《天道图书馆》已被翻译成英文、土耳其文、法文等多种语言，在起点国际上长期占据海外点击、推荐榜双榜第一，总阅读量超过了1744万，读者评分高达4.39/5分，深受欧美和东南亚读者的追捧，成为中国网络文学海外传播的年度代表作。2020年9月，《天道图书馆》入选“中国网络文学海外传播排行榜（2019）”，被评为最佳海外影响奖。

《半妖司藤》。网络人气作家尾鱼在晋江文学城发表的小说，2014年11月11日开始连载，2014年12月31日完结，2015年正式更名为《司藤》出版上市。小说讲述了青年设计师秦放在一次寻根过程中，因一次意外与沉睡数十年的司藤相遇，在帮助司藤寻找身世真相的过程中，两人彼此相知并克服重重阻碍共同成长的故事。2021年3月8日，由小说改编的电视剧《司藤》在优酷、腾讯、爱奇艺播出，泰国、越南、新加坡、北美等地同步播出。海外观众可以通过YouTube优优青春剧场、阿拉伯语、俄语、印尼语、西班牙语、葡萄牙语等频道，及True ID、Mono、FPT、VIKI等平台观看。其在YouTube多语种本地化运营累计观看流量近3000万。多地区陆续上线，频频登顶泰国播出平台冠军。MyDramaList评分达8.8，俄罗斯、葡萄牙、西班牙等地评论称赞该剧有典雅东方之美。9月，该剧在韩国上映。

《赘婿》。阅文作家愤怒的香蕉创作的历史架空小说，于2011年首发于起点中文网。2021年2月14日，由小说改编的同名电视剧在爱奇艺播出。该剧在爱奇艺

---

① 腾讯网：《喜报！〈修罗武神〉获2019中国网络文学海外传播排行榜最佳翻译奖》，https://new.qq.com/rain/a/20200929A08UAU00，2021年12月2日查询。

站内内容热度峰值突破1万，在超1.8亿台设备上播放过，弹幕总量超过1600万，并在全网创造了超900个热搜话题，“拼刀刀”“苏宁毅购”等诸多“赘婿梗”破壁出圈，引发了一场全民“追剧+玩梗”的热潮，成为2021年的现象级爆款。在国内成功的同时，《赘婿》开启了海外发行的征程。马来西亚Astro是海外第一个播出《赘婿》的电视频道，播出一周后，在同期播出的新剧中排名第2，仅次于第1的韩剧《顶楼第二季》；2021年5月，在韩国Channel China频道播出。此外，《赘婿》还在柬埔寨PPCTV、日本电视台播出。另外，《赘婿》在美洲、澳洲、印度半岛这三个地区，与youtube、viki、italkbb、amazon等四家平台合作，充分发挥每个平台目标群体不同的优势，扩大收视影响。① 2021年12月，在“2021亚洲影艺创意大奖”（Asian Academy Creative Awards）评选活动中，《赘婿》荣获“最佳喜剧节目”（Best Comedy Programme），成为全球唯一获得该奖项的作品。

《一生一世美人骨》。墨宝非宝创作的古代言情小说。2021年8月，由《一生一世美人骨》古代篇改编的电视剧《周生如故》在爱奇艺播出，自上线播出以来热度持续飙升，在国内及海外市场均吸引了大量年轻用户的关注和喜爱。播出期间，该剧在爱奇艺站内热度已经突破8500，并连续多日登上猫眼、骨朵、灯塔、艾漫等国内第三方权威媒体热度榜TOP1，稳居爱奇艺国际版播放量TOP5。剧中男女主人公“爱而不得”的人物命运、家国情怀与儿女情长之间的抉择，引发了国内年轻用户的广泛热议，在Twitter等海外社交平台上也掀起了新一轮的讨论热潮。《周生如故》在爱奇艺国际版上线以来也受到了海外用户的关注与热议，在海外社交平台Facebook和Instagram上收获450万人次话题曝光度，吸引了越南头部媒体Saostar及多个东南亚影视大号的报道。② 2021年8月20日，《周生如故》在马来西亚电视频道空降播出，刚开播就火出圈。

《天官赐福》。墨香铜臭2017年起在晋江文学城连载的小说，讲述了仙乐国太子谢怜多次飞升被贬，在凡间历练，并结识了诡王花城以及仙界众多神官的故事，拥有极高关注度和讨论度。2021年，B站与索尼公司旗下的动漫平台Funimation合作在美国、加拿大、英国、爱尔兰、澳大利亚和新西兰播出了英配版的同名改编动漫《天官赐福》，该动漫一经上线即在欧美地区引起热烈反响，相关话题一度登上了Twitter的热搜榜，其纸质书版小说作品在上架后10天之内就登上了纽约时报的畅销榜。2021年9月，国漫《天官赐福》获得了中国最有影响力的动漫奖项之一——金龙奖的海外影响力奖。

---

① 沈杰群：《〈赘婿〉出海了！今晚在韩国Channel China开播》，中国青年报客户端，http://news.cyol.com/gb/articles/2021-05/28/content_Xbq80Sp2d.html，2021年12月2日查询。

② 大京网：《爱奇艺〈周生如故〉登顶国内多榜单TOP1，海外多个社交平台热议》，http://news.hexun.com/2021-09-09/204328885.html，2021年12月30日查询。

3. 网络文学海外传播重要事件

据统计，2021 年度网络文学活动、会议、榜单评选、报告发布等十分频繁，其中有关网络文学海外传播的事件共有 8 次，按时间顺序排列它们分别是：

（1）3 月 18 日，中国社会科学院发布《2020 年度中国网络文学发展报告》（以下简称《报告》）。该报告以阅文集团年度数据和行业公开数据为主要分析蓝本，围绕网络文学作家逆势增长、网络文学新兴商业模式、网络文学出海新发展、网络文学 IP 开发新趋势、网络文学版权保护新进展等五个方面，勾勒行业发展的基本样貌，分析行业发展的基本走向，力图反映网络文学年度发展历程。其中，在网络文学出海新发展方面，聚焦于国内作品出海规模和海外原创生态与特点。《报告》指出，中国网文得到越来越多的全球读者的欢迎与认可。作品类型全面囊括玄幻、奇幻、都市等多元题材，内容丰富多样。在“一带一路”文化交流上，网文 IP 改编做出了可喜的贡献。在海外原创生态与特点方面，海外在线阅读的主力消费人群是 19—30 岁的年轻人。在数字阅读消费者中，北美男性和东南亚女性占比更高。从海外原创作品类型整体分布来看，奇幻和言情是作者创作最多的类型。基于全球作者的需求，中国网络文学企业正在把本土的作家培养机制，包括作家学院、作家激励、作家运营等带到海外，帮助更多的作者成为有专业水准、可持续投入的专职作家。①

（2）5 月 26 日，由中国作家协会主办的“2021 中国网络文学论坛”在重庆九龙坡区举行，现场发布了《2020 中国网络文学蓝皮书》（以下简称《蓝皮书》）。《蓝皮书》对过去一年中国网络文学在作品创作、理论评论、产业发展、国际传播、人才建设等方面的发展状况，进行了全面回顾和总结。②《蓝皮书》指出，2020 年，网络文学界更加注重国际传播的方式和质量，海外实体出版合作进一步深化，在线阅读覆盖用户持续扩大，产品布局初具规模，海外投资外延扩大，网文出海从内容传播走向形成翻译和原创机制。目前，中国网络文学海外传播作品 1 万余部，其中，实体书授权超 4000 部，上线翻译作品 3000 余部。网站订阅和阅读 App 用户 1 亿多，覆盖世界大部分国家和地区。但同时，网文出海仍面临诸多问题。2020 年，国际形势复杂多变，海外网文翻译网站和原创网站的访问流量都有所下降。盗版严重，维权困难。翻译是制约网文出海的重要因素，翻译成本居高不下，海外粉丝的自发翻译收入没有保障，机器翻译的质量尚不能令人满意。各平台间尚未建立有效的协调机制共同推进网络文学海外传播。海外网络文学翻译研究严重滞后。③

（3）6 月，《中国网络文学年鉴（2020）》由新华出版社出版发行。《中国网络

① 中国文学网：《2020 年度中国网络文学发展报告》，http：//literature. cssn. cn/wlwhywx_ 2173/202103/t20210317_ 5319242. shtml，2021 年 12 月 30 日查询。

② 中国作家网：《中国作协在重庆发布〈2020 中国网络文学蓝皮书〉》，http：//www. chinawriter. com. cn/n1/2021/0527/c403993-32114680. html，2021 年 12 月 30 日查询。

③ 中国作协网络文学中心：《2020 中国网络文学蓝皮书》，《文艺报》，2021 年 6 月 2 日。

文学年鉴（2020）》记录了2020年我国网络文学的发展情况，是我国研究网络文学最为详细、完备的工具书，具有较高的收藏和参考价值。本书内容一共10章，详细收录了2020年网络文学有关研讨会议、社团活动以及大小事件，并对网络文学相关内容进行了系统的辨析和梳理。其中，第10章以“中国网络文学海外传播”为主题，对网络文学海外传播的概况、主要业绩、意义与局限做了系统阐述，详细梳理了网络文学海外传播历程，并对中国网络文学海外传播的核心企业、重要门户网站及其代表性作品进行了介绍。

（4）9月9日，艾瑞咨询发布《2021年中国网络文学出海研究报告》（以下简称《报告》）。报告全面而深入地对中国网络文学出海的发展概况、行业规模、核心企业案例、海外用户及近年来的发展趋势与变化进行了探讨。《报告》指出：由于国内网络文学产业产能溢出，企业向外寻求发展，目前中国网络文学出海传播已经在东南亚地区与欧美建立影响力，中国网络文学出海范围覆盖五大洲。我国网络文学出海模式中，内容出海和生态出海并行，快速填充海外市场内容规模，网文出海实现“两条腿走路”。海外商业模式仍以付费阅读为主。网络文学头部企业阅文集团、星阅科技、推文科技积极拓展海外业务，培育海外原创，提升内容能力。中国网络文学出海作品培育了一部分较为稳定的海外读者，接触网文时间较久，阅读量较大。用户以女性为主，东南亚占比最高。付费意愿同比上升，用户成熟度提高。中国网络文学出海呈现出产业链分工精细化、出海服务输出专业化、原创内容全球开花、海外综合IP授权加强等发展趋势。①

（5）9月16日，中国作协网络文学中心主办的中国网络文学影响力榜（2020年度）发布仪式在广东深圳举行。影响力榜包括四项：网络小说榜、IP改编榜、海外影响力榜以及针对“90后”作家的新人新作榜。经过严格初评、复评、终评和网络投票，24部网络文学作品和4位新人作家上榜。其中，海外影响力榜包括：《诡秘之主》（爱潜水的乌贼）、《元尊》（天蚕土豆）、《妖神记》（发飙的蜗牛）、《超神机械师》（齐佩甲）。这次评审更加突出网络文学的国际传播，推动更多优秀网络文学作品走向国际，传播中国优秀传统文化，讲好当代中国故事。②

（6）9月25日，“中国网络文学30年”国际高峰论坛在湖南长沙举行。中南大学欧阳友权教授、中国社会科学院陈定家教授、德国波恩大学顾彬教授、法国巴黎大学徐爽教授等70余名国内外学者及网络作家在会上就中国网络文学30年的成就与局限、世界网络文学视野中的中国网络文学、中国“网文出海”如何跨文化交流等重大的理论和实践问题进行了深入交流。晋江文学城副总裁胡慧娟、阅文集团副

① 艾瑞咨询：《2021年中国网络文学出海研究报告》，https：//www. iresearch. com. cn/Detail/report？id=3840&isfree=0，2021年12月21日查询。

② 中国作家网：《中国作协网络文学中心发布中国网络文学影响力榜（2020年度）》，http：//www. chinawriter. com. cn/n1/2021/0916/c403993-32229363. html，2021年12月30日查询。

总编辑田志国等进行了主题发言，就“网文出海”和网络文学网站建设问题进行了深入研讨。①

（7）9月26日，“2021中国国际网络文学周”在浙江乌镇开幕。围绕“网络文学的世界意义”主题，网络文学作家、评论家，网络文学平台代表和文化产业代表齐聚乌镇，共研网络文学高质量发展路径，共话中国网络文学“扬帆出海”。此次举办的中国国际网络文学周旨在进一步聚焦网络文学国际传播、研讨网络文学高质量发展路径、推动网络文学尽快成为世界级的文化现象。会上，中国作协发布“网络文学国际推广片”和《中国网络文学国际传播发展报告》（以下简称《报告》）。《报告》分析了网络文学国际传播的四个发展阶段和五种传播方式，以及覆盖区域的发展，《报告》还介绍了网络文学国际传播取得的成绩、存在的问题以及下一步的发展方向。开幕式当天举办了网络文学国际论坛，网络作家、评论家和网络文学平台负责人，就网络文学创作、IP改编、国际传播等话题进行了主题发言，围绕如何推动数字时代网络文学内容创新、做好中国故事的网络文学国际表达、加强后疫情时代网络文学的国际传播等内容进行了深入探讨。②

（8）10月9日至11日，“网颂百年，文谱新篇”第五届中国“网络文学+”大会在京举办。开幕式上发布了《2020中国网络文学发展报告》，详细介绍了中国网络文学发展背景、产业现状、主要特征、趋势和展望。会上，阅文集团海外业务内容负责人孙丹青介绍，旗下海外门户起点国际用4年多的时间，吸纳和培养了来自世界各地近300名优秀翻译和编辑，上线了1700余部翻译作品，培育了近19万名海外作者，覆盖英语、西班牙语、印尼语、印地语、马来语等语种。五洲传播传媒有限公司副总经理关宏在大会上透露，目前，that's books 西语 App 下载量达到52万，用户覆盖墨西哥、哥伦比亚、秘鲁、智利等国；阿语 App 下载量超过640万，用户遍及全球175个国家和地区，在阿拉伯本地数字阅读平台的排行榜上位居第二，被阿拉伯主流媒体评价为“送给阿拉伯读者的中国礼物”。③ 瞭望智库的一份报告更指出，网络文学是中国文化产品出海最大的IP来源，覆盖区域从东南亚、东北亚、北美扩展到欧洲、非洲，现在已遍布全球，成为中国文化走向世界的新名片。

4. 网文出海相关理论研究年度成果

2021年度，我国网络文学海外传播理论研究在上一年的基础上成果更加丰富，研究也更加全面和深入。通过针对知网收录文献的统计与分析，2021年，我国共有

---

① 广州日报：《“中国网络文学30年”国际高峰论坛举行，网文大咖集结》，https://baijiahao.baidu.com/s?id=1711935949376685357&wfr=spider&for=pc，2021年12月30日查询。

② 中国作家网：《2021中国国际网络文学周在乌镇开幕》，http://www.chinawriter.com.cn/n1/2021/0926/c403994-32237388.html，2021年12月30日查询。

③ 中国作家网：《第五届中国“网络文学+”大会圆满落幕》，http://www.chinawriter.com.cn/n1/2021/1013/c404023-32251818.html，2021年12月30日查询。

31 家专业学术刊物和报纸刊发网文出海相关论文 33 篇、硕士论文 5 篇。与 2020 年度的 27 家学术刊物刊发论文 30 篇、硕士论文 4 篇相比，数量上有所增长。在本年度论文中，CSSCI 论文共有 5 篇，占比 15.1%。内容上，网文出海的理论研究主要集中在网络小说的译介研究、跨文化传播等方面。网文出海的理论批评发展正处于深耕与创新中。

（1）年度学术期刊、报纸论文

1. 戴晨，《中国网络文学“破圈出海”“精品化”成首要目标》，《留学》，2021 年第 1 期。

2. 蔡翔宇，《试论“网文出海”中的文化内涵损失——以泛修仙类作品概念的译介和理解为例》，《外国文学动态研究》，2021 年第 1 期。

3. 米微微，胡东平，《解构主义视角下中国网络文学在越南的传播》，《今古文创》，2021 年第 4 期。

4. 蔡悦，陈海燕，《网络文学讲好中国故事的现实可能与实现路径——以阿耐作品为中心》，《喀什大学学报》，2021 年第 1 期。

5. 欧阳婷，《北美华文网络文学的历史脉络及其特点和局限》，《南方文坛》，2021 年第 2 期。

6. 张学谦，《叙事言语、文本内系统与文化接触——网络小说的“逆旅”现象》，《中国当代文学研究》，2021 年第 2 期。

7. 袁雨婷，夏岽晏，陈青蓝，《网络小说〈盘龙〉英译中的归异平衡》，《海外英语》，2021 年第 6 期。

8. 徐兆寿，巩周明，《现状 · 症候 · 发展——中国网络文学对外传播研究》，《当代作家评论》，2021 年第 2 期。

9. 张茜，《中国网络小说〈庆余年〉在韩国的传播效果研究》，《传播与版权》，2021 年第 3 期。

10. 李建瑾，《跨文化传播视阈下中国网络文学海外走红现象分析——以〈盘龙〉为例》，《新媒体研究》，2021 年第 7 期。

11. 袁雨婷，夏岽晏，陈青蓝，《基于 CiteSpace 的中国网络文学译介研究现状分析——以 CNKI 数据库为例》，《英语广场》，2021 年第 11 期。

12. 魏倩茹，《网络文学如何在海外传播过程中讲好中国故事?》，《散文百家（理论）》，2021 年第 4 期。

13. 张娟，《站在“五四”的延长线上——海外华文作家少君访谈录》，《苏州教育学院学报》，2021 年第 38 期。

14. 刘阳，《国际传播视角下网络文学 IP 运营及发展战略研究——以杭州为样本的分析》，《编辑之友》，2021 年第 5 期。

15. 柴力，陈云萍，《“一带一路”倡议下网络文学改编剧在拉美地区传播研究》，《西南科技大学学报（哲学社会科学版）》，2021 年第 38 期。

16. 乔钰茗，《文化强国背景下的中国网络文学海外传播研究》，《沈阳建筑大学学报（社会科学版）》，2021 年第 23 期。

17. 张富丽，《中国网络文学国际传播的发展、挑战与完善路径》，《国际传播》，2021 年第 3 期。

18. 汪世蓉，刘泓，《翻译伦理视角下对中国网络文学在域外初热的冷思考》，《怀化学院学报》，2021 年第 40 期。

19. 吴申伦，《作品与制度：中国网络文学的两种海外出版模式》，《编辑之友》，2021 年第 7 期。

20. 江秀廷，周志雄，《守正创新　盛世气象——中国网络文学的文化价值》，《宁夏社会科学》，2021 年第 4 期。

21. 张姝蓉，《从〈盘龙〉走红看我国网络文学的对外传播》，《文学教育（上）》，2021 年第 4 期。

22. 张茜，周磊，《中国网络小说在韩国的译介与传播——以〈微微一笑很倾城〉与〈庆余年〉为例》，《广东开放大学学报》，2021 年第 30 期。

23. 曾月华，《中国网络文学出海跨文化传播解读》，《新闻文化建设》，2021 年第 16 期。

24. 邵璐，吴怡萱，《中国网络文学的多模态海外传播研究》，《中国出版》，2021 年第 17 期。

25. 金恩惠，《中国网络文学“走出去”的时代意义》，《对外传播》，2021 年第 9 期。

26. 舒晋瑜，《网文出海，网络文学成为中国故事的扬声器》，《中华读书报》，2021 年第 17 期。

27. 杨会，《中国网络文学海外传播现象分析》，《南京师范大学文学院学报》，2021 年第 3 期。

28. 陈定家，《从网络强国理念看网文海外发展》，《文艺报》，2021 年 7 月 9 日。

29. 张珊珊，《全球语境　中国故事》，《人民日报海外版》，2021 年 10 月 13 日。

30. 罗玲娟，高洋，《翻译伦理在现代中国网络文学翻译中的应用》，《山西能源学院学报》，2021 年第 34 期。

31. 欧阳友权，《中国网络文学海外传播的形态、动力与屏障》，《贵州师范大学学报（社会科学版）》，2021 年第 6 期。

32. 汤哲声，黄杨，《网络小说折叠叙事的文化传承与海外传播》，《甘肃社会科学》，2021 年第 6 期。

33. 侯曈曈，单世联，鄢楚茜，《中国网络文学跨文化传播的悖论、偏差与疏离》《南昌大学学报（人文社会科学版）》，2021 年第 52 期。

（2）年度硕博论文

1. 范潇彬，《网络小说改编剧〈致我们单纯的小美好〉的韩国传播及接受研究》，西南科技大学硕士，2021 年。

2. 李怡，《中国网络文学在韩国的传播与启示》，西南科技大学硕士，2021 年。

3. 林淑婷，《中国网络小说在泰国的传播特征及效果分析》，北京外国语大学硕士，2021 年。

4. 刘艳培，《中国网络小说在英语世界的传播探析》，青岛科技大学硕士，2021 年。

5. 蔡悦，《网络文学“讲好中国故事”评价研究》，西华大学硕士，2021 年。

三、网络文学海外传播的意义与局限

经过 30 年的发展，中国网络文学已从广纳各地流行文艺的“被哺”者，逐渐成长为滋养全球粉丝受众的“反哺”者，凭借规模宏大的故事库存和自成体系的产业生态，向世界贡献出网络文艺的“中国方案”。网文出海在展现博大精深的中华文化、促进各国文艺交流互鉴的同时，也一定程度可以转变我国版权贸易的逆差现象，成为文创产业出口导向的发展能力。中国网络文学要想成规模、有规范、高质量地“走出去”，真正在全球竞争日益加剧的流行文化消费市场中立稳足跟，除了要树立高度的文化自信外，亦须妥善应对各落地国在政策法规、文化传统以及产业现状上的殊异，因地制宜地推进多元化传播策略，在内容把关、版权维护、翻译优化以及海外媒体推广等各方面持续发力，以加强国际传播能力建设。

1. 网络文学海外传播的意义

（1）绽放文化魅力，传递中国价值

相对融合多元感官体验于一身的影视剧、动漫、短视频、电子游戏等其他新媒介文化消费形式而言，网络文学并不具备天然的竞争优势，但近年来中国网络文学却得以经由民间渠道在亚洲周边文化圈、美洲、欧洲乃至全球各地“安营扎寨”，足以彰显出网络文学在以海外民众喜闻乐见的形式传递中华文化魅力上的出众潜能。习近平总书记在中国文联十一大、中国作协十大开幕式上的重要讲话中提出，“希望广大文艺工作者用情用力讲好中国故事，向世界展现可信、可爱、可敬的中国形象。”目前，扬帆海外的中国网络文学已然担起了面向世界言说中华文化、展现大国形象的时代使命。无论是体现中国仙侠精神的《我欲封天》，体现尊师重道文化传统的《天道图书馆》，还是讲述当代国民青年热血拼搏故事的《全职高手》等一众中国网文，都已经成功“圈粉”海外读者，变成不少大洋彼岸读者们的心头之好，其中一些中国文化元素还成为外国网文爱好者们自发进行创作的热门文化素材。

比如在阅文集团的海外门户 Webnovel 上，“修炼”（CULTIVATE）已成为外国写手的原创作品中最常见的分类之一，北京、上海等中国都市以及城际高铁等中国现代物象也出现在了他们的作品中。可见，这些专注民间面向、以“好故事”为创新内核的中国网络文学作品正以其自身魅力潜移默化地形塑着外国受众的阅读习惯和审美偏好，改变着他们的刻板印象，增进了外国网民对于中国文化精神和改革开放 40 年以来发展成就的了解。随着网文出海规模与范围的不断扩大，网络文学将成为向世界民众传递中国价值的一张亮丽名片。

（2）促进中外文艺交流，共建“网络文学共同体”

网络空间众声喧哗、“去中心化”的延伸方式，让来自全球不同国籍、不同身份、不同性别、不同社会地位的网络文学爱好者，都能够以平等的姿态来发表、阅读和评论网络文学作品，共同建构一个超越时空界限的想象空间。在这一空间，兼采百家之长、阔步前进的中国网络文学不仅是引领时潮的当代文学，亦是超越国别的世界文学。立足中国，走向世界，是网络文学可持续发展的必由之路。[①] 走向世界即意味着“民族性”与“世界性”的对话，意味着中国网络文学获得了在世界向度中形成自我审视、在文化碰撞中突破发展瓶颈的良机。网络文学的海外传播为世界各地的网络文学作者、读者、译者与评论者搭建了一座互通桥梁，也让中国网络文学通过“他者”的观照得以进一步厘清关于自身涵纳了怎样的世界流行文化因素、形成了哪些独具民族特色的文学题材和类型标签、与全球网生代受众产生了怎样的情感共鸣等种种层面的问题，参考海外受众的反馈信息也有助于审度中国网络文学产品在世界语境中的局限与优点。例如，很多欧美读者在阅读一些中国修真类网络小说时都在评论中表示其主人公清心寡欲、一心修道的生活方式比较乏味，希望看到更为丰富的情感表现，而不少国内读者则表示厌烦了卿卿我我之情节，更赞赏这种超凡脱俗的主人公。网文出海有助于为网络文学的中外爱好者建立起“世界群聊”，增进海内外网民的对话交流，促进中外流行文学的互鉴与发展。随着中国网络文学海外传播正逐步实现从内容到模式、从区域到全球、从输出到联动的整体性转换，中国网文带给世界受众的不仅有类型丰富、灵动活泼的“好故事”，更有以 IP 构建为核心的包含网络文学创作、改编、分发与运营等全链路的商业模式。中国网络文学正以本土经验携手世界共同构建文艺领域的“网络空间命运共同体”。

（3）以文创产业助力文化外贸

“文化折扣”的存在与意识形态的壁垒让我国的文化产品贸易一直处于逆差状态。据《中国版权年鉴》统计，多年来，我国的图书进出口比例约为 10∶1，而出口的图书主要销往亚洲国家和中国港、澳、台地区，面对美、英、德、法、加拿大

---

① 陈定家：《从网络强国理念看网文海外发展》，《文艺报》，2021 年 7 月 9 日。

等欧美主要发达国家的逆差则达到100：1以上①。随着近年来我国网络文学在北美、欧洲等世界各地区渐有“破圈”之势，中国文化产品出口贸易的逆差现象有望得到纾解。截至2020年，我国出口的网络文学作品已达万余部，据瞭望智库的一份报告指出，网络文学已成为当前中国文化产品出海最大的IP来源。② 自2018年腾讯提出新文创战略以来，我国的数字文化产业在生产方式、产品形态等方面已发生显著的变化，形成了一种以IP构建为核心，贯穿文学、影视、音乐、动漫、游戏等产业链环节，鼓励用户多元参与的产业生态模式。作为产业链内容源的网络文学得以持续加速产业化的进程，通过社交共读、粉丝共创的方式拓展了IP世界的边界，造就了网络文创产业的迅猛增长，成为中国文化竞争力的新增“砝码”。围绕网络文学IP的文创产品在“墙内开花”的同时也在逐渐“飘香墙外”，比如改编自同名网文的《从前有座灵剑山》动画片即走出国门，成为首部登陆日本电视台的中国连载动画。③ 而随着阅文旗下国际网络文学海外平台Webnovel在产业生态输出上的布局加速，以故事文本为核心，深度开发IP要素、运营粉丝社群，并推动粉丝社群参与共创的IP生态发展模式也逐渐生根海外，比如网络小说《放开那个女巫》的海外粉丝也开始像国内粉丝一样热衷于撰写长篇评论、研讨魔法原理、参与绘制地图等共创活动。④ 当前，中国网络文学IP已经成为拉升文创产业势能、站上我国文化外贸风口的主要内容源泉。中国网络文学IP衍生文创产品的外贸需求量增长正逐步缩小对外文化贸易逆差，进一步提升我国的文化软实力。

2. 网络文学海外传播现存问题

（1）不同传播区域政策法规、文化习俗与付费能力的差异问题

随着中国网络文学的多语种平台在海外纷纷涌现，网文出海受众群体已在亚洲文化圈、欧洲、北美、澳洲、中东、非洲、拉美等全球各地区遍地开花。但各地区和国家的政策法规、语言文化、经济基础和宗教制度等方面的现实情况千差万别，由此中国网络文学在各地区云端投放过程中存在的政策壁垒、文化龃龉、统一定价难、经济效益不稳定、盗版猖獗等问题也愈加凸显。以阅文旗下的国际平台Webnovel为例，其欧美地区受众与泰国、马来西亚、印度、印度尼西亚等东南亚、南亚部分地区的受众群体虽然同属英语区，但在性别构成、阅读偏好、经济能力与文化政策等方面却存在很大差距。欧美地区受众的付费意愿与消费能力是东南亚地区受众的两倍以上，而平台的会员与解锁等付费项目却需要统一定价，定价过低影

① 姜智芹：《中国文学海外传播的几组辩证关系》，《南方文坛》，2014年第4期。

② 中国青年报：《网文成为中国文化产品“出海”最大IP来源》，http：//epaper. ynet. com/html/2021-10/18/content_ 385181. htm？div=1，2021年12月30日查询。

③ 橙瓜网：《中国文创产业快速增长　网络文学“飘香墙外”》，https：//news. chenggua. com/detail/6086. html，2021年12月30日查询。

④ 阅文集团 杨沾：《新文创模式下网络文学内容与技术、社交的融合》，《出版广角》，2019年第12期。

响平台的收益与生存，定价过高又造成一些地区的受众流失和网站作品“盗译”“盗搬”现象横行。且不同地区国家政策法规对于知识产权的保护力度也不尽相同，这也使中国企业海外维权面临的问题更多、环境更加复杂。目前在海外用户流量排名前 10 位的盗版文学网站对 Webnovel 上排名前 100 的热门翻译作品的盗版率高达 83.3%，且还有更多中小型盗版网站开始通过移动端的搜索引擎、浏览器入口、社交媒体、营销自媒体，或者通过聚合转码阅读软件、H5 小程序等多种形式，快速传播侵权盗版的中国网文作品，损害了国内网文企业的权益和海外市场的拓展。① 另外，在作品类型上，欧美地区的受众更偏好狼人、大女主等题材类型，而东南亚地区受众则更偏好屌丝逆袭、豪门虐恋等题材，由于两者在受众数量与性别构成上的巨大差异，致使共处同一平台的部分读者在排行榜单上很难遇到可以被“种草”的心仪类型。并且，由于文化法规、宗教习俗上的差异，一些地区习以为常的题材和类型可能会被另一些国家和地区视为“非法”而予以抵制，网文平台对此也应加强重视，或以在不同地区投放不同版本的细分市场方式规避此类风险。在非洲、拉美等“一带一路”沿线的部分非发达地区，由于互联网、数字支付等基础设施尚不完善，网络文学平台的盈利模式很难推广，经济效益的难题也让不少出海企业望而却步，尚须政府给予相关的扶持与补贴政策。此外，网络文学内容的小语种翻译也成为中国网络文学海外传播的一大痛点，本地化难度高、翻译人才紧缺等问题制约着中国网文出海向更深、更广的海域拓展，目前应用较多的众包翻译、AI 翻译及人机合译等翻译解决方案尚须继续优化和完善。

（2）市场驱动下内容投放的导向把关问题

“文运同国运相牵，文脉同国脉相连”。网络文学的海外传播不仅仅是文化产品出口的市场需求，更是向国际世界“讲好中国故事”和展现可信、可爱、可敬的中国形象的时代使命。当前网络文学海外传播的内容遴选与投放主要仍依赖于市场主体的民间力量，从顶层设计层面出发对网文出海传播内容的监管体系与评估机制尚未建立，网络文学海外市场这片“边境地带”在市场驱动下的内容把关问题亟待解决。目前，学界的相关文学批评话语尚难以触达数字资本运作下海外内容投放与分发的实操层面，中国网文出海中经济效益与社会效益的“双全法”仍待探寻。以阅文集团的海外平台 Webnovel 为例，女频文中“霸道总裁”（CEO）题材的言情类小说在海外颇受欢迎，在热门作品中已有霸榜之势。一方面，这类题材的集中投放因契合了世界青年女性群体共通的对爱情幻梦的营构，可以带来一定的经济效益；但另一方面，对男主人公“霸道”行径、“多金”能力的溢美则不利于对国际女性独立意识与正确价值观念的引导，且同类题材的过于泛滥也挤占了其他类型更具文化

① 欧阳友权：《中国网络文学海外传播的形态、动力与屏障》，《贵州师范大学学报（社会科学版）》，2021 年第 6 期。

内涵与思想深度的良作的传播空间。此外，男频文中东方玄幻类的“修炼”（CULTIVATE）类型文里，不少海外写手出于对“修仙”之路上情爱体验的渴求自发写起了“双修”（DUAL CULTIVATE）题材，并且这类作品在该平台榜上热度很高。这一方面体现了他们对中国仙侠文化元素的喜爱与创造热情，另一方面也说明平台对此类内容的审查把关不严，导致不良文化、低俗风气的横行，容易造成海外读者对中国网络文学作品中当代价值观念与审美旨趣的误读。当前不少“火爆”海外的女性向网络小说都是国内已经下架的有不良文化之嫌的作品，国内外文化政策与价值观念的差异也造成了两个场域内作品内容的脱节问题。因此政府和学界对网文出海作品建立健全遴选机制、妥善处理内容把关问题就显得尤为必要。我们既要尊重落地国的文化习俗以及文学、文化传播的内在规律，适当给予海外兴趣社群一定的自由创造空间，培育并良好地维系中国网络文学的海外粉丝群落；也需要加强对内容投放导向把关的重视，寻求文化产业发展与中华优秀文化传播的共赢模式，抵制以不良文化、低俗内容博眼球的商业行为，促进海内外的中国网络文学的爱好者创作、传播更多彰显“正能量”、反映全人类共同价值追求的中国“好故事”。此外，因传播中国网络文学作品的翻译成本高且回报期长，许多中国的网文出海公司又缺乏足够的内容库和优质 IP 积累，因此很多中国企业都选择了迎合全球 Z 世代青年人文化消费需求的 UGC 模式，采取完全本土化的网络文学内容产销方式，而很少投放或者完全不投放中国网络文学的翻译作品。包括当前一些网文出海的先行者与头部厂商，也都纷纷将内容生产的重心转移到了海外原创。海外本土化运营模式的普遍推行固然有助于中资网文平台的海外落地，促进中国网络文学公司实现全球文化生产力及其生产关系配置，但其在促进中华文化和中国优秀网络文学作品的海外传播方面则显出乏力。这些海外写手的原创作品大多艺术水准不高，且受中国网络文学作品的影响非常有限，甚至有的欧美受众都不太能区分出亚洲不同国家的文化元素，资本逐利下网络文学的“民族性”在国际市场环境中极易被消解。因此，网文出海虽已步入了产业模式的全生态输出阶段，但更须“把关人”将译介中国网络文学作品、打造中国 IP 作为出海的内容重点，对相关行业加以正确规范，突出导向引领，推动更多优秀网络文学作品“走出去”，促进国际环境下中国网络文学文化产业的持续健康发展。

（3）与国外主流媒体、社交媒体的互动缺位问题

国外的主流媒体与全球性的热门社交平台对于海外受众的文化消费有着很强的舆论引导和宣传作用，是国际数字阅读平台和网络文艺产品的重要的推广渠道。当前，尽管也有一些中国网络文学的国际爱好者在 Facebook、Youtube 等热门社交媒体上以发布推荐文章、“搬运”影视预告片等方式自发宣传中国网络文学及其 IP 衍生产品，但其影响力还十分有限。国外的报纸、杂志、期刊、电视台、新闻中心等主流媒体对于在国内已成为“现象级”文化产品的网络文学仍极少关注，国内与国外

的网络文学爱好者也缺乏在国际社交媒体平台的有效互动和交流。中国网络文学"全球 IP"的形成仍有很长的路要走。除向媒体平台和分发渠道投放广告外，中国网络文学也在尝试通过参加国际书展、举办国际学术活动、举办海内外作者与读者的见面会、举办原创征文和同人创作比赛等各种方式增强中国网络文学在国际世界的"存在感"。此外，在国际社交媒体平台举办视频直播活动、翻译家交流活动以及邀请知名评论家和网民意见领袖撰写评论推荐等，也可作为提升中国网络文学国际影响力的方式。增强与国外主流媒体、社交媒体的互动与对话，有助于帮助中国网络文学 IP 建立良好国际口碑，为中国网络文学的扬帆出海舆论赋能。

（4）全球流行文化竞争加剧下的国际传播能力建设问题

近两年来，新冠疫情的持续反复，使世界各区域的数字阅读类文化产品消费需求均呈现出迅猛的涨势，网络文学国际市场这块"大蛋糕"不仅引得众多中国网络文学公司纷纷入局，韩国、印度等其他国家的厂商也开始通过收购国际网络文学平台、加强版权合作、上线 App 产品等各种方式加大力度争夺海外市场，网络文艺领域的国际市场竞争有日渐激烈之势。仅 2021 年，韩国厂商就斥巨资收购了众多北美地区的网络文学头部平台，势要从中"分一杯羹"。2021 年初，韩国漫画平台 Naver 以 6 亿美元的价格收购了全球排名第一的小说、漫画平台 Wattpad，该平台目前已有 9000 万用户，每个月有超过 500 万的创作者，上传了 10 亿字作品。韩国另一巨头娱乐公司 Kakao 则在 2021 年接连收购了 Radish、tapas、Wuxiaworld 三大平台，覆盖了欧美等地区更广泛的受众。[①] 拥有众多知名 IP 的国际巨鳄的商业争夺，让中国网络文学的海外传播面临着更为激烈而复杂的网络流行文艺消费市场全球竞争。不过，凭借着 30 年来的大浪淘沙，中国网络文学产品在内容质量和储量上都较海外网文公司有着一定的优势，但在从文本到漫画、动漫、影视剧、周边文化产品开发的 IP 全产业链上则与已拥有非常成熟的 ACGN 产业体系的日本等先行文化输出国相比还存在一定的差距。面对日益复杂的国际文化竞争环境，中国网络文学既要坚持内容为王，提升艺术水准，弘扬优秀的中华民族文化；亦要进一步加强国际交流与协作，借鉴他国在流行文化产业体系和文化产品输出上的长处与经验，完善以 IP 为核心的文化生产方式，进一步加强国际传播能力建设，助力更多更好的"中国故事"乘风破浪，阔步天下。

（魏楚航、文叶青　执笔）

① 网易：《韩国漫画变现观察：Kakao 漫画付费年入 31 亿元》，https：//3g. 163. com/dy/article/G3JQK7RN051795TH. html? spss = adap_ pc，2021 年 12 月 31 日查询。

附录：2021 年网络文坛纪事

一月

1 月 2 日

浙江畲族作家蓝红燕创作的悬疑言情小说《你是星辰你是海》新书发布会在龙游县举办。

1 月 6 日

2020 年度四川省优秀网络小说参评作品征集开始。

1 月 9 日

“新时代的中国”第二届网络文学现实题材主题征文大赛在南京颁奖。共有 22 部优秀作品获嘉奖。获奖名单如下：

奖项	作者	完结作品	作者	未完结作品
一等奖	行知	《2.24 米的天际》	吴半仙	《锦绣鱼图》
二等奖	卢山	《蹦极》	懿小茹	《我的草原星光璀璨》
	夜神翼	《特别的归乡者》	素衣凝香	《冰魂》
三等奖	阿北	《防线》	本命红楼	《一面》
	大橙子	《刺猬的微光》	就为活着	《绿水金山》
	麦苏	《荣耀之上》	我本纯洁	《正义辩权》
优秀奖	艾镜	《冰上的华尔兹》	源上春树	《海红飘香》
	乔雅	《冬雪暖阳》	桑甜	《援外仁医》
	陈酿	《酥扎小姐姐的非常朋友圈》	大江东	《印染年华》
	狐小妹	《人间重晚晴》	王鹏娇	《共和国医者》
	唐墨	《亲爱的，二进制》	煜素	《一条搜救犬的见证》

1 月 10 日

第二届湖南十大网络文学作家（作品）颁奖仪式在长沙举行。共评选出了第二届湖南网络文学作家 10 名、第二届湖南网络文学作品 10 部。雪珊瑚、可大可小、南音音、洛小阳、西楼月、叶天南、磨剑少爷、欧阳烈、寂寞读南华、独孤求剩等 10 人被评为“第二届湖南网络文学作家”；风卷红旗《永不解密》、陈韵好《撞上总裁赖上我》、曾紫若《婚牢》、一梦黄粱《兔子必须死》、何许人《荣耀之路》、应景小蝶《共待花开时》、只是小虾米《武逆》、半弯弯《强势婚爱》、唐以莫《盛少撩妻 100 式》、安如好《铜婚》等 10 部作品被评为“第二届湖南网络文学作品”。

1 月 10 日

网络文学致敬首个中国人民警察节。五志《守护卫士》、卓牧闲《退伍不褪色，换装不换心》和中秋月明《不容错过》三位作家创作的作品经审定评选已列入“我和警察的故事”优秀推荐。

1 月 11 日

为庆祝中国共产党百年华诞，以文学的方式讲好中国故事，引导广大网络文学作家积极投身主旋律和现实主义题材创作，特举办面向全国的“讲好红色故事　献礼建党百年——首届红色题材网络小说征文大赛”。

1 月 13 日

艾媒咨询发布《2020 年中国网络文学作家影响力榜单解读报告》。报告基于 2020 年的相关关键数据，通过对作品影响力、销售力、可读性、IP 价值四个一级指标的考量，围绕作家的作品销售情况、网络及社会影响力、文学和商业贡献等维度，评选出 2020 年中国网络文学男频作家影响力 TOP50 及女频作家 TOP50。“95 后”作家多位上榜，“85 后”“90 后”占据半壁江山。其中，猫腻、爱潜水的乌贼、老鹰吃小鸡、唐家三少、会说话的肘子位列男频作家榜单前五名；天下归元、吱吱、丁墨、囧囧有妖、Priest 居女频作家榜单前五名，整体呈现出中生代作家地位逐步稳固，新生代作家接连崛起的行业状态。

2020 年中国网络文学男频作家影响力榜单 TOP50

排名	作家名	作品名
1	猫腻	《大道朝天》
2	爱潜水的乌贼	《诡秘之主》
3	老鹰吃小鸡	《万族之劫》
4	唐家三少	《斗罗大陆 IV 终极斗罗》
5	会说话的肘子	《第一序列》
6	辰东	《圣墟》
7	我吃西红柿	《沧元图》
8	言归正传	《我师兄实在太稳健了》
9	卖报小郎君	《大奉打更人》
10	宅猪	《临渊行》
11	忘语	《大梦主》

续表

排名	作家名	作品名
12	天蚕土豆	《元尊》
13	柳岸花又明	《我真没想重生啊》
14	孑与2	《明天下》
15	烽火戏诸侯	《剑来》
16	青衫取醉	《亏成首富从游戏开始》
17	远瞳	《黎明之剑》
18	齐佩甲	《超神机械师》
19	净无痕	《伏天氏》
20	耳根	《三寸人间》
21	三戒大师	《小阁老》
22	那一只蚊子	《轮回乐园》
23	我会修空调	《我有一座冒险屋》
24	育	《九星毒奶》
25	百里龙虾	《绝代神主》
26	黑夜弥天	《平平无奇大师兄》
27	牧童听竹	《万道龙皇》
28	榴弹怕水	《绍宋》
29	鹅是老五	《天下第九》
30	飞天鱼	《万古神帝》
31	青鸾峰上	《一剑独尊》
32	手握寸关尺	《当医生开了外挂》
33	纯洁滴小龙	《魔临》
34	乱	《牧龙师》
35	真费事	《烂柯棋缘》
36	志鸟村	《大医凌然》
37	圣骑士的传说	《万界点名册》
38	跃千愁	《前任无双》
39	风会笑	《都市极品医神》
40	风凌天下	《左道倾天》
41	骷髅精灵	《御九天》

续表

排名	作家名	作品名
42	一起成功	《女总裁的上门女婿》
43	木下雉水	《原来我是修仙大佬》
44	坟土荒草	《神话版三国》
45	荣小荣	《大周仙吏》
46	睡觉会变白	《从 1983 开始》
47	风月	《天启预报》
48	晨星 LL	《学霸的黑科技系统》
49	三天两觉	《盖世双谐》
50	风御九秋	《归一》

2020 年中国网络文学女频作家影响力榜单 TOP50

排名	作家名	作品名
1	天下归元	《山河盛宴》
2	吱吱	《表小姐》
3	丁墨	《半星》
4	囧囧有妖	《余生有你，甜又暖》
5	Priest	《有匪》
6	一路烦花	《夫人你马甲又掉了》
7	苏小暖	《神医凰后》
8	希行	《问丹朱》
9	叶非夜	《喜欢你我说了算》
10	十四郎	《蓁蓁美人心》
11	墨香铜臭	《天官赐福》
12	淮上	《破云 2》
13	冬天的柳叶	《逢春》
14	姒锦	《锦衣玉令》
15	意千重	《画春光》
16	随侯珠	《情生意动》
17	云芨	《藏珠》
18	巫哲	《撒野》
19	MS 芙子	《神医弃女》

续表

排名	作家名	作品名
20	米西亚	《致心动的你》
21	安知晓	《锦书雁回》
22	吉祥夜	《苏医生，你笑起来很好看》
23	夜北	《吾欲成凰》
24	锦凰	《你好，King 先生》
25	西子情	《催妆》
26	橙子澄澄	《农女福妃别太甜》
27	绛美人	《美强惨女配她觉醒了》
28	木苏里	《全球高考》
29	青铜穗	《锦乡里》
30	唐酒卿	《将进酒》
31	公子衍	《每天被迫和大佬谈恋爱》
32	莞尔 wr	《前方高能》
33	顾南西	《他从地狱里来》
34	顾漫	《你是我的荣耀》
35	暗香	《成亲后王爷暴富了》
36	闲听落花	《墨桑》
37	战七少	《当满级大佬掉马之后》
38	YTT 桃桃	《我全家都是穿来的》
39	百香蜜	《我家影后超甜的》
40	楠楠李	《别闹，薄先生!》
41	渐进淡出	《农女福妃名动天下》
42	千桦尽落	《嫡长女她又美又飒》
43	偏方方	《首辅娇娘》
44	漫西	《致命偏宠》
45	浮屠妖	《你是我戒不掉的甜》
46	夏染雪	《贵女重生：侯府下堂妻》
47	云霓	《娘子万安》
48	连玦	《纨绔天医》

续表

排名	作家名	作品名
49	猪宝宝萌萌哒	《少夫人又双叒睡着了》
50	磬歌	《离婚后影帝天天捡垃圾》

1 月 15 日

阅文起点大学“职业作家训练营”第一期开班仪式于上海正式举办。

1 月 15 日

麦苏新作《归时舒云化春雪》入选郑州市第二十五届精神文明建设“五个一工程”暨第二十二届文学艺术优秀成果奖。

1 月 18 日

改编自南充作家月下蝶影同名小说，由陈伟祥、杨小波执导，关晓彤、侯明昊领衔主演的网剧《我就是这般女子》在腾讯视频开播。

1 月 18 日

改编自掌阅“大神”龙渊的悬疑推理侦探小说《南宋第一卧底》大型古装玄幻、动作悬疑网络电影《南宋诡事之鬼樊楼》正式开机。

1 月 19 日

九天中文网上线。整合扩展新媒体聚到资源，阅文集团平台优势资源覆盖。

1 月 20 日

阅文集团旗下数字阅读平台起点读书发布《2020 年度阅读报告》，“稳健”“思想迪化”“大兴西北”等网文梗成就 2020 年度 TOP 热词，“致富”“萌宠”等时下热议话题则占据男女生作品热门标签榜首。新生代作家崛起，Z 世代读者偏爱“网文梗”。

1 月 20 日

原创文学风云榜 2020 年度总榜发布。

男生总榜 TOP10 包括：《万族之劫》《我师兄实在太稳健了》《诡秘之主》《大奉打更人》《第一序列》《轮回乐园》《亏成首富从游戏开始》《当医生开了外挂》《我真没想重生啊》《明天下》；

女生总榜 TOP10 包括：《我的房分你一半》《“大神”你人设崩了》《喜欢你我说了算》《农家小福女》《他从地狱里来》《夫人你马甲又掉了》《余生有你，甜又暖》《我全家都是穿来的》《老公每天不一样》《这个大佬画风不对》。

1 月 22 日

杭州市网络作家协会第二次会员代表大会在杭州胜利召开。

1 月 25 日

由中国文联、中国文艺评论家协会主办，中国文联文艺评论中心、中国文联网络文艺传播中心承办的第五届“啄木鸟杯”中国文艺评论年度推优暨第二届网络文艺评论优选汇云发布典礼在京举行。中国文联党组成员、书记处书记、中国文艺评论家协会副主席董耀鹏，中国文艺评论家协会主席夏潮，中宣部文艺局副局长彭云，中国文联理论研究室主任、中国文艺评论家协会副秘书长周由强，中国文联文艺评论中心主任徐粤春，中国文联网络文艺传播中心副主任彭宽，中宣部文艺局理论文学处处长胡友笋，中国文艺评论家协会顾问路侃和副主席王一川、叶培贵、向云驹、张德祥、傅谨，以及爱奇艺、北京精彩、泰洋川禾、奇树有鱼等主创方、演职人员、播出平台的代表出席云发布典礼。夏潮宣读《中国文联、中国文艺评论家协会关于表彰第五届“啄木鸟杯”中国文艺评论年度优秀作品的决定》。云发布典礼由徐粤春主持。

附：第二届网络文艺评论优选汇报评论文章 30 篇

曹峻冰：《网剧〈长安十二时辰〉电影化表达的现实意义》

董晓可：《是漫步云上，是熠熠星光——〈文学的日常〉中的“诗与思”》

邓韵娜：《论网络剧〈鬓边不是海棠红〉中媒介与传统的交融》

罗梦琪：《“请别让我那么快长大”——我看“小戏骨”系列影视剧》

李强：《网络文学对文学等级的消解与重构》

胡昕恬：《回溯原点，重返现场——由“方舱舞蹈”评网络文艺的在场性》

鲍远福：《“网改剧”〈庆余年〉的时代价值》

姜磊：《〈绘真·妙笔千山〉：国风游戏的审美理想》

付李琢：《网文“爽感”对现实题材的一次植入》

唐祺林：《经典何以走向当代社交文化空间——自 B 站央视版四大名著弹幕文化谈起》

马季：《在历史与现实的交错之间——长篇小说〈宰执天下〉文本解读》

黄帅（黄西蒙）：《〈清平乐〉与古装剧审美风格的转向》

李雨轩：《短视频中的乡土世界及其美学建构——以“蜀中桃子姐”为例》

陈进：《要“硬核”，也要人文精神》

凌瀚：《“云模式”下的综艺众生相》

李智、黄新新：《对“高糖无虐”甜宠剧的观察与思考》

秦兰珺：《三农 vlog：把美丽乡村写在影像中，写在大地上》

马明高：《“Z 世代”的文艺：走进人心，观照生活，深入精神——网络纪录片〈文学的日常〉的“出圈”爆红及其他》

高翔：《“二次穿越机制”与爽文世界观——从〈庆余年〉到〈诡秘之主〉》

任飞帆：《网络电影〈毛驴上树〉：开启农村题材网络电影精品之路》

李阳：《后疫情时代的京剧“新现场”——〈瑜你台上见〉对于京剧传播的示范价值》

欧阳友权：《传统是网络文学的“精神血脉”》

房伟：《中国网络文学之现实主义问题》

宋磊：《一部画风独特的“强剧情”悬疑作品——浅谈〈大理寺日志〉对国产网络动画创作的启示》

孙晓星：《线上还是线下，这对戏剧是个问题吗?》

胡智锋、陈寅：《疫情期间短视频艺术发展的新态势》

许源：《时代与时代中的复调——简评〈长安十二时辰〉》

赵贵胜：《中国网络动画：以守正凝人心，用创新聚人气》

张文海、胡晓娇：《舞蹈影像：镜头视角与肢体表达的“跨界共舞”》

谢坤宏：《以技术弥补遗憾——评“2020 年全国舞台艺术优秀剧目网络展演”》

1 月 25 日

国内最大网文联合体诞生，中文在线获阅文、腾讯、七猫战略投资。深圳利通（腾讯旗下）、阅文、七猫（百度旗下）成为中文在线战略投资方，三家分别投资 3 亿元，以共计 9 亿元的价格获得中文在线 15%的股权。

1 月 29 日

国内首个探索网络文学影视剧改编问题的研究成果《2019—2020 年度网络文学 IP 影视剧改编潜力评估报告》在北京发布，共评出 46 个具备高影视剧改编潜力的网络文学 IP，《诡秘之主》位列第一。

附 1：2018—2019 年度网络文学 IP 改编影视剧用户评论满意度排名

排序	网络文学 IP 改编影视剧	网络文学 IP	起源平台	剧集题材
1	《庆余年》	《庆余年》	起点中文网	历史
2	《天盛长歌》	《凰权》	潇湘书院	历史
3	《陈情令》	《魔道祖师》	晋江文学城	仙侠
4	《将夜》	《将夜》	起点中文网	玄幻
5	《全职高手》	《全职高手》	起点中文网	现实题材
6	《致我们暖暖的小时光》	《致我们暖暖的小时光》	晋江文学城	现实题材
7	《知否知否应是绿肥红瘦》	《知否？知否？应是绿肥红瘦》	晋江文学城	古代言情
8	《从前有座灵剑山》	《从前有座灵剑山》	起点中文网	仙侠
9	《香蜜沉沉烬如霜》	《香蜜沉沉烬如霜》	纵横中文网	仙侠
10	《扶摇》	《扶摇皇后》	潇湘书院	古代言情
11	《东宫》	《东宫》	纵横中文网	古代言情
12	《夜天子》	《夜天子》	起点中文网	历史

附 2：2019—2020 年度网络文学 IP 影视剧改编潜力预测

阶段	网络文学 IP
第一阶梯（约 7.34 分—7.21 分）	《诡秘之主》《第一序列》《大国重工》《天梯》
第二阶梯（约 7.16 分—6.56 分）	《赘婿》《大道朝天》《大奉打更人》《上海繁华》《剑来》《小阁老》《表小姐》《超神机械师》《问丹朱》《掌欢》《天芳》《旷世烟火》《泰坦无人声》《大山里的青春》《一剑独尊》《吞海》《将进酒》《赘婿出山》《大唐平阳传》《长风渡》
第三阶梯（约 6.53 分—6.10 分）	《我师兄实在太稳健了》《万族之劫》《伏天氏》《最帅逆行》《猎鹰》《临渊行》《修罗武神》《共和国战役》《余生有你，甜又暖》《我的房分你一半》《樱花依旧开》《画春光》《烈火浇愁》《嗨！我的消防员先生》《游戏的年代》《佔有姜西》《权宠天下》《九星霸体诀》《一世兵王》《北斗》

1 月 29 日

昆仑、九天、起点轻小说品类，三大赛区征文活动同时展开。

1 月 29 日

北京市查办一批“净网”案件。

1 月 29 日

纵横 2020 年度·荣誉殿堂发布。

最佳男频作品：《剑来》《不让江山》《边月满西山》

最佳女频作品：《不负韶华》《病娇世子嚣张妃》《穿成团宠的我只想当咸鱼》

最佳男频作者：乱世狂刀、烟斗老哥、知白

最佳女频作者：安玙苒、清漓风风、斐什

年度畅销作者：青鸾峰上、帘霜

年度月票王：无罪

年度优秀新书：《剑道第一仙》《重生之不负韶华》

年度热搜佳作：《元尊》《剑来》《一剑独尊》《逆天邪神》《最强狂兵》《一世独尊》《踏星》《盖世》《剑道第一仙》《剑仙在此》《都市古仙医》《太荒吞天诀》

超级盟主：yujingran

年度优秀现实题材：《爱满江城》《年华》《山花烂漫时》《一脉承腔》

年度作家影视改编：《山寨小盟主》《五龙镇棺传》《约定期间爱上你》

年度最受期待影视改编：《九龙天棺》《试婚 99 天》《仵作女驸马》《总裁明明超 A 却过分沙雕》

年度最佳有声改编：《长宁帝军》《闪婚萌妻慢慢宠》《神级奶爸》《一剑独尊》

年度潜力有声改编：《不让江山》《差一步苟到最后》《帝道独尊》《大国名厨》
年度潜力漫画改编：《剑仙在此》《渡劫之王》《金币即是正义》《藏锋》
年度潜力动画改编：《刀剑神皇》《逆天邪神》《人间最得意》《万域之王》
年度海外传播：《重生之嫡女妖娆》《重生之奶爸医圣》《翡翠王》《盖世帝尊》

二月

2 月 2 日

2020 年度四川省网络小说排行榜公示。

2020 年四川网络小说排行榜 · 完结作品

序号	作品名称	作者	发表网站	完结时间
1	《诡秘之主》	爱潜水的乌贼	起点中文网	2020. 05
2	《特别的归乡者》	夜神翼	连尚文学	2020. 06
3	《在成都的街头等你》	雨阳	咪咕阅读	2020. 02
4	《以理服人》	月下蝶影	晋江文学城	2020. 08
5	《我的绝色美女房客》	炒酸奶	创世中文网	2020. 04
6	《金缕词》	一言	咪咕阅读	2020. 03
7	《我要做阎罗》	厄夜怪客	纵横中文网	2020. 09
8	《美强惨女配靠咸鱼暴富》	萱草妖花	晋江文学城	2020. 10
9	《都市仙帝——龙王殿》	一丝不苟	爱奇艺文学城	2020. 03
10	《坤宁》	时镜	晋江文学城	2020. 03

2020 年四川网络小说排行榜 · 未完结作品

序号	作品名称	作者	发表网站	首发时间
1	《元尊》	天蚕土豆	纵横中文网	2017. 09
2	《禁区之狐》	林海听涛	起点中文网	2020. 03
3	《大疫大医》	五志	起点中文网	2020. 07
4	《万古神帝》	飞天鱼	创世中文网	2015. 07
5	《锦衣玉令》	姒锦	潇湘书院	2020. 09
6	《快看那个大佬》	奥尔良烤鲟鱼堡	起点中文网	2020. 12
7	《大唐杨国舅》	天子	起点中文网	2020. 05
8	《赘婿出山》	李闲鱼	纵横中文网	2020. 02
9	《近战狂兵》	梁七少	17K 小说网	2020. 09
10	《我的细胞监狱》	恐怖的阿肥	起点中文网	2019. 07

2月3日

中国互联网络信息中心（CNNIC）发布第47次《中国互联网络发展状况统计报告》。《报告》显示，截至2020年12月，我国网民规模达9.89亿，较2020年3月增长8540万，互联网普及率达70.4%。

2月4日

国家网信办启动2021“清朗·春节网络环境”专项行动。

2月4日

阿里旗下书旗小说正式启动为期14天的第二届“书旗阅读狂欢节”，黄晓明、天蚕土豆等12位演员、作家带着自己的阅读理念亮相本次阅读狂欢节。

2月5日

仙侠题材网文《这个人仙太过正经》正式上线。

2月5日

改编自唐家三少阅读量最高、话题性最持久的同名小说的电视剧《斗罗大陆》在CCTV-8电视剧频道及腾讯视频同步播出。

2月5日

阅文集团旗下青年作家围绕家乡世界文化遗产创作的短篇小说《礼物》《年兽》《野朋友》正式上线，根据3部网络小说改编的同名贺岁短片由腾讯影业同步推出。

2月10日

中国网络文学落地新加坡春节庆祝活动，狮城人民感受别样“年味儿”。

2月23日

《2020橙瓜网络文学行业报告：行业大变局之下的新机遇》发布。

三月

3月1日

2021年爱奇艺文学作家培养黄金计划正式公布。爱奇艺文学针对新人作者、实力新锐作者、站内外成熟作者、站内优秀活跃作者，分别推出了绿果栽培计划、银果成长计划、金果成熟计划、奇异果落地计划，并制定了对应的福利待遇新政策，以及对原有福利政策的优化升级，建立起覆盖从新人到成熟、从站内到站内外更加完整的培养链路，为入驻作家的成长全程保驾护航。

3月2日

网络文学中心发布2021年度网络文学选题指南。

3月2日

网络文学“百年百部”系列活动启动。“百年百部”系列活动包括网络文学“百年百部”创作工程、重点网站优秀网络文学作品联展、“庆祝中国共产党成立100周年”专题培训采风活动、“党在我心中”短文征集活动四项内容。

3 月 2 日

为充分展示网络文学“建党百年”主题创作成果，中国作协网络文学中心举行重点网站优秀网络文学作品联展启动仪式。

3 月 16 日

全国首家网络文学文科实验室落户浙江传媒学院。

3 月 16 日

中国作家协会网络文学重点作品扶持工作公告发布。

2021 年网络文学重点作品扶持选题名单

（一）时代先锋主题 7 部	
作品名称	**作者**
《风骨》	何瑛（应景小蝶）
《刚毅坚卓的他们》	常宇（推敲夜僧）
《胶东往事》	刘金鹏（肥胖的可乐）
《老战士》	梁希昊（梁宇寒）
《守鹤人》	吴志超（吴半仙）
《天降神医》	陈彦池（百世经纶）
《长乐里：盛世如我愿》	刘晔（骁骑校）
（二）强国梦主题 2 部	
《南海一家人》	江春燕（李慕江）
《熙南里》	周斌（姞文）
（三）科技创新与科幻主题 2 部	
《群星为谁闪耀》	梁敏（千里握兵符）
《研究者也》	苏东宁（柠檬羽嫣）
（四）中华文化精神主题 6 部	
《春雨》	任佳英（灵犀无翼）
《嗨　古建修复师先生》	钟惠（梨花颜）
《人间暖阳四月天》	李国瑞（乱世狂刀）
《山海经三山神传》	林俊敏（阿菩）
《狮舞者》	周剑敏（玉帛）
《予你良辰美景》	钟诗悦（焚柏、沐清公子）
（五）人民美好生活主题 11 部	
《百年沧桑华兴村》	裘如君（凌烨）
《繁星织我意》	陈涓生（画骨师）

续表

（五）人民美好生活主题 11 部	
作品名称	作者
《故巷暖阳》	林晗（鱼人二代）
《每天都离现形更近一步》	徐孟夏（陈词懒调）
《你与时光皆璀璨》	顾七兮（顾唤华）
《请和优秀的我谈恋爱》	赵晨媚（丁十三）
《山人行》	申大鹏（风圣大鹏）
《说说心里话》	陈亮（燕赵散人）
《向前进》	张宁（张鼎鼎）
《幸福在家理》	刘家希（知更）
《枳生》	吴玉敏（月斜影清）
（六）人类命运共同体主题 2 部	
《回不去的远方》	张芮涵
《铁路繁星》	滕国宁（易阳）

3 月 16 日

中国社会科学院文学研究所在北京举办《2020 年度中国网络文学发展报告》专家研讨会。

3 月 18 日

中国社会科学院发布《2020 年度中国网络文学发展报告》。

3 月 24 日

四川省网络作家协会 2020 年度新会员培训班在成都开班。

3 月 29 日

网络作家党史学习教育暨主题创作改稿培训班在杭州举办。

3 月 31 日

长篇小说《女排》在北京举办新书首发式。

四月

4 月 3 日

爱奇艺小说“造梦”主题征文获奖名单正式公布。

评选结果如下：

书名	作者名	版权价值评估	获奖结果
《伴溪向云行》	程饭饭	网剧	金奖 50000 元
《杀死游戏》	初墨不姓熊	网大	银奖 20000 元
《公子何故负相思》	虫小扁	网剧	银奖 20000 元
《焉知蕉鹿不识君》	慵十一	网剧	银奖 20000 元
《他与江湖为敌》	鱼栗	——	入围奖 2000 元
《朕的演技在线》	袁爱生	——	入围奖 2000 元
《袅袅玄机笔录》	今来思	——	入围奖 2000 元
《拐个神尊当夫君》	南宫漠湮	——	入围奖 2000 元
《咔，公主的高光时刻》	一只里奈	——	入围奖 2000 元
《恭喜发财》	程十三	——	入围奖 2000 元
《喜欢你这件事》	白屿 1	——	入围奖 2000 元
《替身女钦差》	苏歪歪	——	入围奖 2000 元
《神君是个小奶精》	恋恋有回想	——	入围奖 2000 元

4 月 8 日

徐璐、林一主演的青春励志剧《良辰美景好时光》正式开播。

4 月 8 日

中文在线旗下新媒体原创内容网站万丈书城正式上线，推出保底+分成的福利体系，依托中文在线全渠道分发战略，同时面向“大神”作家和新人潜力作家，全力打造新媒体内容创作平台，助力作家创作。收稿分为传统题材、脑洞创新、老白小众三个方向。

4 月 9 日

2021 年全国网络文学工作会议在武汉举行。

4 月 16 日

第七届中国数字阅读大会 IP 峰会在杭州拉开帷幕。本届大会在国家新闻出版署、浙江省人民政府指导下，由中国音像与数字出版协会、中共浙江省委宣传部、中共杭州市委宣传部主办，中国音像与数字出版协会数字阅读工作委员会、杭州市西湖区人民政府、咪咕数字传媒有限公司共同承办，峰会以“匠心凝聚，科技赋能”为主题，就中国 IP 产业发展现状进行了深入探讨。全国政协委员、中国音像与数字出版协会理事长孙寿山、中宣部机关服务中心（信息中心）副主任曹振亚、中国音像与数字出版协会第一副理事长张毅君、中国音像与数字出版协会常务副理事长兼秘书长敖然、浙江省政府副秘书长蔡晓春、浙江省委宣传部副部长、省政府新闻办主任李杲、杭州市委宣传部副部长、市文明办主任钮俊、杭州市西湖区委书记高国飞等领导出席开幕式。此外，来自中国博物馆协会、各省作家协会、全国出版集团等相关行业领导嘉宾也参加了会议。本次大会首次提出“IP 资产云平台”这一新兴概念，为产业转型方向提供了更多想象空间。峰会首先梳理总结了 2020 年中国数字阅读领域最具有开发潜力的 IP 作品，并发布“鹤鸣杯”2021 年度 IP 潜力价值榜，还发布了“5G+云创计划”。由中国空军和中国移动咪咕、福州英派特传媒共同打造的《荣誉的天空》IP 项目同步宣布启动，这是全国首档展示中国空军历史和精神传承的电视综艺节目，旨在传播航空文化，宣扬中国梦、强军梦的伟大实践。

4 月 16 日

《2020 年度中国数字阅读报告》发布，从多个角度呈现了后疫情时代中国数字阅读产业的现状、特点以及趋势。2020 年中国数字阅读产业规模达 351. 6 亿，增长率达 21. 8%；数字阅读用户规模达到 4. 94 亿，人均电子书阅读量 9. 1 本；2020 年用户平均单次电子阅读时长为 79. 3 分钟，纸质阅读时长为 63. 2 分钟，有声阅读时长为 62. 8 分钟，17—22 点是阅读的“晚高峰”。95 后爱看漫画绘本，海外读者喜欢都市题材；听书市场增长显著，新技术带来更沉浸体验；5G+加速产业数智化，云书店开启书店 3. 0 时代。

4 月 16 日

第六届“咪咕杯”正式发布。“执笔筑梦，扬帆起航”——2021 咪咕阅读作家盛典在杭州顺利召开。咪咕数字传媒有限公司首席运营官刘培尧，江西省作家协会副主席李洪华、袁萍，复旦大学教授梁永安，厦门大学教授黄鸣奋，阿彩、阿越、管平潮、孑与 2、月关等知名作者，橙瓜网、爆侃网文等媒体出席本次活动，对网络文学多元化展开了热烈的讨论与交流。本次作家盛典上揭晓了第五届“咪咕杯”的获奖作品。由晓云创作的《风华鉴》过关斩将，获得“咪咕杯”金奖；银奖由七千万《薄太太今天又被扒马甲了》、怡然《我见探花多娇媚》、挑灯看剑《水浒之梁山太子》、醉清风《从巨蟒开始进化》获得；铜奖则由《重生成小叔子的掌心娇》《嫁给前任他师尊》《重生八零：娇女掌中宝》《大明逆子》《护国龙帅》《都市战神狂婿》摘取；优胜奖作品分别为《穿书后我成了恶毒后妈》《娇妻惹火，墨太太她被惯坏了》《纨绔夫妻互捧日常》《将军夫人娇宠日常》《万域神座》《桃源小山村》《悠闲小神农》《开局召唤一只小火龙》。与以往不同的是，第五届“咪咕杯”还与芒果 TV 联合设置了“MG 就是不一 YOUNG”专题分赛区，其中，《藏娇》《墨色生香》《我的右脑搭错线》《你是我的右心房》《我要这盖世神功有何用》《撒欢》共同获得“MG 就是不一 YOUNG”种子奖；《你是乘风破浪的骄阳》、《糖醋烧排骨》、《让她降落》获得“MG 就是不一 YOUNG”青芒奖。

4 月 23 日

全国重点网络文学网站联席会议在北京召开。

4 月 23 日

由纵横文学联合大兴新媒体产业基地共同举办的“传递书香　分享阅读”读书分享会活动在北京房山举行。

4 月 23 日

书旗小说发布了《2020 年度阅读报告》。

4 月 24 日

第七届广西网络文学大赛开赛。

4 月 24 日

中国网络文学版权保护专家研讨会在北京举行。

4 月 26 日

互联网数据资讯机构易观分析发布《中国网络文学版权保护白皮书》。

4 月 26 日

2020 年中国网络文学排行榜作品征集活动启动。

4 月 26 日

2021 年第一季度橙瓜网络文学行业报告发布，微短剧成 IP 衍生开发新热点。

4 月 27 日

北京电视节目交易会正式拉开帷幕，中国“网络文学+”大会携手 34 家网络文学企业再次亮相本届交易会。

4 月 27 日

天蚕土豆、管平潮、烽火戏诸侯通过文学创作二级职称评定。

4 月 30 日

肇庆市成立网络文学创作委员会并举办网络作家座谈会。

五月

5 月 1 日

天蚕土豆新书《万相之王》正式登上书旗小说、UC、夸克等平台。

5 月 7 日

中共重庆市网络作家协会支部委员会举办《百年大党　百年辉煌——党史学习教育专题党课》。

5 月 8 日

国家网信办部署开展 2021 年“清朗”系列专项行动。

5 月 9 日

扬子江网络文学评论中心在南京成立。由中国作协网络文学中心指导，江苏省作家协会、南京师范大学和南京市秦淮区人民政府合作成立的扬子江网络文学评论中心在南京诞生，这是目前我国第一家网络文学评论平台。中国作协党组成员、书记处书记胡邦胜，江苏省政协副主席、南京师范大学副校长朱晓进，江苏省委宣传部副部长徐宁，省作协党组书记、书记处第一书记、常务副主席汪兴国，省作协一级巡视员、省网络作协常务副主席王朔，南京市委常委、宣传部部长陈勇，省网络作协主席陈彬，秦淮区委副书记、区人民政府区长张泰，江苏省社科联副主席、南师大人文社会科学研究院院长张振，南师大文学院院长高峰等以及来自省内外的网络文学评论家、网络文学作家、媒体记者出席了成立仪式。扬子江网络文学评论中心成立仪式后，举行了"'经典化与影视化'网络文学的3.0时代"和"'冲击与分化'网络文艺的新问题和新面向"两场主题论坛，分别由南师大教授、评论中心副主任何平和南师大教授、评论中心执行副主任李玮主持。中国传媒大学教授戴清做了《关于现实网文的影视剧改编》、李玮做了《新时代的情感动员：网文经典化与影视化》的主题发言。与会的网络文学评论家和作家还就"网络文学发展面临的挑战和对策研究""网络文学'去文学化'变动与网络文学理论的发展""网络影视改编的深度研究""网络文艺的现实性和经典化研究"等话题进行了深入研讨与交流。

5月11日

阅文集团发布2021"白金""大神"名单及网络文学作家指数。今年新晋的"白金""大神"共24名，包含6位白金作家及18位"大神"作家。

6位"白金"作家：陈词懒调、飞天鱼、顾南西、老鹰吃小鸡、锦凰、云芨。

18位"大神"作家：大果粒、漫西、月下无美人、柳岸花又明、天瑞说符、卖报小郎君、德音不忘、公子安爷、渐进淡出、姐姐的新娘、漠兮、牧童听竹、偏方方、神秘的大西瓜、我最白、咬火、月初姣姣、真费事。

5月13日

网络作家辰东出新书《深空彼岸》，首次尝试未来科幻题材。

5月14日

"网络文艺的时代声音与百年梦想暨广西文艺评论基地建设研讨会"在广西贺州市举行。

5月14日

"光辉历程：庆祝中国共产党成立100周年优秀网络文艺作品展示"活动宣传片发布。

5月19日

第四届"网络文学读书日"开启，橙瓜码字联合全网30家主流网络文学平台共同举办"网络文学读书日"公益活动。

5月20日

第一届七猫中文网现实题材征文大赛颁奖典礼在上海举办。上海市作家协会专职副主席、秘书长马文运，中国作家协会全国委员会委员、上海市作家协会副主席薛舒，上海张江集团党委书记、董事长袁涛，上海张江文化控股有限公司总经理陆晓炜，上海故事会文化传媒有限公司总经理孙杰，上海网络作家协会副秘书长陈佶等众多嘉宾出席。活动由上海市作家协会指导、上海七猫文化传媒有限公司主办，旨在以“讲好中国故事　讴歌伟大时代”为主题，以“百年华诞”“强国之志”“民族故事”和“最美家乡”四大题材为方向，挖掘更多体现时代精神、抒发家国情怀的优秀作品。经过评选，大赛共评出“金七猫奖”1 部、“最佳 IP 价值奖”2 部、“最佳 IP 潜力奖”3 部、分类一等奖 4 部、分类二等奖 8 部、优秀作品奖 15 部，共计 33 部优质作品。

第一届七猫中文网现实题材征文大赛获奖名单

奖项	作品名	作者
金七猫奖	《扎西德勒》	胡说
最佳 IP 价值奖	《万里山河一日还》	棠花落
	《北斗星辰》	匪迦
最佳 IP 潜力奖	《大国重器》	银月光华
	《北迁》	九斗
	《长风万里》	关中闲汉
分类一等奖（百年华诞）	《太阳照到的地方》	岑小沐
分类一等奖（强国之志）	《山河不会忘记》	柒月白
分类一等奖（民族故事）	《竹匠》	慕十七
分类一等奖（最美家乡）	《春归》	达庸
分类二等奖（百年华诞）	《阳光照进里山村》	白梦
	《尖峰》	顾天玺
分类二等奖（强国之志）	《磅礴时代》	付强
	《万家灯火》	月影风声
分类二等奖（民族故事）	《丝路拾音》	猫夕
	《旦装行》	陌上人如玉
分类二等奖（最美家乡）	《腾格里的记忆》	白马出凉州
	《山城火锅人》	吸血小妖兔
优秀作品奖	《戏出郧阳》	少年听雨阁楼上
	《云霄之眼》	千羽之城
	《守望》	花开半夏
	《接力前行》	文踪
	《援疆》	蝶衣
	《向着梦想前进》	冰江

续表

奖项	作品名	作者
	《大国栋梁 30 年》	一言
	《三江之路》	浅行
	《一个人与一座城市的故事》	庐上雁
	《石魂》	俞慕
	《狮舞者》	玉帛
	《凤凰山上茶香飘》	玉珊瑚
	《富路入山河》	翡翠青葱
	《根在黄桥》	江湖老六
	《故乡的树》	金森 Kinson

5 月 21 日

“钱潮杯”首届青年创意家·网络文艺评论奖获奖论文集出版。

5 月 21 日

网络文学与传统文学融合发展专题沙龙在兰州举行。

5 月 24 日

网络作家党史学习教育在线培训班（第一期）开班。

5 月 25 日

由上海市新闻出版局支持、阅文集团主办的主题为“文字铭记过去，奋斗铸就未来”的第五届现实题材网络文学征文大赛颁奖典礼在沪举办。本届大赛共有 19256 人参赛，同比增长 40.6%；参赛作品共计 21075 部，同比增长 42.4%，均创历史新高。由新闻出版领域的专家、文学评论家、网络文学编辑、作家等组成的评委团队，共评选出 13 部优秀获奖作品。

第五届现实题材网络文学征文大赛获奖名单

奖项	作品名称	作者
特等奖	《奔腾年代—向南向北》（第一卷）	眉师娘
一等奖	《与沙共舞》	令狐与无忌
二等奖	《故巷暖阳》	鱼人二代
	《致富北纬 23 度半》	花潘

续表

奖项	作品名称	作者
优胜奖	《传奇浪潮十八年》（第一卷）	樊迦
	《电视人》（第一卷）	春光公社
	《刚毅坚卓的他们》（第一卷）	推敲夜僧
	《国啤》（第一卷）	司马白衫
	《华年时代》	依山尽
	《南海一家人》	李慕江
	《婆家三十六丈厚》（第一卷）	马果果
	《洋港社区》	卓牧闲
	《执行者说》	南玲望月

5 月 25 日

由浙江文艺出版社、掌阅文化、万派文化、浙江理工大学联合主办，万派财经文学研究院、浙江理工大学艺术与设计学院、创业学院承办的 2021 脑科幻悬疑小说《脑控》新书首发仪式暨创新创业专题研讨报告会于浙江理工大学圆满举行。浙江文艺出版社副总编柳明晔，中国作协网络文学研究院副院长、杭州市文艺评论家协会主席夏烈，无锡脑镁素生物医药科技有限公司总经理骆权峰，浙江理工大学校长陈文兴院士、副校长许慧霞、相关职能部门、学院负责人出席了本次新书首发仪式。

5 月 26 日

《2020 中国网络文学蓝皮书》在中国作协于重庆主办的“2021 中国网络文学论坛”上正式发布。

5 月 27 日

2021 中文在线第十四届作家年会在重庆召开，现场颁发年度新人王、十佳作品、年度巨著、最佳动漫改编作品、影视版权最佳畅销作品等大奖。

2021 第十四届中文在线作家年会获奖名单

2020 年 17K 小说网年度盛典—年度巨著：《第九特区》（伪戒）

2020 年 17K 小说网年度盛典—十佳作品：《万古第一神》（风青阳）、《大梦山海之史诗战役》（风御九秋）、《归一》（风御九秋）、《斩月》（失落叶）、《霸婿崛起》（老施）、《女总裁的全能兵王》（寂寞的舞者）、《九星霸体诀》（平凡魔术师）、《近身狂婿》（肥茄子）、《大清隐龙》（心净）、《全职国医》（方千金）

2020 年最佳动漫改编作品：《万古第一神》（风青阳）、《修罗武神》（善良的蜜蜂）、《九星霸体诀》（平凡魔术师）

2020 年影视版权最佳畅销作品：《蝶证：昆虫专家探案录》（阮笙绿）、《伏锦传》（满碧乔）、《王妃，轻点克》（南风语）、《非诉女王》（御井烹香）

2020 年 17K 小说网年度盛典—最佳男女角色：《万古第一神》李天命、《第九特区》于瑾年

17K 小说网 2020 年度新人王：关外西风

丹青成就奖三年：不冷的天堂、都市猎人、空庭晚、凛冬已至 1、洛山山、苗棋森、十三主、夜无声

丹青成就奖五年：单纯宅男、荷荸儿、皇甫奇、肉丸、傻小四、越人歌

丹青成就奖十年：风青阳、老施、善良的蜜蜂、忆江

5 月 30 日

“学党史铸信仰——河北网络作家专题培训”活动在全国青少年井冈山革命传统教育基地开班。

六月

6 月 2 日

中国“网络文学+”大会党日活动在北京召开。

6 月 3 日

上海网络文学高层次写作人才研修班招生开始。

6 月 3 日

2021 阅文年度发布会在上海举行。阅文集团首席执行官、腾讯集团副总裁兼腾讯影业首席执行官程武宣布了“大阅文”战略升级，明确阅文将基于腾讯新文创生态，以网络文学为基石，以 IP 开发为驱动力，开放性地与全行业合作伙伴共建 IP 生态业务矩阵。同时，发布会宣布了“大阅文”的愿景：“为创作者打造最有价值的 IP 生态链，成为全球顶尖的文化产业集团”，及全新使命：“让好故事生生不息”，从创作和开发层面，让好故事不断诞生与延续。会上，阅文集团总裁、腾讯平台与内容事业群副总裁侯晓楠，阅文集团副总裁、总编辑杨晨，阅文集团版权业务负责人、腾讯影业高级副总裁邹正宇，阅文集团影视业务创作委员会联席主席、新丽传媒董事长曹华益进行主题发言，围绕阅文在线阅读业务和版权业务，系统阐述了过去一年的业务进展及未来战略落地规划。

6 月 3 日

阅文年度原创 IP 榜单揭晓。第六届阅文原创 IP 颁奖仪式在上海举办，本次活动揭晓了阅文年度重磅原创 IP 榜单，包括年度题材作品、年度海外作品、年度男/女频人气十强作品、年度改编期待作品等。影视演员胡歌作为阅文 IP 代言人，与青年演员代表、阅文荐书团大使宋轶一起为现场观众深情讲述了网络作家的创作故事。

阅文 IP 盛典榜单

1. 年度题材作品

1.1 年度轻小说作品：《我真的不是气运之子》 作者：云中殿

1.2 年度冒险悬疑作品：《从红月开始》 作者：黑山老鬼

1.3 年度游戏竞技作品：《亏成首富从游戏开始》 作者：青衫取醉

1.4 年度古风传奇作品：《辞天骄》 作者：天下归元

1.5 年度当代生活作品：《稳住别浪》 作者：跳舞

1.6 年度科幻畅想作品：《长夜余火》 作者：爱潜水的乌贼

1.7 年度爱情小说作品：《余生有你，甜又暖》 作者：囧囧有妖

1.8 年度东方幻想作品：《大奉打更人》 作者：卖报小郎君

2. 年度海外作品

My Vampire System 作者：JKSManga（英国）

3. 年度人气作品

3.1 年度男频人气十强

《万族之劫》 作者：老鹰吃小鸡

《我师兄实在太稳健了》 作者：言归正传

《诡秘之主》 作者：爱潜水的乌贼

《大奉打更人》 作者：卖报小郎君

《第一序列》 作者：会说话的肘子

《轮回乐园》 作者：那一只蚊子

《亏成首富从游戏开始》 作者：青衫取醉

《当医生开了外挂》 作者：手握寸关尺

《我真没想重生啊》 作者：柳岸花又明

《明天下》 作者：孑与2

3.2 年度女频人气十强

《我的房分你一半》 作者：叶非夜

《“大神”你人设崩了》 作者：一路烦花

《喜欢你我说了算》 作者：叶非夜

《农家小福女》 作者：郁雨竹

《他从地狱里来》 作者：顾南西

《夫人你马甲又掉了》 作者：一路烦花

《余生有你，甜又暖》 作者：囧囧有妖

《我全家都是穿来的》 作者：YTT 桃桃

《老公每天不一样》 作者：锦凰

《这个大佬画风不对》 作者：墨泠

4. 年度书粉

4.1 年度书评达人

萌萌哒菟——年度总共内容发布评论 14383 条，获得书粉点赞 250760

4.2 年度阅读达人

苏微夏——年度总共阅读 125943 章节内容

5. 年度改编期待作品

5.1　年度出版改编期待：《大耍儿》　作者：天下霸唱

5.2　年度影视改编期待：《大奉打更人》　作者：卖报小郎君

5.3　年度动画改编期待：《全球高武》　作者：老鹰吃小鸡

5.4　年度游戏改编期待：《鬼吹灯》　作者：天下霸唱

5.5　年度漫画改编期待：《亏成首富从游戏开始》　作者：青衫取醉

6. 年度作者

年度最佳作家：叶非夜

年度荣耀作家：会说话的肘子

7. 年度最佳作品

《大奉打更人》　作者：卖报小郎君

6 月 3 日

第九届中国网络视听大会在成都召开，本届大会主题为“奋进视听新征程”。

6 月 5 日

国内第二个网络文学作家党建基地揭牌仪式在嘉兴南湖举行。

6 月 8 日

两岸青年网络文学大赛·未来发展高峰论坛暨“网络文学 IP 直通车”一周年活动在浙江杭州滨江白马湖建国饭店举办。本次活动由浙江文艺出版社、浙江网络作家协会、杭州高新区（滨江）党委宣传部及台湾旺旺中时媒体集团共同举办，由高新区（滨江）文化创意产业发展中心、白马湖生态创意城、中国网络作家村、台湾时际创意传媒承办。两岸企业家峰会现代服务业及文化创意产业合作推进小组副召集人裘小玲，浙江省人民政府台湾事务办公室副主任周晁利，浙江出版联合集团党委委员、副总裁朱勇良，杭州市委宣传部副部长、市新闻出版局（版权局）局长应雪林，杭州高新区（滨江）文化创意产业发展中心主任龚栩等领导出席并致辞。为延续精品理念，以互联网思维创新发展网络文学 IP 资源聚合释放模式，活动现场进行了重大项目签约仪式。大会还邀请了安徒生、刘阿八、喜悦娱乐等知名青年网络作家及优秀企业代表，到会分享“网络文学 IP 直通车”中达成合作后的延展开发。

6 月 8 日

我本纯洁入驻咪咕阅读，新作《万道主宰》发布。

6 月 11 日

武汉作家协会网络文学专业委员会成立。

6 月 11 日

书旗小说与看见音乐正式签订合作。

6 月 13 日

腾讯影业、新丽传媒、阅文影视在上海世博中心联合举办主题为“向融 · 日新”的 2021 年度发布会。

6 月 15 日

中国文艺理论学会网络文学研究分会第六届学术年会在安徽合肥隆重召开。由安徽大学文学院网络文学研究中心、中国文艺理论学会网络文学研究分会、中国中外文艺理论学会新媒介文化研究分会联合主办的中国文艺理论学会网络文学研究分会第六届学术年会暨“中国网络文学评价体系与批判标准”学术研讨会在安徽合肥隆重召开。来自北京、上海、陕西、山东、四川、湖北、湖南、贵州、江西、重庆、广西、福建、江苏、浙江、安徽等地的专家学者代表 110 余人出席了此次会议。会议开幕式由中国文艺理论学会网络文学研究分会会长、安徽大学大师讲席教授欧阳友权主持，安徽大学副校长程雁雷、中国社会科学院文学研究所副所长丁国旗、安徽省文联文艺理论研究室主任史培刚、安徽大学文学院党委书记黄烈依次为会议开幕式致辞。此次研讨会的主体部分分两个阶段进行，第一阶段共有 13 位专家学者发言报告，由安徽大学文学院网络文学研究中心主任周志雄教授主持、杭州师范大学杨向荣教授评议；第二阶段是安排在下午的小组讨论，共设有“评价体系与标准”“类型和文化”“叙事与媒介”“作家与作品”“评价与传播”五个不同主题的分会场，每个分会场各有 10 余名学者发言讨论。

6 月 16 日

鲁迅文学院第十九期网络文学作家培训班开学典礼在京举行。

6 月 16 日

由咪咕数字传媒有限公司联合陕西省网络作家协会举办的“咪咕万里行——陕西站”活动在西安举行，联合打造陕西“地方文化”创作基地。

6 月 19 日

“讲好红色故事、庆祝建党百年——首届红色题材网络小说征文大赛”系列活动启动。

6 月 19 日

“民族题材网络文学创作论坛暨首届石榴杯征文大赛颁奖典礼”在北京举行。

获奖名单

奖项	作品名称	作者
最具民族风采奖	《草原有座蒙古包》	牧人霖汐
	《走西口之天山行》	伊语涤生
	《彩云微光》	杨柳溪

续表

奖项	作品名称	作者
优秀作品奖	《神藏》	打眼
	《欢想世界》	徐公子胜治
	《烂柯棋缘》	真费事
	《时光和你都很美》	叶非夜
	《恰似寒光遇骄阳》	囧囧有妖
	《黎明医生》	机器人瓦力
	《暖君》	闲听花落
	《惊雷》	只爱煞英雄
	《大讼师》	莫风流
	《消防英雄》	回忆如烟

6 月 22 日

“红旗颂——庆祝建党百年·百家网站·百部精品”征文发布会与“奋斗百年路，启航新征程”网络文学研讨会在上海举办。

“红旗颂——庆祝建党百年·百家网站·百部精品”入选名单

作品名称	刊登网站	作家姓名
《大江东去》	晋江文学城	阿耐
《繁花》	弄堂网	金宇澄
《复兴之路》	起点中文网	wanglong
《太行血》	阿里文学	骠骑
《遍地狼烟》	新浪读书	菜刀姓李（李晓敏）
《写给鼹鼠先生的情书》	红袖添香	吉祥夜
《烽烟尽处》	17K 小说网	酒徒
《无缝地带》	国风中文网	李枭
《大山里的青春》	阿里文学	罗晓
《网络英雄传》	咪咕阅读	郭羽、刘波
《粮战》	掌阅书城	洛明月
《致我们终将逝去的青春》	晋江文学城	辛夷坞
《朝阳警事》	起点中文网	卓牧闲
《中国石油人》	起点女生网	常山赵龙
《最强特种兵》	创世中文网	丛林狼

续表

作品名称	刊登网站	作家姓名
《大漠航天人》	铁血读书	戈壁绿影
《一脉承腔》	纵横中文网	关中老人
《天下网安：缚苍龙》	咪咕阅读	管平潮
《2. 24 米的天际》	连尚文学	行知
《中国铁路人》	小说阅读网	恒传录
《长干里》	红薯中文网	姞文
《老妈有喜》	网易云阅读	蒋离子
《一寸山河》	铁血读书	李珂
《雷霆突击》	掌阅小说网	刘猛
《观音泥》	书旗小说网	马玫
《明月度关山》	小说阅读网	舞清影
《我的 1979》	起点中文网	争斤论两花花帽
《星辉落进风沙里》	晋江文学城	北倾
《玉堂留故》	红袖添香	不知春将老
《浩荡》	书旗小说网	何常在
《宛平城下》	咪咕阅读	任重、邱美煊
《七微克蔚蓝》	迷鹿有书	茹若
《岐黄》	大佳网	漱玉
《为了你，我愿意热爱整个世界》	起点中文网	唐家三少
《极道六十秒》	咪咕阅读	月关
《冰上无双》	17K 小说网	真树乃
《女机长（冰可人 1）》	云起书院	冰可人 1
《传国功匠》	连尚文学	陈酿
《上海繁华》	起点中文网	大地风车
《百年复兴》	连尚文学	大江东
《百年家书》	晋江文学城	疯丢子
《铁骨金魂》	书海小说网	红雨
《消防英雄》	起点中文网	回忆如烟
《点心之路》	不可能的世界	冥灵
《稔子花开》	连尚文学	莫贤

续表

作品名称	刊登网站	作家姓名
《大国重工》	起点中文网	齐橙
《心照日月》	连尚文学	乔雅
《全职妈妈向前冲》	阿里文学	清扬婉兮
《白纸阳光》	大佳网	月壮边疆
《通惠河工》	天下书盟小说网	翟鹏延
《大医凌然》	起点中文网	志鸟村
《徐徐恋长空》	晋江文学城	板栗子
《秋江梦忆》	长江中文网	丁也林
《宿北硝烟》	阿里文学	房忆雪
《全职高手》	起点中文网	蝴蝶蓝
《大国航空》	起点中文网	华东之雄
《彩虹在转角》	云起书院	楼星吟
《刺猬小姐向前冲》	连尚文学	麦苏
《云胡不喜》	豆瓣阅读	尼卡
《南方有乔木》	晋江文学城	小狐濡尾
《特别的归乡者》	新小说吧	夜神翼
《吻安，我的费先生》	咪咕阅读	袁语
《后手》	起点中文网	可大可小
《维和先锋》	连尚文学	蓝盔战歌
《二胎囧爸》	创世中文网	李开云
《蹦极》	连尚文学	卢山
《春雷 1979》	纵横中文网	牛凳
《春天见》	云起书院	牛莹
《青春绽放在军营》	大佳网	千崖秋色
《高铁追梦人》	红薯中文网	巧嫣然
《宝妈万岁》	起点女生网	人参胖娃娃
《国家记忆：一本〈共产党宣言〉的中国传奇》	17K 小说网	铁流徐锦庚
《八四医院》	网易文学	王鹏骄
《铁骨铮铮》	掌阅书城	我本疯狂

续表

作品名称	刊登网站	作家姓名
《橙红年代》	17K小说网	骁骑校
《奋斗者：侯沧海商路笔记》	起点中文网	小桥老树
《防线》	连尚文学	阿北
《大河峥嵘》	连尚文学	白学究
《北斗星辰》	七猫中文网	匪迦
《锋刺》	铁血读书	风之烛
《远方的秘密》	创世中文网	浩瀚馨语
《山根》	阿里文学	胡说
《投行之路》	起点中文网	离月上雪
《翅膀之末》	晋江文学城	沐清雨
《运河人家》	黑岩网	柠檬树上飞
《天梯》	连尚文学	扬帆星海
《草根石布衣》	起点中文网	中秋月明
《冲吧，丹娘！》	咪咕阅读	古兰月
《血火流觞》	咪咕阅读	流浪的军刀
《深夜儿科室》	红薯中文网	笑晨曦
《大荒洼》	铁血读书	英霆
《白衣执甲》	红薯中文网	瑜成夜
《战长城》	爱奇艺文学	却却
《扬帆1980》	纵横中文网	创里有作
《建设大时代》	小说阅读网	高原风轻
《流金时代》	起点中文网	坤华
《樱花依旧开》	点众科技	陆月樱
《我们的招风山》	铁血读书	泗源
《戏法罗》	起点中文网	唐四方
《全科医生》	红薯中文网	肖尧月

6月25日

掌阅IP《人民医生》出海that's books正式上线。

6月28日

郑州市网络作家协会第一次会员代表大会召开。

6 月 30 日

由中国作协网络文学中心、长三角文学发展联盟指导，上海市网络作协、江苏省网络作协、浙江省网络作协、安徽省网络作协发起，邀请全国各文学网站、平台共同举办的“庆祝中国共产党成立 100 周年”网络文学主题征文大赛公布获奖名单，共 22 部作品获奖。获奖名单如下：

奖项	作品名称	作者	所属
一等奖	《荣光》	崔浩（何常在）	连尚文学
	《疾控档案》	于翔翔（华胥云）	阅文集团
二等奖	《2.24 米的天际》	苏畅（行知）	连尚文学
	《长乐里：盛世如我愿》	刘晔（骁骑校）	番茄小说
	《少年，1927》	张铠（雨魔）	酷匠网
	《王谢堂前燕》	周斌（姞文）	红薯中文网
三等奖	《传国功匠》	陈珊珊（陈酿）	连尚文学
	《蹦极》	杨优明（卢山）	连尚文学
	《女兵安妮》	周丽（赖尔）	浙江少年儿童出版社
	《沉睡的方程式》	李宇静（风晓樱寒）	晋江文学城
	《山河万重》	王基诺（长河熠）	咪咕文化
	《大爱小爱》	陈坤（青罗扇子）	晋江文学城
优秀奖	《心照日月》	吴亚频（乔雅）	连尚文学
	《特别的归乡者》	陈杰（夜神翼）	连尚文学
	《金达莱花开满山岗》	吴化中（人参胖娃娃）	阅文集团
	《你与时光皆璀璨》	顾唤华（顾七兮）	火星小说
	《渔火已归》	史鑫阳（沐清雨）	晋江文学城
	《胶东往事》	刘金鹏（肥胖的可乐）	酷匠网
	《不负韶光》	岳敏（月壮边疆）	连尚文学
	《玉堂酱园》	张启晨（本命红楼）	凤凰网书城
	《村支部来了个小姐姐》	黄沁（纳兰十七）	晋江文学城
	《撩表心意》	宋艳红（红九）	晋江文学城

七月

7 月 3 日

由哔哩哔哩出品，中影年年制作，改编自掌阅玄幻“大神”任怨同名小说《元龙》动画第二季正式上线。

7 月 7 日

“网络文学青年创作骨干培训班”在北京举行。

7 月 8 日

番茄小说第一届网络文学大赛启动。

7 月 11 日

由书旗小说、天瑞影业联合出品，优酷独播的短剧《恋爱之前爱上你》正式上线。

7 月 13 日

知名编剧白絮瞰青灯正式签约爱奇艺小说。

7 月 19 日

第五届中国“网络文学+”大会新闻发布会在北京举办。由国家新闻出版署、北京市人民政府指导和中共北京市委宣传部（北京市新闻出版局）、中国音像与数字出版协会、中共北京市委网络安全和信息化委员会办公室、北京市广播电视局、北京市文学艺术界联合会、中共北京市海淀区委员会主办的第五届中国“网络文学+”大会新闻发布会在京举行。中宣部出版局音像电子处处长程晓龙，中国音像与数字出版协会常务副理事长兼秘书长敖然，中共北京市委宣传部副部长、北京市新闻出版局局长王野霏，北京市广播电视局党组成员、副局长张苏，共青团北京市委员副书记李健，中共北京市海淀区委常委、宣传部部长张劲林，北京市文联一级巡视员田鹏，五洲传播出版社总会计师关宏，北京联合出版社董事长赵红仕以及各主办单位代表出席发布会。番茄小说、阅文集团、百度小说、掌阅科技、中文在线、晋江文学城、纵横文学、爱奇艺小说、磨铁文学等网络文学企业代表，北京广播电视台、喜马拉雅、企鹅 FM、京东听书等有声平台代表以及“优秀网络文学作品”和“优秀网络文学 IP”评审专家等参加活动。本次大会以“网颂百年，文谱新篇”为主题，以“庆祝中国共产党成立 100 周年”为主线，分为主体活动和长效活动两大板块。大会主体活动包括开幕式暨高峰论坛、平行主题论坛、企业分论坛、主题展示互动、闭幕盛典五个部分。届时，将正式发布中国网络文学年度发展报告，解析中国网络文学现状、生态及前景。大会将围绕创作、影视、版权、走出去举办四场“网络文学+”论坛，并将对评选出的优秀网络文学作家、庆祝建党百年优秀作品、优秀网络文学作品、优秀 IP 转化项目和优秀海外原创网络文学作品进行集中推荐与表彰。

7 月 19 日

缪娟新书《人间大火》独家上线咪咕阅读。

7 月 24 日

由丰声乐动制作出品，改编自书旗 IP《溺爱鲜妻：隐婚老公超级宠》的科幻甜宠喜剧《爱在唇齿间》开机。

7 月 27 日

中国作协在北京举办网络文学评论高研班。

7 月 29 日

第五届中国出版政府奖表彰会在北京举行，《大国重工》获“网络出版物奖”，这是网络文学作品首次获得该奖项。

7 月 29 日

阅文集团与游戏《王者荣耀》合作启动“妙笔计划”，首期活动邀请 25 位网文作家，基于游戏中的世界观及英雄设定，创作作家心中的王者故事。

7 月 30 日

北京市政协就“青年网络作家权益保护”召开提案办理协商会，市政协副主席牛青山出席。

八月

8 月 1 日

西部网络文学文创基地正式亮相攀枝花。

8 月 8 日

腾讯视频举办动漫年度发布会。

8 月 10 日

网文作家青衫取醉新书《虚拟尽头》在起点中文网正式上线。

8 月 16 日

爱奇艺小说第一届脑洞创意大赛正式启动。

8 月 17 日

由东阳艺城影业、珠海横琴优峰文化、浙江大圣影视、书旗小说联合出品，改编自书旗 IP《邪王神妃：医手遮天》的古装短剧《医手遮天》正式开机。

8 月 18 日

书旗小说和芒果 TV 新上线短剧《进击的皇后 2》进行书影联动。

8 月 19 日

由上海顺出品，杭州三声文化担纲制作，改编自塔读小说作者周年年原创的小说作品《全球通缉校霸女友》的短剧作品《我的王牌女友》，在快手星芒剧场正式上线。

8 月 19 日

盖世文学正式上线。盖世中文网（www. gaishiwenxue. com）是北京阅为科技有限公司旗下打造精品书的原创内容平台。由业内知名编辑、掌阅文化前副总编苏叶创办，坚持以“内容为核心”致力于打造爆款书籍。公司与番茄、七猫、百度、掌阅等多个流量过千万的平台有着良好的合作关系。

8 月 20 日

掌阅“大神”作家不信天上掉馅饼新书《重生之富贵闲人》今日在掌阅和番茄小说同步上线。

8 月 22 日

仙侠版聊斋《百灵潭》网剧火热开播，原著小说在掌阅同步上线。

8 月 23 日

国家新闻出版署公布 2020 年“优秀现实题材和历史题材网络文学出版工程”入选作品。这些作品聚焦现实题材和历史题材，讴歌时代主题和实践创造，展现中华民族的悠久历史和灿烂文化，体现了当前我国网络文学创作出版的较高水准。各地要继续加强组织领导，推动网络文学出版单位坚持以习近平新时代中国特色社会主义思想为指导，坚持正确政治方向、出版导向、价值取向，加强内容建设，加大原创力度，创作出版更多无愧于时代、无愧于人民的网络文学精品，更好地满足人民文化需求，增强人民精神力量。

2020 年“优秀现实题材和历史题材网络文学出版工程”入选作品目录

序号	作品名称	出版单位	作者
1	《王谢堂前燕》	红薯中文网	姞文
2	《关河未冷》	爱奇艺文学	蒙虎
3	《秦吏》	起点中文网	七月新番
4	《我不是村官》	云阅文学	三生三笑
5	《他从暖风来》	起点女生网 浙江文艺出版社	舞清影
6	《大茶商》	翻阅小说	童童
7	《情暖三坊七巷》	火星女频	姚樱
8	《樱花依旧开》	松鼠阅读网	陆月樱
9	《重卡雄风》	阿里文学	晨飒

8 月 27 日

骁骑校新书《白龙》在番茄小说独家上线。

8 月 30 日

由书旗小说、上海顺和科技有限公司出品的短剧《锦绣凰途：毒医太子妃》在横店影视城开机。

8 月 31 日

“写青春颂歌，书时代华章”——七猫中文网第二届现实题材征文大赛正式启动。征文主题：在庆祝中国共产党成立 100 周年大会上，习近平总书记寄语新时代的中国青年，要以实现中华民族伟大复兴为己任，增强做中国人的志气、骨气、底气，不负时代，不负韶华，不负党和人民的殷切期望。2022 年，正值中国共产主义青年团成立 100 周年。“写青春颂歌，书时代华章”——七猫中文网第二届百万奖金现实题材征文大赛正式启动，更多青年勇于开拓、敢于奋斗、甘于奉献的故事等待各路网文好手挥洒热情，酣畅书写。征文题材：（一）青春 · 奋斗（大国脊梁）；（二）青春 · 风貌（新兴职业）；（三）青春 · 成长（生活百态）；（四）青春 · 探索（科技科幻）。

九月

9 月 1 日

“益起读好书”公益行动启动。

9 月 9 日

央媒“百年路 · 同心筑”主题采访活动在中国网络作家村举办。

9 月 12 日

阅文集团联合上海科技报发布了《2021 科幻网文新趋势报告》。

9 月 16 日

中国作协网络文学中心发布“中国网络文学影响力榜”（2020 年度）。中国作协网络文学中心主办的“中国网络文学影响力榜”（2020 年度）发布仪式在广东深圳举行。影响力榜包括四项：网络小说榜、IP 改编榜、海外影响力榜以及针对“90 后”作家的新人新作榜。经过严格初评、复评、终评和网络投票，24 部网络文学作品和 4 位新人作家上榜。来自全国各地的网络文学作家、评论家、网络文学平台负责人、文化产业公司代表、网络文学爱好者等近 200 人参加发布仪式。

中国网络文学影响力榜（2020 年度）

网络小说影响力榜	
作品名称	作者
《大国战隼》	步枪
《长乐里：盛世如我愿》	骁骑校
《第一序列》	会说话的肘子
《猎赝》	柳下挥
《北斗星辰》	匪迦
《2.24 米的天际》	行知
《山河盛宴》	天下归元
《汉阙》	七月新番
《画春光》	意千重
《情暖三坊七巷》	姚璎

续表

IP 改编影响力榜	
作品名称	作者
《凡人修仙传》	忘语
《吞噬星空》	我吃西红柿
《完美世界》	辰东
《燕云台》	蒋胜男
《一念永恒》	耳根
《万古第一神》	风青阳
《奶油味暗恋》	竹已
《庶女攻略》	吱吱
《元龙》	任怨
《长夜难明》	紫金陈
海外影响力榜	
《诡秘之主》	爱潜水的乌贼
《元尊》	天蚕土豆
《妖神记》	发飙的蜗牛
《超神机械师》	齐佩甲
新人新作榜	
老鹰吃小鸡	
言归正传	
柠檬羽嫣	
懿小茹	

9 月 22 日

由扬子江网络文学评论中心主办，南京师范大学文学院、江苏省网络作家协会、江苏省网络文学谷承办的年度“扬子江网络文学最具 IP 潜力榜”评选活动启动。

9 月 23 日

鲁迅文学院举办第二十期网络文学作家培训班。

9 月 25 日

“中国网络文学 30 年”国际高峰论坛在长沙中南大学举行。本次论坛由中南大学文学与新闻传播学院、中国作协网络文学委员会中南大学研究基地（CTTI 智库）、中国文艺理论学会网络文学研究分会、湖南省网络文学研究基地联合主办，以线下线上相结合的方式同步进行。开幕式由中南大学文学与新闻传播学院党委书记罗军飞主持，中南大学党委常委、副校长周科朝致辞，强调了网络文学的价值问题，期待网络文学成为讲好中国故事的重要阵地；中南大学文学与新闻传播学院院长白寅致欢迎辞，湖南省网络作家协会主席余艳介绍了中国网络文学小镇与湖南网络作家群。中国文艺理论学会网络文学研究分会会长、中南大学欧阳友权教授，中国社会科学院陈定家教授，德国波恩大学顾彬教授，法国巴黎大学徐爽教授，中国传媒大学张晶教授，杭州师范大学单小曦教授，《小说评论》王春林主编，中南大学禹建湘教授，贵州财经大学周兴杰教授，法国马赛大学李亦梅博士等 70 多位国内外知名学者与会，网络作家妖夜、丛林狼、不信天下掉馅饼、晋江文学城副总裁胡慧娟、阅文集团副总编辑田志国等应邀与会，共同对中国网络文学 30 年进行总结，对当下网络文学学术热点问题进行深入讨论。

9 月 26 日

由中国作家协会和浙江省人民政府共同主办的“2021 中国国际网络文学周”在浙江乌镇开幕。此次网络文学周主题为“网络文学的世界意义”。中国作家协会，浙江省有关领导，知名网络文学作家、评论家，网络文学平台代表和文化产业代表等近两百人出席开幕式。中国作协党组成员、书记处书记胡邦胜主持开幕式。当天举办了网络文学国际论坛，唐家三少、蒋胜男、何常在、会说话的肘子等网络作家，周志强、夏烈等评论家，童之磊、杨晨等网络文学平台负责人，就网络文学创作、IP 改编、国际传播等话题进行了主题发言，围绕如何推动数字时代网络文学内容创新、做好中国故事的网络文学国际表达、加强后疫情时代网络文学的国际传播等内容进行了深入探讨。开幕式结束后，与会嘉宾参观了中国网络文学发展成就展。在中国国际网络文学周期间，还将举办数字时代网络内容创新高端论坛、网络文学 IP 发展大会及高峰对话等一系列活动。

9 月 26 日

《中国网络文学国际传播发展报告》发布。

9 月 27 日

鲁迅文学院、中国作家协会权益保护办公室特邀北京市人民检察院第四分院检察官段晓雁与鲁迅文学院第二十期网络文学作家创作培训班学员就著作权保护问题展开深入交流。

9 月 28 日

由中国作家协会、浙江省人民政府主办的 2021 中国国际网络文学周 · 网文 IP 发展大会在浙江温州正式启动。

9 月 30 日

由恺英网络于杭州高新区（滨江）举办的中国国际动漫节 · 中国网络作家村“IP 直通车”专场，正式宣布与掌阅文化达成合作，签约作家洛城东以恺英网络经典 IP“蓝月”为依托的小说作品《蓝月纪元》。恺英网络蓝月 IP 项目负责人王伊千、掌阅动漫 CEO 刘士朋、作家洛城东出席签约仪式。

十月

10 月 1 日

横扫天涯新书《镜面管理局》今日在起点中文网首发，作品分为玄幻、高武世界两个类型。

10 月 9 日

第五届中国“网络文学+”大会在京举办。由国家新闻出版署、北京市人民政府指导，中共北京市委宣传部（北京市新闻出版局）、中国音像与数字出版协会、中共北京市委网络安全和信息化委员会办公室、北京市广播电视局、北京市文学艺术界联合会、中共北京市海淀区委员会主办的第五届中国“网络文学+”大会开幕式暨高峰论坛在京举办。全国政协委员、中国音像与数字出版协会理事长孙寿山，中宣部出版局副局长杨芳，中国音像与数字出版协会第一副理事长张毅君，中宣部出版局网络出版处副处长丁德良，中共北京市委宣传部副部长、北京市新闻出版局局长王野霏，中共北京市委网信办副主任张平，北京市广播电视局党组成员、副局长张苏，共青团北京市委员会副书记钟棉棉，北京市文学艺术界联合会一级巡视员田鹏，五洲传播出版传媒有限公司副总经理关宏等出席开幕式。开幕式由北京市海淀区委常委、宣传部部长张劲林主持。第五届中国“网络文学+”大会以“网颂百年，文谱新篇”为主题，以“庆祝中国共产党成立 100 周年”为主线，整体分为主体活动、长效活动两大板块。大会坚持建设、发展、管理和引导并重，守正创新、主动作为、勇开新局，为推动网络文学精品出版、激发网络文学创作生产活力提供支持。会上发布了《2020 中国网络文学发展报告》，详细介绍了中国网络文学发展背景、产业现状、主要特征、趋势和展望。据悉，2020 年中国网络文学市场规模达到 249.8 亿元，网络文学用户规模达到 4.60 亿人，日均活跃用户约为 757.75 万人。2020 年累计创作 2905.9 万部网络文学作品，网络文学作者累计超 2130 万人。网络文学企业和平台负责人在高峰论坛上也分享了他们对网络文学精品创作生产的思考和具体实践。本届大会主体活动由开幕式暨高峰论坛、平行主题论坛、企业分论坛、主题展示互动、闭幕盛典五个部分构成，呈现出中国网络文学现状、生态及前景。同时，大会首次尝试 IP 文创市集，10 月 9 日至 11 日在北京海淀公园内专设的 IP 文创市集区域，共吸引了海淀文创市集商户、锦鲤拿趣、人民文创、国家图书馆等近 50 余家企业及商户参与，将网络文学 IP 衍生品从线上搬到线下。

10 月 9 日

掌阅科技“铁骨铮铮”号在“网络文学+”大会正式启程。

10 月 9 日

爱奇艺“风雷计划”正式启动，促进 IP 持续创新与多元发展。

10月10日

点众科技推出全新内容品牌“点众文学”。

10月11日

以“网著青春梦想　致敬百年征程”为主题的第十七期新兴领域青年大学习暨全国青年网络作家“青社学堂”专题培训班，在全国青少年井冈山革命传统教育基地举行。

10月11日

华师大“未来文学家”揭晓：张怡微凭借《家族试验》、爱潜水的乌贼凭借《诡秘之主》共获大奖，两人分享10万元奖金。

10月11日

第五届中国“网络文学+”大会闭幕盛典在中关村国家自主创新示范区展示中心盛大举办。原文化部部长王蒙，中宣部出版局网络出版处副处长丁德良，中共北京市委宣传部副部长、北京市新闻出版局局长王野霏，中国音像与数字出版协会常务副理事长兼秘书长敖然，北京市广播电视局党组成员、副局长张苏，北京市文学艺术界联合会一级巡视员田鹏，共青团北京市委员会社会联络部部长张腾，北京市海淀区委宣传部常务副部长黄英等领导出席闭幕盛典。闭幕盛典上，北京作家协会联合大会共同发布《网络文学作家职业道德公约》，何常在、晨飒、七月新番作为网络文学作家代表在盛典现场发布公约。经过近三个月培育孵化的北京市青年文学人才培养计划成果也在闭幕盛典上公布，4名优秀学员获王蒙亲颁证书。10部优秀网络文学作品以及18部优秀影视IP作品获得推介。同时，在网络文学出海方面，大会与五洲传播出版社合作成果初现，相关奖项于盛典上颁布。最后，王野霏宣布大会圆满落幕。

优秀影视IP作品推优名单

序号	作品	申报企业	作者	作品类型
1	《大奉打更人》	上海阅文信息技术有限公司	卖报小郎君	古装
2	《她他》	北京晋江原创网络科技有限公司	映漾	悬疑推理
3	《浪淘沙》	中文在线数字出版集团股份有限公司	青山荒冢	古装
4	《情义谱》	北京爱奇艺科技有限公司	尼罗	都市情感
5	《婚牢》	北京臻鼎科技有限公司	虎口夺阳	都市情感
6	《馆长先生》	北京木本水源文化传媒有限公司	刘采采	都市情感
7	《探索者》	中文在线数字出版集团股份有限公司	阿宝、策慧	都市行业
8	《长宁帝军》	北京幻想纵横网络科技有限公司	知白	古装
9	《铁骨铮铮》	掌阅科技股份有限公司	我本疯狂	现实主义

续表

序号	作品	申报企业	作者	作品类型
10	《生音》	北京来看科技有限公司	新塘老酒	都市情感
11	《八千里路》	北京晋江原创网络科技有限公司	玖月晞	现实主义
12	《长夜余火》	上海阅文信息技术有限公司	爱潜水的乌贼	科幻奇幻
13	《中国式人情》	雁北堂（北京）文化传媒有限公司	李小艾	现实主义
14	《砸锅卖铁去上学》	北京晋江原创网络科技有限公司	红刺北	科幻奇幻
15	《幸福在家理》	北京臻鼎科技有限公司	知更	现实主义
16	《犯罪心理师》	北京臻鼎科技有限公司	风雨如书	悬疑推理
17	《辞天骄》	上海阅文信息技术有限公司	天下归元	古装
18	《有女胜男》	北京易天新动网络科技有限公司	陈鱼	都市情感

优秀网络文学作品推优名单

序号	作品名	来源	作者名	作品类型
1	《盛宴》	北京凤娱网络技术有限公司	程青	都市情感
2	《步虚记》	北京木本水源文化传媒有限公司	知夏	年代历史
3	《重卡雄风》	广州阿里巴巴文学信息技术有限公司	晨飒	现实主义
4	《明天下》	上海阅文信息技术有限公司	孑与 2	年代历史
5	《诡秘之主》	上海阅文信息技术有限公司	爱潜水的乌贼	其他
6	《八千里路》	北京晋江原创网络科技有限公司	玖月晞	现实主义
7	《人间弃子》	雁北堂（北京）文化传媒有限公司	盛兴	科幻奇幻
8	《最后一里路》	北京木本水源文化传媒有限公司	丛虫	现实主义
9	《汉阙》	上海阅文信息技术有限公司	七月新番	年代历史
10	《完美嫌疑人》	雁北堂（北京）文化传媒有限公司	陈研一	悬疑推理

10 月 14 日

江苏省网络作家协会第二次代表大会在南京举行，105 名来自全省各地的网络文学工作者代表参与会议。

10 月 15 日

全国青年网络作家培训班结业。

10 月 16 日

共青团中国网络作家村委员会第一次代表大会在天马苑顺利召开。大会选举产生共青团中国网络作家村第一届委员会书记、副书记及委员，标志着中国网络作家村团委正式成立。

10 月 18 日

第二届白马湖全国网络文学评论大赛圆满落幕。由中国作协网络文学研究院和杭州市文联主办，杭州市文艺评论家协会、杭州市网络作家协会承办的第二届白马湖全国网络文学评论大赛自 2021 年初拉开帷幕，经过半年时间的征稿，共收到参赛稿件 189 篇。大赛组委会邀请全国网络文学研究专家对稿件进行了初评和终评，经过充分讨论，最终评选出 33 篇获奖作品。薛媛等 5 位作者获得一等奖，江秀廷等 10 位作者获得二等奖，朱昊琰等 18 位作者获得三等奖。

附：第二届白马湖全国网络文学评论大赛获奖作品名单

一等奖（5 篇）	
评论文章	作者
论网络文学精品《大江东去》的美学品格与文学特色	薛媛
从“文学+网络”到“网络+文学”——“网络文学”辨析	唐伟
数字时代文学研究的转型——网络文学研究中的“数据”管理	吴长青
网络男频文改编刍议	高翔
网络抗战题材小说对共性的继承与个性的发展——以《战长沙》为例	郭倩、尹钰婷
二等奖（10 篇）	
“类型聚合”·“撩拨叙事”·“偏执美学”——评《长宁帝军》	江秀廷
网络文学中的紫金陈现象	李梦瑶
一个存在主义者的死亡——评汤姆苏史诗《庆余年》	傅心予
“虽然错误，仍然正确”——评一十四洲《小蘑菇》	王玉王
灵魂追问与人性挖掘的唯美叙事——评今何在小说《悟空传》	元分
唯有当时蝴蝶自飞来——评唯刀百辟《金山蝴蝶》	黄蕾
论闲听落花古代言情小说的创作特色	卢璐璐
我为什么热爱《诡秘之主》	刘西竹
现实主义的“网络重生”——读《重生传说》	李强
女性意识的书写及其限度——重读《南方有乔木》	易文杰
三等奖（18 篇）	
谈何“清平乐”，本是“孤城闭”——米兰 Lady 长篇小说《孤城闭》	朱昊琰
浅析近年来网络文学吸收传统文学精神的努力	许丽雯
“多一点真诚，改一点套路”——评小说《绝对一番》	王震
权谋隐宿命，通俗见人性——浅论网络小说《庆余年》中的思想内涵和创作技法	童孟遥

续表

三等奖（18篇）	
评论文章	作者
“后人类”时代的人文关怀	马婧
网络女频小说创作的“异托邦”追寻——评丁墨小说《半星》	贺予飞、范瑶
探寻时代意识对于现实题材网络文学的重要性——以《何日请长缨》为例	徐海洋
网文创作中的现实主义——以《诡秘之主》为例	周雯洁
网文的抱诚守真与锦上添花	蒋迪偲
《大江东去》现实题材创作方式的统一性回归	张浩翔
“小白文”式的叙事艺术——以玄幻小说《斗罗大陆》为例	罗文悦
石以砥焉，化钝为利——评何堪长篇小说《冰刃之上》	胡晴
跨文化语境下漫改的生存之道——以网剧《棋魂》为例	李歆宁
现实人生的扮演与体验——试析《诡秘之主》扮演法意义	许嘉璐
《将夜》人物塑造中的伦理学：主角的功利主义伦理观	朱哲娴
新江湖小说中“桃源”意象的解读与诗意栖居的呈现——以《有匪》为中心	汤梦茹
一个女人的灵与肉——评三水小草《枕边有你》	许婷
《燕云台》：历史的文学想象如何成为可能	邹诗雨

10月20日

趣阅IP改编剧《金牌客服董董恩》开机。

10月22日

云南省作家协会网络作家分会成立，程云峰（意千重）当选主席。

10月25日

江西省网络作家协会成立大会召开，李涛（净无痕）当选主席。

10月25日

塔读小说IP改编影视剧《墨白》正式开机。

10月27日

百度退出纵横文学53.56%股权，七猫文化接盘。

10月28日

上海市新闻出版局举办2021上海网络文学内容管理培训班。

10月29日

由上海社会科学院文学研究所、《上海文化》（文化研究版）编辑部共同主办的“网络文学的多元建构”学术研讨会在Film电影时光书店举行。

10月29日

阅文首个网络文学创作基地落地苏州。

10 月 30 日

由中国文艺理论学会网络文学研究分会、安徽大学网络研究中心及万派财经文学研究院联合主办的《火车浜 7 号 · 疯狂处女座》作品研讨会在线上举办。万派文化联合创始人郭羽，网络文学评论家黄发有、周志雄、陈定家、禹建湘、夏烈、周兴杰、许苗苗、张春梅、李玮、纪海龙、贺予飞、吴长青以及《火车浜 7 号 · 疯狂处女座》作者“九月的高跟鞋”（刘波、李梦）参加会议。会议由安徽大学讲席教授欧阳友权主持。

十一月

11 月 10 日

字节跳动上线两款付费小说应用“常读小说”“久读小说”。

11 月 18 日

首届全球元宇宙征文大赛正式启动。文学赛区由 17K 小说网和四月天小说网联合举办，参赛对象面对所有网络文学创作者，作品内容必须包含元宇宙元素，完结字数不低于 5 万字，奖项设置分为现金奖励、IP 改编、全渠道分销。大赛特邀评委（按姓氏首字母排序）：毕飞宇、风御九秋、烽火戏诸侯、今何在、欧阳友权、邵燕君、唐家三少、血酬、烟雨江南。

11 月 19 日

第 32 届“中国科幻银河奖”公布获奖名单，作家天瑞说符凭借《我们生活在南京》斩获“最佳网络科幻小说奖”。

11 月 22 日

阅文发布《2021 网络文学作家画像》，首次公布旗下作家画像，医生、运动员和互联网从业者是被创作得最多的三个职业。

11 月 22 日

“广东现实题材网络文学精品项目”入选作品公示。为促进广东网络文学出成果、出人才，讲好中国故事，创作富有时代特色的网络文学现实题材作品，推动网络文学创作向主流化、精品化趋势发展，广东省作家协会启动了“广东现实题材网络文学精品项目”。经公开征集、会议评审，并报请省作协党组审议通过，现已产生 5 部入选作品。

“广东现实题材网络文学精品项目”入选作品名单

序号	作品名	申报人
1	《南海一家人》	江春燕
2	《伪装死亡》	唐国政
3	《我不是村官》	聂怡颖
4	《女机长》	王敏
5	《彩虹在转角》	谢雅娜

11 月 24 日

安徽省网络作家协会成立，老鹰吃小鸡、青子等当选为副主席。

11 月 25 日

我吃西红柿新书《宇宙职业选手》在起点中文网正式发布。

11 月 28 日

芒果超媒与咪咕文化签署框架协议。

11 月 30 日

辽宁网络作家学习党的十九届六中全会精神暨第三届辽宁网络文学“金桅杆”奖颁奖仪式在省作协机关以线上与线下相结合的形式举行。辽宁省作协党组成员、副主席孙伦熙就学习贯彻党的十九届六中全会精神做专题辅导，并对把党的十九届六中全会精神贯彻到文学创作中提出要求。

第三届辽宁网络文学“金桅杆”奖获奖名单

序号	作品名	作者
1	《工程代号 521》	创里有作
2	《奋斗者》	风咕咕
3	《大国重器》	银月光华
4	《旦装行》	陌上人如玉
5	《故巷暖阳》	鱼人二代
6	《云霄之眼》	千羽之城
7	《秘野奇域》	宁城荒
8	《大国战隼》	步枪
9	《扫描你的心》	红九
10	《医等狂兵》	覆手

十二月

12 月 6 日

国家语言资源监测与研究中心发布“2021 年度十大网络用语”。本次发布的十大网络用语依次为：觉醒年代；YYDS；双减；破防；元宇宙；绝绝子；躺平；伤害性不高，侮辱性极强；我看不懂，但我大受震撼；强国有我。

12 月 8 日

中国首部蜀山仙侠题材 3D 动画——《蜀山奇仙录》，于 12 月 8 日 10 点在腾讯视频独播，该动画由出品方娃娃鱼动画授权，同名小说由我村村民阿弥（原名安徒生）联动创作。

12 月 9 日

第三届两岸青年网络文学大赛组委会正式对外公布了第三届两岸青年网络文学

大赛获奖名单。经过严格认真的初评、复评和终评，评选出一等奖 2 名、二等奖 2 名、三等奖 3 名、单项奖 5 名、优秀奖 24 名。

第三届两岸青年网络文学大赛获奖名单

作品名	作者
一等奖	
黑水	崔文嵚
白光（The Bright）	Winx（台湾）
二等奖	
尘幻传说：星徽锋起	捌贰零期
转角的换书商店	A. Z.（台湾）
三等奖	
武装特警：缉毒之刃	曹伟
汴京物语	风萦海若
晚安信	微读（台湾）
最佳创意奖	
都城：the ILLUSORY	十字菱（台湾）
最佳文笔奖	
蒹葭苍苍	李春风
最佳人物奖	
日将暝	竹马
最具潜力新人奖	
尘幻传说：星徽锋起	捌贰零期
最具影视改编潜力奖	
无风之城	钱幸

12 月 9 日

中国网络作家村四周年“村民日”活动暨第四次村民大会正式启动。

12 月 9 日

首届“奇想奖”元宇宙征文大赛启动。

12 月 11 日

由著名网络作家唐家三少原著同名小说改编的动画片《冰火魔厨》在优酷正式播出。

12 月 12 日

四川省网络作家协会 2021 年度新会员培训班结业典礼在成都举行。

12 月 18 日

根据民善水同名小说《银河系大排档》改编，由王浩旭、刘鑫鹏导演执导，田敏编剧，王景担任制作人，麻家铭、柯达、苑乔、徐少强、岳俊琦、郭假伊主演的影片《银河系大排档》，于 12 月 18 日登录腾讯视频。

12 月 20 日

中华文学基金会第四届茅盾新人奖评奖办公室公示获奖名单。

第四届茅盾新人奖·网络文学奖获奖名单（相同票数下以作者姓氏笔画为序）

获奖者（10 名）：

王冬（蝴蝶蓝）、任禾（会说话的肘子）、陈徐（紫金陈）、刘勇（耳根）、段武明（卓牧闲）、蔡骏（蔡骏）、叶萍萍（藤萍）、朱乾（善水）、杨汉亮（横扫天涯）、程云峰（意千重）

提名奖（10 名）：

史鑫阳（沐清雨）、李莹（吉祥夜）、黄卫（柳下挥）、宋丽晅（携爱再漂流）、张铠（雨魔）、陈杰（夜神翼）、周燕（囧囧有妖）、陈彦池（百世经纶）、李云帆（七月新番）、杨万勇（牛凳）

12 月 20 日

湖南省首次评审网络文学专业职称，50 人获评文学创作职称。

12 月 20 日

铁血社区从今日起停止发帖。

12 月 24 日

《中国网络文学研究》学术辑刊在四川启动。

12 月 25 日

贵州省网络作家协会正式成立。

12 月 25 日

由中国小说学会主办、江苏省兴化市委宣传部承办的“中国小说学会 2021 年度好小说”评议会举行。来自全国各地的 46 位评委经过认真、细致的遴选和充分、深入的讨论，遵循严格的投票程序，最终评出 45 部作品。其中，陈彦的《喜剧》等 5 部长篇小说，艾伟的《过往》等 10 部中篇小说，铁凝的《信使》等 10 篇短篇小说，骁骑校的《长乐里：盛世如我愿》等 10 部网络小说，石钟山的《贩梦者》等 10 篇小小说·微型小说入选。

中国小说学会 2021 年度好小说·网络小说榜单

序号	作者	作品名称	首发网站	完结时间
1	骁骑校	《长乐里：盛世如我愿》	番茄小说	2021 年 4 月 28 日
2	何常在	《三万里河东入海》	知乎	2021 年 11 月

续表

序号	作者	作品名称	首发网站	完结时间
3	蒋胜男	《天圣令》	起点中文网	2021 年 3 月 22 日
4	伪戒	《第九特区》	中文在线	2021 年 10 月 18 日
5	志鸟村	《大医凌然》	起点中文网	2021 年 8 月 30 日
6	言归正传	《我师兄实在太稳健了》	起点中文网	2021 年 2 月 16 日
7	意千重	《澹春山》	云起书院	2021 年 7 月 1 日
8	风御九秋	《归一》	中文在线	2021 年 1 月 1 日
9	蒋牧童	《不许暗恋我》	晋江文学城	2021 年 10 月 17 日
10	疯丢子	《再少年》	火星小说	2021 年 9 月 22 日

12 月 26 日

共青团甘肃省网络作家协会第一届支部委员会成立大会。

12 月 28 日

河北成立网络文学与产业融合发展联盟。

12 月 29 日

2021 年咪咕文学作家盛典举行。

附录 1：

2021 年网络文学 10 件大事

3 月 2 日

网络文学中心发布“2021 年度网络文学选题指南”。

3 月 2 日

网络文学“百年百部”系列活动启动。“百年百部”系列活动包括网络文学“百年百部”创作工程、重点网站优秀网络文学作品联展、“庆祝中国共产党成立 100 周年”专题培训采风活动、“党在我心中”短文征集活动四项内容。

3 月 18 日

中国社会科学院发布《2020 年度中国网络文学发展报告》。

4 月 16 日

第七届中国数字阅读大会 IP 峰会在杭州拉开帷幕。

5 月 9 日

扬子江网络文学评论中心在南京成立。

6 月 8 日

两岸青年网络文学大赛 · 未来发展高峰论坛暨“网络文学 IP 直通车”一周年

活动在浙江杭州滨江白马湖建国饭店举办。

6 月 15 日

中国文艺理论学会网络文学研究分会第六届学术年会在安徽合肥隆重召开。

7 月 29 日

第五届中国出版政府奖表彰会在北京举行，《大国重工》获“网络出版物奖”，这是网络文学作品首次获得该奖项。

9 月 25 日

“中国网络文学 30 年”国际高峰论坛在长沙中南大学举行。

11 月 19 日

第 32 届“中国科幻银河奖”公布获奖名单，作家天瑞说符凭借《我们生活在南京》斩获“最佳网络科幻小说奖”。

附录 2：

2021 年度十大网络用语

12 月 6 日，由国家语言资源监测与研究中心发布“2021 年度十大网络用语”。本次发布的十大网络用语依次为：

1. 觉醒年代：《觉醒年代》首次以电视剧的形式回溯中国共产党的孕育和创立过程，生动再现了中国近代历史的大变局，深刻讲述了中国人民是怎样选择了中国共产党。该剧播出后广受好评，成为党史学习教育的生动教材。

2. YYDS：“永远的神”的拼音缩写，用于表达对某人的高度敬佩和崇拜。2021 年东京奥运会期间，不管是杨倩夺得首金，还是全红婵一场决赛跳出三个满分，或是“苏神”站上百米决赛跑道，全网齐喊“YYDS”，奥运期间一度刷屏。

3. 双减：指进一步减轻义务教育阶段学生作业负担和校外培训负担。其目标是使学校教育教学质量和服务水平进一步提升，作业布置更加科学合理，学校课后服务基本满足学生需要，学生学习更好地回归校园，校外培训机构培训行为全面规范。

4. 破防：原指在游戏中突破了对方的防御，使对方失去防御能力。现指因遇到一些事或看到一些信息后情感上受到很大冲击，内心深处被触动，心理防线被突破。

5. 元宇宙：源于小说《雪崩》的科幻概念，现指在 XR（扩展现实）、数字孪生、区块链和 AI（人工智能）等技术推动下形成的虚实相融的互联网应用和社会生活形态。现阶段，元宇宙仍是一个不断演变、不断发展的概念。

6. 绝绝子：该词流行于某网络节目，节目中一些粉丝用“绝绝子”为选手加油。多用于赞美，表示“太绝了、太好了”。这个词引发了网友对网络语言的关注和讨论。

7. 躺平：该词指人在面对压力时，内心再无波澜，主动放弃，不做任何反抗。“躺平”更像是年轻人的一种解压和调整方式，是改变不了环境便改变心态的自我解脱。短暂“躺平”是为了积聚能量，更好地重新出发。

8. 伤害性不高，侮辱性极强：一段网络视频中，两名男子相互夹菜，而同桌的另一名女子则显得很孤单。于是有网友调侃“伤害性不高，侮辱性极强”。后被网友用来调侃某事虽然没有实质性危害，但是却令人很难堪。

9. 我看不懂，但我大受震撼：源自导演李安在纪录片《打扰伯格曼》（2013）里评价一部影视作品的话。现多用于表示自己对某件事情的不解、震惊。

10. 强国有我：源自建党百年天安门广场庆典上青年学子的庄严宣誓。“请党放心，强国有我”是青年一代对党和人民许下的庄重誓言，彰显着新时代中国青年的志气、骨气、底气。

（许青青　辑录）